黄裳集

创作卷XI

书之归去来　海上乱弹

山东人民出版社 · 济南
国家一级出版社　全国百佳图书出版单位

黄裳在家中

《书之归去来》1997 年湖北人民出版社初版书影

《海上乱弹》2005 年文汇出版社初版书影

目　录

书之归去来

海上乱弹

书之归去来

《书之归去来》，读书记，1997 年 8 月湖北人民出版社初版，列为“人间书”之一。

据初版本编入。

自叙

30年代后期开始学写散文，算来已有五十多年过去了。岁月空添，成就甚少，只有惭愧。我是在五四以来散文的影响下学习写作的，会稽周氏兄弟的作品，尤所爱读。鲁迅《朝花夕拾》一卷，至今常在案头，每一翻读，有历久常新之感。朱自清、俞平伯的作品也给了我不少影响。稍后有何其芳，《画梦录》《还乡杂记》有一个时期几乎成为学习的范本。这在我早期散文《锦帆集》的某些篇章中可以找到朦胧的影子。少年哀乐很自然地成为创作的主题。这个时期并不很长，等我做了记者以后，接触社会的机会多了，感慨也自然不少。觉得旧有的写作方法不能不有些改变。这就是我曾在某处说过的，感情变粗了。在这时，有一卷《关于美国兵》，从中可以看出这种变化的轨迹。这是在还没有报告文学这名目以前出现的报告集，所记的是一年中的从军生活。文章写得舒畅，酣恣，是我自己喜欢的作品。因为对记者的要求是多方面的，通讯、报告之外还得“客串”写些评论、杂文，这就进一步使手中的笔向多方面挥去。1946年顷在《文汇报》上写了一个连载《旧戏新谈》，就是硬逼着上马的。

我不想写当时盛行的剧评，本钱也不够，没有听过谭叫天和龚云甫，只能从当时舞台上现身的演员着手。几十年过去，这些琐碎见闻竟也成为历史资料了。写法更是有意向杂文靠拢，眼睛看着台上，思路却转向人间。笔调更是纵横驰骤，不守规范。有时真能感到一种任情挥洒之乐。唐弢在《旧戏新谈》的跋中说，“我觉得作者实在是一个文体家”，这是很高的赞誉，也确实看出了《新谈》的特色。

唐弢的跋里还说：“我读作者的散文很早，深知他爱好旧史，癖于掌故，对前辈有他的向往，却不必真的效颦。这几年奔驰西南，远及印度，所见渐多，笔底的境界也更广阔，不复是伏在牖下的书生了。”这一段话，作为《关于美国兵》与《旧戏新谈》的创作实践，都是很恰切的说明。

唐弢说我爱好旧史、癖于掌故，也是确实的。当我在南京奔驰采访国共和谈的情形下，即使是那么忙乱，也还不能忘情于这座六朝名都，抽闲写下了一卷《金陵杂记》，也是在某一意义上的抒古伤今之作。几乎在同时出版的一册《锦帆集外》中还收入了昆明、贵阳、桂林三记，在在透露了抗战时流转西南的旅人心情，对南明史事的关怀，也是和国家命运息息相关的。这就初步形成了我对游记的看法。有那么两句老话，“英雄若是无儿女，千古河山漫寂寥”，来得正好，正好说明了这种执着的意念。经过了二十多年的废弃笔砚之后，重新写起的大半也是这一类的文字，《山川·历史·人物》可以作为代表。

对旧史的兴趣，也引发了我对旧书的爱恋，于是写书话就成为此后写作的主题之一。从《榆下说书》起，有六七本集子都是偏重读书的笔记。鲁迅晚年杂文中的名篇的影响是显然的。《题未定草》《病后杂谈》都是我爱读并学习的范本，苦不能似，亦无可如何。

综上回顾过去写作的经历，有一个明显的特征是风格的善变，这是在社会动荡环境下必然的结果。至于今后是不是还会变，自己也说不出。

1994 年 3 月 22 日

书的故事

从小就喜欢书，也从很小起就开始买书。对于书的兴趣多少年来一直不曾衰退过。可是六年前的一天，身边的书突然一下子失了踪，终于弄到荡然无存的地步了。当时的心情今天回想起来也是很有趣的。好像一个极大极沉重的包袱，突然从身上卸了下来。空虚是感到有些空虚的，不过像从前某藏书家卖掉宋版书后那种有如李后主“挥泪对宫娥”似的感情倒也并未发生过。我想，自己远远不及古人的淳朴，那自然不必说；就连自己是否真的喜欢书，似乎也大可怀疑了。

最近，这些失了踪的书开始一本本又陆续回到我的手中，同时还发给我一本厚厚的材料，是当年抄去的书的部分草目。要我写出几份清单来，然后才能一本本地找出、发还。这可是个艰巨的任务。面对厚厚一本残乱、错讹的草目，灯下独坐，慢慢翻阅，真是感慨万千。每一本书的名目，都会引起我一些回忆，述说一个故事。它们是在什么时候，什么地方，经历了怎样的周折才到了我的手中。自己曾经从中得到过怎样的知识，据以写过什么文字，获得过怎样的悦乐，这样的故事，如果一一回忆，写下，那将是另外一本厚厚的有趣的书。当然，有趣也只是我自己觉得有趣，在旁人看来到底怎样，那可一点都没有把握。

如果说多年来从买书中间曾经有过一些经验的话，自然也可以这么说。这种“经验”，是否对今天的读者还有什么用处，倒是值得考虑的。如果只是搬出一些“掌故”“趣闻”，虽然也多少会有些资料价值，但到底过于无聊了。今天书店里已经很难看到线装书，如果按照这些“经验”企图加以实践，那也不免是笑话。因此，我不打算写什么“书林清话”之类的东西。此外，我开始买书时，本来是以搜求五四以来新文学书为目标的，不过后来不知怎样一来，兴趣转向线装旧书方面去了。旧有的一些新文学书的“善本”也陆续送给了与我有同好的朋友。因此这里所谈的大抵以买线装书的“经验”为主。

说起“经验”，其实也是平凡无奇的，甚至有些可笑……也说不定。我首先想说的第一条“经验”是，如果希望买到好书，在过去，只有肯出善价才是唯一的办法，其他种种门径，说来说去都是无效的。

如果说这也算是“经验”，在有的朋友看来，是不免过于可笑而且沾染了浓重的铜臭气味了。这样的话，就连过去以附庸风雅为要旨的达官大贾也不肯说出来的。然而它却是实在的，没有法子想。

我过去曾经一直不肯相信这一条，而且事实上也无法照办，因为我毕竟不是达官、大贾。我倒是一直跑小铺、逛冷摊，总希望能有好运气，会遇见什么宝贝。不过实践的结果是，巡阅书摊二十年，好像只买到过一册较中意的书。那是王国维的诗集《壬癸集》，薄薄一本，开本却很大，用的是日本皮纸。这是王国维住在日本时用古江州木活字所印。书中有墨笔小楷校字，是王观堂的亲笔。估计这书是他送给况蕙风的，因为卷中有蕙风的儿子又韩的印记。不知怎样流落在地摊上了。除了这本书以外，好像就不曾从摊上买到另外什么好书过。

事实上所有比较好的书，毫无例外，都只能从书店里得来。有一次我在一家书店里看到一部张宗子（岱）的手稿《史阙》以及康熙原刻的《西湖梦寻》，不禁为之激动了。书店主人告诉我这些书是从浙东山中收来的，是张氏家传之物。说得也真历历如绘。没有办法，只好预支稿费，多方设法，终于买到手中。等我捧着书又路过书店前街的书摊时，才知道这些书原来就睡在这里的地上。是被书店发现了买去的。什么浙东山中云云原来不过是书店老板创作的美丽的故事。

这件事给我颇深的印象与教育，从此逛地摊时就再也没有了过去的那种好兴致。

我还有一次难忘的经验，是买到了崇祯刻的《吴骚合编》。这书按照今天的标准，是要列入“善本”书目的，但实在也算不得什么孤本秘笈。少具规模的图书馆大抵都是有的。不过我所遇到的一部却不是平常的东西。这是最初印的本子，项南洲、洪国良这些徽派名手的木刻插图，真是锋棱毕现，飘举的衣袂的线条、人物眉眼的细部刻画都清晰生动，和画本几乎没有区别。那张棉纸蓝印的封面，附有朱印牌记，起着三百年前出版广告以及版权页作用的扉页也完好地保存着。这种印本，是连“四部丛刊”续编的底本也是望尘莫及的。看书上的藏印，知道是九峰旧庐王氏的旧藏。当年此书从杭州出现，郑振铎曾与王绶珊争购。最后结果不问可知，教授当然不是盐商的对手。为了此书，我除了付出一笔现款，还贴上装了两部三轮车的线装书，这中间不少是明刻和清初刻本。这件事很快就为书店中人哄传，认为我是干了一件“蠢事”，也算是一桩“豪举”。这以后他们有了好书就总希望让我看到，虽然那结果是看得很多而买得甚少，但为我提供了极好的学习机会，却是不容抹杀的。

这两个小故事都发生在解放前后那段日子里。当时，书坊的景况很不好，几乎连维持都困难。旧书又大量从乡下、城镇流出，最大的出路是进入还魂纸厂。一个常到浙东收书的老店员一次向我叹气，说他在某地看到一大批旧书被当作爆竹的原料。其中很有不少明版的白棉纸书，还有一部初印的朱竹垞的《曝书亭集》。他想买了新的纸张向爆竹作坊换下这些旧书，结果被拒绝了。理由是新的“洋纸”在质量上远远赶不上旧的棉纸、竹纸，做起爆竹来卷不紧也没有韧性，放起来也不响。

我又听到一家书店的店主说起，从上海城里一个旧人家称出了一大批旧书，都已捆好堆在旧纸店里了，第二天就要送到造纸厂去。我就要求他去选一下，答应他以“善价”收买。他很不情愿地终于去了。第二天我去找他时，他递给我两本旧书，同时叹气说，旧纸店不情愿打开已经扎好的一捆捆旧书，因为每捆能选出几本是毫无把握的。他费尽唇舌，也只打开了一捆。他选出的两本书是万历新安诸黄所刻的《罗汉十八相》，大方册，是最精的徽派版画，和另一册黑格旧抄的《续复古编》，是顾氏秀野草堂的藏书。扎成一捆捆的旧书一直塞到纸店的天花板，难怪他们不肯一一打开，重扎。据藏印知道这家人家姓奚，藏书室名“铸古盦”。关于这个藏书家，我也一直没有能查出更多的底细来。

这件事给我的震动更大。不久，郑西谛路过上海，当时他是中央文化部文物局的局长，正在视察各地文物图书的保存情况，我就将这些反映给他，同时提议，人民政府保护文物图书的法令和宣传教育工作都是极为重要极为迫切的工作，此外，必要的经济措施也是不能忽视的。国家应该用“善价”来收买有价值的古书。在当时，所谓“善价”，也不过是比废纸的价格高出若干而已。这样做的好处是，可以运用经济规律阻止一切应该受到重视、保存的书籍进入还魂纸厂。这样做了，宣传效果可能比一纸公文更大，很快就能收到不胫而走、家喻户晓的成效。而这将起保护全国城乡直至每一角落留存下来的古文献的作用。在国家来说，花费看来是极为有限的。

郑西谛确是一位对祖国文化遗产抱有极浓挚热爱的好同志。我至今还记得他听到反映以后的焦急和激动。他立即采取的措施是组织了一些旧书店的店员拣选即将投入还魂纸厂的“废纸”；这种关心以后又发展到将投入冶炼厂的“废铜”。我不曾继续了解这些新开展起来的工作的细节，只记得曾被邀参观过一些拣选出来的旧书。有一册宋版宋印的宋人别集，书名忘记了，给我的印象极深，这是“残本”，但却是几百年来未见著录的书。[①]

这些都已经是旧话，也是历史了。不过我想，也许至今它还有一定的意义，还不失为一种小小的“经验”。在着重进行宣传、教育的同时，恰当地辅以适度的经济措施，实践证明是有效也有益的。不只在经济战线上，在文化战线上也同样是如此。

1979 年 4 月 13 日

注：①这书是宋葛洪撰《蟠室老人文集》。宋刻、宋印，只剩下了十四、十五两卷。今在南京图书馆。《中国板刻图录》著录。

1980 年 11 月补记

古书的作伪

对于版本目录之学，过去有一种流行的片面理解。不少人是干脆把它看作版本鉴定学的，这自然很可笑。不过这种看法的产生，也自有其特定的历史背景。古旧书籍本身一旦成为商品，价值规律就必然发挥作用。一切在市场上出现的通常现象也必然随之而来。买书的人和书店构成了既同一又斗争的矛盾统一体。“斗争”的焦点就集中在商品的质地和价值上面。时间久了，买书的经验积累渐多，逐渐形成体系，这就是所谓版本鉴定之学。

现在，情况已经有了很大的变化。上面所说的那个“矛盾统一体”几乎已经邻于解体。旧书店的招牌，在一些大城市里虽然偶然尚能看到，但旧书，特别是旧刻、旧抄本书却基本上消失了。因此所谓版本鉴定学似乎已经失去了存在的依据。然而不然。既然这已经成为带有科学性的东西，就已有了存在下去、并进而丰富提高的理由。目前，我们伟大的社会主义祖国确实积累了极为丰富的文化遗产，其中属于古文献的图书部门，就迫切需要大量有一定专业知识的人员关心、整理、保存、利用。这可不是一个轻松的任务。要提高全民族的科学文化水平，是万万离不开这一环的。

今天，依然健在的版本学老专家真的已经是屈指可数了。中青年接班人的培养，已成为极为迫切的课题。我们现在有极为优越、为旧社会所不可想象的学习条件，在国家图书馆里藏有大量珍贵的古刻本、抄本书，用来比勘、研究的条件是前人所不可想象的，按理人才的培养是并不困难的了。不过事情往往又并不如此单纯。记得我曾听到一位老专家向我诉苦，他曾把着手教过一些青年，把宋元明刻的实物放在面前，细细地讲解那区别、特征，说得舌敝唇焦，但效果却并不理想。过两天试试看，依旧还是分不清什么是清刻，什么是明刻，自然更不必提更细致的问题了。他最后喟然说道："当年我出了××元，买进了一部染纸充宋的假宋板，回来经人说穿，有好几夜睡不好觉。从此就懂了这一手，再也不会上当了。"这故事很可笑，所以今天也还记得清楚。不过我想，这应该不是笑笑就完的事。

要取得学习的成绩，付出学费是必要的。学费的付出也有种种方式的。那位老专家的取得了优异的学习成绩，对事物取得了比较深刻全面的认识，归根结蒂是由于他付出了"创痛巨深"的学费的原故。这还不只从经济意义上说是如此，像他所犯的那种错误，对一个"收藏家"的声誉，损失也是巨大的。

今天我们当然不会再用这种方式来培养专家，但它依旧不失为一种能够引起人们思考的思想材料。同时，我也并不想作为一个庸俗的笑话介绍给读者。

像这一类的“经验”，每一个买过旧本书的人都会遇到好多起，应该说是并不奇怪的。同时有一点也应该指出，过去有许多著名的收藏家，尽管他们藏有大量好书，有的还在版本目录研究上做出过很好的贡献，他们的著录，也不是完全可以凭信的。他们也会犯错误，也会做出一些不可思议的事来。

季振宜是清初著名的藏书家，有《延令宋板书目》，读起来也真使人为之向往而佩服。不过我却买到过他所藏的《汉书》，那是明代正德嘉靖之间汪文盛的刻本，一些都不难识别的。但在卷前却珍重地钤了“御史之章”等三方大印。以后在每卷卷首，又钤了“季振宜藏书记”朱文长方印。细看那钤印之处，恰在“唐颜师古撰”一行的所在。而颜氏衔名之下却有挖补的痕迹，原来汪文盛的衔名被挖去了。那用意是明明白白的，是企图灭去明刻的痕迹，冒充宋刻的，而作伪者恰是季振宜自己。这就使我对他的“宋板书目”产生了怀疑，不再相信那一册书目所收全都是宋刻了。

同样的情形还出现在曹寅的外甥堇斋昌龄那里。我买到一部《七经图》，棉纸初印大册，用鹅黄的腊笺作面，书页里用宣纸作衬，全是康熙中内府的豪华装。每册卷前都钤了昌龄的藏书印。过了不久，又得到同书的残册，却是没有重新装池的明代原装，是四明卢氏抱经楼的旧藏。等我将两本进行对照时，奇怪地发现昌龄的藏印却钤在原来刻有新安吴继仕熙春楼字样的所在，原来也是挖补过的，和季振宜改造《汉书》是用了同样的手段。类似的情况我遇到过好多起，这两件都出之于著名的收藏家，所以记得格外清楚。

杜诗的版本可谓多矣，不过多半是注释本，白文的比较少见。我有一部八卷的杜诗白文本，版心下有“净芳亭”三字，前面有序，也不记刻者姓氏。但据板刻风气可以断定是明代嘉靖中所刻。前有阳城张氏省训堂的藏印。后来却发现，松江韩氏读有用书斋在书目里却指之为宋本。有一种韩氏书目，还附印了书影，对比一下，就正与我所藏的一本相同。看来这不像作伪，只是鉴定上出了差错了。后来又知道，“净芳亭”是许宗鲁的斋名，许刻的《国语》《尔雅》等流传颇广，版心下题“宜静书屋”，知道的人不少。但这“净芳亭”却少见。细看一下，字体之古怪方板，也确是许刻的风气。像这种情况，一个鉴定者所能做到的也只是断定书册刊刻的大致时代，要了解更多的情况，就只有多看，多做对比研究，留心书目、题跋以及有关的一切记载。到现在我们还没有一部系统记述这一类知识的著作。我们今天的条件到底比前人好了不知多少倍，避免再犯韩应陛那种错误的保证也更充分，不过重要的还是艰苦的研究，没有这一条，别的条件都将不起作用。

过去在古书作伪的勾当中玩出种种花样来的大抵是旧书坊。染纸充宋、割去牌记、伪造印记、挖补缺卷、用旧纸伪造旧抄、临仿名人校跋，创造发明也多得很。不过买主付过“学费”，就像传染病患者的产生了免疫力，也会变得聪明起来的。要取胜就得别出心裁。我曾遇到过这种崭新的花样，虽然上了当，到底也还是爱他的本领。

有一次从苏州的某书肆看到一种题为《烟花小史》的书，是明代万历刻本。它包含了八种书，记得有《秦淮四嬍诗》《薛涛集》《仙仙集》等种种名目，十分别致。回来查《千顷堂书目》等多种书目，都找不到那名目。书中还有昆山叶氏的藏印，确是未之前见的怪书，赶紧出重价买了回来。仔细研究，发现其中一种在版心下面有“右编”二字，编者署名有“澹云王路”字样。前面那张扉页，大书《烟花小史八种》，用纸确是明代竹纸，但较厚实；刊刻字体也极似明人风气，但到底微觉板滞。几经研索，我断定这其实是一种残本。王路曾刻有《花史左编》，这大抵就是所谓“右编”了。王路是晚明出版业向资本主义急遽发展时期出现的一个出版家兼编辑人，是马二先生的前辈。不同的是他经营的并非举业书而是迎合时尚的“通俗文艺”，看那作风是要算作明末的鸳鸯蝴蝶派的。这八种，除了薛洪度集分量较多以外，其他大抵是小册子。至于前面的扉页，则是书坊新刻的，那名目也取得好，完全掩盖了原来残本的面目。

我想，作为晚明通俗出版物的一种标本，即使是残册，也还是值得重视的。马湘兰、郑如英、朱今燕、赵彩姬等的诗集，也由于王路的介绍得以流传。书坊的花样玩得十分巧妙，可惜的是，原书前面想来原有总题和细目，却因此湮灭了，这自然是版本目录研究中的一种损失。

我之敢于断定这是一种新的作伪的花样，因为我还从这家书店买到过用同样方法炮制出来的书，祝允明的诗、文、词、曲杂集。前面也有一张崭新的扉页，题曰《枝山先生柔情小集》，下面还刻了一个葫芦，中题“四全”两字。这回是从《千顷堂书目》里马上找到了那破绽，祝允明这样的著作有七种，不是四种，总题也并非什么“柔情小集”。

也是这家书店，又曾发现过二本《陈大声散曲三种》，万历刻本。陈是明代著名的散曲作者，这书也是不见著录的。此书曾引起藏书家的很大兴趣，不记得最后是被郑西谛还是傅惜华买去了。那扉页，不用说也是新刻的，那风格和我所得到的两种完全一致。这样看来，原书一定也是一个残本，也必不只三种。傅、郑两位都是著名的戏曲收藏家，我猜他们都不会知道这里是玩了花样的。

傅、郑两位同志都已逝世，陈大声这部散曲集如果历劫尚存，在编目的时候，我希望添加一个附注，说明“三种”云云是值得怀疑的。

1979 年 6 月 4 日

谈"善本"

"善本书"这名目，现在知道的人不能算少了，但要具体地下定义、立界说，就不大容易。自有书籍之日起，应该说就已经发生了善本与非善本的争论，异说纷纭，莫衷一是，如果一一浏览，是会使人头昏脑涨的。但仔细一想，争论之起，总是由于标准的不同。而标准在抱有不同目的的人眼中，又总是不一样的。以古书而论，它既是文献，又是商品。这就基本上划清了两种不同标准的界限，一切争论，大抵总是由此而起的。

清代中叶有一位著名的藏书家，黄丕烈（荛圃），以收藏宋板书著名。他有一个别号是"佞宋主人"，可以想见他的主张的坚决与真挚。他主张一切古书，以宋板为最好，因为它古。他校起书来，即使宋板书中明显的错误，也必据以"改正"非宋板的并不错误之处。他是主张越古越好的，可惜唐板还不曾发现，否则一定改号"佞唐主人"无疑。黄丕烈收集、鉴定、流传古书的功绩是不可否定的；他主张古本可贵，也并不错。不过他把事情搞过了头，终于弄得可笑而荒谬了。

黄丕烈并不是这一主张最早的发明者，在他以后这种主张又有了惊人的发展，一直到今天也还不曾消失。黄丕烈是藏书家，但后来又开了“滂喜园”的书铺，经营旧书交易。在古书商品化的过程中，在资本主义经营方式萌芽的浪头中，他都很有些代表性，因此在这里提出他来作为一种典型。

留心书市风气变迁的人，可以看出一种有趣的现象。在不同时代，人们对书籍价值的评断是不同的。从很早的时候开始，群经的地位一直占据着最高的宝座，那原因是容易理解的。到了清末，才发生了明显的变化。那时晚明野史、清代禁书的身价突然上升了。这是民族主义思想风起云涌的结果；紧接着是群经地位的一落千丈；再以后是小说戏曲书变成了珍品，这自然是五四运动以后，俗文学研究兴起的必然趋势。再后来，是过去无人过问的地方志大行其时，这与帝国主义者的大力搜罗是密切相关的，他们为了不可明言的目的，想尽力占有资料，对中国进行详细的调查研究，不过往往美其名曰人文科学的学术研究。

以上粗略的勾勒，是就书籍门类横断面观察的结果。大致说来，发展趋向还是健康的，那就是知识界摆脱了经义和道学，逐步走向实际，眼界也开阔得多了。其间每一变化，都有着深刻的社会变革的原因。越古越好的教条终于打破，“善本”的定义有了新的内涵。

如果我们拿宋人明人的藏书目录与清初、清末、晚近的目录书加以比较，是会发现很有趣的差异的。宋人不必说，明人目录中也大抵不记版本。从清初以毛氏汲古阁为代表的常熟派藏书家开始才有版本记录。同样，过去的藏书家很少记载地方志，但范氏天一阁与祁氏澹生堂是例外；记载小说的，除明人《百川书志》外，只有钱遵王曾加以注意；戏曲的命运尤为寂寞，只有也是园、祁奕庆藏书楼曾加记载。这都不能不使人佩服他们特异的眼光。如果谁收集了清末以来旧书店做广告用的目录，那就能看得更为清晰，因为照例在这些目录中都附有定价，不但可以看到书籍流转的踪迹，也能看到书市风气、供求关系的变化。这些，照我看也同样具有文献价值，不可忽视的。

前面提到的黄丕烈，一方面在藏书家中有重名；但同时也为讲求实用的学者所讥嘲，他们给他加上了“古董家”“赏鉴家”等徽号，大加调侃。我想余嘉锡先生的见解可以作为代表（见《论学杂著》），那意见不能说是没有道理的。不过也不可说过了头，否则也会向反面转化的。有些旧时代的学人，由于条件的限制，没有可能看到丰富的古刻、旧抄的实物，他们讲求目录之学，往往是从目录到目录，缺乏实践经验，因此也容易发生不应有的谬误。版本学是一种科学，到底离不开实践。

说到这里，我想在为“善本”作界说时，至少要考虑两个方面，它们的文献的和文物的价值。

有些书籍，不只因为它古、稀少（所谓“孤本”“罕本”）而可贵，还确是极可贵的工艺美术品。韩愈和柳宗元的文集，当然算不得罕见的东西，但宋世彩堂刻的韩柳文则无疑是国宝。那纸墨、刻工，就绝非后来别的刻本所能比拟。

这两种书都有明万历中郭云鹏的翻刻本，也算是刻得好的，但与原书一比，实在是天差地远了。这样的古书，珍藏在国家图书馆里，是人民珍贵的财富，我们就绝不应讥之为“佞宋”。

过去有一种可笑的办法，就是在时代上画一条线，作为判别“善本”的标准。这条线大抵又是随着时日的流逝而逐渐后移的。清初的《汲古阁秘本书目》中就没有明版书，到了解放前，就将崇祯以前刻本通通算作“善本”，后来觉得不够妥当，就把一些清刻列入“乙目”，实在是形而上学的方法，其实还是逃不开尊古的旧框框。好像至今那影响也还没有完全消失。真的照此办理，明人所刻大量草率的“书帕本”也将全部列入“善本”。自然，即使是明人的恶刻，也是值得保存的，但保存是一事，“善本”是另一事，没有混淆的理由。

如果真有这样一条线，则太平天国刻行的书，以及大量近代的刻本、稿本、抄本又将怎样看待呢？鲁迅、西谛所印的《北平笺谱》，成书不过四十余年，其文献、艺术、版本上的价值，难道是什么通常明刻所能比并的么？似乎文物出口的规定中也有这样一条线，同样也是极不科学的。这些，看来都是在上层建筑领域推行的“一刀切”作法的例证，都是值得重新考虑的。

和这个问题有关，可以看看当前出版机构印行古籍方面的一些问题。已经证明是伪书的李卓吾的《史纲评要》，被印成了精致的大册，这是叛徒江青的“杰作”，不必大惊小怪，但至今还被人们当作必读的历史课本，就值得注意了。朱彝尊的《词综》、沈德潜等的《五朝诗别裁》都不是什么“善本”。特别是《清诗别裁》（原名《国朝诗别裁》），沈德潜为了逢迎清朝皇帝，竟将一些明遗民的作品，改得一塌糊涂，连他自己祖父沈钦舆的诗也改得俯首帖耳、吞吞吐吐（可惜我所藏的沈钦舆集尚未发还，这里举不出例证），真是令人发指而且气短。印行这样的选本，而且浪费了人力物力大册精印，看来实在没有什么必要。

曹寅的《楝亭集》列入“清人别集丛刊”影印了，而且有两种版本。曹寅的著作是有印行的价值的，但是否影印，似乎也还值得考虑。当前纸张和印刷力量都还较为紧张，像这样的书，看来还是排印为宜，为读者的负担考虑也应该如此。听说还要印行纳兰容若、朱彝尊、金冬心等的别集，这些书之为“善本”，是无疑的，但它们究竟并非孤本，在雕版上也并没有影印的突出特色，排印之余，附加两张原刻的书影也尽够了。

我是赞成搞好影印的工作的，国家所藏的重要善本是大量的，值得影印的也是很多的。过去一些学人以个人的力量印行过一些古书；商务印书馆那样的企业也印行过大量的古籍。但印制水平还不是令人满意的。今天，我们应该努力用最好的技术、有选择有重点地印出有代表性的国藏善本来，这在保存珍贵的文化遗产、提供研究资料、进行国际文化交流上，都有不可忽视的重要意义。

数十年前，日本静嘉堂文库曾经影印过我国归安陆氏旧藏的《东京梦华录》等书，质量是不坏的。但在我们看来，也还有可以大加改进之处。我相信，我们完全有可能印出更精美、更能体现我国悠久雕版事业优异成果的复印本。这无疑是我们在出版战线上应该进行的一种重要工作。

1979 年 6 月 30 日

谈“题跋”

一向喜欢读藏书题跋，买旧书时遇到书后有前人跋文的尤为高兴，辑录跋文的专集也搜罗得不少，好像对这个题目很有些话可说。可是稍稍过细一想，就感到要谈出些较有系统的意见还是很不容易的，例如题跋与后记之类应该怎样区分就不大说得清楚；又如“四库全书”的“提要”，事实上也是一些题跋的汇编，不过它是“钦定”的，过去的读书人一向对之采取敬鬼神而远之的态度，即使发现了其中有错误，也不敢指出；斗胆想提些意见，一开始也还是得先写上“伏读”再进行声述，这可不是“百家争鸣”应有的气氛。因此，谁也不敢把《提要》当作题跋来考虑。此外，题跋本身也是五花八门，内容多样，有涉及考证、校勘的，有广告性的，有杂记琐事有如日记的，总之，大别之不外两类，即学术性的与文学性的两大类。我所喜欢的则是后者。

题跋小文，是从宋人才开始注意并大量写作的。影响最大的应数苏轼和黄庭坚。他们所写也还不是书籍的跋文，过去一向被视为散文小品，这是与他们集中的大篇正宗文字对比而言的。此外，欧阳修、叶石林等也都写题跋，陆放翁更是此中名手。他们的流风余韵可以说一直延续到晚近也还不曾消歇。南北宋之交的著名女词人李清照所写的《金石录后序》更是突出的作品。这并非小品，而是她为丈夫赵明诚的三十卷学术著作所写的跋文。《后序》详细记录了他们夫妇从青年时代起辛勤收集古文物书籍的经过，以及靖康之变转徙流离中藏物损失的过程。李清照是文学家，《后序》的文学性也特别强烈，是写尽了家国身世之感的名作。《后序》留下的影响也是巨大的，影响主要不是表现在学术性，而是在文学性方面。

长夏理书，随手翻得一些实物例证，现在就依次引录，少加说明，也许可以对题跋这一品种，略窥涯略。

《陕西四镇军马数》一卷，后附《会兵御虏》，明嘉靖刻本。收藏有季振宜三印，又“姑苏吴岫家藏”印。这是一册官书，也就是当时官刻的一种内部文件，应该算是机密的。因此流传不多，好像只在“近古堂”“绛云楼”“传是楼”的书目中有记录，那名目也多少有些不同。这是难怪的。推想此书一定不只刻过一次，每换一任主管官员大约都要重刻几次。那些见于旧目的本子也都找不到了，无从对校。这本书是明代苏州著名的藏书家吴方山（岫）的藏书。在吴岫看来，这并非古书，而是崭新的出版物。但他却在卷中留下了五行手跋：

陕西设总制，自石淙杨公始。嘉靖七年春召归。晋溪公王琼继之，撰为此书。公由谪所起用，一平吐蕃，再平套虏。实以兵马素练，钱粮敷足，根本已固故也。下有会御事宜，乃其经略，故并刊焉。继其政者，当珍藏检阅勿忽。姑苏末学吴岫题。

此书原不著撰人，从吴岫跋中可以知道作者是王琼。所谓陕西四镇是“陕西镇”“延绥镇”“宁夏镇”和“甘肃镇”。书中详记各镇所属卫、所、堡设官及兵马数量，陕西一省民屯夏粮秋粮数目，以及《会兵御虏图》等，后面所附帖、札付等文件则是嘉靖七年冬至八年夏所发出。吴岫的跋算不上什么考据，这在他看来原不过是一本新书。但从他的看重此书，可以知道明朝中叶的藏书家还是重视当代文献的，并不像清初的常熟派藏书家，一味地追求古。其实也难怪，清初的政治气候已经不允许读书人留心当代政治、经济、军事等事物，他们的一头钻进古书堆里，是应予原谅的。

《老子全抄》一册，竹纸绿格写本。版心上有“聊尔编”三字。书衣有墨笔跋：

此先夷度府君手自点阅之书也。计其时尚为诸生。先人手泽，子孙当世珍焉。不肖男骏佳谨识。时辛亥孟春，已七十八岁矣。

夷度是祁承㸁，明代浙江著名藏书家澹生堂的主人。祁骏佳是他的长子，彪佳的哥哥。辛亥是康熙十年。乙酉清兵下江南，祁彪佳自沉死。祁家诸子图谋兴复故国，组织抗敌力量，被人告发，破家。澹生堂的藏书就在此时散佚了。那详情在黄梨洲和全谢山等人的著作中都有记载。祁氏诸子佞佛，骏佳尤甚，常常把家藏书籍随意送给和尚。不过一些先世手泽还珍重保藏在家里。这一本《老子全抄》和另一本《易测》，就因为是承㸁少年时的读本，保存下来了。这两书写手都极精，不像是抄书人的手笔，应是万历以前写本。卷中有朱笔、蓝笔圈点，是出于祁承㸁之手的。八千卷楼曾有澹生堂抄本《蝶庵道人清梦录》一卷，卷首有“旷翁（承㸁）题，男骏佳书”的跋语，就都是这一类的“澹生堂抄本”书。

这两行跋语，中间隐藏着一段残酷的斗争故事，但跋文本身却一些都不曾透露，这是当时政治情势下必然的产物。祁骏佳不像李清照，虽然逃来逃去，到底还在南宋的版图之内，所以还能畅所欲言地发挥家国之痛；这在祁氏诸子就不可能，他们只能“寄沉痛于悠闲”，说两句“淡话”。

清代著名藏书家留下的题跋是很多的。如何义门、吴尺凫、鲍以文、黄荛圃、顾千里、吴兔床、陈仲鱼、钱竹汀，这里只是随手拈来，自然还有很多漏略。不过由于上面所说的原因，他们都已将兴趣集中在版本、校勘上面，学术性的成分在他们的跋文中空前增大了。他们的劳绩是值得重视的。至今，在涉及版本目录之学时还不能不时时求教于他们的著作。这中间自然也有一二位是别有特色的。如鲍以文，他平生收藏、刊刻了大量的古书，但他并非完全是书呆子，他爱刻宋元人集，如汪水云的诗，这中间并不是毫无用意的。他也是个有风趣的人物，我有他所校的元人集，不只是卷中朱墨杂下，在每卷之后，还记下了何时、何地校毕此卷，还随手记下了气候、风物、人事，是很有文学意味的随笔，较早的严虞惇也喜欢这样做，他在川江舟中读苏诗，每卷后的跋文，几乎就是一篇小小的游记，集在一起，就是一卷很好的出蜀日录。

黄荛圃也喜欢在题跋里记琐事，买书经过、书肆、书估、书价、藏家，包括日常生活，都随手记在跋文里。虽然有些学者很不以这样的作风为然，加以讥笑，但我却喜欢读这样的题跋。他的题跋已经被搜辑汇刻为厚厚一叠，他曾经跋过的书的身价也被抬高到不可思议的荒谬高度。不管是怎样的破书，只要有他一两行题跋，就会身价百倍（其实百倍也不止），这则是很没有道理的。

我记起了二十几年前偶然得到一部《王注苏诗》，是万历刻本，是很普通的书，印本也很不好。不过这是翁同龢的批校本，从常熟翁家散出的，书中有许多跋语特别有趣，曾随手抄下，也至今不忘。这书先有虞山钱简臣的批语，翁常熟又借得严思庵的评本，用紫笔过录下来。翁的题跋是这样的：

> 光绪庚子四月朔，邑子翁同龢获观。
>
> 评点极矜慎，而于鄙意有未尽合者。余粗疏任气，老将至而未知所裁也。雍正辛亥距今百六十六年，展卷兴感。龢记。光绪庚子五月。

光绪庚子首夏，得此书于邑中书估。有雍正九年钱公简臣批点，丹黄烂然，颇极矜慎。是年六月汪柳门侍郎由吴门寄示严思庵先生手批本，前后数过，最后为康熙五十年辛卯，则又在此评本之前廿年矣。钱公于严先生为乡里后进，而手眼各别，因以紫色笔移写严评并圈点于册内，以证吾虞诗派之同异。

思庵先生古之狷者也。其罢官居京师时，至于绝粮，得人馈青钱二千始济，非其人必不受也。余削籍归田，生计日迫，然犹有书画数箧、墓庐一区，仰愧先生多矣。龢记。

批本中题记，往往涂抹过半，意当日文字之禁严耶？卷末有味闲居士鎏者，先生长子也。

庚子六月，北方有警，讹言纷然。回望神京，魂神飞越。此岂吾读书时耶？然舍读书又何为也。嗟乎，嗟乎！以庸流参大计，以华士谈诗书，以沾沾格律绳古仙之奇作，同一憾事！是月望，松禅。

自十六以后，无雨。几于流金烁石矣。余假菉卿侄舍以居，书室如斗，蚊雷轰然，临圈点毕，因记。六月廿九日。

在这十册书中，翁同龢用紫笔过录了严思庵的全部圈批，还在每一卷尾过录了有时长达数百千字的跋语，一色小行楷，这是翁氏晚年书法极好的代表作品。在这一切之外，更值得注意的是在几段题跋中透露出来他的内心活动。

翁同龢是光绪帝的师傅，人所共知的“帝党”。康有为就是经他的保荐得到重用的。一般都把他看作戊戌政变的重要人物。其实他在四月二十七日就被罢斥了，而变法的诏书是五月初一日才颁布的。翁罢相后并未出京，在西太后重新垂帘“训政”，杀了六君子以后，才来追究他保荐康有为的罪案，终于被驱逐回籍，“交地方官严加管束”，“懿旨”中并有“毋许滋生事端”字样。据马叙伦记，“常熟循故事，月具文投地方官云，‘具禀奉旨驱逐回籍严加管束原任协办大学士翁同龢禀知：本月同龢在籍并未滋生事端’云云，皆亲笔”（《石屋余沈》）。这大约就是“四人帮”横行时“思想汇报”之类花样的先河，不过比起清朝故事来，后者可是要严厉、紧张得多了。翁同龢幸而早生七十年，不但可以虚应故事地交差，还敢在旧书上白纸黑字大发牢骚，看样子他是并不担心抄家或追查“黑材料”的。翁同龢在乡下读苏东坡诗集时，正好是义和团起事的庚子年（1900年）。他虽久已退归林下，可是还念念不忘“神京”，并痛骂“参大计”的“庸流”（我不相信这是他的自我批判），他的心情是可以理解的。不过他自己是否就不是“庸流”，在当时却是有争论的。他的同乡曾孟朴就在《孽海花》里为他绘制了大体上颇为传神的画像。他和李鸿章是政敌，甲午之役，他是主战派的首领，与主和的李鸿章是对立的。不过他也并非什么值得佩服的政治家，并没有什么远见。充其量不过是平庸的“状元宰相”而已，不只是书生论政的典型，也是将派别利益放在国家利益之上的人物。这在同时人的评论中是可以找到不少记录的。不过即使如此，他的那些题跋，依旧不失为有意义的文献。他的关心国事，自然也是不错的。

与翁同龢同时或少后，也有一些值得注意的题跋作者。如沈曾植，收入《海日楼题跋》中的藏书题跋，大半论及版本源流，应该归入学术性一类，不过他的文字写得好，有一些是可读的散文。他是“遗老”，文章中带有浓烈的遗老气与寒酸气，有时十分可笑。如后来成为“四部丛刊”底本的《中兴闲气集》和《河岳英灵集》，就是他的旧藏，但在影印时，他的题跋却被删去了。收入《海日楼札丛》的也不完整，查原书，在“甲寅三月……”之前是被灭去了“宣统”二字的。甲寅是1914年，已在辛亥革命后三年了。沈曾植和其他一大群遗老，躲在上海的租界里，还在奉着“逊清”的正朔。又过了七年，许多遗老在“宣统辛酉正月万寿节”(按即溥仪的生日)，又在沈的家里聚会，还在这两部书上写下了“观款”。遗老的名单是“冯煦、王秉恩、邹嘉来、余肇康、吴庆焘、朱祖谋、郑孝胥、王乃征、章梫、杨钟羲、胡嗣瑗、陈曾寿、陈曾任、沈曾植”，共十四人之多。这些，在商务印书馆影印时，就都灭去了。显然是出于政治上的原因。不见原书，是不能发现这种有趣的差异的。从这里，我们又可以得到两条经验：一，一切影印本，不只是“四部丛刊”，都是靠不住的，多少总有些有意无意的删削、改动，作为历史资料，还不是可以完全凭信的；二，看来版本还是值得研究的，因为它有助于提供真实的历史资料。

最后，不能不提到郑振铎。西谛是有名的藏书家，也喜欢写题跋。从他的题跋文中人们可以接触到他对书籍爱好的真挚的心。他在题记中经常会写下“大喜欲狂”“为之狂喜”“惊喜过望”这样的词句，只要与西谛相熟的，都会知道这些都是他得到一本满意的书以后真实心情的写照，不是做作出来的。他为《天一阁抄本录鬼簿》所写的长跋，可以算作标本，原文已收入《西谛题跋》与影印本《录鬼簿》了。我在这里想介绍的是他的另一篇题跋。这是他自己手书上板的《西谛所藏善本戏曲目录》后面的一篇手写跋。此书刻成于1937年秋，共二十二叶。刻成后只印了少量的蓝印本。那木板就寄存在上海的来青阁书店里。书店的老板怕这篇跋惹祸，就把刻了跋的那块木板毁掉了，剩下来的二十一块木板却还在。抗战胜利以后，来青阁又曾用这旧板印过少量的蓝印本，但已经没有原跋了。我的一册是书友郭石麒所赠，还是宣纸的最初印本，时间已经过去了四十年，书口处两行的蓝色都已退掉，但字迹还清晰，现在就转录在这里。

余性喜聚书。二十年来，节衣缩食所得，尽耗于斯。于宋元以来歌词戏曲小说，搜求尤力。间亦得秘册。唯一书之获，往往历尽苦辛。有得而复失，失而复于他时他地得之者；有失而终不可复得者；有始以为终不可得，而忽一旦得之者；有初仅获一二残帙，于数月数年后始得全书者。盖往往有可喜之奇遇焉。人声静寂，一灯荧荧，据案披卷，每书几皆若能倾诉其被收藏之故事。尝读黄荛圃藏书题跋记，于其得书之艰，好书之切，深有同感。二十一年正月，丁上海之役，历年友好贻惠之著述，与清末以来之印本，胥尽于一炬，而所藏他书，以别庋北平，获免于难。收书之兴，亦未少衰。五年来所获滋多于前焉。前夏举室南迁，藏书亦捆载而南。以所寓湫狭，将非所日需之图籍万数千册移储东区。不意今乃复丁浩劫，其存其亡，渺不可知。连日烟焰冲天，炮声动地，前方将士正出生入死，为国捐躯，区区万册图籍之存亡，复何足萦念虑，而歌词戏曲小说诸书，以藏于蜗居，独得幸免。抗战方始，此区区之幸免者，又安能测其前途运命之何若耶。唯中不乏孤本稿本，历劫仅存者。先民精神所寄，必不忍听其泯没无闻。爰竭数日之力，先写定所藏善本曲目如右。通行刊本千余种，均摒去不录。呜呼！书生报国，不徒在抱残守阙。百宋千元之弘业，当待之驱寇功成之后，中华民国二十六年八月二十四日，郑振铎跋。

这是一篇文情并茂的跋文。可贵的是，在一般藏书家照例要感叹唏嘘的场合，作者却表现了十分昂扬的气概。而这就正像他的为人，他就是这样一位热爱祖国文化典籍，生气勃勃，努力工作至死不息的人。

1979 年 7 月 21 日

谈禁书

不记得是谁曾经说过，“雪夜闭门读禁书”，算是人生一乐。我想这是说得不错的。要选一个下雪天，还得是晚上，外加关门上锁。这样的典型环境实在刻画得好，没有切身体会，怕是万万想不出的。

因此读禁书也就被赋予了一重浓重的神秘色彩，寥寥七字，包含的内容实在丰富得很。

溯本穷源，发明了禁书的手段并严格付诸实施的还是不能不首推秦始皇帝。这以后就有很长一段时间继起无人。虽然提起“图籍之厄”，烧书的事确曾不断发生，但那大都是战乱之间不问青红皂白一把火通通烧光，与嬴政的有目的、有纲领、有明确规定而且著之律令的焚书还是不能同日而语。禁书与文字狱发生关系，较早也较著名的是宋代苏轼的“乌台诗狱”，清代的张秋水有《眉山诗案广证》，就是专论此案的。张鉴的《冬青馆集》里收有许多有关南明史事的论文，他生于嘉、道之间，正当清代中叶文字狱盛行之后，他的特别关心宋代诗人苏东坡的命运，应该不是没有缘故的。

清代的乾隆皇帝，确是遥遥继承了秦始皇的传统，并后来居上的。论手段、论规模，也都远远超过了他的前辈。单是“禁毁书目”就先后修了几次，成书若干册。“禁书”成为一种通行的术语，也就从这时开始。不过有清一代，人们明明知道这一客观存在，但口中、笔下却谁也不敢提。一直到了清末民初，旧书店的商人才公然堂皇地把禁书字样标在书目上，同时售价也就相应飞快地提高，终于在有些图书馆的目录上也逐渐露面，作为审定“善本”的一种根据了。

为了习惯与方便，这里谈到禁书，也姑且以此为限断。

“禁书”虽然已经成为宝贝，但我居然也先后得到过若干种。这就使我悟出，禁书者，不论是有着无上威权的封建统治头子还是别的什么聪明人，也不论他们用尽了怎样的心机，到头来也终于是无效的。书是禁不绝的，因为有无数正直、公平的读者的保护。

唐末的词人韦庄，写过一篇著名的长诗《秦妇吟》，诗中涉及黄巢起义军攻入长安时的一些情况，有“内库烧为锦绣灰，天街踏尽公卿骨”这样的句子。韦庄自己后来觉得不大好，“公卿”们看了自然不舒服，新朝的头目也不会喜欢的，因此就自行“抽毁”，从《浣花集》中删去，还给家属留下了禁令。这以后一千多年中人们都无法看到这篇著名的作品。不料终于从敦煌的石洞里发现了那抄本，而且有三卷之多。韦庄用心良苦的安排终于还是无效。那原因就是很有一些读者喜欢它，作品还是被传抄、保存下来了。

韦庄后来虽然贵为蜀相，他到底只是一个个人，与能动用国家机器，在全国范围内搜查禁毁的皇帝是不能相比的。

不过皇帝又怎样呢？事实证明，成绩也并不理想。不过两百年，清代禁毁的一些作品，也还是陆续出现了，并没有禁得一干二净。那原因也并不两样，也是得到了人民保护的结果。

近三十年前，我看到过从浙江绍兴梅市流出的一些山阴祁氏澹生堂的藏书。这是一批由祁氏子孙深藏密锁了三百多年的先世著述。大半是抄本与稿本。其中绝大部分是符合禁毁的条件的。经过清初的残酷镇压，祁氏遭到了家破人亡的惨祸，但还是冒着杀头、灭族的风险保存下了这些著作。事实本身就是极为悲壮的。

这批书中有一部祁承㸁的《澹生堂集》，是崇祯刻本，在禁书目中是有著录的。仔细一看，凡是集中“奴”“虏”“酋”等字，都已用浓墨仔细地涂去了。同时我还看到一部清初抄本的《澹生堂诗文钞》，是祁氏子孙选抄待刻的稿本。原书中那些涂掉的地方，都经过细密的修改。这些工作，想来都是在“雪夜闭门”的情况下进行的吧？

后来在苏州又得到过一部刻于崇祯甲申（也就是典型的弘光刻本）的钱栴撰《城守筹略》，则是南明政府官员为了抵御“北虏”南下而提出的作战方略。奇怪的是这样的书，禁书目中也并未收入。可见清初统治者花了如许气力搜索、审查，工作也还是粗疏得很。原书卷一第一页的书名和作者名字都被什么人撕去了，撕得很马虎，卷一以下都还好好地保留着书名和撰人。这就不能不使人揣测，藏书者要应付即将到来的大搜查，他所藏的这种违碍书又很多，在惶急中只能这样马虎地处理一下的吧？那时代可能就在钱栴被捕杀头的前后。

我还有一部清初刻的《新乐府》，是吴炎、潘柽樟（潘耒的哥哥）的作品。这两位都是在庄史之狱中被杀头的。书前的作者姓氏也同样被撕去了。这样的残迹，好像意在提醒后来的读者，书册曾经历过怎样的命运，才终于保存下来，好像直到今天也还能隐隐嗅到血腥气，以文献论，是非常可贵的。

提到庄氏史狱，就不能不联想到偶然得到的一册稿本，《私史纪事》（这是经过修改的，那原题是《史祸纪事本末》）。这可是一册很有价值的稿本。作者是范骧，与陆丽京等三人都受到“庄史”的牵连。他们大概都曾为此书写过序或曾列名参校。案发以后一起被逮，被押解到北京刑部听审，后来总算放还了。这书详细回忆记录了起解途中，下狱审讯……以及如何打点营救，被释还家的全过程。浙江离北京有一千多里，天气又是严冬，范骧等都是六七十岁的老人，他们的身份是逆案的“钦犯”，在押解兵丁的驱赶下赶路，后来到了刑部狱中，前后半年光景，过的是怎样非人的生活，都有十分动人的描绘。不只是文字狱的珍贵史料，作为社会风俗史，这也是难得的原始记录。尤其使我吃惊的是，这本回忆录记下了三位老人在遇祸以后，彼此间曾经发生过的一些猜疑和互相责难。在书册的上端，有陆丽京的后人署名“宗楷”的墨笔批注，都是驳斥范骧、为丽京辩诬的。他们被释放归以后，不用说，家都已破了，陆丽京的结末是离家出走，不知所终。看来与这种纠葛是不无关系的。封建统治者的残酷迫害，在明遗民内部散布的矛盾，这一切都是不能不引起人们深深的思索的。

《读书堂诗集》，原刻的黑格纸，精抄，无疑是康熙中的清写稿本，不题撰人也没有分卷，后面还有许多空白页，可证尚未编定。这是钱塘汪无已的诗集，无意中得之市肆，也是一种当然必禁而不见于禁书目的异书。无已名日祺，后改名景祺，是钱塘汪东山（霦）的儿子。此集所收都是少年时的作品，后来他投入年（羹尧）幕，因《西征随笔》一书获罪，“律以大逆不道立决枭示”。《西征随笔》的原件后来在故宫里发现，曾经有过新印本。作者是有才华的，笔记中有些纪事的篇章，其实是很好的短篇小说，此外也有一些揭露官场丑行的纪事，我读过以后始终未能发现获得如此大罪的根由。其实汪景祺最大的过错是成为年羹尧的亲信。当时议政大臣所定年羹尧的“大逆罪”的第三条就是“汪景祺《西征随笔》，见者发指。羹尧亦云曾经看过，视为泛常，不行参奏”。后来查嗣庭文字狱发，雍正在“上谕”中还念念不忘于景祺，“去年正法之汪景祺，文稿中有‘历代年号论’，指‘正’字有‘一止’之象”。雍正作为一个“伟大”的“作家”，完全可以和他的继承人乾隆之为一个“伟大”的“诗人”媲美。他写起“上谕”来，往往下笔万言，反复声说，终于使臣民陷入五里雾中不得不承认皇帝的“权威”而后已。他运用种种奇怪的逻辑，惊人的捏造，将他所选中的对象一个个罗织入文网之中，又一个个杀掉，还要罪及妻孥亲属朋友和简直毫不相干的人。雍正是清代文字狱事业的奠基者，他提供了整套的纲领、理论和实践范例。可惜他的统治只持续了十三年，剩下的工作不得不由乾隆来最后完成。

据《永宪录》记，汪景祺“伏诛”以后，妻子照例要“发黑龙江披甲人为奴”。“景祺之妻，巨室女也。遣发时，家人设危跳，欲其清波自尽。乃盘躃匍匐而渡。见者伤之。”简单的几句话，写尽了一场阴森的闹剧的阴冷凄凉的结末。

汪景祺的《读书堂诗集》不过是少作，并无可观，全书充斥着封建文士无聊生活的描绘，但书前却有七八通诗序，作者都是当时的名家。除了朱彝尊、韩菼，现在已经记不起还有谁了。我曾经查过这些作者的文集，发现没有一篇序是保留下来的。这是难怪的。朱竹垞的《曝书亭集》卷二十，还保留了与景祺在西湖“夜泛”的五首诗。这是因为朱集刊成在景祺获罪之先。但后印的本子，“日祺”两字就已经削去了。出于同样的原因，朱集卷二十三“喜青宫再建”诗，在康熙五十一年再废太子以后，重印时也削去了。一个作者的文集，由于政治情况的变化，不同时期的印本就会有不同的面貌。这就是藏书家重视初印本的理由之一，也是判断重印时期的重要根据，也算是版本目录之学的一点小小的知识。

上面随意想到的几个例子，几乎无一不是清初文网的漏网之鱼，这就说明，尽管皇帝雷厉风行，作为头等政治任务来抓，效果还是很不理想的。当时各省的封疆大吏和中枢的文化官员实在值得同情，他们担着身家性命的干系，一字字地读着汗牛充栋的书本，又实在捉摸不透皇帝老倌的定案标准，他们的为难是可以想见的。手边有四册《无闷堂集》，闽张远超然撰，康熙刻本。四库未收、禁书目也没有著录，照我看也是一条漏网之鱼。只要看卷中有许多地方都开了天窗，就可以知道了。文集卷七有一篇《徐烈妇小传》，照例这样题目的文章我是不大看的，但因为篇中挖去了将近一行而引起好奇，终于发现这实在是一篇很有意义的文字。传末“野史氏曰”以下的一节是：

> 甲寅之变，生灵涂炭。身污名辱，终于不免者，不独女子也。女子为尤惨。楚蜀两粤，不可胜数。以予所目击耳闻者，独浙闽江右。其死于锋镝、盗贼、饥饿、损伤、老弱废疾者不具论。其姿容少好，骡车马背辇之而北者，亦不具论。惟其弃载而鬻之者，维扬、金陵，市肆填塞。（以下挖去十五字）累累若若，若羊豕然，不可数计。市之者值不过数金，丑好老少，从暗中摸索。

甲寅是康熙十三年（1674）。这里所说的是三藩之变，干出种种惨绝人寰的兽行的正是平定三藩的清军。其在浙闽江右一带作战的则是讨伐耿精忠的部队。扬州、南京的人肉市场，竟与奴隶社会无异。不见旧记，是无从想象的。那挖去的几句也不知道说的究竟是怎样的事物。但仅此一节，难道就不该劈板禁毁、追究作者吗？可惜的是乾隆一伙竟自轻轻地放过了。

乾隆肚皮里的标准，捉摸起来是困难的，但只要翻翻“文字狱档”，就可以约略知道那大概。不是连测字先生的方法都已采用了么？又还有什么标准可言？其实这也正是一种标准。运用之妙，也未必全出自“圣心独断”，大小臣工的努力也是万万不可忽视的。

皇帝也自有他的聪明，早已发现这样蛮干下去不是事了，必须转变作风，采取新的积极措施。这就是《四库全书》产生的背景。聚集群书，暗暗改削，写成“正本”，颁示天下。既得“稽古右文”之美名，又收统一思想之实效。确是一条好计。但这也并非乾隆自己的发明创造，列祖列宗早已有见及此并付之实施了。入关以后首先为崇祯帝治丧；康熙下江南专程去孝陵致祭，他写的“治隆唐宋”的“御碑”，到今天也还完好无恙。已死的明臣给以美谥，尚存的就用“博学鸿词”的办法招徕。这原是一整套政策的两个侧面。不懂这一手，是不能理解禁书的全部奥妙的。

禁书是一种历史现象，非常丑恶的历史现象。人类社会本来是没有这种事物的，但后来出现了，在某些时候还颇行时。我相信，它终究是要消灭的。前些时曾经就此进行过一些讨论。我自己是赞成读书无禁区的主张的。当然，一时实行起来并不那么容易。只要具有健康、正常的头脑的人，我想都应该赞成并努力创造条件把禁区彻底打破，并最终消灭这一丑恶历史痕迹的吧。那种一听见要取消禁区就不舒服，惟恐这种宝贝事物断种、失传的精神状态是奇怪的，不正常的。

“神农”尝百草，在他心目中本来就没有禁区。后来发现了毒药，他也只是向人们提出警告，同时写入本草，研究利用。他设了“禁区”然后又用科学的方法打开了“禁区”。假使一开始“神农”就是满眼“毒草”，不敢触动，科学的本草学、药物学是不可能出现的。

三十多年以前，在中国的许多地方，马列主义曾是“禁区”里的“禁书”。多少人如饥似渴地“雪夜闭门”读之，后来终于诞生了新中国。“禁”的后果往往却是相反的宣传，这是反动派所不及料的。这些事过去了还不算太久，大概我们总多少还有些印象吧。

1979年11月28日

再谈禁书

在《谈禁书》里讲了一点有关禁书的故事，意犹未尽，想来补充一下。其实哪里说得上“未尽”，简直是差得远，真的不过只是碰到了一点皮毛而已。即以禁书的性质而论，曾经碰到的一点是属于政治性一类的，此外还有另一个大宗则是属于“道德性”的。例如一般所说的淫书、猥亵书、色情书、黄色书……就都是。这最后一个名词是十年前才时髦起来的，是集大成的，意义更为“广泛”“深刻”的一个专用词。就连过去最正统的道学家听了也会为之吃惊，好像世道人心之“古”，再也没有逾于此日者矣。我至今也还弄不清楚那真切的定义，除了几本确凿无疑的正经书之外，简直就不敢保险哪一本不是“黄色书”。

我还曾经表示过，我是赞成读书没有禁区的。我想，如果要受到质问，极可能出现的问题将是，是否对“黄色书”也主张不设禁区呢？甚至是，是否主张公开发行《金瓶梅》呢？这不是过虑，我想不少同志是必然会有此一问的。我想，我的回答依旧只能还是那样。当然，我也曾说过，“一时实行起来并不那么容易”。早已安下了必要的“伏笔”了。

为什么会有这样迹近“离经叛道”的坚定信念，这就不能不追溯到四十多年以前，当我还在中学里读书时从报上看到的一条消息。那是报道新上台的希特勒在德国的“政绩”的，详细内容已经说不清楚，但那要点倒是记得的。那时在纳粹党的鼓动之下，德国的一些大学生捣毁了一位德国著名科学家和教授创立的一间图书馆，把所有的藏书（自然是“黄色书”）都搬到柏林大学，定期焚毁，同时还大声唱歌，那歌词因为是译成古诗形式的，因此至今还约略记得，他们唱道，“日耳曼妇女兮，今已得到保护兮”。

在当时一个中学生的头脑里，这消息确是引起了极大的震动。大学生烧图书馆，一也；烧了“黄色书”女性就得到了保护，二也。这疑团一直维持了很久，后来总算逐渐明白了一点，但最后的恍然大悟，是在过了四十多年，“前中学生”看到了在林彪、“四人帮”恶意煽动之下的一些“今中学、大学生”们的烧书“壮举”之后。论规模、论气魄，都远非当日的纳粹希公所能望其项背，这就是直到今天我依旧敢于坚持自己的看法的一个重要的根据。

照例要讲一点自己的经验。可惜的是这种经验并不多。因此发言权也就很有限了。记得也已是三十多年前了，商务印书馆新出版了据明刻本排印的“古今小说”，买来看了，其中有些篇中出现了一些□□，虽然数量不多，但读了究竟不免气闷，就写了一封信给张菊生先生。张先生当时是商务印书馆的“董事长”，年纪也有八十多岁了。但第三四天就收到了他一封亲笔回信，做了详细的答复，还请馆员把缺文抄下来附给我。这就使我对这位“戊戌”一役仅存的老新党非常佩服。已经近九十的高龄，又是德高望重的学者，但头脑并不冬烘，也不道貌岸然，依旧恪守着一位版本学家的好品质。比起另外一些年纪不比他大，但患得患失，说话荒唐，举止失态的老人来实在是好得远了。

1950年初，我在北京住了一个多月，无事闲逛琉璃厂，在一家书店买到一小册抄本《痴婆子传》。这是我买的第一册黄色古书。抄本并不旧，只是书坊制造的假古董。但却使我看到了一种久闻其名的“名作”，长了见识。后来到清华园去访问钱默存教授，谈起此事，被他大大地取笑了一通。后来还写了一联诗相赠，那上联就是“遍求善本痴婆子”。又过了几天，我到北京大学的图书馆去看书。在办公室里看到穿了大衣索索地坐在那里的向觉明。承他的好意，允许我到书库里去随意阅览。在这里，不但翻阅了李氏木犀轩旧藏的许多宋板明抄、顾批黄跋，后来竟又闯入了“不登大雅之堂”文库。这是北大故马隅卿教授的遗藏。大约有两间房间，深绿漆的钢书架上满满地放着线装书，其中有许多就是这类该死的东西。没有好久，门外有人探头进来问讯，原来是来参观的一队中学女生。她们大约以为我是图书馆的管理员，问我这间书库藏书的特点。这真使我大吃一惊，立即颇为粗暴地采取了挡驾的措施。回想起来，当时我的举止神情，就俨然是一位标准的卫道的道学家。

提起马隅卿（廉），现在知道的人恐怕不太多了。他是五四前后就在北大工作的一位著名的小说戏曲研究者。喜欢并努力收藏着这方面的书籍。他的书斋取名为“不登大雅之堂”，用意也在此。要收集旧小说，就必不可免地要包括了黄色小说，也许这倒是“不登大雅之堂”的真义。当然，正人君子看了是要摇头的，后来马隅卿因为中风，死在讲台上了，有人就说这是他收藏这类坏书的“报应”。

那天我随意翻阅了大量的这种坏书，收获真是非常巨大。在旧日记里，还记下了所见的部分书名，现在就抄在这里：《迷史》《奇缘记》《蕉叶帕》《花阵奇》《比目鱼》《桃花影》《定情人》《醉春风》《牡丹奇缘》《觅莲记》《意外缘》《归莲梦》《杏花天》《绣屏缘》《警寤钟》《催晓梦》《双缘快史》《如意君传》……我当然并未一一通读，只是凭着做编辑的经验，稍稍一翻就明白了这些完全是用“三突出”的方法生产出来的标准公式化、概念化的“作品”。那些“英雄人物”，都是非常“高大”并“完美无缺”的。他们的本领也真大，譬如常人一顿能吃四五碗饭就已了不起了，这些“英雄”就有吃一百几十碗那样的“天才”。依此类推，这些一眼就能看出是极端虚假的捏造，无论作者反复声说是如何美妙、快活、圆满也都是完全无效的了。当时读后的感觉也完全不是“味如嚼蜡”所能形容的。我想，我后来的没有变为一位黄色书收藏家，主要要归功于那一次见识了这许多“样板”。我又想，这些书之所以变为“珍本”“秘本”“孤本”，并非由于历代皇帝以至“道德家”们的努力禁毁，而是事物本身判了自己的“死刑”，正如前些年的“样板戏”“样板小说”一样。历史是真正无情的，这里又有了一个例证。因此至今我也不能理解为什么有些人仍旧不能忘情于

"样板"，一部《红楼梦》里据说有几十条（?）人命，在"样板戏"背后又有多少条人命呢？人民群众之所以热烈欢迎近三年来涌现的大量优秀小说、话剧，那原因又是什么呢？人们终于不能不得到这样的结论，想要真正打倒一种事物，只靠口号、声明、命令是无效或收效甚微的，最聪明的办法莫如让它表演，彻底地公开地表演，请它自己打倒它自己。

顺便说说，在已出版的北大书目和"西谛书目"以及其他图书馆的目录里，都是把这些宝贝驱逐出境了的。这种做法并不一定妥当。出借可以慎重，但名目却应该保留。就如前面开列的一大堆书名，我大胆地抄了下来，因为这许多原已早见于公开的出版物，如1958年作家出版社出版的《元明清三代禁毁小说戏曲史料》里就收了清代官员"销毁淫书目单"等文件，那里就有着更为繁多的记载，使我们知道曾经有过这许多名目，也是不为无益的。

我还曾被邀到"碧蕖馆"去看过书。惜华非常好客，事先做了准备，找出来准备给我见识的"秘本"也有数十百种。不过因为有了在"平妖堂"（也是马隅卿的斋名）里的经验，对这些专讲"妖精打架"的故事丧失了兴趣，因此不但没有细看，连名目也不曾抄。后来听说这些宝贝一股脑儿都被那个"顾问"抢了去了，不知道现在还无恙否？著名的明刻《素娥编》也是那次在惜华家里看到的。书前有许多幅板画，人物长大，但图绘和雕版却不精，比起同时看到的一套"风流绝畅图"的照片来差得远了。这图是明代万历中刻本，还是彩印的，现藏日本。从板画史的角度看，是重要的作品。此外，也可以使我们知道，明代末叶社会上弥漫着的是怎样的一种风气。这样的文字和绘画，就是那么大量地、公开地刻印发卖着。人们一些都不以为怪，就好像火山爆发之前的庞贝古城里的情景一样。

如果要问这些该死的东西到底有什么用处？我想这就可以算作一条。我们平常看历史书，遇到讲起一个朝代到了没落衰亡前夕时，往往只能碰见一些原则性的义正词严的分析批判，而且无论哪个朝代都几乎完全一样。结果只能得到一些虽然正确但却模糊的概念。在这种场合，这些宝贝实物就能给我们一点小小的帮助。

我的知识浅薄得很，见闻也不广。此外曾经见过的这类古书，除了景印的《金瓶梅词话》以外，就只有叶德辉所刻的《双梅景闇丛书》、排印的《宋人话本两种》等。丛书里所收几乎全是道士的胡说八道。我还买到过一厚本棉纸黑格抄的药方，是明代正嘉之际“卧云山房”抄本。从中居然发现了许多西门庆之流曾经使用过的配方，可见小说里所写也并非全是子虚乌有。还有就是从阿英同志的《小说闲谈》之类著作中，得到过一点零碎的知识。外国文献，同样也知道得极少。在印度，我曾买到过一本 Nefzaoni 所作的《香园》(*Perfumed Garden*)，是16世纪阿拉伯著名的古典作品。印度这类书还多得很，买不胜买，只得了这一册。此外，就是 Havelock Ellis 的七卷两大本性心理学。这也是名著，在外国也曾是禁书，后来作为医学院学生的读本，公开发售了。无论是古典文学还是学术研究，都是很有价值的读物，给了我很多知识。我知道外国的道学家也并不比中国少。有一位著名的研究这种学问的学者死后，他的妻子就将他的全部手稿都烧掉了，认为只有这样做才算是尽了一个合格妻子的天然职责。像莎士比亚，也曾被斥责为“猥亵作家”。更不必提左拉和劳伦斯了。还曾有人做过规定，以尾巴骨为中心，画一个尺半左右的圆圈，禁止谈论圈内的一切东西，只赦免了胃。这样的事，我们也应该知道一点。于是对许多奇怪的议论也就不必大惊小怪了，“外国也有的”！

没有什么人会来主张无原则地开放诲淫诲盗的坏书，我想这一点是可以放心的。看来现在问题所在倒是我们应该有怎样一种精神状态。是应该解放思想向前看，努力打破一切束缚人民思想的旧框框，日益进步呢？还是抱残守缺地向后看，拼命维护今天看来已是奇谈怪论的“道德规范”，以至胆战心惊、不知所措呢？

至今也还是有不少同志把一切上层建筑的力量看得过于不可思议了。一有风吹草动，就向这里来找原因。小孩学坏了，是看了外国影片的结果。不能说没有关系，但只有这是唯一的原因么？思想混乱，是讨论引起的恶果，好像只要大家闭起嘴来，思想就会自然而然地趋于一致与纯正了似的。这样看问题的同志把我们的人民和青年到底放到怎样的位置上去了呢？他们又是怎样看待经济这个基础的呢？我们学习了很久的唯物史观怎么一下子都忘记了呢？

1980 年 2 月 21 日

书痴

看题目，这好像是从《聊斋志异》上抄了来的。一个年青的读书人废寝忘食地在书斋里读书，半夜里，一张少女漂亮的脸在窗外出现了……后来，自然要有一段曲折、甜蜜的恋爱生活，然后，书生得到少女的帮助，终于考中了状元，做了大官……

自然，这不过是说笑话。蒲松龄的思想境界是不至如此低下的。但在风起云涌继《聊斋志异》而出现的什么《夜谈随录》《夜雨秋灯录》之类的作品里，这样的故事就不只是可能、而且是必然要出现的了。在那样的社会里，“书中自有黄金屋；书中自有颜如玉；书中自有千钟粟”的“美妙”幻想，在读书人的头脑里，简直是独霸着的，这就使他们不能不整天价做着此类的白日好梦，也自然要进而写进他们的创作中间。

不过关于读书人真实的并非捏造的故事，也是有的。如果图便捷，不想翻检许多书本，我想，叶昌炽的《藏书纪事诗》是可以看看的。

叶昌炽辛苦地从大量原始记录中搜罗了丰富的材料，依时代次序，把许多著名藏书家的故事编缀在一起，是煞费苦心的。他的书在这一领域不愧是“开山之作”，过去还没有谁就此进行过系统的研究。

叶昌炽的书另一值得佩服的特点是，他在取材时尽量选取的是那种“非功利性”的读书人的故事，因而也较少封建气息的污染。当然这也只能是相对而言。和“为艺术而艺术”一样，百分之百的“为读书而读书”是不存在的。读书，无论在什么时代，总都有他的目的性。但取舍之间，不同作者的眼光是大不相同的。我想这和叶昌炽自己就是一个生性恬淡，习惯于寂寞地研究，因而热爱书本的书呆子不无关系。

如果想探索一下，是什么促使人们热爱书本，那原因看来也只能归结为强烈的求知欲。司马光是爱书的，他所藏的万余卷文史书籍，虽然天天翻阅，几十年后依然还像“新若手未触者”一样。他对自己的儿子说过，“贾竖藏货贝，儒家惟此耳”。这是很坦率的话。书是知识分子的吃饭家伙，是不能不予以重视的。这里我把“儒家”译为知识分子，和“四人帮”的论客的解释是不同的。虽然在政治上司马光和王安石是对立的，但他这里所谓“儒家”看来也只是封建社会读书人的泛称，并没有什么格外的“深意”。

司马光自然并不是“为读书而读书”的人，他编写《通鉴》的目的是“资治”，一点都不含糊。他的得力助手刘恕也是一位藏书家，他受司马光的委托，经常走几百里路访问藏书家，阅读抄写。一次，他到宋次道家看书，主人殷勤招待。刘恕却说，“此非吾所为来也，殊费吾事”，“悉去之，独闭阁昼夜口诵手抄，留旬日，尽其书而去，目为之翳”。

也是宋代的著名诗人尤袤，则公然声明他的藏书的目的是，“饥读之以当肉，寒读之以当裘。孤寂而读之以当友朋，幽忧而读之以当金石琴瑟也”。这个著名的声明，出之诗人之口，很有点浪漫主义的味道。他是道出了“为读书而读书”的真意的。近代著名学人章钰为自己的书斋取名“四当斋”，就是出典于此。

书籍是传播知识的工具，在知识还是私有的时候，知识分子对书的争夺是不可避免的。于是有许多见不得人的勾当干出来了。有一些还被传为“美谈”，其实正是丑史。过去的藏书家喜欢在自己的藏书上加印。除了名号之外，也还有一种“闲章”，有时要长达数十百字，就等于一通宣言。从这些印章中，很可以窥见藏书家的心思。

陈仲鱼有一方白文印，“得此书，费辛苦。后之人，其鉴我”。这是很有名的印记，读了使人有一种无可奈何的印象，觉得陈仲鱼是挺可怜的。他这里所说的后人，并非指自己的子孙，而是后来得到他所藏书籍的人。在这一点上，他还是明智的，比有些人要高明得多。风溪陶崇质“南村草堂”藏书，每每钤一楷书长印，文云“赵文敏公书跋云：‘聚书藏书，良匪易事。善观书者，澄神端虑，净几焚香。勿卷脑，勿折角，勿以爪侵字，勿以唾揭幅，勿以作枕，勿以夹策。随开随掩，随损随修。后之得吾书者，并奉赠此法。’陶松谷录”。这也是很通脱的。爱书，但私有观念并不怎样浓重，是很难得的。明代著名藏书家、澹生堂主人祁承㸁的印记则说“澹生堂中储经籍，主人手校无朝夕。读之欣然忘饮食，典衣市书恒不给。后人但念阿翁癖，子孙益之守弗失”。则已明显地露出了贪惜之念，而且要向子孙乞怜，把希望寄托在他们身上，结果当然是失望。祁家的藏书后来被黄梨洲、吕晚村大捆地买去，吕还为此作了两首诗，其一云，“阿翁铭识墨犹新，大担论斤换直银。说与痴儿休笑倒，难寻几世好书人”。说了一通风凉话，却料不到他自己连同所藏书籍的命运比祁氏还要来得悲惨。

清末浙东汤氏藏书也有一方大印，“见即买，有必借，窘尽卖。高阁勤晒，国粹公器勿污坏”。说得更是开脱，而且毫不讳言，必要的时候尽可卖掉。这就分明可以看出，到了封建社会的晚期，“子孙世守”那样的观念已经日趋淡薄，而书籍作为商品，在读书人心目中的地位也已大大改变了。

但在明代或更早，这种通脱的意见是难以遇见的。著名的天一阁，就历世相传着极严格的封建族规。藏书应怎样保管，要经过怎样繁难的手续才能看书，都规定得十分明确。有清一代，有许多著名的学者想登阁观书都被回绝，这样的纪事是很多的。约略与范钦同时的苏州著名藏书家钱谷有一方印记则说，“卖衣买书志亦迂，爱护不异随侯珠。有假不返遭神诛，子孙鬻之何其愚”。就大有咬牙切齿之意。钱叔宝是一位贫老的布衣，也是真正爱书、懂得读书的人，他的这种愤激的言辞是可以理解的。说得更为可怕的是明末清初宁波的万贞一（言），他是万斯同的侄辈。我买到他的藏书，读到他手钤的藏印时，是吃了一惊的。他说，“吾存宁可食吾肉，吾亡宁可发吾椁。子子孙孙永勿鬻，熟此自可供饘粥”。在我浅薄的见闻中，像这样说得斩钉截铁、血肉淋漓的可再也没有了。

为了保护藏书，一方面是训斥子孙，另一面则是威胁买主。可以作为代表的是另一方大印，不过已说不清是否是钱叔宝的手笔了。“赵文敏公书卷末云：吾家业儒，辛勤置书。以遗子孙，其志何如。后人不读，将至于鬻。颓其家声，不如禽犊。苟归他室，当念斯言。取非其有，无宁舍旃！”

话虽如此，有些人肚里明白，他们寄予殷切期望的孝子贤孙往往是靠不住的。明代的杨仪吉年老时就将所藏书散给了亲戚、故旧，同时还恨恨地声明：“令荡子爨妇无复着手，亦一道也。”他大概看够了官僚地主家庭子孙“不肖”的实例，才想出了这一条计。他是隐约地看出了“君子之泽，五世而斩”的规律的，自然并不明白那原因。

以上通过几方藏书图记，约略勾画了藏书家愉快、痛苦交错的矛盾心情。这些位，如称之为“书痴”，大概是并无不合的。当然具有较为高明的识见者也不是没有。明末的姚叔祥就说过“盖知以秘惜为藏，不知以传布同好为藏耳”这样的话，是很有见地的。可惜的是并不多见。

“嗜书好货，同为一贪”。这是并非藏书家的极平凡的常识性见解，恐怕事实也确是如此。旧记中常常有人们千方百计搜求书籍的故事，有些自然是使人佩服的，有的就难说。比如朱彝尊买通了钱遵王的书童，把《读书敏求记》的手稿偷出来传抄，就被当作“佳话”写入了序文。这其实就是孔乙己著名的自我辩护的蓝本。“佳话”与“笑柄”的区别，完全以是否“名人”为准，事物的本质往往是被忽略了的。在阶级社会里，人们的行动是不能不受社会阶级地位的制约的。孔乙己如果没有落魄，或有朝一日又阔了起来，他就会使出不同的手段来抢，人们也不但不敢笑，而且还要眼睛望着地面了的。

关于《清明上河图》或“一捧雪”的故事，人们是熟知的。因为有戏曲和小说的宣传。严嵩、世蕃父子的收藏，详细记录在《天水冰山录》里的，恐怕无一不是用同样手段取得的。但很少有人知道，严家父子的前辈，秦桧父子早已玩过同样的花样了。

陆游《老学庵笔记》记：“王性之（名铚，是作《挥麈录》的王明清的父亲）既卒，秦熺方恃其父，气焰熏灼。手书移郡，将欲取其所藏书，且许以官。其长子仲信名廉清，苦学有守，号泣拒之曰，‘愿守此书以死，不愿官也’。郡将以祸福诱胁，皆不听。熺亦不能夺而止。”这是八百多年以前的故事，但今天听来也还面熟得很。同时还不能不叹息古人到底“淳厚”，王廉清顶了一下，秦熺也就算了。如果换了陈伯达或那个“顾问”，你顶一下看，谁都知道那后果是什么。

中国历代皇帝有一种高妙的创造发明，好像一直不曾引起过怎样的注意。那就是“抄家”。一个奴才，受到主子的宠信，逐渐爬起来了，一路上贪污、受贿，巧取、豪夺，终于积累了一大笔家私。到了一定的时机，皇帝就将面孔一板，抄家问罪。既平了“民愤”，皇帝自己也在“山呼万岁”声中写写意意地将贪官的辛勤集聚搬到内库里来。这实在是极为巧妙的一举两得的方法，比起自己出面接受“孝敬”要干净得多也省力得多。因此一代代继承下来照办无误，不过一直心照不宣，也从不写进什么总结里去。到了十年浩劫之时，“四人帮”之流就全盘继承了这个办法，并加以发展、提高。原来只限于几个贪官的，现在就推广到全民中去。原来的口号是惩治贪污，现在就改为破除“四旧”。在深度、广度的变化上，都不能不说是受了清代文字狱的启示。一切书籍、文物、艺术品……只要用“四旧”的尺子一量，就再也没有地缝可钻，一股脑儿被抄了去了。

奇怪的是，当时作为“罪证”的“四旧”，今天在许多人的眼睛里又有了完全不同的意义。当党和政府三令五申、拨乱反正，责成清理发还时，有的人就很不愿意。在他们看来，“四人帮”的反革命掠夺，在理论上是非法的，在实际上却是一种“成果”。

我不敢确说这样的思想状况有多少普遍性。因为即使抱有这种想法的人大抵也不肯坦白表示，他们嘴里说的往往倒是更为动听的词句。不过从具体的现象中可以知道它是确实存在的。我自己的几本破书被“四人帮”的爪牙抄去，已近八年。有些书就放在上海图书馆里，我也早就看到了那详目，知道是完整地保存着的。可是至今也还没有发还的讯息。偶尔去打听一下，就会听到全套公文程式的答复。最后这种繁复的套话浓缩成一句，是“尚未清理完毕”，而且已经重复了若干次了。真是奇怪，难道那几本书就一直是点不清楚的么？

1979年12月20日

祭书

时令还没有进入农历己未年的腊月，不知怎的忽然想到了“祭书”。过去时代的读书人，特别是藏书家，到了一年向尾的某一天，总要举行这样一种仪式。把自己心爱的书陈列在案头，藏书很多的，大抵只是选取少量有代表性的书本，多数还要用鲜花酒醴作供，可能还焚香，然后大礼参拜，口中念念有词，不外是“长恩默佑”“子孙永宝”之类的虔诚吉利话。这样的仪式常常要请好朋友参加。仪式结束后就大家一起赋诗。会画的朋友也许还要画一张画，接下去就是吃酒，再就是将有关的诗文刻进自己的集子里去。

过去我经常从诗文、题跋里看到这种纪事，觉得很有趣也很可笑。买了几本破书，居然还要玩出这许多花样。地主阶级也确是空闲得可以。

这种仪式所反映的思想也是明明白白的。首先是“知识崇拜”。过去是只有地主阶级有文化，要占有文化就得依靠书本。因此书就成了他们稳稳站在统治阶级内部、对被压迫的阶级实行统治的必要武器，即宝贝。而对宝贝是必须表示充分的敬意的。

其次，在旧社会，书籍也和其他物质财富一样，流转无常，易遭毁失。一般的说法是书有五厄，什么水火兵虫之类。仔细想想，其实又何止于此。如果每种书印出以后，一本都不毁失，那就真正不得了，现有的图书馆无论怎样扩充也将装不尽，而善本这名目也就不存在了。经验教训了读书人，他们为了免除这种厄运，也只能采取一种迷信的手段，祭。

我在这里讲起这样的故事，自然不是想来推荐什么封建迷信。其实用不着推荐，在我们这里，封建的事物还多得很，至少在目前，还用不着担心它会断种。同时，物质基础也到底不同了。把什么《基度山伯爵》之类供在桌上，对之顶礼膜拜的喜剧，用不着担心，是肯定不会出现的。

我的忽然又想起了祭书，自然也有自己的原因。那就是，最近我又时时想起了我的几本破书，情不能已，这才产生了这样古怪的念头。仔细回忆，在过去的十多年中，这样的念头确是从来也不曾出现过。不过近来不同了，又开始动笔写写文字，也必然要想到过去曾经思索、考虑过的一些问题。有时想有所引据，或企图更过细地加以钻研，或想为久已酝酿的主题搜寻较完备的资料，往往只能掷笔而起，叹口气完结。明明知道自己有哪些书，所需的材料就在某卷某页，可就是看不到、摸不着。明明知道这些书都安然无恙地放在图书馆里，“蓬山此去无多路”，但还是没有法子想。

已经是八年以前的事了。当时我正在干校里当泥水小工。一天，换上了劳动服正准备上工，忽然一位头头来通知了，要我马上回上海去，第二天一早到单位里去报到。这是出乎意料的，是吉是凶，完全不能预卜。但自己明白，八成不会是好事。第二天遵命去报到了，先是受到大声呵斥，坐在门外，接着那位头头出现了，简单地说了一句，“今天要按政策没收你的全部藏书”。这时我就立刻省悟，为什么采取了如此神秘而迅速的手段，那是防备我会进行私下的转移。

在这简单的宣布之后，就是立刻出动。三十多条大汉、两部运纸卡车，浩浩荡荡向我的住所开去。车上带了几捆麻袋，人们花了一个整天又一个上午，总算把我全部印有黑字的本本全部运走了。我这样说，是因为到底还给我留下了几卷高丽笺，有的还是乾隆时的旧物，就因为那上面没有字迹。后来我就拿来一张张都写满了字。明知自己不是书法家，也不配用这样的旧纸，但还是写了。我想，除了检查、交代、汇报之外，我还应该有些另外白纸黑字的东西。

在查抄过程中，还有许多有趣的细节，但在这里，略之。

我向另一位头头提出，是否留下一份目录呢？他向我大喝一声，道：“嚣张！”这是当时习用的词汇，我们都明白那意思。但今天出版的辞书里的解释却是不完备的，至少没有反映那特有的丰富而微妙的含义。我想这是有些可惜的。

真是出乎意料。第三天，头头来通知了，决定要编一本目录，而且要我也去参加。我不明白，我的“嚣张”的建议是怎样终于被采纳的。但这种神秘的决策过程，也还是不去研究的好。

到了机关的一间大房间里，发现我所藏的白纸黑字的东西都堆在那里了。更出乎意料的是，发现了已经坐在那里的顾起潜先生。他是研究版本的老专家，是清代苏州著名藏书家顾氏秀野草堂的后裔。二十多年前就刊行了“明代版本图录”的，我过去在图书馆里也曾看见过他。我想，在当时，他应该是一名不折不扣的“反动学术权威”，可是竟被弄来参加审定编目的工作了。那细节，我自然也没有打听。

我的工作是编目，但只是一些被认为够不上善本资格的书才由我来处理。专家们自己动手的对象当然是不同的。我按照常规努力地编着，记下了书名，版本，册数，编成一种不折不扣的书账。但到第三天上，头头来训斥了，说我在搞繁琐哲学，要我更加紧、简化地编。我想，单是杜诗，我就有十多种不同的刻本、抄本，用简化法怎么能行呢？但这样的“繁琐哲学”头头怕是不要听的，解释起来又太费口舌。因此什么也不说。这样，我自己只负责编了极小部分的自录。到了第五天，头头下令了，我还是回到干校去当小工。以后那些白纸黑字的事物的命运，就一些都不知道了。

这以后一晃就是五六年。说一些消息都没有也并不准确。曾经有好几次得到朋友通知，“写作班”里出现了我的藏书；图书馆里也有我的目录书在任人翻阅；甚至有些人从不知什么地方弄到许多画册在看，上面也有我的签名。这也是我的一种坏脾气，买到一本书，随手要写上自己的名字或题跋，有时还要钤印。因此也就成了这些消息提供者的依据。当时，听了这些消息，我也只是“一笑置之”。并不是真的看破了“红尘”，只是觉得愁眉苦脸或痛哭流涕都并不雅观也于事无补，还不如淡然处之的好。这也是我的一种坏脾气，二十多年前，一位头头就曾指出我这是“强颜欢笑”，自然就是不认识错误罪行的表现，因而给了我加重的处罚。

一直到1978年的年末，我才又去拜访了顾起潜先生。从他那里得到的消息是令人鼓舞的。他告诉我，我的藏书中间的线装书部分，都很好地保存在图书馆里，没有什么散失。同时因得到他的照顾，有些残破的书册，还修补装订过。只要等政策确定、发布，立即就可以发还。

此外，我还在另外的地方看到了顾先生手制的我的藏书中间属于“二类书”的一份详目，并奉命照抄了三份。我还好奇地打听过，怎样的书才算是“一类”呢？回答是并没有。我想，那大概是指宋板元抄之类的国宝吧。

我的几本破书够不上“国宝”的资格自然用不着多说。但对我却是珍贵的。因为它们被辛苦地买来，读过，记下札记，写成文字，形成了研究构思的脉络。总之，是今后工作的重要依据。没有了它，就只能束手叹气，什么事都干不成。

一年以来，也曾为此奔走过许多回，遇见过各种人物，经过的细节不想在这里细说了，总之是没有什么结果。人们的论调、手法，也都是极平常的，我们大家都非常熟悉。如实写下，就难免要犯“公式化”的错误。在这里，我只想以一个遭受“四人帮”无情掠夺的受害者的身份提出一点卑微的愿望。何妨让我有条件继续工作下去呢？何妨落实党的政策使物归原主呢？今天，我能说出这些平庸的看法（在大批“资产阶级法权”的日子里，这就不只是“嚣张”而是“反革命谬论”）是不容易的，很需要一些勇气。因为想到古人祭书的故事，牵连讲了这许多废话，连我自己也觉得不免过于饶舌了。

1980 年 1 月 15 日

书之归去来

知识分子和书的关系是很难用一两句话来加以形容的。从古以来，读书人曾用种种方式来表达他们对书本的感情。有些话是说得几乎有些可笑了的，但我相信这都是真实的，也没有什么不可告人的企图。因为尽管人们宣传他们如何爱书，也做不成学者，当不了大官，更发不了财。最多也只能使人留下一个书呆子的印象而已。

但在十多年前，“知识越多越反动”的高论上市以来，情形就有些不妙了。一个人如果有书X册以上，就无疑要成为“反动”的铁证。这个X的界限也并无明确界说，要看老爷的高兴而定。我并不是什么“藏书家”，但旧书是有几本的，其为“反动”自然已无疑义。紧急措施是将书橱、书箱……一律贴上白纸封条。好像这里面装的都是什么带放射性的毒物。每天回家看见这些交叉着的十字封条也真使人不舒服。后来，“荣幸”得很，那个和“四人帮”有密切关系的“大人物”说了话了，给了我“以伪乱真”四个字的考语，于是大小喽啰一拥而上，内查外调，翻箱倒柜，威迫劝诱，想方设法要找到我投机倒把的证据。不幸我没有学项子京的样，没有在每件书画上标明进价几何的习惯，满足不了他们的要求。于是就又动员“专家”写了洋洋数千言的“大字报”，将古今伪造书画、古董的法门统统搬了上去。不过提到我的却只有最后一句，就是说我统统继承运用了这全套本领。还把我常用的几十方藏书印钤在一大张白纸上，在大会上示众。这样我就不只是“藏书家”，而且也是“假古董制造者”了，那个“大人物”的“指示”也因而得到了“证实”。

又过了几时，索性将凡是白纸黑字的东西都从我这里扫数取去，承情只给我留下了几本，以供闭门思过之用。从此我就和书本告别，于今五年。

我至今参不透那个“大人物”在百忙之中何以会对我寄以如此的关注；同时也悟出了过去读书人说的那种以书为性命之类的话，也是夸张过分了的。书去之日，我固然没有感受到“挥泪对宫娥”的李后主式的感情；没有了书，我也生活得很好，并不失魂落魄。但有时会偶然想起，那自然也是难免的。

衷心感谢党中央，粉碎了“四人帮”，从此知识不再是罪恶了；又逐步落实了知识分子政策，最近我收回了一点木板书以外的藏书。虽然只有原来的三分之一光景，也还是非常高兴的。

大部头的，精装的，画册，小说……都大抵失踪了。这是可以理解的。“四人帮”及其爪牙，口头上虽然痛恨书本，实际上却是区别对待的。他们对“洋、名、古”也自有其偏爱，不过那取舍的标准有些不同。小说、图画，自然是有趣的事物，这是易于理解的。还有一个标准则是“定价”，在这里，他们到底也不曾逃开他们所深恶痛绝的价值规律。这样，我所能收回的大抵只是一些单本小册，对他们没有什么吸引力的东西。但即使如此，这些历劫归来的书册，还是给我带来了很大的愉乐。

日记·日记文学·日记侦察学

多年来的习惯，临睡之前，枕侧一定要摆几本书，好像不翻看几页，总不肯安然入梦。有时白天有什么事，当天的报纸有重要的文章来不及看，想在枕上补课，但效果往往不好。不是失眠就是弄得头脑发涨，引人入胜的小说也要不得，它会使你不能掩卷，就算下了决心熄灯，也还是要辗转反侧……我的经验，枕上读书，最好是短篇的散文、杂文，郁达夫的日记尤佳，简直是找不到更好代替物的了。

达夫的《日记九种》和后来的《达夫日记集》我都是多次读过的。说来可笑，二十多年前要写纪念上海工人三次武装起义的文章，缺少参考资料，达夫日记就曾帮了大忙。这怕是无论谁也想不到的。

不久前遇见刚从富春江上归来的苗子，闲谈中听他说起，达夫的日记手稿还安然保存在富阳的老屋里，由他的儿子珍藏着。最近这日记曾整理了一些陆续发表在浙江的刊物上，我曾草草翻阅过一点，说不出什么。据说，这日记的原稿和《日记九种》中所载，颇有不同。原来，达夫在发表之前，是曾加过工的。我这才恍然大悟，仿佛摸到了从“日记”到

“日记文学”的途径。达夫先生在《再谈日记》一文中说起他发表自己日记的经过时，也没有透露这一节，这就使我非常高兴，因为又学到了一点过去所不知道的知识了。

日记，大抵总是写了给自己看的。不过当然也有例外。有些作者，当下笔之初，就已经打定了传世的主意了。如李慈铭，当写好了半年或一年的日记，就装订起来，准备旁人来借钞。不过《越缦堂日记》里常常会遇到大片大片用墨笔涂得一塌糊涂的地方，使人看了气闷。可见他老先生在借出以前，曾经仔细地检查过一番。这可不是我心目中日记的正宗。此外，如曾国藩的《求阙斋日记》、翁同龢的《翁文恭公日记》大抵都有类似的气味，不过这些到底都是名人，他们日记的手迹，也都早已影印出来，而且研经治史，朝章国故，以至封建教条的种种内容也各已辑印行世，当然也都有其参考价值的。但这毕竟不是我所向往的读物。

不知从什么时候开始，写日记竟成了一种危险的恶习。特别是过去十年，不少人弄得家破人亡，妻离子散，往往只不过是在日记里被发现了什么把柄。因为是白纸黑字，是定罪的头等证物，因此也更为某种人物所重视与欢迎。如此这般，我发现，一门崭新的学问，姑且名之为“日记侦察学”吧，已经产生。这确实不是我的耸人听闻，而是有确凿的事实根据的。

我是有写日记的“恶习”的。而且也已持续了数十年之久。解放前写日记，虽然因为年青，阅世未深，不知此中利害，但到底心存顾忌。即使如此，今天看来，违碍之处着实还是不少。但上帝保佑，竟平安地保存下来了，没有出什么乱子。解放以后，放心大胆地记日记了，每年总有一本或几本。除了日常活动，书信往来，也记些读书笔记，创作意图，山川风物，文物图书。在我，是记得津津有味的，自然做梦也想不到有出版或辑录成书的好运。但事情往往就是这样奇怪，这些日记，十年前的一天，一股脑儿被拿去了。我还清楚地记得“英雄”们发现它们时得意的神色。当时我还奇怪地想，这又不是银行存折，有什么值得高兴的呢？可证执迷不悟之深。

不久以前，这些日记又回到我的手中了，足足装了一麻袋。有趣的是，每本日记中，都有几十百条夹签，上有红笔批注；在日记里面，又划满了红杠子，也就是夹签指出的要害所在。每本日记的封面上，都贴上一张纸，上写编号，年月，“已抄”等字样。此外，就又发现了扎得整整齐齐的一大捆“抄稿本”。这就是根据夹签的指示，恭楷抄下来的分门别类的“日记摘抄”。这实在不能不使我惊异、佩服，而且感激了。真是做梦也不曾想到，竟变成了如此伟大的人物。在“四人帮”的爪牙们看来，我大抵是有被“宣付国史馆立传”的资格的。不知道到底应该放进“黑帮传”还是什么传里，反正是一展卷而材料皆备矣。真是不胜其惶悚屏营之至！

至今我还不敢擅自整理，夹签也一张都不敢抽去，也没有时间仔细研究。现在只能举几个例在这里。如日记中记与友人吃饭，就被归入“腐化生活”类；有记买书事就归入“进书”类；（按，这是执行那个所谓“理论权威”的“指示”，搜集我“以伪乱真”的“罪证”的。）记写了什么文章，就归入“炮制毒草”类；记采访荣德生、郭棣活事，就归入“吹捧资本家”类；出版了一册新书分送朋友，就批“从赠书名单看黄的关系人”……我只不过多少翻了一下，就发现我的平凡生活竟是如此丰富多彩！真使我开了眼界，重新发现了自己。

从一个角度看，这正是新兴的“日记侦察学”的发展与实践的一个好例。那用心之细密，分类之严谨，着实使人吃惊；从另一方面看，这又是“四人帮”的道德观、是非观……总之是世界观的极丰富、全面的展览。我想什么时候稍有闲空，就要加以整理、研究，这是完全有可能成为一篇有分量的学术论文的。这可实在并非什么笑话。

1979年3月23日

谈“掌故”

掌故，也有人写作“掌固”。它的溯源也算得很久很久，在《周礼》这样的古书里就出现过了。那是管建筑工程的一种官，大概这就是取名为“固”的由来。汉代也有同名的官，不过任务已经变为掌管礼乐制度等等事务，“掌故”的名目也在这时出现。“故”者故事也。后来就一直泛指上起朝章国故，下至乡里旧闻，上下古今无所不包的一种记事为“掌故”。好像一直也没有一种严密的界说，“四库”里“杂家”与“小说家”中有许多书就都可以归入此类。恐怕一直到清代后期，才逐渐有了一种较为明确的概念。笔记小说中谈考订、论诗文……这些内容都被排除在外，只留下有关政治史风俗史的部分。或者可以称之为小道新闻与家长里短的集合体。但到底也说不清楚。有许多事原是只可意会而不可言传的。例如研究有关官制与行政规章这些内容，如法式善的某些著作，在龚自珍看来就是正宗的“掌故”。但这只有留心政治制度史的人有兴趣，一般读者是不大看的。常人所读的掌故书有时也会包含这些内容，但重要的是要有故事性，或能说明某一政治事件者才算合格。这就是掌故通俗普及的过程。与近代政治、经济生活的急遽变化也有着密切关系的。几十年前出现的著名的《凌霄一士随笔》可以算是一种代表作。人们心目中的掌故概念就是这样逐步形成的。

为什么人们对掌故会发生如此的兴趣呢？我想这与人民对政治逐渐增长的关注是有密切关系的。我们都知道清末民初是怎样一种时代，在水深火热中过活的人民是不能不关心政治的。他们听厌了官话，看够了现实。自然想知道在这两者之间到底掩藏着怎样丑恶的东西。这中间也许有好奇心的驱使，但主要的还是想明白真相。小道新闻就是这样产生的。因为没有“大道”，“小道”的出现就不可避免。“小道新闻”是禁不绝的。经验说明，只有“大道”通畅，人民能及时知道他们关心的事，才是杜绝“小道”的唯一有效途径。有人把“小道新闻”写下来，做成一种笔记。过若干时，有时并不要多久，就是“掌故”了。

掌故也有缺点，那就是传闻异词，不实不尽。这是难免的。变成了“野史”的“掌故”，曾出现过不知多少。写这种东西的人，一不想骗钱，二不想出风头。因为这既不能公开印行发卖，也做不成登上学者宝座的阶梯。倒是危险得很，弄不好会招来意想不到的祸事。没有强烈的政治冲动他们是不会动笔的。这些“野史”虽然有缺点，但功绩是不可磨灭的。正史里不敢记、不愿记、不能记的事，就大半保存在这里。即有不实不尽，经过历史研究者的比勘研究，可以得到补充、纠正。“野史”的价值，已经为无数研究家加以证实，抹杀不掉的。

掌故的有趣，还在它包含着另外丰富的内容。例如写《随笔》的（徐）凌霄（他是“一士”的哥哥），就是久居北京、知识非常渊博的一位“杂家”，他的研究重要方面之一是戏剧。他看过许多名演员的演出，和他们成了熟悉的朋友，自己也能粉墨登场。他对京戏艺术有很高的欣赏力，是真正的“内行”。他写的掌故里就包含了大量可贵的京剧艺术发展史料。他们弟兄合作的《随笔》在《国闻周报》和其他地方连载发表了若干年。今天计划重印徐一士的著作时，就应该更广泛地搜求、整理，搞得更为完备，把值得保存下来的东西全部拿到手。

举出这个例子，就是想说明掌故的内容的广阔与丰富，有关文化史、风俗史的许多方面，都是不应遗漏的。

过去有许多读书人有一种习惯，喜欢随时将读书所得、耳目所及，听来的故事，偶发的感触等随笔记下来。积久就变成一种“札记”或“笔记”。许多掌故的内容大抵就包含在这样的笔记之中。我以为这是一种好习惯。至少在表现了作者的勤奋这一点上是值得佩服的。当然，由于作者的见识、理解、学养的不同，这样积累下来的笔记质量差别极大。有像《日知录》那样的作品，也有庸俗无聊、充满了“逆妇变猪”“雷击不孝”之类“故事”的大杂烩。这是难于避免的。不过不要紧，时间的推移、人民的鉴定，终于会做出公正的筛选。我见过不少明人笔记，论板刻之古，传本之稀，无疑都应列入“善本”之林，但一看那内容，则庸腐俗滥，简直使人生气。我想这也许就是它们之所以成为“善本”的最重要的原因。因为这是早为读者厌弃，因而被淘汰的幸存物。我想，也不必因此就束手束脚，写回忆录、写笔记的风气还是应该大大提倡、鼓励的。不能因为有“流弊”将正确的东西也一并抛弃了。

抢救材料的说法好像是近几年才有人提起，这确是非常紧迫的一项任务。有许多装了满肚子珍贵“掌故”的老人已经一一离去了，不能不引起我们的重视、焦虑。徐森玉先生是我国著名的文物鉴定家、版本学者，更因为他活得长久，经历了现代史上几个重大的历史阶段，见闻就自然丰富。他曾被周恩来同志称为“国宝”，确是当之无愧的。但也因此而在十年动乱中吃了很大的苦头，死去了。我认识他时森老已经七十岁了。他是喜欢谈天的，一谈就是好半日，天南地北，无所不及。这里面就有无数“掌故”。有一次，听他谈起刘申叔（师培）的故事，那真是生动极了。刘师培的有些佚事过去我是听到过一点的，但这次才知道了那真实的详情，还有细节。可惜我不会做“报告文学”，没有记下来。又一次谈天时有许君在座。森老就谈起他的先祖许梿来，就是选刻了有名的《六朝文絜》的许珊林。森老称赞许梿是晚清有极高成就的刻书家，列举了他刻过的许多种有名的书，有些名目连他的裔孙也不曾听见过；又谈到在苏北曾看见许珊林的遗墨、信札，谈到他的生平活动，这些也一点都不错。这许多都使我非常敬佩。他的腹笥之宽与记忆之强真是少见。遗憾的是森老从来不写笔记，满肚子的“掌故”没有一个字记出、留下。60 年代前后，组织上为他配置了年轻的助手，协助他整理出了几篇著作，是有关碑帖、石刻的论文。听说他不怎么习惯于这种工作方式，往往寂然相对，兴致索然。再也没有了那种雄谈惊座的兴致。我想，助手的学识、兴趣、工作方法都是起很大作用的重要因素。这个问题今天也还是存在的。为老专家选配助手、研究生时，都值得细密考虑。绝不是简单地派了人去就万事大吉了。

最近看到一份古籍出版规划，看到其中“历代史料笔记”中的选目，觉得非常高兴。也为“掌故”之学得到应有的重视而感到安慰。这里就选入了徐一士的两种作品，都是曾经印行过的。我当然希望不只限于重印，还可以搜集旧刊，选辑佚文，使之更为美备。又看见《立斋闲录》的名目，也像遇见老朋友那样的高兴。不知道所据是否鲁迅旧藏的明抄本。鲁迅先生在文字中曾两度提到此书，其中记有明永乐帝的许多故事。这类野史曾给先生以不小的影响，正是鲁迅思想形成的重要来源之一。记得这书好像是收在一部名为《国朝典故》的大丛书里，《闲录》只是其中一种残本。曾见过不少这丛书中的零种，都是明人皮纸蓝格写本。这书今天也还不难配全的吧，那么就不如印全书。明人很喜欢编印这类掌故大丛书，如陆深的《俨山全集》，事实上就是一部当代掌故的汇编。

看看选目，也真有过屠门而大嚼的快乐。更希望的是能尽快地陆续印出，到手。选目也还可以补充，印行也可以考虑缓急先后。首先考虑的应是质量，其次则是传本的多少。如顾起元的《客座赘语》，实在是一部非常重要的书，是明代前期直至隆万之际社会、政治、经济、文化各方面掌故的汇集。又如鲍珍的《亚谷丛书》，就是传本甚少的著作，一直未能见到。比起王阮亭、焦袁熹的一些笔记，少见得多，似乎理应先印。不过经过十年动乱，《居易录》这样的书，也轻易看不到了。情况已有所改变。但总的说来，给有分量的稿本、罕见本以优先的地位，是应该的。重复见于“善本丛书”选目中的稿本《蝇须馆丛话》五十二卷，就不知道是怎样的著作，以张秋水的生平学养估计，这著作必然是内容非常充实而重要的。能抓紧印出，当是读者殷切的期望。至于怎样印，也是值得考虑的。读者当然希望得到整理排印的本子，不只方便，而且价廉。非不得已，可以少用影印。国藏的善本孤本，不只有文献价值又有印刷工艺重要价值的就要印得精，价高些是无妨的。这既是代表国家文化水平的印刷品，也不是人手一册的普及物。现在读者最头痛的是印了一些不是非常必要而又价格奇昂的书。如暖红室的曲子、疆村所刻词等，动辄数百元，宣纸大册，锦函精装，有什么必要呢？又有多少读者买呢？充其量不过在一些机关、学校的图书经费中占去一份金额而已，实在是一种浪费。宋蜀刻本唐人集确是够得上“国宝”资格的书，但现在的印制是不能令人满意的。原本的风貌与雕版工艺之美很难从中看到了。如果排印一下，前面加上几页书影，是容易的。价钱也低得多。不妨参看一下几十年前日本影印的《东京梦华录》等。我认为，以我们现有的印刷水平，加上努力，完全有能力赶上以至超过日本印本。这样才不致辱没了我们社会主义祖国的“重宝”。

要想找一本有代表性的掌故书来试加评说很不容易。手头有一本分量不多却很有特色的小册子，是文廷式的《闻尘偶记》，发表于1981年四十四号《近代史资料》，不大为人所知。其实是可以单行的。

文廷式是戊戌政变前活跃于中国政治舞台的有名人物。他是“帝党”，也是“清流”，但思想开明，学养深厚，有浓厚的爱国思想。这本小册子记的是自己亲历亲闻的政治轶闻，抒发了深切的感愤。有不少具有史料价值和至今读来仍可发人深省的章节。劈头第一句作者就说，“闻事不记，释家之智；闻事辄录，史家之学”。这就有很深的感慨。文廷式精于佛经，他的《纯常子枝语》中有许多篇幅都说的是这个。我读了一点也不能懂，不知道这里所说可有别的奥义。但照我粗浅的理解，作者只是说，老和尚装聋作哑，两耳不闻窗外事；自己却做不到，他做的是“史官”，只能随时记一点下来。书末又有一条说：

> 杂史之类虽文笔俚鄙，识见猥下，然后世必有取焉，以其记载当时之事足资考证也。乃若十余年来，则秉笔之徒，大率市井；其受重资而任编纂者，意主于谀，固不必论矣；如近日所刻《中兴名臣事略》者，则惟誉曾门，而于各军之得失，将帅之功罪皆不能言。

不但痛快揭穿了古今官史的通病，也正好说出了掌故的价值。作者在小序中又说：

俄而天衢有棘，海水群飞；身列史官，职居讲幄。既与其事，当尽其言。是非在人，毋庸私著。和戎经岁，嬉游任时；砚水不乾，嘉谈易忘，随而笔之，命曰《闻尘偶记》。后有览者，知其意焉。丙申正月，罗霄山人书于京邸。

这年的二月他就被那拉氏削职赶回家去了。所以书中后半出于追记，不及前面记事之详密而有价值。小序写得很美，也很好地写出了作者的性格、心情。那有感即书的意见，也是很好的。书中所记，多半是当时政治之昏暗与官吏之庸愚，特别是当帝国主义者的炮火打破了闭关锁国的中华帝国大门之顷，朝廷贵官和士大夫阶层的反应，特别具有史料价值，也显示了作者头脑的清醒。

例如，“余曾记朝列中长年者”，大学士张之万已经八十六岁了，句下附有小注，“官年如此，或云九十矣”。其他一律在七十以上，连武臣也不例外。年老还不打紧，思想状态如何呢？

天下之病莫过于陋。荀子以劝学为亟，儒家之至言也。乃近时则闾巷之论议出于小说，士大夫之道学亦只出于善书。若徐荫轩协揆固未尝非端人，而其津津乐道者乃以《太上感应篇》《文昌阴骘文》为极则。翰林之

> 无识者靡然从之。以此为学，而欲内修政治，外攘夷狄，岂不难哉！

这真是可怕的事。也是难以想象的事。茅盾小说《子夜》中的吴老太爷死抱着一本《太上感应篇》，刚接触十里洋场的粉香艳笑就送了老命，有的人还不相信，以为是小说家的装点。在这里就得到了历史的证据。这《感应篇》原曾是当年的权威政治课本，不见旧记，是不可能明白这底细的。更可叹的是被文廷式认为不失为“端人”的徐桐，也就是徐老道，在四年以后庚子之役中又闯下了滔天大祸，不但自己的老命，连国家的命脉都差点给断送了。“端人”也许可以译为“正派人”或“老好人”吧，但如不同时还是一个“明白人”那就将比一般庸碌人要更危险。历史上说得就是如此明白！

这些大官怎样对付“深沉”的俄国使臣呢？“惜吾中朝大臣准知向琉璃厂争购瓷器以为答礼，无有知其觇国之意者矣”。这是必然的，一些都不值得奇怪的。

甲午战败以后，朝野纷纷议论办洋务，文廷式的意见是“然天时人事则犹有所待也”。因为“中国未有行政之人，则一切善法皆成秕政”。在当时能提出这样的意见，不能不说是非常难得的。他又记德国使臣的话说：

> 德使升科语人云，“中国此时又急急置船购械，此吾德国所愿。然中国有船而无驾驶之人，有炮而无教习之

人。不知费息借之金钱，办此无益之废铁，果何谓也”。箴砭切至，足以悚愧！

文廷式所极为震动、惭愧地接受了的意见，按照我们今天的理解就是，四个现代化不是可以买得来的。

我看，这一些就是《闻尘偶记》的精华所在。此外，当然还有不少有趣的记载。如“甲午开捐，举人二万金一名”，这是官定的“功名”的市价。“戊子、己丑以来，京师爱着薄底靴。达官贵人尤尚之，其名曰‘跑得快’。”我想这并非什么“服妖”而是老百姓深刻尖锐的批判。文廷式对翁同龢是有看法的，说他身兼师傅、军机……五个“至要之职”，但还是说“不能办事”，“一彼一此，迄无定见”。误国的责任他是推卸不了的。同是清流，同为帝党，他也并不回护。至于“朝鲜兵事初起时，凡有要电，均由译署。枢廷酌改而后进御”；“闽督谭锺麟电请以兵船游弋海面，属台湾抚唐景崧请派战船扰日本海边，此两电五、六月到京，迄今九月，上竟未之见”。这样的怪事，在当时是不奇怪的。甲午战后割台，文廷式说：“台境沦胥，致命之士不见一人，而仗节死义者乃平日之商贾庶民也。盖朝命予敌，固不以身殉责之官吏欤！”作者的悲愤与同情所在是极鲜明的。“丁酉十月，德意志国取山东胶州”，这时北京正为慈禧太后补祝万寿，大家欢天喜地。作者记下了当时南北洋大臣的来往电文：“北洋之致南洋也，电文曰：‘无理可讲，无法可挡！’南洋之致北洋也，电文曰：‘无兵可调，无饷可筹。’”作者又记下了当时出现的“怪话”，“说者以中国为四无之国云”。一切怪话都是这样产生的。必须先出了某种“怪事”，接着才会产生相应的“怪话”。作为一个唯物论者，就不能不看事实，专责怪话。这也是可以看得明明白白的。

1983年1月7日

谈掌故

小时候喜欢读笔记，凡能到手的无不浏览，杂七杂八地实在读了不少。说笔记，其实还应说是掌故较为确当。一般笔记大抵是正统的。其中有专谈典章、科甲的一类，十分枯燥，一直不敢问津，如《枢垣纪略》之类。又有诗话一类，虽然也可看，但到底是另一部类了。还有专记忠孝节烈、神鬼报应的一种，更是乌烟瘴气，不敢领教。说来说去，仍是以记历史轶闻、社会生活、自然名物的最合口味。这就显然与别种不同，一般只可称之为掌故了。中国旧日笔记的来源甚古，唐宋人的笔记流传下来的很不少，到了明代，就更多了。曾听人说，掌故之学，始于龚自珍，这似乎是一种误会，龚所注意的怕还是较偏重典章官制，与我们通常所说的掌故不同。

我最早接触的笔记是徐凌霄、一士兄弟的著作，连载于《国闻周报》，后来集印为单行本的有《一士类稿》等两种。徐一士的写作方法大抵很受孟心史《心史丛刊》的影响。搜集大量的原始素材，以一人一事为经，编织成文，读了非常有趣。孟先生所著有关龚自珍、董小宛的考证，都是著名的名篇。关于董小宛与清世祖的关系，后来陈垣更写下过著名的论文，《语录与顺治宫庭》等。这已经是史学家的正规论文，但仍不妨视之为掌故。冒广生的《孽海花闲话》，则是以做笺注的方法记述晚清政治历史人物的着力之作。这都是晚近出现的有典型意义的作品，而以陈寅恪的《柳如是别传》为结穴，此后这类作品就中断了，衍化为形形色色的文史资料，显然属于另一部类了。寅恪先生的这部书，是晚年失明之后的大作，正是涉及明清之际的一部大掌故，它为我们勾画出了这个大时代的面影，细读之余，能使人获得一个比较完整的认识。至今南明史著作中还没有一部书可以赶得上它。当然，细琐、牵强之病不是没有，但终不能掩盖它的光芒。

以上说的是大块文章，至于零玑碎锦式的笔记，则可以举出邓之诚的《古董琐记》，篇幅不大而包罗万象，无所不谈。邓先生还有一部《清诗纪事初编》，对所收的每个作者的生平行事，作品评论都有精确的考释，也可以看作清初历史人物的一部掌故大作。枝巢子的《旧京琐记》则是专记北京一地的掌故汇编，笔墨干净，娓娓可听，在同类著作中可为代表。

抗战初起时即以汉奸罪被诛的黄濬的《花随人圣庵摭忆》也是一部分量不轻的掌故笔记，重点在晚清以还的政治事件，旁及诗话，文史考订，内容是丰富的。如杨乃武与小白菜一案，就以此书所记最为详尽，举凡官方案卷，时人记述，无不搜罗。此书敌伪时期由瞿兑之印于北平，印数不多，市价奇昂。前几年上海书店重印，流传遂广。但很少人引用及之，或于其书获得线索，著文时却不提其名姓。只有陈寅恪曾有“今日开编惜此才”之句。汉奸是无可原谅的，如其著作仍有用处，也不必一概毁弃。也许这是人们应该采取的态度。

武昌刘成禺的《洪宪纪事诗本事簿注》是我爱读的一部掌故书。这是专记袁世凯的一部专著，继之而起的有张伯驹的续作，对原作提出了质疑与补充。刘成禺还有一部《世载堂杂忆》，初时发表于《新闻报》，50年代印成单行本，也是有史料价值的有趣读物。

以上所记，以晚近出现的掌故书为主，概不上推至清代著作。最后，不能不谈到马叙伦先生的《石屋余渖》和《续渖》，这部著作是连载于1946—1947年的文汇报上的，是我据马先生的日记《香影楼日札》选抄发刊的。后由建文书店印成单行本。当时选抄的标准是我擅定的，大抵以我的个人趣味为依归，今日重读，仍觉得有趣味。实在也是短篇掌故笔记的结穴之作，以后就再不见此类笔记问世了。当然，那些充满了悠谬之说的作品，我不想在这里多说。

《石屋余渖》和《续渖》确实是有其特色的。这原来是作者的日记，不是准备公开的东西，因此就不少坦率的独抒己见的处所。在这里，可以选录几节。

赵之谦是有重名的金石书画家，作者据李审言的《媵语》记其遗事说，“……㧑叔私造魏碑……售于世；书有润格，如应亲友之作，于首一字必淡墨书之，使之有别。又由杨惺吾介绍京师汇文堂为刻《续寰宇访碑录》而不付工资。则㧑叔竟无行至此耶?”

除了李慈铭在日记中曾加痛骂之外，说赵之谦坏话的也仅见有此。又有《画可复定乎》一文，则揭出了晚近画坛的一种积弊。“吴湖帆之弟子各展其所画以饱人目，余亦往观焉。极佳者寥寥，而出售者已多。详察之，盖所谓捧场者也。最奇者有数幅粘小纸，书某某先生复定，并有粘上两纸者，此示有好者须‘依样画葫芦’也，余谓言艺术无论作者手段如何高妙，决不能二三纸如出一辙，否则必影写耳。”开画展而以小红纸粘于画件下方，云某先生定及复定者，是一时风气。记得抗战中在重庆参观丰子恺先生画展，亦多有此种“复定”者。也许漫画笔墨简单，无妨照画耶？但“非赏鉴者可知”则可断言。

马先生善书，日记中亦多评书之语，其论王福庵与沈尹默云：“特尹默不可与福庵并论。尹默书功夫不差，相当知笔法，惟以深于临摹，入而不出，故灵变不足。然无匠气。究非今日其他书家可望其肩背也。近时如慈溪钱太希、永嘉马公愚书，皆有王字底子，但一望而为匠人书，皆无笔法可得也。”

这里提出书法的“匠气”，确是真知灼见。今天街上的市招，有许多是“名书家”所书，但匠气扑人，不可忍耐，每遇此种恶书，总不能不想起马老此论。

马先生喜欢听歌，日记中常有记载。兹录湖北水灾义务戏观剧日记如下：

“忽焉有感，肠回意惨，悲从中来，书李后主词以解之，而悲愈甚。乃与智影往开明听余叔岩歌。叔岩不应歌者数年矣，今晚为救济湖北水灾而出，座无虚席。其所演为打棍出箱。往年观谭鑫培演此，出神入化，可谓观止。叔岩虽不及，而闲谈尚得鑫培之遗风余韵。歌音顿挫处无俗响，马连良真小巫耳。然问樵最佳，闹府次之，至打棍出箱，实已强弩之末。盖叔岩体弱，虽养息数岁，犹不能任也。数月前曾观谭小培演闹府至出箱，毫无父风，今观叔岩演此，又如食橄榄，可数日味矣。然余忽起一念，谓智影曰，此时此中曾有人念及国将亡耶？于乎，余乃亦此中一人耶？”

这真是一节出色的剧评。可见老辈听歌的经历与观感。今天的读者怕已不能充分领略其中的滋味，而京剧在从极盛转为中衰的消息，都可于此中领解一二。

马先生又精于烹调。从前北京餐馆中有一味驰名的“马先生汤”，即出于他的设计。日记中也有记录：“余亦喜制馔品，馀皆授归云以方，使如法制之，如蒸草鱼、蒸白菜之类，余唯试味而已。君三白汤必余手调，即诸选材，亦必与目。三白者菜、笋、豆腐也。然此汤在杭州制最便，因四时有笋也。豆腐则杭州之天竺豆腐，上海之无锡豆腐，皆中材。若北平豆腐，虽选其隽，亦不佳也。此汤制汁之物无虑二十，且可因时物增减。唯雪里蕻为要品，若在北平，非向西单市场求上海来品不可也。然制成后，一切物味皆不可得，如太羹玄酒，故非诚知味者不知佳处。曾以汁贻陈君朴，君朴煮白菜豆腐食之，谓味极佳，而其家人不赏也。如就一二品增其浓味，便对一般人胃口，称道不置，然非吾汤矣。往在北平，日谒中央公园之长美轩，以无美汤，试开若干材物，姑令如常烹调，而肆中竟号为马先生汤，十客九饮，其实绝非余手制之味也。”

这真是一则绝妙的掌故文章。在通常的笔记中是难得遇到的。《余渖》二集中涉及民风俗信的所在多有，不愧为笔记文学的压卷之作，姑选录数则，尝鼎一脔，可以知其佳胜矣。

1994 年 5 月 9 日

谈校对

谈《文林谈屑》中“文字疏忽”一节，谈到报刊上出现的某些差错，以及连带发生的一些感想，深有同感。只发现有关章太炎的一些事有点出入。章名炳麟，字枚叔。“太炎”是别号。他还有一些别署，不过人们大抵不熟悉。

我想在这里对在报社工作的校对同志们表示一点敬意，因为我想起了一些往事，记起了一些老校对，引起了深深的怀念。当然，我不是要为报刊上出现的差错辩解，差错无论大小都要不得的，必须努力减少、消灭。

我在报社工作的时间不很短。好像所有的行当岗位都干过了，只除了不曾踏入医务室。当然，校对也是干过的了，而且干过两次。在“传统”的报社编辑部的“等级观念”中，好像校对是被排在最低一档的，比资料室还要低。于是在二十多年前我在第一次降级中就是先到资料室，然后才又调到校对组的。没有在校对组工作过，是不能知道这种“传统观念”之荒谬的。如果没有校对，一张报纸简直就不可想象将成为什么样子，而出了差错，首先被记起查问的也是校对组。但事实证明，很大一部分差错是由原稿造成的。校对没有对文字提意见修改的权利，只能照稿校读。有时就出现了明知是错也不能说、不敢说，只能让它错的怪事。

记得我初到校对组时，还不深刻理解这中间的奥秘，非常天真地以消灭差错为己任。一天，新华社电传稿发来了一条新闻，大约是北京各界人士抗议美国企图把藏在台湾故宫博物院里的文物运往美国的座谈会吧。参加者中有朱启钤，但原稿写着的却是“铃”。电稿通常模模糊糊，有时难读得像天书，但偏偏这次的“铃”字清清楚楚，毫无可疑。我向组长汇报了，以××保证（忘记曾赌过什么誓了）这个字不是“铃”而是“钤”。组长迟疑了好半日，又去层层汇报，最后终于接受了我的“保证”。后来是第二天全国的报纸都是“铃”，都错了。后来新华社还发了更正。

我说这个故事并不是想证明自己知识渊博，我不过看过营造学社出版的书报，记得这个名字而已，当然也听说过“一辆汽车灯市口，朱三小姐出风头”的朱三小姐就是朱启钤的女儿。

当时报社里校对的方法是两人对坐，一个人读“小样”，一个人看原稿。这对我是一次真正的考验。只是在这时我才发现自己原来是一个“白字”大王。也许说得夸张了一点，即使不是“大王”，也差不多。有许多字能懂、能用、能写，也自以为能读，但事实证明有些音都读错或读得不准确。和我搭档的一位同志手边有一本小字典，已经翻烂了。他随时翻出某个字来给我看，校正我的读音，并教我正确地写简体字。我的感觉就仿佛小学生第一次进学校开始识字一般。

我还发现校对组的同志对待像我这样“调”来的人的态度也比较好，他们看我时眼色是有些异样的，但还是以平等相待，而且有时还表现了同情。组长是有点严厉的，不过也适可而止。也许是怕训斥得多了，我会紧张起来，酿成大错，使他也不得脱身。

第一次当校对时间不过半年。工作得还不错，没有什么大错误。只有一次偶然疏忽。一条国际新闻的小标题中把“尼克松”排成了“克尼松”，我没有能发现。这是那一段工作中发生的最严重的错误。不久，我就到乡下种稻去了。

我得到了许多知识，明白了校对工作的重要。同时还懂得许多干了多年校对工作的老同志都是很渊博的，他们懂得的事真多。能辨识各种“名家”的手稿，那些“天书”是从已出或将出的草书大字典中都找不到出处的，只能靠自己的聪明与经验猜测，而居然能猜得八九不离十。同时还得担“风险”。他们改正了原稿中许多错字，还建议编辑修改文理不通的地方。至于文字的思想性，在校读中也常常议论，而且往往是非常有道理的，但这只能私下评论，不能提出建白。对时下名家的文字，他们也都有一把评论的尺度，相当准确。可惜的是过去的偏见使他们无法提供许多有价值的意见。而只落得一个错误制造者的恶名，这实在是很不公平的。

当然，现在的校对水平是有点不及从前了，青年同志比起老一辈来也确实差得多。这是十年动乱留下的种种弊害之一。这不只不足以作为轻视校对的口实，相反，应该是加意重视的根据。在评定级别职称声中，好像还没有听到校对员的职称应有怎样的规定，我觉得也是一种疏忽。

第二次当校对是在 1966 年初。正是“山雨欲来”之际，就被事先送进了“地下室”。这一次又遇见了许多老朋友，他们也依旧是老样子，并不刮目相看。当然，形势是紧张的。有许多机密稿件指定由专人校对，排成大字稿。像我这样的人是不得与闻的，要校也只能校排好大字的定稿。不过也有例外。有时忽然发来一份急件，指定明天必须见报。是手稿，属着新鲜别致，例如“劲松”这样富有“革命”气息的笔名。我的坐在对面的老搭档这时就向我眨眨眼。我明白，手里这份原稿是有来头、有分量的。字写得歪七扭八、改得一塌糊涂，也不像过去习见的“名家”手笔。老搭档大概是要我留神伺候，不要搞错的意思。我们仔细地紧张地工作了好半天，总算搞好了。等到去食堂吃夜点的途中，老搭档这才轻轻在耳边告诉我，这篇大文的作者原来是姚文元。

这时的“金棍子”虽然已经非比等闲，但金光闪烁尚未达到使人睁不得眼的程度。但我也着实为得亲手泽，并比人民早几小时得闻宏论而感到了非凡的“幸福”。

形势越来越紧张，工作也越来越辛苦。日报慢慢变成了晚报、枯坐在朝西的房子里晒着骄阳，等待“最后新闻”“重要照片”的时候也越来越多了。千奇百怪的“反革命活动”出现在报纸版面上的次数也突然猛增。当时看样报就得映着日光反复审视，看两面的标题、文字、图片有没有“恶意”的重叠。用最小字体排出的广告，也出过不少麻烦，要特别注意。班前班后的批判会也增加了。初校的错字统计是每天批斗的由头，就从这里上起纲来。进食堂也要坐在特别的桌子上，穿过如林的大字报夹道要目不斜视。唯一的好处是发给的黑牌在晚上不必严格悬挂，离开报社交给问讯处时，上日班的人刚刚到来，使我觉得异常侥幸，好像颜面到底还保留下一些，不曾丧失净尽似的。

“梁园虽好，不是久恋之家”。我逐渐悟出了这话的真理性。校对组里危机四伏，不知何时就会出一个不知怎样的“错”，而这“错”将被做出怎样的解释也是毫无把握的。这时，我的老搭档也不大翻动那本破字典了。因为字典提供的是没有现实意义的解释，已等于废纸。有一天我下了决心，打了报告，为了“脱胎换骨”，我坚决要求到更艰苦的地方去体力劳动。当时与我在一起工作的同伴还不以为然，他总觉得脑力劳动到底比体力劳动好些。我可是没有动摇。报告很快得到了批准，好像还得到了“表扬”，说我多少表现了一点改造自己的决心云云。当时听了颇觉得有点惭愧，我可实在并不是这个意思。

我被分派在运输组。每天坐了大卡车到处运卷筒纸，到过港口、车站、码头、仓库……许多地方。我想，不是“一月革命”，我恐怕是不会有机会见到这许多世面的。奇怪得很，不久，我就发现摆弄几百公斤的卷筒纸，比起捉住那些比碎米屑还小的密密麻麻的黑字要轻松得多。

这时，我也真正懂得了校对工作的伟大与艰巨。

不到一个月，那位反对我体力劳动的朋友也到运输组来了。原来他签发的一条戏目广告中出了“大错误”，不知道怎么搞的，每个戏院名字上面照例都有的一句口号中，“万寿无疆”的“万”字，竟自错为“无”字，而他竟自未能发现。

在他上工的第一天，我当然要加以欢迎。但握手之际，看着他那副尴尬面孔，还是忍不住说出了一句：“你也来了！”接着哈哈地笑起来。

1983 年 3 月 1 日

书缘

想起自己开手买书时的往事。旧书浩如烟海，都摆在书店里书摊上，袋里的钱有限，应该买这本不买那本，是要有个算计的。找指导老师不容易。大学里还没有文献学、版本学这类课程；前辈藏书家也一个都不认识，只得设法自修，而参考书更是难得。偶然碰上了叶德辉的《书林清话》，不禁大喜。如饥似渴地读了，又按照他的指引，搜罗起书目题跋来，从钱遵王的《读书敏求记》，黄丕烈的《荛圃藏书题识》，一直到《鲁迅日记》每月后面的书账，每见必收，迄今也有了百十来种。翻翻书目发现这也有个发展过程。最早的《艺文志》之类，往往只留下孤零零的一个个书名，有时连作者和卷数都不记，实在使人遗憾。到了明清之际，藏书家的书目里在作者卷数之外，才偶尔注明“宋板”“旧抄”字样，觉得有些意思了。再往后，书目中出现了记行款和黑白口……的附注，参考意义又多了一层。人们还不满足，以为如此还不足窥见古书面目，从杨守敬开始，又集印了《留真谱》，此后公私藏家也纷纷景印书影，一时蔚成风气。一直到商务印书馆的《四部丛刊》出现，可以说是一部系统完整地留下了古书面目的大丛书，读者从中不但接触了古书的体貌，也看到了中国雕版文化的发展轨迹。真的为买书人提供了极好的教材。前些年北京图书馆编印了《中国雕板图录》，从纵横两种视角，反映了我国雕版发展变化的历史面貌。书是用珂罗板精印的，质量远远超过了过去的许多书影。

门径稍稍摸到以后，接下来就是实践，这中间也有个漫长的有意思的过程。买书是要交“学费”的，往往上了不知多少当以后才能多少懂得板刻前后、书卷完缺，这当儿，读题跋就更觉得有意思，更能体会到得到或失去一本好书后的高兴和颓丧，也就是说进一步领会了书趣。于书本内容之外，对纸墨刻工……也逐渐有了欣赏的眼力。买书而讲究这些，似乎太奢侈了些。然而不然，古刻本自有其工艺美术价值，是不容忽视的。同是一本李杜诗，把铅印本与旧刻本放在一起，自然会显出差异来，读时的心境感受会是完全两样的。有时得到一册禁书，不免要想到它历劫仅存的不平常命运，从而更平添几分珍惜之情。这样，每一本书好像都有一个自己的故事，无论新知旧雨，在藏书者看来，其间都有一段书缘。把这书缘记下来的就是书跋或书话，而这正是我所爱读的文字。

《书林清话》迄今还不失为有趣的著作，不过也确是有点陈旧了。今天我们需要的是一本视野更开阔、更富有历史感的新作，给爱书和跟书打交道的人做伴，为他们带来知识和乐趣。听说《书文化大观》就要付印，读了它的目录，知道这正是我所期待的著作，只可惜今天市上已不再见线装书的影子，即使增长了见识也没有机会付诸实践了。

禁本小记

清朝的禁书，过去有一个时期曾经是图书馆和藏书家极力搜求的对象。为此，当时旧书店出版的目录上就特别标出哪些是禁书，不言而喻，价钱也特别来得贵，往往不是一般读书人所能到手。这里说的是抗战前后的情形。一直到解放之初，旧书的身价一落千丈，大秤论斤，好像只有塞进还魂纸炉的资格时，人们才再也没有了心思来讲究什么禁书。近来翻阅几种禁书目录，发现其中有些熟悉的名目，都是过去曾经遇到或偶尔买得的。历劫之余，书架上居然还剩下了几种，于是就取出来一一翻阅，对照当时查办禁毁书籍人员所加的按语，留意那犯忌的处所，好像也多少能看出“圣意”与审查官员的心思。这些又大抵是明清易代时人的著作，自然也保存着一些值得珍重的史料。诗文也各有特色，显示着一代文风诗风的面目，这些都是在文献价值以外值得着眼的地方。又因为到底少见了，作为版本书也有加以记录的必要。因作《禁本小记》。

《南山集偶钞》

《南山集偶钞》，“桐城戴名世田有　受业尤云鹗编次”。康熙壬午刻本。半叶十行，行廿一字。前有方苞序，宿松朱书序，辛巳人日受业尤云鹗跋，又目录。全书计收书十首，序四十二首，记二十一首，传二十五首，论三首，说四首，杂著五首。白口，左右双边。版心中记篇名及写作年份，每篇叶数各为起讫。每类前各起大题。其中有一处书名已为后人用墨笔改为《南函集》，作者名字也涂改为“戴斉槿由直”，应是《南山集》狱后事。

《南山集》案是康熙后期有名的文字大狱。官书及野记都称之为《南山集》狱，其实指的就是这本《偶钞》。是尤云鹗就平日所藏钞本百余篇付刊的，仅当全集五分之一。刻成十年而狱起，官方据此论罪，并非另有《南山集》一书。

戴名世是康熙四十八年（1709 年）一甲二名进士，与方苞齐名，都是兼做古文和八股文的名家。康熙五十年，副都御史赵申乔揭发书中违悖之处，指的就是《偶钞》卷首的一篇《与余生书》。余是介绍曾为永历中宦者的犁支和尚叙述滇黔间事给名世的人。原书说：“而吾乡方学士（按指方孝标）有《滇黔纪闻》一篇，余六七年前尝见之。……学士考据颇为确核。”这就触犯了清廷的大忌，康熙在御批中说：“案内方姓人，俱系恶乱之辈，方光琛投顺吴三桂，曾为伪相。方孝标亦曾为吴三桂大吏，伊等族人，不可留本处也。”又说：“方登峄之父（方兆及）曾为吴逆伪学士，吴三桂之叛，系伊从中怂恿；伪朱三太子一案，亦有其名。今又犯法妄行，方氏族人，若仍留在本处，则为乱阶矣。将伊等或入八旗，或即正法，始为允当。”可见在康熙看来，此案因有作《滇黔纪闻》的方孝标卷入，又有族孙方苞为《南山集偶钞》作序，与三藩事件联系起来，就觉得格外严重了。其实戴名世在《与余生书》中还有许多有关明史的议论，也是清廷不能容忍的。戴名世说：

> 昔者宋之亡也，区区海岛一隅，仅如弹丸黑子，不逾时而又已灭亡，而史犹得以备书其事。今以弘光之帝南京，隆武之帝闽越，永历之帝两粤、帝滇黔，地方数千里，首尾十七八年，揆以春秋之义，岂遽不如昭烈之在蜀，帝昺之在崖州。而其事浙以灭没。近日方宽文字之禁，而天下所以避忌讳者万端，其或菰芦山泽之间，有仅仅志其梗概，所谓存十一于千百，而其书未出，又无好事者为之掇拾流传，不久而已荡为清风，化为冷灰。至于老将退卒，故家旧臣，遗民父老，相继澌尽，而文献无征，雕残零落，使一时成败得失与夫孤忠效死、乱贼误国、流离播迁之情状，无以示于后世，岂不可叹也哉！

戴名世在这里为南明争正统，倡议修南明史，想发动明的遗民、遗臣收集史料，纂辑成书，总结一代得失成败的教训，即使是书呆子的白日梦，在清统治者看来到底是危险而不能容忍的。更何况戴名世又错误估计了形势，天真地说什么清朝的文字之禁已经放宽，更是不折不扣的梦话，其必然碰到统治者的刀尖上，是毫不奇怪的。戴名世又表示，他“于明史有深痛”，有纂修明朝全史的雄心，在收集史料的问题上也对清廷的修史进行了指摘：

> 前日翰林院购遗书于各州郡，书稍稍集。但自神宗晚节，事涉边疆者，民间汰去不以上，而史官所指名以购者，其外颇更有潜德幽光、稗官碑志，纪载出于史馆之所不及知者，皆不得以上，则亦无以成一代之全史，甚矣，其难也。

这里所触及的正是极为敏感的，为清朝千方百计回避、讳饰的历史。在民间倒是清醒的人多，并不天真地遵命将藏书献出，可见大家都明白，万历以后明与后金的关系是碰不得的禁区。而戴名世却直截了当地点出了，虽然在官文书中不曾明确指出，无疑这一节也是他致死的重要原因。

关于文集的刊刻，戴名世在给好友刘大山（岩）的信中曾有说及：“今年冬，有金陵门人欲镂仆古文于板。仆古文多愤时嫉俗之作，不敢示世人，恐以言语获罪，而门人遂以彼所藏抄本百篇，雕刻行世。”可见作者本人也不是没有警惕的。刘岩在戴名世案内也受到牵连，据康熙五十一年（1712）刑部衙门奏：“编修刘岩，虽不曾作序，然不将书出首，亦应革职，佥妻流三千里。”后来得到宽大处理，减去死罪，但流放充发是不免的。刘岩的文集《匪莪堂文集》是清光绪中叶刻行的。诗集名《大山诗集》，五卷，康熙后期刻本，不入禁网，但诗中怨望之处是很不少的。如《读苇间集》，是纪念故友姜宸英作，就有"呵壁无从诉此冤，悲填胸臆愤张髯"之句。《哭家西谷侍御》诗说，"我罹文字祸，不敢歌大招"，更是对自己的遭遇表示了抗议，而且公然说出"文字祸"来，这在当时是极为罕见的。幸运的是没有被发觉，罪上加罪。只此一例，也可见当日文网虽密，到底还不曾剔除净尽，不能说不是失败了。

戴名世和刘继庄（献廷）、王崐绳（源）都是好朋友，在《送刘继庄还洞庭序》一文中，称赞刘"不从事于科举"是"真能读书者"，说刘"尤留心于史事，购求天下之书，凡金匮石室之藏以及稗官碑志、野老逸民之所记载共数千卷，将欲归老洞庭"，认为刘是修撰前朝史事的同志。戴名世对明代史料的关心无时不有所表现。《天籁集序》是为康熙刻白朴的词集所撰的序文，已不见于原书，想来也是因避忌而抽去的。序说：

> 顷余有志于先朝文献，欲勒为一书。所至辄访求遗编，颇略具。而今侨寓秦淮之上，闻秦淮一二遗民所著书甚富。当其存时，冀世有传之者而不得，深惧零落，往往悲涕不能自休。死而付其子孙。余诣其家，殷勤访谒，欲得而为雕刻流传之。乃其子孙拒之甚坚，惟恐其书卷之流布而姓名之彰者。呜呼，祖父死不数年而其子

孙视之不啻如仇雠，其终必至于磨灭……

从这里透露的情况可以看出，在政治压力下，人们是怎样的战战兢兢，深藏密锁，不愿将有关明清易代史事的著作付之刊刻。戴名世痛骂这些不肖的子孙，不考虑现实政治条件，固然不免偏激，但从另一个侧面也揭露了文字狱的罡风，不但斩杀了大量已刊的著作，更扼杀了也许更多的文稿，使之胎死腹中，其践踏文苑的凶残业绩，更是应该予以充分的估计的。

戴名世还为弘光遗臣王养正立传，盛赞其抗清死难，虽然遇到“大清兵”字样提行以示尊敬，但立场却鲜明地站在烈皇帝、安宗皇帝（弘光）一边。在《吴江两节妇传》结末的赞语中，又借机大骂投顺的贰臣：

吾尝读顺治实录，知大兵之初入关也，淄川人孙之獬即上表归诚，且言其家妇女俱已效国装。之獬在明时，官列于九卿，而江淮之间，一介之士，里巷之氓，以不肯效国装死者，头颅僵仆，相望于道而不悔也……

今天人们都熟知清初因剃发而丧生惨痛故事，却不大知道因通令换衣冠也曾造成惨重的牺牲。戴名世在另一篇著名的《画网巾先生传》中就记下了剃发令下后发生的悲壮故事。文章开始就说：“顺治二年，既定江东南，而明唐王即皇帝位于福州，其泉国公郑芝龙阴受大清督师洪承畴旨，弃关撤守备，七闽皆没。而新令剃发更衣冠，不从者死。于是士民以违令死者不可胜数。”可见剃发与换装是连在一起的。在叙事过程中，对洪承畴、郑芝龙的批评倾向更是显然。他几乎不放弃任何机会来发抒故国之思，在另一篇《郭烈妇传》的赞中也说：“嗟乎，海岱之间，自明时多公卿贵人，冠盖相望。及易代之际，左公萝石而外，卖国叛故主者多矣。而女子之以节烈著者，颇时时不绝也，岂不异哉。”借封建主义男尊女卑的大帽子，痛斥卖国投敌的公卿贵人，正是戴名世思想的一条主线。

《南山集》案最后的处理是：“戴名世从宽免凌迟，著即处斩；方登峄、方云旅、方世樵，俱从宽免死，并伊妻子充发黑龙江。此案内干连人犯，俱从宽免治罪，著入旗。”只杀掉一名主犯，比起乾隆朝的文字狱来还要算是宽大的。入了旗的方苞，后来赦归了，还写进了《满汉名臣传》，成为桐城派古文的开山人物，则更非少年时与之齐名的好友戴名世所能料及的了。

案戴名世尚有《忧患集偶钞》一种，亦列入禁书目，刊刻体式与《南山集偶钞》全同。后附《孑遗录》一卷，康熙四十年（1701）宝翰楼刻本。《南山集》则未见原刊著录，只于清末用活字排印《南山全集》十六卷，题“戴潜虚田有”撰；又有光绪十六年木活字本，亦十六卷，改题“桐城宋潜虚撰”。

《峤雅》

清初刻本。“明福洞邝露湛若撰”。半叶八行，行十五字。每半叶双套边，刊刻甚精。版心下有“海雪堂”三字。卷首大题下有小印云，“字字离骚屈宋心”及“族来孙邝瑞重镌”一行。前有皖雾灵山人阮自华大字隶书序，小像，自赞，《石巢诗话》一则，后附“文部”，尾叶题“峤雅卷之二终”，似此书为二卷，但《千顷堂书目》称八卷，大概是连同诗类分体别起大题一并计算的。

邝露，广东南海人。明诸生。隆武时召为中书舍人，唐王败死，赴桂林。永历中入翰林。后奉使还广州。清兵攻城，城破抱所宝琴赴水死。看他的生平经历，诗集中自然多的是感事伤时之作，不必审查就可断定应予禁毁了。但军机处奏进的禁书目中却有详细的案语说明：

> 查《峤雅》，明邝露撰。中多空白，以文义推之，皆指斥之词。露虽于大兵入粤时抱琴死节，然在明末受业于阮大铖之门，最相契厚，为其狎客亦最久。诗中所称石巢先生，即大铖也。其死与明末逆案诸人之死相似，仅足自盖其愆，未便因此而存其诗，应请销毁。再此书卷首剜去卷数，似非完本，应行令该督抚再查。

这里所指的就是同一刻本，卷中空白，也一一俱在，卷首小印所引诗，见王渔洋《论诗绝句》：“九疑泪竹娥皇庙，字字《离骚》屈宋心。”据此，刻书当在顺康之际了。审查案语中借阮大铖大做文章，把邝露打入逆案，作为应予销毁的理由，倒是别出心裁的论法。其实诗集中处处都是违碍词句，原不必拉上阮大铖定罪的。七古《花田饮陶十一白郎》诗后附注云：

> 是年燕都已陷，吾粤游舸不减昔时，南都初建，志士多绝裾之游；而尸素巨公，燕巢飞幕之上。黄才伯云，“越女不知摇落早，涉江犹唱采芙蓉”，信然。

《赵夫人歌》小序中“迎驾邕宜”“西迓乘舆”等都指的是永历帝，都照例抬头。诗中起首处有“自矜娇艳无双质，嫁与将军北射□。□骑冯陵风雨急，金陵铁锁何嗟及”。两个空白字都是“胡”字。诗末附记说，“永历二年闰三月十五日，东粤始复冠裳”，又有咏张家玉侍郎的《二臣咏》，诗后小注更详细记述了张抗清前后的业绩，死节始末。邝露始终是奉南明正朔的，称明军为“王师”，与“清军”相对应，而感事伤时的词句更是随时流露。在禁书中间，可以算是十分标准的一种了。

阮大铖的《诗话》中对邝露评价极高，说：“湛若诸律，以曹、刘、鲍、庾之才，降就沈、宋之法。如驱八骏，折旋于蚁封之上，故韵流于苏、李，而酝酿深于辋川、襄阳。超百粤而孤出，陵三唐而特奏。”可说推许备至。《峤雅》中与大铖投赠之作不少，也并未删去。阮的《咏怀堂诗》前有

“岭南门人邝露序”，略云：“饮明堂在邹之醇，割西园南皮之腴，弹厌六代而砥柱乎柴桑。其协律之什，伯玉翕焉禅纯，摩诘圣焉禅智，三唐无其匹也，况下此者哉。”而结以“诵其诗，知其人，庶几可以论世”。邝露不但高度评价阮大铖的诗，同时也肯定了他的为人，此序撰于崇祯十年（1637）前后，正在阮髯因珰案下台隐居读书之时。此序意在为阮髯翻案制造舆论，是显然可见的。这就使鲍以文在《赤雅》前序中不能不说，《赤雅》书前“旧有怀宁两阮序引，削而不录，惧为先生辱也。先生少尝师事大铖，崇祯间为阮序《咏怀堂诗》，称门人某百拜。（按，此不确，以文可能没有看到阮集刻本。）洎阮罗织东林，乃贻书绝交，侃侃千言，可与侯氏《壮悔堂集》中一书并传。予友陈君同舟，曾于金陵市上见之，惜乎不获附此书以也”。鲍以文的这些话代表着读书界的一般意见，与军机处的审查意见的出发点几乎是一致的，不同的是一个想为之辩护，一个则是借此作为销毁的理由而已。

《经钼堂文稿杂著》

康熙刻本。曹炎藏书，后归稽瑞楼、旧山楼，二百年来未出虞山。开卷为杂著两种：（一）《半茧园十叟图诗》，前有二泉居士（叶奕苞）序，凡十图，对页各有题咏；（二）《醉乡从事图传》，前亦有二泉居士序，也是左图右文。其后为《金石小笺》二卷，属“昆山叶奕苞九来著”。又“文稿”。最后为附集，计收陈其年《半茧园赋》，姜宸英《小有堂记》，施闰章《春及轩记》，葛芝《下学斋记》，归庄《偻然堂记》，彭士望《归云阁记》，徐开任《半茧园记》，李良年《三友园记》，顾苓《扪虱庵记》，魏禧《经钼堂记》。

叶九来是清初著名藏书家，叶文庄菉竹堂的后人。这一册书和后面所附清初著名文士的文字，都是昆山一郡极好的地方史志资料。刊刻精雅，体式不一，看来是刻于不同时期而汇为一集的。九来还有诗稿八卷，杂诗及诗词五种，也是康熙刻本。未见。但就这一册杂著文稿看，内容多半是考订金石旧史之作，看不出有什么违碍之处，不知何以竟得到“荒诞悖逆，语多狂吠”的评语而列入禁书。《文稿》中有一篇《赠白生璧双序》，倒是为吴梅村《琵琶行》诗作笺的好资料，其中提到了崇祯遗事，不无兴亡之感，也许就是碰到清朝痛处的所在，但无论如何也找不出“狂吠”的痕迹，也许只有天生特别嗅觉的人才能辨析得出吧。

> 白生之先吴人也。徙家南通州，凡五世。祖父挟琵琶游塞上，生独好游江南，亦挟琵琶以行。先是太仓吴学士遇白或如于王太常之南园，闻琵琶称善，或如为学士进新曲，乃明崇祯帝十七年间事。叙述乱离，嚎嘈凄切，至于泣下。……学士赋六百二言，亦曰《琵琶行》以赠之，而或如名益重。戊戌夏访予茧园，请奏所谓新曲者，一再弹，满座怆然。予不忍其终曲，朗诵学士《琵琶行》以乱之，而或如亟称生之技更善，或如者生之叔也。盖生之祖在湄，从塞上将士授数十曲，皆山坡

羊小令，生独得清商杂调于旧才人，曾侍玉熙宫宴者，故其技益进。

文章后半论南北伎乐好尚的变迁，更是有意义的记录，而感慨牢骚也就从这里出来了。

予因有感于江南盛时，金陵吴趋余杭之里，门第相望，鼓钟不绝。所奏伎乐皆尚吾邑魏良辅所定之昆腔。若琵琶者，以为北方之乐，屏而不御。故生之祖父技虽胜，仅从塞上游，势使然也。然十余年来，生与或如以其技游于南，南之人忽好之，识者以为天地之气于是变矣。自北而南，固足信也。无何而向之门第相望者，迁为戎营夷为牧圉，而鼓钟不复作焉。呜呼，高岸成谷，深谷为陵，吾生三十年中，盛衰递见，何止白生祖孙父子间乎？

戊戌是顺治十五年（1658），上推十余年正是甲申乙酉之顷。作者这里的感慨是明显的，也许这就是触犯禁忌的要害吧。不过同样作了《琵琶行》的吴伟业的运气则要好得多，《梅村集》中谈及明清易代史事的地方更多，故宫黍离之感也在在流露，但全集只抽去了钱谦益的一篇序，终于保存下来了。《军机处奏准抽毁书目》中对《梅村诗文集》有以下的说明：

> 此种系国子监祭酒吴伟业撰。伟业诗才俊逸，卓然成家，曾蒙皇上御览褒咏，外省只以其与钱谦益并称江左三大家，因而牵连并毁，实无干碍，应请勿庸销毁。惟卷首有钱谦益序一首、书一首，仍应抽毁。

同时顾有孝选的《江左三家诗钞》，也只抽毁钱、龚二家作品，《梅村诗钞》三卷特许存留。这些处理办法都是得到皇帝批准的。是不是曾经御览赏识就可以从宽审理呢？也未必尽然。看来这中间总还有些不大好直白说出的原因。

《国史纪闻》《嘉靖以来注略》

《国史纪闻》十二卷，天启刻本。九行，十九字。题“巡按江西监察御史沁水臣张铨辑，男锦衣卫指挥同知臣张道濬订，门人巡按山西监察御史江宁臣徐扬先较”。前有万历四十八年（1620）张铨序，天启四年（1624）徐扬先序。

禁书目著录，附注说：“其卷九内有叛降朝鲜一段，应请禁毁。”查原书，这是天顺三年己卯（1459）的记事。

> 建州夷酋董山叛降朝鲜。
>
> 董山潜结朝鲜，受伪制，为中枢密使。辽东巡抚程信调得其制书，疏请乘其未发，先诘之，可伐其谋。上遣给事中往朝鲜，锦衣译者往建州。两酋初不肯承，出制书示之，皆惊服谢罪。

这是早期的东事记录，也是《国史纪闻》全书中仅见的记述。原书记明历朝史事，起元至正十二年（1352）朱元璋起兵濠州，迄正德十六年（1521）。书中所记边事，大抵都是西北诸边攻守的史实，虽然奴虏字样常常出现，但到底于满洲无关。只有这一条记下了建州先世的史迹，不但称之为“夷酋”，而且揭露了叛降的事实。这自然不能不成为避忌销毁的口实。其实张铨本人就是亲身参与了东事的，最后死在辽东。徐序说：“方忠烈（张铨）之感慨东事，新置大帅也，抗疏非之。未几，一一如所云。举朝神其识。神祖命往监军事。忠烈不以台资谢，单骑受代。今上初年，臣已忝同台，尺一才通而辽溃之报旋至，忠烈之惨旋闻。”张栓万历四十六年（1618）官御史，曾上疏论辽东战守形势，募兵选将诸事。四十八年张铨又上疏奏谏：

> 国家之乱，皆起于民穷财尽，履亩加赋。七厘未已而九厘，穷民何以堪此。大内积金如瓦砾，而发帑之请，叫阍不报，加派之议，朝奏夕可。岂财为皇上之财，而民非皇上之民耶？（《五朝注略》卷十二）

在当时的台谏中可以算是敢说话的。

张铨随即被命巡按辽东。天启元年（1623）三月，“奴酋率众度浑河，首犯沈阳。按臣张铨先下令迁降夷于城外，贺士贤不从。将士凭濠而守。贼驱土填堑，我兵连发炮热，装药即喷。贼遂蜂拥过濠。城内降夷应之。……沈阳遂陷”。

后来清兵直抵辽阳城下："李永芳遣人请降，（袁）应泰许之，命竖受降旗于城上。……应泰、张铨与分守何廷魁，三人坐城东楼，铨谓应泰曰：'坐公尸居游魂，致我无成事而死。'应泰曰：'公无阃外责，尚可退守河西，泰不才，当死于此。'铨下城，应泰举火自焚。……铨为贼执送李永芳。永芳曰：'跪我，我官汝。'铨斥曰：'反贼耳，何官！'永芳令驱之城外斩之。数日间，金、复、海、盖州卫，悉传檄而陷贼。"

以上是从《五朝注略》中辑出的有关张铨的事迹。这《五朝注略》也是清代的禁书，禁书目题作《嘉靖隆庆万历天启四朝注略》，漏掉了《泰昌注略》卷十二，可见疏略。禁书目小注云："查四朝注略系明许重熙撰，内第七卷以至十四卷，诋斥之词甚多，应请销毁。"说得正是事实，这书不像《国史纪闻》，七卷以下几乎没有一叶没有有关辽事的记载。我所见的一本是山阴祁理孙的藏书，崇祯刻。半叶十行，行二十字，白口单边，题"太学生臣许重熙编次，右春坊臣许士柔参订"。卷首版心下有"秣陵高文所刻"一行。前有"旧史臣董其昌序"，崇祯六年（1633）"吏部候选监生臣许重熙《嘉靖以来注略》序"。

在崇祯初年就已编刻了直至天启末的当代史，可见明人纂修私史的积极。董其昌在序中说："臣间尝睹嘉靖朝有若大政、编年、识余、闻见诸录，万历朝有若笔麈、邸抄，泰昌天启朝有若日录、从信、纪政，皆可为纪述之光。"可见当时私史之多，不过到今天除了《嘉靖大政类编》第一二种外，都极少传本了。董其昌又说：“臣其昌谓史之难，难在近事。”“故末世以史为讳，讳于近也。”这确是深知此中甘苦的话。他又称赞此书“可以破讳近之疑，可以镜治朝之概”，也不是泛泛的溢美之词。

以上两书都是山阴祁氏的遗藏。《国史纪闻》前有“家在鉴湖之滨”朱文长印、“竹中小隐”白文方印。通体蓝笔点阅。应是祁彪佳居父承㸁丧时所读书，与所点阅《两朝从信录》为同时读物。彪佳有手稿《万历大政类编》，其原始素材就是取于《从信录》等书的。这部《五朝注略》则是祁理孙的手批阅本，卷首有墨书两行云：“藏书楼午后课，乙未四月二十日开卷，布衣臣祁理孙记。”乙未是顺治十二年(1655)，作为明的遗民，在天翻地覆之后，仍闭门读书，究心前朝史事，而且特别留心卷中有关辽事的记载，用朱圈一一于书眉注出，这些后来就都辑录在稿本《东事始末》中。祁理孙的注意所在正好与查办禁书诸臣是不谋而合的，虽然他们站在截然相反的政治立场上。

检阅各种禁书，不能不推这《注略》是名副其实、质量极高的样品。现在只少举数例：

“奴儿哈赤杀其弟速儿哈赤，并其兵，复侵兀喇诸酋。”(万历四十年十一月)

“奴酋僭号后金皇帝，改元天命。”(万历四十七年五月)

“奴酋发伪榜招降，诟侮无状。”(万历四十八年三

月）

“辽抚袁崇焕奏逆奴求款情真。”（天启七年二月）

“六月，奴寇宁远。诸将凭城御之，炮伤奴兄召力兔。奴兵解围退去。经抚阎鸣泰袁崇焕，各奏厂臣先事绸缪之功，总兵赵率教奏称，仰仗魏忠贤妙算……有旨，厂臣秘谋妙算，屡建奇功。奴胆已寒，灭之有日。”（同年六月）

当辽东兵事紧急之时，正是魏忠贤等气焰冲天之日。欺上瞒下，敷衍塞责，终于弄得不可收拾。经过上下的一齐努力，总算使明朝弄到亡国。这一切在七册《注略》中是班班可考的。祁理孙在十多年以后，还念念不忘想总结败亡的经验教训，那愿望是真诚也是可哀的。就在他闭门读书之际，发生了大狱，弟弟斑孙遣戍辽左，祁氏也因此破家。虽然史家都不视此案为文字狱，但实质上正是同一类型而发生较早的一起大案。因此这两种晚明的当代史著作就在禁书之外又有了独特的文献意义了。

《秋水集》

集十卷，勾吴严绳孙撰，康熙雨青草堂刻本。半叶九行，行十九字。版心下有“佚亭”二字。卷一至八诗，卷九、十词。前有叶方霭序、吴绮词序。当尚有朱彝尊序，未刻入，见《曝书亭集》卷三十七。

江宁布政使刻“奏缴咨禁书目”中有督部堂萨饬知无

锡、金匮二县查缴禁书三种。严绳孙撰二种，此《秋水集》外尚有《明史列传》。另一种是绳孙子严泓所撰的《青梧集》。

严绳孙是纳兰性德的好朋友，自然也和权相明珠有着密切的关系。《秋水集》中不但收有和纳兰倡和的诗，也有和张见阳、秦松龄、姜宸英、顾贞观、徐乾学等往还的诗篇，他们都是一个政治集团中人。后来明珠罢相，政局一变。绳孙此集之列为禁书，看来当与当时政治斗争有关。至于集中诸诗，除了偶有牢愁之句外，实在也看不出有什么忌讳之处。卷六收应制及侍从引见诸作，都极尽恭谨，《平滇恭进》诗前小序更是提行抬头，卑辞颂圣，可以算是恭顺的典型。翻书时遇见这种地方，总免不了感到满身的不愉快，好像看到在电影中描写旧时代某些大人物出场，甚或只是在说话中偶然提到，人们都要立正致敬的光景。《秋水集》中有这些应制颂圣的诗篇，却终于逃不脱禁网，实在是可笑又可悲的。

严绳孙的诗写得不坏，自然感怀身世的作品要来得更有特色，但如果追究起来，也是可以作为“怨望”的实据的。如《某园》一诗：

> 十年桑海倍煎心，草色名园不可寻。攲柱倚风移旧绣，断垣经雨见遗簪。山僧礼数支门急，江燕惊猜避客深。惟有青山如昔日，不能重上上头吟。

这里所咏不知是谁家园林，总之是不便明指。诗是游苏州时所作，如拟为海宁陈之遴的拙政园应该也是可以的。

同时又有《灵岩呈继大师》一诗，是写给继起弘储的，腹联云："兴亡满眼今何夕，去住无心我未僧。"说得尤为显露，表示了与逃禅的遗民同样的心情。《秋日杂感》一组诗中，也处处有着兴亡之感："近说东南多战垒，车书回首几时同""总是兴亡千古地，莫教潮汐送闲愁""试看明月三分夜，犹有箫声杂鼓鼙""侧足横流群盗在，乾坤何处有吾庐"。《杭州杂感》四首，有"纷华何处说先朝"这样的句子，又说"指点凤凰山上路，不堪萧瑟起边愁"，说"乱离时节懒经过"，应该都是绳孙少年时的作品，在入京以前。"君看沧海横流日，几个轻舟在五湖。"（《自题小画》）可以代表作者这一时期的怀抱志趣，与入都以后浮沉政海的心情是大不相同的。卷六《集朱竹垞同年寓斋送留仙前辈》一诗，当作于康熙二十三年（1684）松龄因顺天乡试事下狱放归之顷。

> 此夕亦良宴，胡然歌路难。故人先我去，霜月是愁端。别酒那可尽，世情真倦看。十年征逐意，留梦到长安。

这就直白地述说了对十年中间京师宦海生涯的厌倦，可以作为绳孙后期诗作的代表。

果然，卷七开卷就是《春日蒙恩予假南归》诗，其中如"吴牛避热先愁喘，宋鹢冲风且退飞""去来我亦无心者，何必从人定是非”，都是同一心情的抒写。其第三首云：

> 抟飞端不到青雯，高足都看几要津。遮莫吾今先丧我，由来臣少不如人。官同王琰贫来久，世识嵇康懒是真。文酒故交云雨散，梦魂相望落花春。

明珠、纳兰身边的人物风流云散了，绳孙经过了十年风浪，终于悟出自己并非政治斗争中合格的竞争者，但也还不免流露出一种哀怨。

绳孙南归后又有粤东之行，留下了不少诗篇，有《酬梁药亭次余南归诗韵见送之作，并简别陈元孝屈翁山吴山带诸子》诗，其“驽骀北望宁无恋，乌鹊南来已倦飞”句就还不能忘情于京师，正是所谓名心未尽。不过这诗是写给陈恭尹和屈大均的，按照禁书条例，只要书中出现这些人的名字，就有了同样禁毁的命运，也许这就是《秋水集》列为禁书的理由之一吧。

谈武侠小说之类

小时候也迷上过武侠小说，大约总在高小初中那个阶段，不过时间并不长，读过的作品也很少。记得曾看过在天津的什么报上连载的《三侠剑》，至于“还珠楼主”的长篇巨作好像并没有读过，只是非常佩服他能那么一本一本地写个没完，觉得很了不起。《三侠五义》是读过的，后来又看了在舞台上演出的戏文，印象深刻。《彭公案》《施公案》则并未读过，少有一点知识也是从舞台上的《八大拿》里来的。只有这么贫弱的一点本钱想来议论武侠小说是不成的，但也不妨追寻一点旧有的印象与观感。我记得看了许多“八大拿”的戏以后，最喜欢的是黄天霸戴的罗帽，觉得实在是漂亮极了。推而广之，锦毛鼠白玉堂的打扮也惹人喜欢，就是武丑扮的朱光祖，也觉得不坏，他头上戴的那顶帽子，很想什么时候借来一用，捉起蟋蟀来真是理想的工具。

为什么觉得黄天霸等人都那么可爱呢？理由也很简单，就因为他们都是维护正义，除暴安良的英雄。至于真正懂得了他们其实不过是皇帝、清官的鹰犬，则是很久以后的事了。

从这简单的认识过程中可以悟出同样简单但却真实的道

理。古今中外，一切武侠、公案小说，都是以正义与邪恶的斗争为脊梁的，不论不同的作者使他们的英雄施展怎样的本领，口吐飞剑，平地飞升，这其实却不过是枝叶。在枝叶前面目眩神摇，甚至想上峨眉山修道的人不是没有，但只凭这一点却不足以说明武侠小说为什么会在社会上曾经有过那样的影响。

如愿寻根问底，太史公的《游侠列传》可以说就是开山的作品，一切必要的特点在他那里就已具备了。王国维说，“吾国人之精神，世间的也，乐天的也。故代表其精神之戏曲小说，无往而不著此乐天之色彩：始于悲者终于欢，始于离者终于合，始于困者终于亨，非是而欲餍阅者之心，难矣”。说得不错，在这里还可以补充一点，路见不平，拔刀相助，除暴安良，伸张正义，也是人们喜闻乐见的，也是可以说明“吾国人之精神”的。没有这一条，一切武侠小说怕都不能存在。

当然，对“良”“暴”“正义”等等，都应该有具体的分析。不过这不能要求于一切读者，他们的好恶只是从朴素的正义感出发，往往无力也无暇细细推敲。

说到这里，可以推测一下近年来武侠小说广泛流行的原因。十年动乱之后，先是包公戏、说岳评话，受到热烈欢迎，接着才来了《三侠五义》以及五花八门的《××英雄传》之类，可以理解群众在经历了十年人妖颠倒，是非混淆的大动乱后的心情。一切向邪恶射击的利箭都是可以引起共鸣、使人解气的。直到今日，动乱所留下的余迹也并未全部清除，引起人们痛恨的邪恶事物也未彻底绝迹。既然根株还在，那就不必奇怪枝叶的存留了。这推测不知道可否确切。

近来，各地出版社和大小投机家倾盆大雨似的推出了五花八门的武侠小说，他们是摸准了部分读者心理的。一时给出版事业带来不小的冲击，有人就担心，现在人们不再读文学书了，这样下去可怎么好？我觉得倒用不着惊慌。要紧的是拿出更好的货色来代替进而占领这部分市场。武侠小说是不会消灭的，但也不会长时期地独霸书市。读书这件事似乎也应该讲究一点“生态平衡”。正如马戏团里虽有熊猫、老虎，也代替不了戏剧电影一样。观众喜欢马戏，但谁又愿意一年三百六十天看猢狲变把戏呢？读者群中有不同的层，年龄也是如此。我就不相信人们从小到老只抱着一本《蜀山剑侠传》（“还珠楼主”的有名小说），不，这简直是不可想象的。

1985年9月5日

谈影印本

《古逸丛书三编》已出版了第一种《忘忧清乐集》，《金石录》也将继续出书。“三编”的目录也已初步拟定。这都是听了使人高兴的消息。选印古善本书的工作得到国家的重视，具体进行规划并付诸实施，在解放后这还是第一次。周叔弢先生说，“不能让商务印书馆专美于前”，确是许多人想说的心里话。《古逸丛书》是清光绪中黎庶昌编刻的。黎庶昌和杨守敬在日本发现了许多中国古书，都是一千年来各种访华的日本人士陆续带回国去的。其中有许多在中国已经少见或失传了。于是他们就收购，编选，照式翻刻，集成了一部丛书。同时杨守敬又刻了《留真谱》初二编，每书只取一至数页，依原样翻刻，作为版本学者的参考。这是我国继影抄影刻之后最早出现的书影，在版本目录学上也有重要的意义。日本在明治维新之后，有一个时期社会上也产生过轻视古代文化的思想，于是，这些辛苦从中国得来的古书有很多流落在旧书店里了，价钱也便宜，能为黎庶昌等买得。不过，日本人对问题发现得快，改得更快。不久以后，就把湖州陆氏皕宋楼的藏书全部买去，藏在静嘉堂里了。这以后的几十年中，更从中国弄去了大量古书，形成了一面倒的局面，致使郑振铎在四十年前发出了“史在他邦，文归海外”的惊叹。

若干年后，商务印书馆在张元济主持下，又编印了《续古逸丛书》，先后也印出了几十种。张先生把雕版改为石印，选材也更广阔、精审，那最后一种杜诗，是直到解放以后才出版的。商务印书馆影印的古籍，此外还有四部丛刊、四库全书珍本、元明善本丛书等许多种。他们还曾打算印一套《国藏善本丛书》，目录、说明、样张已印成一本精致的小册子，作为广告品散发，后来却并未印出。这个丛书是作为《续古逸丛书》的补充而设计的，其实与《四部丛刊》的性质也是相近的。不过没有严密的分类比例，只从版本角度出发加以选择而已。这与今天拟印的《古籍善本丛书》（第一集）性质也是相近的。如果说“三编”选印的是甲等书，那么不够甲等资格的就统统收在这里。

在商务印书馆复印的古书中间，《续古逸丛书》是有代表意义的，在选目印制时，自有其特定的标准。“三编”继此而出，这是在新时代、新要求下对前人业绩的继承，有些过去看不到或不可能提出的设想也应当考虑、吸收，这样就有可能在前人的基础上，取得进一步的发展与提高。

大体上说，编印“三编”工作的重点，就在选目和印制两个环节上，而决定这两者的前提则是出版这样一套丛书预期达到的目的。

看了初步拟定的“三编”书目，似乎可以说，这些书都是应该印的，只惜数量太少。如从发展的眼光看，“三编”实在不应只收这几十种为限。如从缓急先后考虑，那对选目就可能有不同看法。从选目的简略说明可以看出，入选的标准有这样几条，首先是古刻本（事实上也就是宋本）、孤本和传世有重名的书，例如曾受到黄丕烈重视的“百宋一廛中有重名之书”，就是好几种书的重要入选理由。

如果“三编”的编印是以保存、介绍我国辉煌的古典文化为主要目的，那么理所当然地就应该着重考虑反映我国从什么时候开始就已为人类雕版印刷事业做出了怎样的贡献，在雕版、抚印上已达到了怎样的工艺水平，而且，这一切又是发生在怎样广阔的地域之中。

这样，就不只要考虑时代之古，还得注意到工艺之精，以及出现在全国不同地区的雕版印刷品的不同风格，和因纸张、印刷技术而形成的地方特色。孤本自然是一个重要的取舍标准，但不应是唯一或首要的标准。严格说来，只有未经传写，未经刊刻的稿本才能称得上是孤本。有许多已付刊刻的书，流传少到只有一部的通常也往往称之为孤本。但细想并不十分科学，还不如使用“世无二帙”这样的用语好些。有的书，如宋本《金石录》，就是在“断种”若干年后又突然出现了的。这就说明了孤本不孤的可能性。何况作为宋本，龙舒郡斋本《金石录》今天固然是“世无二帙”了，但《金石录》这书则是别有传本的，刻本钞本都有，实在也不好称之为“孤”。

从选目看，底本大半取之于北京图书馆，这是理所当然的。但其他全国重要的图书馆藏品收的就过少，几乎不成比例，似乎不能全面反映国家典藏的实际情况。如上海图书馆的藏书中，有许多就是极重要值得通盘考虑安排的。如宋蜀本唐人集，就是不折不扣的“孤本”，已有几种影印了出来，但印制水平不高，不能保存原本的风貌。作为普及本，又觉得过于浪费，为一般购买力所不及。上海是印过《纳兰容若手简》那样水平的影印本的。相信完全有可能印得更好些。已印而水平不高的，也可以在将来考虑重印。我们还有大批重要的古籍收藏在台湾，选其精英列入选目更应是题中应有之义。推而广之，则一切流入域外的中国古刻善本，也都应在考虑之列。这设想看来有些迂远，但其实是必要的，至少在远景规划中应该予以周密的考虑。

说到内容，自然也是值得考虑的重要方面，但这与原本的雕版文献价值相比，却不能不放在第二位。在人们公认的古善本书中，不少是广泛流传的必备典籍，并非一般的读者、研究家必须加以参考的。另一些内容重要，从无传本的古籍，读者自然渴望一读，但从印数、书价各方面考虑，用“三编”的形式印行，都难以满足广大读者的要求。如果说，过去人们“以代钞胥”还太繁难，那么今天，我们就可以用铅字排印。如再嫌繁难，那么就用石印，如上海古籍出版社印的《清人别集丛刊》，就用的是商务印书馆印《四部丛刊》的方法，也是行之有效的。最近看到台湾书店印行了大量解放前从大陆运去的善本古籍，一律新闻纸双面影印，小册硬面装订，“硬领皮靴”，用的也是同样的办法。当然这都与

“三编”的任务和要求不同。

还有一个完缺的问题。过去的藏书家一直抱着牢不可破的完缺之见，他们轻视一切残缺不完的本子，影响所及，在书坊里的标价也大相悬殊。这种传统观念好像从毛子晋才开始逐渐打破。《汲古阁珍藏秘本书目》中就著录了大量的残本书，有些书的残缺部分还精工抚抄补足，这就是被人们称赞为“下真迹一等”的“毛抄”（“毛抄”不只是抄配，也有许多影抄的是全书）。汲古阁开了风气后清代许多著名藏书家在书目中也著录残本了；到今天，我们看许多国藏善本书目，残本的比重实在是很大的。这是应该肯定的实事求是作风。这样，有许多“世无二帙”的古书，就不能因其残缺不完而加以忽视；有些残宋本，缺卷由明人抄补，纸墨精妙成为别具一格的艺术品，更不宜以完缺之见决定去取。“三编”拟目中选入《钜鹿东观集》十卷，仅存七卷。余卷明人抄配，精妙绝伦。即其一例。自然，只存零页或大部书只存一二残卷，如无特殊理由，是要慎重考虑的。

说到选用底本，那就应该更多听取老专家的意见。在这里，一位经验丰富、见多识广、对古刻善本具有高度赏鉴水平，真能识得旧本之美的专家意见比起只是版本目录学者的意见就来得尤为重要而可贵。周叔弢对“拟目”中选入的宋刻《陶渊明集》提出过这样的意见，“首行挖补，汲古阁诸印皆伪，似不可列入甲等”。这部“百宋一廛中有重名之书，称北宋本”的陶集原来也是叔弢先生的旧藏，是黄丕烈陶陶室旧藏宋本陶集之一。《中国版刻图录》说明中说，“毛氏汲古阁秘本书目定为北宋本，恐不确”。查《秘本书目》（拜经楼吴氏钞本）也只是说它是“宋板”并盛赞本子之好，并未明确指实为北宋，“说明”所指不知根据何在。看《图录》所收《陶集》书影，这是一种已经相当后印的本子，卷首第一行“卷第一”下有挖补一条，“宋本”“甲”“毛晋之印”，三印模模糊糊，看不真切。如未亲见宋本，仔细观察，仅凭书本记录，或只看在黄丕烈的份上，听信后来藏书家的宣传，就做出决定，怕不是稳妥的办法。叔弢先生另推荐了也是他旧藏的宋刻《汤汉注陶诗》，理由是“精印，人间孤本”。这部“黄氏陶陶室旧藏宋本陶集第二部”，是四库全书所未收的，大字建本精品，没有通常闽刻那种严谨而显得局促的气势，来得分外雍容俊爽。如非“精印”，这些特点是很难领略的。

总之，选择“三编”底本，需要集中多方面的意见。尤为重要的是有机会多接触实物者的意见。文献与目录学家的意见当然应该尊重，一直被当作“古董家”“赏鉴家”们的看法也不能忽视。我认为“三编”必须从审美角度进行判断，才能做出适当结论，这一点是没有疑问的。

新印的《忘忧清乐集》我在书店的玻璃橱里见过一下，没有麻烦店员取出来细看，因为我想价钱一定很贵，大约不会买。因此说不清印刷质量到底怎样。只是觉得比起商务印的《续古逸丛书》来，开本小了一些了。《金石录》比起《忘忧清乐集》来要重要得多。原本二十多年前曾在徐森玉先生的办公室里看见过一次。徐先生那天兴致非常好，他对我说，“你看看，这部《金石录》，像不像嘉靖本?”这部南宋孝宗淳熙龙舒郡斋刻本《金石录》，初上手真会使人看作普通的嘉靖刻本。那款式、刻工、纸墨、装订都非常相似。纸是白棉纸，没有一方藏书印记，原装也是朴素简单的，订书的丝线也有些脱落了。但仔细看时，就立即发现两种不同时代刻本的明显差异。同是写刻，同是精整的楷书，但气氛完全不同。宋版书的书手并非个个都是书法家，但他们写出的每一个字都有自己的精神、风貌、意趣，有时还带有特定的古拙，值得一字字地细细观赏。明刻就往往经不起这样的审视。有些嘉靖本手写极工整，书法极漂亮，但就是不耐看。清代也有极精的写刻本，情形也差不多。倒是有些明初写刻本还保留着这种书手雕工的鲜明个性。尽管比宋本已有很大差距，有时比规范化了的元刻本还要好得远。

这部宋本《金石录》从南京津逮楼甘家发现，是被当作废纸称出的，一时人们都感到意外。津逮楼甘氏过去印过一些南京地方史料，如《帝里明代人文略》等，但并没有藏书目流传，人们猜不出竟藏有这样的奇书。一百年来，南京屡遭兵火动乱，这部书的得以历劫幸存也实在不可思议。50年代初我路过南京时曾访问过津逮楼的遗址，那是一座双层木构的楼，相当大，虽然年久失修，但依旧保存完整。雕花的木窗上空荡荡的没有一张窗纸。我走上楼去看，地板上空荡荡的，只在一个墙角还堆着一些烂纸。其中有残零的清刻本书，上面都钤了津逮楼的印记。楼下有一排矮小的平房，住着甘家的后裔。我在他们手里还看到过一部嘉靖刻，白棉纸印的医书，有甘氏印记。这楼后来不知道怎样了。今年春天我在南京曾向文化界许多人打听过，已经没有人知道津逮楼的名字了。

想用文字来说明宋明刻书的差异是困难的。我想有一种简单有效的方法，就是取宋本原刻与明人翻刻对照观察。传世有很出色的明翻宋本，如袁刻《世说新语》、东雅堂、济美堂翻世彩堂本韩柳文，这些书的宋刻原本都还依然健在没有毁失，只要将两者加以对比，就能非常容易地看出那差异所在。我们很难方便地看到宋板，这里书影就成为不可少的参考资料。而书影必须是精印的，能忠实反映原刻风貌的，才能作为比勘的依据。明人翻宋本有时是很忠实的，当时宋板书还不像今天这么稀奇，有时就将原书拆散一张张贴在木板上，请刻工依式翻刻。难怪有时候竟达到了形神逼肖的程度。不过刻工的技术水平、工作习惯、使用工具到底不同了。他们的工作方法与审美标准也改变了。方块字的许多细部构成，如书法家的“永字八法”所分析的结构组合，都出现了分明的差异。这种差异就在不同时代形成了不同的风格。在书法、雕版中都存在着这种变化，而且大体上也是一致的。鉴定书画与鉴定板刻都不是神秘的、高不可攀的学问，必要的知识往往可用比较研究的方法获得。

时代风格之外，在鉴定雕版时也还另有一些辅助依据。如不同时代、地区使用的不同纸张与印刷方法，文献中的著录、收藏印记、装潢样式……也都有一定参考价值。一切与书画鉴定都非常相似。书籍在它应有的文献价值之外，又有自身的文物价值、工艺美术价值，就因这些重要因素形成。

取古刻书一页至数页，忠实地依式翻雕，集多种书的样张，就能为读者提供一种认识、鉴别古刻本比较系统的参考资料。杨守敬想出了这个主意，刻出了《留真谱》，这是与《古逸丛书》相辅而行的划时代著作，是在宋元本行格表一类研究成果基础上进一步的发展与创造。等到石印与玻璃板的印刷技术出现，诗多新的书影出现了，比《留真谱》又前进了一大步。

作为一种新生事物，《留真谱》为传统的版本目录学增添了新的科学性；在当时雕版技术上也达到了高水平。杨守敬的这些贡献是应该肯定的。七八十年来旧本书和书影的复印，有了很大的发展。企图达到的目的是两个。在保存、流传古典文献之外还要求在最大可能限度内传真，保留本书的原有风貌。使读者在阅读之余同时获得欣赏古代印刷精品的愉乐，并增加鉴别古书的知识。

粗略地计算一下，一些重要的藏书家，常熟瞿氏、吴兴刘氏、武进陶氏（所收大半为木犀轩李氏书）、松江韩氏和故宫博物院都出了藏书的书影，《文禄堂书影》《明代版本图录初编》等也相继出版。商务印书馆的《四部丛刊》则更是一部大书影。这许多大都用的是石印方法，也间有用少量珂罗版的。建德周氏所印宋本《鱼玄机诗》《孝经》等尤为精美。明本《杂剧十段锦》《琵琶记》《苏门啸》《千秋绝艳图》等也都有珂罗版印本，都达到了相当高的水平。从数量上看，商务印书馆的成绩最大；从质量上看，则还远远算不得精美，就连有名的《续古逸丛书》也还是用的石印，只不过开本特大、用纸讲究而已。鲁迅、西谛翻刻的《十竹斋笺谱》，西谛编印的《中国版画史图录》（珂瓈版、罗纹纸）则是这一时期出现的有代表性的重要图谱。

日本印的《图书寮宋本书影》《静嘉堂书影》等都非常精美，特别是按原式影印的宋元旧本，以《东京梦华录》为例，不只用珂瓈版精印，还套色印出了收藏印记，连蝴蝶包背装也照原式复制，确是远远超过了《续古逸丛书》的水平。不过因用日本皮纸印刷，与中国古书的风貌不能不产生某些距离，此外也还有其他可以改进提高的处所，并不能认为已是无可超越的。

建国以后，北京图书馆编印的《中国版刻图录》是一部高学术水平，印刷也相当精美的图谱。此书用珂瓈版影印，其中彩色套印诸幅，尤具匠心。编印依时代、地域为序，也是有创造性的处理方法。说明部分反映了多年来版本目录学术研究的成果，总的说是一部有代表性的重要的版本学著作。

除此书外，长期来同类印刷品的质量则是不能令人满意的。比起过去的水平是下降了。1978 年上海古籍书店复印的《善本书影》恐怕是自有书影以来少数印刷最差的一种。它可以提供一种样本，说明古刻的面貌、风格可以被歪曲到怎样的程度。《中国古典文学版画选集》则是另一个例子，证明线条的失真（主要是变粗）可能给版画效果带来怎样的损害。这两书都不是石印，但效果比石印还不如。珂瓈版是比较理想的印刷手段，但效果也可能大相悬殊。在这里，工艺水平是起决定作用的。掌握了一定的技术，还应对古刻风神、韵致有必不可少的敏锐感受，这样才有可能想方设法运用恰当的印刷技巧加以再现。总的来说，近三十年来善本复制的工作没有能达到过去曾经有过的最好水平，也没有在使用新的印刷手段中创造新的经验，这是不能令人满意的。

复印古书本身有不同的任务与要求，理所当然也应采取相应的不同对策。如只是为了文献资料的保存与流布，那就应该采用较为简便、低廉的印刷工艺，以适应普及的需要。但为了重视古代雕版文化的高度成就，检验今天印刷技术达到的高度，那就是另一回事了。应该毫无顾虑地创造前所未有的优秀成果，印出哪怕是少量的但高水平的具有民族风格的豪华本来。这是一个光荣而艰巨的任务。前人辛勤创造了那许多惊人的雕版印刷精品，在我们面前树立了高标准，我们理应交出无愧于先行者的答卷来。

1983 年 8 月 18 日

谈“全集”

书店架上除了摆着大量的单行本，也点缀着名家的文集、选集、译文集、全集等多种名目。这里面以全集为最少见，目前好像只有《鲁迅全集》一种。不过郭沫若、茅盾的全集也都已开始编辑，并陆续出版。随之而来也听到一些议论，全集到底应该怎样编才好？的确，这是一个值得慎重考虑的问题。

真正的全集，据我想，自古以来就从来不曾有过。虽然旧书目录里间有诸如《山谷大全集》那样的名目，不但“全”，而且“大”。但同时也就暴露了这名目的可疑。既有“大全集”，不就暗示也有不够全而且大的“全集”么？还有，这又是按了什么标准区分的呢？总之，所谓全，充其量只不过显示了一种相对的完整性而已。

既然称之为“全集”，顾名思义，那么就应该把作者平生的一切言论，见诸文字和口头的意见都一一收罗在内。最好还包括了作者的“行”。蔡元培的《蔡孑民先生言行录》的编辑方式是不错的，虽然那也并不是“全集”。

新版的《鲁迅全集》在作品之外又尽可能收入了完整的

日记与书简，这方法是好的。但严格说来还算不得“全集”。先生大量的译作，整理、辑集、校定的古籍，收集的汉画像、古砖，辑印的中外版画，就都因实际困难没有一一收入。缺少了这些，读者就难以见到先生的“全”。作为“全集”，也就多少失去了依据。

认为只有创作，才是应该收入“全集”的唯一内容，看来不能说是全面的。

40 年代后期，巴金曾经打算编定他从事文学工作以来比较完整的结集，就是将译本考虑在内的，初步定名为《巴金译作集》。后来有人说“译作集”读起来有点像“遗作集”，恐怕不妥当，计划搁下来了。

上面所说的其实是很难实现的一种“高调”，而“高调”最后又十九会变为“空论”。为了切实起见，倒不如研究一下编“全集”可能遇到的主客观种种困难，也许对实际工作有些好处。

“全集”一般说有自定和代编两种。人们大抵重视自定的“全集”，因为它可靠，没有误收的伪作，也反映了作者晚年最后形成的见解。这当然是不错的。不过照上面所说对“全集”的要求加以衡量，却并不尽合理想。白居易的诗集是他自己定稿的，一式抄写了好几份，分藏在几座庙里。（我怀疑乾隆皇帝将“四库全书”分抄几份藏在全国各地的几座“阁”里，就是从这里受到的启发。）因此流传至今的白氏《长庆集》是比较完整的。但到底经过了作者的修改、删定，显示的是白居易晚年定型的思想。如果想研究他前期中期的思想变化，就得格外小心，应该设法搜求他的朋友、同辈的诗文和史料、笔记仔细比勘，才有可能明白较近事实的真相。凡是自定的“全集”，都多少存在着这方面的问题。有的作者把“身后名”看得很重，不是企图以道德家面目永存，就是想以文章家资格传世。这些私心杂念都会影响原始真实面貌的保持。朱彝尊晚年编定全集，不因贪吃冷猪肉而删去二百韵的《风怀》情诗，曾使许多人佩服；但他到底还是删去了不少旧作。有的作品因不够成熟或显得平庸而被删，那是可以理解的；但有些不坏的作品却因另外的原因删去了，如他在中年自刻的《腾笑集》中的一些诗篇。“腾笑”是朱彝尊自嘲的话，表示了他改变政治立场后的复杂心情。他在晚年删去了这些带有自我批判气味的作品，还砍去了与牵入政治案件的许多友人的关系之作。证明手定的《曝书亭全集》其实是并不“全”的。想研究朱彝尊，想知人论世，只靠这样一部“全集”是不够的。

同样的例子还可以举出许多。李慈铭的《日记》手稿上面，被他用墨涂掉了许多，有时几乎是整页的涂，这并非一般的文字修饰，或对学术观点的修正，几乎都是丑诋别人的话。从删而未净的语句的恶毒，可以推想那些涂掉的字句都是怎样的东西，大约是连他自己也觉得不像话了的。

作者自订全集，当然有他自己的自由。或严或宽，各人都有自己不同的标准，也都应该受到尊重。不过一旦白纸黑字写成文字，作品即成为客观存在；若已流传，就又产生了社会影响。作者可以“悔其少作”，表示自己后来的态度，但应负的责任总是推卸不掉的。在历史学家和文学史家看来，资料的收集当然以尽可能的完整、真实为第一要义。如作者已经逝世，无法对身后旁人的辑佚等工作表示任何意见，当然不成问题，作者如还健在，那就可能发生种种麻烦。有的作者是深悔其少作的，非常希望若能侥幸逃过“摸金校尉”之类人物的翻尸倒骨，就是如天之福了。可惜近来文学史家中的考证流派逐渐兴旺发达，各种旧期刊、旧报纸、罕见的书本也都一一复印行世。此外还有不少奇异的渠道，例如在档案袋中有时就藏着珍贵的文学史的材料。真是使人寝食不安。我有时确也对此深表同情。“文化大革命”中抄家风起云涌之际，我就见过弄堂里一位老太太被勒令穿起她几十年前的旧旗袍、高跟鞋、涂起口红来上台示众。这些东西都是从她家的箱底里翻出来的，也确是她当年用过的衣饰，完全是历史的真实，赖也赖不掉。但同样真实的是，她已有好几十年没有这样打扮了。怪只怪她因懒或舍不得，没有及早处理掉这些“四旧”的遗迹。大约许多人都从这类“革命行动”中吸取了“教训”，大家不约而同地一起烧起书来，还有字画、古董……一切看来不妥的东西，这真是一场浩劫，是水火兵虫之外更厉害的一场浩劫。

被“发掘”出自己的“少作”的作家的心情，大约和那位被“勒令”穿起旗袍示众的老太太有点相似，着实值得同情。作品又不比旗袍，只有几件、十几、几十件，而且又流散到天涯海角了，想销毁也办不到，真是命该如此。古往今来的作家，有许多都曾有过这种苦恼。有些作家而兼宰相以至皇帝的大人物也曾动用过政治力量与影响销毁已不合时宜的旧作，成绩也不理想。韦庄费了许多力气想从文学史上抹掉自己的早期名作《秦妇吟》，不料一千多年后还是从敦煌石室里被发现了，还不止一种抄本；雍正帝下令销毁御制的《大义觉迷录》，二百年后也在琉璃厂的破书堆里发现了。只不过便宜了书店掌柜，卖得了好价钱。

这一切都说明了一个事实，用笔写下来的东西，是砍不掉的，只能老老实实地承认，世上如真有热心好事之徒，具有曹操发明并设置的“摸金校尉”那样的能力与品德，从什么地方发现了自己的“少作”，最好还是抱欢迎、合作态度。在鉴别真伪、说明背景、阐释作意等方面加以协助。当然也有权表示对这些“少作”的处理意见，而这是完全应该受到尊重的。我想在这方面为我们做出了极好榜样的还只有鲁迅先生。他的态度、意见就非常明确地写在《集外集》的序言里。

我这样说，只是表示自己对鲁迅先生意见的完全赞同，并无怂恿作家们都来编印“集外集”的意思。理所当然，有资格、有必要编“集外集”的作家，除了鲁迅之外，并不是很多，这是必须遵循实事求是的精神来对待的。近年来海外有些研究中国现代、当代文学的学人，做了大量、细致的工作，积累了不少珍贵的资料，提出了一些有分量的研究课题，这都是值得感谢与佩服的。流风所被，也给国内的研究工作以刺激、推动，这也是好现象。只是有一节，海外学人那种“为文学而文学”的、猎奇搜秘的、乾嘉学派式的繁琐考证学风也传了进来，并在某些方面得到了表现。这就使人看了有时感到老大的不舒服。例如一些已经谢世的著名作家，他们的遗稿、逸事都有人在着意搜求，并陆续发表、成书。这工作自然是可取的，也是为读者所欢迎的。不过有时泛滥无归，连私塾窗课和早年幼稚的艳诗那样的物事也拿来发表、出版，就不免有些奇怪。我是懂得这类物事的价值的，也主张应予大力搜集、妥善保存。但它们应该被安放在文学资料馆里，而不是印成几千万册，放在新华书店架上。凡事不可一刀切，万一真的发现了鲁迅当年在三味书屋里的窗课，或在江南水师学堂里做的《云从龙风从虎论》，那自然应该区别对待，收入《集外集拾遗》中去。

还是鲁迅说过的话，文人或作家，“一瞑之后，言行两亡”，于是身后的一切就只有听人摆布了，这实在是一种很大的悲剧。这中间，孝子贤孙以及各式各样的“无聊之徒”的代为编刻全集有时就会成为极重大的不幸，鲁迅真的也有自知之明和预见，他自己在十多年前就曾被各色人等牵出来戴上时髦的纸冠，披上异样的服饰，串演了不少活报闹剧，这一大笔宝贵经验到今天还不曾很好地结算过。但要使工作取得决定性的改观与进步，首先要紧的还是对旧经验的总结，也就是说在付了昂贵的学费以后要翻翻成绩报告单。

鲁迅是幸运的。他的全部著译除了一二小篇都已在生前手定出版；他又在编《集外集》时明确表明了对自己著作的态度。由旁人编定全集时就不会发生什么困难。收集的逸文也都是手稿或剪报，只有少数使用少见笔名的文字出现过争论，也无关大局。这就使他作为一个作者能够立于不败之地。无论旁人怎样出于好心或恶意给以梳妆打扮，都不必担心。铅华洗尽见真醇，鲁迅还是鲁迅。人们对鲁迅是非常尊重的，虽然没有谁说过鲁讯的话“句句是真理”，但也没有谁敢从他的“全集”中删去任何篇目。连“四人帮”也不敢。只偷偷地抽去过一些书简。这自然是由于先生的崇高威望。其实这也是人人应该遵守的公正对待任何作者的正常态度。不过实行起来是很不容易的。

在作者身后为之编定全集的大抵总是与作者有亲近关系的人，如朋友、子孙、崇拜者。为论敌出版全集在过去是很少的，人们还没有发现“反面教材”的利用价值，常用的手段不过是烧和禁。自从乾隆皇帝编定“四库全书”，在手法上才有了突破，但也只是偷偷摸摸地搞一些小动作。整个衡量起来，其作用就远不及孝子贤孙、诸亲好友做出的“蠢事”效果的显著。我以为，在这里“蠢事”这个词用得恰当。一般说来，只有好心办出的坏事才能称之为“蠢事”，即使有时事情办得已经近于可恶，但也只好依旧称之为“蠢事”。这中间是有一条不容混淆的界限的。

我买到过许自昌的几本诗集，这是“借茶”“活捉”（《水浒记》）作者的诗集，流传很少，连《千顷堂书目》里都没有著录。这书是从甫里（苏州角直）许家流散出来的，是万历原刻。卷中有作者和他的儿子、孙子、重孙（许自昌、许元方、许虬、许心扆）四代藏印，可见是许氏世守之书。许自昌的诗作得并不怎样高明，几乎湮灭不传也是无怪的。

但在他的子孙们看来，却不是这样，一定要重刻“全集”。在重刻之前就得重行编定，于是这两种诗集《咏情草》和《卧云稿》中就布满了朱笔墨笔圈点删改的痕迹。不但删改，而且还随处留下了记事，看来还是在北上起早骡车中所改。修改有许元方、许虬的笔迹，也有不知谁何的笔墨。改笔大不高明，有时反而越改越坏。有些改动是可以明白那用意的。如“若还识得妾心愁，犹胜沙场战胡虏”句，“战胡虏”被改成了“建旗鼓”；“郎征胡虏为封侯”句的“胡虏”改为“辽海”（俱见《咏情草·寄征衣》篇），这是清初犯忌的字眼，为太平计，是非改不可的。但“辽海”也并非怎样稳当。改来改去也不过是换汤不换药，难怪重孙许心扆就在书眉上跋道：“此册墨笔未知谁手，俱非先子（虬）书，改句未妥。丙申（康熙五十五年，1716 年）七月十六日申时附识。紫逊弟同阅片顷。丹丞。”

从书前书后的许多题跋中可以看出，许自昌的子孙是很宝重先人的遗稿的，保藏了一百多年，还打算重刻“全集”，但却辛辛苦苦做出了这许多蠢事，不过后来终于未能刻成，只留下了这原本，保存了许自昌的本来面目。他的诗作得并不高明，写的多半是醉生梦死的生活，公式化、概念化的倾向也是严重的。但他在饮酒拍曲之余，心里也还记挂着东北的“边事”，这一点很清楚。也许是当时“诗人”的时髦题材，也说不定。这岂不是无论哪一派的文学都无法完全脱离政治的一个好例么？如这诗集经孝子贤孙删改之后付之重刻，那么后来的读者就连这一点也将看不到了。

这种大刀阔斧地修改前人旧稿的风气，在明末大抵十分流行。这种作风的形成又与当时选家势力的膨胀有关。晚明资本主义萌芽在出版业的表现形式是书坊林立，执“选政”的编辑大量出现。他们不但选刻时文，还编刻大量的通俗书籍，畅销的经史基本读物。杂凑丛书，代刻文集，业务兴盛得很。许多旧书在改头换面之后就化为崭新的“著作”。明代初期雕版家笃守原书，翻刻旧版的严谨作风遭到了很大的破坏。这风气一直延续了下来，直到清初朴学学风兴起才开始得到扭转。

生活在康熙、雍正、乾隆时期的沈德潜曾是红极一时的选家，他的《唐诗别裁集》等选好以后先送呈御览，目的无非是借皇帝老倌的声势树立自己的权威，虽然经历了一些波折，到底如愿以偿，将御制序刻在《唐诗别裁集》的卷首，四周围起龙纹花边，朱红套印，以别于墨印的正文。这种宣传手段是有点用处的，有效期竟一直维持到不久以前。《别裁集》的真价只能由文学批评家来评说，我在这里想指出的只是沈德潜一种极坏的恶习，就是像三家村塾师那样喜欢篡改古人的作品，而且并不声明，连金圣叹使用过的抬出“古本”来的手脚都免去了。可谓鲁莽霸道之至。如有空闲，找出入选的原作，一一对校，那是会找出全部罪证来的。为简便起见，姑举二例。

《含翠轩诗钞》，长洲陈叶筠撰，康熙王闻远刻本。原书书眉有旧人墨笔注，卷二《张睢阳庙》诗上注云：“此首归愚尚书选入《国朝别裁集》，后半首经其点窜。”原诗下半

“遗像眦还裂，英雄气尚嗔，惊飙何处起，犹似扫黄尘”。四句被沈德潜改了三句，变为“卞壶拳还握，苌弘血尚新，灵旗风卷处……”不论原作或改笔，我都看不出有什么好处，实在没有什么金铁之分。另一首入选的《寄许子逊》，原作的起句“一别经年尺素虚”，被改为“不见南来双鲤鱼”；“春来何处堪凭吊”，“来”改为“深”。这真是好恶随心，信笔点窜，恰如老夫子批改学生的课卷。选家而有这样的专断权力，是使人吃惊的。

沈德潜对古今诗人，都看作自己的“诗弟子”，就连他自己的祖父也不曾放免。《明诗别裁集》卷十一收沈钦圻诗五首，但小传下识语却说，“兹录感时伤事六章”，不知何故（据上海古籍出版社 1979 年版）。

沈钦圻字得舆，诗集名《晤书堂诗稿》，乾隆中沈德潜刻本。前有陆世廉序，后附沈德潜撰《先祖行述》。集甚少见，三十多年前我偶然买到朱鹤龄的《愚庵小集》，这诗稿就附订在第四本后面。后被掠去，好不容易最近才找了回来，使我有可能与《明诗别裁集》对照，举出沈德潜删改的实例。

沈钦圻的诗写得不坏。有感情、有文采、有史实。但沈德潜所选的并非集中代表之作。五首之中，也点窜了三处。《书事》诗尾联“唐家灵武业，望断素冠人”。“冠”改“衣”。这是因改字面，同时也抽换了原意的。《咏史》诗指斥南明弘光小朝廷的乌烟瘴气。第二首颈联云“殿上黄幡绰，宫中郭顺时”，被沈德潜改为“乐奏李天下，歌传郭顺时”了。

汤大奎《炙砚琐谈》卷中一节：

> 太仓崔不雕（华）诗，“丹枫江冷人初去，黄叶声多酒不辞”，人目为“崔黄叶”。沈归愚以丹枫黄叶，不无合掌，易“丹枫”为“白苹”。归愚好擅改名作，往往点金成铁。此却大胜。然亦有来处。明鄱阳董士昂（轩）太宰句云，“黄菊清香人病后，白苹风冷雁来初”。二诗风味何相似也。

汤大奎指出了沈德潜的恶劣作风，可见这已是很多人都知道的公开秘密。又指出沈的点窜原则，不过是“合掌”之类的老教务，也就是只求字面好看，事实全可不顾。至于字面到底是否真的能改得好看，实在也危险得很。奇怪的是汤大奎说沈德潜也有改得“大胜”的时候，还找出了那“来处”，似乎颇有点比较文学研究的味道。不过我以为这正是谬论。脱离实际，脱离作者原来的真实感情，只求字面上好看，不惜作伪。这正是一种恶劣的倾向。将古今一切诗人，包括自己祖父在内的作品，一并看作小学生的作业，放手点窜，毫不脸红，还把改头换面后的赝品充作原作，推荐给普天下看官。这种作风，放在今天，是应该吃官司的，实在已脱离文学批评的限度很远了。

由别人来编“全集”或选本，发生沈德潜这种事故的例子是很少的。但也还是逃不出“为尊者讳，为亲者讳”这一条大原则。出于种种不同动机，人们总希望先人或名人脸上有光，这也可以称之为一种“好心”吧。但效果却往往适得其反。混淆了是非，塞进了假货，佛头着粪，弄巧成拙，在汗牛充栋的旧书中，这种例子多的是。说来说去还是吃了不老实的亏，只因缺少起码的实事求是精神。这种惨痛的教训值得我们牢记不忘，在今天编“全集”时也不宜忽视。

1983 年 9 月 16 日

书的梦

北京琉璃厂每年春节的厂甸书市是有名的。可惜我没有赶上过。从前人对厂甸的记述来看，这实在是知识分子最喜欢流连的去处。钱玄同刘半农诸人差不多每年都排日往游，他们所照顾的也只是路边的书摊。教授们并不是买不起好书，为什么只对书摊有浓厚的兴趣，这是很有意思的事。在书店掌柜的看来，店里积压的普通书、残书、丛书零本只有趁每年一次的厂甸才有出清存货的机会。可是在读者看来。这中间不免会有漏网的好书，可以用便宜的价钱买到，这是一种有趣的知识竞赛，是比眼力的好地方。钱玄同就在书摊上买到过鲁迅刻的《会稽郡故书杂集》，不只是今天，就在当时，这也是珍贵的善本了，因为书刻成后只印了一百本，而书板也早已毁掉。又如黄遵宪的《日本杂事诗》的长沙最后刻成定本，也是罕见而有很高版本价值的。这类几十年前刻的短书小册在掌柜的看来自然都是无足轻重的东西，因而得为“扒螺蛳船”的于无意中得到，带来不少愉乐。要说厂甸吸引人的特点在此，也许不是无稽之谈。

要说厂甸是中国传统书市的先河也不能算错，那区别只在于卖的全是线装旧书，而今天的书市推出的则是新书而已。新书市的吸引力在于品种繁多，读者有可能在这里发现久求不得的书籍。这正好从反面衬托出许多书店的萧条枯寂。逛书店是一种“嗜好”，是会成瘾的。前些年每天午饭后总要利用午休时间和朋友去兜一个大圈子，跑遍邻近的几家书店，几乎每天都能带回几册新书，觉得是无上的快事。这确是一种“瘾”，很难戒除。幸还是不幸呢？这种积年旧瘾近来竟自戒绝了。附近有一家新华书店，过去也是常去看看的。不知如何，近来经营方式大大改变了，除了卖玩具和幼儿读物外，文艺柜里只有五颜六色的编译流行读物和武侠小说，社科部分则只有当代名人传记和研究交际和发财门径的著作。人民文学、中华、三联等社的出版物很久以来就销声匿迹了。从踏进去到走出来通共花不了三分钟。去了十次也不一定买成一册新书，因此过门不入就成为当然的事，逛书店的“瘾”也因之而戒除，这也许是“有一弊必有一利”吧。

不逛书店是不是算得上一“利”呢？如从经济负担上着眼，可以说是的。虽然久不买书，书目录有时也还看看。今天收到一张古籍新书目，看见《中国古籍善本书目（史部)》的预告，估价是二百九十五元，不禁吃了一惊。过去因为买旧书，诸家藏目与图书馆目录、藏书志等都是不可或缺的参考资料，多年搜集得大致完备，有四五十种了。这《中国古籍善本书目》是最新最完整的集大成的专著，自然是不能不买的。前年“经部”出版时，发了一下狠买下了。这种将近百元的大书过去还不曾买过。这次“史部”就要三百元，还不必说更为繁重的“集部”，预计全书总得要一千元才行。如靠投稿所得来买书，只此一部书目就得净写作五万字，这可是个大工程。不能不望而却步了。书价飞涨，几块钱一部的货色已经不大有了，少少有些分量（这里指的只是厚度）的动辄十多元、几十元，买书已经成为“超前消费”，这真是过去无论如何也想不到的。

因为住处逼窄，书只能胡乱堆放或包起来置之高阁。这就带来了一种意外的烦恼，记不起什么书放在什么地方，有时为了找一册书要登高爬梯，翻尽了几十百册终于失望的时候也不是没有。找书成为一种繁重的体力劳动，这也是过去想不到的。那么，不再任性多买新书，不再增加书的数量与乱的程度，也不能不算是一“利”。这是我近来悟出的一点“心得”。虽然颇近于“酸葡萄论”也顾不得了。

1990年10月1日

翻旧书

最近在一个座谈会上，听到一种意见。那大意是说，长久以来，我们过于重视鲁迅的后期杂文而忽略了他前期的作品，现在是应该引起注意的时候了。不禁吃了一惊，觉得这正说着了自己读书的毛病。说鲁迅后期的杂文，因为学会了马克思主义，所以作品就更全面，更深刻云云，几乎已经成了“定论”。至于前期，是信奉着进化论的，思想境界就不那么高，对这一论点，我一直就有着怀疑。说一个作者前期与后期思想上有变化是不足怪的，但硬要一刀斩断，好像到了某一阶段，就显示出前后截然不同似的，则不免是梦话。正如抽刀断水水更流一般，这一刀不免是无效的一挥了。

因为这缘故，于是就又取出了全集的第三卷来，这一册中收入的是《华盖集》及其《续编》，这正是作者和章士钊及“正人君子”们斗争时的作品。首先引起我注意的是，作者对该史所发出的感叹。他说：“试将记五代、南宋、明末的事情的，和现今的状况一比较，就当惊心动魄于何其相似之甚，仿佛时间的流逝，独与我们中国无关。”这是劝人读史的，就在差不多同时，周作人也写过“闭户读书论”，表示了差不多相同的意见。那重要的差别是，周作人揭出的是暗黑的宿命论，认为世事一无可为了；而鲁迅则不然，他说："幸而谁也不敢十分决定说：国民性是决不会改变的。在这'不可知'中，虽可有破例——即其情形为从来所未有——的灭亡的恐怖，也可以有破例的复生的希望，这或者可作改革者的一点慰藉吧。"（《忽然想到》）可以看出同样的前提得出的是怎样不同的结论。关于改革者，鲁迅又说过这样的话，他在介绍《工人绥惠略夫》这本小说时说："岂但那时，譬如其中的改革者的被迫，代表的吃苦，便是现在——便是将来，便是几十年以后，我想，还要有许多改革者的境遇和他相像的。"（《记谈话》）这里所说的也仍然是读史，小说也是史。作者的眼光远注于若干年后，仿佛预见到不同时期改革者的艰辛，但他仍未泯灭了希望。他指出"如果历史家的话不是诳话，则世界上的事物可远没有因为黑暗而长存的先例"。"然而将来是永远要有的，并且总要光明起来"。（《记谈话》）鲁迅前期的遗文，就这样给此后的改革者以如此炽烈的鼓舞与激励，直到今天也还虎虎有生气，先生的遗教，并不曾过时，而是有着强大的生命力，不是明明白白的么。

《鲁迅全集》第三卷中收有有关三一八惨案的几篇文字，如《纪念刘和珍君》，那真是饱蘸了血泪写成的。段祺瑞们的军阀政府的暴行已经一去不复返了。作为历史，只要先生的文字不灭，总还会给人们留下难忘的记忆与教训的罢。摘抄太费篇幅，我只想引用短短的几句话，鲁迅说，"请愿的事，我一向就不以为然的"（《空谈》）。又说，"我以为倘要锻炼群众领袖的错处，只有两点：一是还以请愿为有用；二是将对手看得太好了”。如果反其意而论之，则是学生的请愿，还是相信政府的表现，这是不能漠然视之的。当然，段祺瑞们是不足以语此的，所以才说这是一种判断上的错误。

1989 年 5 月 2 日

访书

多年来，苏州对我的最大吸引力是书。访书在苏州，比起北京的琉璃厂，杭州的留下，南京的状元境……味道完全不同。

整整三十年前，也是这样的秋天，鲃肺汤上市的时候，我陪了叶圣陶、郑西谛、吴辰伯到苏州去旅行。在车站上遇到周予同，他是从上海到苏州社会教育学院去上课的。一把拖住他们到学校去演讲，没有谁肯去，事实上当时他们谁都不能公开露面。郑西谛就要我去讲，我当然不会去，因为，我连一些在学院说话的资格都没有。西谛还是不住地说，他真的不是在说笑话，正经得很，还说我是“三人行中最少年”。这事还恍如目前，而西谛的墓前如果种了白杨的话，怕真的也“堪作柱”了。

记得那天晚上在酒楼上夜饭，三个人都能喝，结果是虽未沉沉大醉，也相差不远。从酒楼出来时，观前一带早已上灯。西谛却吵着要去访书。先到玄妙观，在一家书店里看书，我花了一块钱买了一部康熙刻本的《骆临海集》送给了辰伯，因为他是义乌人，与骆宾王是同乡。从玄妙观出来后又到护龙街上去访书，书店都早已上了门板。西谛就擂鼓似的敲门，终于敲开了。书店的主人是认识他的，就热诚招待。记得店里刚收得许博明家的一大批藏书，善本不少。特别是整整一架地方志，几乎都是康熙以前的清初刻本，西谛大声连赞“好书”。其实我知道，他不久就要到香港转往解放区，不想买，也没有余钱买书的。不过他还是告诉我，“这些书是非买不可的，机会不能放过！”好像我是百万富翁似的。这情景也还如在目前。

从这家书店出来时，大约已是八九点钟了。给秋夜的微风一吹，大家也多少清醒了一些，算算护龙街上的旧书店，至少还有十多家，怕是不能遍访了。正是：“酒已都醒，如何销夜永？”西谛还是不肯回到宿舍去，终于想出主意，要去看汪义庄里戈裕良手叠的假山。记得也是在护龙街上，钻进了一条狭狭的小弄，在昏暗中看见一座假山。自然是什么都没有看清楚，而且后来知道，这实在也并不是汪义庄。

这次访书的经过，想来虽然有些可笑，但确是十分美好的回忆。

那以后，我就时常到苏州来，每次总要有半天到一天的时间花费在书店里。当时的护龙街与玄妙观，真是书的海。不只是书店，连马路两边也摆着摊，连地上也都是的。相熟以后，还会被书店主人邀请到楼上去看他所藏的“秘本”，残书。这在我都是最大的乐趣。如果将所见、所闻、所得记下来，我看是不会输于我的同乡先辈李南涧的《琉璃厂访书记》的。

不过这种“盛况”没有维持好久，苏州的书市逐渐消歇了，到江青伙同林彪抛出那个《座谈纪要》以后，整整十年，苏州市上就再也不能看到一册线装书，这中间又出现了另一种传说、神话似的故事。总的说来，恰如一场伟大的魔术吧。现在那谜底也逐步揭开了。如果记下来，其奇诡、悲壮就更非李南涧所能梦见。

自然，那些熟悉的书店经营者也一个都不再露面，久违了。

这回，当我从怡园出来，漫步走进对面的古籍书店里去时，却十分意外地被几位店员叫住了。真的是意外，十年不见，彼此都还“无恙”。于是被让进内间，泡了茶。坐下来谈天。这两位老朋友，是最近才从江苏北部的农村里调回来，归了队的。在过去的十年里，线装书是被视为典型的“四旧”的，那从事收集、流传线装书的人又该是什么呢？这是不言而喻的。他们的命运就不必说了。

现在终于“无恙”地回来了，那就好。我就问问他们最近的业务，曾经收到过什么好书？对旧本书在民间流散情况的估计，今后如何开展保护、征集的工作等等。问题有一大堆，而且并不都是愉快的故事。我不想写什么调查报告，因此在这里就略之。

好书，是日见其少了。近年来他们所收的可以看看的善本，说来说去也不过十种左右。就选抄两种名目在这里。嘉靖刻的贾谊《新书》，冯班校宋本；毛斧季的抄本《蒻绡集》和《梅花衲》；归昌世的稿本《假庵杂著》，是记苏州掌故的；黄丕烈跋的明抄本《野客丛书》……

我又被让到楼上的书库里去看书，这真是好久没有过的快事。虽然看下来不免使人失望。书的质量是远远不能和过去相比了。现在摆在架子上的，过去大抵是放在地上的东西，甚至还不及。为了“不虚此行”，积习难改，我还是花了四角钱买了一册光绪十七年金陵刻本的《煮药漫抄》，书是薄薄的一本，只二卷，是诗话之类的东西。作者则是嘉兴叶炜（松石）。他是在同治甲戌（1874）应日本文部省之聘，到东京的外国语学校担任汉文教师的，那是日本的明治七年。叶松石在光绪六年又重游大阪。此书则是病中所记。前面有日本湖山老人小野愿的序文（明治十五年）。

买到这本小书，我是非常高兴的。不只因为这是隔了十多年以后，重新阅肆得到的第一本旧书；更为了这是一百零四年前，在中国还没有派遣公使时就到日本去进行文化交流的前辈的作品。在敬爱的邓副主席访日的时候，得到此书，实在是极为使人高兴的事。

1978年11月4日

西泠访书记

1957年4月中旬，我到杭州游览，曾访问过坐落在里西湖的浙江图书馆。这里是清乾隆中所建的七阁之一——文澜阁的旧址，是著名的江南藏书胜地，那抄写了七部之多的“四库全书”复本之一，遵照“十全老人”的意愿，就藏在这里。杭州是江南文风兴盛之区，大批的读书人都到这里来借抄、借读经过删削、改造、加工的钦定典籍，颇发生了一些影响。这无疑是清代文化统治政策取得的一个不小的成功。后来经过太平天国的战争，这里的“四库全书”损失了一部分，也流失了一些。地方上一些有钱的读书人就又来辛辛苦苦地补抄，后来不知道终于补全了没有。不过那时的人力物力到底远远不及“乾隆盛世”，补抄本无论纸墨、抄工、装潢比起原本来是天差地远了。

在过去，浙江图书馆在全国公私藏书家中是没有什么地位的地方性图书馆。解放以后，浙东故家藏书大量流出，一些地方上的藏书家的藏书也先后聚集在这里。它的收藏丰富起来了。1957年我访问时，曾经被接待到楼上看了一些旧本，还带回了两部新印成的“特藏书目”。细细检阅，发现新入藏的书籍中间，其实也并无值得注意的宋元旧板，精华所在倒是一些明清以来的浙人著作的刻本、抄本和稿本。这中间颇有未之前见的秘书，而这恰恰是全国性的重点图书馆无法相比的特色。当时曾摘记了一些名目，想什么时候再到杭州来借读。可是“人事栗六”，一眨眼二十年，没有机会再到湖上，而且后来这愿望好像也成为一种荒唐的梦了。

当时我所希望借读的群书之一是“明季刻本、抹云楼旧藏”的柳隐如是撰的《戊寅草》一卷一册。这是一册异书。关于柳如是这个人物，我很早以前就发生了研究的兴趣。曾经搜罗了她的《湖上草》和《尺牍》的旧抄本，她的《事辑》，还有附在钱谦益文集和清初诗词总集中的她的作品，此外就是大量散见于清初文集、野史、笔记中有关她的记述。可惜的是，一直没有看到明末原刻的她的诗集。我只在王闻远的《孝慈堂书目》中看到过著录，还注明“棉纸”印本，可证是明末原刻无疑。此外，在马叙伦的《读书续记》卷六中看到一段详细的记载。那是高欣木旧藏的《柳如是尺牍一卷、湖上草一卷》，一共二十四页，不只是原刊，还有林云凤的题诗，许多名人题跋、印记，和王国维的三首题句。据马夷初说，这书曾经张元济与高野侯“竞购”，最后高以五十银元买得。这在当时，应该说是相当可观的高价了。这书后来不知流落何许。现在见于浙馆书目中的《戊寅草》，是怎样的书呢？可能就是《湖上草》的改题重刻之本，也可能是另一种未之前知的诗集。戊寅是崇祯十一年（1638），正是如是下嫁钱牧斋之前活跃于湖上的时候。

为了一决此疑，1962 年曾托到过湖上的陈凡代为探询此书，后来还承他亲笔抄了一卷副本见赠。可惜他所见的并非《戊寅草》。而是张宗祥手抄的《湖上草》，一些都没有与通行本不同的地方。

这次在暌隔了十多年以后重游杭州，特别是看到陈寅恪教授《钱柳因缘考证》的序言以后，心里一直记挂着这书，终于在一个春晨又来到了文澜阁的旧地。庭院依然，只是更增添了一些萧寂。一般的游人是不会到这里来的。走进去看，那楼房，楼梯，还有管理图书的人员，好像与过去都没有什么变化，到处都充满了一种古意。我说明了来意，还取出了一位过去浙江文化界领导人的介绍信，并出示了工作证。不过这一切都没有什么用。那位老同志是二十年前担任过领导职务的，是一位不折不扣的“故将军”。要看“善本”书，这些都无用。还得向领导机关申请，得到批准才行。

后来经我说明住在上海，来一次杭州不容易，可否给予通融，这才打了电话，向领导机关请示。最后的指示是必须指定一位馆员在旁监视，才能阅读。这使我异常高兴了，监视就监视吧，这又有什么关系。我被安置在会客室里等待管理员登楼取书。大约过了半小时，我得到了答复，“找不到”。原因是专门负责善本的同志下乡调查善本去了，原有的善本因为编目的原因被打乱了，这里没有人能摸得清。“什么时候熟悉善本的同志才能回来呢?”答曰，起码半年。要想快，就只有申请、批准，打电报叫回来。

这时，我终于最后地断念了。我既非长官，又非学者，想看一本旧书也算不上什么“要公”。打电报调人，这样的提议是真的使我吃了一惊的。

这就是过了二十多年，几经努力，终于还是看不成一本小册子的始末。

走出图书馆，坐在湖滨的石凳上，面对春光明艳的西子湖，不禁想起了许多事情。

多年以来，我对跑图书馆一直缺乏勇气，尤其是去看善本书。在旧社会，只有专家学者如胡适之之流才有看善本的福气，不必说了。解放以后，情况大大改变，但善本书的神秘性却又增添了新的成分。为了保藏善本所制定的新办法也更完备而丰富了。在阅读国家藏书的权利上，如陈伯达和那个“理论权威”以及十年来崛起的林彪、“四人帮”写作班子的大小头目，简直形成了一个新的“特权阶层”。他们不但可以无视一切规章制度，任意取阅藏书；甚至还发展到了动用国家力量任意劫掠公私藏书，任意迫害读书、藏书人的地步。

在“四人帮”覆灭前夕，私人藏书已经成为一种“罪恶”的、罕见的现象。连新华书店也开设了租书部，这就说明了个人买书一事已经不合时宜，甚至连新华书店本身的存在似乎也发生了疑问。这大抵也是张春桥念念不忘要加以消灭的“资产阶级权利”的一个方面吧。在这种情况下，有谁还想到“善本”呢？就是在梦里也难。

善本书是国家的瑰宝（在日本是叫作“文化财”的），应该尽最大的努力加以保护，这是毫无疑义的。但它也不单纯只是一种“宝贝”，只要锁在保险箱里就好了；还得想到利用，使之为人民做出更大的贡献。粉碎了“四人帮”以后，大家知道重视书籍了，这是非常好的现象。但办法却不多，看来唯一的措施就是锁在什么妥当的地方。说“妥当”好像也不尽然，有些胡乱堆了十多年的书库，据说就已经发了霉，不可救药了。林彪、“四人帮”非法劫掠来的书物，发还的积极性也不高。与其还给原主去研究利用，好像总不及锁在图书馆这样的地方来得稳妥。理由么，有好多条，而且都十分堂皇，可惜的是都和实际有不短的距离。

保护善本，古今中外都有一套办法的。为了满足查找资料的需要，像显微胶片那样的设备，是若干年前就已经在使用了。为了其他的理由，必须接触原物时，就要另有一些严格的规定。怎样读书，其实也是衡量文化水平高低的一种尺度。记得孙从添在《藏书纪要》里就有着详细的说明。最常见的一种必然避免的手法，是用右指给舌头一舔，然后去掀那书页。古书用纸以棉料、竹料为多，哪里禁得这样的掀弄呢？好像这在过去还是颇为通行的办法，相传《金瓶梅》的“作者”，就将书页下角浸了毒药，送给严东楼，当他用那种手法读得津津有味时，就不觉地中了毒。可见即使是大官，看书时也往往采用此法。此外，如用指甲去划开书面，翻动书页，也是要不得的。一切书，不只是善本，都受不了这样的待遇。诸如此类，必须订定一种规程，即使有些繁琐，也还是省不得。

现在全国的图书馆都在进行善本编目的工作，这是完全必要、亟应完成的。不过也不可忘记同时还有其他方面的工作要做。为了编目，连书都找不到了，事实上等于关门。这可不是好办法。

好像这也不只是图书馆里才存在的独特现象。最近报上在讨论传统剧目的推陈出新，有人就主张当前最重要的是“总结”，然后再来“选择”“改革”“提高”，最后才是为人民提供醇正无疵的优秀剧目。这是不能不称之为高论的。依了它，戏院就得先行关门，等待这个伟大的过程的完成。这和图书馆的有些情况有些类似，但也有不同。善本书睡在那里，只要不火烧、水湿、霉蒸，什么时候打开门来都不成问题。传统剧目则不然，它们多半活在一些仅存的老艺人身上，现在就来抢救还嫌有些晚了，哪里等得到那伟大的“总结……”过程的完成。老艺人还会有多少活下来；即使没有死光，还有多少能工作呢？

这样的高论，其终极目的不过是取消而已。希望在对待善本书的问题上，不出现这样的倾向。

1979 年 7 月 13 日

姑苏访书记

最近应朋友之约到苏州去住了两天。苏州过去我是常去的，照我旧有的经验，苏州的可爱，第一是那里的旧书多，每次去都能看到一些别致的书，偶然也能得到几种。其次是那里的饮食好，可以吃到价廉物美的小吃。如元大昌酒店里各种下酒的零吃、包子和面。至于园林之美倒还在其次。荏苒若干年，情况发生了很大的变化，上面所说的两种特色基本上已不存在了。

住在大井巷，出门走上大街不远就是怡园，现存唯一的一家旧书店就在对面。我每次来苏州总要去坐一坐。这里有些店员还是过去的老相识，承他们的好意，每次都被让到楼上去坐一下，我也总是要求他们拿出几种书来看看。这种享受，在全国说来也是不易获得的了。记得去年，我还在这里得到过一本乾隆原刻的《冬心先生画竹题记》，总共不过十来页，可是用的是旧纸，大字仿宋写刻，墨光如漆，前面还有一张高翔画的金农的小像，用的是雍正中刻《冬心先生诗集》前小像的旧板，不过后面的题赞却换了方辅题、杨谦写的篆书。关于冬心自刻书的纸墨之精，徐康在《前尘梦影录》里曾经讲起过。他说，这种自刻书用的是宋纸，印刷用墨取的是捣碎了的晚明清初佳墨碎块。在中国雕版印刷史上可以算得是非常突出的精制品，这就从一个侧面反映了清初经过百十年安定休息，经济上升，文化繁荣的面貌。《画竹题记》的用纸，是一种深黄色极厚实的竹纸，帘纹很细，还夹杂着一些未能融解的植物纤维，是一种较粗的古纸。我不敢断定这是否宋纸，但和宋代印刷佛经的用纸是相近的。去年在北京图书馆看到《冬心先生续集自序》，用的也是同样的旧纸，可见徐康的话不是没有根据的。

金冬心以画著名。不过他的文字写得也是很好的。写在画帧上面的小诗、自度曲、题记，刻在砚石后面的铭文……都有一种突出的特色。中间往往吐露了诗人画家的思想、感情。我常常感到这也应该算是一种特殊规格的杂文。金农是生活在封建社会的文士，他也只能发发那种特定的牢骚。不过时时反映了社会现实给他带来的刺激也是事实。在《画竹题记》中随便摘取一条：

> 比日不出。非不出也，避城狐社鼠之相窥也。既不出矣，招剡溪之人来，画老竹数竿，在大石罅。石作飞白者一，作黳黑者一。下有败棘，有恶草。不意幽林绵谷中伏处此辈也。画毕掷笔太息，自解不得。吾当搔首问青天耳。

这些话说得也够露骨的了。因为是题在竹石的画幅上面，看画的人也大抵随口称赞一句"高雅，高雅"，没有引起注意，遭到迫害，实在要算他运气。

冬心的作品曾有过多种翻刻，算不得孤本秘籍。不过能偶然得到作者自己刻印的原刻本，还是使人高兴的。除了雕版印刷史、美术工艺史上的价值以外，还有一种特殊的亲切之感。譬如《北平笺谱》，有鲁迅、西谛签名的初版本和只有编号的再版本带给读者的感受就大不同。这是往往要被人们说成是"玩物丧志"或"古董家数"的。当然，这里一个重要的前提是，国家安定，经济繁荣，才能有随之而来的绚烂文化。在这里，我是赞成"衣食足而后知荣辱"这句话的。

这次他们也取出了几种书，不过非常失望，没有什么有趣的东西，只有两本旧拓的"兰亭"，有程瑶田的题跋，是旧山楼的旧藏。闲谈中间，知道他们现在是以经营新版古籍为主的了。下面的门市部里确也陈列了大量的新书，这中间，不必说是有着不少各种版本的《三侠五义》《七侠五义》《好逑传》《捉鬼传》《儿女英雄传》……的。这后一种，有一家书店的版本还题作《侠女奇缘》。这几种书，在全国各地的新华书店里都大量地供应着；如果不是专营"古籍"的地方，就还有各种翻译、创作的"奇案"、"女尸"、"推理小说"、惊险样式之类的作品！老实说，这种"繁荣"的景象，看了是只能使人感到单调与寂寞的，就像在沙漠上看到一丛丛仙人球、仙人掌之类的多肉类植物一样。

至于线装书的货源，那确是少得多了。这自然是他们改营新书为主的基本原因。不过情况也不是绝对的，三吴一带到底还是有悠久历史的文化之乡，遗存虽已不多，但并非绝无仅有。苏州市图书馆仅有的两部宋刻书就是近年来他们收集的。附近地区请他们去收购藏书的人家也还不少，不过因为经营方向、人手……以及其他一些意想不到的原因，已经使他们长久以来放弃了这方面的业务了。

闲谈中听到了很多故事，都是不易忘记的。他们有一次在乡下发现了一屋线装旧书，已经邻于霉坏了，里面很有些善本。向县机关提出来，进行了整理。但不许由新华书店收购，当作宝贝又堆在另一间房子里。后来再去看时，许多书都残失不全了。一部孙星衍手校的明刻白皮纸《白虎通》，只剩下了两本。另外两本说是院子里的谁煮饭没有引火的东西，抽去当了柴。

多年来遇到过不少经营旧书业的人，他们都有相当丰富的经验，见识广博，记忆力很强，装了满肚子的关于旧书流转的故事和知识。我总是劝他们抽空回忆记一点下来。不过效果很小。他们不是推说文化水平不高，就是根本当作笑话来听。有许多人，如上海、北京的郭石麒、杨寿祺、孙实君、孙助廉……他们如果肯做这个工作，是可以拿出不下于孙殿起的《贩书偶记》这样的著作来的。至少写出像李南涧的《琉璃厂书肆记》、徐康的《前尘梦影录》那样的作品是毫不困难的。可是一本也没有，这些人都已先后死去了。闲谈中我出了一个题目、苏州一隅几十年中某些藏书家，其中有些是小藏家，他们藏书的主要内容，流散始末，现在记录一下还不是很困难的。这一类地方性的文献史料都是值得搜集保存的，全国每一个重要的文化中心都应该来做这个工作。

抢救、收集古旧书籍文献是一项重要的工作。由于历史原因，过去这工作是通过旧书行业的渠道进行的。目前，就很自然地划归新华书店系统经管。他们虽然同样要与书打交道，但业务的内容、性质是完全不同的。至少用新华书店现行的经营方针进行一刀切的管理是不妥当的。正如世医、儒医、兽医……虽然都有一个医字，却万不可误会他们干的是同一行当。望文生义在这里只能引起误会，造成损失。

在我们这样一个伟大的国家里，有那么一些从事古旧文献搜集、整理、流通的专业工作者，是完全必要的，绝不能说是浪费。照我的粗略估计，在北京、上海、天津、苏州、杭州……现在还在岗位上有一定鉴定水平的古旧书工作者，一起怕也不满几十个人。这真是一种岌岌可危的局面。接班人的情况好像也不乐观。不要好久，人们把家藏的宋板书送到店里，也无人能加以辨识、处理的情况必将出现。更不必说散落在全国各个角落的古典文献了。当然，宋板书送到书店里的事现在是很少了。但也不能说今后就完全没有可能。宋刻宋印的苏诗，就是由藏书者的后人送到苏州书店里的。当然，这是极罕见的情况。书店因此而得到的利润也很少，与经营《三侠五义》所得完全不能相比。不过文化事业毕竟不是一般的营利事业，这里不好用一把唯一的尺子来加以衡量。

1981年7月15日《人民日报》的“读者来信”中发表

了一封读者呼吁“从废纸堆中抢救古书画”的来信，就报告着一种触目惊心的现象。一个县的文化馆里有四千多册古书画（这句话有语病，照例画是不能论册的），管理的人员说，“这些书画是从县公安局收集来的。前段时间，县公安局的同志把古书画当废物烧掉，不知毁了多少。他们不是故意毁书画，而是不知古书画的重要”。当地另一位在法院的同志说，“这些残缺不全的东西有啥用?! 我们机关里还有一堆。你若是要，到我们单位去拿”。

这事发生在湖北竹溪县。可以证明我从苏州听来的故事并不是仅见的，倒有着一定的普遍意义。公安局和法院严格说来不能算文化机关，在那里工作的同志缺少必要的文化修养也是不宜过分责难的。不过我们必须设法从速改变这种状况，则是无疑的。

1981 年 7 月 16 日

西南访书记

得到一本《一氓题跋》，翻阅一过，看到有两处涉及与云南有关的著作，很感兴趣。牵连想到了1956年的西南之行和一路上访书的种种往事。时间已经过去了二十五年，当时所见的一些旧书不知今天是否依旧无恙地藏在图书馆里。访书中也曾引起过一些零碎感想，当时没有来得及写下，似乎也还可以补记一点下来。

那次的旅行是从重庆开始的。后来到了成都，又去了昆明和大理、芒市等一些地方。每到一处总要去找找旧书店、看看图书馆，如果是有这样的地方的话。西南一隅的古文化遗存比起江南和中原地区来相对要少一些，特别是书籍，在过去公私藏书的目录里著录得很少，因此也显得特别名贵。例如以收藏明刻方志著名的天一阁，按早期的书目，浙江一省的省、府、县志几乎没有什么遗漏，但四川、云南、贵州、广东、广西这些省份的方志，就只各有寥寥的几种。不用说，像宋刻《临安志》《四明志》那样的古本更是没有看见过。按照明代的规制与习惯，地方官都有纂修刻印当地方志的责任或风气。刻好以后版片就藏在衙门里。书并不发售，只是存档并送给上司或同官。如果自备纸墨，通过关系，也可以请求刷印。祁承㸁在家书中就讲到过他托人印刷了某几省志书的事。范钦是兵部右侍郎，搜集起来自然更为方便。天一阁中的方志，绝大多数都是嘉靖一朝所刻，这也正是范钦在兵部做官的时期，有些书直到今天还没有装订过，依旧保留着印刷初毕的形态，就都是明证。顺便说一下，像这种保留着散叶或仅只用绳捻订起，或保留着明代包背装、原装的书，如非过于敝坏，是不可轻易破坏原式、重加装裱的。周叔弢先生在跋述古堂抄本《李公文集》时说："余尝谓书之精神在纸光墨采中，非极渝敝，不可轻付装潢，况世之能手如钱半岩者又不可多得邪?"说得是极对的。有些蠢人，一书到手，不问情由，一律重新装裱，还自命为做了极大的好事，其实正是没有文化的表现。

范钦利用职务便利搜集了大量全国各地方志，自然是做了一件好事，比起同为大官却不肯做这种"蠢事"的人来说，他算得是一位了不起的文化名人。

北京图书馆编著《中国版刻图录》一书，序言和说明，多出赵万里先生手，是一部有相当学术水平、印制得也精美的图谱。我觉得其特色之一、也超越了过去的同类著作的是，开始注意到刻书的地域性。过去的版本研究，只是注意到时代前后的一面，到了王国维作《两浙古刊本考》，才开始把过去笼统地称为"浙本""赣本""建本"……的方法进一步精密化。不过他研究的还限于"古刊本"，明本就不予论列，更不必说清刻和近代的出版物了。但这只有在今天的条件下，才可能做进一步更广泛、深入的研究。想认识我国雕版印刷历史的、完整的面貌，只了解纵的历史演变是不够的，还必须做横的了解与研究。而研究明代雕版地域性的绝好素材，我以为要推方志为第一，它所提供的是可靠的资料。限于体例，《版刻图录》所收的方志不多，而在其他许多刻本地域性的推断上，就不可避免地会出现一些疑点。

例如张岱的《西湖梦录》，刊刻地区《图录》在说明中定为“山阴”，想来这是根据张宗子的籍贯和“凤嬉堂”的家刻样式确定的。但在原书的“凡例”（张岱的孙子张礼）中却说，“是集为从弟濮携来岭南，而韶州太守胡公见而称赏，令付剞劂……爰授之梓人，锓以问世”。那么这书可能是粤中刻本了。但到底还是不好下结论，这里最好还要有雕版风气、纸墨等方面的旁证。

《图录》说明在宋刻本《春秋经传》下说，“（刻工）吴孚又补刻耿秉本《史记》。耿本《史记》刻于广德郡斋，而刻版皆出杭工，因推知此书当亦杭州地区刻本”。利用宋本书多有的刻工姓名来推证刊刻时代、地区，也是一种科学的好方法，不过这也会带来困难。杭州的工匠怎么会跑到江南东路的广德去做工的呢？所以还是把它算作了杭州地区的刻本。雕版工人当印刷业有了进一步的商业性发展时是会增加流动性的。杭州离开广德又很近，他们是完全有可能临时被招请来工作的。像这种不易明确解释的问题，到了商业性的出版事业有了更大发展的明清，就更为普遍地存在着了，我们就必须寻找更多、更有说服力的证据来加以说明。

《一氓题跋》著录了明刻丽江土知府木氏所撰诗四种，确是非常难得的佳本。1956 年的冬天，我在昆明翠湖图书馆古色古香的小楼上看到从丽江木家收集来的几种木氏著作时，曾经引起了非常的激动，不只因为这是我在云南看到过的最旧的雕版书，还为它雕印之精美而惊叹。同时也感到这是边疆与中原兄弟民族中间文化往来、融合的实证，是重要的文献资料，远远超过了它本身的文学价值。这些书是：

《雪山诗选》上、中、下三卷，嘉靖写刻本。前有杨慎序，后有杨跋。序撰于嘉靖己酉。共分《雪山始音》《隐园春兴》《庚子稿》《万松吟卷》《玉湖游录》《仙楼琼华》等六个部分。八行十六字。这是用一种黄粗皮纸印成的最初印本。《云南丛书》所收的《雪山诗选》应该就是根据了此本。卷前有赵藩的印记，估计是较早从丽江木家流出的。

《万松吟卷》，中宪大夫木公撰。嘉靖刻，九行十五字。有嘉靖癸卯杨慎序，后有同年自跋。刻印精美与前书全同，也有赵藩印。

《玉湖游录》，丽江木公恕卿著。嘉靖刻，八行十五字。有贾文元嘉靖乙巳序，张含序，后有自跋。太和李元阳批点，雕印同前。

《仙楼琼华》，丽江木公著。嘉靖刻，八行十五字。杨慎序。

《雪山始音》上、下卷，丽江木公恕卿著。张志淳序（嘉靖二年），嘉靖刻，八行十五字。这也是写刻本，但字体古拙而较小。

《隐园春兴》，雪山野人著。嘉靖刻，八行十五字。前有嘉靖元年自序，后有嘉靖六年自跋。书前有“隐园春兴班”两页，刻工古朴，文字在似可解似不可解之间，后面还有“子张子译而毕之……”的话，看来似乎原本用的是本民族的文字，是纳西族还是白族或别的什么文字，就不知道了。

《雪山庚子稿》，丽江木公著。嘉靖刻，八行十六字。李元阳序，张含志。大字写刻。

《万松吟卷》，中宪大夫木公撰。万历以后宋体字重刻本。八行十五字。前序则是原版的后印本。

《芝山云莛集》四卷，“丽水解脱道人木增生白父著”。崇祯刻，八行十八字。周延儒序（天启癸亥），张邦纪序，傅宗龙序。几篇序文的作者署名之前都列有长得吓人的全部官衔，卷前在作者之后写着“华亭董其昌玄宰父改阅批点；毗陵周延儒挹斋父、燕山张邦纪瑞石父参订；昆明傅宗龙括苍父校正”。这是晚明流行的刻书风气，请全国、本省的名人来参预校订。丽江虽然远在滇南，也受到了这种风气的感染，可见木氏家族这时又进一步接受了更深的汉文化。但坦率地承认诗篇曾经过董其昌的“改阅”，倒还是保存了可贵的质朴的。

《明丽江知府木氏雪山端峰文岩玉龙松鹤生白六公传》（卷上），冯时可撰。《云南木大夫生白先生忠孝记》

(卷下),蔡毅中撰。崇祯刻,竹纸蓝印。崇祯十三年的“敕谕”则是朱印的。这里记下了木氏的世系和木增的全部作品名目。

《云薖淡墨》存卷三之六,木增辑。崇祯刻,八行十八字。这是一个残本。书前还留下了几行题记,“书得自丽江木家,不全。存三、四、五、六四本。似明末清初版。不忍留在乱纸堆中,故亦检出。祝又祥十一月十三日。(章)”

这就是我在翠湖的图书馆中看到的全部木氏家集,共十一种。这最后一种是类似读书笔记之类的东西,卷三是记花草的,所引书有丘文庄《群书抄方》《养生诀录》《云仙杂记》等。也抄了许多史传中因果报应的故事。卷六则是“释庄义”,是高头讲章式的读本。水平不高,但可以看出木家受到汉族文士的影响之深,他的府第里也应该有着一个相当丰富的图书馆,如果保留到今天,将是不下于天一阁的一座藏书楼。早在正德前后,木家就已经收集汉文书籍了。

按照通常的习惯,这一批木氏家集无疑是要定为明嘉靖至崇祯中云南的丽江刻本的。其中有一两种写手、刀工也确是非常古拙。不过就绝大部分刻本看来,可以毫无疑问地断言,这是出于最纯熟的苏州地区的写样、雕版工人之手的。例如吴曜、黄周贤这样的写手、雕工所刊印的书籍,与木氏家集所显示的正是完全一致的嘉靖中吴开版的典型风格。尤为奇怪的是,木氏家集印刷用纸是一种特制的黄皮纸,这种纸只有正德嘉靖前后苏州地区的出版物偶有使用，如华氏、安氏的铜活字本书十九就都是用的这类纸，它与典型的云南皮纸则是完全不同的。《一氓题跋》又著录有《张愈光诗文选》，这书的嘉靖刻十卷本用的就是一种典型的云南棉纸，胡应麟《少室山房笔丛》说，“惟滇中纸最坚。家君宦滇，得张愈光、杨用修等集，其坚乃与绢素敌。而色理疏慢苍杂，远不如越中”。这里所说的云南产的皮纸的特点是极突出的。它比不上“越中”所产的白皮纸的细净漂亮、颜色雪白，纸色是微黄的，映光看去，没有淘净的楮木碎屑还往往存在，但它的坚实也不是江南的棉纸所能比拟。这部《张愈光诗文选》是曹倦圃的旧藏书，后归明善堂，八行十七字。赵维垣序。这才是典型的滇刻滇印本，与木氏家集诸种完全不同。

看来，要科学地断定书籍的雕版时代和地域，是还可以借助印刷用纸这样的辅助条件的，有时，辅助条件也可以化为主要条件，如这里的情况就是如此。木家是土司，又世代好客，结交中原文士。他们自然也可以不远万里从江苏请来写手、雕工，运来印刷用纸，在丽江刻印。但我总觉得不大像，还是把文稿寄到苏州刻印来得方便些。云南自然也有刻工的，但比起苏州地区来，就粗率得多。在土知府看来，是不够理想的。木家祖孙的这种心理状态，就与现在有些人的看待“洋货”相类，这是不难理解的。可以作为旁证的是，陈垣《明季滇黔佛教考》，木增条下说，“又尝于叶榆崇圣寺得《华严忏仪》四十二卷，延僧赍付苏州雕版，置嘉兴楞严寺”。这就说明木家确曾派人到江南刻书，可知所刻必不只佛经一类。

其实照我看来，明代中吴地区的雕版水平固然已经达到甚高的境地，一些精致的写刻本，确也美妙非常，可以当作书法范本了，但它代表的正是江南的水软山温的那种风调，并不足以压倒、取代滇中刻本雄健恣肆的风格。有一种嘉靖刻的《杨升庵诗》，就是阮元在《天一阁书目》中所说的“书用六行，字俱行草”的那一本，刻工极为朴茂，我怀疑这是用杨慎手写的诗稿上版的。笔画的锋棱转折处依旧保留着刀痕，这似乎不如中吴刻本的细腻圆转，但却极好地传达了行草书的气势、风貌。在明中叶以后的雕版中，这是突出的有代表性的作品。除了少数继承了元刻风气的明初精椠外，正嘉以还已经极难看到这样的刻本了。至于所用的皮纸，正是扯也扯不断的“与绢素敌”的那一种。此外还有一种《高峣十二景诗》，也是杨升庵作，嘉靖滇中刻本，七行十五字。全书只有四叶，是近于颜体的写刻本，也刻得极为浑朴。这可能是升庵当时刻了投赠朋友的“诗筒”，他也寄给了木公索和，那和诗就保存在《雪山诗选》里，但原倡的五言六句却改为五绝了。

现在转录杨升庵原作第一首《翠岩晚霭》和木公的和诗，也许可以看出这位木知府在大诗人影响之下掌握汉文化所达到的水平。

“金碧染峰端，岚沉暮霭宽。趁虚穿翡翠，刻竹坐琅玕。海气如圆窔，分明入画难。”（杨慎《高峣十二景诗·翠岩晚霭》）

“日暮翠屏开，俄看触石来。海光分缥缈，林影共徘徊。”（木公《雪山诗选》，原题是《升老简来，命作高峣十二景诗，续书于后》。杨慎在这第一首诗后的批语是，“此首绝佳，绘出翠岩景也”。）

明清以来，版本目录学者在鉴定版刻中已经走过了长长的一段路程。最早也最习见的一种办法是全凭个人经验的“目验”。有名的藏书家或老书贾，一书到手，往往一眼就能断定这是何时何地何人所刻，自然也有许多失误，但一般说大抵是正确的。不过他们赖以做出判断的根据却说不出，他们凭的仅只是经验，并不曾加以分析、总结，上升为理论。后来人们逐渐试图摸索带有规律性的东西，宋元本的行格表出现了，刻工姓名也有人进行统计了，还出现了“留真谱”、书影之类的参考图录。这就多少有了一点科学性，不过限于条件，见书不多，粗陋是难免的，因而科学性也就不高。也有人注意到古书的用纸，他们说，宋版书“纸白如玉”，不能算错，但也不免过于笼统了；他们也注意到宋纸的帘纹，说有“×指阔”，或者说“宋纸于明望之无帘痕”（沈子培引张丑说）。当然也都是粗略的说法，但这总的趋向是正确的，是从实际、实物出发的。可惜进步不快，闲言闲语也不少，什么“古董家数”“玩物丧志”之类的话常常能听见。即如章实斋那样的学者也不能免。其实版本学是一种科学，是不能忽视的。不讲版本的学者很难说是完全的唯物主义者，至少他的唯物主义是不彻底的。

近来研究古纸的人多起来了。关于灞桥纸到底是纸还是布，造纸术是不是蔡伦发明的……争论颇为激烈。这当然是很好的。传世晋唐书画的纸质也经过了初步的鉴定，“澄心堂纸”“剡藤纸”这些名目也有人进行推测了。这许多都是很好也很必要的工作。不过迄今仍有大量实物存世的古书画、图籍，使用的都是用全国各地生产的纸张，从宋代开始，也有了千年上下的历史，却还没有引起研究者的重视。如果将这些资料加以系统的比较、分析、测定，那就不只能对书籍、书画的鉴定提供科学的依据，对造纸史的研究也是极有意义的基础工作。有许多精妙的古纸，我们现在已经不能制作了，甚至连名色都说不清楚，实在是值得遗憾的事。我们曾经有过洁白如玉的宋纸，也有染了各种美丽颜色的古纸；有罗纹旧笺，也有绝无帘纹的桃花纸；明代盛行的棉纸，细分起来，该有多少个品种，恐怕至今没有谁能说得清楚；被视为印书低级品的竹纸，花样就更多了，其精粗美恶也大不相同。大量的实物可以供研究者利用，甚至为了化学分析而取样，也没有多少困难，不比古书画，只能靠眼睛观察。谁能从《平复帖》或《伯远帖》上撕下一块纸角来进行科学测定呢？

有时候弄清了较近事物的状况，会有助于认识更早的同类现象。像造纸手工业的发展就是如此。我们今天看起明刻本来，以经历的年岁论，差不多就和黄荛圃的看待宋版书一样。可是我们还多少保留着黄荛圃的观点，认为明清以来的出版物是不值得重视的，主要是因为它们还不够古。老实说是一种时代的错误。

西南访书续记

坐落在昆明翠湖公园中的图书馆，是一个很幽静、很可爱的地方。抗战中住在昆明的时候，曾经到这里来过，至今还依稀记得那小小的庭院，进门处由群花组成的篱落，和几楹古老的木结构楼厅，这一切过了十多年似乎完全没有变化。小院中的山茶正在盛开，艳丽、火红，在只有昆明才有的阳光底下，是一片三月的阳春，事实上却是1956年的岁暮了。

在书楼上，我花了两三个下午，读过了百来种馆藏的善本。在我，这真是一种享受。“善本”，是有着种种不同的含义或理解的。这里并没有也不该有一把绝对的尺。在这里，没有宋元刻，没有明抄或旧活字本，也没有时髦的词曲或插图书。最旧的本子也许是“思溪藏”和元明刻的零本经卷，中有三宝太监的“发愿文”，是他印了送给五华寺的。不过这里的一些有关滇南的图籍，则是别处找不到的，有些则是孤本。来到一处地方，能看到这许多带有浓重乡土色彩的藏书，真是使人高兴的事。

这里有两种康熙刻的担当的诗集。《翛园集》八卷，题“滇中唐泰大来著”，收自万历丙午起诗。前有李维桢、陈继儒、董其昌序引。八行十八字，刻得极为拙劣，用皮纸印，确是滇中刻本，这里收的是他还不曾出家以前的作品。另一种名《橛庵草》七卷，题“鸡山僧通荷担当著”，康熙刻，行款同前。卷一诗起崇祯壬午，有自为序跋，时担当七十六岁。

《云南丛书》中收有《担当遗诗》，不但不全，刻得也太坏了。担当是明清之际著名逃禅的遗民，是诗人也是画家。抗战中在重庆看到过胡小石先生手写的一副诗轴，那是一首自作的六言诗：“总角簪花旧院，白头泼墨橛庵。鸡山烟霞绝世，归来何必江南。”印象极为深刻，到今天不忘。在那个时代，读到这样的诗，是不能不使人激动的。诗人来自江南，来自担当和尚少年时曾盘桓过的秦淮河畔，在诗里却夸说云南鸡足山的风景，简直可以代替魂梦里的江南故乡。但诗人知道，读诗的人也明白，这其实是替代不了的。

关于“簪花旧院”的故事，就在《翛园集》里。

> 云鬓恼新霜，不分娇花放。佯羞采嫩枝，插在儿头上。（诗题《余年十三，在金陵。湘兰老马姬采花为余簪鬓，戏呈》）

集中还有一首《西湖怀古》，却是能写出少年唐大来的心事的。

> 春去犹闻春酒香，湖山千古想钱唐。西冷倩女情楼

小，南渡忠魂墓草长。枉把十年教歌舞，难将一棹载兴亡。渔家不改游人老，桃柳含愁对夕阳。

馆中又有旧抄稿本《孙髯翁先生诗集》，这是昆明大观楼著名长联作者的诗集，未见刻本。集中有《咏担当》诗，“剩水残山聊尔尔，那有闲情称画史。但将白眼送浮云，也似黄鸡归故里。六朝新样秣陵秋，百尺鹅溪一段愁。寄与江南阮司马，庞家居士自风流”。

又有《吊担当上人》诗：“黑水青天外，苍山古雪边。儒生而墨者，酒客亦诗仙。杖锡来鸡足，春花叫杜鹃。画中三两笔，仿佛义熙年。”都是珍贵的有关担当的资料。

一般认为，明刻书以崇祯刻本为最晚。又有所谓弘光刻本，那是指甲申乙酉之际刻于江南一带的书，算是颇为名贵的东西，原因是时间短促，出版不多。但永历刻本却还不是绝无仅有的。此外还有“吴”纪年刻本、洪化刻本，则是吴三桂反清以后所刻书；秦王刻本，是永历中所刻。这些云南地区刻印的书，过去几乎没有受到藏书家的注意，更不曾见过实物。这次却在翠湖的图书馆里见到了。

《升庵年谱》一卷，周四年刻本。刻甚精，八行二十字，完全是典型的康熙刻本风格。版心下有“高峣藏版”四字，前有升庵小像。周四年即康熙十六年丁巳，时在三藩反清起事之后四年，战事在江西湖南一带进行，昆明是后方，依旧歌舞升平，为杨升庵建祠，祠成又刻年谱序里详列倡议、捐资的同官姓氏，有云南按察使来度、左布政宗彝、右布政丁浴初等若干人。三藩定后，这书必不能免于焚毁的命运；如按册查拿，“从逆余党”将一个也逃不脱。这样，可以知道这仅存的小册之可贵了，实在要比书虽不存仍留记载于禁书目录者还要可贵。再过了两年，就又有《三教经》一卷之刻，《三教经》者，《孝经》《四十二章经》《道德经》也，刻版极类万历刊本，颇精，七行十六字，皮纸精印，前有“洪化己未岁长至日灵武夏惟修序”，应该称之为洪化刻本了。［按：吴三桂于康熙十二年（1673）称帝，国号周。戊午（1678）死，孙世璠立，改元洪化。凡四年，己未为1679年。］这是三藩变后在纸墨上仅存的余迹。记吴藩事的野史则有《胜国遗臣臧否传》二卷，皮纸黑格旧抄本，版式狭长，有如账簿。前有作者史淮序（康熙四十七年）。这是以吴三桂事为终始的晚明野史，近于“剿闯小说”，应该也是可珍的史料。三十多年前我访问翠湖图书馆，目的是想搜集有关吴三桂在云南的历史记录，没有什么收获，也许这些书当时还不曾入藏。今天人们又开始议论吴三桂，也对有关云南史的种种发生了浓厚兴趣。这就不能不希望地方上的出版机构，有计划、有步骤地重印一批重要史料。这些珍本，确是不应让它以孤本仅存的方式酣睡在图书馆里了。

可以与丽江木氏媲美的是清初姚安土知府高奣映（白族），他的名著《妙香国草》的康熙原刻本也收藏在图书馆里。只要看他的题属，“古庐陵高奣映雪君父著”，就能知道他的汉化之深，并对汉文化有怎样的兴趣了。同校门人也仿效了师傅，在题属上用“古坪”代替“石屏”、用“螳川”

代替“安宁”。这书采用的是诗话的形式，大量地介绍了大理一带的古迹、风俗、传说，是时代较早网罗较备的重要地方风土志。像“武侯水南战处”“唐天宝战士冢”“上关花”“风孔”“雨铜观音”“蝴蝶树”，就都是当地著名的风物、旧迹。

云南远处西南边陲，中原文士极少来游的可能，他们过去不肯放过这样难得的机会，总是尽量把见闻记录在自己的诗文著作里。早期的著作如《云南行记》《炎徼纪闻》等留存的虽不多，但却无例外地显露了猎奇的倾向，也反映了当地社会文化与中原地区的差异。从明代中叶算起，有关云南的著作有几个时期是比较丰富的。首先是杨升庵，他是个大知识分子，因获罪远谪云南，居住了很久，给当地带来中原文化的影响是不容忽视的。以杨慎为中心，形成了一个文士集团，其中有不少是兄弟民族的文士。他们之间的交游和倡酬，使当地的文化面貌迅速与中原地区靠拢，风气发生了很大的变化，这影响一直延续到16世纪中叶，前后有一百五十年之久。南明永历在滇黔之间一直维持到1661年，有相当数量的明朝臣民随同南来。永历覆亡以后，有的人就流寓当地，有的做了和尚。他们带来的是更为完整的汉文化体系，从政治设施到军旅、文事、宗教……都是中朝的仿效、模拟。这是云南进一步向中原接近的另一重要时期。三藩乱后，清朝并未放松对边疆的控制，云南与内地的往来也更为密切。从晚明直到乾、嘉，重要的著作如徐霞客的《游记》、王昶的《春融堂杂记》，一直到桂未谷的《札朴》，都是很有特色的作品。至于清初人的诗文集中有关云南风物、民俗的记载更是所在多有，有关永历的野史也留下了许多种。这几乎全是中原文士的著作，而像《妙香国草》这样白族文士对乡邦风土的记述与吟咏，就是十分少见而可珍的了。

《金刚般若波罗蜜经》，经折本。棉纸，朱印。后有草书跋语，题“永历乙未冬秦王书”。有“秦国之章”朱文大方印。这是永历时秦王孙可望的刻本，也是滇刻中一种别格。

孙可望旧是张献忠的部将，绰号“一堵墙”，是永历一朝后期的支柱人物之一。但因与同是献忠余部的李定国发生矛盾，导致内部力量分化，最后叛降了清朝。翦伯赞旧作《论南明第三个政府的斗争》，成于1940年。慨于当时的政治形势，在论文中指出永历一朝是寒族与缙绅的混合政府，后者执行的是分化“闯贼”余孽的政策，因而导致败亡。这自然是一种分析。但孙可望的种种行事，见之于晚明野史中的，也是不可忽略的历史真实。鲁迅曾据屈大均的《安龙逸史》介绍过孙可望的剥皮法，是大家所熟知的。他的千方百计要永历帝封自己做秦王的经过，也是有名的故事。他还拒绝接受“平辽王”的封号，理由是“二字王”没有“一字王”来得风光。乙未是永历九年，是他已经杀了陈邦传父子、剥了李如月的皮之后三年，秦王已经做定做稳了，这是他极重视也极得意的事，于是刻佛经时就以秦王名义写跋、钤印，规格与明代诸王的藩府刻书一般无二。这虽然只不过是一册释典的小册子，其意义却是别有所在的。

图书馆藏书以旧刻集部书最多，陈垣《明季滇黔佛教考》中所记滇僧的著作，有不少这里还保存着原刻本，可能都是援庵先生未见之书。有一种《何蔚文年谱、诗话》，后附传奇三种。书为康熙抄本，每种传奇都有作者的题词。三种传奇的名目是《缅瓦十四片》《插一脚》《摄身光》，这都是研究戏曲史者未之前见的。《缅瓦十四片》一种应该是写近事的历史剧，题词云，“缅事目击，乃日久亦恍亦忽。错舛且忘，如忆往梦。偶填词得《缅瓦十四片》，真长歌当哭也。若以漏多瓦少，又略补益。然猿听三声，已不禁泪下，那得再”。何蔚文生于乙丑（天启五年），康熙三十八年卒，是崇祯、永历、康熙三朝和三藩事变的亲历者。

《云南矿厂工器图略》不分卷，道光刻本。九行二十四字，全书共五十叶，前有图十一叶。刊刻极精。题“赐进士及第兵部侍郎巡抚云南等处地方吴其濬集，东川府知府徐金生绘梓”。又前人所著《滇南矿厂舆程图略》二卷，图也极精，不下于芥子园诸种。这是非常重要的有关云南矿产、冶炼工艺、地方经济、科学技术的资料。所见科学技术图籍的旧刻本中，这要算是极精的一种，可以看出清代后期所达到的水平。书极罕见，未曾著录。《贩书偶记续编》有同一作者的底稿本《弹谱》一卷，《弹弓新编》一卷，有道光辛丑序，可见他对图谱之类是很有兴趣的。

1956年冬昆明市上还有零零落落的几家旧书店，比起成都和重庆还多少热闹一些。在五华山下的马路上，所谓“逼死坡”那块石碣的对面，就有一家小小的旧书店。每天从旅馆出来都要经过，走进去看看，和书店主人谈谈，知道了一些昆明书市的情况。据说1953年左右，昆明市上还有很多旧书，经他的手卖出的明刻本就有万把册，被一位刘某买去最多。其中有一种《腾越厅志》，万历刻，白棉纸印本。像这样的“善本”是看不见了，不过我也买到了一册康熙时人的诗稿，前有名印曰李含和，号金沙，和著名诗人阚祯兆是朋友，诗集保存了大量吟咏云南风土的篇章。这自然是不见著录的地方文献，后来送给了翠湖图书馆使它与同时的许多诗人的作品做伴。

光华街上也有一家旧书店，书很整齐，但没有什么别致的东西。最名贵的也只是清初写刻本如《渔洋精华录》之类。书店主人还介绍我到另外一处地方去看书。这并不是书店，在一个大院落里的几间屋子里装满了旧书，我觉得仿佛走进了一位学者的书斋。据说书都是抗战后期联大教授们卖掉的，有的是生活所迫，有的则是复员时带不走，才留下来的。书都很整齐，当然并没有什么版本书，不过有关社会科学的古代典籍参考用书是相当完备的。这不是一两个人的东西，是许多老年、中年的知识分子，间关万里，辛苦从北京搬了来的。最后却不能随主人一起北归，留在了滇南。我望着满箱满架的这些旧书，不禁惆怅了许久。

1956年昆明市上最有意思的书店，大约要算近日楼附近，云瑞西路的一家了。在广场一边有一排双层的木屋，这里是一排小店，店堂内部几乎转不过身来，他们的货色就都摆在门口木板架起的摊子上。这里也有一家旧书摊。木板上胡乱放着最破最烂的旧书，特点是大半是皮纸印本，又几乎全部蛀过，书页前后蛀得蚊帐似的透明了。门口摆着的不过是样品，店里阁楼上还顶天立地地塞满了这样的破书。

可以猜测小店里的货色不是来自昆明市上，极可能是从外县运来的“废纸”；它们也不是从藏书家手里流出，或外省读书人带来，全部是地道的云南刻本，我想上楼去看书，主人慷慨地答应了。他说只要不怕脏就行。

我在阁楼上看了半天，走下扶梯时两手墨黑了。选出的书中间记得有一厚本皮纸旧抄的“杜诗”，后来寄给了成都的草堂；又一本是雍正刻的《云龙州志》残本，皮纸印本，翠湖图书馆没有此书，就留给了他们。此外《云南通志稿》和《云南备征志》的残册，也都是原刻皮纸印本。

关于云南的旧本方志，现存最古的也许是《景泰云南图经》了，原本旧藏丁氏八千卷楼。此后有正德《云南志》、万历中谢在杭的《滇略》，都不是本地人的著作。由本地学者纂修的地志名著是大理李元阳的《万历云南通志》。据图书馆里的同志见告，这书的原刻本三十年代发现于北平，当时索价二千二百元，后为天津任凤苞买去。龙云向任要来了一部晒蓝本，托商务印书馆排印了五百部，送掉了一些，剩下的都堆在五华山上，经过火烧，剩下来没有几部了。此书原刻在日本的尊经阁和早稻田大学都各有一本。

我想，全国的地方图书馆和出版社，实在应该把认真收集、保管、流传当地地方志的任务担当起来。这是责无旁贷的光荣任务，也是为子孙后代设想的迫切任务，也是纂修新的方志的重要基础工作。翠湖图书馆印过一本馆藏全省方志目录，虽然旧本不多，残本不少，但他们殷勤访求的心情是值得钦佩的，他们做的是寂寞但却重要的工作，人们将越来越深刻地领会这工作的重要意义。

来云南之前经过重庆成都，也都到图书馆和书店去访问过，看到过一些很有特色的好书，这里来不及一一记下了。我只想说一点有关西谛藏书的故事。

1948 年顷，我偶然在上海一家旧书店里看到一本郑西谛手写的《纫秋山馆行箧书目》，用荣宝斋格子纸写成，大约收入二千种上下线装书。后面还有长跋，历数收集这批书的艰难经过。书店的人告诉我，郑先生托他们卖掉这批书，价钱并不太贵，已经有一位在四川经商的客人想要了。我知道郑西谛当时的经济情况不好，他正在印几种大部头的图谱，又买了许多唐俑和参考书，天天为还债发愁。政治压迫又日益严重，他已经开始为离沪远行做准备。在这种情境中卖书是不奇怪的。这批书中有一大批明刻本，虽然并非孤本秘籍，但治学的人被迫卖掉藏书，总是使人难过的事。不久前为了给吴梅村的《鸳湖曲》作笺证，我向他借得张天如的《七录斋集》、陈子龙的《几社壬申合稿》，刚刚用毕还掉，不料也见于这本目录中间。这就使我很不舒服，总想能设法为他保存下这批书才好。取得西谛的同意之后就东奔西走，凑借书款。最后凑齐的那天下午，因为其中有一部分是银元，还跑到河南路的马路市场上去向摊贩换成纸币。等我提了一袋“金元券”赶到书店，已经上灯了。店主人笑嘻嘻地对我说，币值猛跌，原来议定的价钱不算数了。这真使我一下子陷入了进退维谷的尴尬境地，如果提了钞票去换回银元，那就连一半也捞不回来，同时实在也失去了奔波的兴趣，在不得已中下了决心，用这笔已经不算钱的钞票选购了十来种旧书，嘉业堂寄存在店里的旧书。这笔书债直到十年以后才最后还清。那本西谛手写的“书目”也押在债权人那里。这样，当1956年我在重庆枇杷山上的图书馆里发现了这批曾想赎买而终于未成的“纫秋山馆行箧书”时，是不能不感到意外与激动的。《西谛书目》早已印行，我想，这批书目如作为“外编”增附其后，就像《天一阁书目》之有内外编一样，好像也是可以的吧。

1981年8月25日

湖上访书记

壬辰冬日，随军赴浙东一隅慰问，过杭州，演越曲祝英台故事于湖滨。时方严寒，一夕，雪花如掌，经行坊肆，访书于丰乐桥堍，过松泉阁，买得元板范文正集于主人许，有顾大有、周九松二家印记，艺芸精舍原装未损，意颇乐之。更问它书，遂出此见示，执以为元刻，索重直，盖以作者为张翥也。余告之此明刻也，更读序文，知其人杨氏，主人颇悻悻，交易未成，亦遂置之。明年秋，余为盖叫天先生事来杭，寓湖楼二月，暇时屡买书市内，更过松泉阁，此书仍在。主人必以归余，价只少减。余因久未得书，因念得此明初旧刻亦佳，遂挟之归沪，细检始知卷尾割去数行，补以旧楮，心颇怅怅。浙东汤某即汤寿潜，其家书之雪库装者，往往残帙，余遂告之肆主，责以不诚，其人亦声言不知。因念此本终无完日矣。后二月又过肆中，主人亟出书一册曰，此《晞颜集》下半，可配前买之本，展卷惊喜，即出重直得之。此书递藏于吴金氏、杭州汪氏，咸丰兵火，遂成劳燕，今更合并，又九十五年矣。甲午五月。

此本买归后，细阅始知为不全本。此页为汤某割去四行，别以旧纸补之，以充全书，颇以为憾。十日前更过武林，估人告于旧家见此集残本后半，纸墨如一，闻之惊喜，意亦未敢便信也。三日前与燕同游湖上，暇时过肆，残本已至，果是一书，欢喜无限，以重直赎归。下半凡存四十九至九十九番，又跋一页，是汤氏得此，割去四行而又失去一页也。振绮原目作二册，咸丰庚申辛酉，杭城两遭兵燹，此书散出，分析异地，今乃展转同归余斋于百年之后，书福墨缘，如见如是。付工重装前漫识。癸巳十一月卅日，晨窗记。

癸巳十一月廿九日，与燕同寓湖上，游孤山、紫云、栖霞后，饭于张英杰先生家，观老人彩衣舞绸，后驱车过市，得此残本一册。此振绮汪氏书也，原订二册。付工重装，仍为二册，以还汪氏之旧。并记。

文瑞楼目卷八有杨翥晞颜集一条，振绮堂目卷四情字明人集类第二格有晞颜诗集二册不分卷一条。近更见振绮堂目蓝格稿本，与活字本编排不同而所记更详。云此书为金星轺藏，后归曹倦圃。然此本绝无洁躬一印，不知何故。此本序第一番汪印上旧有元刓补之迹，或是曹溶旧印所在耶？丁酉六月初七日雨窗。

余澹心《东山谈苑》卷一，“杨仲举翥，吴县人，少孤贫，与兄戍武昌，为乡校师。杨文贞公士奇流寓武昌，偶憩翥馆，以无资告。翥逐让其馆而自教授他所，日往返十余里不倦。后文贞当国，乃相引拔，官至尚书”。此笔记中仅见者因更录之，戊戌十月。

梁维枢《玉剑尊闻》卷一德行类记，杨翥醇谨清约，与物无忤。邻有作檐沟注水于其庭者，则曰，晴日多，雨日少。又有侵其屋基者。则曰，普天之下皆王土，再过些须也不妨。是亦深通黄老之术者也。

《静志居诗话》卷七云，“杨翥字仲举，吴县人。少与兄戍武昌，为乡校师。仁宗驿召，授翰林编修，历修撰，迁郕府长史。景泰初，擢礼部左侍郎，寻进尚书。有《晞颜先生集》。《晞颜集》借之琴川毛氏，蒙叟为施铅评云，‘宜亟焚毁，勿暴其短于后世可也’。未免太过。杨公长者，当存其言。以予所录二首，亦自成章……”据此知竹垞选《明诗综》时，系借本于汲古毛氏，绛云楼藏明人集至富，亦未有此。竹垞之言自是忠厚长者，牧斋数语，文人轻薄之状自见，宜其有天巧星浪子之目也。仲举原集俱在，诗虽未甚佳，以置明人著作中，亦非下乘，较何李之俦，反少做作气。东涧之言，不足论也，戊戌大雪前五日重跋。

案：《晞颜先生诗集》不分卷，明初刻。半页十一行，行二十字。上下黑口，四周双边。大题下属“门生汤溦编录、同郡陈宏校正”。前有长洲陈颀序。收藏有“金星轺藏书记”《朱长》，“汪鱼亭藏阅书”（朱方）。又浙东汤氏藏印二方，其一云，“见即买，有必借，窘尽卖。高阁勤晒，国粹公器勿污坏”。写刻朴茂。全书分在朝、纪行、述怀、游览、酬和、赠寄、燕饮、庆贺、亲族、孝节、节序、山水、园林、花木、公署、道释、题画、堂宇、送别、哀挽、杂题、四言等二十二目，后有跋，失去尾页，当是陈宏撰。

50年代前期曾多次来往湖上，吸引我的不只是美丽的湖山，最不易忘的倒是这里有忘年的师友和那么多的旧书店。我曾在这里搜得鲁迅先生在东京印的《域外小说》初二集，郁达夫旧藏、封面上有他亲笔题属的清人词集，自然还有更多的旧本书。为了编写《盖叫天舞台艺术》纪录片，借住在西湖湖楼，过了一个美好的秋天。居室在二楼，推窗远望，孤山背后的放鹤亭正在目前。工作的日程是每天上午到金沙港盖老的住处去半天，说戏并谈剧本。一面吃茶，一面听他海阔天空地谈天，梨园旧事，艺人生活，湖上风光，几乎无所不谈，对剧本却不及只字，只是说"你们看着办吧"。他的名作《洗浮山》因为是"八大拿"之一，不好处理，他主动地提出，可以改为《七雄聚义》，把贺天保改为朱仝，剧本结构、场次、词句都用不着大更动，很简单地解决了这个问题。在一起去海宁看了一次潮以后，他又兴致勃勃地提议，影片中可以考虑加入汹涌澎湃怒潮的镜头，插在朱仝的武场刀花之间。这是一个奇突的想法，颇有电影艺术蒙太奇的意味，同时也表现了他对自己舞姿的欣爱与理解。这是他创造人物、设计身段的一贯思路。可惜这个设想因种种原因没有实现。

在盖老金沙港住宅的百忍堂内，正中的长案上安置着一尊高不逾尺的关羽的紫铜座像，侧身而坐，神色偃然，是出于无名匠师的杰作。盖老说他是在荒摊上买得的，因为这正是舞台上经常出现的子午相，是塑造人物身段极好的参考，侧身而坐，不但避免了正面入座的呆滞的缺点，而且也照顾到了台下观众不同的视角，无论怎么看都是美的。盖老并未接触过美学，可是在他的谈话中出现得最多的是“美”字。他是无时无地不在观察大自然、人间相、艺术品……时时敏感地吸取美的事物并糅合到他的舞台形象、舞蹈中去的。在这方面，他实在是一位伟大的艺术创造者。

在他的家里，有许多佛像，人们也许以为他佞佛，其实他多半是当作雕塑艺术品搜集的。有一次与他一起游城隍山，走入城隍神庙时他对我说：“我是北方人，来到杭州落户，应该拜拜地主。”从随意谈笑中很能表现他对神佛的态度。

每天在他家吃过中饭，总是叫几部三轮车全家一起出门，我们几乎跑遍了杭州的名胜。碰到下雨。他就进城去洗澡，然后在饭店里晚饭，饭后到剧场去听李伯康的评弹《杨乃武》。他是北方人。寄居江南这许多年却仍未改乡音，但他却能领解苏州评弹趣味并发生极大的兴趣，这也是很有意思的事。

盖老好客，留人吃饭是常事。我想吃了他许多次了，总得还请一下才对。一次在城里晚饭，我先到账桌上预付了餐费。盖老饭后要夫人付账时方才发觉。他哈哈大笑道：“三杯酒，把我的大事误了。”这是《四进士》里宋士杰的唱词，他把下句“信阳州无有好人”改为“金沙港”。从这件小事也可以看出他的机智和燕赵豪侠的流风余韵。

碰到下雨或盖老去洗澡时，我就去蹓书店。当时浙东一隅的故家藏书大量地流散出来，据说在一处河码头每天都有从乡下装运旧书来的船只，在这里论秤当废纸卖出。几家书店都有人每天在码头茶馆里坐守。看见好书就随时抽下，用少高于废纸的价钱买得。不过这样的机会不是旅人所能获得的，还得经过书店才能辗转到手。杭州的旧书店又有一种特异的习气，他们信托的是掮客和上海的书商，有好书不情愿给上门的顾客看。记得有一次走进抱经堂去看书，店主出去了，只有女主人应门。我在残书架上看到一叠鼠啮之余的破书，中间有好几种结一庐朱氏的旧藏，论价付钱之后，店主人一步踏进店门，大惊失色，一手夺下扎好的书，说“不卖了”。最后重新议价，以几倍的价钱才得成交，还扣下了一本旧抄《百川书志》的吴枚庵旧藏本，说什么也不肯卖了。当然，并非每家书店都是如此，像宝贻斋严氏、松泉阁王氏，都还可以从那里看到不坏的旧书。湖滨的大观楼也时有精本，振绮堂汪氏、结一庐朱氏、叶润臣、包子庄、缪荃荪的旧藏本都有时能遇到，叶润臣晚年移家杭州，不久逝世。他的藏书大概都是随身带到南方的。这是一位很有特色的藏家，我没有遇到过他收藏的明以前旧本，可能早已流散了，但他的藏书余烬 50 年代还时时可以遇到，都是清刻精善稀少的本子。

松泉阁主人王松泉是一位可以谈谈的书友，他和阿英相熟，常替他收集晚清资料和戏曲小说。我从他手里买到《睎颜集》，先后两次得到两个残册，竟能配成全书，而且就是振绮汪氏旧藏的一部。这是很难得的一次巧遇。这本诗集是明初旧刻，可能刊于天顺中，写刻、字体朴茂，带有明初刻书特色，犹有元板遗意。算作善本应该是无疑的。不过杨翥的诗实在作得不太高明，难怪钱牧斋说了那些尖刻的怪话。保存文献是一件事，文献本身的价值则是另一件事。最近编印"全×诗词"之风大盛，从保存历史文化遗产的角度看，自然是一件憾事，但我怀疑这个"全"字是不是可以做到。明清人的诗文词集浩如烟海，仅就今天所能见到的劫余的册籍辑录，恐怕远远说不上"全"，而这种"全"字号的大部书，除了对专业研究者有用之外，普通读者怕是不要看也看不了的。而善本也并非全是质量高的著作，简直是必然的。

白居易的名句："未能抛得杭州去，一半勾留是此湖。"我买到过一部乾隆中杭州人的诗集就叫《一半勾留集》，照例，诗写得并不高明。我想，照我的意思，除了西湖的一半之外，那另一半值得勾留的应该就是杭州的旧书了。我忘不了借住在里西湖湖楼的那一段美好的日子。楼居是寂寞的，特别是连朝秋雨的夜晚，只有翻阅新买得的旧书，才能多少排遣客居的孤寂。天色已晚，在暮雨潇潇中唤一只小艇摆渡到楼外楼去吃饭。郁达夫诗中有"极贱杭州酒"的话头，当时的杭州，酒饭确是便宜的。酒罢，仍乘小船回住处去，淅沥的雨声更紧更密了。倚枕读湖上诗人的诗集，对比今昔的湖上风光，仿佛与厉樊榭、丁钝丁、杭堇浦结伴同游，真是有趣极了。

这一回买得的旧书中，有一部《静便斋集》，是我所喜欢的，曾在卷尾书头写过两篇题记。

癸巳秋日，余居湖上几两月，寓居在西泠里湖，楼室正对孤山放鹤亭，风晨月夕，常苦行笈无书，乃过市穷搜之。会于一肆见杭人文集不少，选得数十种，此书预焉。忆尚有翟晴江集，以其为画人，有重名，遂索高值，未能得也。此集殊佳，于中可知杭州故事不少，近日少暇，始得读一过。所论梅村两跋尤佳。王氏自有独见，惜其名姓不彰耳。已亥正月初四日记。

(《静便斋集》十卷，仁和王曾祥麟徵著，乾隆刻本。前有乾隆二十八年槐塘汪沆序。宁化雷鋐《两王生小传》，两王生者，曾祥与江都王世球也。)

癸巳秋日，余客湖上二月，时去市上观书，而绝少佳本。无已，乃买清刻集部读之。未几而旅寓厨中遂满，时时取而阅之，面对孤山，秋雨凄冷，赖此破寂。此本得之松泉阁，乾隆刻也。作者不甚著于艺林，向于符氏《秋声馆吟草》中知其姓氏，所从游者，如杭厉诸先生皆名宿也，亦时能于卷中掊摭一二故实，是非弃物也。今日捡得，拟付工重装，漫识卷耑。甲午腊月廿五日记。

访书琐忆

几十年来胡乱买书，颇有些特别的经历，不易忘记，当时就随手写在题跋里，闲时重看也觉得有趣，常想记录一点下来，大概也可以算作“书林逸话”之类。说起题跋，自来就有学术性与随笔性两大类。学者重视的是前者，考辨故实，校订文字，有功于学术研究，历来被看作题跋的正宗。但在我自己，喜欢的却往往是后者，而其代表作者则是黄荛圃。他的藏书题记经缪荃荪、吴昌绶等搜辑重刻，有煌煌十册之多。看那内容，虽然也谈版本、雠校，但更多的是记书坊、书友、藏书家故事的“闲言语”，而这是很为许多学者所不取的。黄荛圃先是买书、刻书，后来又卖书，还开设了滂喜园书店，商人当然要重视广告，在黄荛圃那个时代，还没有近代流行的种种广告手段，于是有人就说他的题跋也就是广告。这很丢了读书人的面子，遭到讥笑是当然的。不过我觉得这种指摘并不公平。黄荛圃在题跋中总是直白地记下了书价，书籍的抄刻先后，是否善本，是全本还是残帙这些细节，而这作为广告是不合适的。因此我怀疑他在买书的时候，是否就先已算计着出卖、获利。

真的把题跋、目录作为广告手段的是缪荃荪，那已是比黄荛圃晚一百多年的清末民初。古书作为商品，有了更广阔的市场，大官僚、大商人、大地主为了积累财富和附庸风雅也纷纷收罗古本，日本、美国的“洋庄”生意也日见兴隆。缪荃荪的办法是刻书目，每当他聚积到一批书以后就急急地刻《艺风堂藏书目》，在每种书后面附加的版本说明，就大有广告气味，夸张的语句是经常出现的。从许多实物看，这种说明常常有错误；但并不是缪荃荪的鉴别力特别低下，只是他千方百计地想把这些书说成不可多得的宝贝而已。他的藏书目录一刻再刻，以至三续，这就给书坊开了先例，纷纷印发书目，变木刻为石印，出版更为迅速，成为不折不扣的广告了。

继缪荃荪而起的有傅增湘，他也先后刻成了几种书目与题跋，而尤值得注意的是不久前出版的他与张元济的通讯集。这是比题跋更为直白的经营古书业务的记录，不但保留了大量古书流转的珍贵史料，也更暴露了藏书家活动的真相。

以上说的都是旁人的事，与我本来无甚关系。不过天下事有时确是不可思议，二十年前承蒙一位熟人揭发，说康生有话，我在书前书后写的许多题跋都是企图“以伪乱真”的手段，目的则是投机倒把。因此造反派就要细查、追查，责令我细细交代历年所买的书，每本的进价。这可是个艰巨的任务，只能坐在牛棚里苦苦思索，这时最容易记起的就是买书中一些有趣的经历。按照指定的前提，加以点染，是可以制作出符合要求的货色来的。当然，在“创作”过程中常常不免背离了真实，带有“哗众取宠”的趋向，则是难以摆脱的“历史局限”。自己虽然不满意也没有法子想。从这里是可以悟出“报告文学”写作的困难的，特别是个人的回忆，无论是痛骂或夸赞自己，都只能表现出扭歪丑恶的面目。这些“创作”的故事已经找不到了，并不可惜，不过作为“创作”的教训失误，总是不应忘记的。

1953年的秋天，我在杭州住了两个月，有很多时间就消磨在书店里。住处在里西湖，出门叫一只小船横渡过去就是湖滨，上岸以后沿解放路走入新华书店，又从这里走到延龄巷、丰乐桥、清河坊，这些地方都零零落落开设着一些书坊。当时旧书业很不景气，货色也少得可怜。有一天踏进了抱经堂，店里空空地没一个顾客，只有女主人抱着小孩在看守。案上摊着零碎的破书，真是一无可观。这时发现书架背后一叠叠放着许多残书，大约多年不曾触动，书上的灰尘也有寸把厚了，抽出两本来看，多半有结一庐的印记，真是意外的高兴。选了半日，得书一叠，问价付钱，正要离开时，店主人一步踏了进来，立时惊惶失色，打开纸包，一一检点，说是无论如何也不肯卖了。最后讨价还价，以十倍于原价成交。还被抽下了一本吴枚庵抄的《百川书志》残卷。在这中间，他还大声地叱责着主妇，使她几乎哭出声来。

塘栖朱氏的遗书本来藏在杭州，后来把重要的善本移至上海，残零书册都就地处理掉了，这大概就是这些书流落在旧书店头的来历。书并不珍贵，只是这点流转因缘很值得纪念。现在还在手头的是蒙古博明希哲所作的《西斋偶得》三卷、《凤城琐录》一卷、《西斋诗辑逸》三卷。嘉庆辛酉刻本，纸墨明净，是刻成后最早的印本。书前有翁方纲的序文和手书上板的“附识”，知道这是心斋（广泰）为妇翁刻梓的遗集。更难得的是书前有“人兴翁氏石墨书楼珍藏图书”的朱文大方印。可知是书刻成后持赠翁氏的本子。在卷尾还有墨书一行，“甲戌仲夏叶志诜借看一过”，下钤“平安馆印”白文方印。甲戌是嘉庆十九年（1814），是书刻成后的第十三年。叶东卿是藏书家，还不能不从翁方纲辗转借读，也可见此书流传之少了。

杭州丰乐桥堍有松泉阁书肆，主人王松泉与阿英相熟，是颇有眼力的书业经营者。那年秋天，在他的店里买到不少清代杭州诗人的集子，携归旅寓，颇能驱遣岑寂。清人别集那时真是贱如泥沙，可惜当地的图书馆不加重视，听任这一大批地方艺文流散毁弃了。杭州也真是文风极盛的地方，乾嘉以还竟自出现了那许多诗人，当时雕版的工值又贱，刻集成了一时风气。当然这中间缺乏第一流的诗人，但也有名姓不彰、著作自有分量的作者。如王曾祥的《静便斋集》就是那时所得。他的两篇《吴梅村集书后》，就是我所见仅有的对吴伟业的严肃评论。

也是在松泉阁，前一年的冬天曾经见到一册明初黑口本的《晞颜先生诗集》，写刻，字体静雅朴厚，黄皮纸印，是浙东汤氏藏书。当时钤有汤氏印记的旧书，狼藉市上，比论斤的市价高不了多少，但这本书却为主人看重得非常，认定是元板，因为原书卷前只列编录校正人姓氏，没有撰人题名，而在陈颀的前序中却有“公讳翥，字仲举”的话，所以就确认这是元代著名诗人也字仲举的张翥的遗集。我翻看序文，发现中间又有这几句，“若礼部尚书致仕杨公，其颜之徒欤?公苏人也……”就说这是一位明代姓杨名翥的诗集，主人听了大不高兴，立即将书收回去了。转过年来的秋天，又走过松泉阁，主人一把拉住我，说那本黑口本不曾卖掉，是特为我留下的。劝我一定要买下，价钱虽然依旧很贵，但已不再坚持是元板。于是就买下，回来细看，才知道卷尾被割去了四行，已用旧纸粘补，虽然是个残本，不免有点懊恼。不料下一个春天再到杭州，书店主人却高兴地对我说，上次买去的是个残本，不过下半已经发现，还是劝我一定买下，凑成全璧。这次我不再迟疑，用比残本更高的价钱买下了。

这书前面有两方旧印，“金星轺藏书记”和“汪鱼亭藏阅书”，知道是先在文瑞楼后归振绮堂的。查稿本《振绮堂书目》，有这样的记载：

> 《晞颜诗集》，不分卷，二册。刊本。金星轺藏，后归曹倦圃。明杨翥撰。字仲举，吴县人，官至礼部尚书。

这里说书曾归曹溶，却不见旧记，今汪氏印上有剜补痕，灭去的大约就是曹氏藏印。流传次序也应该是曹氏在前才对。值得高兴的是，这书藏在汪家，在太平天国战役中失散，分别为两家所得，又都未因残帙而弃去，终于在整整一百年后得以重圆，实在是很不容易的。我过去也曾有几次用先后买得的残卷配成全书的经验，不过那到底是拼配，是百衲本，与原是一书的分而复合是不能相比的。

《诗集》以“在朝”“纪行”“述怀”“游览”等若干细目分类，诗语平稳，缺乏特色。朱竹垞《静志居诗话》说：“《晞颜集》借之琴川毛氏，蒙叟为施铅评，云宜亟焚毁，勿暴其短于后世可也。”可以看出钱牧斋的谿刻，连竹垞也觉得他“未免太过”了，还是在《明诗综》中选入了两诗。余淡心《东山谈苑》也记有有关作者的故事，原来他是因为曾让馆于流寓武昌的杨士奇，后来士奇当国，“乃相引拔，官至尚书”的。梁维枢《玉剑尊闻》也记有他的一段故事，“邻省作檐沟注水于其庭者，则曰晴日多，雨日少”，说他是深通黄老之术的人。

上海复兴中路淡水路口曾有一家春秋旧书店，主人严氏，能装书。解放之初书市寥落，生活困难，我曾请他修补过旧书。有一天他对我说，过去他曾在宁波一户人家装书，这家的主人不懂书，但喜收书，只要送到门上，不论完缺一律收入，出价大约是明板白棉纸书每本一元。因此得了个“垃圾马车”的绰号。不过当时宁波市上的好书是很多的，散出的浙东故家藏书集中在这里，天一阁流出的书也常常可以遇见。所收满满的一屋旧书虽然大半是残本，但确也有不少好书。现在主人已经八十多岁了，住在上海，藏在宁波的书已先后给族人论秤卖出了不少。他取得主人的同意，可以到宁波去收书，不过缺少盘费，向我通融。我就借给五十元，答应书到之后请我来看，选中的书作价折回借款。

大约十天以后书由轮船运到。一起大约有几十麻袋，只好堆在书店隔壁的弄堂里。我得到消息后去看书，从清晨一直看到过午，弄得两手如漆，浑身灰土。书大半是残本，明本不少，但没有一部全书。当时我正收集明刻书影，大量的残本正是绝好的素材，就选了几十种。偶然在书堆里又发现了一包书，包皮的报纸已经发黄变脆，细白皮纸的原书却一些都没有损坏。这是四本《王状元标注唐文类》，明铜活字印本。卷首大题下次行题“祁东李氏铜板印行”。这是很少见的明初活字本，祁东不知道是什么地方，过去的书目里只瞿中溶的《古泉山馆题跋》中曾加著录，也不能确定祁东的地位，只是推测而已。原书四册，每册前有“春、夏、秋、冬”的签条，还保留下两纸。看铜模字体，扁体写刻，与苏南一隅的安氏华氏活字的风格不类，与较早的唐人小集等更是不同。这四册书却是全的，可以算得这次所得书中的白眉。全书别无藏印。《藏园群书经眼录》著录了同样的一部，则是劳权、徐渭仁的旧物，现不知流落何处。

这一次的买书经过大略如此，但在十年动乱中却成为一件大案。据说我曾到宁波去贩书一船，其中有多少种宋元本，发了大财云云。历数多年买书的经验，要算这次惹出的乱子最大了。

我的买书，正是有啥买啥，杂乱得很。买来的书也未能本本细看，总的印象是，旧书中间多的是封建说教的陈词滥调，偶尔发现片段的好意思、好文字，可真像披沙拣金那样的繁难。不过换一种眼光看，这又是可贵的资料，真想追寻中国传统文化的根，不能不从这里着手。杂和乱并不是坏事，只有这样才有希望较能窥见全局。

抄写旧时的记忆，实在也是很无聊的事。在今天的书市上，旧书已经不再可能遇到。几十年中间，有的化为灰烬，有的变成纸浆，剩下来的也大都藏在图书馆里，想看一下也不容易，因此这些访书的故事，也真的成为梦一般的故事了。

1986年5月23日

琉璃厂

三年前来北京，住了十天。琉璃厂也去过一次，不过只是匆匆地走了一转，前后一总不过半小时。后来曾在一篇文章中说起，那次来京，没有买到一本旧书，没有听过一次京戏，觉得可惜。不料这句话被朋友记住了。这次他特地到吉祥去买了两张票，又约我吃过中饭一起到琉璃厂去看旧书。使我一下子弥补了三年前的两种缺憾，真是值得感谢。

六月初的骄阳已经很有点可怕了。马路平直而宽阔，不过路边的行道树却稀疏而矮小，提供不了多少绿荫。走过全聚德烤鸭楼大厦，走过鲁迅先生当年演讲过的地方——师大院外高墙，随后发现了一座有如小型汽车加油站似的“一得阁”墨汁店。加紧脚步，好不容易才奔到了琉璃厂。看见在荣宝斋对面正加紧恢复兴建原有书铺的门面与店房。“邃雅斋”和“来薰阁”的原址都已出现了青砖砌成的铺面，除了柱子是水泥构件以外，其他似乎都保存了原貌。橱窗镶上了精细镂花的木框，还没有油漆。这一切看了使人高兴，在大太阳底下也不禁伫立了好半晌。

接着我们就走进了中国书店。朋友和在这里工作的两位老店员相熟，我们被邀坐下来喝茶，看书，谈天。这一切都还能使人依稀想见当年琉璃厂的风貌。不过几十年过去，一切到底已经不再是从前的旧样了。

翻翻零本旧书，居然也买到了几册，没有空手而归。

《百喻经》二卷，1914年会稽周氏施银托金陵刻经处刻本。这是有名的书。三十七年前我在南京曾亲自跑到刻经处买过一本，不过已是新印，印刷、纸张都远不及这一本。但这是否就是原跋所称最初印的“功德书一百本”之一，却也难说，但初印则是无疑的。

此书已由江苏人民出版社印行，是为纪念鲁迅一百周年诞辰而重印的，而且有两种版本。但到底都不如这原刻的可爱。也许这就是为许多人所嘲笑的“古董气”，不过我想多少有一点也不要紧。

《悲盦居士文存一卷·诗剩一卷》。赵之谦撰。光绪刻本。作为书画金石家，赵抝叔的声誉近来是空前地高涨了，印谱、画集都出版了不少。但他的诗文却极少为人所知。这虽然不过是光绪刻本，但并不多见，“诗剩”我还是第一次见到。薄薄的一本诗集，中间却有不少史料。太平天国攻下杭州，赵之谦逃到温州，这样，“辛酉以后诗”中就往往有记兵事和乱离情景的篇章，小注记事尤详。“二劝”诗并前序记平阳“金钱公”与瑞安团练“白布会”斗争情形甚详尽，是珍贵的史料。当然赵之谦是站在清朝官方一边的，他对太平天国的议论自然可想而知。

使我惊异的是，赵之谦对吕晚村也深恶痛绝，没有别的理由，只因吕是雍正帝钦定“罪大恶极”的“逆案”首要。诗注说，“南阳讲习堂，留良居室也。籍没后犁为田。今则荒烟蔓草矣”。这是吕晚村故居的结局。诗注又说：“然理学大儒合之谋反大逆，言行不相顾，不应至斯极也。往居都下，见书摊上有钞本留良论学书数篇，邵阳魏君源加墨其上，言留良人当诛，言不可废。余不谓然，取归摧烧之。”

这种推理方法与行动今天看来都是奇怪的。在赵㧑叔看来，“理学大儒”必然应该也是忠臣，如与这模式不合，就是“言行不相顾”了。当然更不必追究逆案的是非曲直。这是从典型的僵化头脑中产生的思想，是极有价值的一种标本。魏源就和他大不同，虽然不能不承认“其人当诛”，但却肯定了其人的思想，至少他明白两者之间应有区别。但赵之谦不能同意，取来一把扯碎烧掉了。这种行为简直不像是一个艺术家干得出来的。思想僵化之后就有可能化为鲁莽灭裂以至疯狂，这里就是一个好证据。

像这样的旧书，是算不得“善本”的，但买到之后还是感到喜欢。这大概就是所谓“书癖”了吧。不用说更早，就是50年代，像这样的书也多半没有上架的资格，它们大抵睡在地摊上。三十年来，琉璃厂（以至全国）旧书身价的“升格”是惊人的，根本的原因是旧书来源之濒于绝迹。这在我们的闲谈中也是触及了的，书的来源日渐稀少，这与全国机关学校大小图书馆的搜购有关。经营旧书的从业者也大大零落。仅有的一两位老同志都已白发盈颠，接班人则还没有成批成长起来，青年同志对这一“寂寞”的行业也缺乏热情。

谈话中彼此都不免感到有点沉重，但也想不出什么“妙策”。

前一天正好访候了周叔弢先生。九十三岁的高龄了，他的精神依旧极好，眼睛能看小字，记忆力也一点都没有衰退。只是耳朵有点背了。只要一提起书来，还是止不住有许多话想说，他说的自然都是“老话”，但有许多是值得思索的。

他听说琉璃厂在重建了，非常高兴。但又担心，这些老字号恢复以后，有没有供应市场充足的货色，有没有精通业务的从业员，读者、买书人能不能从琉璃厂获得过去那种精神、物质上的满足，好像都是问题。

典籍、文物、艺术品、纸墨笔砚……这些都不是单纯的商品，过去读者逛琉璃厂也不只是为了来买书。我想，我们至今还没有足够的、标准的、门类齐全的图书馆、博物馆，但在过去，我们却有很好的替代物。例如，人们到琉璃厂来在某种意义上说是奔向一所庞大的、五彩缤纷的爱国主义大学校、展览馆。不只能看，还能尽情欣赏、摩挲品味，可能时还能买回去。这是一座文化超级市场，门类之广博，品种之丰富，新奇货色的不时出现，对寻求知识的顾客带有强烈的诱惑。这一切，今天的博物馆、书店……一切文化设施都不可能完全代替。人们在这里得到知识，还受到传统精神文明的熏染、教养。封建文化中有精华也有糟粕，但归根结底爱国主义内容的比重是占着重要地位的。

过去人们到琉璃厂的书铺里来，可以自由地坐下来与掌柜的谈天，一坐半日，一本书不买也不要紧。掌柜的是商人也是朋友，有些还是知识渊博的版本目录学家。他们是出色的知识信息传播者与咨询人，能提供有价值的线索、踪迹和学术研究动向，自然终极目的还是做生意，但这并非唯一的内容。至少应该说他们做生意的手段灵活多样，又是富于文化气息的。

在书店里灌了几碗茶，依旧救不了燥渴，这时就不禁想到在左近曾有过一家“信远斋”。小小的屋子，门上挂着门帘，屋里有擦得干干净净的旧八仙桌、方凳，放在角落里的几只盛酸梅汤的瓷缸。那凉沁心脾、有桂花香气、厚重得有如琥珀的酸甜汁水，真是想想也会从舌底沁出津液来。那不过是用“土法”冰镇的，但在我的印象里却觉得无论怎样先进的冷冻设备都不可能达到同样的效果。也许关键不只在“冷”，选料、配方、制作也有极大的关系。这样的“汤”吃了两碗以后就再也喝不下了，真是“三碗不过岗”。酸梅汤现在是到处可见了，人们一致公认这是好东西，还制成了卤、粉、汽水，但好像都与信远斋的味道有些两样。

不久前在银幕上曾出现过一批以北京地方为背景的作品，其中有些是相当突出的优秀制作，《茶馆》《骆驼祥子》《城南旧事》《如意》《知音》……广大观众对此表现了浓厚的兴趣。能不能把这看作一种“怀旧”的风呢？从现象上看好像很有点像。但这与好莱坞曾掀起过的怀旧浪潮并不就是一码事。像这样的社会文化现象的出现，那原因往往是非常复杂的。过去的事物中确有值得怀念的东西，历史不能割断，记忆难以遗忘，这是极自然的。不同人对同一事物的看法则大不相同，好恶也两样。往往许多人都喜欢某种东西，但取舍之点并不一致。鲁迅也是爱逛琉璃厂的，但与某些遗老遗少就全然不同。鲁迅北来也到过信远斋，买的是蜜饯，那是因为天冷了，酸梅汤已经落市了的缘故。

从几十年前起，在北京这地方就一直有许多人在不断地"怀旧"。遗老们怀念他们的"故国"，军阀徒党怀念他们的"大帅"，随着岁月的推移，这中间很换了不少花样。但这与住在北京的普通老百姓的牵连则不大。比较复杂的是作为文化积累的种种事物。有几百年历史的名城，这种积累是大量的、丰富的。好吃的菜肴、点心，大家都爱吃；故宫、北海……旅游者也一致赞叹。吃着"仿膳"的小窝窝头而缅怀慈禧皇太后的，今天怕已没有；游昆明湖而写出吊隆裕皇太后的《颐和园词》的王国维，也早已跳进湖里死掉了。总之，许多事物，在今天已只因其现实意义而为人民所记住，多时不见了就怀念。至于这些事物产生发展的政治历史背景，一般人是不大注意的，或简直忘却。这是完全不同的一种"怀旧"，与任何时代的遗老遗少都扯不到一起去。

研究近代文化史文学史的专家，还没有把注意力更多地集中到近几十年以北京为中心产生的许多文化现象上，其实我倒觉得这是颇重要的，是了解新文化运动的产生与发展必不可少的环节。

以谭鑫培为代表的谭腔、以程砚秋为代表的程腔，为什么先后在北京这地方风靡了一世，我想这和当时的政治局势、人民心理都有极密切的关系。他们创造的新腔，正好表现了人民抑郁、愤激的复杂心情，新腔的特点是低回与亢奋的交错与统一。旧有的声腔，无论是黄钟大吕或响遏行云都已无法加以宣泄了。谭、程的声腔是不同的，这些差异也正好细致地反映了他们所处不同时代的细微变化。

以黄晦闻（节）为代表的新型宋诗流派，或“同光体”的发展继续，也可以看作一种时代的声音。梁启超喜欢集宋词断句作对联，同时搞这花样的还有一大批人。如其中有名的一联“更能消几番风雨，最可惜一片江山”，就不能看作简单的文字游戏。它道出了住在北方的中国人的普遍心情。姚茫父（华）曾为琉璃厂的南纸店画过一套小小的笺样，每幅选吴文英词句，用简练的线条加以表现。我以为也不失为杰出的作品。画面境界的萧瑟荒寒，不只表现了画家自己同时也是人民的情怀。

30 年代林语堂编的《宇宙风》上，发表过不少记载北京风土、人情的文字，后来汇成了一本《北平一顾》，这应该说是有代表性的典型怀旧之作。过去我一直觉得这是没有积极意义的小品文、小摆设，发抒的是没落的感情与趣味。但后来想，这些文字都作于“九一八”与“七七”之间，那正是北平几乎已被国民党政府放弃了的时候，那么，这些文字就不能简单地划入闲适小品，而应更深入地体会那纸背的声音。

在那段时期，像这样的社会文化现象并不是个别的、孤立的。综合起来就能较为全面地反映人民的内心活动。在许多艺术家或并非艺术家说来，这就是他们反映社会现实的独特方法。

时代发展、社会变革必然要使许多事物化为陈迹，这有时是不可避免的、理所当然的。其中也有一些是还应该存留、或以新的面貌恢复存在的。无论是哪一种情形，我们都应该加以分析、研究，为之做出可信的历史总结。这将为我们带来很大的好处。从而保持必要的清醒，不致陷入糊涂的、低级趣味的怀旧的泥坑，也可避免做出可笑的蠢事。对社会上存在或曾经存在过的一切事物，人们都必须表态，回避不了。而这正是对人们思想是否健康、成熟的一种考验。

1983年6月10日

记巴金

一

1942 年的冬天，我和几个朋友离开上海到内地去。我的目的地是重庆，打算在那里继续读完没有结业的课程。在重庆，我没有朋友或亲属，对四川这个陌生而又亲切的省份则充满了迷惘的憧憬。我对四川的知识很大部分是从古书里得来的。例如唐代诗人李商隐美丽而不易捉摸的诗句。不用说，这是些距离现实十分辽远的古昔的影子。正如李商隐诗，“红楼隔雨相望冷”，当时在我心目里的四川，倒正像笼罩在如尘的雨幕后面的红楼吧。

在我的旅行包里藏着几封信，其中一封是一位中学里的老师写给我的。收信人是他的一个住在重庆的弟弟，当时已经是著名的作家了的巴金。好几年前我已经在天津学校的宿舍里读过了巴金的名著《家》，从小说里认识了成都。比起唐代诗人来，小说的描写可要真实、生动得多了。它更接近于现实。更何况小说里还有着活生生的人物，他们和千万个读者一起欢笑，一起哭泣。他们是住在成都的，成都是四川的一个城市；而四川则是中国的一个省……

我的旅行包里藏着好几封介绍信，全是父亲的朋友写给他们的朋友的。必要时我可能请求并获得他们的一些照拂……但其中我最珍重的是李林先生写给我的信。和千万个青年读者一样，我非常希望看到自己所熟悉、喜爱的作家。自然，当时完全没有想到，我会选择文学作为自己的终身事业。倒不是由于胆怯，当时多的是勇敢的狂想，其实是根本没有想到。

当我在重庆的扬子江上定居下来以后，就怀着激动的心情，跑到城里去找巴金。非常失望，他到桂林去了，没有遇见。在那一年苦闷、寂寞的日子里，我写了一些散文，记下了入蜀途中所看到的形形色色的风景、人物。1944 年夏天，我离开了学校，来到桂林，准备到湘桂前线去。在来到桂林第一天的傍晚，我就到城里的文化生活出版社去访问他，他又离开桂林到别的地方去了。这使我非常怅惘，今天我还记得一个人在斜风细雨中走过漓江江畔，在闪烁着微黄灯火的桂林街头徘徊的寂寞心情。

这以后我就到了印度。在那里我编定了我的第一个散文集子——《锦帆集》。我把这样一册幼稚的、薄薄的小册子寄给了巴金。这件事就足以说明我当时有着怎样的激情与勇气。我竟毫不惭愧地将一本年轻人的习作寄给了一位著名的作家并要求他为我找一个出版的机会。更出乎意料的是很快就收到了他的回信。回信很短，他告诉我已经把那本散文编入一个丛刊了。我在那封短信里没有发现一个前辈似乎应有的气派声口。这在当时甚至都使我感到有些失望。他那封装在重庆土纸印的信封里的信，我一直保存到今天。

我第一次看见巴金，是在1945年秋天的重庆。抗战胜利使我失了“业”，从昆明回到重庆，依旧住在九龙坡学校的宿舍里，开始了一个真正的“作家”的生活。那就是说，开始卖稿为生。我把一年多来看到的战争场面、人民的生活与苦难……用笔记录了下来。后来，我又成了一个记者。我到重庆市民国路的文化生活出版社去看巴金。我在那座就轰炸后的断瓦颓垣改修的“大楼”的底层的书店办事处里看见了他。那一次见面好像并没有谈多少话。我自己说不出什么话来，同时发现巴金也并不是一个会滔滔不绝发表议论的人，甚至是一个拙于言辞的人。我向他表示了敬意和感谢。我请他到上海后问候李林先生，我只知道李林先生在生病，却料不到那时已经邻近他生命的结末了。我很快地就结束了这次“访问”，在我记者生涯的初期，这是一次真正的“失败”。最近我还遇到一位当时在重庆文化生活出版社工作的朋友，她还提起她当时的印象，说我那种说不出话来的样子简直不像一个记者，更不符合从我的文字中所能引起的关于我的印象。我想她的记忆是真实的。

二

《家》是巴金四十七年前写成的，是他影响最大的一部长篇小说。《家》在去年印行了新版，作者在《后记》里说：“我的作品已经完成了它们的历史任务，让读者忘记它们，可能更好一些。”我读到这里就立即在眼前浮现了一幕不易忘记的场景。去年冬天一个早晨，我走过上海老西门，发现马路上排着一条长长的队伍，队伍之头在新华书店门前，尾巴则看不见，已经伸展到中华路上去了。在上海，排成这样长的队伍是少见的。在书店关紧的铁门上面，攀附着一大群年轻人，看样子是中学生；队伍中间有男有女，有中年人也有老人，他们都安静地排着队。时间还早，离书店开始营业大约还有两小时光景。我猜不透今天书店有什么新书供应，就找一位老先生打听，他对我说：“听说今天书店里可能供应《家》。”我肃然了一下，就赶车去了。

我坐在车上想，巴金在《家》的后记里表示的愿望，可能是并不切合实际的。今天的读者，看来还不想忘记这部四十七年前出现的作品。

我最近又读过一次《家》，连同作者为作品写过的一些序跋。我思索着一个问题，作品为什么会有这样的力量。我觉得这是个复杂的问题，应该留给文学批评家和文学史家去解答，我自己只能思索一些比较浅显、更为实际的问题。譬如，作者在序跋文里反复声明，小说里只有两个真实的人物。可是四十多年来读者似乎都不大肯接受这样权威的解释，他们直到今天还在关心着小说里一些人物的命运。看来读者并不都是像“特种学者”那样有什么“历史癖”，他们对小说里人物的同情、关心，或厌恶、斥责是可以理解的，而且是完全正当的。这是一种善良的愿望，应该得到尊重。而且这正是说明作品力量的所在。

四十多年前我在中学里第一次读《家》的时候，也曾暗暗研究过我们的英文老师和觉民之间的关系，也想象过小说的作者与觉慧的关联。不用说，我当时并没有什么“历史癖”，也并无野心去写什么考证、索隐的论文，有的不过是一个年青人的好奇心。我也始终没有向我的老师探询过这样的问题，那原因也并非怕被扣上唯心主义的帽子，实在只是腼腆。我失悔当时没有向李林先生提出这个问题。我相信，我是不会受到斥责的，不，他不是那样的人。

今天，我倒想根据自己的回忆，说明小说所写并非真实人物的传记这样一个浅显的道理。最近我常常发现，我是只能研究这样浅显的道理的，而且觉得这是我的一种小小的进步。

我手边还保存着一册 1934 年的《南开同学录》。这已经是历史文献了。当年的老师有很大一部分已不在人间，同学也多半久已不通音讯。翻翻旧录，却能引起许多回忆，往往仍鲜明如昨日事。在“男中学部教员”里就有着这样的记载：“李尧林，四川成都，本校西楼，燕京大学毕业英文。”

这就是我的英文老师，冈查洛夫《悬崖》的译者，李林先生。

在我的记忆里留存的有关南开的种种，有许多是美丽的。离开南开以后，我也曾住过别的几处学校，对比之下，就使我更加觉得南开是值得怀念的。当然这并不是说，南开是什么天堂似的所在，不，完全不是这样。但，我仍不能不说，南开是值得怀念的。

后来也曾在南开做过教员的何其芳先生，曾经在一篇散文里不指名地称这个学校为一座“制造中学生的工厂”。我没有听过其芳先生的课，但对他的诗与散文是非常佩服的。其芳先生的愤慨和对南开的指摘，也都值得认真考虑，但我仍觉得不能简单地接受他的那个结论。不用列举别的理由，在南开，曾经有过李林、何其芳这样的教员，就很可以说明南开的特点。更不必说这座“工厂”的大量产品中间，曾经有过许多出色的人物了。1951 年巴金从朝鲜前线回国休假，其芳先生在北京请巴金夫妇吃饭，我也被一起拉去。本来想向他提出这个问题，终于因踌躇而不曾提出。其芳先生在经历了长期的磨难之后逝世，在这里我要表示一个曾经受过他影响的学生的敬意与悼念。

南开中学的教员也真是五花八门。有浑身卫道气息的老夫子；有刚从美国回来的教授太太；有才从大学出来、比大学生大不了几岁的不像教员的教员；有“从 × × × 先生习武二十年”的武术家，自然还有必不可少的“辅导干事”。就是这样一些出身、教养、性情、作风都天差地远的人在南开独特的“教育方针”统摄之下工作，这是一个怎样复杂的矛盾集合体，是不言而喻的。在这个教员群中，李林先生是个十分突出的人物。

在他的班上，有时课上了一半，他会突然宣布，全班排队到外面去活动。具体的活动内容已经忘记了，大约是到墙子河边去散步吧，反正与英语无关是肯定的。他教英语，大不注意死板的文法，而着重阅读与朗诵，还有就是教我们唱英文歌，这可是经常的，每次上课都要唱。到今天我还记得一首歌的词句和唱法：

Row, row, row your boat, gently down the stream, merrily, merrily, merrily, life is but a dream.

这大约是，我平生会唱的、得自恩师传授的唯一一首洋歌，儿歌。

这样的教授方法，在南开的主管人看来，大约总不免有些离经叛道，不过很奇怪，并没有听到他的饭碗曾受到过怎样的威胁，他在学生中间的威信倒是颇高的。他常和同学一起打篮球、打网球，有几个月还和同学一起在大饭堂里包饭，挤在八人一桌的台面上用不够文雅的方式吃饭。当一本小小的文艺刊物《水星》在北平创刊时，学校校园里出现了一些征求订户的小纸条，下面写着“本校西楼”和他的签名。

回忆起来，早在中学时代我就有了买书的癖好了。学校外面有一家“会友书局”，专门经售文学读物和期刊。我是每天必去，而且总要抱两本回来的。不久，宿舍床头的木板架上，就排满了新书。记得有一天，李林先生把我叫到他的宿舍去，相当激动地问我，是不是买了不少新文学的书。然后就告诉我，一个姓傅的“辅导干事”当我们上课时去宿舍查了房间，翻检了我的书物，而且作为一种“危险情况”在教务会议上提出了。他说，他在会上和这种“荒谬绝伦”的意见激烈地争辩了一通，对这种侵犯学生自由的行为进行了抗议。他有些口吃了，说明他的激动还不曾平静下来，而且可以看出，他虽然勇敢地战斗了，但并未取得胜利。结局大约总是不了了之。他最后告诉我要小心一些。对他的警告，我当时是并不理解也不重视的，心想买两本书看有什么了不起，学校的图书馆里不是也添了这些书而且用硬纸板装了封面在出借吗？但对他的出面主持正义则是感谢的。觉得他和别的老师不大一样，他是和我们站在一起的。

我回忆这些旧事，希望为读者理解《家》这本作品提供一些资料。当时也想说明，照我看，李林先生和《家》里的觉民实在并不是一个人，他比觉民还要更大胆、更活泼，对旧的传统有更多的叛逆性，他还会做出更多使读者精神一振的事来。

不知怎的，又想到了《红楼梦》。

关于《红楼梦》的争论，可谓多矣。而且不只过去争论得热闹，将来的争论肯定还会更加热闹。过去一段时期，人们正确地批判了一种荒唐的论点，那就是把曹雪芹当作太史公，把《红楼梦》当作由“宝玉列传”“林黛玉列传”组成的《史记》。这是只有有着“历史癖”的特种学者才说得出的昏话，对这种昏话不加批判是不行的。不过事情往往不是一帆风顺的，半路上有些论客出来打诨了，他们把本来是不错的意见一个劲地推、推、推，终于推进了荒谬绝伦的所在。谁要是对曹雪芹的身世、经历，他所生活的时代、社会，做一些深入的研究，特别是与《红楼梦》做一些对比的研究，他们就气急败坏地喊道，“复辟了！这种复辟太典型了！”这些论客和“特种学者”实际并没有什么不同，花样尽管翻新，目的原是一样。把一部伟大的作品封闭起来，加以取消。不过如此而已。近六十年前，鲁迅先生在《中国小说史略》中就对曹雪芹的创作《红楼梦》说过这样的话了：

“盖叙述皆存本真，闻见悉所亲历，正因写实，转成新鲜。而世人忽略此言，每欲别求深义，揣测之说，久而遂多。”

这是十分平实的说法，经六十年岁月的检验，已证明是非常正确的说法，特别是经过某些论客的疯狂践踏之后，回过头来看，更感到这种说法的可贵，因为它是实事求是的。

我并不想拿《家》和《红楼梦》对比，不过我觉得两者的产生过程确有某种程度的近似。巴金如果没有他最初十九年的生活，没有那些他所深爱、深知的亲人，没有使他坐卧不宁的激情，那么《家》的产生就是不可能的。这就是我经过思索以后得到的简单结论。至于小说家不是摄影师也不是太史公，则是属于常识范围里的事，这里可以节约加以论述的篇幅了。

不久以前巴金在闲谈中说起，他的大哥和三哥（李林）寄给他的信，他曾经保藏了多年，订成了厚厚几册的，十年前由他自己亲手毁掉了。他说，他是不想落到“四人帮”爪牙的手里，成为“展览”的资料。他说这些话的时候一直都在微笑着。这些信已经毁灭了，他们的影子却清晰地留在《家》里面。作品自有它的力量，它会生存下去的。不论是怎样的“英雄”，对此都将无能为力。

三

1956年我到四川去旅行，过成都时曾去访问李家的旧宅。不记得那地方已经改为一个什么机关了，只在大门口张望了一下，远远地看了可能曾经是巴金的卧室和书房的屋子，就走开了。我没有走进去，没有去看花园，没有去凭吊鸣凤自沉的湖边“遗址”。这就证明我的“历史癖”并不太深，头脑也还比较清醒。不过我当时确是有着一种小小的计划，我想，如果要认真研究巴金和他的作品，不了解成都的种种是不行的。我在成都住了一个月。看了不少川戏，看了廖静秋的《归舟投江》，这是一个很有才华的演员，当时已经身患不治之症，但仍严肃地坚持舞台工作。巴金很尊重她这种工作精神，他和几位四川的全国人民代表大会代表给“人大”写过一封信，提议给廖静秋拍一部舞台纪录片。信里有这样的话：“现代科学还不能保存她的生命，但是可以保存她的艺术。”后来她留下了一部纪录片。不久以后廖静秋逝世，巴金写过一篇纪念她的文章。从这件小事也可以看出巴金对川戏的感情。

在《家》里描写过五十年前川戏演员生活的一些小小侧面，在另外的文章里他还做过更详细些的说明，看来那时候四川演员的命运和《金台残泪记》这类作品里所描写的北京演员差不多。巴金对这些被侮辱与损害者是同情的。这一点，过去巴金的研究者似乎都没有加以注意，可能就是因为人们对这种社会现象缺乏必要的了解。不过1956年的成都已经再也找不到这种历史残迹的余痕。访问老演员也很难获得这样的材料。我看过《打红台》后访问了著名演员面娃娃（彭海清），他谈了不少表演和川戏流派，使我增长了见识，但他并没有谈旧时代演员的生活，仿佛这一切都真的一去不复返了。在成都，唯一使我感到满意的是发现了一个别有风味的舞台，当时它还被使用作一个主要的营业性剧场。它是在一个旧宅的花园里，舞台不大，池座四周有朱红的游廊，外面就是花园，大约只能接待几百个观众，在这里我看了《抢伞》《辩钗》……这些节目，感到环境和演出十分协调。我想《家》里描写的公馆里演戏那种场面，大抵就差不多是这样子。

巴金是很喜欢川戏的，川剧团旅行演出路过上海，总有些演员到他家去做客。不管是老演员还是年轻演员，都像熟人似的和他随便谈话。川戏在许多地方都赢得了不少热情的观众，其中不少还是狂热的爱好者。碰在一起就热烈地谈起来。在这种场合，巴金只是微笑地听着，把“内行评论家”让给旁人。他在《谈我的短篇小说》的末尾说：“我从小时候起就喜欢看戏。我喜欢的倒是一些地方戏的折子戏。我觉得它们都是很好的短篇小说。”他举了川戏《周仁耍路》的例子，做了分析，指出这完全是中国人的东西，从人民中间来的东西。他赞颂了我们深厚的传统。从这里可以看出中华民族优秀的传统文化给作家的哺育，而这也正是研究者往往忽略了的。

巴金有着非凡的记忆力。50 年代初，有一次饭后闲谈，他兴致很好，随口背诵了好多篇古诗，包括《长恨歌》《琵琶行》这样的长篇。那时我正在起劲地买旧书，他托我顺便给他找一部旧版的唐诗选本。记得后来找来了一部《批点唐诗正声》，选本并不高明，不过是明万历刻，棉纸印的。巴金喜欢买书，但从不买线装古书，这部《唐诗正声》，大约在他的藏书里算是很别致的了。他还托我从相熟的旧书店里买过一整套《绣像小说》。《老残游记》就是最初在它上面发表的。此外还买过全套的林译小说……这些都是他年轻时熟悉并喜爱过的读物。他摩挲着这些书时，表现了非常的喜悦。我记起他在《忆》里的一段文字。当他还是一个孩子时，晚上在清油灯下，跟着母亲读他自己手抄的词，这是个非常美丽动人的场景，它使我想起龚自珍的《三别好诗》和诗序。龚自珍说有三位文学成就并不太高的作者的作品，却是他一直深爱的，那原因，“以三者皆于慈母帐外灯前诵之，吴（梅村）诗出口授，故尤缠绵于心，吾方壮而独游，每一吟此，宛然幼小依膝下时。吾知异日空山，有过吾门而闻且高歌、且悲啼，杂然交作，如高宫大角之声者，必是三物也”。龚自珍在这篇诗序里表现了他独有的文学特色之外，还表现了更重要，更真实的东西。

巴金的《家》里有两个真实的人物。一个是他的大哥，这是读者都知道的。还有一个呢？我问过他。他说：“是我的祖父。”

1956 年路过重庆。抽空到“米亭子”去了一次。抗战中这里曾是旧书店的集中地，此刻是冷落的多了。旧书店只剩下两三家，货色也少得多差得多。我在散堆在门板上的烂书中间，无意中抽出了两本薄薄的诗集，是民国初年成都相当精致的小字刻本。我从书末校刊的后裔列名里发现了李林和巴金的名字。我知道这该是他的祖父的诗集了。带回上海，给巴金看了果然是的。

高老太爷和冯乐山这样的人物，在1956年的成都，恐怕已经再也找不到一个标本。因此想领教一下他们的“风范”，是困难的。但我在成都市上还是买到了《诗婢家笺谱》，买到死去不久的赵尧生（熙）的诗集和木刻小本《情探》。此外，他们的遗迹在四川各地一些名胜所在的刻石上，还留存着不少。他们有着那个时代一切遗老的共性，同时也有他们地区性的个性。就是这样一些确实无疑的地主阶级代表人物，也还是复杂的，不像“四人帮”论客们想象的那么简单。

赵尧生的写出了《情探》，就是一个例子。我没有用《焚香记》和《情探》比勘过。据说两者是大相径庭的。《情探》是鬼戏，是为江青之流所切齿痛恨的鬼戏。但自从三十二年前读了鲁迅先生的《女吊》一文以后，我就对诸如此类的一切高论产生了“免疫力”。无论“‘前进’的文学家和‘战斗’的勇士们”唱出了怎样慷慨激昂的高调，一概当作“呆鸟”的嘶鸣。现在看来，这种认识又十分不够了。他们哪里只是什么“呆鸟”而已呢？这又是我近来的一点小小的进步。

在我看来，《情探》里的焦桂英实在是一个带复仇性的、很美也很强的鬼魂。如果人们不是同情、反而责怪她，斥责她的斗争手段卑怯而不科学，那么，照我看来，简直就和手执核子武器，却在嘲笑第三世界人民手里的雕弓与匕首者异曲同工，实在已经大大高出“呆鸟”之上了。

为什么冯乐山，或至少是冯乐山的诗友会写出《情探》这样的作品来呢？这就是使我感到问题并不那样单纯的因由。

1956年在成都的日子里，我还访问过《死水微澜》的作者李劼人，访问过“商场”的旧址，设法吃了有代表性的川菜如“开水白菜”之类，在少城公园吃过茶……目的是想写一篇探索《家》的时代背景那样的报道，可是这个题目非常困难，时间又迫促，终于不曾写成。

过去，我也曾和朋友合作，用这种不太聪明的方法研究过《红楼梦》，不料却成了“典型的复辟活动”“繁琐考证”的标本。我一点不明白，为什么一碰上“考证”，江青、张春桥之流就像被掘了祖坟似的发狂、发怒、发抖呢？他们为什么疯狂地反对写真人真事的作品？似乎这些都是不可理解的。现在可是悟出一点奥妙来了。

鲁迅曾经在一篇文章里描写过他婴儿时代曾经戴过的银饰，上面镶着尺、剪刀、算盘、天秤之类的小东西。这是被当作避邪的法宝的。为什么呢？鲁迅解释道：“中国的邪鬼，是怕斩钉截铁，不能含糊的东西的。”对同样的事物，鲁迅对日本朋友增田涉也解释过：“总之，这些东西，都是为了弄清事物的。可见中国的邪鬼，非常害怕明确，喜欢含混。”考证这东西，终极目的也不过是为了弄清事物。邪鬼之见而生畏，因畏生恨，非灭此朝食不可，不是明明白白的了么？

鲁迅后来为了探究和好奇，从30年代上海的银楼里买来了几乎一式一样的银饰，叹息道："奇怪得很，半世纪有余了，邪鬼还是这样的性情，避邪还是这样的法宝。"现在是距离鲁迅发出这种慨叹又已过了半个世纪。中国的邪鬼的性情是否有了什么改变，也正难说得很。世间大约没有什么永久不变的事物，我想，至少比起它们的前辈来，今天的邪鬼已经变得更为伶俐，只是银饰式样的法宝，已经难以制服。但无论如何，斩钉截铁，决不含糊，这样的原则，在邪鬼不曾完全消灭之日，总还是适用的吧。

四

1946年秋我从重庆回到上海，到霞飞坊（现在的淮海坊）五十九号去看巴金，这已经是李林先生逝世的半年以后了。巴金和萧珊就住在三楼李林住过的书房里，这时他们已经有了一个不满周岁的小女儿——小林。现在是小林自己也有一个小女儿了。一次，我从一面走动一面讲话的小林的侧面，又看到了李林的瘦削、带了分明轮廓的深深小酒靥，我想，有些似乎已经永远失去了的东西，也还会在无意中出现……

霞飞坊的房子的开间不大，三楼临窗放着一只书桌，铁床放在后侧的角落里，其余的空隙全部被装玻璃橱门的书架占去。书架布置得曲曲折折，中间留有可以侧身走过的通路，就像苏州花园石假山中间的小径似的。书架里绝大部分是外文书。二楼的一间是朋友让出来的，是吃饭、会客的地方。

写完了《寒夜》以后，巴金没有再写新的长篇。这个时期除了翻译以外主要是做编辑工作，还有就是读书。客厅里客人来往不断，他有时陪客，有时就躲到三楼上去。有时来了客人，喊他下来，他就披着一件半旧的人字呢夹大衣，手里捧着一本书，眼镜推在额上，从楼梯上走下来。一面招呼，一面嘴里还咿唔地说着什么。自然，这时的来客一定是熟人。

这时他们的生活过得还算平静，经济来源似乎主要靠巴金在开明书店的版税收入，他的一些主要作品都交给了开明。在那些日子里，物价一天一个样子，甚至一天早晚也是不同的。书店的版税隔一段时间付一次，还是期票。领取版税，买回生活资料，则是一场紧张的战斗。我曾经协助过萧珊进行过这样一次“战斗”。我们一早赶到书店，取到支票，立即赶到一个在银行里工作的诗人朋友那里去贴现。领到用线绳扎起的一捆捆污秽的“法币”，借了一个小口袋装了，又立即跳上三轮车。按照事先的计划，飞快地把这换成一些日用品，才长长吐一口气，安心了。整个过程只需要很少一点时间，但毫不夸张确是一场战斗。在当时以笔墨为生者中间，有进行这种战斗的幸福的人是不多的，不，应该说是绝无仅有的。

巴金是怎样工作的？我说不大清楚。他总是一个人躲在三楼的卧室里工作的，而且多半在夜里。他做有关编辑的一切工作，有时还看校样，连插图、装帧都要管。他有一本外国印的厚厚的讲装帧的书，里面收了许多文学书的封面、扉页……文化生活出版社的《文化生活丛刊》的封面设计，就是从那里面取来的。他十分看重插图，有时为了一个译本要搜集两三种版本的不同插图。平明版的契诃夫短篇集的封面题字是捉住靳以挥毫的。巴尔扎克的几本小说的开本、装订，则是仿照了法国的出版物。自然并不是什么豪华版，但素朴、大方，自有风格，装订也认真。这套书后来重印时变成了硬纸面的“精装”，我看是反而“雅”得有些“俗”了。

巴金当了十几年编辑。他最早年编成的两套书是“文学丛刊”和“译文丛书”。“丛刊”一共出了十辑，鲁迅的《故事新编》就收在第一辑里；“丛书”的第一种也是鲁迅译的果戈理的《死魂灵》。这是这两套文学创作和翻译丛书的光荣。鲁迅先生用他晚年的最后两本书，支持了这两个新创办的丛书，这件事本身就带有一种传统、接班的意义。十多年前我在一次闲谈中问他，在他看来，中国的文学译本哪一种是最优秀的？他的回答是，《死魂灵》。我是同意这个判断的。我说不出什么系统的翻译理论上的根据，但我相信，翻译果戈理，比鲁迅更出色的译者，恐怕是没有了。

九年前张春桥曾经对一些搞“调查报告”的人发过一通“指示”。张春桥对列宁的只从经济上划分阶级十分不满，他要“发展”列宁的理论，他主张要从政治标准的角度考虑问题。张春桥把一大群人都定为资产阶级之后说，巴金算什么阶级？这个人实际上是个资本家。张春桥举出的理由是巴金家里是大地主，而自己则开过书店。

张春桥的“指示”提醒我们，巴金在文学编辑、出版方面所做的工作，是引起了这个帮的密切注意的。

手头没有“文学丛刊”，也没有“译文丛书”，说不出真确的统计数字。根据我的印象，这里出现的作者，已知名的和新人的比例至少是一半对一半，有时甚至是三与一之比。有许多有成就的作者，当他们在“丛刊”中露面时，都是不折不扣的新人。这样的编辑方针，怕不是一个精明的出版家所能同意的。巴金居然这样把书店开下来了，居然有了成千上万的读者，同时还涌现了一批优秀的作者。用张春桥的理论加以衡量，也可以算是一个奇迹。

写到这里，看到巴金在《人民日报》上发表的纪念何其芳的文章，引起很多回忆。何其芳最早的一本诗与散文合集《画梦录》，就收在“文学丛刊”第一辑里。《扇上的烟云》就是这个集子的代序。这是一本薄薄的集子，全书也不过只有几万字吧。作者当时还是“一个穿长袍的斯斯文文的大学生”。今天的读者恐怕很难想象了，这样一本小书，在当时曾经引起过怎样的影响。就在其芳先生称之为“制造中学生的工厂”的那所学校里，它引起了毫不夸张的一种震动。人们传说着，一颗文坛上的新的彗星出现了。不久以后，同学们又以怎样的热情迎来了这位年轻诗人做自己的先生。我没有被分在其芳先生的班上，没有听过他的讲义，但自《画梦录》出现以后，我就是他的一个忠实读者，而且在以后学习写作时，总是记着这样一位先生。他后来所写的一些散文，《呜咽的扬子江》那一套旅行记留给我的记忆尤深。这些文章都收在《还乡杂记》里，这本书最早的版本在封面上却大书着《还乡日记》。这本书的样子到现在我还清楚地记着，虽然书是早已失去了。

“文学丛刊”第一辑还给中国的读者和观众介绍了曹禺和他的《雷雨》。这以后又在接下去的几辑里介绍了《日出》《原野》《北京人》……我从“南开同学录”里还查到曹禺的名字，他是1928年的中学部第二十一次毕业生，还知道他有一个别号“小石”。

我手头没有“文学丛刊”，无法，但也没有必要提出更多的作家和作品了。当然不是说这里出现的都是“篇篇锦绣，字字珠玑”，但它在中国现代文学史上留下的痕迹，却是张春桥之流无论如何也抹杀不掉的。

我看见过巴金那张不大的书桌，那上面堆放着怎样零乱的一大堆书报、原稿……但我没有看见过他在这张书桌上工作的情景。不过我知道，他把生命的多大一部分消耗在这里了。今天，巴金的头发已经完全白了。每次我看见他，看着他那满头的银发，总会产生一种异样的感觉。1962年他的头发还是全黑的，使他的头发变白的，并不是四十年的工作，而是别的什么东西。我知道，这里有着一部没有字、或还未写成字的书。最近我还听他说起要写这样一本小说，我知道他不是随便说的，他是会写出来的。

巴金和他的哥哥李林在性格上是很相近的。无论是谁，和他最初接触时产生的矜持，总会在短暂的时间里消失，就像冰块遇见火一样。他当然不是一个演员，也没有受过什么交际训练，他甚至在这方面常常表现得相当笨拙。他有着一种特有的、完全不是造作出来的坦率与真诚。这实在是很有力量的。三十年前我称他先生，今天我还是称他先生，习惯了。这当然不是平常泛泛的敬称，可是我从未在他身上发现某种前辈的气息。和李林一样，他是自己的学生，后辈的朋友。

1947年，我在工作的日报被国民党封闭了，一时失去了写作和发表作品的地方。

这时，巴金把李林没有完成的威尔斯的小说《莫洛博士岛》的译本交给我，鼓励我把它译完。我向他声述我的语学素养不足承担这样的任务。他只是简单地微笑着说了些什么，就使我不能再表示反对。当然，我的天真与勇敢也是起了作用的。这以后，同样在他的鼓励、提示之下，我还译过另外几本书。这些都是不成气候的译本，但想起这些总会给我带来一种温暖，因为它们的出现是在被缴了械以后的事。也许可以不大恰当地比作“地下工厂”的出品吧。即使是被大石头紧紧压着，小草也还会钻出地面，生长、发育，石头再大再重，对水分和阳光是无能为力的。

和李林的冷静孤介不同，巴金是更为热情的。但这只不过是外表上的差异。在谈天的时候，对一件事，一种社会现象，他常常会激动地发表意见，说得很多。往往说不下去了，就皱起眉用断续地“真是，真是……”结束。多少年来他一直保留着这样的习惯，他现在是年过七十，满头银发的老人了，也还是这样，一些都没有改变。有时会感到他比过去激动得更厉害。谈论的事情有时是很细小的，但引起激动的因素却并不细小。他不可能是一个好演说家。他常常面对不少听众发言。这时他往往读他自己写好的稿子。就这样，听了还会使人激动。主要原因是他说了真话，说了人们所关心的一些重大的问题。二十年前，人民文学出版社出版了十四卷《巴金文集》。这是他自己编的，收进了解放前的全部作品。对这一套“文集”，“四人帮”的评价是“邪书十四卷”。也有人认为，编得不太谨严，把什么文章都收进去了。这也许是有道理的。不过我总觉得，把自己几十年来所写的一切，全部展现在读者面前，这事情本身就是了不起的。这需要惊人的坦率、勇敢。这件事，很好地说明了作为一个作家，巴金身上最本质的东西：正直。

五

巴金写过好几本旅行记，这些都收在“文集”的第十一卷里。他还说过“我爱旅行”这样的话。

我不大清楚，在中国文学传统中，哪些算是正宗的“游记”作品。像《徐霞客游记》那样地理学家的著作，我是不喜欢的，只是作为科学家的调查报告，加以尊重；柳宗元写的山水记也是有名的，我同样不大喜欢，觉得它还不及也是科学著作的《水经注》的有些片段写得好；柳宗元的追随者在千余年中所写的大量刁钻古怪、费尽心机的“游记”，我也同样地不喜欢。

巴金的“游记”作品，大概也不能称作正宗的“游记”。他的确描写过不同地域的风景、道里……但对古迹、名胜、土产……这些却毫不在意，在旅游事业蓬勃发展的今天，怕是不能满足旅行爱好者的要求的。在他的“游记”里，依旧是平凡的人物的生活和他们的快乐与痛苦的记录。小说家写游记，大抵总会写成这个样子的，我想。

解放初期巴金参加了老根据地访问团，我是随团的记者。在一个多月中间，走过济南、沂南、镇江、扬州、盐城、兴化……许多城镇；工作之余，也抽空到过一些地方，不过这大抵并非名区、胜景，说来可笑，只不过是找个什么地方去喝茶、吃东西而已。

在济南，一天中午，我们走到一个地方去吃午饭。这家饭馆很别致，大约也颇有名，可惜记不起它的名字了。这是一个大园子，外面有围墙，十分破败了，进门以后就远远看到一个很大的水塘，塘侧是一座水阁，看起来是上百年的建筑物了，也许还不止。水阁楼上临窗有十多张桌子，空落落的只有我们两个顾客。坐下来就正好望着那个水塘，倒是十分出色的。济南著名的鲤鱼就养在塘里。这里的名菜就是什么×鲤鱼。

这实在是一个出色的饭馆，比起杭州的楼外楼，要好得远。

著名的鲤鱼的味道，今天一些都说不出了。只记得我们在走近园门之前，在路侧看到的两座石碑。并非近时的制作，雕镌也颇工致，一座碑上大书道“秦琼故里”（秦字上面可能还有“济南”二字，记不真了），另一座碑上好像写着有关“三十六友”之类的字样。

在楼上落座以后，第一件事就是向堂倌打听山东好汉秦琼的故事。他十分严肃地告诉我们，秦叔宝的故居确在这左近，而我们现在坐在上面的水阁，就是有名的“三十六友”结义之处的“贾家楼”了。我们也很严肃地听取了他的说明。

在吃着著名的鲤鱼中间，记得我们曾经进行过有趣的讨论。

当时议论了些什么，也完全忘记了。只觉得碑文非常有趣而已。

济南是有不少“古迹”的，我们没有去访，却在全然无意中碰到了这个似乎不曾有人提起过的“名胜”。

另外一次是在扬州。住在招待所里，偶然出去走走，在邻近不远的地方发现了一家茶馆。这茶馆是很特别的，大约是过去一处私家园林。从狭狭的弄堂走进去，走进一座小小的门。里面是曲曲折折的游廊。扶疏的花木，和小巧的厅堂轩馆，这些也都久未修饰，颇为荒落了。但花木还在的。别致的是茶座就安置在每个能放得下小茶桌的地方，疏疏落落，星罗棋布，吃茶的人很不少。这很引起了巴金的兴趣，四川的茶馆是有名的，花样也很多，但像这样的茶馆却没有见过。于是就坐下来喝茶。这家茶馆的名字是“富春”。后来知道是个有名的地方。不但卖茶，还有点心，点心的花样也真多。每样试试，没有非凡的胃口是不行的。味道也很好，我记得有一种特大的包子，用香菇和其他材料做芯子，是非常出色的。平常多看见“维扬细点”的市招，这次才算真正得到一些理解。我们就这样坐着喝茶，吃点心，谈话，忘记了时间，一直坐到招待所里的人找我们回去吃晚饭为止。

这些小小的愉快的回忆，也许可以帮助说明作家生活的一个侧面。多年来，我不记得他曾主动提议过到什么地方去旅行，去看戏，逛街……有时也偶尔出去吃杯咖啡，但咖啡究竟不如沱茶的有味，不能一次次地泡下开水去。我想可能是因为，我开始认识他的时候，他已经是个中年人了。

最近，当他的生活又开始忙乱起来以后，因为感到疲倦，打算到杭州去住两天。我问他想玩些什么地方？他眯起了眼睛，愉快地表示了他的希望，想到西冷印社旁边的茶座去喝喝茶。他从杭州回来以后，告诉我坐了一部车子跑了很多地方。我想，这大概不是他所希望的休息方式。不过他最后说："还好，最后到了虎跑，喝了茶。"

如果说喝茶是巴金的嗜好的话，那也许是可以这么说的吧。

他也确实还有别的喜欢的事物，那就是书。他喜欢买新书，更喜欢买旧书。这里所谓旧书是指旧的外文书。上海过去很有几处可观的外国人开的旧书店，解放后另出现了几家，经营者大抵换了中国人。我陪他去跑过几次旧书店，他的兴致总是很好，当拿到一册好书时，眼里就会闪烁出异样的欣喜与光彩，用手提起厚厚一叠书时，也显得毫不吃力。我记得他曾买到过红色布面的蒲宁的全集，非常喜欢；还有一些旧俄作家的文集，还是十月革命前的版本，这都可以算是善本了。可惜我对此缺乏起码的知识，说不出更多的细节。记得有一次，他取出一册新得到的英国印莎翁戏剧人物图集给我看。虽是第二版，却也十分名贵了。那是彩色印的铜刻画，只有十幅左右，实在是美丽极了。巴金后来迁居到现在的住所，搬家时我曾自告奋勇去帮忙搬书。我看见堆在楼梯上下一捆捆的书，我实在只不过搬了两三捆。

巴金曾经珍重收藏过一些名贵的作家手稿。他给我看过鲁迅先生的原稿《选本》，还是寄给在北平出版的《文学季刊》的稿子，那真是一件艺术品，通体几乎没有什么改动，用毛笔写在印格的毛边纸上的。还有鲁迅先生《立此存照》的手稿，写在小幅的宣纸上，其中的引文，就从原来的报刊上剪下，贴在文稿中间。这使我明白了鲁迅文章中经常提到的“剪而贴之”的真相。还有先生在宣纸小幅上手书的“凯绥·珂勒惠支版画选集”封面题字，古朴如晋人碑版。这些，后来都已赠给了鲁迅纪念馆。巴金还为北京图书馆的手稿特藏部搜集了不少大部头的创作、翻译手稿。

一个作家对书物的感情，是很难用几行文字做出满意的表达的。鲁迅先生曾经讲起，一个文人节衣缩食去购买书籍，那心情正如绿林英雄的不惜重资买进盒子炮。大概也确是如此的吧。可是，这样平凡的事实，后来一度竟变成了难以理解的玄思妙想。几年前一些“四人帮”的打手、爪牙就曾理直气壮地质问我：“一个人有几本书，是平常事。可是你却有这许多，想干什么？搞囤积么？”

这难道是吴敬梓或斯惠夫脱他们编造出来的么？不，这是真实。他们哪里想得到、写得出，我不相信世界上会有这样的天才。

六

巴金在“中国文学艺术界联合会第三届全国委员会第三次扩大会议上”的讲话中提到，“四人帮”说他在1962年上海文代会上的发言，《作家的勇气和责任心》是“反党、反社会主义的大毒草”。关于此案，我知道一点故事可以在这里说一说。

揪出、砸烂，并深入揭批“四人帮”，确是一场惊心动魄的政治大斗争、大革命、大胜利。通过近两年的工作，人们对“四人帮”是已经获得了一个概念的，不过还不够完整、深入。譬如说，“四人帮”的形成，以及它的流毒和余孽这样的问题，就都还值得深入研究。

姚文元这个角色的发迹并不太早，距离他的覆灭前后不过二十年，但一出现，就以其非凡的特色引起了人们的注意，其变化之快速也着实可惊。从吧儿到疯狗，演化的过程并不需要多长时间。姚文元很早就已获得“棍子”的声名了。人们送给他这个徽号，本已表示了明确的态度，没有必要添加多余的形容词。形容词是后来由江青补加的，叫作“金棍子”。

巴金1962年的那篇发言的确涉及了“棍子”，虽然没有指名道姓，但人们一听就会联想到姚文元，这正是十分自然的事。记得那是一个很好的春天早晨，巴金发言以后，会议休息，人们在草地上散步。有很多朋友围着他谈笑。大家都说他讲得好，我却觉得他当时做这样的发言是冒着很大的风险的。巴金爽朗地笑着回答人们的问候，好像一点都没有什么。我想起他的发言的题目里有“勇气”字样，我想这确实需要一点勇气。

过了没有几天，上海文联举行唐代大诗人杜甫的纪念会。我赶到上海艺术剧场时迟了些，会议已经开始了。就在最后一排空着的位子上坐下来，我看见巴金还有几个别的人正坐在主席台上。不一会又有一个人进场，一屁股坐在我旁边，他不去听台上的报告，也不向左右张望，忙不迭地从袋里掏出一册刚刚印好还没有发卖的《上海文学》，翻开第一页就在暗淡的壁灯光下看了起来，打开那一页就是巴金的《作家的勇气和责任心》。

他埋头读着，读罢一段就向主席台上一看，一面发出没有声音的暗笑，露出了满口的牙，接着就又埋头去读下一段。他偶一回头，使我看到了那露出得意神色的凛然的目光。这正是姚文元。

会议开了不到一半，姚文元就站起，把杂志塞进衣袋匆匆溜掉了。关于杜甫的报告，我一个字都没有听见，我的注意全部被姚文元吸引去了。我看到了一匹窥伺着猎物的牧羊犬的全部动作，似乎也理解了它的全部心理活动。区别仅仅在于，驱使着牧羊犬的是动物猎食的本能，在姚文元这里，更多的却是仇恨。这当然是一切畜生所无法企及的。至于这仇恨的不仅限于“个人恩怨”，它还有着更为深刻的内容，那是十多年后才慢慢悟出来的。

这以后果然就出现了一些流言，慢慢地流言变成了暗流……

从1966年下半年开始，我就没有再和巴金接触。他开始“靠边”的那些日子，我有好几次看到他在淮海路的邮局里买报，看见他一个人慢慢向作家协会走去，好几次想叫住他，都抑制住了。除了在报上看到他的名字用七行铅字排进标题以外，几乎没有听到他的任何消息。“四人帮”的爪牙经常“教育”我要学会“举一反三”，“由此及彼”的本领，我也确实学会了这种本领，我从自己的切身感受里好像目睹似的看到了他的处境。“牛棚”的样式虽然千变万化，“牛棚”里的气息却是息息相通的，闭着眼睛也能想象出来。

还是不久以前，从一位朋友口中，听到了他的一件“轶事”。那是在“干校”里发生的。他和另一个人同抬一筐饲料。路经一条垅沟，失足跌了进去。连忙爬起，身上的棉衣已经湿透，眼镜也失落了。赶回宿舍换了衣服，又慢慢摸回去，摸下垅沟，在烂泥里摸，摸来摸去，还是没有，后来水退了，发现眼镜却平安地睡在沟边的草地上。

当我听着他这个真实的故事时，我仿佛亲眼看见他那缓慢移动着的身影，看见他那覆满银发的头在芦苇丛中出没……我没有话，也不想再去打听另外的故事，这已经尽够了。

这中间我又听见了萧珊去世的消息。我连去吊唁、送葬的奢望也没有，在当时，这似乎是只有在小说《镜花缘》中才会出现的幻想。何况我听到消息时事情已经过去了许久了。

又过了好一些日子，我陪从北京来的一个画家朋友去访问了巴金。画家是接受了他的一个亲戚长辈，也是巴金的老朋友的嘱托，走过上海时代他问候。更重要的是要亲自看看巴金本人，听听他亲口说的话，哪怕是几句平平淡淡的话也罢。那时候，传说那么多，人们有时就不能不求助于更为原始的手段。

那时要去看望巴金也很不容易。好像要通过什么关系。这都是那位画家去经办的。在约定了时间以后，我随他去了，这是过了七年以后我第一次看见巴金，就在那一次，我发现他的头发完全白了。

他当时只能使用原来是客厅的一间房间，吃饭、睡觉、做事、会客都在这里。贴墙的一排大书橱也还在，但却封着。那位画家朋友是以机智风趣著名的，这时却变得蠢笨了，我自己就更不必说，我很不满意自己。

我们只坐了不多时候，大约吸了两支烟以后就告辞了。走到马路上以后，我却有着如释重负似的满意心情。原来的担心解除了。我发现他的身体更主要的是精神，还是老样子。他完全没有被压垮，用“四人帮”的语言来说，这个“毒瘤”完全没有被“化掉”的迹象。他十分坚强。他告诉我他在译赫尔岑的书，已经完成了第一部。改好以后准备自己好好抄一部清稿，保存起来，他没有提到出版，只是笑了笑。我记起很久以前他对我说过，赫尔岑的《一个家庭的戏剧》是他自己最满意的一本翻译。他现在继续翻译这本厚书，完全不带排遣余年那种消极颓废的情绪，这在当时那些阴晦的日子里，原是许多老人或多或少都有的心情。我用不着对自已不满，其实用不着说什么多余的废话，我已经获得了满意的回答。

又过了两年。1976年10月下旬的一天，在挤满了欢乐人群的淮海路上我又看见了巴金。他站在襄阳公园转角处，仰头在看一张高高贴在墙上的大字报。这次我没有踌躇，在他背上拍了一下，叫了他："你好!""你好!"这就是全部的对话了。我发现他显得年轻，也许是他那天戴了一顶帽子，遮住了头发的原故。他终于亲眼看到了"四人帮"的灭亡。

现代中国史上，充满严酷斗争和胜利欢悦的不平凡的一页，终于揭过去了。

近两年中间，在祖国的大地上，发生了许多使人民高兴的事。除了使大家都感到高兴的大事之外，每人也都各有一些自己感到高兴的小事。现在，又有可能时时到巴金那里去喝茶、谈天就使我感到十分高兴。

虽然现在得不到多少人承认了，我还不能忘记我曾经是一个记者。记者有记者的习惯，或积习，总想使自己的见闻使大家也都知道，明白。下面是一些最近在巴金那里的见闻，也自然都是些小事。

有一次我走去谈天，一见面巴金就告诉我，刚刚检查了身体，心、肺……全身都没有什么毛病，看得出他是很高兴的。我知道，最近他公开做过承诺："写到八十岁我有把握。"他的高兴是有理由的。

又有一次，我走去时他正有客人。过了一会我看见他送了两位解放军出去了。这是二十多年前他在朝鲜战场上结识的战友。最近他的客人很多，大半是过去没有见过面的，有些还是从国外来的。有一次，他拔去了几颗牙齿，不好说话，谢绝了一次访问。不料从美洲来的华侨说，不要紧，并不需要他说话，只要看见他就行。

每次邮递员来时总给他带来一大堆书报信件。他习惯地把眼镜推到额上，一封封地打开来看。一边看一边说，实在应付不了这许多来信，得找个人来帮忙了。有的读者还寄了厚厚的稿子来。一次，他从枕头下面取出一封厚厚的信，告诉我这是一个日本读者寄来的。这个素不相识的日本朋友细读了他的不少作品，把自己的意见写信告诉他。他抽出信来翻出一段读给我听，是分析他的作品的主题思想的。听得出来，这不是一个职业的文学评论者；但也听得出，这封厚厚的信是真诚的，是经过认真思考以后写下的。

一个作家可以比作一棵树，植根愈深，根系铺展得愈广，树身就生长得愈粗壮，枝叶也更繁茂。这是很浅显也很正确的道理。“四人帮”一伙对许多作家的残酷迫害，最凶狠的一手就是企图把树根斩断，这是从根本上毁灭一个作家的有效方法。从巴金自己和许多受过迫害的作家的大量控诉中可以明显地看出这个事实。“四人帮”还刮过多少次“台风”，有些树被连根拔掉了，有些被吹得东倒西歪，不成样子。但多数躯干生得正，根扎得深的树终于存活下来了。他们又从人民那里源源不绝地得到滋养，千万条稚弱但生命力极强的根须又很快地铺展开来，于是老树的枝叶也日复一日发生了新的变化，我从巴金身上看到了这个事实。他阅读那些不相识的读者寄来的信时，我注意他面部的变化，这里有欢喜，有激动……我产生了一种植物学家在显微镜下观察植物根系吸取水分、营养时同样的感觉。

巴金是恢复了他的青春的，证据是他从1977年5月以来写得不少。还没有一个重新拿起笔来的老作家能与他相比。他是勤奋的，他说出了一些很好的意见。说这些意见好，是因为这是出自一个真诚的，勇敢的，关心我们伟大的社会主义祖国的命运、人民的命运的作家之口的。

衷心祝愿老树开出茂密馥郁的繁花。

1978年秋

萧珊的书

这一篇本来是早已写好了的。今天读了巴金怀念萧珊的原稿，觉得文章不能不重新改写了。三十年前我和萧珊曾经是很熟的朋友。对于她的死，我是应该用文字来表示自己的悲痛的。除了文字（尽管它是那样的无力），我还能有什么别的手段么？由于人所共知的原因，从十二年前的秋天开始，我就不再能到她家去做客，后来连她们的消息也不知道了。记得1967年春天的一个清晨，我到报社去上早班（当时我是一名运输卷筒纸的装卸工），在圆明园路北京路的转角处曾经看见过她一次。当时她和另一位中年妇女在一起，匆匆地向外滩方向走去。我发现她憔悴得多了，但灵活的举止还是旧样。她大约没有注意我这个穿着劳动服的装卸工，我自然也没有去打招呼。现在想来，这是我最后一次看见她了。

她的病和死，我还是过了很久以后从人们的谈话中听到的，当然也不可能打听那详情。直到最近，我也一直没有向巴金打听过。很早我就知道他在写这篇文章，后来他曾几次谈起，文章只是开了个头，写不下去了。在这样的场合，我不想接口，总是岔到别的事上去。我明白他的心情。我担心他禁不起这样感情的重负。直到从他手里接过了原稿，才算舒了一口气。我为老人的坚强而高兴。我相信他为我们社会主义祖国努力工作的诺言不只是说说的。通过这一篇浸透血泪的文字，我得到的是激励与鼓舞。我相信，阴暗的过去带来的必然是阳光璀璨的未来。在人类的历史上毫无收获的牺牲还从来不曾有过。

《怀念萧珊》记下的是充满了悲痛的故事，我倒想在这里写下一些欢快的记忆。自然我所知道的并不多，也不过是1946年以后十年中间的一些往事。当时，霞飞坊巴金的家——只是三层的一间书房兼卧室和二楼的一间客厅兼饭厅——曾被朋友们戏称为“沙龙”，萧珊就是这“沙龙”的女主人。每天下午和晚上，这里总是有客人，有时客人多得使这间正中放了一张圆台的屋子显得太逼窄了。客人当然绝大多数是巴金的朋友，但也有萧珊的一些搞文学的大学里的同学——她曾经是昆明西南联大的学生。不过不管是老一辈或同辈的，她都接待得好，客人们都喜欢这个女主人。她是宁波人，不过我好像没有听见她说过家乡话，她好像也不会说四川话，她说的是普通话，不够纯正的普通话。她高兴的时候，用不够标准的普通话和朋友谈笑时，真有一种生气，同时也极大地显示了她的善良、单纯、愉快的性格。她一直生活在这样的环境里。熟朋友如靳以见面时总要对她讲两句笑话，有时还打趣她，靳以是把她当作小妹妹看待的，叫她的名字时总要把尾音提高拉长，巴金也总是这样叫她的。

在“四害”横行的日子里，我一点都不了解她的处境，但那一切却都是可以想象的。我担心，她怎能忍受得住那些超出想象的折磨和侮辱？她能挺过来吗？事实已经证实，她没有能挺过来。

有时候她会显得有些神经质。那是弄文学的人所不可避免的。她常常捧着一小册屠格涅夫或别的欧洲作家小说的英译本在读，蜷着双腿偎在长沙发里细心地长久地读着。这时她就会跟着小说里人物的命运走，有时会提出玄妙的饱含哲理的问题或见解。这一切和窗外的现实是隔得多么辽远，但她提出这些来时是认真的。当她自己发现这一切不免有些突兀可笑时，就腼腆地一笑，合上书，又回到现实生活中来了。

就是在这前后，她开始译一点屠格涅夫的小说。我曾读过她最初的译稿。她还要我给她的译文润色一下。可是我哪能有这样的狂妄。她有她自己的风格，她用她特有的纤细灵巧女性的感觉，用祖国的语言重述了屠格涅夫笔下的美丽动人的故事，译文是很美的。

这就是1953年夏出版的屠格涅夫的《阿细亚》。前面附有五幅精美插图的一本小书。正因为这是一本小书，它又幸运地回到我的手里。紧接着她又译出了同一作者的《初恋》《奇怪的故事》，和普希金的《别尔金小说集》。现在这几本书的平装本和精装本都已回到我的手中，这是使我感到非常高兴的事。

这些书的译成和印制都曾为人们带来很大的愉乐。平装本是毛边的，这是有意继承五四以来最早的新文学出版物的传统。从《奇怪的故事》开始，又印了特印本。是蓝绸硬面烫金的，每种印的不多。我在印《旧戏新谈》时曾买了一些重磅木造纸做封面，还剩下了几十张，这时就献出来。巴金笑说，这拿来印书一定不好看。但印成的一百零五页的《初恋》，却实在不坏。米色布面烫金，封面是两匹马和一个坐在雪橇上的人。

……

我很惭愧，只能用这样的文字来给萧珊作纪念。我希望，她的遗译还会有重印的机会。我相信，喜欢、感谢她的劳动成果的人，在我们可爱的社会主义祖国里，并不只是一个、两个……

忆俞平伯

一

我的开始与平伯先生通信，大约是在 1940 年。抗日战争后期，鲁迅先生的遗族因生活困难，有出售先生留在北平藏书之议。风子兄等几位受许广平先生之托，去北京劝阻并处理此事。顺便也访问了平伯先生，请他写了一张字，回沪后裱好挂在书房里。我看了非常羡慕，觉得实在是写得美极了。记得写的是临褚河南的《枯树赋》。就冒昧地寄了纸去，也要求照写一张，不久寄来了。果然神采飘逸，秀色夺人。这是一个短卷，用的是染了色的宣纸。这正是我当时附庸风雅的一种表现，以为染了色的纸总显得更为古雅，其实是弄巧成拙了。这张字没有付裱，夹在一本书里，历劫尚在，真是极大的幸事。原题“丁亥夏日，黄裳先生属临，即希正之。德清俞平伯”。下钤“德清俞氏”朱文方印。此印后来亦未遗失。1983 年平老寄赠《论诗词曲杂著》时，卷耑所钤仍是此印。

也就是在这前后，平伯先生又寄来了他手写的《遥夜闺思引》，正与写《枯树赋》同时。这是一本薄薄的小册子，用珂罗板道林纸影印，用两束红毡线订成一册，别致而雅洁。用“仿绍兴本通鉴行格”纸写。版权页题“中华民国三十七年五月，再版景印共叁百册。自写遥夜闺思引第六本。著作者，俞平伯，发行人暴春霆，承印者北平彩华印刷局。有著作权，不得翻印。定价国币拾贰万元”。“伍”“再”“叁”“拾贰”等字皆空出，别用铅字红印。我不嫌琐细抄下这些，实在因为这本小册子也已是罕见的珍本了。这是一首纪事抒情的五言长诗，但不易理解。诗现收入《俞平伯旧体诗钞》中，书前叶圣陶序中说：“抗战期间，他作了一首五言长诗《遥夜闺思引》寄到成都给我看，我看了不甚了了。后来在北京会面了，他把这首诗的本事告诉我，把各个段落给我指点，可是我还是不能说已经理解了。这就是差距。”连叶圣老还不甚了了，就无论我辈后生了。不过字写得实在美，真是风神绝世。我就是当作帖看的，虽然没有临习过，也自知不是写字的材料。自然也欣赏篇中的清词丽句，觉得真是一种享受。

从此，就经常有函札往来，平老也偶尔写示所作。检点旧藏，还剩下了两幅，除已印入我的《珠还集》的一首已辑入《诗钞》外，可补的佚诗还有六首：

棠梨玉倚沁园开，一似晨妆梳洗才。
雨甚风斜和粉泪，悄无蜂蝶过墙来。

三春花草轸离忧，娄尾犹堪敌素秋。
榴蹙红巾荷透水，合昏香满小庭幽。

南都城郭夕阳残，西望谯门指点间。
向晚青连江上驿，居然重睹六朝山。(此纪梦之作)

佳游多半凤城西，出郭应知往迹迷。
桃瓣凋零新杏蕊，夕阳含雨又凄凄。

落英无主任风飘。飘堕泥中色尚娇。
重见红芳春烂熳，轻翻胡蝶恋花梢。

畸微名姓写春波，伫久河桥眼倦搓。
惆怅兰桡归未定，海云消息近如何。

二

1950年我到北京，曾到老君堂访问。这是我与他首次相见。当时我在报纸编副刊，就顺便向他约稿。他当时经济情况好像不大好，也想作文换点稿费，但苦于没有题目。我就提出他早年所作《红楼梦辨》绝版已久，大可修订重写。他欣然答应了。于是后来出版的《红楼梦研究》的开头几章就在我编的副刊上发表。我还保存着几页原稿。他是不喜欢用稿纸的，随手抓着什么纸就写，大笔行草，辨识不易。不料竟因此而引起后来的一场轩然大波，这是我至今还觉得歉然的。这事他也还记得。我在《榆下说书》中曾引用他1950年一信，谈《红楼梦研究》出版经过，他读后给我的信说："引弟五〇年书，可知重印《红楼梦辨》只为经济，与政治无关。可供谈《红》资料，亦第一手资料也。"

这以后就是二十多年的暌隔，音信不通，直到70年代后期，才又恢复通信。检点手边尚存的残零书札，竟还有二十来通。最早的可能是下面一书：

> 黄裳先生：奉五日手教，多承奖借，不胜愧荷。而谈言微中，窃有喜焉。三十年真如弹指，而世变之亟即在其中。曾有《鹧鸪天》云，"正道沧桑寄此身，飘零文字水萍因"。诗稿八卷，佚于丙午，前尘往事，过眼飘风，不复。
>
> 措意焉。缀辑词稿仅得数十首，亦不甚完全而所失不多。若海外印成，缘法亦可喜也。书中言往岁为公写字，均已不存。涂鸦何足惜，风雅意之惓惓焉。附奉前年所书南洋复制《如影》一册博笑。匆匆不尽，即候撰祺。平伯，三月十三日。谈《红》大作惜未得读，又及。

《如影》是他手书的近作，在新加坡复印，其中颇有斥责动乱中群丑之作，是诗人晚年干预生活直抒胸臆的作品，并未收入《旧体诗钞》。1960年以后的诗，作者是想另编一集的。从这时开始，我就又向他索书，前后所得不少。但已不再是早年的面貌，转为苍劲朴厚。1980年6月12日信说：

黄裳兄：惠两函次第收到。冗病迟答为歉。周姜二集皆珍品，容留读再奉上。谢刚主曾来，示之，伊更赏白石集，云难得。弟于版本是外行，其鉴赏当非虚，承惠《南湖春雨图》照片，弟夙慕娄东歌行，尤喜鸳湖曲，得之何殊珙璧，多谢多谢。近与圣翁摄影，又题俚句，一并尘览。复颂近安不具。平伯，六月十日。

又用诗笺写海棠诗一首，题为《八〇年四月海棠花前偕圣翁留影五言一首》，诗云：

海棠稍畹晚，天气渐清和，
并立花间影，心期快若何。

我藏有周清真、姜白石词集，因平老甚爱美成，所以寄去请他一看。周集是新刻，但由费寅手度王幼遐、朱古微、郑大鹤手批几满，底本多假得于嘉业堂刘氏及其他海上藏家，是很难得的。姜集则是康熙中武唐俞兰所刻，是少见著录的本子。难怪谢刚主要说它难得。《南湖春雨图》是吴梅村的手迹，上端有自书《鸳湖曲》全诗，与通行集本有异字。画为过云楼旧藏，后归上海博物馆，我设法得到了一份照片，在喜读梅村诗的人一定会大有兴趣。与此同时我还把俞氏家集两种寄去，于1980年10月19日得复书云：

黄裳先生左右：赐书及珍本多种，次第收到。其中曲园公《金缕曲》单行本。曩所未见。家姊遗诗，刊版亦早零落矣。知有损惠之意，心铭奚似。蜗居芜杂，弟亦衰病，不如仍归邺架，庶几物得其所，寒门与有荣焉。弟涉猎殊寡，于版本茫无津涯，未敢妄涂，惧伤佳品，当谨为葆存，暇日披寻，可祛尘氛，其拜嘉惠多矣。港《新晚报》（9月27日）载郑逸梅君文谈弟儿时事，未知见及否？匆答不具，即颂撰祺。弟平伯启。10月19日。

同封又一信：

书未发，展诵尊藏《裁物象斋诗钞》，有题《浮生六记》诗，集耑署名“阳湖管贻葄树荃”。按《六记》旧本，今刊俱作“贻萼”，或字误，或更名未可知，而“葄”字决不误。得校正此一字，不啻百朋，亦快事也。以闻，平又及。

三

数日后又有一信，附来《〈浮生六记〉的两个问题》一文手稿，也谈到题词人的名字，有“一字之差，关系匪浅”之语，又校正题诗异字，并推定沈三白的卒年。这一册晚清人的诗集，到了他手里，就能发现不少胜义，于此可见平老治学的严谨。

我曾从琉璃厂得到过一些旧纸，大都是从清宫中流散出来的高丽五色笺，其中有一种用小封套装起的高丽镜面纸，每只一元。不知道用途，推想可能是皇帝用的便条吧。这些旧纸因为没有字，在抄家时被放过了。就寄给他求书，他写来的是一副联语：

踏月六街尘，为观黛玉葬花剧；
相逢一尊酒，却说游园杜丽娘。

原附有小注。上联云：“民国初年，梅畹华初演斯剧，得往观场，未相识也。”下联云：“晚年于萃华酒楼座谈《牡丹亭》，拟赠以此联，而君艺名千古矣。”

此幅书于“庚申一九八〇三月”。极工致，在我所见平老的晚年书中，是极难得的经心之作。联语提到《牡丹亭》与《红楼梦》，都是梅畹华的名剧，也都是平老潜心欣赏玩索数十年的名著。绾合得实在术巧了。平老喜拍曲，尤爱“牡丹亭”，曾写数文研讨，想来他们在席上相逢时的谈话一定是欢畅的。而他对梅的倾倒与伤逝，也在寥寥数语中显示无遗。这一幅小笺，实在是可当三绝而无愧的。

我又藏有曲园致朱之榛手札九通，都是写在自制笺上的，曾托君武带去，拟持赠平老，他复信辞谢。1981 年冬一书云：

黄裳兄：久疏书候，为念。顷由华君武同志转到去岁十二月廿日手教，并蒙见示先曾祖手札九通，感谢感谢（当暂存，俟与书籍并取）。盖作于光绪癸卯以后。有一书说到先舅氏善侯赴松江省亲可证。朱公盲目而公事极精干。苏人称“朱瞎子”，有名。弟儿时闻之颇熟，未能参谒。即使见过亦忘记了。盖是道班，管牙厘局，书中故向之借小轮拖带。屡署臬篆，皆呼为臬台，是否实授，未详。弟自今岁二月七日内子病殁，心绪至劣，久抛笔砚。近为《烹饪》杂志写一文五千字，记京杭往迹，说些外行话亦可笑。匆复不具，即颂著祺。平伯。五月六日，立夏。

曲园札九通已托友人转赠新修好的苏州曲园，不知已陈列否。这封位却可当作跋语，有许多事是很少有人能知道的了。俞夫人新逝，他的心绪甚劣，又能执笔为文，可见已渐归平复。这篇刊于《中国烹饪》的长文是《略谈杭州北京的饮食》，是他晚年写得最长的文字。我已取来收入《俞平伯散文》中。下面的一信又谈到沈三白。

黄裳兄鉴：前寄奉《振飞曲谱序》稿本，谅已邀詧。昨奉惠示《拜石山房诗》珍闷之本，感谢，感谢。有关沈三白事迹，曾见近人文中征引，顷始得见原书，为幸。诗中记琉球归，似曾小住京华。其后应聘如皋，十年作幕。诗题未言何年祝寿，盖六秩也。卒年当近七旬，可补记载之缺。

近年所传悼《红》文物，大都以赝品牟名利，而诸贤评论无休，亦可异也。

前梦见一匾额，颇似小说，而义尚可通。承海外友人潘国渠君为书之。今附上照片一帧博笑。即颂冬安。弟平伯，十一月十日。

平老晚年绝口不谈《红楼梦》，但仍随时注意评论界的新动向。这里对前些年“发现”的“悼《红》文物”，干脆地予以否定，并以“考订”不休为怪，可见他的看法。所谓梦中所见匾额。为“汐净染德”四字，在可解与不可解之间。

同年11月20日信，又谈到红楼，有一节云：“弟自六六年后，即未作文谈及，惩羹吹齑，或未惬舆评，而窃自喜。公谓如何?”对曹雪芹小像真伪等一系列问题表示不介入，是他晚年一贯的态度。同年12月3日明信片中也有这样的话：“红学一名本是谐谑，今则弄假成真，名显而实晦矣，明年上海将搜辑拙作旧稿三种，所谓‘炒冷饭’，良非鄙意。属为前言，均却之，代以二诗。”

四

上海古籍出版社前后印行了他的旧作三种，把可能搜集到的文字都收进去了，对读者是一大方便。他对这种重刊旧文的办法，持“中立”态度，即不赞成亦不反对。天津百花文艺出版社拟编刊小文库，要我代选平伯先生散文，写信去问他是否同意，得复书云：

黄裳兄：久未通候，时念。欣奉来书，知百花书店将出散文选，近时通行，我对炒冷饭不大感兴味，而来者不拒，只不参加意见。今得吾兄主政，足增光宠为幸。出新意选之不蹈科臼尤佳。弟总赞成，无他见也。定后先赐选目则尤妙。来书提及译本《六记》序，是否即《学林漫录》八集所载？忆其中尚有些讹文，未知入选否？文虽短而颇自喜。总是卮言，乃承于写序时将作为线索，具见卓识，欣且愧之，固当同意，且以先睹为快也。近无写作，只有一短篇曰《虎丘·剑池》，将以原稿载《浙江画报》（明年二月）。惮繁言，总是简。承誉“切时弊”，其实是躲懒耳。编辑时如有疑，则随时示知。余不一。复颂著安。弟平顿首。十二月七日。

对于散文的编选，他还是很关心的。曾有不少信谈及，1984年1月3日有长信。

黄裳兄：二函详尽，不殊晤谈为快。各件均附还，分别答复如下。近颇重印拙作，如“选集”“杂著”等等，我持中立，不赞助也不反对；因久遭批判，不便表态。今次编选得兄主持，可谓深幸，而事同一律，亦不拟多参意见。兄放手做去，我都赞成。

一、选目同意。中有二篇可商。各处选本皆未涉及红楼梦文字。“十二钗描写”一文，曾于运动中大闹一场，入选是否有碍？盼郑重考虑，或商之出版社，如皆认可，弟不反对。文见《文学评论》，约在1963、64年左右，亦易觅。《振飞曲谱序》手头无底本，古籍新刊本杂著内有之。弟意或可不选。以此篇全用文言，昆曲知之者少，而其书又不甚佳。如“絮阁”文字不全。简谱亦不适用，而拙序勉徇作者，表示赞成，亦曲笔也。闻字数已超过，删之似属无伤，然否？《无题》二篇，冷僻难懂，承兄保存，谢谢，可入选。如查《文学杂志》期数，即可知年月，且已在原稿中注明。剪报中文字标点，稍有订正，希察。稿已久忘，读之如同隔世。尊撰“编后记”清简扼要，在千言中表达出来，尤属非易，为佩。文字小节遵命略有涂抹，勿罪是幸！

手头无稿，去岁11月有小文付《浙江画报》，云将于2月刊出，底稿尚存，附博一笑，或未宜中选也。古籍要出《论诗词曲杂著》，已见广告，样书未来，他日当奉赠。

圣兄近晤，忙于开会，精神甚健，远胜于我。所云《日记三钞》出否未详。近其长公子至善，以胆病住院治疗。匆复不尽，即贺春禧，弟平伯顿首。

从这封信中可以看出，他虽然说对重印旧作，不干预，不表态，但还是关心的。自受批判到1986年1月20日中国社会科学院文学研究所为他从事学术活动六十五周年举行庆祝会止，并没有正式为他平反，那么他的“心有余悸”就是可以理解的了。《论十二钗描写》一文是我深深喜爱的。这是他的着力之作，是一篇难得的文艺批评，在汗牛充栋的红楼赏析文字中是少见的。写得如此深入细腻，入情入理，可算得是说理文的极致。我并没有什么顾虑，也根本没有考虑到那么多，但终于因为篇幅的关系，还是删去了。《振飞曲谱序》是按照他的意见抽去了的。

五

他对用简体字也有自己的意见。曾说："用简体排，但有些字合并，令人无所适从。（如適作适，则洪适与胡適无别，亦无上下文可看），不知能酌量另铸字否?"（1984 年 9 月 24 日信）又说："《振飞曲谱序》未知收入否？假如已收入，请为注意此文末行有'仆少悦里讴'句，'僕'今简体作'仆'，而改铸不便，则不得已改'余'或'予'均可，作'予少悦里讴'，这样未免倨傲，然亦无法，以本非我意也。"（1985 年 5 月 27 日信）为一个字特地写一封信来，可见他的认真。《俞平伯散文》出版后，他还寄来王湜华所作的一张勘误表，其实错字还远不止这些。正如他在 1984 年 7 月 9 日信中所慨叹："近刊多而印刷乱，览之有望洋之叹，奈何!"

1985 年 6 月 20 日信片云：

黄裳兄：新著连翩，每荷分惠，俾快先睹，甚感。如《过去的足迹》，弟已看熟。不瞒您说，我已偷写一谈《圆圆曲》的小文，以论点含糊，不敢示友，况付刊乎?《鸳湖曲》大文正在浣诵。我初读是篇，喜其清丽，及研求本事反感空虚，盖事有难言，不得已也。知人论世，谈何容易。公谓如何？

这篇谈《圆圆曲》的文章，写好而不愿发表，我不曾读到，推想也还是怕引起麻烦，其实谈三百年前事与当前政治有何关涉，在这里不能不感到“十年动乱”留下的影响之深。关于此文，同年8月1日信又曾说及：

黄裳兄：以多病体弱，久疏音问，歉悚。于梅村诗别具新解，不虚辰伯西谛之赏音矣。若此正是“勇气”，可谓先得我心，雒诵深荷。名为“传来消息满江乡”的《圆圆曲》，虽有三题，并无一目，恐难餍观者之望，不过姑备妄说而已。盖叹惋情多，征实之词少，殆不足当姚公之一呋者。但他日固当以尘教也。

但后来并未寄来，我也终未得读。小册《俞平伯散文》出版，他是高兴的。1986年4月5日信说：“《散文》新编收到，至为感谢。‘小引’简短，清新，扼要，有仿佛另一书之感。‘金陵十二钗’固不宜阑入，于体例亦似不甚合。其短篇都有趣，最后一篇曰‘剑池’，极短，似兀然而止。后来本当还有一段谈吴诗之作意，以偷懒，怕噜嗦，惮‘商榷’之故，希亮察。其谈虎丘、说山塘，拉拉扯扯，正是引动他心事了。兄亦谓然否？”

《散文》这最后一篇，极短。初读不能懂，现在知道还有一层意思未曾说出，得作者自为说明，方始恍然。平伯先生晚年不知有多少奇思妙想，都在“惮”与“怕”之中湮灭了。真是可惜。偷懒其实只是托辞而已。这是真正的可惜，却已无从补救了。

平伯先生于去年10月逝世，噩耗传来，为之不怡者累日，想为他写一篇纪念文字，却感到无从下笔，展阅遗札，只感到人琴俱亡的空虚怅惘。我不惮烦地抄下这些旧信，不只因为这里留下了他生活思想的零星痕迹，也还是为了保存这些美丽的篇什。从苏黄以来，尺牍在中国文苑中开辟了一个新天地。历代都有作者，但写得好的实在没有几人，在简洁的笔墨中传达情愫，“惮烦言，只是简”，在这“简”中却包含着丰富的内容。他的这些短笺实在和他的“梦遇”“梦寻”是一路的，丝毫没有做作、装点，正像陈年老酒，醇厚而有余甘。他对晚辈的垂爱与期许，更是溢于楮墨。故以此文为先生纪念可也。

1991年3月10日

沈从文和他的新书

——读《中国古代服饰研究》

眼前放着一本很大很厚很漂亮的书，沈从文的《中国古代服饰研究》。我很喜欢这本书。对它的学术成就进行全面的评价，不是我的能力所能做到的，不过可以说说我喜欢这本书的理由。

1950 年 1 月底，在北京的中国历史博物馆我第一次看到沈从文。在这以前，我托朋友请他给我写过几张字，通过一两次信。他寄来的与杨金甫、张充和在一张很长的纸上写的章草现在还在手边，那是 1946 年夏天他们住在颐和园霁清轩时写的。在另一张署名“上官碧”的字幅后面，他写了一段小跋：

> 黄裳先生远道邮佳纸索书，为用李福寿笔涂抹，竟成墨冻蝇。复检旧纸经意一书，拙陋益增，始知婢学夫人，大不容易，仍只宜用起码价钱小绿颖笔，在公文纸上胡画，转有妩媚处也。因检习字一纸相寄。从文。

这多少可以看出《边城》《湘行散记》的作者在抗战胜利回到北平后的生活情趣痕迹。但两年以后又在北京相见时，情况却有了很大的变化。记得那是一个风沙满天的严冬，已经快吃午饭了，我在午门右侧旧“朝房”（？）改成的办公室里看见了他。房子很大、很冷，里面放了许多张办公桌，他就坐在其中一只的后面。桌子上堆放着很多书、纸片、碎瓷块、破泥人，正像一个荒货摊。他从椅子上站起，听我报出了名字，又转达了住在上海的一位老朋友对他的问候，他激动起来了。搓着手，不知说什么好，但说了许多。接着就一定要拖我到他家去吃炸酱面，而且反复说着炸酱面如何好吃，就像在小说里进行细致的描写似的。他穿得很单薄，围上一条围巾，我们就一齐走出了午门、天安门，跳上了叮叮当当的电车，好半天，才来到交道口。他住着两间小屋子，开门进去，家里没有人。他自己动手，烧开水、下面，搬出碗筷，请我吃炸酱面。吃完后立即动身依旧乘了叮叮当当的电车回到天安门去上班。在这整个匆忙的过程中他一直不停地说话，内容现在已经完全忘记了，但那好像好久没有了谈天对手似的印象是非常深刻的。此外，我觉得放心了。一个习惯于描写世态人情的小说家一下子来到午门楼上，整天与古物打交道，能行么？我发现他行。他不但习惯了新的生活与工作，而且立即发生了浓厚的兴趣。我发现他是个对一切留下生活印记的事物都有兴趣，都会执着地进行观察、思索、记录的人。他写小说，写不是小说的文章，都持相同的态度，一种老实、认真，几乎达到可笑程度的态度。我相信他会很好地生活工作下去，并且会做出成绩来。

沈从文是著名的小说家。在读中学时就已经读过他的许多作品了。我特别喜欢他的并非小说的作品《湘西》。这本蓝皮小书，我先后买过三次。现在手中留下的一本是1944年湘桂战局紧张时在已经变成危城的桂林街头买到的。书里的《常德的船》……都是我非常喜欢、反复读过的。七年前我给作者写信时还提到我喜欢这本小书的心情。这是一本地理书，或曰地方志，但与旧地方志可完全不同。我常想，全国各地都有这样一本“方志”才好。这是一本风俗画册，人物相册，它不是小说，但作者运用的还是那种方法，和写《湘行散记》差不多的方法。

我读《中国古代服饰研究》时，感觉就和读《湘西》一样，得到的也是差不多相似的满足与悦乐。

这不是一本结构完整的中国历代服装史，不是先有了一个严密的理论体系精细的大纲，再来搜集资料，论证成书的。它是从大量的具体的历史实物出发，进行先是个别的、然后是比较的研究，终于得到了某些带有规律性的认识。完整的、严密的体系的形成也许还是将来的事。但现已露出地表的林立的桩脚都是结实的，多数是经得起考验的，而且也已初步显示出宏伟建筑的规模。这本书最大的特点是它所体现的唯物的、从实际出发的精神。

像这样的著作，过去的学人是常常称之为“札记”的，水平高的就会成为小型论文的集合体。其间发生了有机的联系，得到贯通，就自然形成完整论著的雏形。读者欢迎这种新鲜的、丰富的、结实的论文合集，而厌弃一切只有大架子，内容却陈陈相因或空虚无物的“豪华建筑”。

这是一本开山之作，尽管还不完备，有待丰富补充，但到底有了第一本民族服饰史的研究著作了，过去我们是没有的。

这是一本充满了爱国主义精神与民族自豪感的著作，我们的先民创造了惊人繁富、丰美、灿烂的文化，作者为我们掀开了这座伟大殿堂的小小一角帷幕，使人们得以多少窥见其神光陆离、气象万千的巨丽面影，这必将激发人们热爱祖国的激情。

祖国的文化遗产如此丰富。但经过多少年帝国主义者的侵略掠夺，不肖子孙的破坏毁弃，愚妄者的排斥贬抑，已经濒于危险的境地。作者辛勤拂拭，叹赏摩挲，追溯本源，旁及支系，试探着摸出了一条路，总结出某些经验。他的工作不是孤寂的，得到了有远见卓识的领导者和同志的支持帮助，终于做出了成绩。这一切本身就是值得欣喜咏叹的。一切都证明：我们的社会主义祖国是非常有希望的，经得起无论是什么样的风雨，我们有强盛的生命的力。

读《中国古代服饰研究》，时时会感受一种“左右逢源”之乐，它会诱使你翻出另外许多本书，对读、思索，并享受“左图右史”的愉快。三十年前我们有了郑振铎编著的几种历史图谱，更早些我们有过《读史方舆纪要》，近来又有了新的《历史地图集》。这许多著作都是为了同样的目的而编写的。它们都是开创性的著作，但也无法使读者完全满足。

这本《研究》则是从前人的踪迹上所迈出不小的一步。如试将每章的研究内容各拟一题，那就将有《半臂考》《幞头考》《关于“啼妆”》《哈巴狗的起源》《足球古史征》《唐代时妆的衍变》等许多小论文。小，指的是篇幅，不是指内容含量。

温庭筠的名句“小山重叠金明灭，鬓云欲度香腮雪”，历代注家纷纷猜测，“小山”是“眉山”，也许是“屏山”，都不能使人满意。《研究》说：“唐代妇女喜于发髻上插几把小小梳子，当成装饰，讲究的用金、银、犀、玉或牙等材料，露出半月形梳背，有多到十来把的（经常有实物出土）……温庭筠词有‘小山重叠金明灭’，即对于当时妇女发间金背小梳而咏。”“也正是当时妇女头上金银牙玉小梳背在头发间重叠闪烁情形。”作者据唐人诗词、文献、《捣练图》、《宫乐图》、出土实物，做出这样的论证，是可以使人信服的，也许是可以“破千古之惑”的。

杜牧诗“轻罗小扇扑流萤”，写七夕夜晚闺中生活小景，人们一直以为这大概是写团扇那样的东西，历来的画家也大抵都这样画。但不免还是怀疑，这未免太大了一些，扑蝶（如宝钗）还可以，扑萤怕将劳而无功。作者就指出，在《宫乐图》和《唐李爽墓壁画》中都画有这种“轻罗小扇”，其实是有些像苍蝇拍子一样的东西。

唐代大诗人白居易作品中有大量历史、风俗资料，一向受到历史学家重视。陈寅恪著《元白诗笺证稿》，是其显例。但在《研究》中接触尤多，且多据实物及形象材料加以论证，更为亲切。白诗：“平头鞋履窄衣裳，青黛点眉眉细长，世人不见见应笑，天宝末年时世装。”作者根据近年大量出土材料和诗文形容结合互证，说明世人发笑的原因。作者的研究还能通观整个时代不同阶段的发展变化，指出唐代社会善于吸收融合西北各民族文化及外来文化给予妇女服装的影响，又怎样从前期的活泼健康变为后期病态的过程。元和时的“蛮鬟椎髻，乌膏注唇，赭黄涂脸，眉作细细的八字式低颦”，大约就是“啼装”的本意了。白居易并不是头脑僵化的诗人，但他是看不惯这种“出自城中传四方，时世流行无远近”的“时世妆”的，说这是“非华风”的。这就说明，应该怎样正确对待外来文化影响的问题，在唐代就曾经出现过了。

怎样将见于“舆服志”一类文献记载中的大量名色，与图画实物、陶俑……中的形象材料，一一拼合，避免差误，是非常细致繁难的工作。作者做到了胆大心细。他勇敢地判断，坚决地认定。不能想象这中间就必无差误，条条都是定论，但我们将为有了这样的初步的轮廓而高兴，这是走向更为完密准确的基础。作者在《研究》中写下许多篇独立的小论文，随时发表研究的心得，见解，但没有综合考虑，加以总结。其实他提出的问题是很多的。例如应如何正确估价实物、图像反映历史真实的程度；如何看待文学艺术作品中必然会有的夸张失实可能；如何判定文物产生时代的上限与下限……这些都是会引起热烈讨论的有趣问题。

例如陶俑和石刻表现衣服飘带或马匹鞍饰，为了制作和保存的方便，对实物原貌是有所改变的，有时就和绘画中的描写有所差异。又如艺人在创作中，是容许也可能有所夸张、删略的。怎样理解、利用他们现实主义的作品的真实性呢?又如，时代较晚的艺术家在表现早于他们时代很久的现实生活时，忠实性是会有程度的差异的。正如今天的戏曲舞台上的人物衣冠依旧基本是明代的一样，明代刻书中出现的大量插图，不论表现的是哪个时代也基本上是作品产生当时的面貌。但这并不排斥有袭用前代画稿、纹样的可能。这一类的情况是纷纭复杂的，也是必须慎重对待的。作者在碰到这些问题时都有相应的讨论和判断，是值得深入探讨议论的课题。

作者研究的对象是服饰，这就要求将形态万方、彩色斑斓的实物用文字再现在纸上。需要散文家的出色才能，不只是忠实的再现，还得写出事物活泼的情趣。这是常规的科学研究著作所不易得的特色，全书有大量美丽的插图，而文字之美，却使读者感到姿媚转胜。

现存的大量文物，都以不同情况出土或发现于全国不同地区。在研究过程中作者对种种复杂情况都做了认真的对比判断。他论敦煌、论南唐、论西蜀各章，都显示了这种特色。如他说到前蜀王建墓的石棺座浮雕时有一节分析：

> 这个石刻，虽完成于五代前蜀四川成都，但由于唐封建主玄宗和僖宗两次逃亡四川，中原艺术家先后避难入蜀的极多，蜀中历来特别富庶，手工业十分发达，并且是生产锦绣地区，受战事破坏较小，所以画面反映的和墓中其他出土文物花纹图案，还多保留唐代中原格局。

劳动人民工艺成就，健康饱满，活泼生动，不像稍后孟蜀文人流行《花间集》体词中表现的萎靡纤细，颓废病态。

这种平实的、鲜明的分析在《研究》中到处可见。作者在感叹劳动人民的惊人艺术创造之余，总是同时见到封建主的荒淫无耻。在分析研究上层人物的服饰之外也尽力反映农民、猎户、船夫、手工业工人、兵士、奴仆等下层群众的衣着与生活面貌。由于文献遗存的限制，分量上容有参差，但作者并没有把书写成一部贵族服饰史。

作者希望致力于奠定新文物学的基础，希望打破过去以文献为主的史部学研究方法，这方向无疑是正确的。全书实际上也以这部分创见最多，估计展开不同意见争论的机会也必然最多。作者在表述自己的见解时是勇敢的、痛快的，毫不吞吞吐吐，支支吾吾。但应存疑时还是存疑，因而也少有霸气。这样的学风，也是值得欣赏的。

书画鉴定，也有悠久的历史了。人们一直承袭着的是传统的方法。到了60年代，张珩、谢稚柳等专家开始总结传统的经验，并有意识地摆脱以文献为主的偏颇，企图运用多种手段进行综合的鉴定。这是一个明显的进步。书画是形象的艺术，通过笔墨的表现手段形成不同的风格，同时也对客观现实做不同反映。两者都无法摆脱时代历史的痕迹，因之也应该成为鉴定的主要依据。服饰、器物、风习……都是应加郑重考虑的因素，但过去注意得不够。《研究》则集中注意于此，对一系列传世名画的作者和时代都提出了有分量的新看法。这就使研究的范围扩展得更开，不是“服饰”一端所能局限的了。

相传为唐阎立本的《步辇图》，作者认为“或系北宋摹唐旧稿”，“原作即便出于唐人，时代也应比阎立本晚些”。对《职贡图》，认为“或宋人拟作”。旧传张萱作《唐后行从图》，作者认为“原画最早也是宋而不是唐”。“盗出国外传世本，时代且更晚。定为张萱名迹，实赏玩家以耳代目，人云亦云，殊不足信。”在讨论《虢国夫人游春图》时，提出当时贵重马具的“金银闹装鞍”，详做说明，并用以证明旧传北宋宫素然《明妃出塞图》就因全不懂得“五鞘孔制”，因而造成错误。又说：“元初画马名家赵子昂父子所画诸马，鞍具还采用五鞘孔制。事实上元代早已废除，画中反映，恰好证明传世诸作均临摹唐人旧稿，而非写实。”这是很精当并带普遍意义的意见。

传为唐周昉所作的《簪花仕女图》是研究鉴定家注意集中的著名作品，出现过不少论文。《研究》后出，但讨论最为详密，援据更为丰富。提出的两点看法也是新颖而有说服力的。著名的《韩熙载夜宴图》，作者认为“必成于宋初南唐投降以后，可能即成于降宋以后顾闳中辈，但不可能成于李煜未降以前”。举出的论据包括了画中人物的宋代特定礼节——叉手示敬，与南唐降宋官吏初期一律服绿这样的细节，可见作者心细如发，思考细密。如集合论许多名画时代的片段，即可看作一卷出色论文。

历来鉴定画迹时代的专家，多习惯于以帝王题跋，流传有绪，名家收藏三大原则作为尺度，当然未可厚非。可最易忽略事物制度的时代特征。……古人说“谈言微中，或可以排难解纷”。但从画迹本身和其他材料互证，或其他器物作旁证的研究方法，能得专家通人点头认可，或当有待于他日。

这是作者在引言中所说的话，表示了他对新方法的信心，也清醒地看到，在这方面一时恐不易取得一致，还有待于更长时间的讨论与辩难。这其实正是《研究》的整体精神。

进行这一类的研究工作，通常感到困难的是，时代远的，材料苦少；时代近的，又惟患其多。因此在比例上就难免呈现一种头重脚轻状态。如明清部分就显得过于缺略了，也是许多人感到不满足的重要意见。希望这一状况能于不久将来得到弥补。文献遗存的丰俭是相对的。明清两代遗物看似丰富，但具体使用起来，也不一定就能够用。时日既迁，今天视为丰赡的，可能明日也会化为窘乏。这是不能不要求研究工作加紧进行的。不应使人发出“后之视今亦犹今之视昔”的慨叹。作者论及《红楼梦》中所举各种衣着式样，丝绸名目，如“凫靥裘”“雀金泥”等，因所见当时实物多，体会深，说得就极有意思，远非仅凭文献作考证者可及。作者又说：

《红楼梦》一书中王府大宅布局，虽为北京所常见，但叙述到妇女衣着如何配套成分，都显明是江南苏州扬州习惯。据故宫藏另一雍正十二妃子图绘衣着，可知这时期宫廷里嫔妃便装已完全采用南方式样。这十二个图像还可作《红楼梦》一书金陵十二钗中角色衣着看待，远比后来费晓（原作“小”）楼、改琦、王小梅等画的形象接近真实。而一切动用器物背景也符合当时的情形。

这个问题就提得极好，也是至今未能引起多数《红楼梦》研究者注意的。其实故宫就是一个研究《红楼梦》的伟大实物仓库，可惜至今未做有效的发掘。

作者半年前有一信，还谈到这方面的问题：

近常在故宫博物院出版之《紫禁城》，见尊文谈旧戏。其实故宫尚保存得有十七八世纪戏衣数千件，一说八千件，在世界上真可称“洋洋大观”。又康熙乾隆南巡图卷中有几万种演戏场面，均值得设法一一看出，若依据此等世界稀有材料，用一二年时间写一部大书，印十来本图像，在世界上亦必成一种伟大无比工作。

信是用毛笔写的，写成后又用铅笔在信纸旁边作注：

似以康熙三十五年第五次南巡图为最重要。燕子矶场面极壮观。

且注明某某机关地区班子。还有江宁织造署图像十分重要。

一说到文物，就“如同小孩穿新鞋，过新年的一般”，立即激动起来，即使是活到了八十岁也依然如此。他就是这样的一个人。

这本大书实在应该重排出版，以普及面貌出现。即使附图简单些也好，这样必将在学术界、文学界、戏剧电影界……引起更大的反响，推动我们的事业前进。顺便也可加以增补，并改正少量错字。如《重屏会棋图》的说明，“南唐李煜”，但历代著录都指中坐者是中主李璟，是名句“小楼吹彻玉笙寒”的作者，李煜的父亲。像这类小小误排，还有一些，都应该改正。

祝愿从文先生身体健康，工作如意，在创作和研究中做出更新更大的成绩。

1982年8月18日

关于《管锥编》的作者

还是先抄下一封信来。

奉书失喜。年光逝水，世故惊涛。海上故人零落可屈指……契阔参商，如之何勿思也。弟无学可讲，可讲非学。访美时绝未登坛说法。彼邦上庠坚邀，亦皆婉谢。报章渲染，当以疑古之道疑今。兄旧是个中人，美言不信，必不受眼谩耳。明年或尚须远役，自知不舞之鹤，难为伏枥之骥，贻讥腾诮，且食蛤蜊。拙选初非惬意，本勿欲灾祸梨枣……未及细校，讹错殊多，重劳齿及，徒增颜汗。有小集一种，月内问世。差如韩陵片石，君堪共语也。×君美才，通函以少作相询。弟老而无成，壮已多悔。于贾宝玉所谓“小时干的营生”，讳莫如深。兄不为锦被之遮，而偏效罗帏之启，薄情忍心，窃有怨焉。弟此番在美，睹博士论文，及拙作译本小传，语多不经。一作者自加拿大来见，问之，则云曾至港台，遍访弟师友，采撷轶闻，弟乃知自传不可信，相识回忆亦不可信。古来正史野史，均作如是观。Voltaire 所以言

Pyrrhonisme del'histoire，身外是非谁管得，隔洋听唱×××可矣。佳笺玷污，愧甚。即颂近祉。弟钱钟书上，杨绛同候。四日。

此信距离“北来得三晤……”函，中间正好隔了三十年。简尺中的风调、才情……却依然如昔，这是使我极高兴的。中国社会科学院访美代表团的《访美观感》中收有他的一篇报告，关于访美的种种都谈到了，这里也并没有更多的东西。此外，讲到了他的《宋诗选注》《旧文四篇》《管锥编》，又提到了一些海外学人辛勤搜集资料，对他进行专题研究的事。这种研究态度曾经是令我吃惊过的，看来简直就像乾嘉经师对待先秦诸子一样。吃惊之后也不免发生一点小小的感慨。三十年来，记得他的人是不多的。新文学史研究者忘记了这位惊才绝艳的小说家；选了一本别具炉锤的宋诗，又几乎成了“白旗”。记得1962年他到上海来过一次，出席大学文科教材会议。我设法挤进会议室去看他。在会议桌前相对，没有讲话，不过至今我还记得他当时眉宇之间的瞬息变化，“年光逝水，世故惊涛”，这一切，都在不言中进行了尽情地表述、交流。那次的经验也是奇妙的。没有问他“文革”中的经历，最近从一篇文章中知道，他在干校中当过信差。这在那种场合已经算是一种“美差”了，也许是对我们的学者的特殊照顾。几年以后这位“信差”拿出了一百万字的《管锥编》，海外学人热情地研究他的身世、著作……这是正常的、应该的。我并不完全同意他悔其少作的那些意见。

《管锥编》是一部有趣的著作。我说“有趣”，也许有人会不同意；也许我还没有读通这书的必要功力。但我还是要说，这是一本有趣的著作，比起我过去读《义门读书记》《潜研堂集》《二初斋读书记》《读书脞录》……来有趣得多了，而广博深厚当然又不是能期望于过去的学者的。《倘湖樵书》《辨讹类编》《癸巳类稿·存稿》都是可观的著作，但与《管锥编》都不是一类。更不必提不可能出现于过去的著作中的新方法与新材料。此书出后，我想，有些史学、文学以至辞书工作者可能都会考虑增订、修改他们的研究成果的吧。

三十多年以前，我曾劝过一些亲近的朋友，宁可做一个“才人”也不要去做“学人”。今天看来，这意见当然是过于偏颇了。不过当时那样说也有一定的理由。因为那是个完全没有做学问的条件与可能的时代，而学人的道路也确是艰苦、寂寞的。在默存先生身上，才人与学人却得到了十分理想、完美的结合，这可并非常见的现象。

他写给我的两首诗，都是旧作。《蒲园且住楼作》一律是我特别欢喜的。

> 夹衣寥落卧腾腾，差似深林不语僧。捣麝拗莲情未尽，擘钗分镜事难凭。楼通碧汉无多路，梦入红楼第几层。已怯支风慵借月，小园高阁自销凝。

像李义山么？有些像。但义山没有这种深微、细密、凸现的写法。产生于不同时代的诗，当然不会有完全的一致。

这是一篇精致的短篇，却只用了五十六个字。如果学他的研究方法来分析，这诗是会使我们联想起玉溪诗中坐在“隔雨相望”的“红楼”中的那位穿了白袷春衫的少年诗人的吧?这应该就是作者自己。不过研究诗比研究《管锥编》还要更困难得多，我不想更深入下去了。

1980年4月4日清明

忆马叙伦

马夷初（叙伦）先生逝世瞬已十年。日前偶然在书丛中检得他写给我的一张诗笺和一副楹联，不禁又回忆起一些往事来。我和马老过去并不相识，只是因为编报的关系，向他索稿，才开始往还，先后也不过年把光景。因为喜欢他的书法，恳请他写过不少字。不过今天剩下的只有这么两件了。那副楹联写的是：

明镫九叠翻官本，
石室三年读秘书。

石室指的大概就是杭州南山的石屋洞。马老是杭州人，他自题所作随笔就用了《石屋余渖》的书名，他自用的也有一方“石屋”的白文印，都寄托着对故乡的怀念。上联呢，好像是对我当年不自量力地想做“藏书家”的一种委婉的调侃，也许并不是。我得到这副楹联时非常高兴，立即裱好挂在书房里。这次发还时已经弄得敝坏不堪，我索性将联芯揭下来，好像又是当年从他手里接过时的原样了。

诗笺上的两首诗是他听了程砚秋的《春闺梦》以后写的，应该也是旧作，这时因为看了我在报上写了《春闺梦》的小文章，所以又记起、写下的。他对程腔的评价是确当的，他用诗的形式细腻精确地写出了歌唱的特色，实在传神得很。

我知道马老从五四开始就是一位民主战士，当然也知道他是有学问的教授。他的著作也买到过几种。不过像《庄子义证》那样的书我还看不懂，只能翻翻《读书小记》这样的笔记。1946年他在上海的《民主》《周报》……上经常发表锋利的时论，因此我就想，是否也可以请他给我编的副刊写些轻松的小文章呢？约好时间，我就到拉都路（现在的襄阳南路）一条弄堂里的一间楼屋里去拜访。四壁萧然，好像连书籍也没有几本。马老穿了半旧的呢长衫，架了一副老式玳瑁眼镜，头发灰白了。六十出头的人依旧非常清健。他的双眼总是眯起着带着笑意，谈话温和而委婉，一点都没有名教授的架势，也和我理想中的革命者全不一样。看来不过是一位中学老教员或一位钱店倌。

我提出的要求，使他感到了非常的为难。当时的一些民主期刊大半是周报，他几乎把全部空余的时间都用来赶写时论了。实在没有余暇和兴致给副刊写稿。他稍一踌躇就从抽屉里取出了一册厚厚的稿本。这是用大张毛边纸订起的、有三四百页的本子，封面题着《香影楼日札》几个字。打开看时，是一色娟秀的小行楷。这是一本“日记”，但也并非正规的日记。里面记下了琐事、见闻、随感、掌故旧闻、戏剧电影评论……五花八门，内容非常丰富。他把这稿本交给我：

“你去翻翻看，也许可以随便挑选一些发表。”

这是出乎我的意料的。只不过是初次相见，就将这珍贵的手稿借了给我，一些都没有秘惜之意。这当然是出于对我工作的那张报纸的信任与支持。在那时候，那种斗争环境中，为了同一目标战斗的人们之间，像这样“相呴以湿、相濡以沫”的情形，是并不少见的。

不过在告辞的时候，他还是叮嘱了我一句，这稿本最好是留在家中，万不可放在报社办公桌里。“你们的报纸，说不定哪一天就会被封门的。”

这以后，就在报纸的副刊上出现了一个《石屋余渖》的小专栏，每天发表一或两节小文章。这是我选了出来请人重抄付排的。在选抄中间，我发现马老的兴趣是十分广泛的，并不是专注于六书和老庄的研究。他喜欢听戏，和程砚秋相熟；也注意电影以及通俗文艺，连妇女时装这样的生活现象也随时留心。他也讲究烹调，北京的饭馆里曾有过一只“马先生汤”，就是他传下的配方。这只是一种豆腐汤，不过是烹调得很精致的豆腐汤。他对书法有很浓厚的兴趣，做过深入的研究，对执笔的方法有自己的创见，对历代书法和时贤书法都有独到的评论。马老还时时记下了他与陈汉第等同乡友人谈话中种种，都是有关杭州地方人物的有趣的掌故。在报纸上连载的日札后来由建文书店印成两册，估计尚不到原书的五分之一。可惜校印不精，错字不少。这恐怕是在报纸上发表时就已如此的了。

果然不出马老所料，《余渖》发表了没有好久，报纸被封了。更糟的是，抄写原稿的那位朋友，没有听从我的嘱托，把原书带到报社，锁在办公桌里，竟自陷于“敌手”。我只好硬着头皮又到办公室去走了一转，取了出来。奇怪的是，散布在走廊里的“特”字号人物，竟不曾发现、阻止。第二天，我就把这手稿交还给了马老。如果这本《日札》，今天还保存在什么地方，我想，那是值得印行的，就是影印也完全值得。

报纸封门以后，马老到我的住处来过一次。他还是那么随随便便，一点都没有紧张之感。他说，上海住不下去了，不久就要到香港去。过了些时，寄给我一封信，说我曾托他请沈钧儒先生写一张字，可惜“衡老已行”，没有办到。不久，他也走了。到港后还曾来过一信，劝我也离开上海。不久，知道他已进入解放区，等到在北京再度相见，已经是建国以后了。当时他是中央教育部部长。我到部里去访问，看见他精神振奋，工作紧张，完全不像一位将近七十的老人。即使如此，他依旧是那么从容、安详，和1946年在上海时没有什么两样。

1981年3月14日

附记：

马叙伦《程御霜邀听其〈春闺梦〉曲》二首：“坠石崩云四座惊，最难渊默忽雷声。如今入耳皆凡响，歌到程郎世莫争。何必当年无定河，且听一曲眼前歌。坐中掩面人多少，谂我青袍泪独多。”“坠石崩云”两句，下句出《庄子·天运》：“子贡曰：‘然则至人固有尸居而龙见，雷声而渊默，发动如天地者乎？’”

忆郑西谛

今年春节前一直下雨，年初一忽然放晴，来了满天的好太阳。家居无事，想找一部书来看，顺手从书架上取下了《西谛书目》。我是常读书目的，这在旁人看来似乎不大好理解，不过这实在是很有趣味的。好书大抵藏在图书馆里，难得有借阅的机会，现在看看书目，有如坐在饭馆里翻菜谱，虽然不一定样样都点了来吃，到底也是一种享受。这《西谛书目》又与别的书目不同。他的兴趣杂，收罗的方面广，不大重视正经正史，但集部，特别是词曲小说、版画中却多有怪书（说得好听些应该写作“僻书”）。常常看到一种书名，就揣想这应该是怎样的一部书呢？如有附图，那么是出于徽派还是金陵派刻工之手的呢？这样想着想着往往会令人神往。《书目》里有些书是我见过的，还多少有点关系，这就更有意思。例如卷一有一条是《乐律全书》存四十二卷，是残本。其中有《六代小舞谱》和其他几种，就是我在徐家汇的一家旧纸铺里发现的。大约三四种，白棉纸大册，附有古拙的插图。那时我还不认识郑西谛，但对这位文坛老辈是非常佩服、心仪已久的了。想找个机会见见他。知道他多年来辛苦搜集着版画，就把这拿给他。那大约是1938年的春天，他索居在静安寺的庙弄里，弄不清门牌，就抱着书闯了去，居然给我找到了。

高高的身材，穿着一身半旧的西装，出现在有些荒凉的小花园里。厚玻璃镜片后面双眼睁得大大的。一面用手翻着书页，注意地看那版画，不由得漾出微笑来。他大约觉得有点奇怪，送书上门的不是书坊里的伙计却是一个中学生。

我终于认识了西谛先生，还从袋里摸出一小册《西行书简》，请他写几个字。他爽快地答应了，就站在花园的草地上，掏出钢笔，歪歪斜斜地写下了“旧游之地，今已沦为狐兔之窟。何日得重游！”几行字。这大约就是我和他的“论交之始”。

在《书目》的尾页，我曾写了下面的几行题记：

> 此册所收颇多佳册，亦可见西谛收书之杂。然奇书秘册，往往而在。丛书亦多妙品。忆解放前曾偕西谛游苏，夜访书护龙街上，见怀新斋许氏书甚多，其中多丛书之大部头者。西谛顾而乐之，然无买书钱，笑向余曰，凡此皆可收也。余亦一笑而已。时秋高风景佳异，游木渎食鲃肺汤极美，转瞬二十年前事矣。丁未九月初三日夜记。

这件小事很可以表现出西谛书兴之豪。买下了多少万卷旧书，用樟木箱藏起放在书房、客厅里的富商大贾是说不上

“豪”的。只有像西谛那样，身无分文还设法张罗举债收书，视书为性命的人，才能算得上是“书林豪客”。

在书画目录类书的书眉，我也写下过这样的话：

> 余曾收朱竹垞抄本郁氏《书画题跋记》《续记》，谦牧堂旧藏。为西谛所见，强索为赠，未之许也。是时渠方锐意收书画类书，是以豪情如是。今日思之，徒增黄垆之感。

解放后西谛在文物局工作，在团城办公。一次我带了几部书到那里去看他。他照例一看见好书就要“雀跃”，要留下。记得那次有一册宋建本白麻纸极初印的《尚书图》，就被他“扣”了下来，立即送到图书展览会上去了，说好说歹才留下了这部《题跋记》。这当然说不上“豪夺”，不过他那见了好书就不肯放手的气势确是有点“豪”。“你多少钱买的?”接着就不容分说留下了。这本《尚书图》是胡心耘的旧藏。先为孙某所得，书实在太漂亮了。使他疑惑起来，是真宋本还是翻宋本，终于吃不准，以原价一百元脱手。我是从来青阁买得的。宋本书的书价不过百元，这在今天看来也确实有点近乎神话了。

《书目》中有《春雨楼集》一书，也是我见过的。我在书眉上写：

> 此书佳绝，桃花纸印，有沈虹屏名印。1952 年西谛

来沪，余访之旅寓，案头有此二册书，因得摩挲。

西谛在北京工作，上海庙弄的藏书还零乱地堆积着，不曾运京。他委托一位姓杨的书友代为整理，不料却陆续被取出别售。我曾见过一张书单，也买到其中的几种。在一部永乐刻《刘尚宾文集》的书衣上看见有西谛手写的书名，觉得有些奇怪。后来知道确是从庙弄里弄来的。他闻讯以后，就趁视察之便，回家检视。顺手把这两册《春雨楼集》带在行箧里。这书是沈彩手写上版的精刻本，用桃花纸印，真是纸墨晶莹，眩人心目。卷前有“青要山人”小印。庙弄里的藏书，品种珍贵远过此书的不知有多少，但他却只选了这两册带在身边，从这里可以看出他对书卷的“真知笃好”。此书西谛有手跋：“扬州何氏书于劫中散出，为孙实君所得。予闻讯往，得初印本芥子园画谱三集，诧为奇遇。见此书于目中，亦欲得之，而已为乃乾所取，求之不出。越一载，乃以千金易得之，挟书以归，喜可知也！纫秋。”

“纫秋”是西谛在抗战时期使用的别署。他曾写有《纫秋山馆行箧书目》一册，手为长跋。《西谛书目》后附有“题跋”一卷，都是从他所藏书的卷尾书头辑出的。这些都是很好的随笔，有时也讲到书的版本内容，但主要特色并不在此。题跋中所记书林掌故很不少，都是藏书史上的好材料。西谛与书坊中人极熟，题跋中也时时写到，可以看出，对这些“书友”，他的感情是不同的。他有一篇明刊《乐府先春》跋，写得极有意思：

杭州书客朱遂翔擅将不全书剜割目录，冒作全书，售得善价，予甚少与之交易。然彼爪牙遍布徽郡、萧山一带，往往多得奇书善本。王寿珊在世时，朱专擅其利，寻常顾客自不在其眼中。自王氏故后，朱失所依，始复见其持蓝布包袱，往来中国、来青诸肆间，盖彼于图书每不甚了了，唯恐失之贱值，不能不以郭石麒为耳目。石麒为书友中忠厚长者，从不欺人，书业中人无不恃为顾问。劫中余闭户索居，绝人世庆吊往来。惟结习未除，偶三数日辄至古书肆中闲坐，尤以中国、来青二处踪迹为密。一日天阴欲雨，正坐中国书店与石麒闲话，以无书可阅为叹。朱忽持一包来，予曰，此中何书？朱解包出之，乃昆调《乐府先春》也。予惊喜过望，即询其值，立偿之，挟书以归。

我在此处书眉写："此跋写朱遂翔神似。解放后朱设金笔肆，弃旧书业不为。余尝得文瑞楼钞《演山集》等于渠，价极昂。后所存善本多为孙助廉得去。"

记得当时在温知书店的小楼上，每天方桌上都有从朱遂翔得来的大批旧书，大半有九峰旧庐印记，及朱遂翔小印。最为煊赫的是北宋杭州猫儿桥马氏戕纸铺印的《文选》一册，就是高踞《中国版刻图录》卷首的那一本。

关于西谛，还有不少故事可写，今姑记此数则，以为纪念。

1985年2月22日

忆许姬传

四十年前一个春天的下午，我在苏州第一次和姬老见面长谈。（姬传当时不过刚五十岁，但梅畹华早已在客座中呼之为“姬老”了，其实他比梅还要小七八岁，于是朋友们也就跟着称他为“姬老”。）我是为了《舞台生活四十年》的写作去找他商量的。虽然事先已经取得梅的同意，但能不能坚持写作并在报纸上连载，却没有把握。姬老是梅的贴身秘书，朝夕相处，连载的初稿全靠他见缝插针地进行记录。梅的这部自传的能否写成，他实在是个关键人物。第一次见面他就给我一个很好的印象，洒脱、风趣，是个旧社会才子型的人物。他能诗、善书，对书画文物有相当的鉴赏水平，自己也从事收藏，这些在戏曲之外的修养，使他成为活跃在缀玉轩中一位少不了的人物。

姬老解放后一直住在北京梅家，又随梅剧团到各地演出，来上海的机会不多。“四十年”的写作是他将记录草稿寄交他的弟弟源来，补充整理后送报社发表的。他没有按照自传的一般写法按年铺叙，却以梅的日常活动为线索，有机地将回忆组织进去，闲闲写来，别有一番趣致。无论是写法还是文风，都与通行的报刊文字有很大的距离。对此，是曾经有过种种不同的反映的。譬如有一种意见，认为梅先生应该着重介绍他的舞台经验，可以留作年轻演员的范本，而不赞成过多地细写生活琐事。我的看法却相反，觉得能通过一个人来看一个时代，才是一本成功的传记的重要因素。梅的一生，经历了好几次社会的大变动。作为一位杰出的艺术家，他与社会的联系是多方面的。几十年来的社会变迁，通过他的个人经历，是可以得到虽然是局部但却真实生动的反映的。具有这种特殊条件的人物，在每一历史时代中并不多，而梅却是相当理想的一个。这是我长久悬在心中的一种愿望。“四十年”当然并未完满地达成这目的，但也多多少少地带有这种特色。这就是能使读者清晰地接触到艺术家的全人，而不只是他在舞台上的献身，同时也感染到不同时代的社会气氛。

说到“四十年”的写作，姬传的笔路和文风也是有它的特色的。这与通常的报刊文字不是一路，也许难以得到某些人的赞赏，但我却认为是难得的可贵的。记得姬传曾和我谈起，他是有意学习他所熟读的《红楼梦》的笔路的，以为记录梅先生的活动与谈话，用报刊文字的写法不合适。这是深悉个中甘苦的话。“四十年”中记梅先生和许多老艺术人的谈话，声口、姿态都常有传神之妙，这种“白描”功夫，多半来自传统小说，一清如水，时起波澜，是别具一格的好散文。

1954年秋，我和内人到北京去小住。梅先生请姬传接车并安排我们住在北京饭店，又请我们在东安市场吃饭，饭后去剧场看川戏。本来旅行已经颇为疲倦，但看了许情云的《卷帘求画》，大为欣赏，连倦意也没有了。事情已经过去三十多年，回想起来还如同昨日。

姬传是个快活乐观的人。我没有看见他有过愁苦的时候。十年动乱中当然也饱吃了不少苦头，但我想他也还是嘻嘻哈哈地过日子的吧。这一点与他的老弟源来不同。这也就是他得享高龄的原因。

1957 年以后，我几乎处于交游零落、离群索居的境地。但也还有时有往还的一二友人，源来就是其一，也时时从他那里听到姬传与梅家的消息。梅剧团来沪，也有机会与姬老相见，在天泉阁中话旧。除了谈戏之外，主要的话题是他们兄弟俩所收藏的书画，也谈到他们先祖许珊林所刻的书，这就是有名的“许刻”。许珊林一生一共刻了多少种书，就连他们也说不清楚，我手边有两种，都是他们不知道的代师友所刻的诗文小集。说得高兴，姬老就取出许珊林所写斗大的五言篆书联，挂在陈定生的墨兰的旁边，相与欣赏。

姬老谈了不少过去在上海与一些书画收藏家往来的故事，庞莱臣、张葱玉、谭敬都是相熟的朋友。论经济力量，当然不能与他们相比，但也偶然得到一二铭心绝品，可以傲视侪辈。姬老曾买到过一册华新罗的诗稿，是画家手书的底稿，前半写得工整，后来就逐渐率易，到了最后九页，则潦草几不成字，这大抵已是绝笔了，最后一页还夹着衬写的格子。这真是稀有的书，我有新罗山人的《离垢集》，却从未前知他还有稿本传世。姬老说，这本册子后来换给蒋毂孙了，真是上了大当，可惜之至。言下犹有余痛，但随即一笑置之。这件小事是可以看出他的洒脱的性格的。

梅先生逝世以后，姬老还继续整理有关史料，撰写回忆文章。这以后很久没有见面的机会。直到1979年春，他南来料理源来的后事，才再次见面。这时他已迁返旧帘子胡同梅家了。转年我到北京，姬老和梅家的绍武约我在曲园吃饭，劫后重逢，故人无恙，真是值得高兴的事。他虽然年逾八旬，但清健如昔，谈起旧事来娓娓不倦。他谈起他的外祖徐致靖的故事，说是要将老人与戊戌政变的有关轶事写下来，这就是后来出版的《许姬传七十闻见录》。他还谈到徐老先生熟读《红楼梦》，有些意见是别人没有说到的，这些我已写入《京华十日》，虽不敢厕身于红学家言，也许可当红楼佚话，以记一时朋友谈谶之乐。那实在是值得永远记忆的快乐的时刻。

1986年冬我到北京，一天下午抽空到旧帘子胡同去看他。天时向晚，缀玉轩的北房显得异常阴暗寂静。梅家的人都出去了，只有他一个人枯坐在沙发上，恰如入定的老僧。相见惊喜。已经八十六岁的他，依旧谈锋极健，还拿出新出版的《忆艺术大师梅兰芳》一书相赠，倚在沙发上用紫色笔题了字，这本书是他和源来所写纪念梅先生文字的合集，前面有我所写的一篇序。姬老还是极有兴趣地谈书画，谈文物。他到柜子后面取出一方顾二娘雕的菌砚。有阳文款，是颇不经见的。谈起他所藏的一些“杂件”，如竹雕、砚石（有大端石寒星砚及四件小品）、宣德炉等，一一出以相示。他的记忆力是惊人的，几十年前的旧事都说得头头是道。我从他有些激动的谈吐中也感到了老人心情深深的寂寞。不必说，近来能找他来谈谈旧事的人是越来越少了。屋里装了一只大火炉，但似乎并未散发出多少热气，越发显出老屋的阴沉。

这就是我与姬老的最后一面。听到他以九十一岁高龄弃世的讣音以后，久久不能宁静。直到今天才能草草写成此文。晚秋的天色早已暗了下来，不能不使我记起缀玉轩中的景色和那次快谈的种种，觉得这一切都已不可再得了。

1990 年 11 月 5 日

忆师陀

我与师陀相识，大约在1946年顷。他是霞飞坊的常客，我也常去。他经常访问的却并不是巴金，而是住在同一所房子里的另一家主人。虽然见面点头，但并不熟悉。只知道他是有名的小说家，曾经得过大公报的文学奖金，与何其芳、曹禺同榜。他后来放弃了“芦焚”的旧名不用，改属“师陀”，这笔名很特别，究竟何所取义也不清楚，后来也一直不曾向他打听过。

解放初他在上海出版公司当编辑（也许是编辑主任）。这书店与郑西谛有关系，由刘哲民主持，主要印行郑振铎主编的历史图谱和艺术传统等大部书，还影印过《鲁迅日记》和方志敏的《可爱的中国》。编辑部好像只有两个人，师陀以外还有胡道静。他当然是主编文学书的，但并无值得记忆的出版物，巴金给了他几本翻译小说，如迦尔洵的《红花》等，都是只有几十页的小册子，我交给他一本《新北京》，是解放初访问北京时所写的访问记。

师陀不久就离开出版公司，加入了夏衍任所长的上海电影厂剧本创作所。稍后，我也调到所里，算是同事了，所里大概有编剧十名左右，没有固定的坐班制，每周开学习会一次，间或也看新片和讨论剧本，其余算是自由创作的时间。师陀在所里无论年龄、成就都是踞首席的人物，因此大家都称之为“陀老”。创作所的空气是平和、舒畅的。有些人连家都安在所里，师陀也是，但好像只是单人索居。打麻将是经常举行的娱乐。我不会打，一次也没有参加过。有时候也出去吃馆子。师陀总是同去的。他喜欢喝点酒，喝了酒话就多起来，但并不谈论剧本创作的事，那是一定的。把一群人聚在一起，让他们从事创作，在生活上给以不错的照顾，这种办法不知道是不是成功，但完成的作品好像并不太多。而每人身上都背着几个创作选题，负担并不轻。写出了初稿，打印传观以后就开一次讨论会，会后作者根据五花八门的意见进行修改，再打印、讨论，有时这过程可以反复进行若干次，最后的结局却往往是“枪毙”。这种领导创作的方式是不是高明，谁都说不清楚，说不出意见，但却免不了困惑。师陀好像感到这样下去不是事，就主动要求去体验生活，到著名劳动模范吕鸿宾那里住一阵子，大约半年光景，回来以后打提纲，构思创作，后来好像并没有写成作品。这位在旧社会多产的作家弄得束手无策，创作所结束以后，就转到作家协会当专业作家去了。

师陀写不出电影剧本，却写了几篇历史短篇，记得有写曹操与西门豹的。还有一个独幕剧《伐竹记》，后来受到批判。他很生气。“文革”结束后他印了一本《山川·历史·人物》的小册子，前面有长长的一篇序言，大发牢骚。好像这是他解放后出版的唯一一册新作（另有几种都是重印的旧作，也全是“文革”后出版的）。

从创作所出来，不远就是静安寺。那里有几家旧书店，师陀常去看书，也买一些旧本。一次得到一册旧抄本诗集，不知道作者姓名。他经过仔细的考证，证明这是明末清初遗民诗人蒋大鸿的遗集，诗篇反映了清初江南的社会动乱，很有史料价值。后来还写成考证长文发表在香港大公报的“艺林”上。他曾给我看过那抄本，还打算重印，终于没有成为事实。有一年春天，我和他一起访问上海近郊，到过张泽，想寻访蒋大鸿的遗迹，什么都没有看到，倒是归途过陈子龙墓，在遗址前徘徊了好半日。可见他对晚明的几位遗民诗人是怀有深深的感情的。

从书丛里找到师陀几通遗札，1984 年 3 月的一通说：

日前得乔木同志信，对《无望村的馆主》提出许多意见。另外还对我的其他小书提了意见。其中对《无望村》的有几条不能解决。首先是体例问题。“小引”似于古无征，好像是“五四”以后才兴起的，也只限于文集；“跋”是古代就有了的，也只限于诗文集，用以说明写成的原因。他提议应该加两个脚注，因为现在的青年多不懂了。其一是《打渔藏舟》，解放前我曾看过河南、河北梆子的演出，正式剧目叫作《蝴蝶杯》，又名《游龟山》，江夏县知县和他的公子、总督和他的公子，被打死的老渔父和他女儿的名字，连这出戏的故事，全忘记了。至于它的编剧为谁，更是懵然。其二是《秀才卖驴》，我小时候听大人谈过，似乎是一个秀才写的卖驴契约，全篇引经据典，不见“驴”字，形容秀才的酸腐。以上问题，兄博览强记，兼之戏曲界熟人甚多，有以教我否？

去年文艺报（12期）刊载小文《谈风格》，讲到废名部分，我的原意是废名的作品仅能供少数人欣赏，不料经过十年内乱，竟会对人起陶冶性情的作用；经编辑大笔一挥，“少数人”竟成了“无人”，“起陶冶性情的作用”竟成了“对人能起什么作用呢”了。这么一来，我也就成了和他们一样反对废名派，岂不可畏也乎？

我认为诸如此类的情况，你是可以写一篇杂文的，虽然巴金已经写过。还有文坛上的“左”，其表现是“反污染”，开始跳得最高的人大都是历史上有过“问题”的人，虽然其中大多数是冤枉的。由此可见，全党倾向于“左”，再加封建主义、官僚主义、乌七八糟的主义，我认为也可以写成杂文。当然一篇装不下，也会碰钉子，如果不会绕弯子的话……

这是一封难得的坦率的直抒胸臆的信，虽然已时过境迁，但可以反映当时师陀的思想状况，所以还是抄下来。我当然没有能够如他的嘱托，不但没有对《游龟山》加以解释，杂文也没有写。他对废名的评论则是可以注意的。虽然没有明说，师陀的创作不能不受到废名的影响是显然的。

前些年随上海作协代表团去河南，师陀同行。他是河南人（杞县），对故乡风物自然是熟悉的，过开封时，告诉我关于龙亭的传说；游龙门时，叮嘱我在奉先寺石雕力士脚下找武则天施脂粉钱造像的石刻题记。这次旅行，大家都轻车简从，只有他带了一只铁箱子，装着写作资料，说是要在郑州住一阵，完成几本著作。其中就有重定蒋大鸿的诗集。可是大家不放心他的健康，还是一起回来了。

平时谈话，他也有不少独特的见解。如他不承认书法是艺术，又认定《金瓶梅》的作者是吴承恩，他曾仔细研究，在语言、习俗等方面发现《金瓶梅》与《西游记》有不少血缘关系。曾劝他写文章，总是迟迟不肯动笔。他颇有些藏书，房间里摆着商务百衲本二十四史，常说在这部大书里可以发现不少创作素材。可见他在晚年是有意从事历史题材的创作的。但终于缺乏动笔的兴致，没有能留下什么成绩。他去世那年已年届八十，朋友们打算给他祝寿，连日期都已定好了，不料他却骤然去世了。他的旧作重印的大约有三四种。有的他自己也没有存书，曾替他从旧书店里找到过几种，但也没有重印的机会。这是想起来也不能不感到寂寞的。

悼风子

风子于久病后逝世，前两天从书架上取出《晦庵书话》来重读，想起许多旧事，不禁有人琴俱亡之感。我与风子初识已在五十年前。《书话》里“书城八记”的“买书”一节，说起他开始买书时的往事。提到徐家汇有个废纸收购站。主人是个猫脸的老头儿，风子从他那里买到《新青年》《小说月报》等旧期刊，是为搜求新文学旧本之始。他当时隐姓埋名住在徐家汇，住处就在我家近边一条深巷里。彼此，常常在那家旧纸铺内遇见，因而相识。我那时还是一个中学生，却已有了搜书的癖好，买书只能利用家里每天给的一点点心钱，在纸铺老板看来实在是上不了台盘的小主顾，但也曾收集了自沈雁冰接手编辑后的全份《小说月报》，不能说不是一种豪举，这自然是受了风子的影响。记得纸铺曾将《逸经》编辑部的全部家当论秤卖出，有印好的稿纸，有作者原稿，还有大量的旧杂志。我曾在其中搜得郁达夫《饮食男女在福州》的手稿，珍得收藏，可惜后来失落了。

当时我们搜求的不只是旧期刊，还包括了“五四”以来新文学的出版物。特别重视鲁迅、周作人等著作的初版毛边本，反正只是一两毛钱一本，所以每见必收。凡有所得也彼此相与欣赏，也交换藏书，丝毫没有因争购而引起的不愉快。我手边还保存着两册鲁迅的《唐宋传奇集》，扉页有我的题记，“三十七年一月卅日，在秀州书社买，此初版本也，仅上卷。前曾有三版者两册，已持赠弢公，归来后记”。另有周作人的《冥土旅行》与《玛加尔的梦》两册，都是初版毛边的“苦雨斋小书”，我在扉页上写着“一九五〇、七、十，夜访风子兄，索赠此册”。《书话》里有文记这套“小书”，称其“印得朴素，大方，极为漂亮”。并声称他尤其喜欢的就是这两种。大概因为喜欢，所以存有复本，为我索得。那时他的收藏已颇为可观，每过他的书斋，总是随意抽阅，时时遇见会心的好书，也常常不客气地索取，友朋戏谑，留下的是美好温馨的回忆，却是不可再得了。

最先留心收集新文学史料，为研究奠定了基础的，是阿英。但注意新文学出版物的版本，系统地加以评论记述的，则不能不首推风子。今天已成为显学的新文学史料研究，继起者的业绩在许多方面已超过了前人，但《晦庵书话》仍有其历史地位、是这一学术领域的开山之作。作为散文，“书话”这一形式也是值得注意的。以简短的笔墨，记事抒情，作者继承的是古老的优秀文学传统，使人想起的是陆游的“放翁题跋”和黄荛圃的藏书题识。回荡多姿却无空疏之病；网罗遗事，不离时代风云。所记三十年代前后反动派对革命书刊的封锁、扣留、禁毁与文化界进步力量的抗拒斗争，都是文化史上不可磨灭的大事。也形成了《书话》触目的特色。

解放后风子曾在华东文化部主管文物处，当时旧书贱如泥沙，多半落入还魂纸厂，有许多有价值的文献书物遭到毁灭，我曾与郑西谛谈起，希望文物部门采取一点补救办法。风子经办此事，组织了一些旧书店从业人员，去纸厂拣选，颇有收获。最突出的是得到了一册宋刻的《蟠室老人集》，是仅存的孤本。大字精刻，黄麻纸印，神采奕奕，动人目睛。这事他也曾记在《书话》里，但记忆偶误，说成是宋刻三十卷本《文选》了。大概这两册书的发现，在当时都曾哄传人口的缘故。

风子曾长期主编《文汇报》的副刊《笔会》，这是一处重要的文艺阵地，曾发表过不少重要作品，也展开过多次理论论争。有一个时期我也参加编辑工作。每天他将选定的原稿和版样卷成一卷送到报社，由我看后交排字房发排。他的编辑方针是兼容并蓄，但坚持着进步的立场，旗帜鲜明。团结了广泛的作者，为文艺的繁荣尽了自己的力量。除了编辑工作之外，还要为报纸写点连载文字，似乎是当时一种风气。《书话》就是这样开手的，每天发表在副刊《文化街》上，一出现就受到注意与欢迎，又在别的几个地方继续地发表过，1962 年出版，只四十篇。1980 年增订再版，由三联书店出版，有毛边本，多附书影，更增读者兴趣。为近来少见的精本。朴素大方，比起风起云涌的所谓“精装本”来，实在要好得远，但懂得这种书趣的，却是愈来愈少了。

风子是老一辈的杂文家，又是鲁迅研究和新文学史的作者。晚年着手的《鲁迅传》恐怕也未能完成，是极可惜的事。这里只就《书话》少谈他收藏新文学版本的往事，以为纪念。五十年文字相知，一旦别去，使人难以为怀。好在风子的遗书俱在，每一展卷，如逢故人，则风子为不死矣。

郭沫若

一

1946年5月4日，在重庆的“抗建堂”举行了一次文学工作者的集会。有郭沫若的演讲，艾芜、杨晦等有关小说、理论等方面的工作报告。参加者还有曹靖华、力扬、黄芝岗诸位。我当时在为上海的一家报纸做特派记者，就坐在台下第一排听讲。郭老那时不过五十刚出头，精神饱满，做报告声音极响亮，演讲的内容已经记不起来，不过可以肯定的是，他对当时的时局是充满了愤激的。那正是旧政协会议和校场口事件之后，只要是有正义感、爱国心的人都不可能有怎样平静的好心情。郭老慷慨激越的演讲，自然就不可能不带有特定的时代色彩。

郭老讲完，从台上一跃而下，坐在我旁边的空位子上。抗建堂的台口并不高，但他这一动作还是使我吃了一惊。

我心里在盘算，这是一个很好的采访机会，不可放过。郭老是重听的，交头接耳的方式不行，怎么办呢？我从笔记本里摸出了一张纸，写下“请郭先生赐予访问的机会”几个字，接着又提了六个问题，下半留着空白，就请他用笔作答。

我把这个“问题表”递了过去，他接过一看，马上就接过我手里的钢笔，做出了答案，很快地还了给我。

这张“问题表”后来被我夹在一本书里，久已忘却，前些时候从发还的乱七八糟的文件堆里又被我重新发现，真是说不出的惊喜。现在就摘抄几条在这里。

“先生何时赴京？”

“六日至十日之间。”

“先生赴京后工作计划如何？创作？剧作？”

“将往上海。两种都想进行。另外还想研究历史，尤其是农民运动史。”

“对于郁达夫先生遗集事，及郁先生的最后的情形有所闻否？”

“到上海后进行全集事。无所闻。”

“先生对最近时局的观感若何？”

“我是乐观的，虽有曲折，但民主终必胜利。”

我还提过一个问题：“先生近有诗作（旧体诗）否？可否见示一二。”因为问题写在纸背，他没有看到，没有作答，真是可惜的事。

二

1947 年，我在上海编报。报纸有一个《文学周刊》是郭老主编的。另外还有《新思潮》等几个周刊，也得到他多方面的支持。工作做得热气腾腾，十分起劲，斗争越尖锐，白色恐怖的阴影就逼得愈近。当时朋友们都有一种明确的预感，报纸迟早要被封门，这是不可避免的。那么就来抓住这最后的机会，大干一场吧。我曾为副刊设计了一个栏目，分请一些文化界的作者、作家……写字，准备集有成数以后制成锌版发表。不过无论我们怎样加紧工作，终于还是赶不上反动派的封条来得快。这些墨迹的陆续收到绝大多数都在报纸封门以后了。一起约有近百张，我一直好好地保存着，但在十年前的一天，一起被拿去了，被看作“反动”的“罪证”，至今还下落不明。

又是一个意外，郭老给我写的一张字，却被夹在最近取回的一本旧书里。为什么它没有和其他墨迹放在一起，连自己也记不清楚了。

这是写在溥心畬画的诗笺上的一首七绝，诗题是《三十六年七月偶成》，其时约在报纸被封两月之后。

偶语诗书曾弃市，世间仍自有诗书。
周厉当年流彘后，卫巫勋业复何如？

当重新发现这诗稿时，我的惊异更是难以形容。如果不是原迹写着明确的时间，人们是有理由怀疑它是十年前的“近作”的吧。

诗里用了两个典故。“偶语诗书”，自然说的是秦始皇帝；周厉的故事则见于《史记》的《周本纪》。周厉王是周夷王的继承人，是个著名的坏家伙，正因此他才得到这样一个难听的谥号。他在干了许多坏事，弄得“民不堪命”、闲话蜂起以后，大怒了，想出了一种古怪的对策。找来了一个卫巫，使他“监谤者，以告，则杀之”。那后果是“国人不敢言，道路以目”。这使他得意极了，把爱说真话的召公找了来，对他说：“吾能弭谤矣，乃不敢言。”召公的回答却是：“是鄣之也！防民之口，甚于防水……”召公还说了许多道理，这里不多引。这些早在公元前八百五十多年说过的话，今天听来也还是非常新鲜的，简直就像刚从报纸上看来的一样。

厉王自然不会听这样的老实话，他的结局也一些都不会使人惊奇，“耳根清净”的日子过了三年，就被国人赶到彘去了，那地方就是现在山西的霍县。

郭老并不是刘伯温那样的“预言家”，他这首诗的抨击对象是1947年的国民党反动派，但诗人创作时运用了历史唯物主义观点却使他的作品有了长久的生命力，时间过去了三十多年，它仍然活着，而且还将更长久地活下去。

1979年9月14日

朱佩弦

这是朱自清先生给我写的一首诗，原作共四首，这是第一首。全诗收入《犹贤博奕斋诗钞》中。

1948年，报纸早被封门，副刊也不办了。但早已开始了的收集时贤手迹的工作并没有停止。我买了一盒笺纸放在住在北平的吴晗那里，请他随时留意约人写字。请朱先生写字是我特别提出的请求，搁了很久才写好寄来。几天后又接到吴晗“朱佩弦今午逝世，心境极不快……”的信，这是1948年8月12日的事。

今天我还能够清楚记得这消息给我带来的震动。当时住在北平的名作家、名教授多得很，但朱先生是不同的。在当时的知识分子和青年中间，他的“分量”是非常重的，这事到今天还值得沉思。

我没有认识朱先生的机缘。一篇《背影》是中学时就当作课文读过了的，也是从那时起，知道并敬佩着这位作者了。朱先生是著名的诗人、散文家，但他的诗我却读得很少。他的散文给后辈带来的影响真是非常非常的大。从他的文字中读者认识了他这个人，也懂得了他是经过了怎样的途径打动并征服了自己。朱先生是个平凡的人，是一位教员，从中学教到大学，除了偶然写点小文章以外，就是编教科书，编讲义，后来还做一点考证、研究的工作。他只活了五十一岁。50年代印成的《朱自清文集》一起有四册，成绩不算小，但他最好的东西还是散文，在《文集》中占的分量并不大。能用这么精致、少量的作品奠定了自己文学史上的地位是很不容易的。那原因我想应该是，通过文字，读者非常容易就接近了作者，了解了作者，而且一些都没有拘束地和他成为熟人，并喜欢了他。朱自清实在是个非常天真、平易、正直、真诚的人。

他身上的“分量”在他生命最后的一两年中急遽地增重了。在昆明的西南联大，在劫后的北平，在那么复杂、残酷的现实斗争中，病弱的他加紧迈出了艰难但踏实的步子。人们可以清楚地看出在这个诚实的作家身上有着怎样惊人的勇气。他成了向新时代、新社会不停步前进的知识分子的象征，使人信服的象征，因而他有了自己的“分量”。

正因为他平凡，所以他有更大的代表性，所以他伟大。

他向全社会说出了一个正直的中国人在那个时候应该说的话，没有半点装饰、虚夸。

很有意思的是五四以来的许多新诗人晚年都写起旧诗来。朱先生是喜欢宋诗的，这无论在他的作品还是教学中都可以看得清楚。即以这首诗而论，明显地表示了他的迟暮的焦虑心情。但不是消极的，实在是很积极的。

关于朱先生晚年的心情和精神境界，叶圣陶先生在《谈佩弦的一首诗》里写得很清楚、深刻。文章写于1948年8月18日，在朱先生逝世后六天，收入新近出版的《叶圣陶论创作》中。这里不必多引，只将朱先生的原诗抄在下面，这也是一首好诗。

> 中年便易伤哀乐，老境何当计短长。衰病常防儿辈觉，童真岂识我生忙。室人相敬水同味，亲友时看星坠光。笔妙启予宵不寐，羡君行健尚南强。

这首诗和这里的一首写的几乎是同一种心情。

1974年底，叶圣老填了一阕“兰陵王”，怀念朱佩弦。起因是俞平老信中提起了当年在杭州时的往事。叶老说：“佩弦之逝已二十余年，览此（指俞信）感逾邻笛，顿然念之不可遏……”就在这种心情下填了这阕词。词经与俞平老反复斟酌商定。叶至善有《书后》一文详记其事。结尾说到俞平老特别欣赏的一句是“君辄沉沉醉凝睫”，说，“初见此句即激赏之，以为神似”。

这些是只有老朋友才能说得出来的话，不是没有得见颜色的后生晚辈所能想象的。

1982年3月25日

茅盾印象

茅盾一直是我非常爱重、佩服的作家，可是一直没有拜见的机缘。1946 年秋在上海编报，常有机会看到他的手稿。那实在是非常可爱的，一笔娟秀的小字，写在毛边纸或宣纸上，几乎很少改动。这样的稿子不但在编辑部，就是在排字房也是受到欢迎的。可惜的是，大家都并不觉得珍贵，用过以后大抵散失、毁弃了。不过我有时也想，这样的字如果是写在漂亮的诗笺上，那该是更加出色的吧。于是有一天路过荣宝斋，就买下了一匣诗笺，打算什么时候去碰碰运气看。我的忽然想起要收集作家手迹，好像最初就开始于这时候。那是 1946 年秋天的事。

茅盾当时住在上海，就在闸北的什么地方，这我是知道的。不过因为种种原因，住所保着密。但在报社里打听起来也并不困难。那是 1946 年 10 月 28 日的早晨，决心去访问了。为了壮胆，还拉了一位朋友做伴，同时也分给他两张笺纸。茅盾的住所在北四川路底的大陆新村，门牌号码忘记了。好像是住在二楼。我们走上楼梯，立即看到打开的房门外面放着一把椅子，上面端端正正地坐着一位中年并有些发胖了的太太。虽然是第一次看见，但直觉地判定，这一定就是孔德让——茅盾夫人了。

我们恭恭敬敬地说明了来意，是报社的记者前来访问。想不到孔先生告诉我们。茅盾正在发痔疮，睡在床上。我从门隙里一张，果然看见他蜷着身横卧在床头。没有法子想，只好告辞。从身边摸出了一张名片，请孔先生转交并代致敬意。正当我们想转身下楼的当口，名片已经到了主人手中，只见他从床上一跃而起，跳下床来，赶着唤住了我们。在我的旧日记中记道："握手甚久，极致殷勤之意。吁！可感也。"当时的这印象，到今天还是非常鲜明的。至于谈了些什么，可是一些都记不起了。我想他一定告诉了我们，为什么他要睡在床上；以及当他知道了我们是谁、在什么地方工作时，他的"宿疾"就立即霍然的原因。这一切都是很有趣的，谈话因此也极为自由而亲切，谈话的对手也完全不是我想象中的大作家。他的热情，对后辈的爱护，对共同奋斗着的事业的激情，都是不易忘却的。我记得只说了很少几句仰慕的"套话"，但都是真实的话。此外，没有了。只好取出带来的笺纸，说明了来意，站起来告辞。这次会见，前后不过十分钟。

过了几天就收到他寄来的一叶诗笺，写的是林和靖的《旅馆写怀》。果然神采飘逸，秀气扑人，和他的手稿，他的本人都一般无二。记得那天他穿了一袭灰呢夹袍，清瘦，但却神采奕奕，好像身体内部正孕蓄着无限的创作力。

他当时为什么选写了林和靖的这首诗，我其实并不曾细想过。今天重读，似乎多少可以了解此中“微意”。特别是在知道了《子夜》的原题本是《夕阳》以后，就更感到十分亲切了。

第二次看见茅盾是1950年1月27日的晚上，在北京东四头条他的寓中。这次是陪柯灵一起去的。柯灵正打算把《腐蚀》改编为电影，去听取他的意见。在他那舒适但不免有些冷清的小楼下面的客厅里谈了一会。柯灵把他的意见随手记在带去的一本《腐蚀》的封面上。这次谈话的时间也很短。

这就是我与茅盾仅有的两次会面。

大约是1979年，因为旧有的那张手迹“失落”了，觉得可惜，就写了一封信去，请他再给我写几个字。不久得到家属的复信，说茅公身体不好，还是不要多浪费他的精力，让他能集中精神完成回忆录的写作为好。我觉得这意见是很正确的，虽然感到遗憾，也决定不再想方设法去打扰。茅盾晚年为许多人、在许多地方题字。数量之多几乎可以与郭沫若媲美。有些写的是自作的诗词，其中有很好的作品，无论是诗或字。但我还是觉得三十六年前得到的这张手迹最可爱。当然这只是我个人的意见。

茅盾后来应苏联的邀请，去游览讲学。住在上海的许多朋友都曾到码头上送别。马叙伦先生作了两首诗，后来也写给了我。

世有桃源君且去，留余反袂泣郊原。明年海燕重来

日，此地桃花应满园。凭君妙舌吐莲花，天下从今是一家。送别江浔惟一语，借他金镜照中华。(送茅盾应苏联讲艺)

这也是一件历史文献了。诗中反映的是当时当地朋友们的共同心情。马夷老的善良愿望有的实现了，有些则不免成为虚幻的梦。"桃源""金镜"其实都不像诗人所想象的那样美丽。不过，作为历史的遗痕，却是真实的。

1982年清明后一日

许寿裳

许寿裳是鲁迅的老朋友，终身的朋友。他留下的两本关于鲁迅的回忆录，是非常重要的鲁迅传记资料。他们之间友谊之深厚，交往之密切，都不是别人所能比拟的。鲁迅生平的交游极为广泛。尤其是在不同时期随时接近青年，团结他们一起战斗，前进，成为先生光辉的一生的主要基调。因此人们好像留下一种印象，他并没有几个老朋友，其实这当然并非事实。老朋友也很难经过几十年一直志同道合，就像许寿裳，在思想认识上和鲁迅也不是没有分歧。但他们之间始终保持了诚挚的友谊，这一点我觉得是非常可贵的。鲁迅就曾经说过，并不像一些人所想象，他也还是有着保持了几十年友谊的老朋友的。只要不是明目张胆地走进了敌对的阵营，那就还是朋友，是可以求同存异，并不一概视为仇雠。这一点，我以为非常重要。有一个时期，因为机械地突出鲁迅的战斗精神，将他描画成一个终日横眉冷对，面无笑容的“英雄”，其实正是歪曲了先生的形象。

记得刘半农逝世时，鲁迅和周作人都写过纪念文章。当时读了就给我留下了非常鲜明、深刻的印象。觉得从两篇悼文里，完全可以看出两种不同的立场、感情、胸怀、气质。这是两种截然不同的“老朋友”观。怎样才是正确的对待友谊的态度，这里表现得明明白白。

许寿裳并不曾一直和鲁迅并肩战斗，但他一直坚信鲁迅所做的一切都是对的。这事情发生在两位思想上有着距离的老朋友中间是很不容易的。这就是友谊，是古人所说的那种“真堪托死生”的友谊。好像有人说过，在某种意义上，鲁迅可以说是一位结束了若干年来中国传统学者风习最后一位大师，我以为说得好。看来在对待友谊的态度上，也正有着同样的特点。

我于1947年秋冬间，写信给在台湾的大学里任教的许寿裳先生，希望他给我写两张字。当然希望他写鲁迅的作品。当时我没有见到发表在女子文理学院的校刊《新苗》上的《上遂廎诗草》，不知道他也能诗。否则一定也要请他写几首自己的诗的。很快就接到他写来的两页诗笺，写了鲁迅的两首七律，都是有名的作品。在《阻郁达夫移家杭州》那一张上，还留下了日子，“三十六年（1947）十二月”。当时因为某种原因，我的许多函件都托上海出版公司代转，不免有些延误。等这两页手迹到了我的手中，好像没有几天，就在报上看到他惨遭杀害的消息。这真不亚于晴天霹雳，手里持着这可能是最后的遗墨，一时竟愤慨得说不出话来。这以后，我就随时注意、剪存了当时报纸上发表的此案的全部报道，读尽了编造得漏洞百出的“神话”，据说最后终于捉到了“凶手”，而且立即枪毙了。“正法”以后的尸体照片也登在报上。这一束特别的文件，后来失落了。只记得全案被说成是一件因细故而引起的“仇杀”，凶手是曾在许家做工的两个年轻人。真是只能骗鬼的拙劣的“神话”。

许先生的书法是清劲的，当然不能说是怎样出色的书法，不过在我看来却别有趣味。特别是多用古字的一点，就分明表现了曾从章枚叔学习《说文解字》的遗痕，好像这中间也存在着与鲁迅的某种联系似的。

章太炎、鲁迅、许寿裳、郁达夫都是浙人。这中间好像确也存在着一种微妙的联系。

1982 年 4 月 8 日

冰心的手迹

冰心女士的《到青龙桥去》是我在小学时读过的国语课本中的一篇，说来已是五十年前的事了。这大概是我最初接触的新文学作品之一，比认识鲁迅、叶圣陶……都还要早。后来进了中学，春假到八达岭去旅行，爬山、看长城、瞻仰詹天佑的铜像，细心观察火车是怎样前拉后拥地爬过山头，脑子里还总是记着冰心写青龙桥的那篇文章。

我第一次看到冰心的照相是从郑振铎的《西行书简》前面的插图里发现的。她们站在大同久胜楼（传说是李凤姐卖酒的地方）头的一张不清楚；穿了矿工服装站在矿井前的全影也不清楚。只有与雷洁琼在蒙古包前的一张是清清楚楚的。我真高兴，第一次认识了自己崇拜的女作家。

《春水》《繁星》我没有好好读，《寄小读者》零碎地读过其中一部分。《南归》给我的印象最深，应该如实地说，我不大敢读这篇文章，它给我带来了多么深的哀愁与痛苦。最近得到《记事珠》后又翻看了一下，感想依旧，很快就掩卷了。

于是我懂得了冰心作品中最重要的东西，母爱、孩子，还有大海。

冰心的小说，我曾经爱读过一篇《我们太太的客厅》，这是写30年代北平高级知识分子生活的。

最近读杨绛的《倒影集》，在卷末又发现了那篇《路路》，真是如遇故知。这也是我当时喜欢的小说之一，曾收入《大公报丛刊小说选》。这篇写的是学生生活，与冰心的一篇合看，当时北平高等学府里的侧影依稀可以看到了。两位女作家写的都是她们熟悉的人和事。我的喜欢这两篇小说自然也说明了我那时做着的是怎样的梦。

幸运的是，这样的梦终于被抗日战争的炮声惊醒了。

我是在重庆的豆油灯下第一次读到署名“男士”的《关于女人》的。记不起是早就听人说起，还是自己从文字中辨识出来，这其实是冰心的作品。我当时就想，这是冰心最好的作品。作者到底已经从“客厅”里走了出来，抬头一看，外面的天地是多么空阔，人间的悲欢又是多么深广。在作家说，这是一次真正的解放、升华，但却没有割断与过去的联系，因此倾泻的感情也是实实在在的，作品是真正茁壮地成长了。

据作者说，这里写的是十四个女人的事。“连带着也呈露了我的一生”。这就是了。这大约都是“真人真事”，但仍然经过了艺术加工。但我不想把它算作什么“报告文学”。文学就是文学，作品就是作品，自有客观标准加以检验、衡量。

三十四年前正当我起劲地收集师友“墨宝”时，曾问过巴金，想请冰心给写字，不知道行不行。他说可以，就为我寄了一张笺纸去。不久，就收到她从东京寄来的一张字，写的是《憩园》后记中的一节。但她把一九四八误写为一九三八。这是在《憩园》出版三年以后。

1941 年巴金为冰心编《著作集》，在抗战中的内地重印。巴金在“后记”中说，“(冰心）抗战后新写的《默庐试笔》，及译作《先知》一册，因原稿散失，一时无法找到、只好从阙……”

这《先知》，我却在抗战初上海的旧书摊上得到了译者自藏的校改本，书前还有自跋。这是被我看作“善本”中的“善本”的。战后归来，依然无恙。一直藏到十年前，被抄去了，但终于回到了书架上。我就又和巴金说，这本书还是给译者自己收藏吧。他说“好，好!”就代我寄还给译者。我当时又曾说起，1948 年得到的那张字没有了，能再请冰心写一张就更好，结果就是她在 1980 年 5 月 8 日写来的一幅，这次的笺纸是她自备的，我手中已经没有了笺纸，而她大概还保留着三十四年前在花笺上写过一张字的印象吧。这次她写的是：

> 收到巴金转来的您“还”给我们的那本附有题字的《先知》，真有意外的欢喜和感激！几经离乱，赠书人和受书人的脑海中，都早已没有了那片帆影。为了晚年的慰藉，我们向您深深地致谢。

应该致深深的感谢的是我。能珍藏从儿时起就尊敬、爱重的前辈作家的手迹，隔了三十年先后写下的两张手迹，不能不使我感到极大的幸福。

1982 年 11 月 16 日

阿英与书

《阿英文集》在作者逝世四年以后问世了。这本七十万字的文集收入了散文、随笔、回忆、序跋等部分单篇作品，篇幅较巨的创作与论著都没有选入。尽管如此，文集还是清晰地反映了作者五十年来走过的道路，一展卷，作者的言笑，在革命道路上仆仆前行，伏案研究，南北访书的种种，都如在目前了。作者的文学工作涉及了非常广阔的方面，但他所做的一切都没有离开为中华民族的生存与解放而战斗的轨道。作者是文学家，但首先是革命者。

我认识作者很晚，已在全国解放之后。虽然从30年代起已经耽读他的许多著作和编著的大量书册了。第一次见面就使我确认了在心目中存在了很久的印象，他应该就是这样一个而不可能是别一个人。他是前辈，是有威望的革命前辈和名作家，但在后辈面前却没有那种常见的架子。他有一种一下子就能把人们的心拉近的魅力，能立即给人一种安定感，只会有这一种而不可能是多种面貌的安定感。这真是一种罕见的可贵品质。

第一次看见阿英记得是在梅兰芳护国寺街的寓所里。他好像已经是梅家的常客了，非常随便地坐在缀玉轩的客厅里谈天，后来又一起去恩成居晚饭。就在那一次我见到了一种奇异的场面。在我们就餐的小房间外面，饭店的走廊、门口，一下子就聚集了那么多普通的北京市民，以至后来离开时都发生了很大的困难。这些自动聚集起来的都是梅先生热心的观众，他们脸上都堆着欣喜、兴奋、幸福的笑。当我们跟着梅先生挤出饭店时，阿英轻轻地对我说："这就是人民的艺术家。"

后来我从梅先生和梅家友人口中常常听到阿英的名字。要安排演出节目了，写好了什么文章和发言稿了，要修改剧本了，还有许多几乎是琐碎的小事，人们总不会忘记问问阿英的意见或请阿英来谈谈。这种尊重与信任给我留下了很深的印象。

阿英还约我到他的寓所里去看过书。

他取出了一些明刻白棉纸印本来给我看。书的名目记不起了，反正并非什么罕见的秘本。但对其中的一部他特加说明，说是抗战中在苏北敌后抢救出来的，我却翻阅了许久。我想，作为藏书家，他也是有自己的特色的。记得我曾告诉他，两年前在上海的书市地摊上曾发现了他所藏的大量新文学书籍，可惜没有可能为他买下。他也只是少少表示了一下惋惜的心情，接下去就说，书还是要继续买下去的。我想，他在买书上的锲而不舍、再接再厉的精神也是不寻常的。

后来是继续的通讯，最早是商量印行古版画的事情。从《第一次文代会日记》中知道，他曾几次到傅惜华家里去看过碧蕖馆收藏的大量明代版画，这中间有郑振铎的《中国版画史》没有收入的许多重要作品。他想到的第一件事是设法尽快地印行、流布，于是就起劲地筹划编纂，并答应写一篇有分量的长序。这件事经过长久的努力终于没有成功。开始时我们就曾意识到这中间可能有人事的牵制，但终于过于天真地做了乐观的估计，认为在今天这一切都不应成为问题。但事实证明并不如此。从这件事可以看出阿英对人对事的基本态度和他的纯朴的心。他是从人民的事业出发进行考虑的。这样一批珍贵的古版画，是应该尽快介绍给读者，还是加以抑制使之不见天日，还是像康生那样，索性掠归己有呢？这是三种截然不同的立场、态度、方式。上海人民美术出版社后来出版了《中国古典文学版画选集》，是1964年傅惜华编订的。基本轮廓还是当日拟议的面貌，但解题，选材，时代地域区划，历史、艺术分析的设想，木刻画发展的研究……这些方面，都不是原来设计的样子了。最可惜的当然是阿英没有写出的那篇总序，至于制版印刷，为了保持原作面目的一些设想和努力的没有完成，就更不用说了。

1955年上海出版公司出版了阿英编的《红楼梦版画集》，则是这一次努力留下的仅有的小小纪念。

这以后在信里常常要我为他留心找书。关于汉画像石刻的，戏曲、小说、版画的，晚清的诗文集是他后期重点收集的对象。有一次还指定要找一些清末石印小说附插图的精本，老同文和点石斋的出版物。

从这里可以看到他视野的广阔和眼光的敏锐。他不跟在别人后面跑，采取了一条“人弃我取”的途径。他注意的是那些寂寞的、受到不应有冷落的区域。他尽自己微薄的力量在书市上进行“抢救”。书籍到手以后并不束之高阁或装饰书房，而是抓紧阅读、研究、选录、纂集，把30年代开始编著的《近百年来国难文学大系》扩展、丰富，完成了鸦片战争、中法战争、甲午中日战争、庚子事变、反美华工禁约等《中国近代反侵略文学集》。同时又完成了规模庞大的多卷本《晚清文学丛钞》。

这一大批文献汇编在近代史、近代文学史上的重要意义用不着多说。开辟了这个重要研究领域的阿英的眼光和魄力真应该受到后辈的尊敬。《文集》中收有好几篇记述在上海买书的文字，是非常优美的散文，也是可以与李南涧、缪荃荪的《琉璃厂书肆记》（前后记）并存的珍贵书林史料。文章中也记下过他收集晚明文集的故事，但更多的是他搜集当代、近代革命、文学史料的故事。他写出了访书的辛苦和得书后的欣喜心情。这种心情记述在藏书家的题跋中并不少见，可是阿英的抒写却不同。同样是激动、欢喜，但买得被禁毁追查的革命书报的心情到底和得到宋板明抄的意趣是两样的。

新文学史料的开始成为搜集研究对象，新文学出版物被当作版本书籍而受到重视，好像都是近年来才出现的热闹现象。人们看到这种研究工作在国外已经开展了许多年，并有了不少成果时，就更产生了不能再继续漠视不顾，必须加紧建设的迫切要求。我们必须有自己的文学资料收集保管机构，这对作家、研究家、出版者和广大读者都是不可缺少的。不能让我们的研究工作者到域外去寻找资料，这种“史在他邦、文归海外”的现象不能再在今天出现了。在建设社会主义精神文明的伟大事业中，这绝不应被放在可有可无、无足轻重的地位。阿英在五十年前，就已经把这当作头等重要的大事来做，在1936年出版的《中国新文学大系》中，以个人的努力编成了《史料、索引》一卷，这是何等的气魄与见识！在中国新文学运动开展了十六年的当时，阿英就看到人们对之产生了“三代以上”的生疏感，他对《新文学大系》的发刊的估价是“超过于翻印一切的古籍”之上的大事。他在1935年写《版本小言》，就将“新书”的版本价值拿来与旧书相提并论，在当时可能是惊世骇俗，在今天，则正是高明的预见。在鲁迅逝世周年时，他写了《鲁迅书话》，谈到《河南》和东京印的《域外小说集》。作为新的“书话”，阿英也是最早的先行者。

《文集》中的几篇访书记，写的是他在上海城隍庙、西门、浙东、苏常等地访书的故事，不但有文献价值，也是优美的散文。如果说这一切还不过是出于个人的爱好，表现的也依旧近于“冷摊负手对残书”那样的情趣；那么在《敌后日记》中所记在苏北新四军中的访书活动，意义就截然不同了。在烽火遍地、民族战争的战场上，那种迁徙无常、战斗频繁的艰苦环境中，在陈毅同志的直接关心下，阿英展开了困难的抢救、收集、保护书籍文物的工作。对祖国文化遗产炽热的爱，精神文明建设在整个革命事业中所占的地位，在这些重大问题上他们的见解与行动直到今天还值得引为骄傲。

在1949年写的《第一次文代会日记》中，显示了新生的人民共和国在文化建设上雄伟壮阔的草图。规模的广阔，人才的众多，工作的气势……都使人为之神往。就在这群峰耸峙、万壑争流的情景中，阿英又和郑振铎等一起研究了有关文物管理组织等问题的设想，并很快向周恩来同志做了汇报。新中国的文物工作就在这时奠定了基础。从旧社会的个人访书到新时代人民的文化事业，这是怎样的一种飞跃啊！

从《文集》的篇目中，我们会惊异地看到作者的兴趣是如此广泛，视野是何等开阔，他从新文学的创作研究开始，写下了许多闪烁着战斗锋芒的文学评论；在连续的战斗中尝试使用话剧、电影等多种艺术形式；在抗战烽火中开始注意通俗文艺的运用，从而打开了更广阔的视野。画片、西湖景、年画、相声、窗花……都受到注意。这种生气勃勃的研究兴致，一直保持到60年代中期，从不少衰。作者在文化园地上辛勤耕耘了五十年，经历了风风雨雨、胼手胝足的艰难历程，有自己的辛酸与愉悦，可是从不想到放弃自己的劳动，他实在是个不知道疲倦的人。

阿英同志逝世已经四年了。有时想，他实在离开得太匆促，留下了那么多重要的工作来不及做完，这是非常可惜的。但又时时觉得他好像还走在我们前面，迈着稳重而坚实的步子。“闻鼓鼙而思将帅”是一句老话了，但我觉得放在阿英同志身上是很合适的。特别是当光荣而艰巨的任务放在面前的时候。

1982年9月17日

诗人冯至

冯至是诗人，他写的散文也凝聚着极为精炼的诗的素质。《伍子胥》是小说还是散文诗，就很难说得清楚。正如何其芳是诗人同时也写王子乔的故事一样。五四以后小说中有此一派，作者不多，也几乎没有什么影响，但却是应该给以注意的。

冯至在《伍子胥》的后记里就直白地述说了他写作的最初曾受到里尔克的散文诗《旗手里尔克的爱与死之歌》的影响。里尔克这篇作品有卞之琳译本，收入《西窗集》，题《军旗手的爱与死》。卞之琳在《西窗集》的题记里说过一句话："编理完了，仿佛在秋天的斜阳里向远处随便开了一个窗，说不出的惆怅……"这句话很好地说明了这一文学现象的时代背景与踪迹。五四以后，从"西窗"里吹来的一股清新的风，吹醒了一些沉酣于古代诗歌海洋里的年青诗人，他们摩挲着迷离的睡眼，想起要做一些新的尝试……

冯至在《伍子胥》的后记里说明了他这本作品从最初的酝酿到最后完成中间经历的过程。伍子胥最早曾音乐似的在他的头脑中闪过许多遍；经过了许多年，他的青年时的梦想一部分已被经验填实，一部分则被驱散。等到作品完成时，冯至说：“里边既缺乏音乐的元素，同时也失却这故事里所应有的朴质。其中掺入许多琐事，反映出一些现代人的，尤其是近年来中国人的痛苦。”这些话是1944年冬写下的。

我得到他写的这一页陆放翁诗，正是在这两年之后。

那时冯至已经回到北平，仍在北京大学里教书。从他在放翁诗后面写的几句话，也可以看出那时一个“中国人的痛苦”。诗人仿佛又返回诗的故国，惊异地发现生活在南宋的大诗人竟自写出了使1946年的读者“觉得非常亲切”的诗句。

三十年后重展，也实在不能不使我感到惊异。现实主义的力量真的如此强大，可以使作品永远有着旺盛的生命力，历千百年而不褪色。陆放翁写这诗时已经老了，但他关心着年青人，寄期望于年青人，他知道希望在他们身上。诗人对自己和自己的同辈的告诫是“万事不如公论久，诸贤莫与众心违”。这是陆放翁考虑了一生所得到的结论，这结论是正确的。

得到这一页诗笺以后两年，我在北京的北大教员宿舍里访问了作者。在那小小四合院的南房里，四周是矮矮的一圈书架，放满了德文书，有许多是精装的。诗人有着温柔敦厚的典型特征，非常随便的谈话，简直看不出他就是《伍子胥》的作者。

冯至近来好像一直在从事外国文学的研究和领导工作，好久没有写诗了。

今天整理书橱，找到了1955年作者自选的《冯至诗文选集》，这是一本薄薄的册子，共两辑，第一辑是诗，第二辑是1939年以后所写的散文，这里面就有一篇写于1944年昆明的《一首陆放翁的诗》，讲的正是两年以后写给我的这首《送国子监司业芮国器》。可见放翁这首诗在他心中徘徊了许久，一直没有忘记；也证明1944年在昆明引起的感慨，到了1946年的北平也还是没有多大的变化。作者在文章的开始时说：

> 近来电力不足，常常灯光如豆，晚间不能看土纸印成的书报，不得已只有读大字的古书了，一天晚上，无心拿起一本陆放翁的诗集。窗外黑暗的天空上飞机的声音没个停息，自己读着“小楼一夜听春雨，深巷明朝卖杏花”，是多么无聊；但是开卷有益，翻了几页，却碰到一首好诗……

读了这一节，仿佛也牵引起了我的旧梦。我不是西南联大的学生，但我有些同学在这个学校里工作，不过工作的地方是工学院，地方在拓东路。我在抗战中有好几次路过昆明，有时也借住在朋友的宿舍里。上面所说的那种灯光昏暗的情形，也是经常遇见的。不过我没有古书，在地板上打地铺时也还是只能看土纸印的书报，拓东路离开巫家坝很近，美国飞机不停地起落的噪音听得也更为清楚，但习惯了，好像也并不影响谈话或睡眠。这些记忆直到今天也还是鲜明得很。

作者文章中有些话，我觉得今天读来也还是很有意思的。他说：

在抗战的艰虞中是产生能手的好机会，难道人才根本没有吗？我想绝不是。反而我相信人才可能很多。只是他们有的像是石下的小树，要伸腰无从伸腰，有的像是壅塞的流水，要前进无从前进，他们都在重压与壅塞的状况下凝滞了。这个状况是怎样造成的呢？那些老名字要负大半的责任。——我并不是不敬长者，可是我敬重的是领导着来者前进的长者，而不是自己高高在上使来者凝滞在苦闷里边的“长者”。

这些话是说得很好的。他是在1944年的昆明说这番话的，指的当然是当时的人和事。但近四十年后重读，依旧觉得说得很好。因为这是可以说明他写下放翁诗的心情与意见的，所以不惮烦地介绍在这里，算作一点补充。

1982年4月6日

废名

废名是“五四”前后出现的很有特色的作者。关于他的小说，鲁迅先生有过这样的评论：

> 后来以“废名”出名的冯文炳，也是在《浅草》中略见一斑的作者，但并未显出他的特长来。在1925年出版的《竹林的故事》里，才见以冲淡为衣，而如著者所说，仍能“从他们当中理出我的哀愁”的作品。可惜的是大约作者过于珍惜他有限的“哀愁”。不久就更加不欲像先前一般的闪露，于是从率直的读者看来，就只见其有意低徊，顾影自怜之态了。

这简短的一节话，很能说出废名小说的特色，在《桃园》《桥》《莫须有先生传》中显露的就正是这种特点。记得我在中学里读废名的小说，就不能懂，不知道他在说些什么。我想那是因为自己的幼稚，还说不上“率直”。废名是北大出身的，他虽然写小说，但我想从根本上说他还是一个耽于哲学玄想的诗人。他的小说似乎也是近于新感觉派那样的作品，他想描述的不过是他的一些思想活动，对生活的感觉、思维。当然，这一切都局限于非常狭小的圈子里，他的“哀愁”也是“有限”的。“哀愁”并不一定是非否定不可的感情，重要的是要看这是怎样的“哀愁”，是阔大还是狭小、深刻还是浅薄。鲁迅的意见原是很明白的。

废名后来一直在北大教书，作品不大写了，兴趣转移到儒家、释家哲学上来，人也变得古怪了。据说他曾与熊十力讨论佛学，争论到后来，没有声音了，两人在房里无言地扭打起来。但第二天又照旧讨论下去。这种举动和他的小说一样都很不好懂。但他讲唐代的杜甫和李义山的诗却实在有许多好意见。解放后他在东北的大学里教书，有《杜诗讲稿》发表在学报中。我记得他讲杜甫的“影静千官里，心苏七校前”两句实在讲得好，好像把杜甫赶到灵武的行在后，喘息未定的内心活动都揭示出来了。我就想，废名讲唐人诗和他写小说用的好像是同样一种方法。

写到这里，从书架上找出人民文学出版社1957年版的《废名小说选》来看。书前有作者的自序，他在序里说：

> 我最后躲起来写小说乃很像古代陶潜、李商隐写诗——这个判断是真实的……

又说：

> 就表现的手法说，我分明地受了中国诗词的影响，

> 我写小说同唐人写绝句一样……我的一篇小说……实是用写绝句的方法写的，不肯浪费语言。……运用语言不是轻易的劳动……

我很高兴，我前面的猜测没有大错。

废名还忍不住要在小说里写出他的诗论。如《桥》中就说：

> 今天的花实在很灿烂——李义山咏牡丹诗有两句我很喜欢，我是梦中传彩笔，欲书花叶寄朝云。你想，红花绿叶，其实在夜里都布置好了——朝云一刹那见。

他给我写的这一张字，也是转录他自己的玉溪诗论。不知道出处在那里，废名好像一直没有散文集出版。

> 李义山咏月有一绝句："过水穿楼触处明，藏人带树远含清。初生欲缺虚惆怅，未必圆时即有情"。其第二句意甚晦涩，似指月中有一女子，并有树如小孩捉迷藏一样，藏在月里头，不给世人看见，所以我们只见明月。诗人想象美丽，感情溢露，莫此为甚。

这是很好的一节"诗话"。李义山也实在被人说得滥了。特别是前些年，许多论客一窝蜂地拼命把李义山说成政治诗人，使他百口难辩。不论他在写爱情，写幽期……都是在暗暗地影射着什么重大的政治斗争。这原是古已有之的一种研究方法。我们也不否认义山确实写过一些政治诗，但说他连睡觉喝酒吃饭打喷嚏都忘不了政治可就不免近于胡说八道。几年前的那一窝蜂，其实不过是一种历史沉渣的泛起，一些都没有什么新鲜。这样，读了这样的艺术分析就使人特别喜欢。他就像一个小孩述说自己对诗句的思索、想象、理解一样，语言特别朴实、真挚。自然我们也不一定就完全接受他在这里的解释，也许李义山写的是现实境界，不是月宫中的事情。但这并不妨碍我们欣赏废名眼中的义山诗。

废名的字写得也很有特点，稚拙得像小孩写小楷似的，就像他那么顽强地雕琢着他在小说中使用的语言一样。

我觉得废名在新文学史上的努力与表现是应该受到注意的。他开了一条寂寞的头，接下去就被人忘记了。但我想他并不是孤独的。如何其芳，也曾在《画梦录》里摸索过同样的道路。何其芳在写他的美丽的散文时也是非常顽强、艰苦的，也深知运用语言不是轻易的劳动。我相信，在何其芳身上就有着废名的影响。

废名还有过一本《谈新诗》，是他在大学里讲课时编的讲义；解放后他还写过一本鲁迅先生与青年的小册子。好像他已经不在世上了，什么时候死去的我也说不清楚。但我想他的有些遗文是应该辑印问世的。如他讲杜甫、李义山的文章就是如此。

1982 年 5 月 8 日

今天买到新出版的何其芳的《一个平常的故事》，从其中一篇《给艾青先生的一封信》中知道刘西渭（李健吾）先生曾经非常认真地读了何其芳的《画梦录》，但“主要地只看出了我受了废名的影响的那一点”。何其芳说，接下去他又列举了对《画梦录》曾经有过一些影响的作者的名字，其中有废名。

刘西渭的文学评论在一个时期里很有名，但我却不曾看过。何其芳的这封信过去我也没有见到过。不过我却得到了与他们相同的结论，我是通过作品的阅读感受到这一点的。我很高兴在这里自己没有猜错。

1983年12月6日重校记

忆李广田

汉园三诗人中现在活在世上的只剩下了一个卞之琳，想起来真使人感到惆怅。论年龄，算到今天他们都只不过七十左右，本应可以好好地工作更长一段时期的。

我手边有两本书。一本是商务印书馆出版的《汉园集》，是何其芳、李广田、卞之琳三人的合集，李广田的诗题作《行云集》，收诗十七首。三位诗人的风格有其共同之处，但又有各自的特色。在《地之子》和《上天桥去》两诗中就显出了李广田的特点。在共同的玄想、哀愁、寂寞、呻吟中，李广田是表现得较为踏实，带有更多的泥土气，也更多注视着人间相的一位。

另一本是收在《文学丛刊》第九集中的散文《日边随笔》，薄薄的一本小册子。诗人这时已久不写诗了。“我离开一个最宜于做梦的大城，又到一个最不宜于做梦的小城……”这小城就是昆明。昆明市中心有一座近日楼，这是书名“日边”的一个理由。他依旧用诗人的眼睛观察人间的动静，但这些年他看见的是“如此伟大而壮烈”的时代。不过他还是忘记不了萦回在心头的旧梦，于是在序言一开始就写下了：

“日边清梦断”。若干年前，我曾经喜欢过秦少游的这句词。

这自然依旧说明了他的诗人气质。他始终忘不了一些清词丽句，富有哲理性的美丽语言，但又好像在二十多年前就已预示了他在昆明的结束。

我只见过诗人一面，那是1956年冬我旅行经过昆明的时候。当时他已是云南大学的校长了，完全变成了一位学校行政干部。我到云大去访问，他热情地带着我参观学校的校园、建设、图书馆……又坐在他的办公室里谈天，他谈得高兴、畅快，多半是关于学校的事情。他几乎不谈诗，好像与云南作家的来往也很少。我当时不禁想，这难道就是《行云集》的作者么？

我和李广田在文字上打过两次交道，但却都为他带来了麻烦，今天想起也还感到遗憾。

1962年在报刊上曾经展开过一次小小的讨论，那是因对杜甫诗“香稻啄馀鹦鹉粒，碧梧栖老凤凰枝”的不同理解而展开的。我发表了他的文章，引来了非难，后来他又写了一两篇论辩的文章。详细的论点记不清楚了。总之是为他添了麻烦。我觉得杜甫这两句诗是无可争辩的名句，也一点都不难解。我是个粗疏的人，不耐烦研究杜甫在这两句诗里用的是否倒装句法，也不想深究诗里表现的是怎样嘲讽的微意。只要从全诗中领会到诗人情感上的低回、叹息就行了。诗中的含意，也是清清楚楚的，用不着一点点地来坐实。

1946年我搜集师友墨迹的时候，也得到过他的一幅。但后来抄没了，也没有找回来。但原信却在的，写在一张草纸上。

> 黄裳兄：字愈写愈难看，真是无可如何也。匆此候安李广田。六月廿一日。

信封上写着“天津南开大学李缄”。

此外还有一封信，附着一张剪报。信上说：

> 黄裳兄：示悉。剪报两份，已读过，觉得十分好笑。一卒先生意见，我完全赞同，翟君的访问记却真令人糊涂。事先既不知道他作访问记，事后也未看过他的原稿，其过失一在于我说话不清楚，也并不认真，再则在于翟君听话与记言均未到好处。此事与吾兄无关，徒惹不快，亦至歉然！对此决作缄默态度，因不值一辩，也愈辩愈糟也！以后翟君有稿，务须改正后再刊，不然则可不用。匆复，即候著安。　李广田，廿五日。

这次的乱子惹得比较大。1946年冬我由南京调回上海，在报社编“文教版”。发了一篇《李广田访问记》。作者自称是他的学生，所谈则是有关抗战中戏剧运动的意见。我没有经过核实并多方面听取意见，就贸然发表了。这一方面固然因为没有经验，更重要的则是自以为是。草草看了一遍，觉得被访问者八年中一直在内地，是文化界中人，他的意见也算是一家之言，就匆匆见报，让他文责自负了。不料立即引来了批评。当时年少气盛，听不得不同意见，就“反攻”回去，和一位朋友讨论后写了一篇答复，把问题搞得越发复杂。事情以我被撤换结束，改行去编副刊了。工作改变使我不能不为填满版面而赶写连载，几个月中成为我写得最多的一个时期。正是所谓“失之东隅，收之桑榆”了。

我寄了两份剪报给李广田，现在信封里却只有一份“依人”作的《戏剧作品的思想问题》，看样子是从《联合晚报》上剪下来的。“一卒”的一篇不见了。看“依人”的文章，我是被称为“杂感家”的，可见我作为“杂感”作者的历史确也是很长久了。“依人”的结论是，“戏剧作品的思想内容，不是死盯在作品上能发现的，也不是作为时代的传声筒能唱出来的，更不是‘杂感’家的‘感一感’能求得的”。这些话虽然不无道理，但也较为深奥，不是当时的我所能安然接受的。一卒的文章可能发表在《新民晚报》的副刊上，这副刊是吴祖光所编，而举出的抗战中戏剧佳作又正有《风雪夜归人》在内，这就使我很不以为然，觉得在自己编的副刊上说自己作品的好话，是不应该的。我的“反攻”好像就是抓住了这一点。五四年在北京看见祖光，握手以后他第一句话就是：“你骂得我好厉害！”指的就是这件往事。

从李广田的信里可以看出，“访问记”没有能不走样地反映出他的主张，他也完全同意一卒的批评。事情本已清楚，可惜这信收到时，反攻的文章早已发表，来不及了。

依人的文章中还提到曹禺的《蜕变》，约略介绍了吕荧、杨晦、胡风的意见，说："恐怕未能使'杂感'家'如愿以偿'地满意。"因为我说《风雪夜归人》的题材与抗战无关，而《蜕变》则是正面写抗战故事的。可见当时自己看问题的简单，这真是一个很有价值的经验教训。

1983年10月27日

关于周作人

最近关于周作人在抗日战争中投敌前后的史实有过颇为热烈的讨论和研究。结论大体上是一致的。周作人的落水投敌是不可辩驳的事实，在他自己说来也正是一种必然的归宿。这个案是翻不了的。至于在这中间他的思想活动、心理状态的变化，则是另一个研究课题，意义恐怕比研究周作人本身来得更为重要。作为一个典型人物，周作人一生所走过的道路，从光荣而没落而沉沦，在考察中国知识分子的历史性格时，自有其特殊的参照意义。

过去我曾在什么地方说过，在中国文学史上似乎存在着一种“贰臣文学”。从汉李陵的答苏武诗算起，可以说是有十分长久的历史了。苏李诗姑不论其真伪如何，即使是后人的拟作，那意义也仍是重大的，说明人们早已觉察到文学史上存在着这样一个严重的现象了。推而广之，凡是出卖或背弃了自己过去一直持有的信念，为了卑鄙的个人目的，或投降敌国，或在邪恶面前屈膝，卖论取官，不知羞耻，都是属于同一范畴的历史现象。这样，广义的“贰臣文学”就更加值得注意。对这样的严峻的课题，人们是不应该置之不论的。

周作人的不肯离开北平，终于陷入耻辱的深渊，当然不只是因为他自己所辩解的“家累”，其更重要的原因则是他对抗战前途的漆黑的预测，也就是对国家民族已经失去了信心。他说是在北平“苦住”，其实是不愿舍弃苦茶庵的生活。《玄同纪念》一文是周作人的一篇重要的文章，是他决心“破了二年来不说话的戒”写下的第一篇文字，也可以看作是他决心下水的宣言。他在这篇文章里引用了钱玄同的几封通信，但“信中略去两节，觉得很是可惜。因为这里讲到我和他自己的关于生计的私事”。又说，“今玄同往矣，恐遂无复有能规诫我者”，从这些话里不难想象钱玄同对他规劝与警戒的内容。徐炳昶在纪念钱玄同的文章里曾说：

> 还记得我们有一位老朋友，先生多次向我谈起，深表不满，指出他除了个人享受以外，几无余事。当时我颇诧异，先生的态度，何以忽如此严峻？但至今日，这位颓唐文人的老朋友，依违于敌伪之间，莫能自拔……推他所以不能自拔的原因，只是个人享受一事，在那里作祟！（《我所认识的钱玄同先生》，载齐鲁书社版《钱玄同年谱》）

这个“不能自拔”的老朋友就是周作人。从徐炳昶的话里同样可以推知钱玄同对周作人的规诫。而周作人的恋恋不能舍去的“个人享受”，也并非一般的声色犬马，其实不过是苦茶庵的平静舒适生活与那些旧书而已。

周作人就这样摆脱不掉自己多年来建造起来的硬壳而不能自拔了。这真是一个“颓唐文人”的命定的悲剧。

苦茶庵这个坚固的堡垒其实也并不是完全平静的。有的研究者曾经指出，在北平围城之时，卢沟桥的枪声响起一个月之后，周作人竟自在苦茶庵中写下了悠闲淡远的《野草的俗名》那样的文字，以为不可能。其实这正是周作人内心极不平静的一种表现。他是用这种方法来掩盖、排遣、压抑绝不平静的内心激荡的。

陆游的《老学庵笔记》中有一则炒栗子的故事，记北宋故都著名的炒栗名手李和儿，于燕山迎出使虏庭的宋使，献炒栗十裹，自赞曰“李和儿”也，挥涕而去。这则故事周作人前后几次引用在自己的诗文中。1937年3月30日写《老学庵笔记》一文加以引用，称之为“笔记中最有意义也最为人所知的一则”。1937年12月，作绝句两首，收入1914年写定的《苦茶庵打油诗》中，列于篇首，其诗云：

燕山柳色太凄迷，话到家园一泪垂。
长向行人供炒栗，伤心最是李和儿。
家祭年年总是虚，乃翁心愿竟何如。
故园未毁不归去，怕出偏门过鲁墟。

1940年3月又写“炒栗子”一文，仍引上面的两诗。看他反复抄引，多次谈及，可以看出这实在并非偶然的。这两首诗也实在含有非常刻露的禾黍之感，只差没有明说王师北定中原。以已经落水的汉奸而写出这样的凄哀欲绝的诗，表面看来正是一种绝大的矛盾，然而却是周作人祈求内心平衡而流露出来的心曲。

同样，在《关于朱舜水》里引《先哲丛谈》纪事：

舜水归化历年所，能倭语。然及其病革也，遂复乡语，则侍人不能了解。

也同样隐曲地表示了这种哀苦的心情，检查周作人在投敌以后所写的文字，类似的地方也还所在多有。这大约可以与吴梅村的诗词相提并论，“死生已负侯嬴诺，欲奠椒浆泪满襟”，都是类似的悔恨之词，只是表现形式少有不同而已。

周作人自己建筑起来的这个堡垒是非常坚固的。在这内外分开了两个截然不同的世界。他就躲在这个坚硬的壳里做着安然的白日好梦。这种双重人格的心态正是使他能够安心立命并写下了那许多文字的基础。我只见过周作人一次，那是在1946年南京老虎桥的监狱里。作为记者我曾向他提过一些问题。记得当我问到他投敌以后写过那么多文告、讲话，并做了那么多丑恶的表演时，他的反应是使我吃惊的。他坦然地不屑地说那些不过是做戏，仿佛完全不值一说。只有当我问起，一向佩服倪云林的“一说便俗”的他何以在法庭上做出那么说不圆、讲不通的丑恶辩解时，他才颓丧地没有了话。今天想来，应该是倪云林的故事触到了他那个坚硬内壳的核心，才使他默然无语的。至于他偶然伸出壳外做了些什么，就全然不当回事或不加考虑了。这真是一种奇异的现象，但并非不可理解的。

正是在这种双重人格的心态之下，他才能关起门来致力于“国家治乱之源，生民根本之计”的思索。周作人多次提到他心里有两个鬼，也就是说绅士与流氓，或叛徒与隐士。并多次声明他的闲适的小品文只是次要的，而道德的文章才是值得注意的。这都不能说与他的双重人格没有关系。他是把正经工作与“游戏人间”看作水米无干的。在他看来，做敌伪的贵官，登台检阅，晋京朝拜……一律都只是一种“游戏人间”的姿态，并不妨碍他自己的胜业。这实在是一种奇怪而可耻的逻辑，也正是一种文化史上的特殊的扭曲现象。正因为他是在沐猴而冠的情形下发表了一系列正经的议论，人们就将这看作是为日本侵略者出谋献策，也就是无足怪的了。

周作人一向标榜“知之为知之，不知为不知”，一向自命不说假话，但终于不能不在现实面前碰壁，这简直是命定的。他曾提出现代中国心理建设的两个要点，一是伦理之自然化，一是道义之事功化。前者说的是过去中国学者观察自然常与人事连在一起，以致造成许多不科学的说法如羔羊跪乳，腐草化为萤，这自然是不成问题的。后者的大前提也是不错的，但在运用上就显出不可弥缝的大破绽。周作人很佩服洪允祥的两句话，“是要你拼命做事，不是一死便了事”。称之为“极精”，今天看来这也正是非常精辟的话。一切努力如不落在实处都只能是空话。不过周作人用这个理论来反对岳飞与文天祥，那就只能说明他顽固的失败主义，因为岳、文两人都有奋斗至死的事功，与洪允祥的标准是一致的。历史上当然有许多在国家危难之际空言眩世最后糊里糊涂地死去，被列入节义传的人，但他们都不是岳飞与文天祥。

这个“道义之事功化”，他一直没有放弃，1948 年 3 月在老虎桥监狱中写《儿童杂事诗》序，他说：“我还深信道谊之须事功化。古人云，为治不在多言，但力行何如耳。”解放后周作人写小文骂董仲舒，说“正其谊不谋其利，明其道不计其功”是“空头文人的祖师”，并说，“凡是道义的可贵，便因为它在人生有功效存利益的缘故，若不求其实现，只是讲讲，那么有何用处？岂不等于和尚道士的念经么？”这些话说于不同时期，因客观环境的不同而各有其不同的意义，但可以证明一点，周作人当缩回他自筑的坚固的内壳时，确是在做着白日梦，满怀着忧惧之感在考虑着种种问题，认为这是“知识阶级”应守的“准则”。和吃茶饮酒一样，即使已经堕入罪恶的深渊，但仍求得能享受一点美与和谐，以取得心理上的平安与平衡。虽然相信“日光之下并无新事”，看得前途一片漆黑，但却还确信自己依旧没有脱离现实世界，只是站在一边，怀着易卜生“群鬼”的恐惧，注视着它会变出什么可怕与愚蠢的花样。扮演一个虔诚的旁观者的角色。说这是中国知识分子历史性格的一种“相”，大约不是毫无根据的吧。

周作人在解放后的新中国，得到国家的安排，在翻译希腊日本文学的工作中做出了不少成绩，这可以说是他的一次新生。此外，他还提供了不少鲁迅研究的资料，并写了大量的杂文。最近有机会浏览了一下这些小文章，发现前后写作有三个高潮期。最早是解放初期的几年，他以卖文为生（照他自己的说法是“以工代赈”），多发表在上海的亦报和大报上；另外在1956年与1962年前后也写了不少。总的看来，是掌握着反封建的主题，歌颂新社会，谈东西文化交流，记草木虫鱼、儿童生活、方言名物，依旧保留着过去的作风与情调。但因新掌握的资料不多，有些话题往往是过去曾经说过的。但经过一番清理，过去的许多偏激、“别扭”的色彩洗掉了。在这里应该说明一下，关于他在解放前的文字中明明暗暗对左翼文学的批判与攻击，他在1949年7月4日写给周总理的一封长信中只在结末处带了一笔，归之为“过去思想上的别扭”表示承认错误。在研究者看来，当然是不能就此放过的。

周作人的这些短文，依旧保持着杂文的锋芒，他还是主张“不写说理文”，骂韩退之，并说“只有贾谊我觉得不喜欢他，似乎他是后世无聊文人的祖师，虽然实在乃是三闾大夫的徒孙”。在谈二丑与副净时说：

> 正如老鼎对台下所说，“吃了你的酒，出了你的丑”么。在某种意义上说来，促成坏人恶贯满盈早日灭亡，也有好处。副净的价值或者就在这里吧。

对于“四库全书”他表示了相当的不满，借用段玉裁、王荩友的话来揭穿皇帝的不通和乱改古书。和鲁迅的意见是一致的。

在一篇题为《祖国的伟大》的短文里，对当时人民日报开辟的“伟大的祖国”的专栏表示赞美，说“这不但促进读者的爱国思想，更能鼓励人在伟大的祖国面前，不要去干无聊事，显出渺小卑劣来”。轻描淡写地流露了对自己过去的罪恶的忏悔。同时他又反对说任何事物都是“古已有之”，如说什么潜艇即古之螺舟，隋炀帝的龙舟其实即是轮船，只不过少了机械，主张“一面改去自卑感，一面也要像追赶敌人似的对新的事理急起直追”。

周作人对旧戏是没有什么好感的，但这时也常常谈到，如谈《钟馗送妹》时就论及了鬼戏与神话剧的问题。他说：

“利用神话来编喜剧，中国人民的智慧是很可佩服的。《闹天宫》之用玉皇大帝、太上老君来陪衬一个毛猴，《天河配》之用西王母来陪衬一对牛女（耕织的男女），都是很大的对比。……中国人是乐天明朗的民族，利用迷信做材料，却转变成很好的戏剧，看过去豁然都忘了，不让它留着，只当作游戏看去……我疑心中国戏上出鬼，多是此意。鬼不显出鬼的可怕，神不见神的可畏，这是中国戏的特点。”

这些意见比起《有鬼无害论》之类的高见来，自然要明净得多，尤可注意的是他对中国民族乐天明朗性格的认识，比起过去的暗黑的宿命论确是有所不同了。我们如果拿他写于1944年的《灯下读书论》来做一比较，就更能看出其间明显的差异。在那篇文章中，周作人说：“盖据我多年杂览的经验，从书里看出来的结论只是这两句话，好意思写在书本上，一点儿都未实现过，坏事情在人世间全已做了，书本上记着一小部分。”

周作人称这种史观为“此中实只有暗黑的新宿命观”，这中间哪里还有一丁点儿光与亮，其实正是他最后陷入耻辱深渊的思想基础。接下去他又说：“使人更不能忘记的是国子监生而请明魏忠贤配享孔庙的陆万龄，东林而为阉党，又引清兵入闽的阮大铖，特别是记起咏怀堂诗与百子山樵传奇，更觉得这事的可怕。”这就更使人可惊，以投敌后的周作人而畅论投敌的阮大铖，这如不是极端的无耻也将是无端的梦呓吧。这正好证明当他缩回那坚硬的堡垒中时，就不自觉地与他的“游戏人间”划清了界限，坦然地进行他那忧生念乱的思索去了。这种二重人格的现象是中国知识分子历史性格中的一种致命的痼疾，也不只是像周作人这种附敌的人物为然。鲁迅列举历史上舍生取义的仁人志士赞颂之为中国的脊梁，其实就是旧日所说的“气节”，正是一剂对症的良药。我们今天研究周作人，重印他的著作，不是为了将他从耻辱柱上解放下来，而是为了为新文化新文学史提供充分的研究资料，以便从这个非常复杂的人物身上找出中国知识分子的致命弱点，使后来者不去蹈他的覆辙。自然，重复周作人的历史经历是不可能了，但以另外形态来重复并非完全不可能。这是我们应该警惕的。

故人书简——叶圣陶

华夏出版社最近出版了《叶圣陶遗墨》，收先生手迹极富。我读了最感兴趣的是致俞平伯先生书札若干通，其中有一通是谈到圣老的蜀中书简的，摘引如下：

“平伯兄赐鉴：今日孙媳休假，一早与游天坛公园。回来开桌上之手书，欢悦乃无可言状。计有八页之多，其四页言及弟之蜀中书简，诵之数遍，感极欲涕。因兄之指示与评品，俾弟以今日客观之我重省当时主观之我，一若当时所言所做所想似还可以也者。非由受奖而感，乃缘相知而感。得相知之言，真可袭用‘荣于华衮’之套语而不嫌其泛矣。现在思之，当时信笔而言，有啥说啥，盖以受书者皆极熟极相知之亲友故。……惟于上海诸亲友最为拳拳，故纤屑无不告，忧喜悉俱陈也。……因读兄之四页书，自觉非说几句不可，而说来殊平平，并未抓住所要说者，只得如此已。惟恳览而鉴其意，然后一笑置之耳。”

这是圣老自己对蜀中书简所说的话，虽然俞平老的来书今不可见，也应看作极珍贵的文献了。这一组蜀中通信是1938年所作，曾片段发表在当时上海出版的《文学集林》

中。当时还是一个中学生的我，读后非常感动，历数十年而不能忘。从这些通信中仿佛真的看到了作者的面影，听到了作者的言笑感喟，可以说这是得能认识圣老这位新文学大前辈的最早的机缘。这一束信终于幸存下来而未遭毁失，后来补足了当时删落的段落而重新发表了。重读一过，四十多年前的旧信仍不失其吸引力，这是什么缘故呢？在散文中间，日记、书信是最能表现作者真实性情面貌的东西，何况这是写给亲近的亲友的书简，其中句句都是真话。自然，真话并不等于真理，但它绝非虚假的大话、套话，读者是喜爱前者而厌弃后者的。也只有反映作者真实内心世界的作品才有长存的价值。使我最初感受圣老和平敦厚的哲人面影的是他在信中发表的对马一浮的观感的两节话。他在 1939 年 4 月 5 日一信中说：

“马一浮先生已来，因昌群之介，到即来看弟，弟与欣安陪同出游数回。其人爽直可亲，言道学而无道学气，风格与一般所谓文人学者不同，至足钦敬。其复性书院事，想为诸翁所欲闻，兹略述之。先是当局感于新式教育之偏，拟办一书院以济之，论人选，或推马先生。遂以大汽车二乘迎马先生于宜山，意殆如古之所谓‘安车蒲轮’也。（马无眷属，惟有亲戚一家，倚以为生。）接谈之顷，马先生提出先决三条件：一、书院不列入现行教育系统；二、除春秋释奠于先师外，不举行任何仪式；三、不参加任何政治活动。当局居然大量一一赞同，并拨开办费三万金，月给经常费三千金。而马先生犹恐其非诚，不欲遽领，拟将书院作为纯粹社会性的组织，募集基金，以期自给自足，而请当局诸人以私人名义居赞助者之列。今方函札磋商，结果如何尚未可知。院址已看过多处，大约将租乌尤寺，寺中有尔雅台，为犍为舍人注《尔雅》处，名称典雅，马先生深喜之。至其为教，则以六艺。重体验，崇践履，记诵知解虽非不重要，但视为手段而非目的。此义甚是，大家无不赞同。然谓六艺可以统摄一切学术，乃至异域新知与尚未发现之学艺亦可包罗无遗，则殊难令人置信。马先生之言曰：‘我不讲经学，而在于讲明经术。’然则意在养成‘儒家’可知。今日之世是否需要‘儒家’，大是疑问。故弟以为此种书院不妨设立一所，以备一格，而欲以易天下，恐难成也。且择师择学生两皆非易。国中与马先生同其见解者有几？大纲相近而细节或又有异，安能共同开此风气？至于学生，读过《五经》者即不易得，又必须抱终其身无所为而为之精神，而今之世固不应无所为而为也。”

记得五十多年前读了这些话以后曾萌生过怎样奇怪的感觉。在抗日战争中居然出现了这样一所书院，不是倒退是什么？可是圣老却以为设立一所也不妨，但也明确指出这实在不是办法。在这里我们可以清楚地看见一位思想宽博而清澈明净的哲人的面影。他佩服马一浮的风格，却怀疑他的主张的实际意义。本来道学就是难懂的东西，何况还想拿来“易天下”，岂非陷于荒谬了么？这就不能不使人联想到近来甚嚣尘上的“新儒家”，也是声称想来拯救已形成的“文化断裂层”的，高深的文化问题且慢谈，叶圣老这些平实因之也就伟大的思想却时时使我想起而不能忘。圣老又在另一信中提起此事：

“丏翁言其六艺之教为礼、乐、射、御、书、数，而其所教非此六艺也，盖诗、书、礼、乐、易、春秋也。最难通者，谓此六艺可以统摄一切学艺，如文学、艺术统摄于诗、乐，自然科学统摄于易，法制、政治统摄于礼。其实此亦自大之病，仍是一切东西皆备于我，我皆早已有此种观念。试问一切学艺被六艺统摄了，于进德修业、利用厚生又何裨益，恐马先生亦无以对也。弟极赞其不偏重知解而特重体验，不偏重谈说而特重践履；然所凭借之教材为古籍，为心性之玄理，则所体验所践履，至少有一半不当于今之世矣。好在学生绝不会多，有一二十青年趋此一途，未尝不可为一种静修事业，像有些人信佛信耶稣一般，此所以弟前信有‘以备一格未尝不可’之说也。大约理学家讲学，将以马先生为收场角色，此后不会再有矣。”

这就说得更清楚了。在宽阔的胸怀包容之下，作者始终坚持脚踏实地的实事求是精神，此所以经历漫长岁月而颠扑不破也。抗战中《中学生》在内地复刊，作者论办刊宗旨时更有一段沉痛的话：

“今后我们要说真有所见的话，不效一般人搬弄几个名词术语，一切都是从嘴唇边滚下来的。又，我们要特别提倡个人之志概与节操，天下事未可料，今日之读者或者命里注定要当‘遗民’，须有志概与节操，将来乃有生望。此二意皆有感而发，言之有深痛，兄当解之。”

此信在《文学集林》发表时，“遗民”云云一句被删去了，这实在是抗战中后方忧国的知识分子的内心情愫，难得作者直白地说出来，今天读了，依然感到一种震撼人心的力量。至于搬弄名词术语，从嘴唇边滚下来的宏文巨制，则是于今为烈，直到今天依旧是一种普遍现象，这是不能不使人感慨系之的。在《叶圣陶散文乙集》里收有1980年写的一篇《提倡平等讨论》，说：“常常听见有人问，‘上边’吹了些什么风？”为什么在有些人中间，打听风向已经成为习惯？“据说不打听还不行。因为在过去的年代里，许多人积累了这样的经验：‘上边’吹起一阵微风，越往下刮风越大，七八级，十来级，不少人莫明其妙地被卷了进去，挨了整。”“在过去的年代里，对文艺作品的所谓批判，大多是先有了结论然后发动起来的。结论当然来自‘上边’。大家按照既定的结论做文章，捕风捉影引经据典，调子越来越高，声势真够吓人。”

圣老在这里对过去年代里的某些文艺批评做了生动的刻画，言人之不能或不敢言。按照这种方法写出的理论文章，也就很少不是“从嘴唇边滚下来的”。对照蜀中书简的旧话，可见他一直是对此深恶痛绝的。姜桂之性，老而愈辣，不能不使人钦敬。《乙集》里还有一篇《重读鲁迅先生的〈作文秘诀〉》，引鲁迅先生的原话说，做古文的“秘诀”之一“是要通篇都有来历，而非古人的成文；也就是通篇是自己作的，而又非自己所作，个人其实并没有说什么”。圣老说，看了这几句，我不免笑了。鲁迅先生这个话说得确切，我在看书看报看刊物的时候也往往感觉到。笑虽笑，心里可不大舒坦。鲁迅先生说的是古文，指的是从前的弊病。如今是20世纪80年代了，而类似古文的说了等于没有说什么的文章还时常看得到，这怎么得了呢！

这实际上就是指出，古文的流毒已经深深渗透到今天的文字中了。尽管用的是白话，然而精神未变，依旧是老的一套。真是怎么得了！圣老对抗战中后方的大学教育有过一节极深刻的评论，而更难能的是他的“自剖”。

“大学殆是一骗局，师生互骗，学校与社会互骗。大学之最有意义者二事：一为赡养许多教师；二为发出许多文凭。教师得赡养，可以不饿死；文凭在手，可以填履历，如是而已。弟以作小说人之眼光观种种现状，颇得佳趣。若连续任教师三年，当能作一小说，以大学为对象，令教育专家爽然自失也。即弟自己亦骗局中之一员。弟何所知乎？而人以为有所知，同业与我商谈，学生就我问业。当斯时也，亦复俨然自以为有所知，正颜庄语，‘像煞有介事’。另一个‘我’在旁，不禁窃笑。此等语不便告同业与学生。然于家中诸人则拆穿言之。今书以告公等，以公等如弟之亲弟兄也。”

这一节话读了不禁使人反复感叹。叶老自责如此之严，却并不丝毫脱离了实际。我偶尔也有参加“学术讨论”的机会，和老师宿儒们坐在一起，就常常想起叶老这一番话：“弟何所知乎？而人以为有所知。”只能沉默。但也听见许多不着边际的漂亮话，觉得实在是身在骗局之中了，记得鲁迅先生曾有过一篇杂文，题目就是“大家降一级试试看”，说的差不多也就是同样的意思，目的无非是减少、更好是消灭这种大大小小的骗局而已。蜀中通讯曾提到当时任教育次长的顾一樵，寥寥数语，就活画出官僚的形象来了：“上星期忽有教次顾君来访，弟不识其名，及见面，方知是顾一樵也。马褂长袍，微有官气。询对于中等教育有无意见，未及弟开口，即兴辞而去，则问亦多事矣。”（第十号信）

就是这位顾一樵，“到处演说，俱传述陈立夫部长那一套，用几个德目调来搭去，说些似真理又似游戏的话。大家说今后教育必须彻底改造，看见了他们，殊觉希望无多也”（第二十二号信）。

叶老和丰子恺是旧友，抗战中同携家去内地，书简中亦常道相思之情，但对他的画风也坦率地表示过一些十分中肯的意见，甚是难得。第十一号信云：“子恺笔下殊闲适，于此似不甚相称，然经过这回播迁，或许风格一变。他近来仍作漫画，弟观之依然有形式与内容不相应之感。”第十二号信又说，“昨曾寄予（子恺）一长信，讨论作新歌曲，并劝其改变漫画之笔调，使形式与内容一致（彼虽画一赳赳武夫，仍令人觉得是山水中人物，此殊非宜也）。”这真是老朋友之间的诚恳劝勉。记得抗战中在重庆看子恺画展，即深有此感。

冰心老人在《心灵深处的叶圣陶老人》一文中有几句话说得极好：“谈起叶老，我觉得与他相对，永远如沐春风！他那谦和慈爱的言谈、态度和容颜，永远悬挂在我的面前。”这几句话真能写出与圣老对坐的人所得的一致印象，即使在我这样晚辈的面前，也依旧保持着一种端凝诚敬的姿态，这是多年来一直保留着的习惯。我在一篇访问记中说明自己的印象时，不由地想起角直有名的唐塑，自己觉得这实在比拟得不差。他晚年听觉不好，离不开助听器，谈话时就一直在胸前执持着，这就更加深了这样的印象。

老人还有一种难得的习惯。每逢得到赠书时必给作者回信致谢，虽然不过寥寥数语，也写得风趣盎然。手头还保存着他的几封来信，大半是得到赠书后的复信。1981 年 12 月信上说："承贶新印《山川·历史·人物》，今日拜领，感之无极。甚爱读兄书，而目力不争气，未能遍读。然刊于《读书》诸篇皆分次勉力徐读，得大欣悦。今于此册，亦当如是，然未知何日得卒业也。"

1982 年 6 月信说：

> 今日接惠赐《榆下说书》，喜不可支。敬申谢忱。此事由兄说之，可喜一。不切边装订久不遇，徐徐翻之裁之，别有妙趣，可喜二。最重要者兄之笔墨，娓娓谈说，悉具佳致，可喜三。我虽以视力衰退，鲜亲书册，兄此书或将勉力阅览其一部分也。

1982 年 11 月 19 日信谈到巴金伤腿及沈从文新著事，说明他对出版事业之关心和对新出好书的渴望，是一封很有意思的信：

> 黄裳兄惠鉴：正欲作书，而十五日手示先到，敬诵

悉。《淮上行》登出之时必令家中人念与我听之。此法虽颇迟缓，总较对书兴叹为胜。得巴金之女小林来信，云用牵引法治伤腿，可不须动手术，然牵引须历六周，卧床动弹不得，思之亦复可虑。蜀中书信，先友王伯祥先生家保留前期之一部分。今分两次载于《收获》，渝州书载今年之末期，嘉州书载明年之首期，依尊意补人前曾删去者，小引中且叙及尊意也。所云正欲作书，请道其详。闻知从文研究服饰之著作已出版，屡与至善至诚商量，何日往访从文一观之。既而思访晤之顷，听念文稿既不可能，翻看图版亦不能遍看且看清。即令假归，其文亦未能遍听，其图仍未能看清，遂作罢。近接《读书》十月号，知刊载尊作介绍从文此书，亟令至诚诵之，分两次诵毕，我听之大感欣慰。兄之文边叙边评，精当扼要，俾我宛然如读从文之书，洵可感佩。而从文二三十年来潜心著述，言必有据，思无虚骛，虽其凭借之赡富，亦由识力之邃密也。此书由何家出版，尚未探悉。闻非国内出。我以为如此著作而不由国内出版社出，实为出版界之羞。不甚识货，印刷技术差，皆堪羞也。我耳目均极差，极感不方便。惟念有涯总跟不上无涯，聊以自宽耳，余俟后叙，敬候撰安。叶圣陶。1982 年 11 月 19 日上午。

此信用钢笔写于稿纸上，字迹清晰有力，可见此时老人精力尚未大衰。听见有一本好书，就亟想一看，跃跃欲试之状如见。隔了不到两个月，他又来一信，还是有关沈从文的新书的。

黄裳兄惠鉴：接到赐寄《金陵五记》，欣感如前度屡蒙赠书时，多谢多谢。即将全册徐徐裁开，此裁书亦为一乐。至于听受，须待有人得闲乃可，已成习惯，不亟亟矣。于《读书》听台从介绍《中国古代服饰研究》之作，兴不可遏，即托范用同志代向香港购之。书去数日而巨册已送来，讶其迅速，听来者说明，乃知系范用同志出版社所藏。云尽可观玩，不急于交还。此本价昂，国内亦将印行云云。范用同志之意深可感。惟观玩此巨册，言之亦复可憧。字体不小，墨色不淡，而我凭二镜亦不能看清。只能看图，图之细微处固莫能辨，其说明亦依稀仿佛，看明白者不逮其半。如许文字不便听人诵读，只得放弃，其怅惘可想矣。近赴医院，请问眼科大夫，可否认真检验，配一副较便于阅览之眼镜。大夫悉心检验，断言配眼镜先须去白内障，而此非小手术，大夫亦不言为我动手术。我则从此断念，不做重配眼镜之想。得便时即令人念诵，不便时即不与文字为缘，只能如是，非安之不可。琐琐叙个人事，有渎清听，深歉。即请撰安。叶圣陶。1983 年 1 月 10 日下午。

关于蜀中书信及报告文学事，又有一长信：

黄裳兄惠鉴：上月廿九日手书敬诵。前载于文学集林之书信，系徐调孚兄所摘采。当年蜀中寄沪之书极多，汇存于王伯翁处，嗣以孤岛情势紧张，伯翁毁之。伯翁逝世之后，其子湜华发现遗而未毁之一包，截至1939年秋止。今已令志诚钞录。因来示提及，故以奉告。大著《榆下说书》不能自观，日来令孙媳于每夜读四五页，已听得三篇——《杨龙友》《阿英一封信》《日记·日记文学·日记侦察学》。《杨龙友》令我长见闻甚多，议论至公平允当，极为心折。听《日记……》之篇，始知日记文学已为通用名称，自愧所见之不广。前些时姜德明同志来书中提及日记文学，我谓日记即称日记可矣，何须加称文学。既有日记文学，殆将有书信文学游记文学等名陆续新生。未免巧立名目，近乎赘矣。诸种文学中又有所谓报告文学者，或称报导文学，其名殊不可解。据云其作法系叙真人真事，而又不必切合其人其事，作者尽可驰骋想象，出以虚构。由此而引起被叙者家属之不满，已颇有所闻。尊见于此如何看法，如有兴不妨提笔论之。尊集中尚有多篇欲一听，惜诵读者暇时不多，未能连日不断为我念若干页耳。执笔闲谈，字不成字，良愧。敬请撰安。叶圣陶（1982年）7月7日下午。

80年代初，报告文学兴起，一时颇有讨论。其主要弊病，如圣老所说，正在想象与虚构。惭愧得很，我未能执笔参加讨论。其后此道大行，又衍化为纪实文学，作者蜂起，书摊上陈列的大都是这类东西，虚构益多，去事实愈远，读者也以读“×宫+×朝”的态度对之，消闲解闷之余又可窥见某些政坛秘闻，一时畅销，成为一大文化现象。可惜圣老已不及见矣。

叶老自己不藏书，也不讲究版本。抗战中郑西谛在上海发现也是园藏古今杂剧，惊为国宝，电重庆教部拨重金买得。圣老对此是不以为然的。1938年7月2日信中说：

铎兄代购之元曲，中间有无出色之作？教部居然有此闲钱，亦殊可异。现在只要看到难民之流离颠沛，战地之伤残破坏，则那些古董实在毫无出钱保存之理由，我们即没有一只夏鼎商彝，没有一本宋元精椠，只要大家争气，仍不失为大中华民族也。以教部而为此，亦不知大体之一证矣。

话虽如此，他也能理解并同情朋友们的搜书，有他为《西谛书话》写的序为证。这也是他胸襟宽阔的一个方面，也绝不从钱眼里看问题，以为这只是倒卖钱财的手段。我自己做过一件荒唐事，请俞平伯先生为一本《拙政园诗余》作跋后，又再请叶圣老也写一篇，还寄去了几页备用的旧格子纸，却全然没有想到叶老已不能写小字了。书寄去后不久就得到他的回信：

黄裳兄惠鉴：大札接诵。前日平翁来访，携来拙政园诗余及所撰题辞。我亦勉书数语，先以裁贴之一纸写之，模糊歪斜，只得易一纸，写到第七行又写错。附来旧纸只余一张，不敢再写。因钞录拙稿，敢请兄缮录之。平翁题辞附词集中挂号寄上。写错之一纸附此书寄上，借见我确已不能作小字。匆匆，即请著安。叶圣陶。(1980 年) 5 月 3 日。

接此信后真使我有惶悚无地之感，同时更感到老人嘔噱的温暖，自己的荒唐举动正如一个顽皮孩子在大人面前撒娇放肆一般。多年来一直在老人的提携护惜之下，当此老人百年冥诞之时，只能缀辑遗文，少抒怀念。殊不能尽其感念之情于万一也。

1994 年 9 月 19 日

故人书简——沈从文

黄裳兄：拜读介绍拙编“服饰资料”文章，提的弱点极对，杨宪益兄也觉得极好，还拟添些他的意见，将译成英文，在英文版《中国文学》中发表，或已着手，或未着手，因彼工作极忙，原本允将全书先试译唐代部分，若顺手，则进行全译。大致因事忙不易动手，只合作罢。这书只是一个试点性工作，图廉价付印，所以本来有原色图均改成摹抚墨本，时间既短，且来不及仔细校对，多不得原意。出版原定六四年试印，不意“文化革命”一来，忽成为“毒草”，支持此书编印的齐燕铭先生，被绑来历博斗了一整天。我则本为陪斗人物，但心脏病已明确，恐在斗中倒下，所以一会即放至隔室坐听各种丑恶凶狠辱骂，计上下午七小时。事实上却并无甚么人看得懂书中内容。甚至于根本还不曾看过此稿。最有趣是，即好几位首长（包括文化部某某副部长）审看此图稿时，曾在稿上另纸写有赞赏眉批的，到批斗时，亦早已将眉批撤去，免遭连累，真是绝顶聪明。还有一位，后来断定此书无事，搁于其手边，待付印送审时，却忽然发生兴趣，意以为将我姓名去掉，用彼姓名。照当时情形甚合理，所谓“首长出思想”，十分重要，以文物和人美均不同意而搁下。到书印出时，却又不高兴，以不曾提及他的“热情支持”一番美意，而大大不快。真十分有趣，不久又有聪明人出主意，以为应将一切文字说明删除，只印图像的，亦未能取得出版方面同意而搁置，一直搁下十七年，才能机会付印。本来因材料过多，先出一小型试点本，等待得到各方面意见后，再改订重印，或采另外一种方式，进行第二、三、四……各册，总计以十册为限。但因“人为大旋风”还不知何时暂告结束，到付印这个试点本时，且担心到重印机会恐不会多，原有材料又多全部散失罄尽，不如将剩在手边资料尽可以附加上去，又得照顾原历博那二百图本来设想，所以随便附加材料，处理编号，都显明多不大接榫处，混乱以至于错误处。不少图安排不大适当，或秩序混乱，或和说明不衔接，都待改正。出版后，院中搞历史的，还认为像一本常识性大型图录，有些参考价值。许多提法虽不尽正确，见解新，还是值得称许。但内中自然不少和传统正宗画学史专家见解（特别是和故官及东北专家）多抵触处，特别是不易得到正统考古学家认可，则为势所必至，理有固然，难于点头，意中事也。八一年起，即拟重订重印，重换彩色原图一百种，主要材料多在故官、历博。社会发展，新问题一切是钱后，每图必得卅五十元，实在不大合理，更新麻烦则即或出钱三千，说尽好话，亦不买账，可以用种种理由推托，均得不到应有方便，有的在另一大单位收藏的图像，本可以借用的，却忽然为另一单位预先借走，致工作迟迟不易交卷。原定今年三月，在国内之重订本可以缩小付印，香港重订本亦可于六月交稿（且已和美之蓝灯出版社口头说定，将文字说明简化一些，即将在美出版），至今犹有卅多图无法得到应得便利，只好拖延下去，只能说中国“新风尚”，因不少材料，我们还看不到。日本人给了点钱，便占先付印了，真是无可奈何。

另寄北京新印旧作三册，想可收到。内中散文有几篇过去未集印过，写得还有意思。花城所收较匆促，内容亦杂乱。四川五月拟印五册，似较整齐，总之均属过时旧作，绝不抱任何不切现实幻想，至多三年，一切便成陈迹，意中事也。五月已小中风二次。报废将是迟早间事。写成习字一纸，手生笔呆，可见老之已至，只供玩玩而已。弟从言文，四月九日（一九八三）。

香港座谈，评的也极中肯，但也有妄义。先说材料丰富，末尾却以为毫无可取之处。却又在另一文中，将新出李寿墓石刻线图盗去，加上一美国藏石刻，误以为即柘枝耳，其实我书中引柘枝舞图及诗，彼均视若无睹，可叹之至。（此节写在信笺第一页眉端——黄裳注）

整理书丛，发现从文先生1983年4月9日旧信一封，系看到我介绍他的《中国古代服饰研究》文章后所寄。同时寄来的还有一幅字，仍是老习惯，用狭长皮纸，写章草，写的是 1971 年冬，独住湖北咸宁双溪时所作七十生日诗。卷尾题“近月连续出现小中风二次，书不成字。八三年四月，沈从文时年八十一岁”。

从文先生逝世，迄今已将六年，此信已成历史文物，信中围绕《研究》一书编写出版前后发生的大小事情都有所记述，实在可以看作一篇详实的后记。其意义恐怕也不只此，应当看作一本学术著作问世的苦难的历程。现在事过境迁，一切都成为历史，作者也已长逝，也许已经到了可以发表的时机了。

信中所说虽然是一本学术著作诞生的经过，但在那个特定的时代中，种种世态人情，却表现得淋漓尽致。齐燕铭为此被整日批斗，这是过去人们不知道的。对此书的处理方式，不同人物也提出过不同办法，可以看出种种特异心态。而国家收藏的文物，也因种种人事关系，不能为学人合理使用，更是屡见不鲜的事。一切向钱看，只要肯出一点费用，外国人就能取得国内学人所不能企及的优越地位，更是言之痛心。原书虽然已由香港精印行世，但因种种原因，仍存在不少缺点，作者也都有所说明。书中提出的许多新观点，与国内专家多有不同，作者加以坚持，表现了他的执着，这种独立思考的精神，是尤为可贵的。从信中可以知道，《研究》曾有订正重刊的计划，还有出版英译和普及本的动议，至今未能实现，也许永远不会实现了，实在是可惜的事。

故人书简——钱钟书

一

奉书感愧。佳笺已付内人，命其从容习写，以塞尊意。丈夫肯大踏步走出，妇人女子必千呼万唤始出来，解人如公，当不怪其迟缓也。但身非名器，误玷山公启事，惶愧何极。拙作蒙齿及，感刻、感刻。大名早在再版书赠送之列。聊报《美国兵》佳贶。近作一首，纸尾呈教，不一一。即颂黄裳才人吾兄吟吉。弟钱钟书顿首。

秋怀

鸣声渐紧草根虫，时看停云抹暮空。寥落感深秋后叶，高寒坐怯晚来风。身名试与权轻重，文字徒劳较拙工。容易一年真可叹，犹将有限事无穷。(后山语。时方订《谈艺录》付印。) 槐聚未是稿。

此信大约写于1948年顷。当时我的《关于美国兵》刚出版，他的《谈艺录》正待付印。我又正收集师友墨迹，给他寄去两张诗笺，不久收到他们写赠两诗，即收入《珠还记幸》中的开手两叶。默存谈笑间咳吐珠玉，即长笺短札亦复风趣可观。他每有著作，我也必向之索赠，这事四十年前即已如此。不料近来的“当代学人”以为怪事，读此信当可知其端末矣。

二

《围城》遵命已致初版一册奉贻，乞饬足来取。先事可托湛贤通一电话也。人事历六，续写小说，迄未着笔，思之怅恨。垂询一节，乃极劣之拉丁，代译如左：

They are not men, they are animals whom we have vivisected.

兄文笔之佳，著译皆然，甚畏佩也。匆复即颂裳兄文祺。弟名正肃。二十日。

此信约写于1948年。《围城》1947年在上海初版，翌年再版，我向他要了一本初版本，当时正着意收集新文学作品的初版本，于此书亦不欲遗珠。湛贤姓王，笔名阿湛，当时在上海出版公司工作。默存常托他转递信件。阿湛曾有短篇集在开明书店出版。解放后在一次运动中被流放，不幸死去。

我当时正在译一本威尔斯的小说《莫洛博士岛》，这书是先师李林先生未完成的遗译，由我为之续完。后收入《译文丛书》由文化生活出版社出版。原文中有一句拉丁文，无处请教，想起了他，就麻烦他代译了。

三

黄裳道兄文几：顷奉手帖并惠赐大译，欣感无既。九十五面拉丁文一句，极易译，乃蒙齿及，只益惭耳。《谈艺录》中衍文误脱错简处甚多，再版时或可改正。考订旧小说者（甚琐屑，不足道）他年当另成一书耳。弟蓄念又写一长篇小说，经营一年许，人事历六，仅写八百许字，未知何时可卒业也。专此布谢，即颂撰安，弟钱钟书顿首。

这是收到我《莫洛博士岛》赠书后的复信，又提到了那句拉丁文。《谈艺录》在开明书店初版，颇有校误。后再印一次。新版增订则是1984年中华书局本了。此信说到他又蓄意写另一长篇，构想经营已有一年，但只写成八百字。这就是他在《围城》重印前记中所说的《百合心》，后来写成了两万字左右，手稿于移家北京时遗失了。未再继写，真可惋惜。

四

裳兄文几：复书奉悉。比见人民日报及读书杂志中大作，均隽妙迥异凡响，忆蔬堂李翁晚岁识君，驰书相告，喜心翻倒，老辈爱才，亦佳话也。题目仰观俯拾，在在都是。所谓宇宙之大，蝇虱之微，何至描画及于老夫，君休矣。小集乃《旧文四篇》，上海古籍出版社索去者。《堂吉诃德》初版校者草率将事，讹漏百出。季康倏重印校正本出，必奉一部。现手边亦无书。十年前小诗一律，补白呈吟教，即颂著安。

叔子病起寄诗，并招游黄山，和韵奉答。病余意气尚骞腾，想见花间著语能。老手诗中孤竹马，壮心酒后海东鹰。雕疏亲故添情重，落索身名免谤增。欲踏天都酬宿诺，新来筋力亦难胜。弟钱钟书上。十四日。

此信约写于1979年。信中所说蔬堂李翁是李释戡。我于梅涴华座上相识。李翁是诗人，喜观剧。早年曾精刊罗瘿公《鞠部丛读校补》，涴华新剧编制亦多出其手。晚年居沪上，座上多梅门女弟子。观剧之兴甚豪，每撰七绝观剧诗，附以小注。诗筒见投，月必数至。晚岁诗曾油印成《苏堂诗拾》。

默存信中对文字涉及他表示反对。于和叔子诗中“落索身名免谤增”句旁，自画数圈，亦是此意。知其宿志如此，不自今日始也。

五

裳兄鉴：剪报奉到，谢谢。弟两日前移住干面胡同十五号，三三〇一室。犯暑历六，殊惫。一切都未就绪，先以奉闻。新寓较旧居舒旷，足慰远系。拙选已增订七八十处，月前交出版社。（请勿告人，以免索者纷纷。）出书后必以一册呈教。即颂撰祺。名正肃，杨绛同叩。

这是一张明信片。寄于 1962 年 8 月。我当时在《文汇报》编文艺理论版，曾向他约稿，拟了一些题目，可是他都谢绝了。三月八日来信说：

> 弟数年来兼一外文职务，未能专以所中研究工作，亦乏暇晷。兄所出考题，无一不好，但举子不能入场，无从缴卷。奈何，奈何。

正好伍蠡甫教授主编的《外国文论选》中有他的一篇译文，就设法取来发表，写信去征求同意，后得八月四日信说：

> 译稿专应伍翁之属而成，限于体例，未能详加诠评考释，单独发表，殊觉不伦。伍翁三日前书来，已专函请其代向贵报谢绝。顷奉手教。乃知生米已下锅煮饭，不便固辞，只好勉强应允，并将误字校定寄还。然牛鼻子脾气，总觉期期不可耳。发表后烦惠一叶。弟六月起又全部外调半年，只偷暇写得论诗画一文，尚有新见。惜未能定稿。将付《文学评论》，出版后请教。

从这几通信里可以看出他对自己的著译是如何的审慎，对我迹近绑票的约稿，也是大有意见的。名信片中所说订正的选本就是《宋诗选注》。我买得此书初版的精装本后，曾发兴取手边旧刻的宋诗加以校定，发现异文不少，有一些是可以订正《选注》的，就写了一纸校记寄去，随后就接到六二年十月一日的来信。

六

裳兄文几：得书一月来公私猬集，遂稽作报，歉仄之至。承校勘异文，如获珠船。恨早付削瓦，弟又为外务所牵，喧宾夺主，无暇旁及。只能待三版耳。先此谢谢。内人开刀经过良好，已出医院，知注并闻。匆布即颂秋安。弟钱钟书再叩，国庆日晨。

七

裳兄文几：音问久疏，忽奉惠颁尊集新选，展卷则既有新相知之乐，复有重遇故人之喜。深得苦茶庵法脉，而无其骨董葛藤酸馅诸病，可谓智过其师矣。贱名与唐尧裔孙同挂选中。虽一荣于华衮，而一严如斧钺，要均得借以并传，作庄生齐物观也可。弟前年大病以来，衰形俱备，心力销亡，畏笔墨如寇仇。容老夫袖手偷闲，婆娑风月，祝诸子挥毫兢爽，弹压江山，如是我云。草此复谢，即颂春禧。弟钱钟书上。十二日，杨绛同候。

这大约是收到《榆下说书》以后的复信，这书中有两篇写到他的文字，紧接就是一篇谈周延儒的杂文，所以才有那一节对比的话。他指出我受了周作人散文的影响，也自是一种看法。知堂的文字我是爱读的，但不一定亦步亦趋。他所指出的那些缺点，也正说中了周作人文章的缺失。相比之下，鲁迅晚年杂文中如《病后杂谈》《题未定草》却正是我衷心向往而无从追蹑的典范。他的另一封1981年3月来信中，又对我的杂文做了过情的鼓励。

八

裳兄文几：报刊上每读高文，隽永如谏果苦茗，而穿穴载籍，俯拾即是，着手成春。东坡称退之所谓云锦裳也，黄裳云乎哉。南北不相识少年，函索拙著者络绎，并附钞票，弟无以应求，徒增退款麻烦。十日前人民文学出版社通知，初印销罄，已决增印二十万册，流毒愈广，钳我市朝之期不远矣。承命如奉军令，即将自存一册挂号寄上，亦征兄之声威遥被，持黄钺垂衣裳而治天下，一笑。即颂近安。弟钱钟书上，杨绛同候。十四日。

此信寄于1981年3月15日。《围城》新版于1980年11月印行，印数十三万册，不及半年即售罄。我得讯晚，市上已无存书，只得求救于作者。承以自存本一册见惠。扉页有墨笔“槐聚自存本”五字，又题记六行云：

裳兄函索此书，手边只存是本。不敢自秘，倾箧上贡。感惠酬知耶？畏威乞怜耶？姑学太白之笑而不答，留供后世学人聚讼题目。一笑。

下钤“中书君”印。

默存先生的长笺短札，正像他平时谈话一样，是庄谐杂出，极得手挥目送之致的。这写在书前的小跋更是一个特例。不料不等“后世学人”的聚讼，早已得到“当代学人”的讥评，现在就将附此书同寄的原信发表出来，有兴趣的“学人”不妨做进一步的研讨。新文学书的版本研究是一门新兴的学问，成绩不小，收获甚多，但也应防止陷入琐屑沦于恶趣。像这样一本小书的投赠，是不值得聚而讼之的。默存先生流露出来的微意，大抵就是如此。友朋戏谑之言，也当不得真，下面是1984年11月一信，是收到《过去的足迹》《晚春的行旅》等两书的复信。

九

裳兄文几：两周中叠奉惠赐大集二种，足迹长留，晚春常在，西子灵岩之印，庄生灵椿之寿，差堪喻其必传也。贱冗稽复为罪。散文之风，比来弥盛。学会书刊，各标帜招。众星拱北，百川归海，皆推贤者为教主矣。匆此布谢，即颂近祉。（黄裳将易服为红衣乎，一笑。）弟钱钟书上，二十二日。

十

裳兄文几：前奉致内子书，甚感垂注。弟十月下旬中寒，牵动宿疾，哮喘复发。打针服药，未为大患，而转成咳嗽，终日如《西青散记》中腐儒鬼咯咯先生，病魔多情变幻，缠贱躯作祟，前后约四十日，幸暂舍而之他矣。顷奉《山川 · 人物 · 历史》，昔之仅窥豹斑龙爪者，今乃获睹全身，情挟骚心，笔开生面，解颐娱目，荡气回肠，兼而有之。愚夫妇得挂姓名，如登金榜，不胜愧谢。惟弟发已半灰，山妇发未全白；弟面色黄而兄目为紫棠，是变水浒中之病关索为金瓶梅之王六儿矣。大著必传世，误尽千秋考据家，奈何奈何，呵呵。专此布谢，即叩冬祺。弟钱钟书敬上，杨绛同候。十二月五日。

此信写于 1981 年 2 月，是收到我的《山川 · 历史 · 人物》后的复书。照例说了些过情的话。信的后半，对原书所记作了更正，晤面之时，我确为他的健康和善谈高兴，印象深刻，就这样写了。他又提到“考据家”，可见对之是一直怀有敬畏之情也。

十一

裳兄文几：奉书失喜。年光逝水，世故惊涛。海上故人，零落可屈指。而酌古斟今，雅人深致，首数贤者与陈君西禾。契阔参商，如之何勿思也。弟无学可讲，可讲非学。访美时绝未登坛说法，彼邦上庠坚邀，亦皆婉谢。报章渲染，当以疑古之道疑今。兄旧是个中人，美言不信，必不受眼谩耳。明年或尚须远役，自知不舞之鹤，难为伏枥之骥，贻讥腾诮，且食蛤蜊。拙选初非惬意，本勿欲灾祸梨枣，而出版社强聒不舍，以台港盗印为口实，烈女怕缠夫，遂增订数注与之，未及细校，讹错殊多。重劳齿及，徒增颜汗。有小集一种，月内问世。差如韩陵片石，君堪共语也。马君美才，通函以少作相询。弟老而无成，壮已多悔，于贾宝玉所谓小时候的营生，讳莫如深。兄不为锦被之遮，而偏效罗帏之启，薄情忍心，窃有怨焉。弟此番在美，睹博士论文及拙作译本小传，语多不经。一作者自加拿大来见，问之则云，曾至港台，遍访弟师友，采撷轶闻，弟乃知自传不可信，相识回忆亦不可信。古来正史野史，均作如是观。VOLTAIRE所以言 PYRRHOUISME DEL'HISTOIRE，身外是非谁管得，隔洋听唱×××可矣。佳戕玷污，愧甚。即颁近祉。弟钱钟书上，四日，杨绛同候。

此信写于1979年9月，是暌隔了三十年后收到他的第一通来信。我曾在《榆下说书》的一篇文章中引用过一次，但不是全文。他在信中提到的陈西禾是一位使人不易忘记的朋友。学养俱美，议论风发，是聚谈极好的伙伴，难怪默存忘不了他。惜因久病长逝，身后寂寞，几乎已被遗忘。解放前他和巴金同住霞飞坊（今淮海坊），常常夜里来巴金处谈天，因而相熟。他在一家银行里工作，精通法文，专研戏剧，后来就下海当了导演，曾导过《姊姊妹妹站起来》，是写妓女解放的故事的。根据巴金原著改编的电影《家》也是他导演的。他为人拘谨，考虑甚多。译作矜慎，好像只印过一本戏剧《沉渊》，一本译剧《玛婷》，都是文化生活出版社印的。

此外还发表过几篇讨论电影艺术的论文，都是着力之作，终于未能成书。他对川剧有特别的爱好，每逢川剧来沪演出，座中总少不了他。他特别欣赏一出《帝王珠》，在座谈会上大加称赏。有一次到他家里访问，他取出一本齐白石的册页《借山图》给我看，这是我所见过的白石老人最精的画卷，可见他对美术的真知笃好。一次我到国泰电影院去看电影，看到他站在戏院门口自言自语地说，“到底是看还是不看呢”，不禁失笑，可见他对无论什么事都是要再三斟酌考虑的。

默存信中提到的马君是香港中文大学的马力，曾经帮助他校订过《谈艺录》的，也是最早研究钱学的人，曾向我打听默存散见报刊未经收集的诗文。默存对少作是不愿人搜集的，曾戏称之为“摸金校尉”，而下面的一通信中，又有强烈的表示。

十二

裳兄文几：得书惊诧。弟初不忆曾与范用同志出言编集事。得无曲解鄙意耶。上月马力兄来，云晤范，范嘱其征弟同意，搜集拙作，弟坚拒不许。盖并世诸公，自识之无时，即已吐言为珠玑，掷地比金石，故数十年来片纸只字皆珍惜如头目，而自信可以寿世。弟于旧作，自观犹厌，敝屣视之。而国内外不乏无聊好事或啖名牟利之辈，欲借弟为敲门之砖，易米之帖。港商越在化外，非王法所及，只得听之；他年弟身后有为此者，弟不能如郑板桥之化厉鬼以击其脑，亦唯衔恨泉下。一息尚存，则掩耳摇手而已。去冬人民文学出版社请出选集，最近上海古籍出版社第三次请重印《谈艺录》，均不敢闻命。两年来高等院校以《围城》为论文题者约三十余人，皆来函请提供著作及传记资料，弟胥答以林之洋所谓一概勿得知，外交词令所谓无可奉告。前日贵报徐君开垒惠过，欲做采访，弟亦婉却。此物此志也。盛意心识而已。即颂近安。二月四日夜。

此信写于1982年3月。是义正词严的一纸告白，自然使动员他重印旧作的野心变得烟消火灭了。平心而论，搜集佚文，编成全集的事，是古已有之的。从或一角度看，也是研究的基础工作。近来人们推而广之，新文学的辑佚工作也已成一种显学，成绩不小。但在作者看来，就未必值得赞赏。爱惜羽毛，务求精粹，这是人之常情。在这里也只有尊重作者的意愿，不强人所难为是。

十三

裳兄文几：读今日人民日报中大作《衙内》一篇，正击节称妙，忽得尊书，大有“偶思小饮报花开”之致。山妇拙著将由读书编辑部单行，剪示之文，已承广角镜社复制寄来。潘君忆未见过，闻名则久矣。王湘绮自言有帝皇思想，故其日记中叙家常琐事皆用朝廷堂皇之词，戏以此博兄一笑耳。拙诗补白，乞吟教。即颂近祉。弟钱钟书上，二十七日。

马先之属题诗集

先公宿许老门生，行谊文章异俗情。旷世心期推栗里（君题陶集云千载邈无伦），胜朝宗派守桐城（君亦出其乡姚仲实先生之门，撰姚年谱）。风恬春雨知时霁，潦尽秋潭澈底清。把玩新编忽惆怅，卌年梦影溯诗盟。（山中诗社同人，君其一也。）

此信作于1981年5月。

十四

裳兄如握：音问久疏，每于刊物中睹大作，病眼为明。有一篇跳出之感。兄虽考订之文，亦化堆垛为烟云。时贤小品，抒情写景，终作握拳透爪，戴石臼跳舞之态。瓯北诗云，此事原知非力取，三分人事七分天，信然。承惠重印本记游旧集，谢谢。改正处尤感虚怀，信史美具难并，然后世学人失去考据题目，只能作校雠功夫，不免扫兴矣。弟七月起忽蒙命承乏敝院副院长，尸位挂名，捉将官里去，不待人笑，弟复自笑。幸邀曲体其衰朽龙钟，不以公事相奸，而俗务未堪全谢，逋客因以剧增。故每周辄避地数日，重订谈艺录，应中华之请也。作辍不恒，未识明春能交卷不？今日适返舍，即获尊刻，岂心有灵犀耶。专布，敬叩近绥。

弟钱钟书上，杨绛同候。十八日午。

此信写于 1982 年 10 月。在这封信里，又顺便对“后世学人”捎带了一笔，可见他的痛心疾首。他却未料到，不及等“后世”，“当代学人”就对《围城》下了手，所做的也正是“校雠功夫”，不由分说，连原作也一股脑儿绑了去了。

1994 年 3 月 14 日

跋祁承㸁《两浙古今著作考》稿本

此山阴祁氏澹生堂抄本《两浙古今著作考》十五册，祁承㸁著。未刊稿本也。《千顷堂书目》卷十有祁承㸁《诸史艺文钞》三十卷，又《两浙著作考》四十六卷一条，诸家著录，仅见有此。《澹生堂全集》，崇祯刊二十一卷本，自涉园陶氏流出，后归北平图书馆。藏园传增湘曾记其卷十二“戊午历”中有辑《两浙著作考》，半载而成之语，是此书辑于万历四十六年也。其书湮沉三百余年，世无知者，而今一旦更出，岂非快事。余初闻石麒见告，有澹生堂抄本一部出于杭市，书为残帙，而索直奇昂，即嘱其索寄一观。后果以此书头尾二册及远山堂抄本《里居越言》见寄，索重直，还价不尤，遂寄还之。然其书往来胸中，实未尝一日忘也。后二月，石麒又告有澹生堂遗书若干册出绍兴，中有承㸁、彪佳手稿，半为残帙，而价亦不廉，余意复动，念此当为一家眷属而析居异地者，遂告以必欲收之，先后得夷度手稿《老子全抄》《易测》二种，皆有长子骏佳手跋，云是“府君为诸生时手辑手评之本，先人手泽，子孙当世珍焉”。其书蓝格竹纸，版心有“聊尔编”三字，楷法精整，朱墨杂下，犹是毛订。又《澹生堂诗文钞》八卷，为待刻稿本，前有骏佳跋，谓“先君文集，原编二十八卷、十六本，流通颇难，诵读不易，受请海内名公，拣择精华，合而钞之，正得八卷，以付剞劂”云云，卷中校定之处不少，多出诸子之手，后祁氏遭难破家，遂未刻也。又《守城全书》十八卷，彪佳手稿本，毛订原装八巨册，忠敏手迹，此为钜观。此书辑于崇祯戊寅甲申之际，南北舟车，不废丹铅，积数年之精力，方欲有所用之，而北都国变，宏光拥立，迨忠敏自金陵归里，犹数数以剞劂为念，于远山堂抄本《里居越言》致友人函札中，屡屡见之。至乙酉闰六月初六日。遂自沉殉国矣。遗稿不能刻亦不敢刻，深藏密锁，三百年后，一旦复出，真异书也。此外，骏佳手稿《禅悦内外合集》十卷，仅存卷一之二；远山堂抄本《里居越言》，存癸未甲申御寇一卷；《崇祯戊辰浙江恩科选贡齿录》一册，为骏佳登第同年录；刘宗周稿本《古学经》八卷，残存卷一至五；《孔子家语考次》四卷；天启刊顾若昔《桃花里集》四卷。是皆梅里祁氏遗书也。困于资力，未能全得。曾余北行，留京师月余，南旋之日，即访石麒于其家，遂又得此本以归，价只少减，余亦不更计直，竟挚之归矣。此书外尚有藏书楼黑格抄本《诗经》二册，亦祁氏旷园写本；《礼记集说》十卷，闵刻本，祁奕庆寓山藏书，原装未损，旧写书根尚存，亦并收之。至彪佳奏疏《宜焚全稿》十八卷、《箭阳谳牍》十三册、远山堂抄本《里居越言》八册，皆当日原钞底册，却无力更收之矣。承爜此书所录两浙著述至富，而尤详于绍兴一府，体例至严，大抵明以前人著述略备，而尤加意于朱明一朝人物撰述，中多秘册，有未见于诸家簿录者，往往存其原序，天壤遗书，借此聊存梗概，俾不湮沉，其为功艺苑，岂浅鲜哉。夷度匪独富收藏，且能读书，更能深识书中趣味，非古董家数比。澹生堂藏书与四明范氏天一阁、会稽钮氏世学楼同为浙江著名藏书旧家，遗籍散亡最早，流转绝稀，得其一鳞片爪，往往球璧视之，况此为主人手订之书，煌煌十数巨册，自当珍护，苟有机缘，得流通之，亦书林一快也。

壬辰白露后二日记

案：《两浙古今著作考》，祁承㸁稿本。竹纸蓝格，白口，单阑，十行，二十字。版心下有“澹生堂抄本”五字。前有万历戊午祁承㸁“敬询两浙名贤著作檄”，“辑浙中著作考察概”。凡杭州府著作考五卷；嘉兴府（以下“著作考”略）三卷；湖州府三卷，附诸志考；绍兴府四卷，附诸志考；宁波府未分卷；金华府不分卷，今存六朝至元，国朝以下佚；衢州府五卷；严州府一卷；温州府不分卷附诸志考；台州府不分卷；处州府不分卷；以下佚去二册；道家二卷；浙中名医不分卷，总计全书一千二百十二番。

《辑浙中著作考概》：

古今之称不朽有三，著作之为立言则一。故言以人重者，亟收之。即人以言重者，亦收之。大校以前哲遗编之名目，便后人按籍之寻求。至于德业闻望，蔚然一时，而生平论著，概无专帙，则别有吾浙文献之辑，在此不参入。

文章经世大业。不朽盛事。然往往品定于后人，而价增于易世。故一时之评品，终不敌千古之升沈。惟听宇宙为销磨，任岁月之淘汰。则百年之后，其存于世亦寡矣。况著作之事，日新富有，盖棺而止。故是编之辑，即在国朝者，亦止采列于身后，而不概及于生前。正以生前之著作，固未可量也。

男儿堕地，能与造物争盛衰之运，与天子较荣辱之权者，惟著作为然。故上之足以翼经，下之足以佐史。精而抉性命之微，大而廓经济之用，卓乎尚已。其他咏物抒情，琐谈丛语，或倡一人之独见，或述前古之遗言，或以钜帙鸿裁，或以短篇小牍，虽为品自殊，而其称于著述则均也。凡有名目可稽，一随时代编入。

尚友原在于论世，而诵书贵写其神情，是以博采史传，旁及群书，略叙生平之大端，庶征一时之品概。至于履历之或详或略，事实之或寡或多。随所见闻，更无优劣。若其次序列名，一以朝代为凭。即一朝之中，不无前后之参差，然总为一代之人物，总为一代之著作无疑也。若夫祖孙父子，世握如椽，昆从叔侄，代擅不朽，或总列以见一门之盛，或分纪以表世业之传。或父从子见，或兄以弟称，则各因其时云。

七略起于更生，七志定于王俭。嗣是而隋唐以后，惟四部之例，相沿不移。篇目之不可溷也，审矣。但是编之辑，既以书从其人，又以人从其世。倘一人而兼四部之作，则将以四部而分一人之身。绪目多端，不便检阅。今不论经史子集，凡其出一人之手者，总列于一人之前。惟统合一省之书，再依四部之例，另为总目，列于卷首，则不特展卷了然，而吾乡立言之富，亦庶免寂寥之叹矣。

著作之以浙名，记浙也。而浙以外则不及。有及之者，如六朝之华亭，原为长水，则六朝以前应入也。如王谢之居会稽，始于永嘉，则永嘉以后应入也。有历世尚称其故乡，而生长久居于此土者，如东莱吕成公之类是也。有先人之丘垄在此，而后人之发迹或彼者，如陈宗鲁、倪文僖之类是也。诸如此类，各有考据，例不漫然。其他以流寓称者，凡为浙士，即入于原贯世次之中。如系外邦，始列于各郡寓贤之内。若夫展采错事，敷政一方，此之谓宦迹，不在流寓之列。

域中有三教，而释道居其二。微言渺论，了性明心，何可废弗录也。若其惠泽及人，医之所垂，为利更溥，是书正编之外，名僧之著作有考，道家之著作有考，名医之著作有考，各为一帙，以便稽览。但释道之栖止无常，而应缘之踪迹难定，彼所托居，即同土著。故二氏者流，生于斯隐于斯，薙染结茅于斯，皆仿寓贤之例，概为编入。（案，原书缺第十六、十七两册，据此知为名僧著述考也。祁氏诸子佞佛，骏佳尤耽溺，此两册或为抽取以致残缺不完。)

载籍难穷，搜罗苦隘。是编所据者，先征以史传，次及于郡志，再次及于邑志，又次及于家乘。然后遍搜四部之藏，博稽百家之说，凡有可征，固无微不录矣。然不佞生长东海之滨，未窥天府之秘，见闻有限，挂漏无穷。况世有慧业文人，而姓名不垂于记传；共称当代作者，而简集不落于人间。则与其强为入也，无宁姑为存也。补其阙略而润色之，则以俟君子。

《澹生堂全集》卷十七、十八两卷为尺牍，中有卷札言此书辑撰始末，兹录有关段落于下：

浙中辑著作考，虽古人之遗书，十不存其一二。而使后人尚识其著作之名目，犹有存羊之意也。合十一郡中大约有八十余卷。此书于世道无所关系，而于吾乡亦有小生色。书成，当求兄为弟一序之（与黄寓庸书，卷十八）。

越郡自汉晋以来，颇多作者。东晋六朝之后，尤甲宇内。然某客岁家居，偶辑两浙著作考，而前辈所著，百无一存。无论其书，即其书之名目有不能举者矣。

而志之外有文献一书，则所以表章前哲，而收罗弘文者也。今天下之名郡，如新安，如莆阳，如淮安，如清源，皆有文献志，而敝郡缺焉至今者，岂时之有待于祖台乎？倘蒙燕间之余，稍赐留神，檄下八邑，令凡有前人之遗集者，或经或史，或小记或琐谈之类，皆令其抱箧而献之学官博士，类而上之明台，间取其特佳者时梓一二，以示风励，其余以俟裒选。更檄八邑，各举茂才异等之士、学识淹博者，以资编辑，而一应去取，皆取裁于祖台。此亦敝郡不朽一盛事也，某窃有望焉。（与张泰符，卷十八）

弟今老矣。功名固不敢望人，利欲向非所溺，惟好裒辑古人之遗书，表章前哲之遗范，而追悔六十年之间，何曾有经年历岁专功于此之日。故如《绍兴文献志》《两浙先辈盛德录》《越中隐佚考》之类，皆有志而未能此也。如《世苑》，如《友鉴》，如《前贤大事案》之类，皆已辑而未就者也。惟自通籍二十余年来，回环郡邑之间，曾辑有古今守令之事，足为后人取法，名曰《牧津》五十卷，分为三十类。于弥变安民化导肃法之事，颇为详尽。此书或于世有小补乎。至于两浙著作之考，为卷亦六十有四，于吾乡前辈之著述，无不备载其名目，第尚恐有遗于耳目闻见之外，此二书者，虽已成卷，然更当请裁于兄者也。（与陶公望，卷十八）

凡此皆可征夷度著述之大凡，规划用力之勤，及已成及未就之书，湮沉而无闻者，都可于此数札中得知梗概。《两浙古今著述考》始辑于万历四十六年戊午，《澹生堂全集》卷十三“戊午历”中记之颇详，今亦为排比如次：

正月，二日，是日辑两浙著作始，首辑杭州府。二十五日，杭州府著作考完。二十六日，是日辑绍兴著作考起。

二月，十二日，辑绍兴著作考完。十五日，是日辑严州著作起。

三月，朔日，辑严州著作考完。十五日，辑宁波府著作考起。

四月，初八日，辑宁波府著作考完。十八日，辑金华著作考起。

闰四月十一日，辑金华府著作考完。十六日，辑湖州府著作考起。

五月，朔日，辑湖州著作考完。初八日，辑嘉兴府著作起。初九日，再检阅绍兴著作考。初十日，再检阅宁波著作考。十六日，辑嘉兴府著作考完。十七日，辑台州府著作考起。

六月，初六日，辑台州府著作考完。初八日，辑温州府著作考起。十一日，再检所辑绍兴诸府著作考，为补十七条。此书已尽半年之力，而尚有遗漏如此。乃知著述一事，慎不可草草。十六日，辑温州府著作考完。二十日，再检杭州府著作考，为补九条，得新城与钱唐二志检入也。二十一日，辑处州府著作考起。二十三日，再检金华府著作考，补十一条。盖最后始得义乌新志采入者也。

七月，初十日，辑处州府著作考完。处州于近来作者颇寥，而南宋以来，名臣宿儒，多出其地。盛衰循环，岂气运所使耶？十一日，辑衢州府著作考起。二十日，再检嘉兴府著作考，因为补六条。二十一日，辑衢州著作考完。衢志修于嘉靖初年，文献不备，检阅无资，深以为歉。二十三日，辑两浙道家著作考起。二十六日，再检宁波府著作考，有姓氏未确者六人，为之改正。三十日，辑两浙道家著作考完。

八月，初二日，辑两浙名僧著作考起。初四日，作“敬询两浙名贤著作檄”，传之同志。十三日，辑两浙名僧著作考完。

综上所记，此书始辑于戊午新春，断手于八月半。此本尚有名医著作考，或后来所辑。所失十六、十七两册，则是名僧著作考也。

《澹生堂全集》后亦流出寓山，为祁氏世守之书，卷中奴虏字俱用浓墨涂去，当是清初文字厉禁时事。因得遍读，得有关此书撰作故事，附识于此。原书后遭劫掠，洎还来已残零不完，赖旧跋未失，尚留鳞爪，亦不幸中之大幸已。

1992年6月30日

“葫”中日月长

王世襄先生以《说葫芦》一册见赠，希望我写些读后感。这是个不易完成的任务。对葫芦器一无所知的我，怎能对这样一部精美的学术著作说三道四呢？说是学术著作，也许有人觉得有点夸大，但我觉得与他的另一部名作《明式家具珍赏》一样，同不愧为民俗文化研究的开山之作。大册精印，多附彩图，虽然研究的对象有巨细的不同，但其研究方法却并无分别。正是以狮子搏兔之力积数十年的钻研、探索才能完成的著作，在在显示出作者对民间器物笃好、追求的执着情愫。中国自古以来对草木虫鱼、百工器物就少有人注意记录，说起文化研究来除去得到庙堂承认的数种项目以外，对民间爱好趣味所寄的种种都一概不置一顾，这样，写起文化史来就总是缺胳膊少腿的没有坚实的基础。《说葫芦》的出现正是一个绝好的消息，不只开阔了人们的眼界，对民俗研究也提供了出色的范本，教给我们怎样进行这种艰巨而急迫的工作。它不只是“开风气”而且也是“师”。

《说葫芦》分上下两卷。上卷分述天然、勒扎、范制、火画、押花、针划、刀刻等葫芦体式，下卷则分述鸣虫种类及捕捉、蓄养之道。说来惭愧，小时候也曾玩过秋虫，但对不同的种类则从未留心过。蛐蛐是唯一蓄养对象，对油壶鲁则绝不重视，视之为“三尾”，弃而不取。读了《说葫芦》后才知道它的身价之高。作者指出，电视剧《末代皇帝》有溥仪小时候玩蝈蝈的场景，误以油壶鲁葫芦作为蝈蝈葫芦。又指出海外博物馆刊物将各种葫芦一律称之为 Cricket Cage，都因未经调查研究而妄下论断，仿佛也是对我年幼时的浅尝无知的呵斥。鸣虫共六类，从彩色精印的插图中我是第一次才获得清晰完整的认识。它们是蝈蝈、扎嘴、油壶鲁、蛐蛐、梆儿头、金钟。作者各附以详细的说明，多引刘侗的《帝京景物略》和富察敦崇的《燕京岁时记》，这是两种关于北京的地方志类名著，是仅有的旷世难逢的好书，以作者搜集资料之勤，作为典据的也只此二三种，可见此类著作之寂寞了。

可以和作者另一名作、附于《蟋蟀谱集成》后的“秋虫八忆”媲美的是“秋山捉蝈蝈”一章，记自己亲身经历，是很美的散文，作者说“捉蝈蝈之劳累不亚于‘拉练’急行军”。他在这里用了一个不见于词书的词，“拉练”，是“文化大革命”中盛行的一种惩罚性的劳动项目。查看后面所附的英译，也只能译为“军事训练中的强迫行军”，实在不免失去了神味。作者说：“惜西山近处，由于污染，蝈蝈已稀少，且无佳者，不得不远往安子沟或牛蹄岭。当时每月领生活费廿五元，实无余资乘长途汽车，只有骑车跋涉。半夜起程，抵沟咀或山麓，日初升，待入沟或越岭，已上三竿，而蝈蝈方振翅。午后三时即返回，入城已昏黑多时。骑车往返百数十里，入沟登山，往往手足并用，亦不下二三十里，迨至家门，臀腿早已麻木。几不知如何下车。巷口与邻翁相值、见我衣衫零落，狼狈不堪，笑谓‘你真跟打败了的兵一样’，此语诚对我绝好之写照。私念得入山林，可暂不与面目狰狞、心术险恶之辈相见，岂不大佳，夜蜷铺板（床已被抄走），虽力尽精疲，亦未尝不默感上苍，于我独厚，使又得一日之清净也。”

这真是文情俱至的文字。谈葫芦而连及“文革”佚事，这使我想起陈寅恪撰陈垣《明季滇黔佛教考》序中的话：“谁实为之，孰令致之。岂非宗教与政治虽不同物，而终不能无所关涉之一例证欤！”不禁感慨系之。

作者在所附器物图版中，都撰有说明。于谱录款识之余，也记些轶闻故事，阅之忘倦。于“红雁倒栽蛐蛐葫芦”一品后记。

> 此乃麻花胡同纪家旧藏之“红雁”，清末民初与“紫雁”为京师最驰名之蛐蛐葫芦。红、紫言其色，雁言其形，谓修长如雁脖也。
>
> 1934年秋，行经东四万聚兴古玩店，名葫芦贩孙猴（姓孙，因精明过人而得此绰号，是时年已七旬）先我而在，手持红雁与店东葛大议价。轻予年幼，未必识货，予价不谐，彳亍欲去。正待出门，予已如数付值。渠急转身，已不可及，大为懊丧，不禁失色。是时余虽知葫芦绝佳，但对其来历，茫然不晓。后承讷诏先（名净）

先生见告，乃知即赫赫有名之红雁。倒栽底部不镶牙托而以同色之葫芦填补乃红雁特征之一。据讷老称，紫雁视此色泽浓艳而身矬，停匀秀丽则远逊。

此节写得器过程，极为生动。盖不只买葫芦为然，所谓可遇而不可求之境，在收藏家必深有体会。此书的另一特色，是对制作家、藏家、贩家都有所记，琐琐可观。余叔岩曾爱好葫芦器，有著名的藏品，可见当时艺人的业余好向。如油壶鲁葫芦就有乐咏西之棠梨肚，余叔岩之大白皮，王星杰之沙酒壶，都是名彻九城的精品，时世承平（虽然只是短暂的），人们乃能倾心力于此种玩器，而文化生活乃赖以发展得丰富而多彩。谈北京的文化生活，离开了这些简直就无所附丽。陈寅恪诗“依稀廿载忆光宣，犹是开元全盛年”，烘染的主要也就是这样一种文化空气，而并非指朝政党争而言。

民间艺人在旧社会不只生活在社会底层，无人齿及，连笔记小说也极少顾视，这是极不公平的。作者在书中却时时有所记录，值得感谢。鲁迅在编定《北平笺谱》时给郑振铎的信中曾慨叹于木版刻工的不为人知，他说：“板儿杨，张老西之名，似可记入《访笺杂记》内……中国竟可糊涂到不知其真姓名（况且还有绰号）……”（1933年11月11日信）真是慨乎言之。记下这些难道真的是为将来重修工艺史准备资料么，这未必然。但不可不有此心志，于此更可见作者的襟怀为不可及矣。

1994年3月24日

关于《饯梅兰芳》

1947年初，我在《文汇报》的副刊《浮世绘》上发表了一篇《饯梅兰芳》。这是我自己喜欢的一篇文章，曾先后收入《旧戏新谈》《黄裳论剧杂文》《过去的足迹》。文章发表以后，开明书店叶圣陶先生等主编的《国文月刊》曾选入当代文选。我自己喜欢它因为写的时候带着浓挚的感情，虽然不免有些感伤的情调，但确是由衷之言。目的是想劝他摆脱南京方面的纠缠，洁身事外。这只要是不带偏见的读者，都能一望而知的。原文中有几句是：

> 我又想起沦陷八年，梅在上海留须隐居的故事。这正可以媲美南唐的乐官，“一曲伊州泪万行”，有多少说不出的辛酸。时至今日，梅恐怕又将有留须的必要了，为了那些外来的“殷勤”。

这是皮里阳秋么，是一个谜么？都不是的。这是一个深爱艺术家的年青观众的拳拳之心。在那种时势，话说到这个份上，也已经达到最大的限度了。

想不到四十七年以后，对这一篇小文章竟有了崭新的评价。柯灵先生在《想起梅兰芳》一文（《读书》1994 年第 6 期）中指出，这是一篇充满恶意的“请梅下台”的文章。真的是看不懂我那简单的白话文么？也未必然。就在柯文的结末，增写了两节“附记”，它不但没有能证明我“事后补述的写作动机并不合乎事实”，恰恰点出了我写此文的作意，正在于此。只是我当时不愿直白说出的话，在四十七年以后竟再度公之于世了。这倒是不能不使人感慨系之的。“附记”的第一节说：

> 本文曾请一位熟悉情况的同志过目，承来信提示，1946 年 5 月，傅作义军队攻占解放区政治军事中心张家口的下午，蒋介石即宣布召开“国民大会”，并安排了一场京剧晚会以示庆祝。我记得参加演出的名伶有梅兰芳、程砚秋、谭富英、叶盛兰、林树森，梅演大轴《御碑亭》。散戏后，我和浦熙修跑到后台看梅先生卸装。

这就是我所说使人难忘的“外来的殷勤”，而且更将是猝不及料随时可来的“殷勤”。那是什么时候，内战如火如荼，国共谈判破裂，“国民大会”召开，全国人民和进步知识界的心情是可以想象的。是否参加“国大”，就成为进步和反动政党分明的分界线，在这当口，参加国民党政府的内战“祝捷”演出，是怎样的一种政治姿态，是明若观火的。京剧艺术家不必卷入“政党斗争”，但政治却不肯轻轻放过艺术家。这是历史，不是谁要“强使”的问题。梅也用不着把“带有严重政治性质的思想活动”透露给像我这样“素无交往的人”，这原是大吹大擂见之于报章的。要加以抨击，在《旧戏新谈》的专栏里原是大有文章可做的，然而没有，我只是写了那篇《饯梅兰芳》。说我“左得可爱”也不要紧，但至今我还弄不懂“内战和外战性质不同”的奇妙逻辑。这种逻辑在 1947 年的中国行得通么？当时像我这样对梅怀有惋惜心情的，怕不只一二人而已。

柯灵当时是《文汇报》的总编辑，为什么竟将组织梅传的重要任务交给我这个犯有开罪梅氏“前科罪案”的人呢？这也是个很难弄懂的谜。奉命组稿，的确花了很多精力，这并不是一部容易到手的稿子，其中周折也绝非柯文所说的那么简单，梅先生在《舞台生活四十年》出版前记中有所说明，事实大致如此。对梅的演出，我也并非对每出戏都同样地欣赏爱好，这是很自然的事。我写过不少评梅戏的文章，大抵喜欢的多说一些，不大喜欢的少说一些。但从未放过“冷枪”。对他早年的反串戏，我也并不认为是他的代表作，未能一律吹捧。就在《饯梅兰芳》一文中，也指出了他的一些缺点，如笑场、未曾完全恢复盛年原样的嗓音、身段等。我觉得这是剧评作者的权利也是义务。齐如山给梅写了许多信专挑梅剧的缺点，后来他们终于成为知交。固然这是梅的从善如流，虚心求教，也正是交道的正轨。我的敢于讲大师的缺失，在有些人看来，怕是不可忍受的。怎么提了一下梅与孟小冬的故事就是“即使用最新式的精密仪器，大概也检验不出丝毫的善意来”呢？梅孟的关系真的是“与梅毫无关联的题目”么？

柯文写得迷离惝恍，颇有神龙见首不见尾之妙。文章开头就推出了《饯梅兰芳》，却不指明作者；说到《舞台生活四十年》的出版，又引出一件“匪夷所思”的“怪事”，当事人又化为“有人”了。《舞台生活四十年》最早确是我介绍给平明出版社出版的，当时出版社初办，稿源不足，我和潘际坰都是特约编辑，帮忙组稿。不支薪水，与出版社商定，于所编《新时代文丛》每本提出定价1%—2%作为编辑费，这办法一直延续了一个时期。这就是我们所做的“超人的勇敢”“不可思议”的事。不过必须说明，《舞台生活四十年》我并没有得到任何编辑费，而是由许源来与出版社直接处理的。倒是后来有一次（也仅是一次），在此书转归人民文学出版社印行时，许源来说是梅先生的意思，在版税中提出几百元算作我的劳动所得，我感谢梅念旧的好意，欣然接受了。觉得自己为此书花费了不少心力，取得这点报酬是心安理得的。

解放以后因工作关系，我与梅的接触多了，他一直未向我提起过《饯梅兰芳》，这也说明他对此文的态度。他的宽阔胸怀，霁月光风的襟抱着实使我钦敬。彼此的关系也不只是采访一番、吃饭几次。不过我从未在文字中记述，我写下的只是舞台上的事情。在《舞台生活四十年》开始发表的前一天，我在《文汇报》上写了一篇《应该有这样一部传记》，说明了我对这一连载的设想与希望。但因种种原因，远远没有达到预期的要求。今年是梅先生百岁诞辰，谊当撰文纪念、天热如火、心事芜杂，只能借这篇短短的杂文，少抒思念之情。不禁感慨无端，掷笔怃然。

1994 年 7 月 6 日

·点闲文

柯灵先生写给编辑部的信读过了。我觉得是没有答复的价值的。但它也告诉我们一件事实，《想起梅兰芳》一文的写成是因为我在一篇回忆文中没有举出《文汇报》四大连载的设计者的名字。柯灵是前辈又是领导，我不应有此疏忽，这是首先应该说明的。

关于《舞台生活四十年》的组稿过程。柯灵说："报社并没有给黄裳向梅兰芳组稿的任务，事实是，稿子约定之后，报馆才派他和梅文的执笔者之一许源来负责联系，以保证连载不至中断。"

事实是当我奉命访梅时，第一次就碰了个软钉子。梅以工作和演出过忙，无暇执笔的理由婉言辞谢了。我这才知道"稿子约定"之说是不确的。与我最先联系的是许姬传。后来才认识了许源来。当时梅葆玖正率团在苏州演出，我赶到苏州与姬传长谈，打消他的顾虑，并周密设计了撰稿、寄稿、整理的工作方法。后来几次访梅，才敲定了连载的约稿任务。许源来参加工作是姬传推荐的。关于文章体例，也是几经商量才定下来的。如用按语形式处理一些梅氏自述以外的珍贵历史材料，即是一例。第一次收到姬传从天津寄来的原稿，使我大吃一惊，原来他的名士气更甚于乃弟，他只是在一张白纸上草草写下了几条素材，全未形成文字。姬传兄弟都是写八大家古文的好手，对报刊文字并不熟悉。为了定稿，我与源来真是花了不小的力气。后来姬传的文章越写越熟练，我们加工的劳动也逐渐减轻了。这些琐事本来不值得多说，但为了反对“肆无忌惮地改造历史”的恶劣作风，不能不加以说明。

关于梅参加南京演出的往事，并不是我对此“至今耿耿”，而是柯灵自己首先在文章的附记中借知情人之口旧事重提的。我曾说过，在四十七年以后使此事再度公之于世，倒是不能不使人感慨系之的话。攻下张家口与“国大”召开，其间的因果关系是路人皆知的。知情人虽然“叙述简略，记忆疏失”，但抓住的是事物的本质。对此实无繁琐考证的必要。

柯灵又说，《饯梅兰芳》现在已成为我的一块“心病”，这也是不确的。如是“心病”，为什么我还要将它选入散文集，并至今仍认为这是我喜欢的一篇文章呢？

上海出版公司是我很熟悉的地方，我有两部著作就是由他们出版的。我受作者之托，为《舞台生活四十年》找出版社接洽（柯灵用的字眼是“兜揽”，无非想把我说成是“跑街”，以便和后面的“佣金”相映成趣）。到上海出版公司去洽商，也在情理之中，虽然我已完全不记得此事。我和西谛也是熟人，他从北京来沪，偶然相遇，必无不见面招呼之理。

西谛是秉性耿直，疾恶如仇的人，真如柯灵所说有那么一段“匪夷所思的怪事”的话，他是不会不向我提出的。但此后与西谛多次见面，他都从未提及此事。在《舞台生活四十年》出版以后不久，他听说我得到了一部明人韩世能的《韩氏书画记》，托刘哲民向我借抄，后来我告诉他我买到的是《郁氏书画记》，而且到北京去时带给他看。（以上见《郑振铎书简》。）在他团城的办公室里，欢谈往往移晷。这不能不使我怀疑故事的真实性。可惜上海出版公司的负责人刘哲民、唐弢、师陀都已逝世，无从取证了。

其他类此者尚多，俱可付之一笑，不再覙缕，以污读者的清听了。

1994 年 8 月 17 日

第三条道路

从《读书》上读到张中行先生论读史的文章，《有关史识的闲话》，有耳目一新之感。他提出的重要原则是“人文主义”，其理解为“评定事的是非（或对错、好坏），要看这事能不能使所有有关（包括受间接影响）的人获得幸福，趋向文明，能者是，不能甚至反其道而行者非”。接下去就用农民起义的张献忠几乎把四川人杀光，和为周作人所十分推崇的李小池《思痛记》所反映的太平天国的残暴为例，声明自己宁可做朱氏或爱新觉罗氏的顺民、咸丰皇帝的子民，也不肯跑到四川或南京去“分享农民起义的光荣”，因为“舍不得小命，两害之中取其小，不光彩吗？人文主义要的是实实在在的福利，常常不管本性可疑的光彩不光彩。”

只此，已可见“人文主义”和实用主义已经密切相关，不可分割了。张先生又用大段文字批判了“忠君的信念”“两性道德和政治道德”，这些，都已经是人尽皆知早已取得共识的意见，是极正确、也不劳词费了的。有意思的是张先生又举出了许多明清易代的史事加以评论，却又声明“这里有异族入主问题，且放下不管”，这就奇怪了，如果撇开了这个，这一时期的历史又怎样分说呢？

我过去曾说过，旧南明史家有一条原则，凡是在甲乙之际死掉的，不管是抗敌而死或死于乱兵死于殉节都一律列入节义传，是简单化达到可笑程度的史法，说不上史才，更不论史识。我又说过，明末，宋末也一样，在许多人心目中，皇帝只是国家的象征、符号，不能单纯理解为忠君，更重要的是对故国的怀念。崇祯是个昏愚的皇帝，明末的阶级矛盾又已达到炽热的程度，但老百姓还是忘不了他，难道真是舍不得这个“好皇帝”么？其实不过是在异族统治下怀念亡掉的故国而已，在这里可以引用一段周作人《阳九略述》的文字：“民国初年我在绍兴，看见大家拜朱天君，据说这所拜的就是崇祯皇帝。朱天君像红脸，被发赤足，手执一圈，云即象征缢索，此外是否尚有一手握蛇，此像虽曾见过，因为系三十年前事，也记不清楚了。民间还流行一种太阳经，只记得头一句云：‘太阳明明朱光佛。’这显然是说明朝皇帝，其中间又有一句云：‘太阳三月十九生。’三月十九日正是崇祯皇帝的忌辰，则意义自益明了了。年代相隔久远，东南海边的人民尚在那么怀念不忘，可见这一年的印象是多么深刻。”

这个例子很好地说明这是人民的意愿，并非只是有“忠君的信念”的士大夫的念头，难道人民念念不忘的仅是给他们带来了无穷苦难的皇帝么？

甲乙之际有许多忠臣义士，并未在崇祯“完蛋于煤山”之后立即自杀殉主，他们起兵抗清，直至兵败身殉，张苍水、祁彪佳（他是不肯接受贝勒的劝降，自沉殉国的）、陈子龙都是的。陈子龙是抗清起兵，兵败被俘后死去的，“陈子龙是好样的，因为死了”，一点也不错。顾亭林的祭十三陵与孝陵，并不是念念不忘朱明历朝皇帝，他想的是已经覆亡了的故国。“旧识中官及老僧，相看多怪往来曾。问君何事三千里，春谒长陵秋孝陵。”中官和老僧对顾亭林的行径都不能懂，觉得奇怪，于是他写下了这首诗，告诫后人，切不可像中官老僧那样只着眼于表面现象，要看事物的本质，这对有史识的学人怕并非过高的要求。

南都覆灭之后，柳如是劝钱牧斋清流自尽，是不明“大义”的，她看不出让钱谦益投降，就能使“所有有关的人获得幸福，趋向文明”。同一时会还有一个龚鼎孳，自称“我本欲死，奈小妾不肯何!”这小妾就是顾横波。郁达夫有诗云：“莫怪临危艰授命，只因无奈顾横波。”郁达夫在这里也脱不掉“历史的局限”，他的“忠君的信念”太强了。

张先生曾不止一次反问：“钱牧斋，除了没随着崇祯皇帝死之外，你还能举出他什么劣迹?”这一道策问太是初级的了。只要翻看《虞阳说苑》，就能发现记有钱谦益许多劣迹的纪事，其中张汉儒控告钱谦益的若干条罪状，都是“基本属实”的劣迹。钱谦益和董其昌差不多，都是恶霸地主，凌虐小民，包揽词讼，无所不至。这在钱牧斋的尺牍里也留下了不少证据。董其昌是被“民抄”了的，钱谦益也被人京控，虽不曾办罪，但舆论谴责是逃不掉的。

我没有读过葛剑雄先生论冯道的文章，只从张文中读到一节结论，回答着“生在乱世的知识分子，除了效忠一君，君败亡则竭力致死和灭迹山林之外，就不能走冯道的第三条路吗?”的疑问。

“如果有第三条道路，那就是以人类的最高利益和当地人民的根本利益为前提，不顾个人的毁誉，打破狭隘的国家、民族、宗教观念，以政治家的智慧和技巧来调和矛盾，弥合创伤，寻求实现和平和恢复的途径。这样做的人或许只是为了实现自己的价值，但他对人类的贡献无疑会得到整个文明社会的承认。……与‘灭迹山林’或效愚忠于一姓一国的人相比，他无疑应该得到更多的肯定。”

话说得堂皇而正大，但放在家国危亡之际来考察，就不能不产生大的疑惑。请原谅我浮想联翩，拟于不伦，忽然想到这与汪精卫“我不跳火坑，谁跳火坑”的“高论”，何其相似乃尔。回到明末清初之际，走第三条道路的钱谦益、龚鼎孳等登高一呼，果真能感动得“一队夷齐下首阳”，随同新主子共建使全国人民获得幸福、趋向文明的大业，也许开国的清朝诸帝，用不着再费如许手脚，立即可以进入“升平盛世”了吧。

鲁迅先生早就说过，“因为卫国和经商不同，值得与否，并不是第一着也”（《立此存照》）。说得何等透辟，也正是为明清之际史事而发的。先生早在数十年前就已将爱国主义与实用主义划清了界限，不能不使人警醒。直到今天还要为这样的问题费唇舌，也不免“真是太可悲了”。

答葛剑雄先生

葛剑雄先生在答辩文章中给他关于“第三条道路”的结论加上了一顶帽子，埋怨别人扩大了他的议论的适用范围。是谁将葛先生的一段“针对特殊情况而发的议论普遍化了”？也只能是张中行先生。他是将葛先生的结论作为普遍真理介绍给读者的，而这结论确也看不出有什么限制性，该适用于随便什么乱世的知识分子。同时又觉得，经过深思熟虑发现的“第三条道路”，竟只有冯道一个人在踽踽独行，不免过于凄凉落寞了，于是遍求往史，上起明清之际，直至太平天国，终于找到了一个钱牧斋，拉了来给冯道做伴。葛先生的事后声明不但来得晚了一些，也辜负了张先生的一片苦心，事实上起不了什么作用，也改变不了原结论的普遍性。至于为了摆脱困境，不能不下狠心贴上封条，把自己的论点封闭在狭小范围之内，几近取消，这种壮士断腕的悲壮举措，倒是值得同情的。

葛先生既“不敢原谅”我的“浮想”，那么我也就顺便收回这两句“客套”，看看汪精卫的言行与“第三条道路”到底有怎样的牵连。

汪精卫在叛国投敌、跳入火坑之际，所持的“理论”就一直是“以人类的最高利益”（体现在“大东亚共存共荣”的口号中）和“当地人民的根本利益”（“拯沦陷区人民于水火”）。他也确是下了狠心，“不顾个人的毁誉”，向火坑“勇敢”地跳下去了。在汪精卫的心目中，哪里还有什么“狭隘的国家、民族、宗教观念”，这些都是中听不中用的教条，在实用主义者看来，是一文不值的。汪精卫在进行卖国勾当时，确也不乏“政治家的智慧与技巧”，他正是用尽全力来“调和矛盾，弥合创伤，寻求实现和平和恢复的途径”。汪精卫从逃离重庆之前，直至开伪府于金陵之后，一刻也没有放弃向日寇屈膝求和，他的“国策”就是臭名昭著的“和平反共建国”。凡此种种，历史记载得明明白白。我们不久前刚纪念过抗战胜利五十周年，人们也都记忆犹新的。上海人民出版社就出版过几厚册汪伪罪行实录，材料多得很，用不着在这里多说。对这样在“第三条道路”上奋进的出众选手，葛先生却拼命要将他从跑道上拉下来，于是一场不可避免的喜剧演出了。

据此，我又怎能不反对葛先生所肯定的“第三条道路”。至于“生在五代十国和前南斯拉夫地区的文人应该走什么道路”？这样上下千年，相去万里，又存在着国家分裂、民族仇杀、宗教冲突不同国情的困难截搭题，和“冯道汪精卫异同论”这样的策论，还从来不曾做过，只好敬谢不敏了。

人们脚下是摆着不同道路的，第三条，甚至第四第五条都会出现的，尽可由人们自行选择走去可也。

1996年1月19日

开风气的选辑

中国学人留下了丰盛的读书随笔，在四库里分类为杂说、杂考，数量极多，至今还不见出版社汇印成为一套丛书，其实这里面是有着异常丰富的知识的。清人考据的随笔就占了很大的分量。这都是前人知识的积累，披沙拣金，往往可以得到可贵的资料，可惜这种撰作的风气近来几乎消失了。

不久前王元化先生出版了几种思辨短简思辨随笔，可以说是开风气之作。比起长篇的论文，就有更显著的特色，它选取的是精辟的短论，有时是思想的火花，如果铺展成文，篇篇都将是独立的文章。这样做既节省了读者的时光，又能更简捷地接触作者的思想实际，而且能清晰地看出作者思想蜕化的痕迹。实在是值得称赞的一种学风。也许正是从这样的思路引出，上海文艺出版社又推出了《学苑英华》，以人为纲，将学人毕生的学术成果，取精用宏，采辑成篇幅不大的短论，手此一册，可以见作者学术积累的大凡。当然，这种工作是艰难的，操选政者必须有敏锐的眼光，又遍读作者的全部或大部著作，才能选取精当，使选本有代表作的意义。

“学苑英华”，第一批的四本书，四位作者中，港台与大陆各半，这也显示了一种特色。眼光是开阔的。一个时期以来，对海外学人的介绍比过去多了，著作出版也跟上去，可是总的说来了解还是不多的。现在能介绍他们的学术成果，用“掇英”（多）的方式，使读者一卷在手就能得到一个明晰的印象，有所理解，有所受益，实在是一种值得肯定的做法。在李亦园先生的书里，看到有关李济之先生的悼念文章，非常亲切，听到久久睽隔的前辈学人的消息，即使已是故世的消息，也还不能不感到满足。李先生关于大传统与小传统的论述，对关心中国文化传承的人，还是一种可贵的启示。

饶宗颐先生著作等身，国内能见到的极少。能有这样一本取精用宏的书，对了解他的学术世界是有帮助的，这里也不能不感谢胡晓明先生编选所花费的劳动。当然，浅浅的篇幅要表现得完满，是困难的。记得从《选书集林》中曾读到饶先生一篇论岳飞满江红词的文章，印象甚深。这是个敏感而又引起广泛注意的问题，似乎应该使国内的读者知道。

总之，这套书是开风气的选辑，值得赞赏，值得肯定，即有所不足，也是难以完全避免的。希望陆续读到其他学者的书，把“英华”扩展开去。

海上乱弹

《海上乱弹》，读书记、题跋集，2005 年 5 月文汇出版社初版。

据初版本编入。

寻找自我

我的开始弄笔习作散文，大约是在一九三四年顷在天津南开中学读书的时候。手头还保存着两本《南开初中》，是一九三四年出版的。那中间就有我的一篇《旅绥杂忆》，是春假中赴绥远的纪游文，文字虽然稚弱，但与数十年后所写的游记风格并无二致，可见植根之深。转过年来，在《南开高中》上就又出现了我的一篇《最近翻译界的争辩》，可见年纪少长，注意力又已移向文学批评了。

到今天，我还不能忘记给我提供接触新文学机会的南开，虽然何其芳（他当时正在南开做教员）说过，南开不过是一所“制造中学生的工厂”。学校外不远处有一家“会友书局”，我是常客，在那里先后买得鲁迅、周作人、郁达夫等人的著作，还有《文学》《中流》《译文》《作家》直至胡适编的《独立评论》，可见对文化界的接触，面是广的，眼界是宽阔的。我还有好的老师，教我们英文的李尧林先生就是教给我知识以外，还给了多方面影响的老师。我从他那简单却丰富的藏书中，第一次看到《我们的六月》《我们的七月》，那是初版本，中间有精致的插页，再版本就没有了。这是我对新文学版本最早获得的知识。卞之琳编的《水星》，那狭长隽秀的封面，疏朗的编排，十分可喜，也是李先生介绍给我们的。我没有听过何其芳的课，但他的声名在同学中却有震撼性。他的获奖作品《画梦录》，奇瑰美丽，但不可能是模仿的范本，倒是这以后出版的《还乡日记》，平实深厚，给了我颇多的影响。

在南开，还有一项有趣的记忆。和我住在同室的周汝昌君，是比我大一岁而温文尔雅的书生。他不喜运动，也不大参加同学们的活动，他喜欢京戏，也爱好旧文艺。我偶然得到一部《四印斋所刻词》，就得到他非常的赞赏。此外，就是《红楼梦》，这是我们都非常喜欢的书，于是就成了经常讨论的话题，饭后到墙子河边散步时，讨论的往往就是《红楼梦》，有时也争论、激辩，总之，讨论的内容复杂得很，谈了些什么，现在可是一点也记不起了。我想，汝昌日后研究《红楼梦》，有大成就，那发轫之始，也许和当年讨论不无因缘。

七七事变，日寇的炮火毁灭了我们的学校，我从天津逃到上海，插班进入上海中学。其间偶然读到夏目漱石的《哥儿》，非常佩服。于是就拟作，在毕业纪念册上以《我们的先生》为题，写了一篇纪念文，因为是仿夏目之作，可能对老师颇多不敬之处，内容则全不记得了。

接下去是进了交大。那时徐家汇的校址已经沦陷，就借了震旦大学上课。给我留下鲜明印象的是大楼中的图书馆，真是个窗明几净读书的好去处。在这时，我的阅读范围大大扩展了，凡能到手的书册总不肯放弃，大抵以笔记小说为主。我曾从旧书店买来的《国闻周报》里拆下了《凌霄一士随笔》，订成一厚册。在学校里的图书馆，也一部部地借出了商务印书馆的《四部丛刊》，特别着重二编三编，这是一部善本古籍的影印大全，我一册一册翻看时并不注意内容，只着重版刻风气与藏书图记，于是对“黄跋顾校”有了亲切的认识，这就为日后搜求旧本书摸到了门径。泛览之余也做些笔记摘要的工作，借出了王静安遗书一大叠，那些论古史的文章看不懂，但像《清真先生遗事》那样的篇什，却是颇感兴趣的，于是就整篇地抄下来。同时还写了一些读书记，把许多书本上的故事连缀起来，作为阅读的纪念。后来，因为筹集入蜀旅费，一股脑儿卖掉了。

一九四二年入蜀，回到了重庆九龙坡的交大，这是扬子江上的一个小镇，冬日多雨，整日在雨雾中过活，手中又没有什么书，只有龚定庵的一册《己亥杂诗》。心情是枯寂的。学校图书馆也没有什么藏书，只有一部《四库珍本》，因为沾湿了，在操场上摊开晾晒，偶然走过，捡得了方回的《桐江集》，翻得“每重九日例凄苦，垂七十年更乱离”的句子，真像被重拳击了似的，深深被触动了。年纪只不过二十来岁，照理不应有方回同样的心情，但乱离却一样，凄苦的天气也一样。念远怀人，无可言说，只写了几封信，迢迢寄到上海去。这就是收在《锦帆集》里的几篇书札。写信的地方是取名“凤凰楼”的茶馆和江边的野店。这是些“画梦”之作，是在无端的无奈下的强颜欢笑。

这以后就来了一个大转变，从学校出来走进了社会，而且是军中，我当了一名“翻译官”。任务是沟通来到中国进行抗日的美国盟军和中国军人之间的交往。最初是在炮兵学校里陪同美国军人上课，随后就随军上了湘桂前线，桂林失陷后回到昆明，又飞到印度，在兰伽训练中心住了八个月，训练的是坦克和卡车驾驶，最后从列多带了部队回到昆明。在这短暂的一年中，我接触了中国的军官和小兵，美军的官兵和为美军服务的人们。真正是开了眼界，领略了和学校生活迥然不同的另外一个世界的形形色色，各式各样千差万别的人物。当然也引发了自己的种种观感，真的是“心事如波涛”吧，觉得非写下什么来以抒愤懑就不行，这就是《关于美国兵》产生的由来。

翻译官遣散后，回到重庆，又住到九龙坡的学校里。想复员回上海，可是找不到交通工具。正当苦住之顷，上海的朋友创办了《周报》，于是就陆续写了几篇军中记事去投稿，后来集成一册，就是《关于美国兵》。其中的一篇《关于翻译官》却是在印度兰伽写成的，曾向《大公报》投稿，不予登载。也是写这篇东西的时候，逐渐感到用过去的散文写法不合适了，因而想到鲁迅先生的有些文字，如《病后杂谈》《题未定草》，真是嬉笑怒骂，各极其致，如此写来才顺手。因而悟到，散文与杂文之间，其实并无一条分明的鸿沟。我一直坚持着这看法，直到写《榆下说书》那样的读书记时，也还使用着同样的手法。从此，我笔下的文字是散文还是杂文就很不容易分别了。

这中间，还写了几篇读书记，因为受到当时“晚明热”的影响，文中涉及了一些晚明人物，这就是收入《锦帆集外》的昆明、桂林、贵阳三记。

一九四六年顷，在《文汇报》编《浮世绘》，这是一个娱乐性的副刊，照例应有戏曲电影的内容，找人约稿不易，只好自己动手。于是就开了一个《旧戏新谈》的专栏，每天一篇地谈戏，有时就不免谈到戏外去，不愁没有话题，而执笔的我也感到了“文思泉涌”“手挥目送”之乐。报纸被封门后，我还向《时代日报》投稿写过一些，算是一种余波。

建国之初，我在《文汇报》发表了一篇《杂文复兴》，这只不过是一篇漫谈，不料引来了一通大批判，唱压轴戏的是冯雪峰同志，这是使我始料不及、也难于理解的。雪峰的文章是《谈谈杂文》，对在新中国鲁迅风杂文判了死刑。此后，我就不再染指杂文，直至一九五六年才又多少写了一些，这以后就是二十年的沉默，直至一九八〇年前后才又写了一些，集成一册《惊弦集》，再往后几经风浪，就几乎洗手不作了。

不写杂文就写些游记和读书记，也似乎又回到正宗散文的旧道上来了，但又不然，散文中多少总带有杂文的因子，因此也并不是正经的散文。

一九四六年我在南京做记者，写过几篇通讯，访问过狱中的周作人，也访问过住在宫殿式的“中央研究院”里的傅斯年，这些访问记也算不得正经的散文。倒是暇日闲游陆续写了些随笔，题名《金陵杂记》，倒和八十年代写的《山川·历史·人物》有其相通之处。但追根问底，也还不是温柔敦厚的正统散文。

此外，历年买旧书时，我也喜欢在书前书后写些题记，用了并不古奥的文言，以期与传统的题跋风格接榫。集在一起，读起来就像是求书日录了。我平日喜读东坡、山谷、放翁的简尺题跋，也学着写一些。虽然只是简短的题记，我觉得也是散文的枝裔。已刊的有《来燕榭书跋》和《来燕榭读书记》两种。不久将出版的还有一册书简集，所收为给朋友的信札，似乎也可以归入散文一类的。

二〇〇三年九月二十四日

五十年前的十月

十月一日

晨七时即起，步行至四川路参加队伍，为国庆游行。

在北京路坐候三小时许，十一时始启动，在大马路，二、三、四、五马路之间穿梭来往，甚倦。至下午二时始毕，疲不可言。

在太平洋吃汽水及冷盆，劣极。归寓后小睡。

十月二日

晨十时许到巴家，坐谈移时，即返寓。饭后丁力来，同去 DD'S 小谈，约西禾来。

到知味观饭，饭后到馆。得光耀信及蔚明信，又寄回《新谈》原稿。

与丁力到会芳园，看打二十一点者，其速有如汲筒抽水，可惊也已。夜沐浴后早眠。

十月三日

早写光耀信，寄《新谈》稿与均正。

午刻到馆，与饮源到杏花楼小坐。传薪买书数种。

买静嘉堂宋本书影一册。

夜到馆。开始写《新谈》，广播。

十月四日

开始写自传，颇有趣。

下午与巴公等在DD'S吃咖啡，谈光耀事，未获结果。

遇小彭于路上。

夜早归寝。

十月五日

午刻到馆，领一二两月升工十万元。

下午读书，未作一事。发静远、曾祺等信。

杭州陈估来，无一书可观者。

量血压，告以稍高，或系每天饮酒之故，亦未可知。

与叶冈饭于成都味，同至人民大舞台应文杰之约，看盖五爷《血溅鸳鸯楼》《醉打蒋门神》，其实未佳。田老大等滥捧盖五武松戏，可谓无目。

与采臣七重天谈光耀来沪任职事。

宗江来信，言将行矣。

十月六日

雨终朝、暖甚。

整日写自传，已写至南开时代。

看土改展览会，甚丰富，然尚仅江南一隅。如为全国性者，不知更当如何丰富也。

于地主家抄出文物中见旧抄《来鹤亭稿》（吕敬夫集）一种，不知系何人藏，但极佳。竹纸抄白甚旧，在明中叶，有彩锦函。

早归。丁力来，计划“新影剧”发刊事。

十月七日

雨仍未止。晨在床上读毕 H. De. Balzac：*Albert Savarou*，写激情如此，使人心悸。

夜至源来家吃蟹，甚快。

十月八日

晨雨，晚到。

写自传数页。

下午与际垌至国际书店看德文书。购得 Leo Tolstoy 及 Lamutov 之小说精装本二巨册。

又得焦循藏书之精刻本《伊园诗存》一册。

在浴德池浴，小睡。六时许到馆，八时许出。在霞飞路一小咖啡馆名 Home Cafe 者饭。与丁力谈。十时归。

十月九日

听夏衍报告。

见古香楼汪氏藏嘉靖刻《李白诗类编》一部，甚佳。系石麒之书，当得之也。汪氏印“千岩道人”，此前所未知者。

与丁力到《新民报》发稿，又到报馆，见光耀来书，告十四来沪，喜甚。

饭于成都味。看《光辉灿烂》于皇后，早归。

十月十日

早到新华书店买《毛选》，知仍未发售。

午刻到馆领薪。电巴金，约晚上往谈，五时许访之于霞飞坊，共去老大昌吃咖啡及面。又同至平明。

为许源来事交涉良久。

光耀来信告不来沪。为之焦虑，即复一信。

得曾祺信。

十月十一日

晨寄光耀信。

石麒示以旧书多册，颇有佳本。最佳者为旧抄刘蜕集，古香楼、二老阁藏印，冯柳东跋。又有嘉靖刻《吟窗杂录》《宦辙联句》等亦佳。又闻有《边防考》《酉阳正俎》二书，已售归程守中，书皆佳，可惜也。

下午早归，理书。

晚到馆。得光耀父朱生白先生书，告已派人去禾与光耀偕来，望其能返沪也。即复之。

又得均正信，玉芬信。

十月十二日

《毛选》第二册出版，排队购之。

下午丁力来发稿。

石麒来，约明日付之一百万元，允之。

夜与郭根饭于成都味，早归。

十月十三日

雨，发薪。

石麒来，付一百万元。伊将去甬上收书也。

下午发稿。与丁力吃茶。七时，到辛笛家，吃蟹，十时归。

十月十四日

很早就醒了。在想今天是不是要去嘉兴?

报来了，说今天可能有飓风。

看书竟日。下午四时许到新民报，晤文杰，谈移时，即赴兰心听了新捷克斯拉夫音乐演奏会，很好。Overfure *Barfered Bride*，中译“交换新娘”和 Symphonic Poem，好极。感情为之激动。

回家吃饺子。在《人民日报》上读了爱伦堡在记者座谈会上的发言。虽然译文如此拙劣，但是，好极了。马上就有了冲动，要给朱光耀写封信了。

信写好，发出。运用了文学语言。

十月十五日

光耀来信，意颇决绝，此事恐将告一段落了，即复之。

早晨赶好一文，甚得意。即去新民发稿，为《三改随笔》的第一篇。

文杰约饭于成都味，嘉树亦在。

晚在馆写《捷克音乐》，十时归。

丁力来，共吃红茶。

拟译 *Puppetry in Czechoslovakia*，成一小册，Dr. Jan Malik 所著。

天琴来信。

十月十六日

早去新闻出版局开会，至九时尚渺无一人，询之亦不知开会之事，废然而返，亦怪事也。

写《三改随笔》，成千五百字。

买得钱氏述古堂残抄本《能改斋漫录》半部，又潘氏《须静斋云烟过眼录》一册。

下午到新民报发稿。

到兰心开会，为纪念鲁迅先生事。请大家写文章，到者寥寥而黄源主持又说不清楚，临时请签名撰述，有如绑票，亦可笑也。

夜归。写杂谈，请三弟送至报馆。

始识如花，在一月廿八日，而今已矣。正八个半月，日记也写有一叠了。噫!

丁力来，饮咖啡于 DD'S。

十月十七日

写小文，仅得六百字。

中午到温知，观日本人印书影三种，皆颇佳。又《访书余录》二函，为李木斋旧藏本。又见明抄《考功集》（残）、《三宝太监西洋记》及《道藏目录》。

四时许出。到新民报看大样后到馆，写短评后与郭根饭于摊头，吃水饺、片儿汤，甚美。

早归。夜丁力来。

《三改随笔》始刊于《新民报》。

十月十八日

天奇暖。

下午访源来，取归梅畹华《舞台生活四十年》自序，为删易之。

到巴家吃蟹，谈至九时始归。闻西禾令弟谈其老兄佚事，可笑之至。结婚诸细节，皆需考虑，真不知将如何解决之也。

天琴来信。

十月十九日

复天琴信。

早九时去大光明开鲁迅先生纪念会。舒同讲话，黄宗英朗诵，放映先生葬仪记录片。

与火子同看捷克展览会，约端苓共饭于成都味。

下午发稿后到馆。得德熙信。

钦源约饭于冠生园，同去中国听赵燕侠《大英节烈》，已较前年所见较胜，不如是之肉麻矣。

摄影取得，尚可满意。

十月二十日

迟起。抵办公处已九时。

致王瑶信，约写鲁迅研究文稿。

在来青阁见明刊《琵琶记》，有精图，与李卓吾评本《西厢记》图同，惟颇敝坏，索价百万，还以八十万，未知能成交易否。另有香雪居本《西厢记》头本一册，图全。

下午开会。

五时许在DD'S遇丁力。

六时半到厚德福，与郭根际垌诸公饭。饭后访老巴，十时归。

十月二十一日

晴。李萌来，与谈诸事，甚悉。后同去访浩然，不遇。

即到馆。三时许到剧专看天琴，散步于虹口公园，饭于凯福。早归，观书。

十月二十二日

雨终朝。

晨写小文《杀嫂》。

午刻与宝礼、克信、文华等去一潮州馆子吃饭。诸公大说其笑话。

晤丁力于 Maxium，发稿。

夜到馆，写短评。

买得万历尊生馆本《琵琶记》三卷，又见黄荛翁题《兰花卷子》跋，不似真迹。

十月二十三日

晨到来青阁，遇石麒。携归书十数种，有古香楼旧藏抄本等。

下午早归，在家理书。

丁力来，饭后同到 DD′S 小坐，谈光耀事，劝仍写一信去，“以观后效”。

八时许到馆。写小文论“英杰烈”之本质，十时许归。

骤寒，夜凉如水矣。

十月二十四日

早起，到办公处测验，如儿戏也。

午刻去蜀腴，平明宴萧乾，到者有西禾、辛笛、家璧、老巴、健吾、靳以、浩然、际垌等。二时散。

三时在外滩公园开会。日色甚美。到馆，写短评后早出。

访益均，方开刀，小坐即出返寓。丁力来，同去看斗戡后到DD'S，吃咖啡、蛋糕，杂谈甚快。

天琴来信。

检旧信见珊子一函，甚美，可念也。

今晨又写光耀信，盖所谓美丽而荒唐的信也，又寄书一册。

十月二十五日

晨宴起，到新民报取稿费。

丁力来，同饭于成都味。去来青阁，取归《书史会要》洪武本一部，印尚佳，惜书品劣耳。访孙助廉，见《澹生堂目》残卷，已售之文管会矣。此书为石研斋秦氏藏本，有顾千里跋，前曾在京见之。

又见庾开府集一册，嘉靖丛刻零种，有黄荛翁校跋，颇不恶。到馆领薪后赴许源来家，坐良久，取归梅传稿一部分。

十月二十六日

晨石麒来，以《雪韵堂批点燕子笺》一册见售。前有精图六番，作圆形，清初刻也。

下午去严阿毛许，闻奉化旧纸联购处有旧书六屋，将次第化为还魂纸。中多白棉纸书，可慨也。

到实君处取归书二种。《玉山草堂集》崇祯刻本，有吴枚庵、李明古藏印。

DD'S遇巴公夫妇，丁力亦在。晚到巴家谈，吃蟹。巴公对天琴事亦不谓然。西禾在座，小谈而去。谓近读杜诗，颇参禅悦，一笑。

十月二十七日

与源来通电话，谈梅传事。

下午到来青阁，付去书款二十万元，并鲁迅日记一部，易得万历刊《琵琶记》，可谓豪矣。

四时许丁力来，到馆。

去浴德池浴，饭于四川味。夜丁力来，画样子。

十月二十八日

天晴好。早骑自行车出游，甚快。

午后在严阿毛处得《平妖传》一部，又东壁图书府本《王右丞集》二册。

归途遇巴金、靳以、方令孺，同去DD'S小坐。

到巴家坐谈，即归。

陈徐坤来信，即复之，约光耀来沪。

夜以朱笔点读《爱日精庐藏书志》。

十月二十九日

忙碌不堪。

晨写毕《鲁迅先生与戏改》，得千四百字，是为解题。

当选为副小组长。

下午与采臣谈编辑诸事。访允详于科普协会，在凯司令与丁力谈。到馆，九时归。

编好《新影剧》。

十月三十日

写《三改》一篇，八百字。

晚去际垌家会餐。萧乾、巴金、辛笛等皆至。饮酒颇畅。十时许归。

到丁力家，议发稿事。

十月三十一日

晨十时丁力来，同去新民报发稿。

取版税三十万元于平明。

得光耀信。

午刻在河南中路观鸣野山房沈氏书，主人沈仲芳也。马令《南唐书》有余题记，前年所得又为之索回者。又选得《西吴里语》残本二册，有序一叶为余藏本所佚。黑口本《革象新书》一册，旧抄《严思庵集》一册，旧抄《未筛集》一册，旧抄《宾退录》之谦牧堂藏者，《枢莞草》等，约明后日取书。

写光耀信，凡四页，即发出。饭于知味观，允详亦来。

夜在馆，写短评后即返寓。

在天津听戏

一九三五年前后我在天津南开中学读书，住在学校里。每逢星期六下午和星期日，多半要到当时法租界劝业场一带游散。除了逛书店看电影之外，绝大部分时间都花在京剧剧场里。因为必须在晚上七时左右赶回学校，所以看的多半是日场。马家口的春和和劝业场后身的北洋是经常去的两个场子。劝业场楼上的天华景则很少去，只是北昆在那里演出时去过几次。看过不少老伶工的绝作，如郝振基的《安天会》、侯益隆的《嫁妹》、陶显廷的《弹词》都是好的。手执一卷《缀白裘》细听老伶工的演唱，确是难以忘记的享受。

因为看的是日场，戏码多半重复。叶盛兰那时刚出科，在大轴前面演折子戏，他的《探庄》就听过多少次。此外则是周瑞安的《金钱豹》，也是看得熟极而流了，有时在宿舍里把被子叠起模仿孙悟空的抢背接叉，曾为同寝室的周汝昌所笑。

日场有时也有好戏。侯喜瑞的《连环套》听下来有如饱餐一顿美食，余味久不能忘。侯的《法门寺》的刘瑾，当太后下场后，他整冠拂带重新升座的那几步走，实在是太美了。

就是演在中轴的《取洛阳》，也是最饱满的一折小戏。当时与侯同场的不乏名角，如程砚秋、章遏云等，但声华都为侯所掩盖，真是奇事。

程砚秋在日场演出多半是《骂殿》和《琴挑》双出，程正当盛年，程腔也初臻圆熟境界，剧情虽然简单而单调，听唱则是极好的享受。程在声腔方面的创造，确实是突出创新的范例。难怪今天仍有不少继承者。只是只红了一出《锁麟囊》，《骂殿》则久已绝迹舞台了。

李世芳和毛世来也是刚出科，但在我这样的中学生看来，正是一对璧人，其声光殊不在已成名的名角之下。毛常演的是《打樱桃》，正是一折绝妙的小喜剧，真的能体现出“好女如花，柔情似水”的滋味。可惜这出小戏久已绝响菊坛，毛世来也随即淡出剧场，不知下落，想来不禁使人惆怅。李世芳也在一次空难中死去，正是像流星一般闪过歌场，终归寂灭。从富连成出来的小演员，在当年初进剧场的年轻观众心目中有着怎样的分量，正说明小一辈的演员与观众之间关系密切，也说明京剧繁荣不可忽视的关键。在今天说来也还是如此。培养新一代的演员与新观众是不可分割的两翼，也许京剧振兴的关键正在这里也说不定。

晚年的杨小楼难得到天津来演出，我也不放过机会欣赏他的名作。在北洋看他的《安天会》，给我的印象是难忘的。那天他正好患喘嗽，每场下来进后台，早已有人在后台相候，他几乎是立即跌入人们的怀抱中，在台上也不停地作嗽，但仍是精神贯注地演出，观众也时时鼓掌加以鼓励，老伶工垂老作场，观众的同情激励，是使人感动的。天津人听戏一向挑剔，遇有台上失误常不客气地给予倒好，使北京来的角儿视为畏途。但他们是因人而异，区别对待的。在这里，戏德不只体现在演员身上，在观众也是如此。

我看过杨小楼郝寿臣的一二三四本《连环套》，是分两天演出的。这是小楼的名作。回想起来此戏的妙处正在以正面英雄人物出现，却时时揭出人物身上的伤疤，终于给观众留下了明白无误的印象。旧戏写反面人物者多矣，但以正面人物面貌出现的反面角色，黄天霸却是突出的一份。《恶虎村》也是好的，也许表现得更鲜明。《连环套》却写得隐而不露，背面敷粉，效果却更高妙。三四本不用说是比不上前两本的，以大团圆收场，无疑是败笔。但小楼通常是不演全本的，得以观场，也不能不说是幸运。

给我留下印象最深的是他的《长坂坡》，记得那是在马家口的春和剧院。散场以后，走在梨栈的大街上，秋风落日，耳边仍留存着赵子龙的声口、身影，如在梦中。直到今天，也还不曾淡化，真不能说不是奇迹。

在刘备率领家小、携同难民逃难之际，夜宿荒郊，台上众人排坐，赵云在边坐休息，杨小楼是以手支颐闭了眼睛的，在刘备大叹苦经之后，赵云忽地惊醒，睁目，说道："主公且免愁肠，保重要紧。"高亮的嗓音，身体抖动，靠旗盔缨随之俱动的身段，真是石破天惊，全场为之震撼，彩声随之而起了。

赵云的闭了眼睛，除了表现他是在休息，其实并不在休息之外，一旦惊醒，双目一睁，情景倏变，他的闭眼是表演上的需要，也是真实的刻画。但是人们并不都是这样理解的。当时南开中学有一位老师，也是小楼的崇拜者，也偶尔登场串演，同学们的评价是，学小楼最像的是闭眼。传为世说，如此学习，正是所谓买椟还珠了。

天津中国大戏院开幕，约梅兰芳来首演。一天，听说梅先生要到学校来参观了。校方做了细密的准备，坚壁清野，把学生都关在教室里，不许乱走。我想学校新落成的瑞庭礼堂当然是参观必到之处，就事先躲在台边的休息室里。果然，校长张伯苓和张蓬春先生陪着梅进礼堂来了。一等他们走近，我立即走出来到面前，取出早已准备好的卡片，请梅签字。梅接过卡片，斟酌了一下，问我："是横着签还是竖着签呢?"随即取出钢笔签了名。他只问了这一句话，听来就像他在舞台上说的京白一样。此外，我留心看他的脸上，两颊已是青青的一片胡子茬了。我奇怪地想，他那时每晚有演出，必然要刮脸，怎么胡子会长得这么快呢?此外，我的莽撞举动，并没有受到校长的呵斥，也是出乎意料的。

那一次，我听了梅的《贩马记》。他正当盛年，剧艺也达到了巅峰状态。扮赵宠的是姜妙香，配合无间，功力悉敌，是我得以领略京剧艺术最高境界的一次演出。至今耳边还回荡着桂枝终场时的一句道白，"儿是夫人了"。真是珠圆玉润，婉转无痕，转眼这都已是六七十年前事，而至今不忘。也许这就是文学艺术的极诣总是永恒的意思吧。

南开忆旧

最近收到南开校友会主编的《百载弦歌，风流文采》，是收录自二十世纪一十年代开始校友撰写的文章、诗歌、杂著汇集的拟目。其中收有我发表在《南开初中》《南开高中》上的文字九篇，不禁吃惊于自己如此少而好弄，竟自留下如许幼稚可笑的作品。其中有旅行记，有回忆文，有书评，还有译文《诗经中关于“日蚀”的诗》，这样“国学研究”式的论文，真的不免腋下汗出。但也因此想到，南开自由学习的校风，是值得深深怀念的。在三十年代，南开已是北方著名的学府，但却不同于某些有名的中学，专以投考北大、清华高额录取相号召。南开是注重培养学生兴趣、使之全面发展，看重教学，但并不采取灌输的方法。在这里，不能不想起几位老师，正是在他们的影响下，同学们才能得到自由成长发育的机会。

孟志孙先生是教我们国文的教员。他写得一笔郑板桥体的行草，他评论考试成绩不采用百分制，却用一句五言诗中某一字评分。他教授楚辞的《九歌》，指定的参考书是戴震的《屈原赋注》。我敢于写关于《诗经》的论文，正是受了他的影响，有一个时期，竟自以“国学研究”自命。他是天津人，在课堂上用津腔高声朗诵《桃花扇》的“余韵”：“眼看他起朱楼，眼看他宴宾客，眼看他楼坍了。”慷慨激昂，声泪俱下，给同学的感动是无比的。

在国文课堂上，真是名师济济。名诗人何其芳即是其中之一。他放下《画梦录》的画笔，就来南开任教了。我没有在他的班上听课，但从他的散文集《还乡日记》里知道，他对南开的环境不是很满意的，他把这所学校称为一座制造中学生的工厂，而将我们课余游散的墙子河说成是一条臭水沟，着实使我大吃一惊。他和李林、毕奂午都住在体育场侧的一排房子里。他们都是大学毕业后就来南开的，也都是年轻的老师，比学生大不了几岁，任教不久随即他去。因此南开的教师的流动性是很大的。因此也为学校带来了新鲜的空气。

李林是我们的英文教师，他不采用通常的文法课本，而主张“直接教法”，就是说使学生直接接触英文原典，而不斤斤计较繁琐的文法束缚。他的教授法也是相当自由的，在课堂上教我们唱歌是常事，至今我还记得一些歌词原句。有时更是别出心裁，带领同学排队走出课堂，到校园里去，随宜讲授。这自然大受同学的欢迎，但也引来了教导主任的非议。他在生活上也注意与学生打成一片，在食堂里共同进餐。他自然抢不过年轻的同学，有时不能不半饥半饱。他有许多文学界的朋友，自己也喜欢藏书，在他的宿舍里，书架上就全是新文学读本。他有时也请我到他住处去玩，用小锅在火上煮梨片相饷。当《水星》创刊后，他就在校内贴出了征订的广告，是刊物发行的代理人。

“七七”战后，我与他又在上海相遇。他译的冈察洛夫的《悬崖》在文化生活出版社出版了，是“译文丛刊”之一。我们都喜欢他的译笔，还用来做剧场考试朗读课本。在孤岛的上海，仍有他的旧学生等一群年轻人围绕在他身旁。他是不寂寞的。直至抗战胜利他才因病死去。我当时仍滞留重庆，没有能够为他送行。

南开的老师中还有一位也是应该提起的。他名章巽，字丹枫，金华人，是教我们地理的。他从中央大学毕业后来南开任教，年纪比我们大不过五六岁。抗战中在孤岛的上海，我们又重遇了，那时他在中华书局工作，记得从他那里辗转借得郑振铎编著的《中国板画史》来看，是我最初接触明代板画之始。后来转入内地，又在重庆重逢。记得有几次进城借宿在他在中华书局的编辑室里，夜里在明亮的电灯下与重庆著名的老鼠默默相对的事，至今也不曾忘记。这以后他到中央大学任教，在沙坪坝的中大校舍里看到他宿舍里壁间悬挂着汪辟疆的诗句“嘉陵水色女儿肤”，印象留遗至今。不久他又到大公报社工作，直至建国后才转至复旦大学任教，直至逝世。他是研究中外交通史的，校注的《法显传》是用功之作。南开的老师中和我来往最久的就是丹枫先生了。

在南开时的学校生活，也是值得回味的。仿佛是住在一所既有严格规范而又自由散漫的环境里。每星期都有的校长张伯苓和张九先生彭春的训话不必说了，每天晚上早早关了的校门，更是我这样想去市内听戏的大威胁。舍监每天到斋里查房也是应予警惕的。但无论如何，总抹不掉心头的安谧，上课之余，好玩的事多有，图书馆里的新书是多的，大半用硬面装褙的新文学书供应充分，更何况校外就有三家书店，可以买到新书杂志。历年收集的毛边本的书足有一箱，可惜后来都毁于日寇的炮火了。后来读到唐弢的《书话》，有不少都是曾经有过的“善本”。图书馆外就是体育场，下午总有篮球、排球比赛，往往站着一看半天。校园内还有花圃，秋天就有菊展，其中有张校长喜爱的“梨香菊”。校园后边还有家“牛肉馆”，是我们经常照顾的地方。有名的“炸大虾”每客只需一两角钱。冬天宿舍内生了高大的火炉，人们把从食堂带回来的小馒头烤了来吃，是有趣的消闲活动。校门对过是取名“春合”的体育用品商店，从那里买了足球鞋，在寒风里到体育场里去，面对墙壁练脚法，更是有趣的活动。总之，过去的学校生活，总是温馨的，今天想来仍是别有滋味的。想不出更好的比喻，也许“无为而治”是当年南开办学的唯一方法，不敢妄测张伯苓先生的教育思想，但大体上与蔡元培先生的“兼容并包”很有点相近，大概是不错的吧。

吴震修谈梅兰芳

偶然从一九六二年的笔记本中，发现和吴震修先生的谈话记录。吴是梅兰芳的老朋友，与冯幼伟并称。他们都是清末的日本留学生，回国以后在北京做官，继而进入银行界。他们结识梅兰芳以后，在财力和生活等方面都给梅以很大的帮助与影响。历来为梅作传记的都很少注意及此，是一种缺失。吴在梅的艺术生活中所起的作用，可以从《舞台生活四十年》（三辑）中所记的《霸王别姬》创作过程中得见一二。

梅兰芳和杨小楼的新剧剧本由齐如山执笔，已完成初稿，分头、二本。梅把总讲拿给吴看，吴细细看了以后说，剧本分头二本分两天演还是不妥。这时在一旁的齐如山说："故事很复杂，一天挤不下，现在剧本已经定稿，正在分单本给大家。"吴坚持必须改为一天完。齐如山说："我们弄这个戏已经不少日子，现在已经完工，你早不说话，现在突然要大拆大改，我没有这么大本事。"说着把本子往吴的面前一扔，要他自己改。吴两天后拿了本子来，勾掉了不少废场子再加修整，这才有今本《别姬》的雏形。梅一生重大生活和艺术活动，吴震修都是重要的决策人之一。

吴先生对齐如山的评价是：“此人是使梅脱离捂肚子死唱青衣范畴最有力之一人。”又说：“齐如山最近又在台湾大放厥词，孟小冬在港，不再教戏，遣散了琴师。”赵叔雍在新加坡也写“×××阁最后一次梅讯”，这都是梅逝世后在大陆以外引起的反响。

对梅的“贵公子”气度的培养，吴说了一个故事。民国初年梅曾扎过时髦的袜带儿，这是流行于恶少群中的打扮。吴看见后就说：“好漂亮啊!”梅立即醒悟，把带子收起来了。

从梅经常说的只有两句话，可以看出他应对的方式：前期说：“唉，唉!”可是心里自有主张；后期说的则是：“没什么啊!”

梅的生活简朴，早年拍第一张西装照，西服就是借吴的。回忆初识，在民国二年（一九一三年），距今五十年矣。

梅从路三宝学一出“醉酒”，用三百元。

吴说：“梅的成功，都是‘外行人’看法影响之力。”

梅初创古装，嫦娥奔月，只两件戏装，一件藕合色，一件粉红色，极为简单。

梅的班里有一位茹莱卿，说过一句话：“你们这群人真奇怪，也只有靠你们这批人来搞。”

关于梅的表演艺术，吴先生说：“只有三个人，一掀帘就是剧中人，杨小楼、叫天、畹华。黄润甫算一半。”

对于梅夫人福芝芳，吴是极口称道的。“北方女人，旗下人，气魄大。”后来有许多事都是福出面解纷的，如在广东演出，被挽留，而班子无法养，都是福芝芳出面料理的。梅与福芝芳结合，时王夫人病重，吴正出天花（四十二岁），卧病一月，后许伯明告知此事，吴说，何不等等。一次，许多姨太太之流也在议论此事，吴说："说来说去，人家福芝芳到底是个未出阁的闺女。"听者大哗，群起攻之。吴只好说："失言，失言。"

关于梅的入党，吴说："陆定一说过，梅的一切表现，早就是个共产党员了。"又说，一次梅与程砚秋同车，梅问："入党的事怎么样了？"程答："等你。"吴先生说起程砚秋，没有细说，遂即终止了。

吴先生对梅入党后十分劳累，用力演戏，以致早逝，是有意见的。又对田汉的"封建士大夫包围"说有意见。田汉点了两个人的名，其一是李释戡，都已死去。梅的成长成熟，都离不开"封建士大夫"的影响，有消极也有积极的一面，而梅是自有主见的。

说到这里，我想起，当年编写《舞台生活四十年》时，一次梅郑重地对我说，要仔细把关，什么梅郎梅郎的，不要再提了。可见他对此事的态度。

吴先生最后讲到《挂帅》，说："'我不领兵谁领兵！'没有尾，完了，恶谶！"言次唏嘘不已。

回忆这次谈话，至今也已四十年。执笔追记，如白头宫女闲话天宝，不禁怃然。

《乙酉归轺杂记》序

我很早以前就想写这样一束文章，可是总没有可以使我定下心来的环境与时光。我过了一大堆乱七八糟的日子，为这个那个忙着，在一些无聊的人事纠纷中打转，当时觉得十分有趣，过后想，却又感到无聊。像我这样的人难道说真有什么"胜业"不成。可是即使有吧，那些也算不了我的"胜业"呀。颇有一点烦恼。当所谓"夜深人静，一灯独坐"或者"午夜梦回"的时候。

后来是袭来了"清闲"。呀，我现在才知道，清闲比忙乱还不好对付。不用说，我这人离开废书静坐的修养功夫还差得远，照父亲骂我的话说，正是刚坐下五分钟就觉得屁股下面有一把锥子刺着一样。我没有话说，是年纪的关系，也许再过十年，我也可以一个人在房里床上打坐了吧。这是后话，到底怎样，我自己也不知道。

我每天坐在闹市中间一座楼房的一间大房间里，我面前是一面大大的窗子，从窗子里正好望见海关的大钟和那漆了绿色金色的钟楼，再上去就是一根标杆，当一个两个黑色的风球扯了上去的时候，我看那哭丧着脸的灰色的天，觉得无端的骄傲，一个先知者的骄傲，比大家先知道将袭来的疾风暴雨。我又有一点安稳的感觉，探身出去，看着逃进港口避风的大船小船帆船，我关上窗子，等候着风雨的来临，雨脚慢慢从细线变成粗线，变成碗口大的一点一点，从窗口望下去，看那没有目的奔跑着的人群，他们奔，奔，临时选择了一个房间，藏起来了，雨还是落在他们的脚上、脸上。

我有一点自私。看我现在待在多么平安的地方，天气又正凉下去了。

我有一点轻微的痛苦。我记起来，两年前，一年前，几个月前，我自己就是站在那一群人中间的，在雨脚下奔跑着的一个。有时还立定了脚，就站在暴雨下面，不想逃避，也没有地方可逃。我仿佛觉得那时的心境，比现在还平安些。

没有比这个再痛苦的了。你诚心诚意爱一个女人，把她想象作你最纯真的对象，想帮助她，想和她过最好的生活，使彼此更完美。事实上她根本不曾想到过这个。

滥用想象的愚蠢呀，用一句老话，“自作多情”得可笑呀。在自我谴责了一通以后，我又原谅了自己。我还太年轻，还没有学会一个人坐在房里打坐的本领，但愿“得道”不是个很久远很渺茫的希望。

坐在我对面的人在“昼寝”，我很佩服他，两手一拢放在桌上，前额放在手上，就此平安地做他的梦去了。十分安逸，十分幸福，梦见了蝴蝶……

隔坐桌上的人在看小报，津津有味。交际花艳史，“冬皇”的丰姿。

我又照例打开了我的抽屉，看看我那些未完成的“遗稿”。我翻出了一束日记，我很珍重我这些日记，继续地记下来的。看看那“龙飞凤舞”的字迹，就想起了史迪威公路上颠簸的车子。我怎样坐在那皮沙发座上跳舞，黑漆布面上涂着密支那的黄泥和缅甸雨季的水渍。我想起了那一次“水厄”。

我想记述一点这样的小故事下来，聊以自遣，可是，我的心境如此的荒寂，那一个月的旅途梦境也是如此的辽远了。

这多可笑。我自己变得这么快。那时候是一个标准的可怜的兵（我十分怕“战士”这个字眼），自己觉得是受尽了人间的苦痛和冰冷的。现在我却用了精制的笺纸、李福寿笔、詹氏墨在写这一些小故事了。我十分为自己的安闲、风雅高兴。好像庄周在记录“庄周与蝴蝶、蝴蝶与庄周”的故事一般的安闲、自在。

我对面的人在做了一个好梦以后醒来，两手高举，伸了一个懒腰，向我来了一个“张嘴大狮子”，眼角留着幸福的“迷惘”。

但愿我能够像他一样也有着“好心情”。

在书丛中找到一张“三十六年九月十九日”的报纸大样，纸张已经黄脆了。

那是在《文汇报》被封门以后的四个月光景，叶元（国民党元老叶楚伧子）来报社访问，他持有《国民午报》的执照，一直未出版，愿与《文汇报》同人合作，严宝礼、宦乡均同意这变相复刊办法。当紧张筹备，出版有日之际，突接

当时上海市政府通知，“《国民午报》着不准出版”，于是这张报纸就胎死腹中了。（事见《徐铸成回忆录》）

这张报纸的副刊是《子午线》，由唐弢主编。创刊号有“发刊小启”，汪曾祺的散文《蝴蝶》，是他的一篇佚文，叔孙遥的《乙酉归昭杂记》，和金近的诗《小白菜》。有“线语”题名的编者小记，略云：“汪曾祺先生的文章以清新细腻见称。所作昆虫日记，富于情致，《蝴蝶》就是其中的一篇。”“叔孙遥是一个笔名。作者蜚声文坛，《乙酉归昭杂记》是最近力作，分成许多短篇，在本刊连载，请读者注意。”

其实“杂记”当时也只写成了这篇小序，后来才以《乙酉归昭日记》为名在《新民报》晚刊发表，原题《从印度到昆明》，未能终篇，后收入《春回札记》，终于只是一篇残稿。

二〇〇二年十二月二日

入蜀记

回到重庆

飞机过宜昌起飞，大地山河又变了一种样子。不再是那种鹅黄浅绿、阡陌纵横的江南风光，也不再是凝实厚重、古拙如敦煌图案的汉水景色。山峦起伏，一望无际，从现在开始，觉得真好像是投入了群山万壑的怀抱里了。

这几天江南多雨，在飞机上常常遇见云海。远天一线，像镶上了一层白玉连环的花饰。偶尔有几朵空灵剔透的散云，停滞在空中，就像一座碧玉盘上粘着摘取未净的白絮。飞机的翼子也是微湿的。窗玻璃上疾遽地驶行着小水珠。从宜昌往西，天气转晴，忽地发现在机翼上挂着一个五彩的花环，这是虹。云海随即也变得一片白蒙蒙，照耀得睁不开眼睛。等到这一切再度澄清以后，迎面而来的就只是群峰丛谷，一连串的梯田了。

重庆到了

被日光晒得冷热不均的空气层使飞机激荡起来，这时候坐在飞机里的人们的心情也同样是激荡的。

看见了一座山城。距离飞机着陆的时间还有二十分钟。这里有那么多房子，而且都是崭新的、雪白的、翠绿的、大红的房子，这是重庆吗？真的是重庆吗？我紧盯着看。啊，看见了嘉陵、扬子两江的合流，更看见了像被遗弃了的一条偃卧着的僵蚕似的珊瑚坝机场。再用不着猜疑，重庆真的到了。

可是飞机却没有降落的意思，打了个回旋，机翼一偏，又飞了过去。

等我坐上了民航局的送客汽车，从白市驿进城的时候，已经是太阳偏西的时分了。

我好像理解，而且原谅了这种“留难”。重庆，像新嫁娘似的，在接待久别、远来的亲人时是未免有些羞涩的。见面不能那么容易，更何况在你的脑子里还深深印着她昨日容颜的时候，就更不能那么匆匆地见面，免得让她今天的耀目光艳给你留下过深的惊异。

一切是那么陌生，可是又那么熟悉。

又听见了车子上坡时那种吼声。三档换二档，再换到加力档时引擎喘息的声音。脚下的山坡又高起来了，迎面而来，又看到了那种树在悬崖路边画着∽形、上面写着“急弯”字样的路标。公路边上偶尔留下的牛粪，从远处飘来了稔熟而亲切的四川话。四川话是那么悠扬，顿挫，讲究音节，有时候听起来真像是在咏歌。果然，车子转过弯来就看见了三五个农民，背着锄子，缓缓地走着，一个妇女穿着新缝的花布衣服，回过头来看着我们。

又看见了那无所不在的黄桷树，绿叶垂荫，盘根错节，配上那开山以后留下的“大斧劈皴”的山石峭壁，和崖上生长着的小树小草，白色的野花。山顶上偶尔出现个把古堡，寂寞地站在那里多少年了。

一个农民挑着金黄色的稻草担从田埂上走来，他走得那么慢，那两大担稻草好像是要把他淹没了似的。一个小娃儿，背上背了一筐青草随在他后面。

转弯过去，迎面摇摇地走来了一大群鸭子，一个人拿着长长的竹竿在后面赶着、吆喝着，给车子让路。鸭群顺从地靠边了，见了汽车并不惊恐。

三五个农民，挑着竹筐、竹篓进城去。筐里装着新采下来的青菜。从编制得精致的竹篓缝里透出了鲜红的辣椒影子。

公路在山脊上盘旋，越爬越高，生根在山下的棕榈树顶伸出手去就几乎可以摸到。几乎不例外的伴着棕榈必然有几丛肥大的芭蕉，在这前面就是三四间傍山而筑的民居。照例住房前面有一方小小的院子，地上堆着新收获的农作物。公路两旁，堆着还没有来得及捆扎的稻草。

到了山顶，远远望去在山脚下有好大的两个长方形的场院，上面铺晒着新收的稻谷。秋天，这是丰收以后的秋天。

又看见了那熟悉的石板路，石板小桥，小桥下面缓缓流着的溪水。走过山洞、新桥，这时已经可以看见市区了。那些新建筑物一簇簇一群群地送到你眼前来。你来不及辨识、欣赏，车子就又回过了身去。不用心急，兜了一个圈子以后，车子依旧会在山前出现，让你更近、更清楚地看。从前在川黔一带旅行，坐着破旧的木炭车，一步一步地爬着这些爬不完的坡坡，只会引起心焦、怨恨。现在才发现这种不得已的盘山修路的设计，却也有它的妙处。它使你断断续续，不止一次地看，越走越近，越来越清楚地看，看这像一个满头珠翠的盛装新妇似的美丽的山城。

九龙坡

四十多年以前，四川人民为了修建成渝铁路，在重庆郊外九龙坡地方选下了起点站的地址。三十多年来，经过了皇帝、军阀、国民党反动政权的连续统治，铁路仍旧是留在图纸上的一条影子，只在九龙坡造下了三间还算漂亮的车站大楼。十五六年以前，抗战中交通大学内迁，恰好这三间楼房就成了学校的办公大楼。

我自己曾经在这个学校里住过一年。在那些苦难的岁月里，九龙坡留给我一段磨拭不掉的痛苦却又亲切的记忆。我熟悉那地方的一切，那些坡坡坎坎，那些下雨天没胫的泥泞，小店里的灯火，茶座上的闲人，读书用的土制牛油蜡烛。那些茅草搭起来的饭厅、宿舍、课堂。那些竹制的桌子，站在桌边，每天两次吃着掺杂了稗子、石块、沙土等的“八宝饭”……到今天，我一闭上眼睛，脑子里就会浮出一幅图画，心里也会泛出一股复杂的、酸甜苦辣交织的滋味。我想念它，像亲人似的想念它。于是，当这次回到重庆，而且早就知道成渝铁路已经建成，而九龙坡真的已经成为铁路的起点站的时候，我真想马上就去看看，看看那座办公大楼怎样真的变成了车站，看看那里虽不相识但却稔熟的老邻居们怎样变成了铁路工人，那些饭铺、茶馆……还是不是老样子。

我这种多少夹杂着一些自私的心情，亲爱的读者一定是会原谅和理解的。

同时，我想读者们一定早会猜到那结果，猜到我这种天真的想法，是多么不合实际和必然落空。

其实，我的幻想，我的当年旧梦，用不到到了九龙坡，早在离开两路口，踏上新市区（也就是从前的郊区）的时候，就已经破灭了。

重庆是个三角形的山城，嘉陵江和长江在三角的两翼流着，从市中心到两路口，又分开了两股叉道，一条沿嘉陵江到沙坪坝去，另一条沿长江到九龙坡。在两路口上面有一条两浮支路，旧重庆突出特色之一的降落伞塔就在那儿。现在已经有了新修的宽大的公路。我要求司机同志仍旧沿着当年的旧路上去，看看那降落伞塔和大田湾。

路倒的确仍旧是当年的旧路，坑坑洼洼，车子走在上面有一种熟悉的颠簸之感，可是当车子在路边停下，踏下车门的时候，在我眼前就出现了奇迹。要不是降落伞塔依旧存在，像孙悟空斗法变化庙宇的那座旗杆似的做个标识，我是无论如何也不敢相信这就是当年一片黑色的凹地的大田湾的。

这里出现了一个能容四五万人的大体育场。鹅卵形的田径场上，足球场地绿草如茵。四周围的看台像精致的陶器的边翼似的围着它。看台围墙是深红色的，一连串门窗极像古寺的庙门，上面有着古典图案的窗格。运动场前面是绿琉璃瓦顶的体育馆和三重殿宇式的办公楼。

像出现在童话里的美丽的宫殿园囿。

这块凹地全部是青年们的义务劳动填平了的。司机同志是个三十不到的年轻人。他也在这里出过一份劳力，现在他好像夸耀自己的精心制作似的向我介绍这个美丽的地方，他的四川话说得那么文雅，“这，多好看哪!”他望着被薄雾笼罩着的远山，脸上出现了平静的微笑，像吟咏似的。

是的，这是多么好看呀!

我们又踏上了车子。过大坪，过杨家坪。这两个地方过去都只不过有一条小街，三五家饮食茶店的；现在，就都有着宽阔雄伟的十字路口，当中是街心花圃，街角矗立着高大的电影院、百货公司、邮电局和书店、机关。

重庆的新市区有很多地方的规模是和这里一样的。从上清寺算起，化龙桥、小龙坎、沙坪坝，这些地方就都有着同样雄伟而美丽的中心区。当车子驶过杨家坪不久，驶上了悬崖边上，可以看到长江的时候，我就仔细地从江边山上，崖头路角，寻找记忆中间旧日的遗痕。江山是依旧的，开始枯水的江身，在两岸石崖上露出来的水痕也依然存在。等我转眼向前看时，在原来是一片水田，夹杂着多少交错的羊肠小径，石砌基础的地方，发现了数不清的铁路叉道、仓库，堆积成山的汽油桶，一堆堆的工房，一辆辆调运着的机车的时候，我才忍不住轻声地叫了起来。

从前这是一个极荒凉的地方。在四川，凡是称“坡”的地方，就是高地；反之，“坪”就是低地。九龙坡是个江边的高崖。在坡与江边之间，有这么一块狭长条的低地，邮局就设在那里，好像除了两三间邮局小屋之外，就再也找不到什么建筑物了。有的是用白石砌成前面还附有碑碣供桌的墓葬。有时到邮局去，从坡上下来，要走好长一段难走但却极有趣味的田埂。四川多雨，田埂往往是三棱形的，上面涂了极滑的泥浆。在不到一尺宽的埂上，小心地迈步，一不小心就会落在深可及膝的水田里去。在这里好像从来碰不到人，只有整个浸在田里的水牛不时钻出头来，向你长嗥一声，算是唯一的一点“生意”。

现在，再也找不到水田，看不到坟墓，听不见水牛的叫声了。只是不时从那里飘来借着水音显得格外好听的机车鸣声。

车子依旧用极高的速度行驶，驶进了一条新建的街市，两边都是新的楼房。忽然一转，车子从柏油小路驶了上去。路是曲曲折折的，路边是盛开着的花畦，红绿缤纷，简直使人看不清那曲折环绕的通路。车子在一座新建的大楼前面停下来。当我拜访了主人，听了关于“西南美术专门学校”的情况介绍，在笔记本上记录的时候，我一直在猜想，这个美丽的所在是不是就是十四年前住过的地方？

这个学校是由成都艺专和西南艺术学院两个学校的美术系合并而成的。一共有绘画、实用美术、雕塑三个系。还有着一部分从松潘、理县、茂县来的凉山彝族、羌族的学生。这些二十岁上下的青年，都将成为未来美化家乡的美术工作者。

学校目前大力发扬对民族美术传统的重视。我在楼上的陈列室里看到了教员们从大足雕塑群里用石膏模型翻制或仿制的雕塑，看到了极美丽多彩的西南少数兄弟民族的刺绣，那些用绚烂的金线蓝线交织而成的龙凤图案，大蓝地、红花的图案。这些精美的艺术品，一眼望去，就知道是中国的东西。同时它的朴质厚重，有时更突出的飞动和丰满的活力，又和湘绣、蜀锦截然不同。

我又看见了和杭州出品极为相似的江安竹簧制品，荣昌的形制古拙，造型厚重，但又美丽异常的陶瓷。真是“天涯何处无芳草”，在祖国的大花圃里，到处都是仪态万方的奇花异草。他们彼此这么相像，可是又这么不同。这是个奇异但又极为自然的现象。

可惜有一些短视、褊狭的人们，他们不是干脆要把这些花草一下铲光，就是想把这些花草改造成一个样子。在他们的眼里，似乎只有一种合乎自己口味的东西才是美的，他们不能容忍多样的趣味和色调。我想他们没有机会或是不愿意多看一些不同的好东西，是造成这种褊狭见解的主要原因。如果真的看了，还不被激动，不从心里产生炽热的美感，那就真正应了古人的一句话：“是无目也!”但是，我想这样的事情是不会有的。

殷勤的主人在教给我不少可贵的知识以后，又听说我在十多年前曾经在九龙坡的一所学校里住过的时候，就笑着把我拉到平台上面，指点给我，这个地方其实就是当年的交通大学。只有这所办公大楼和左前方的一所教室大楼是新建的，其余的宿舍等都还是抗战中间的旧屋，只不过经过刷新、加固而已。我看着那塞满了校园的花草，看着那些粉刷得焕然一新的房子，不禁痴了。这真好像是给一根魔术的指头指点过了的。我仔细地看，可不是么，那些就是自己曾经住过的宿舍，那些就是教室……可是记忆里的那个永远晴不了的雨天里的黯黑的图画，却永远也回不来了。秋天的太阳正散发着余热，这两天正是重庆稀有的好天气。可是，我想即使再下起雨来，也找不回那幅凄黯的图画了。

向主人告别以后，我又请司机同志绕道过去，停在那个现在仍旧当礼堂使用的办公大楼前面。我又跳了下来，推门进去，仔细地看了看。我在那里站着看了好几分钟。是的，这就是那座楼，就是那座被我设想成为成渝铁路重庆站的大楼。可是虽然经过刷新，它依然是多旧、多寒窘啊，它哪里配得上坡下面那个气象万千的车站。

我不禁为自己的幼稚想法脸红了。

一九五六年十月四日

红岩

从沙坪坝回来，车子沿着嘉陵江边疾驶，对江景色如画，大大小小、新新旧旧的建筑，黑白间杂，像鱼鳞似的铺在对岸的山上。秋晴天气，即使到了下午，也还有一层薄雾，像蝉翼轻纱似的罩在江上、山头。记得有两句描写嘉陵江的诗句："嘉陵江水女儿肤，比似春莼碧不殊。"这诗写的是北碚，在那里，江水真是绿得可以，可是在这一带，就变成草绿色了。

一路上不断地看到修路工人在辛勤地工作，从山岩凿下来的大小石块，杂乱地堆在路边，斧凿和石头接触的丁丁之声，连续不断。这一带的山石都是赤红色的，就连土壤也是红的。车子在凹凸不平的路上走着，突然在一个两边写着"红岩村"双榜的大门里穿了进去，上坡，右折，又停在一块浓荫蔽天的地方。我们跳下车来，已经有一位管理纪念馆的同志在这里相候了。在迎面的山坡上，两行樟木中间夹着一排石阶。香樟秀挺入云，石阶极陡，和杭州孤山后身西泠印社的那道石级小径十分相似。一九四五年八月，毛主席从延安飞渝和国民党谈判，就是从这条小径上山，走到当时的"第十八集团军重庆办事处"，今天的化龙桥红岩村十三号革命纪念馆，人民嘴里的"毛泽东大楼"，在这里住了四十多天。

这是个山冈起伏的地方。从小径上去，先看见的是一排双层楼房，现在已经是重庆城市建设工程学校的校舍，当时则是国民党警宪的住所，更向高处望去，可以看见一所小洋房，过去是所谓国民党的"办事处"，那个美国"特使"马歇尔，就曾经在这里住过。更走进去，穿过一条篱笆，眼前就展开了另一个天地。这里原来是一个果园，杂树累累，深绿色的柚子布满枝头，加上其他叫不出名目的果树植满了整个山谷。果园周围有竹篱环绕着，门口有一重砖砌的小门，上面有董必武同志写的“大有农场”四字。主人当年在这里买山隐居，引泉种树。因为同情革命，就分了一席地给办事处建筑屋舍，今天这个农场也捐献了出来，真的符合了当年董老题额的命意。

在农场大门左边，有一株枝叶婆娑、姿态奇古的黄桷树。接待我们的同志在这里述说了一段动人心魄的故事。这棵树被称为阴阳树，顺着树身右边走去就是办事处；左边那条下坡小路，是通往国民党的“参政会”的，特务匪徒就等在那里绑架，谁只要误入歧途，就等于走进了“死路”。所以由黄桷树隔开的两条不同道路，就又被人们称为“生死路”。

我们在这棵黄桷树边，站了许久。

遥望对山，星罗棋布的许多楼房，都是当年蒋政权包围、威胁办事处的“据点”，它们各有一个冠冕堂皇的名字，孙科的公馆，“中国银行”和“农民银行”的宿舍……至于它们干的是些怎样的勾当，那是不问可知的。

就在对山最高处的一座小楼里，“银行职员”们架了一座机枪，枪口就正对着周恩来同志当年办公的房间。碰到夜里高兴，就向这边山头扫射一阵，理由是防止八路军“暴动”。日本飞机来时，对山的人物就放信号弹指示轰炸目标。

农场大门里面，现在是一片荒草了。一九三八年周恩来同志和董老从武汉撤退来渝，就曾经在这里的草房中住过。旁边还有办事处同志打篮球的球场。后来特务也来打球，不时引起纠纷；再下去就干脆放一把火，把草房烧掉了。

当年办事处的一位炊事员同志老萧（现在在松山农场工

作）下山挑水，给特务们绑架了去。后经周恩来同志严词交涉，才声明“误会”给送了回来。

等到解放后肃反运动中间，才终于明确了这些人物的身份。那个“保长”原来是中统特务，那个“银行主任”原来是警备司令部的巡官。

这样的故事是听不完也记不完的。

当时被称为“董公馆”的中共中央南方局，就是在这种环境下建筑起来的。图样由延安带来，三层楼，全部有五十六间房间。为了适合当时艰苦复杂的斗争形势设计的这个建筑，在今天看来，处处都可以体会到设计者的“匠心”。

楼房正面，走上石阶，左右各有一个传达室和收发室。传达室里照原样放置了两张小桌子。接待我们的同志走去坐在桌边，忽然，在这所空落落的楼房里传来了电铃的声音。原来他把脚踏在桌子下面的暗设开关上面了。当时的传达同志碰上了不三不四的“客人”，这种铃声就会响起来。

有时候，蒋政权的警宪要来“调查户口”，传达同志就要按手续办事，请房子的主人周恩来先予批准，然后再去“调查”。这样，有必要转移的同志就可以安全转移。在三楼，我们还看到一间从不开门的阁楼，当时那里住着一位管理文件的同志，他整天就睡在这里的地板上，旁边放着一个火盆、一个水缸。有时传达室的电铃一响，他就要准备做销毁机密文件的工作。

在传达室里还安了一个暗门，正好给开开的大门掩住。碰到自己的同志来了，就不必再走正门，从这个小门就可以直上二楼三楼。因为对面山上，随时都有特务在窥伺着。我们就从这道暗门走上了二楼。在二楼、三楼的楼梯口，看见都安装了一层厚重结实的木门，那是在“皖南事变”以后装起来的。

我们走进了周恩来同志的办公室。房子两面有窗，从窗口望对山，正好对着山顶的那座小房，当时每天可见的机枪枪口自然是看不到了。房间里有一张写字台，上面放着文房四宝。两把藤沙发，两把半旧的木太师椅。简单朴素得很。一道小梯通往下面的一间较低的小套间，是当日周恩来同志和邓颖超同志的卧室。这是一间“室小如舟”的小房间，也开了窗，左面一张床就占了一半的地方，对面是一个小小的圆窗，右面窗前放着一个洗脸架，上面还放着一面腰圆的镜子。这样极简单的几件家具陈设，引起了我无限的感触。周恩来同志和他的战友们，就是在这样简朴的环境里，冲破了那样的艰险，战斗过来的。今天，我们的国家里有不少人都住着比这要大得多的房子，使用着比这漂亮得多的家具了。我们可以安心地工作，安稳地休息，我们坐在案头，推窗外望，看见的是阳光、花朵，而不再是什么机枪枪口了。

我们默默地走出了周恩来办公室，在过道中踏上了当年同志们为了毛主席住在这里、不致在夜间走路搅他休息而装上的棕毯。我轻轻地走着，一步步踏在棕毯上，软软的。我说不出这时心里浮起的是一种怎样肃穆温柔的感情。十一年前在这里铺下了一条毯子，它留下来的温情直到今天依旧感染着我们。什么人能够幸福地踏上了这条毯子，就都有机会把自己敬爱的心情传达给他。我浓烈地感到了这种幸福。

我们轻轻地走进了毛主席办公室。这间房子比较大一些，陈设的朴素和周恩来同志、董老的办公室是一样的，在墙上，我重读了毛主席《沁园春》的原稿照片。看了一九四五年八月二十日毛主席在重庆白市驿机场上的照片。毛主席戴着通草帽在微笑，旁边的周恩来同志在豪迈地笑着，从画面上仿佛能听到他那爽朗的笑声。主席就在这间房间里住了四十几天，中国近代史上有决定性意义的四十几天。

转出来在夹道尽头放着一个白木雕花的圆桌，已经半旧了。这是毛主席、周总理和董必武同志当年吃饭用的桌子，可以想象，他们在这张桌面上曾经进行过怎样一些不平凡的谈话。

整个纪念馆里的陈设，凡是旧的，都是当年的原物，譬如这张桌子就是。这是建国后在公安部门接收下来的东西中找回来的。这个工作做得非常细致，对证照片，经过曾经在这里工作过的同志的审定，就从当日参加掠夺的那个“保长”那里也得到了线索。可惜的是，有不少原物，因为过于陈旧，连被掠夺的“资格”都不够，都给特务们烧了卖了。譬如当时特务从资料室里运走的图书就有三大板车都送到还魂纸厂去了。在办公楼右侧的礼堂里，今天还堆放着不少破旧家具，都是经过鉴定剔出来的。

新配上去的家具，总不及陈旧的原物的可爱。人们对这些原物的深厚感情是完全可以理解的。可是今天却依然会遇见那些拆除销毁有纪念性文物的人，或者是用水门汀涂在古旧的雕塑上的“爱护”文物的人，实在是值得遗憾的事。

重庆有很多富丽堂皇的新建筑。像那座仿照北京天坛建筑的“人民会堂”就是使人惊异的。但是比起化龙桥的这所陈旧的小楼来，我却觉得后者更可爱。也许这种比拟是“不伦”的，但是我仍旧愿意说出自己这点不同的感受来。

红军的脚迹

枇杷山上有一个博物馆和一个图书馆。两个地方都值得流连。可惜的是地方多少高了一些。我曾经向图书馆的同志们打听过是不是有很多读者，他们回答说，起初搬到这里来时，有些顾虑，后来却发现每逢假期也依旧是常常客满的。在这里不能不佩服山城市民的脚力之健，他们几乎行若无事地走上和苏州灵岩山差不多高的山顶上来看书看报，这在住在平原地区的人们看来是难以想象的事。

重庆市博物馆的前身是西南博物院，所以里面的收藏品以西南一隅的历史文物、自然标本为最多。我觉得这真是一个非常值得注意的特色。如果要求全国省市的博物馆都办得像中央那样的全面、完整是不可能的事。最好的办法应该是在一般性的历史文物方面多采用模型、照片，或中央收藏较多而拨交下来的原物。至于当地的东西，则应当大力搜集，务求完美。不但人地相宜，本来有可以这样发展的优越条件，同时这又是向中央以及各地输送资料的责无旁贷的义务。至于当地人民能够看到本乡本土的历史文物、自然标本，因而感到极大的兴趣，受到深刻的社会主义教育，那就更是必然无疑的了。

只有对各地区的博物馆工作重视起来加强领导，才有可能使中央一级的国家博物馆不断得到补充而日益完善，使全国各地文物保护的工作获得改善。

重庆市博物馆的历史和民族文物两大部门都是发挥了地方性的特色的，在这里来不及详细介绍。使我感到极大兴趣、看了整整半天依旧觉得匆匆的是他们所收集的革命历史文物，这是一个新的园地，在建国以后才开始着手开辟的新园地。在搜集、整理中，他们是花了辛勤的劳动的。建国以后，西南的文化部门曾经组织了相当的人力到四川、贵州的革命老根据地去进行访问，顺便征集了不少重要的革命历史文物。同时，在重庆的废纸市场上也收集了一部分已经准备扔进还魂纸炉的书报。这些文物今天集中在一起就组成了一个辉煌的展览。在全国各地的博物馆中，似乎还少有这样丰富、有系统的革命文献馆。

红军在四川贵州战斗中遗留下来的文物，是重庆市博物馆革命历史文物展览的主要组成部分。在这个部门里，也保持了浓重的地方色彩。如果在全国范围内，党和红军曾经做过重要斗争的地区的博物馆都能做好这样的工作，那么，将为未来的党史、人民军队的历史提供多么重要的原始材料，是不言而喻的。

首先看到的是一张时历二十年依然保存得十分完整的大张布告。这是中国工农红军总政治部的布告，张贴地点是贵州的关岭县，时间是公历一九三五年一月，签署者是代主任李富春。这张布告是少数兄弟民族布依族老人杨登峰冒着艰险珍重保存下来的。

下面是一系列在当时红军中出版的小册子。这是些真正名副其实的小册子，不但分量小，而且开本也小，竹纸石印，和当时流行的小唱本的形式相类。这种小册子的得以保存下来真不是容易的事。除了因为政治上的关系，容易被毁以外，这些书册本身也是很难保全的，纸是土制的竹草纸，如果传阅的人多了，很快就会烂掉。

这里有《地理常识课本》、《临症便览》（这是一本有关卫生工作的小书）、《步枪的规定作业》等。有一本《号谱》，是用五线谱石印的。封面目录已经没有了。据保存者说，他当时在黔北受伤，怕被敌人搜出，辗转藏匿，那封面和目录都已经烂成了丝缕，就放在嘴里嚼烂吃掉了。

在另一本小册子里，还保存着一首当日的《纪律歌》：“出发与宿营，样样要记清。上门板，捆卧草，房子扫干净。借了要送还，损失要赔钱。小便找厕所，洗澡避女人。三大纪律、八项注意，个个要实行。”

这是红军著名的“三大纪律、八项注意”早期见诸文字的佐证。

同样的小册子和书册杂志在四川老根据地发现的有《共产党礼拜六》、《中央副刊》（陈列的一册是一九二七年三月二十八日出版的，是发表了毛泽东《湖南农民运动考察报告》的一期）、《响导》、《中国农民》等。

即使是在如此艰苦的条件之下，当时的“红军战士读物”的内容还是极为丰富的。多种多样，特别引人注意的是浓郁的文艺气息。有一册《关于白兵歌集》，是一九三四年五月二十六日红四方面军第卅一军政治部印行的。推想这应该是一本类似阵前喊话的歌集。还有一册《反动派与白色士兵吵嘴歌》，注明用“小放牛调”。歌词是：“我是反动，我是反动。军阀是我活祖宗。他也反共，我也反共，哎哟！反来反去反一身大窟窿！”

想在这里将成百册的出版物全部加以介绍是不可能的。《解放军文艺》或军委文化部门的同志们可以进行一次很好的编目和提要的工作。这些早期红军中的文艺性书刊，无疑一定是为广大读者所注意和关怀的。

这个博物馆还系统地收藏了完整的革命货币，从红军时代发行的各种货币一直到人民币都有。在近代货币史上，这也应该说是一个珍贵的宝藏。

我看到了当时印行纸币的石印原版。在当时的印刷条件下，这应该说是相当精密的印刷工具了。

纸币大抵是双色套印的。中间大都印着列宁像，旁边是两颗红星，和“工农社会”四个字，四角上都写着大写的“壹”字。这是“川陕省苏维埃政府工农银行”所发行的“壹元”纸币。

这种长方形的纸币有横印直印两种。还有在布上用墨模印出来的布币，基数都是“串”。

还有银元、铜元这样的硬币，印铸的精巧是和旧时通行的银元不相上下的。

伴随着这些货币陈列在一起的是一九三三年八月一日川陕省苏维埃出版的《经济政策》，这也是跟小唱本一样的石印小册子。

这里也有着最早的党章和党证。一本对折式的长方形纸面证件，上端横列着半圆形的“全世界无产者联合起来”标语，中间直写着“中国共产党党证”，下面是“第×号”。

特别引起参观者的兴趣，也足以说明当日红军能够抓住地方性的特点而进行宣传斗争的是一些石刻的拓片。川陕之间多山，石牌坊、石碑是极多的，当时红军中就组成了“石刻队”，专在旧碑上雕上新的标语。这里有着一张拓片，看那刻工，应该说是十分熟练的。

碑的上方横列着半圆形的“红卅一军政治部”七个字，下面的文字是这样的：“莫要脚踏两只船，风吹两岸倒！穷人只有坚决打倒刘湘等和发财人斗争才是生路。”

还有一副是直刻的。上写：“打过了嘉陵江西取成都南下重庆。”

这种当时留下的文物，在对证红军入川的战略部署时，是有参考价值的。

反映了当时的土地政策的是一张“土地使用证”，时间是一九三三年七月十二日。当中是证件正文，两旁像对联似的印着两对标语：

推翻国民党统治，建立苏维埃政府！

没收豪绅地主土地，分给贫苦农民群众耕种！

此外，还有当年强渡乌江所用的棕绳、门板、木板，一九三五年一月红军战士临行前送给老百姓而被珍重保存了二十年的墨盒和打草鞋用的剪刀。在赤水之战牺牲的欧阳鑫团长所用的被单，这是一条破得补过十几次的蓝布，人民为了纪念他，就珍重保藏了二十年。在这些珍贵的纪念品前面，我好半天不能离开。我好像看到了一部活生生的历史影片。使用过这些物品的英雄们仿佛就站在我的面前。我看得见他们眸子里的光芒，豪迈的笑脸，听得见他们英勇的声音。

他们用英雄的步伐，在荒原上踏出了一条新路，通往社会主义的路。在这条平坦光明幸福的道路上大踏步前进的人们，是不会忘记在路上留下来的无数烈士英雄的足迹的。

一九五六年十月四日数帆楼

四川的方言

在成都先后碰见两位作家，沙汀和李劼人。他们都是川人，在他们的作品里运用的都是四川方言，而且都用得那么好，可是也都从各方面听到过一些不完全相同的意见，给他们带来了一些工作上的困惑。于是在闲谈中间就很自然地牵涉到有关四川方言，以及在文学作品、戏剧艺术里运用方言的问题，进而谈到语言规范化……

题目是很大的，可是谈得却很零碎。好在这里并不预备做什么语言学论文，我只是想把这些非常有趣而且也的确十分重要的看法写下来。

他们两位都不想听取某些批评家的意见，把自己的语言文字风格生硬地“规范化”起来，造成“平直易解”但“味如白开水”之类的东西。这个前提是鲜明的、一致的。

文学作品是作家用笔一个字一个字地写下来的。在执笔思索的时候，往往作家先要在自己的脑子里述说一遍或若干遍，成熟了，然后落笔。在这个过程中，作家所使用的往往不是什么“普通话”“外国语”……而一定是自己最熟悉的、日常在使用着的语言。这个经验，是每一个写东西的人都有的。

沙汀说，在他的作品里，四川方言的踪迹不只是出现在人物的嘴里，即使是在描写风景、铺叙情节的地方也都有着方言的痕迹。换句话说，文章中的每一句话的句法构造，也都脱不了方言的规律。

要说文字中有什么风格，这应该就是一种重要的因素吧？所以沙汀说，有时候一篇作品写好了，要改，往往就会碰到说不出来的困难。在一个句子里，换掉一两个字（自然是方言），整个句子的味道就都变了，甚至都不通了。他在这种时候就深深感到痛苦。

他举了一个例子。四川人有一个特别的字眼，活在人们的嘴里——“踹”。人们常说：“看这个小旦在台上踹！”如果换上“扭扭捏捏”四个字，无论如何也传不出原来的神气，而且又是那么啰唆。

沙汀又举了“唐僧肉”这个词，也是四川人常用的。那含意十分丰富而且极有风趣。如果换上普通话，几十个字也写不清楚，而且一定也抓不住原有的丰神。（这个词应该是形容一个容易被欺，给人家占便宜的人的。就像《西游记》里所说唐僧的肉那么好吃。）

至于谈到四川话，特别是成为四川标准方言的成都话与普通话的距离问题，李劼老为记者做了一番有价值的叙述，倒是带着相当浓郁的学术气息的。

李劼老说，自从明末兵燹以来，所谓真正的四川人，是已经很少、甚至已经几乎没有了的。四川的大城市，像成都、重庆……真正明朝以前的土著就几乎没有。可能在边远县份或少数民族地区还存在着真正的古四川人的子孙。像现在乐山县靠屏山山区的几个乡里，他们说的话不但成都人不懂，就是乐山人听起来也异常吃力。川南话里，可能还保存着真正的四川古语。

现在的四川人，特别是成都等几个大城里的人，大抵是“客家”，也就是中原各省的移民，于是那语言就集合了各省方言的长处，综合而成了新的方言，一般来说，四川话明快有力而又俏皮，这些优点可能就是经过一番综合提炼以后的结果。王湘漪说过成都的风俗饮食，北多而南少的话，是极有根据的。两部用北京话写的著名小说，《红楼梦》和《儿女英雄传》，那里面就有很多方言是为成都人所共同使用的，那些名词在成都也都存在。不同的只有一点，在读音上是有些转变的。同样，江浙方言、福建客家话、广东方言里的一些词，也都流传到四川来，不过读的时候所用的是成都官话的读法。这样，这些话的细胞就又都在四川方言里生根了。

李劼老说起他在二十多年前创造出来、现在都已经成为普通用语了的几个字。像现在大家都在使用着的“搞”字，本来应该写作“搅”字，但是变成“搞”字以后，那涵义就变得更为丰富。“垮”字也是的。这些字都是四川的方言，可是简单有力，含意丰富。一旦创造出来，遂即为人民所接受。这种由土语方言过渡到普通话的情况，往往是自然而然地形成的，又有什么不好呢？

关于文学语言会使普通话获得滋养，丰富起来的看法，他们两位是一致的。目前的情况，是文学语言过分贫乏，而不是怎样过于丰富。因此现在的问题，就不是用“规范化”的刷子把文学语言刷得更苍白；倒正相反，应该培养、爱护，使它逐渐更加丰富，从而使普通话变得更有活力。

在这个问题上，汉语规范化和文学语言的丰富是不但并不矛盾，而且还是互相起着帮助的作用的。可惜的是目前有些编辑同志的看法太死了，体会政策的精神太片面了，在文学语言的问题上，也生硬地“统”，于是就产生了种种恶果。

沙汀还指出普希金的著作在俄罗斯语言的丰富上所起的重大作用。目前中国不是有了过多的普希金，而是根本还没有。

自然，这里所指的方言是美丽、明快、有力的，不是那些晦涩、低级、有缺陷的东西。

写四川人就难免说四川话，写士大夫就难免说咬文嚼字的话。李劼老说他的两本小说出版后曾经接到读者来信，说有些人物满口文绉绉不易看懂，希望改成白话。其实，老酸就不能不拽文，在一个作家说来，这真是无可如何的事。

李劼老说他写《死水微澜》时，颇花费了些心力的是人物的语言。因为是五六十年前的故事，所以人物的嘴里就绝对不能出现清末民初的用语。他也接到过这样的读者来信，说有些人物嘴里的新名词用得不很得当。这样的指摘，在我看来，倒应该算是对作者的赞誉。

成都话里包含了非常丰富的“词”，这些“词”往往都带着浓郁的“时代色彩”“阶层色彩”。民国以前，一般语言的用法就和今天的不同。士大夫有士大夫的用语，妇女也有她们自己的用语，袍哥说的江湖黑话，各行各业说的行话、歇后语、喻话，真是丰富极了。

听一个作家深入地谈这样的语言问题，真使人激动。

李劼老说在“函海”里曾经收过一部明人撰著的《蜀语》，他曾经拿来仔细地和现在的语言比勘过，发现有些词依然存在，有不少却已死亡了。三十多年前，有一个四川人编过一本《说籁》，把四川土语中一个字起十几字止的都集合起来，石印行世。这书实在是一部有用的书，可惜现在也变成孤本了。语言学者实在应该在这方面多下些功夫，把各地的方言都做一番记录、整理。这对作家说来，实在是功德无量的事。现在的作家，想写一个吃饭的场面就很困难。菜名都知道，可是这些只活在人民的嘴上，要写下来就困难。一部新的“杂字”书，是应该编辑出版的。自然不必像章太炎《新方言》那么古雅。在成都饭馆里，经常可以听到“臊子面”的喊声。这“臊子”，就是放在面上的肉末，听了不禁使人想起《水浒传》鲁达向郑屠脸上像雨点似的洒过去的一阵臊子。据劼老说，这个字之古，还不仅可以推到元明之际的水浒时代，早在唐代编纂的字书《广韵》里就记载了这个字——“肭”了。

其实这种古老的民间使用的杂字书，今天也还并不曾绝迹。在成都的街上，还偶尔可以遇见这样的老人，身穿长衫，脚踏草鞋，手里拿着一个四根横木钉起来的架子，架子正中有一根直竖着下面镶着铁尖的木柄，随时可以在地上插起。架子横木上悬着一本本小小的木刻小书。这里面有川戏唱本，有洋琴词，也有《小菜歌》（即菜名杂字）这一类的通俗书。

我就在这样的流动摊上买到一册木版小书，书名是《江湖滑稽笑话》，里面却写着“时派言子”。是辛巳年出版的。

小书的内容是一些四川方言歇后语的记录，后面还附有“菜蔬言子”“赌博言子”“曲牌言子”。摘录几条在这里：

照像镜内看人　倒起在
邮政局送片子　远传名
飞机上摘星宿　增差不多
观音菩萨下河　浪慈悲
朱太祖的脸　翘面

看这里已经提到飞机、邮局、照相机，可见时代已不很古；而书系木刻，又并非近时之物。足证四川话新创“语汇”的时代感，是既敏锐又强烈的。

一九五六年十月十六日于成都

老人的工作

在成都西北角上有一个有名的古丛林——文殊院。这个寺院原名“信相院”，据说高骈镇蜀时重修罗城的碑记就立在信相院内，现在当然已不存在了。历年来经过不少次的培修，在清代嘉道年间的一次修整，树立了今日的规模，院外的红墙整整沿亘了半条街，这条街就叫“文殊院街”。

清晨，久雨的成都弥漫着半城迷雾，说明天气有意放晴了。我来到院外的时候是九点钟，山门还紧闭着。等了一会和尚才轻轻地把禅关推开了。信步走了进去，这个禅宗古刹的规模宏伟得很。有四天王像，比杭州灵隐的较小一些，几层佛殿十分深邃，西庑还有出版工厂“刷经处”。走过香积厨，有几位和尚正在那里杀鸡洗菜。穿过这里，来到一个四合房的花木清疏的别院，正厅上悬着一块“寂寥轩”的匾额。轩里放着一条长长的几案，四周放着竹椅，布置得很像个会议室。墙上挂着字画，大抵是几十年来文士们送给方丈和尚的。这座寂寥轩委实十分寂寥，一个人都没有。

走下庭阶，刚露面的阳光洒在潮润的青石上，花木的枝叶也好像跃跃欲动，秋晴的愉快使这个小院落也溢满了生意。

两间侧室里堆着满满的线装书。大抵是一些史部子部的书籍，《丛书集成》的零本也有好几叠，这说明这里并非和尚习静之所，倒是学人们治学的所在。

过一会，人们陆续到来了。除了文化局的工作同志以外，走进来的大都是银髯飘拂的老人。他们互相问候，三三两两地谈论起来。走过去听听，谈的大抵是有关成都掌故和考据上的问题。老人们谈得十分起劲，有异议，有争辩，听到会心处就轻轻地抚掌、颔首，银须也跟着拂动起来。

十点钟，座谈会由副市长李劼人主持开始了。今天的议程是审定四川省文史馆同学们（这些老先生们彼此互称同学）的三部著作。除了作者以外，到场的还有川大的教授和学术界的一些专家。除此以外，今天的会议还有一种送别的意义，因为有些老先生在完成了著述以后即将分赴苏联讲学，或到北京中国科学院和人民大学研究、执教。

会议的方式是先由著作人报告撰述经过，再由大家进行讨论。长案上放着两叠毛订的稿本，每人面前放了一杯盖碗清茶。

第一个报告的是《杜诗年谱》的作者刘芦隐先生。刘先生简单地报告了从收集资料到编纂删定的过程。年谱的体例和前人的杜甫年谱不同。在年代下面分别记了历史大事、杜甫行踪和杜诗系年三部分。笔笔工整的稿本有四厚册之多。刘先生分别提出了他在这部著作中间的见解以及和冯至的《杜甫传》看法不同的一些地方。首先是杜甫母系的排列，其次是公孙大娘剑器舞的解说，作者认为舞者手里并不执剑，而是一种短短的像棒似的东西。

杜甫的生日，据杜诗“四十明朝过”，是否应该定在正月初一。杜甫到成都的日子，据“季冬树木苍”“初月出不高，众星尚争光”等诗，是否按照旧注，应该定在腊月二十七日，或只能说明是在下弦。这些细微地方也引起了讨论。

李劼人先生的意见是，在这些方面，正不必强求统一，可以立异，可以缺疑。

蒙文通教授的意见是不妨在研究工作中间，在那些不能决定的地方多提出些漏洞所在之处，给将来的研究者指出可以下手的目标。同时，杜诗的有关政治制度、社会面貌，甚至像三百青铜钱一斗的唐时酒价之类的经济生活记录可多加注意，使杜诗的“诗史”和“图经”的意义更突出。

老先生们也提出了研究中存在的问题。文献不足是他们最感困难的。成都的藏书不多，像《万姓统谱》这样并不难得的书，成都的图书馆里也只有残本。他们提出，是否能由政府帮助到北京去看书，找资料。同时他们也对北京图书馆、北大图书馆、科学院这些拥有惊人数量善本图书的机关至今连目录都秘不示人的做法表示了很大的遗憾。

第二个报告的是《薛涛丛考》和《薛涛诗校正》的作者彭云生先生。

这是一部十分精严的著作。彭老先生花了两年时间完成了这三册底稿。他尽力搜求到自万历刻洗墨池本以降的几十种不同的薛涛诗版本，做了校正、辨疑、解题、集评的严密工作。同时在丛考里做了不少有意义而且有趣的考证。他随身带了墨盒毛笔，到处搜求资料，做考证，老朋友开玩笑地说他是“朝夕不离薛涛”。他的确对研究这位著名的女诗人做出了很好的工作。

他考证出薛涛是四十几岁死的（从唐贞元二年到太和六年）。他从刘禹锡的诗里证明她确实死于太和六年秋天。她和元微之相会是在元和八年江陵地方。微之比她要小十岁，两人之间不可能发生像旧说渲染的那种恋爱关系。他又证明《十离诗》是薛书继作，不是出之薛涛之手。她的《上高尚书诗》是给高骈的曾祖，并非给高骈本人。明代四川文豪杨升庵这个错误说法使薛涛活到不可能的七八十岁的长寿。

他又考释了唐代营伎的生活，侑酒、酬诗、歌舞，和后来的妓女生活有很大的不同。他也考释诗作中酬和人物的姓氏。王尚书是长庆元年做西川节度使的王播，高相公是高崇文……

彭先生也叙述了他工作中的困难，主要的是参考书不够。在成都，公私收藏的四川人别集只有很可怜的一二十种，在四川游宦过的人的别集更是绝无仅有。于是，虽不甚关重要但也不宜忽略的题咏集录（有关薛涛遗迹的）就只好因陋就简了。

关于这部著作，大家没有什么意见。李副市长特别指出，市人民委员会委托文史馆的这个工作是很有意义的。因为成都的这些名胜古迹，是广大市民以及来自祖国各地的游人、国际贵宾们十分关切的。外宾们在游览之后，往往要找一些纪念性的说明图册，而我们往往无从应付。像这种详密的考证以及简明的图册都是急切需要的。

接下来的著作是《成都杜甫草堂文献类编》，撰著者一共有六位先生，都是文史馆的“同学”。他们是彭云生、梁伯言、刘东父、隆莲（这是一位比丘尼，文史馆还另有一位昭觉寺的方丈慈青法师，是国内有数的佛学精深的密宗和尚）、涂在潜和吴劭先。

这是一部包括六方面的著作。谈到了草堂的沿革，现藏草堂的杜诗版本题解，草堂题韵诗录，草堂所藏文物说明，杜甫的草堂诗题解，草堂筹备经过。

吴劭先先生代表他们几位叙述了编纂的经过，谈到了草堂寺的来历，也谈到了现在的百花潭（即是新到了一头狮子的动物园）并非原址，谈到浣花溪的得名，从唐代以来这里就是有名的蜀笺的作坊丛集之处。

在遗址的考定问题上，是有争辩的。他们各抒己见，进行辩驳。等到告一段落时，已经是下午一时了。

和尚搬上了豆花饭，大家坐了下来。香积厨的手段的确不错，特别是几样素馔，在成都也是有名的。一面吃一面闲谈，这时就只听见李副市长洪亮的声音，他在高谈成都的沿革变迁，他谈着小时候还曾经去玩过的一泓浅水的摩诃池后来怎样变成一个操场，他在谈一条条街道的来龙去脉，谈到市人民委员会所在地的“皇城”的规制……原来文史馆有很多位“同学”即将编一部《成都城坊考》，特别着重明清以来手工业的发展情况。比如，从清初以来就盛销全国以至缅甸等处的“阑干辫子”（一种机制的丝花边，最盛的时代每年有几百万两的交易额）。他们搜集了一些像账簿这样的原始材料，还访问了一些曾经经营过这种业务的老人。

看不出他们是一些七十岁上下的老人。他们的生气真使人感到兴奋，他们忘记了自己的年龄和清苦的生活，豪情万丈地大踏步向科学进军。他们都是继承了清代朴学的仅存接班人，他们正把这门学问过渡到社会主义社会新的学术领域里来。虽然他们遇到很多困难，工作条件不好，书籍不够，欠缺必要的更高学术水平的切磋研究……可是他们已经拿出了货色。在这里提到了几部即将付印的著作之前，他们已经拿出了《古农书目》（已出版）、《四川灾异记》、《中国古今文学语音发展规律的启钥问题》（未完成）这些著作。

在百家争鸣的旗帜下，这一部分积极力量已经发动起来了，祝他们工作得更好，在更多的支持下获得更好的收获。

一九五六年十月十九日于成都

访陈书舫

一个有着好太阳的早晨，我到七星岗至圣宫的川剧院宿舍去拜访川剧名演员陈书舫同志，想从她那里听听有关几年来川剧整理、改革工作的意见，和最近传统剧目鉴定的情况。非常感谢她热情的接待，我们进行了两个多钟头的谈话。谈话的内容十分丰富，牵涉到戏改工作的很多方面，有很多值得注意的经验与意见。

书舫同志自称为中年演员，她称呼老一辈的先生们为老师，称新进一辈为青年演员。她的许多见解，也正可以代表川剧界重要的中坚力量的看法，不保守也不偏激。她懂得老艺人的甘苦，也了解新人的心情。

我们的谈话是非常自由的。虽然大体上分了剧目、音乐、化装、服装几个方面来谈，可是并没有明确的条分缕析。她的话说得极有风趣，处处洋溢着对她自己所从事的事业真正热爱的激情。

以下就是她的谈话。

整理川剧剧目　有些人硬是不懂装懂

川剧剧目整理的有些人硬是不懂装懂的时候还比较好些。虽然有些偏差，但究竟不大，因为参加工作的人员中间，老艺人占多数，只有一两位同志掌握政策。那缺点是没有吸收音乐工作者参加，碰到曲牌这类问题的时候，大家就弄不通。川剧和其他戏剧一样，是一种综合性的戏剧艺术，演员、音乐、导演……这几方面都是缺不来的。

也有过一个时期放手请作家来写新剧本，可是困难重重。他们不懂川剧，有很多东西安得不恰当，弄得非驴非马。这种情况到后来才逐步得到纠正。

到了一九五二年以后的西南川剧院时代，情况变了，工作几乎没有了老艺人参加，只是由几位干部同志关起门来在那里“写”。他们又实在不懂。川剧的形式是多样化的，他们却不加选择，凭着个人的爱好，拆掉了很多剧目。两三年里只编了几个戏，像《貂蝉》《太平天国》，简直是要不得。

艺人们对研究室有意见，真正拿出主人翁的身份来爱护自己的遗产，可是工作硬不要他们参加。这些人也不晓得是郎个的，硬是不懂装懂。光管主题，不管艺术性，观众看了都说“还不如去听大报告好些”。领导上也说，你们这么搞太慢了。可是我们艺人们整理《柳荫》《玉簪》《彩楼》三记，每个戏也不过是二十来天不到一个月。

群众意见最大的一个戏是《芙蓉花仙》。这本来是个老戏。可是各方面都改得凶啊，不只是剧本，连很多表演艺术也给抹杀了。

这个戏原名《花仙剑》，里面有整整一幕给刷掉了，只剩下了几句。好词全给弄掉了。本来女主角是要戴帅盔耍翎子的，现在扮得就像自由神那个样子。青年艺人的艺术修养不够，帅盔又很重；翎子，手上没功夫就弄不起，披纱多方便。

音乐方面，出来了这么一场，硬搬《荷花灯》。这郎个得了！剑没有了，成了花；小生在那里洒水、搞恋爱。高腔里配着打击锣鼓使身段，多好看；可是纱披得多长，怕踩了，身段就没了。

音乐用大提琴　好比穿西装戴瓜儿皮

用大提琴的问题，在最近开的座谈会上，争论得好凶！演员都参加了。争论主要有两个问题：一个是“高腔”要不要谱腔；一个是中国乐器和外国乐器的问题，也就是加不加西洋乐器的问题。演员们都很气，有些老师说，这么一来简直就成了“穿西装戴瓜儿皮（瓜皮帽)”。新音乐工作者的看法是，“大小提琴无所谓，主要是看方式方法”。

今天要求每一个演员都像郭兰英，是否合乎要求？我们的理论水平固然不够，可是有个十二年规划，是不？今天一下子就要求我们怎样怎样，那怎么成！我们一定要学习，可是新音乐工作者就是看不起艺人。

青年同志们学音乐学得快，抓得快，唱得也快。可是旧曲牌的味道还没有抓得住，结果张嘴一唱就是“歌”。像我的女儿小舫（十六岁）就是这样，听起来真急人！把川戏昆曲唱成洋歌，是最容易走味的。

现在好喽，争鸣了，老师们过去都不肯说话，怕不团结。其实过去是一团和气、顾虑重重的团结，就怕新音乐工作者多心。现在新音乐工作者也好了，老艺人有什么不愿意的，就请他们说出来。不像过去那种庸俗化的团结。

川剧音乐还有一个问题，“宗派问题”。照四川人的说法，川戏有成都、重庆、资阳、泸州这么几路。比方说最近死去的俞绍武（?）先生的鼓，就有他的创造，跟以前的不同。他打的是花锣鼓，就跟过去说京戏里有“海派”一样。可是花旦就需要“花锣鼓”，打出来好听。当然他还有些没有完全搞得恰当的地方。代表老路的资阳的鼓，就是按老规矩打的。这几年来没有能把这几条河（按，川剧分资阳河、嘉陵河等几路戏）的音乐特点记录下来，综合起来，再求丰富。这个工作没有做，一下子，就先要求新的创造，就不行了。说来说去还是没有好好地清理遗产。

我收到了观众好多封信，他们需要乐谱，他们质问我们，没有鼓师，就是有剧本，自己想演还是不行。一定要做出书来。最近出了一本《柳荫记》的川剧乐谱，就很好。

有谱腔虽然好　不懂川剧咱个耍得拢

我个人的看法，在现在这个过渡时期，重要的是先把旧的清理一下。我这个想法是从各方面的观众意见里形成的。不但是戏剧界，人民也是迫切需要这样做的。

我觉得新音乐工作者有他们的成绩，当然也有缺点。他们把重点搞成了次要的，把次要当成了重点了。过去遗产搞得少，专门搞配乐器。新音乐工作者在谱腔上是有成绩的。像张德成老先生的唱腔好听，照老法教，一句三天也学不下，有了谱就容易学了。像帮腔，过去是十分杂乱、五音齐发的，现在有了音阶，张口就准。

演员过去多半没有读过书，什么音阶等都说不出，我们应该向科学进军，应该赶紧学。特别是作为接班人的新演员们，更应该丰富自己的音乐知识。可是这并不等于丢掉了自己的东西完全来学一套新的。在目前一般演员的音乐知识都不够的情况下面，新音乐工作者今天就要求我们达到某种水平。他们自己又不懂川剧。这咱个耍得拢！

我觉得高腔要谱腔是有问题的。我们有很多唱法，是没有一定的严格不变的腔的，全看个人临场情绪的掌握而定。我以为应该区别开来，有很多传统的老戏，在人民中间生了根的，就不一定非谱不可。

关于配音问题，也应该注意多样化的发展。像有些神话戏、儿童剧的高腔，可以活泼些，适当的配音。今天我们有许多新观众，他们对音乐的欣赏也是有发展的，应该考虑到。当然我不是主张用外国乐器。

服装应多样化　小生不该全是梁山伯

关于服装的问题，现在也有一些改变。接受了观众和专家的意见，男角的化装改得多些，可是也有问题。像川剧里的一些袍带戏，袖子是比较大的。这种大袖子能使身段更美。像刘成基老师的《赠绨袍》，那大袖子舞起来多好看。现在是向京戏路子走了，袖子小了，就不好看了。还有帽子上的绒球，有些演员整了一脑壳的绒球，那实在是要不得。小生的褶子，过去用麻布做衬里，使起身段来，有线条、有棱角，现在都改成了京戏路子的缎子衣服，全身就都给裹起来了。

川戏旦角的化装变得最快。我从小学戏的时候还看见过清朝式样的化装，网子包头连耳朵都包了起来。后面用一些珠饰。闺门旦比较漂亮些，戴一些翠花，梳个偏髻。京戏的“大头”兴了不到几年，川戏就走上了下坡路，兴些小装。这倒不是全国会演的影响，是老早就有了的。

有人说川剧里的小生全是梁山伯，我看这也有道理，梁山伯和《玉簪记》里的潘必正就没什么两样。应该看不同的剧情换换服装。如果人物风流一些，穿件背心也没什么不可以，不能说这就是学的越剧。过去川剧的风流小生就穿“鸳鸯褶子”（内外两件褶子，外面一件的小襟系在里面一件上面的一种打扮），这也是一种创造。

应该注意多样化。一下子全改了或者一点都不改是不对的。《红楼梦》里的林黛玉如果梳上个大头就不顺眼。川戏过去的女衣原来是有不少式样的，今天条件好了，演员图好看，就跟管戏箱的同志争，专挑好看的穿，不是神仙也挑件云肩道衣穿。这就不好。

女角化装，我觉得在不丢掉旧的艺术和不妨碍舞蹈的条件下，适当地用一些新的化装也是好的。

新乐器也有不同的效果。像洋琴，就比较接近川剧（四川的民间曲艺里有“洋琴”一种），像《红鸾袄》这样的牌子，用洋琴配，听起来就舒服。可是大提琴一出场，就只听见呜呜之声，演员的嗓子都给压下去了。有些戏里用了布景，我们换布景的本事又不够，就来个“幕前曲”，观众不习惯，常常吵着要出去。

旧曲牌受欢迎　川剧号称昆高胡弹灯

清规戒律使我们不敢用很多好的旧曲牌，像《游龙戏凤》里的“瓜子金”就是个好牌子，过去就不敢用。《芙奴传》（一个新整理出来的“弹戏”，颇受欢迎）过去只用胡琴，现在加上了琵琶、三弦、提琴，也觉得吻合些。有些北方观众说，川戏号称“昆、高、胡、弹、灯”，可是听起来全是高腔，只是“吼”。不满意。后来他们听了多种多样的音乐，也满意了。

上面就是我们随意漫谈的记录。也还提到一些别的问题，演员的生活问题和学习问题。她说目前感觉最苦恼的是时间不够，演出太忙，开会紧张，有些老师就无法教徒弟。青年演员早晨起来，早操、吃饭、开会、排戏……排得紧紧的，就是没有时间跟老师学戏。她自己早就想跟阳友鹤先生学《醉酒》，跟杨云凤先生学《打神告庙（焚香记）》，到现在老师还是挤不出时间来。为了完成企业化的任务，演出一本戏，往往只有二十天左右的准备时间，连剧本都不熟，当然就谈不上什么表演艺术了。

这两点，给我的感触是很大的。后辈演员的接班问题，演员的进修问题，演出水平的提高问题，都是值得大大注意而往往是被忽略了的。审查一个剧院的工作，应该不只是看它演出了多少个剧目，而是看它演出了多少出好戏。像《柳荫记》《彩楼记》《玉簪记》这样水平的演出，最近在川戏里是难得见到了。当我参观重庆国庆节游行的时候，在行列里看到川剧院的队伍，高举着大牌，说明一年中间演了多少场次等等，和工厂增产的提法一样。我总觉得不全面，甚至是把不同业务的特点混淆了。上面提到的一系列问题，不仅是川剧独有，有些也是全国各剧种同样面临的问题。对此，也应该是引起更大注意的时候了。

一九五六年十二月二十七日于重庆

附记：

一九五七年反右高潮中，书舫同志曾在四川报纸上对这篇报导有所“辨正”，这是难免的。今天重读，觉得这依旧是一篇有历史意义的访问记录。书舫同志久做古人，重校怅然。乙酉清明。

一位作家与一张报纸

文汇出版社策划出版一本新书——《巴金与文汇》，要我写一点文字，因为我曾是《文汇报》的工作人员，并与巴老相识。看全书目录，巴金与报纸发生关系的第一篇文字，时在一九三八年九月。当时我还是个中学生，是《文汇报》《世纪风》副刊的投稿者。巴金则是我喜爱的作家，能从报纸上看到他在抗战烽火中的踪迹，自是欢喜。后来在重庆与他认识。在生活上、写作的发表出版上，都得到他的热情帮助，来往渐多。抗战胜利后的一九四六至一九四七年，我在《文汇报》当记者、编辑，当时巴金回沪定居，我们间过从不少。奇怪的是，虽然编着一个版面与副刊，我却从未向他约过一篇稿，但他对这张报纸是关心的，对当时险恶的环境、报纸苦苦奋斗的情形是熟知的，也时时对我的处境关心。直至报纸被反动统治者封门，我失了业，他还分给我两种译本，交给他主持的文化生活出版社印行，这样一直到全国解放。这时他的作品才又在复刊的《文汇报》上出现。当时大家都沉浸在解放的大欢乐中，所以他的文字也充满了欢快的气息。此后巴金到了抗美援朝的前线，他的名篇《我们会见了彭德怀司令员》，真是写得好，是他解放后最出色的作品之一。这样平静愉快的生活，一直到一九五六年，才开始出现了变调，开始了杂文的写作。从一九五六年十月的《秋夜新感》起，到一九五七年五月的《不接受批评就要挨整无异鼓励人作应声虫》，他勇敢地站出来对他所看不惯的社会现象发出了抗议的声音。在这几篇杂文中，他批评了出版界出书迟缓的问题，批评了上海有关部门不重视话剧……回忆往事，当时四川的川剧团正在上海演出，喜欢川剧的朋友经常聚集在巴金家里，谈论川剧，也听来访的川剧演员清唱。曹禺、靳以、唐弢、罗荪、陈西禾都是常客，闲谈中总要涉及当时鸣放的形势，又因座上多是作家，对出版问题关心尤甚。特别是傅雷，当时他是上海作协书记处的书记，尤其关注出版问题。曾在一九五七年四月廿七日的市委会上，与巴金、靳以、许杰、陈山等前后发言，巴金发言近一小时，这在他是少有的事。第二天傅雷又打电话给我，专谈出版问题，并说及组织文章事。五月七日夜，傅雷到报社来，改文章、写报导，直至十二时。同日下午五时许，我到巴金家，记录他今晨座谈会上的发言。估计他在《文汇报》发表的五月八日的文章就是我带回报社的。

六月三日，在报社开会后同去徐铸成家夜饭，座中有傅雷、吴兆洪、陶菊隐、柯灵、沈志远、钦本立、严宝礼等，谈笑甚欢。不料六日后《人民日报》社论就已点到了《文汇报》，徐铸成当夜就召开紧急会议，讨论“紧急刹车”办法，直至十二时。此后反右开始，形势大变。七月一日，著名的《人民日报》社论《文汇报的资产阶级方向应当批判》发表，全报社立即陷入一片混乱，大家一头雾水，不知所措。四日后，陈虞孙调来《文汇报》任代总编辑，取代徐铸成。这之前报纸请蒋文杰赶写了两篇“向人民请罪”的社论，权当救急反应，以后写社论的任务，就落在时任编委的我的身上。

陈虞孙隔三差五必到市委，请见柯庆施、张春桥，接受指示，回来就自行发挥，拟定社论题目，交给我完成，再由他定稿发表。所以这时有不少社论都是我奉命执笔的。好在社论例不署名，因此我在辑集《集外文钞》时也无从辑入。记得陈虞孙为我出过两个稀奇古怪的题目：“为徐铸成算命”和“陶渊明与中间路线”（因政协会议中持此论者颇多）。愧我才疏学浅，都交了白卷。此后还有一事。一九五六年《文汇报》复刊，我从上海电影剧本创作所调回，首先接受的任务是去西南一带写旅行通讯。行前往访巴金，承他热情提供有关四川的情况，并写了给沙汀和李劼人（时任成都市副市长）等的几封信，给了我不少便利。在蓉时访问了沙汀，和我畅谈了小说中运用方言的问题；又访问了李劼人的住宅“菱窠”，畅谈成都旧事，临行还将手稿《说成都》一卷相付，俾作参考。这些我都写入了通讯《入蜀记》。此际反右运动已轰轰烈烈地展开，李劼人急信索回此稿，我马上寄回给他了。后来见四川的出版社出版的《说成都》，并未收入此稿，不知下落如何。总之，巴金对我的殷勤相助，我是不会忘记的。

这以后的五个月中，在报社里我一直做着奉命作社论和杂七杂八的事，深深感到“代圣贤立言”任务的艰巨，与言不由衷的痛苦。也深感巴金所说的“无异鼓励人作应声虫”

这句话的沉痛。到了一九五七年十一月十九日，实在混不下去，我手中的笔终于被剥夺。被缴了械的我，此后一直沉默了二十来年。当时固然感到痛苦，但卸脱了传声筒的枷锁，倒也如释重负，有“不亦快哉”之感。真的，事情就是如此奇怪。为什么说这些，正是为了解读巴金在反右之后撰写一系列文章时的内心世界。

一九五七年十月，巴金在文汇报发表了《狠狠地打击右派 狠狠地改进工作 狠狠地改造思想》和一系列他自己称之为“豪言壮语”的文章，他还到过越南，评论过《南方来信》这样的作品。无论怎样表现积极，终归无用，最后只能迎来了十年动乱。

他的“第二次解放”，始于发表在《文汇报》的《一封信》。这是向全世界、全国读者发出的“我还活着，我还在工作”的宣言。以后，巴金经过十年的努力，完成了巨作《随想录》，他深入地谴责了十年“文革”，也狠狠地检讨了自己，包括自己说过的那些言不由衷的“豪言壮语”。回顾“文革”前他发表在《文汇报》上的篇章，他所珍视的真话文字，竟少得可怜。这一事实，也正好反映了某一阶段中国文坛的真实面貌，也是本书值得注意的重点。

巴老晚年长期因病住院，偶有新作，都交《文汇》发表，足证他对这张报纸的深厚感情。际此老人百岁诞辰，此书及时刊行，以祝老人福寿绵长，表达的是他的读者群的共同愿望，盖不只是个人的私愿而已。

二〇〇四年十月二十八日

关于《聚沙集》

虞丹著《聚沙集》是福建人民出版社出版的“瞻顾文丛”中的一种。作者是老新闻工作者，又是杂文家，写得一手出色的好杂文。他以简洁、明快、有力的语言，说朴素的真理，而别有冷隽的特色。所说的是人尽皆知的“大道理”，可是说来却与别人不同。偶出警语，有力重千斤之势，使主题豁然显露，给读者以强烈的震撼，加深了认识，从而显现了杂文的战斗力。

作者指出：“中国现代化的关键，在于农村现代化和农民现代化。”又进一步指出：“如果不给农民以学习机会，老是说农民不懂得民主，农民文化素质低，农民没有识别力，这不是共产党人说的话，而是老爷说的话。”这篇文章的题目是“防止公仆造反”，这本是陶行知提出的口号，作者进一步指出：“怎样把巴望好皇帝、清官、救星的农民，变化成革命民主主义者，才能有效地制止公仆变成骑在人民头上的老爷。”这是个很少被人提起的问题，看来也似乎是迂远的问题，但确是极为重要的问题。作者杂文所选择的视角，往往类此。

又一篇杂文的题目是“恽逸群耻为乡愿”。“乡愿”，冯友兰释为“老好人”，朱光潜释为“伪君子”。作者说，“这种耻为乡愿的精神，真是医治好人主义的良药”。

作者看了电视剧《雍正王朝》，引起兴趣找来了雍正御撰的《大义觉迷录》，无意中发现中国也曾有过一个主张哲学家当皇帝的书呆子，这就是曾静。他认为“皇帝合该是吾学中儒者做，不该是世路上英雄做”。雍正当然容不下这种狂妄之说，只得用空话来加以批驳。若干年以后，哲学家张岱年说，如果真有大哲学家当了皇帝，所造成的将是一个“‘万马齐喑’、文化停滞的局面”。作者认为这是意味深长、值得玩味的评论，并进而指出这种善良而又天真的书呆子的理想或空想往往只能获得“播下的是龙种，收上来的往往是跳蚤”的结局。

在私有制企业中，资本家当家，在“穷庙富方丈”企业中，“富方丈”当家。在公有制企业中，出了不少“富方丈”，但也出了不少企业家，也就是在公有制企业中的“资本家”。两者行为取向正是天悬地隔，作者说：“用‘富方丈’来接资本家的班，岂非倒行逆施么?”作者进一步说，当优秀的企业家纷纷登上历史舞台，唱主角，演压轴戏后，“资本家肩负的追求资产积累和讲求有效使用的历史使命，也就可以宣告完成了”。这里，作者实事求是的精神，踏破了公私分界的思想天堑，是大胆而又可贵的。

作者在杂文中把林彪的谬论和宋儒“存天理灭人欲”挂起钩来。作者同意胡绳的观点，“贪污腐败是另一种形式的叛党”，并指出“党是靠清洗叛徒来巩固的”。作者又指出，

"钱是死劳动，劳动力是活劳动"。"市侩拜金，有眼力的企业家拜劳动力"。

《聚沙集》的第二部分是"虚坐读书记"，首先是两篇关于岳飞《满江红》词真伪问题的考辨。他介绍了持伪作说的余嘉锡、夏承焘两家意见，然后加以评论。其实这个问题可以从词作本身获得解答。首先是"踏破贺兰山缺"句所说明的北宋战局御敌方向，不应如此违背。其次，可以取岳飞诗词如《小重山》加以比照，看词彩、作风是否一致。至于此词不收于《金陀粹编》，也不见于宋元人著录，突然出现于明中叶，是深为可疑的。

作者的注意岳飞词作，和他在二十世纪五十年代中期曾有写作电影剧本《岳飞传》有关。我曾参与此事的中介，并曾多次与作者搜集资料、讨论大纲，并形成了具体的创作提纲，可惜终于胎死腹中，未成事实。

本辑也是全书最长也最用力的一篇是《探〈锦瑟〉》，他尽可能搜集了宋人以次有关此诗的评论，而加以论定，在"悼亡说"与"自伤说"之间，他认为后者于义为长。此外也没有忘记"四人帮"论客的奇谈怪论，用扳指头的"科学方法"，断定这是为永贞革新失败五十周年的纪念诗。

可惜作者没有见到钱钟书在《谈艺录》中的议论，其实钱默存也是邻于"自伤说"而更进一解的同志。

李商隐的诗集宋本失传了，但影抄宋本是存在的。毛子晋刻的"八唐人集"中的李集，从避讳恭谨看来，也当是翻宋刻的本子。这些旧本都以《锦瑟》诗为开集第一篇。何义门本来也知道“亡友程湘衡谓此义山自题其诗以开集首者……然义山诗三卷出于后人掇拾，非自定，则程说固无据也”。伺义门以版本目录学家的眼光做出此一判断，被钱默存讥为“舍甜桃而觅醋李”（指悼亡说），可谓有见。

钱默存说：“义山《谢先辈防记念拙诗甚多，异日偶有此寄》有云：‘星势寒垂地，河声晓上天。夫君自有恨，聊借此中传。’乃直白自道其诗也。《锦瑟》之冠全集，倘非偶然，则略比自序之开宗明义，特勿同前篇之显言耳。”

作者在《报海微沫》中有一篇《一九五七年的三篇社论》，读来别有感慨。那时，他在市委宣传部报刊处工作，常同《文汇报》打交道，我们见面的机会就更多些。他是喜欢跑旧书摊的，彼此有同好。我就介绍他到旧书店的三楼乙库中去搜书。这里没有善本重器，都是单本小册，但有趣的近代史料、诗文集特多，价钱极便宜。有几个下午我们都是消磨在这里的。彼此夹着一包书，高高兴兴地到“成都味”去吃连锅汤、棒棒鸡。这正是他为报纸写第一两篇社论《多听不同的意见》和《心心相印，无所不谈》的时候，也是我写《解冻》的时候。可惜这样心情舒畅、意气风发的日子没有多久，通算起来也不过半个月，就轮到他写第三篇社论《向人民请罪》了。

当时编辑部的空气是怎样的呢，他用了一句“钦本立一脸愁容，相视无言”来形容，约略可以见之。他写这篇社论的目的是“救出报纸，救出编辑部，救出《文汇报》党组”，这篇社论虽然读过，印象早已模糊，约略记得的是，先是不容分说，下死命地左右开弓痛打自己的耳光，然后发出哀鸣呼喊："大人在上，天可怜见，饶了小的吧。"其声凄厉，但收效甚微，编辑部几近全军覆没。《聚沙集》中留下了这样一篇文字，是完成了"史笔"的任务了。

画《水浒》

黄永玉的《大画水浒》是一九八八年在香港完成的。最初起意却在六十年代。他在后记中说：“水浒人物原应在六十年代初以木刻形式完成，因为绣像方式，风格当较细密精致。”此话不虚。近来检视我寄周汝昌兄旧信，于一九六二年三月十九日信中有云：“黄永玉拟以十年之功刻水浒图，人物用白描。上次曾以红楼图相询，渠答言太难。但此公创作力极旺盛，可缓缓促成之。总之，千秋绝业必由今日精英完成之，此必然之事也。”

永玉对木刻是情有独钟的。他在“自白”中说：“我最喜欢的是文学，第二是雕塑，第三是木刻，第四才是绘画，但前三项爱好全要靠绘画养着，因为它们的稿费太低了。”此话也非虚。一九四六年顷，与永玉在上海相见，曾经手将所刻小如指甲大的木刻头花数十方卖给报馆，所得不过数十元而已。两年后又在香港见面，在他乡下住处看见所刻大长幅木刻，是写欢庆解放的热闹场景的，刻在居停主人大块门板上。气势雄伟，是未之前见的大幅木刻，承他亲手拓了一幅相赠，可惜早已失落了。五十年代他还未放下刻刀，每有得意之作必拓以相赠，记得有肖邦像和湘西人物小景等，可惜都未结集。曾问世者，只为汪曾祺小说《羊舍的夜晚》所作插图和阿诗玛肖像等而已。

说到水浒插图，永玉承认陈老莲所作为个中“班头”，他对老莲是极佩服的，将我所藏的一部《宝纶堂集》也要了去。老莲的“水浒叶子”，凡四十幅，起宋江讫徐宁。张宗子《梦忆》曾有记，是老莲二十八岁以前所制，有黄肇初所刻本，清初又曾翻刻，只人物，无点景。这是一种酒牌，上端题万万贯字样，人物侧边属题名，又评语，如宋江题“刀笔小吏，尔乃好义”之类，已透露出画家对人物的评判。此意也为永玉所承受，题词意更刻露，这是以杂文入画的创举了。与题评相匹，水彩笔墨也更狂放恣肆，多奇趣。老莲所图仅四十幅，永玉所作多至一百四十二。他推测老莲何以点到即止时说：“多年以来总以为此公兴尽搁笔所致，及到自己年来工作，才体会到梁山人物中临时拉来凑数者不少，此辈既带来引据困难，且阻挠创作乐趣，形象性格俱困捕捉，加上章侯作宋代人物，每欲表达汉代风仪，所以不免纵横受阻，这恐怕是其精选梁山人物，摘其主要欢喜者为之的原因。”我想这推测是不错的。张宗子于《梦忆》中记乡下年时庆贺，台阁中有水浒故事，精选其肖似者扮演之，观者惊叹，则是活生生的水浒英雄谱了，估计人物也不过数十人而已。

永玉又自记其创作过程：“我作《水浒》不遵循旧例。《水浒》中男女多捣蛋纵酒任性乡民，平日自由天真，自无必要将其往廊庙上拉扯，尽为余当年浪迹江湖时之朋友熟人，街头巷尾，野水荒村，信手拈来，写日常见闻经验，边写边笑，席地坐卧，旁设茶酒，或互通新闻，或指天骂娘，混沌乐陶，不觉困惑矣。”

这是极好的一节创作谈，说明画家面前虽无真的模特，却非捕风捉影，其实还是从真实中来。人物既多，也往往有充数者，如飞天大圣李衮，题曰：“上山之前，都有两下，上山之后，平平常常。”可见作画时的无可奈何。可是多选取“小人物”，却都是缺不得的关键人物，如朱贵、王婆都有两幅，宋江两幅，其一却是《杀惜》。还有几乎没有什么故事的，如宋徽宗、蔡京、李师师。宋徽宗在五国城，身上出了从未见过自然不认识的虱子，叹道：“朕身上长虫，状如琵琶。”蔡京幅题：“元祐党籍，黑名单之祖。”李师师幅题：“交朋友，一个是皇上，一个是文化名人，那谁还惹得起呢？”可见这三位虽与水浒关系不大，却都是少不得的，少了他们，就正是缺了典了。但全书不收晁盖，却不可说是缺了点，画家说：“为什么不画，不知道。”

《水浒》受到批评最多的是对妇女的态度，如废名所说。这本画册所收，除梁山女将外，有阎婆惜、潘金莲、潘巧云三位。画家说：“画到阎婆惜，十分美丽，我忽然发现她比潘金莲更有深度，潘金莲不过只是强烈地要求爱情自由的一个委屈的女子，而阎婆惜不单要求自由而且敢于向政治挑战，搞得宋大哥颠三倒四拜伏于她的膝下。”这里所说，不但新鲜，着实警辟。在《杀惜》一幅题道：“宋江不能不杀，阎婆惜非死不可，张文远何在？”其实阎婆惜的“向政治挑战”

正是张文远策划的，不是吗？

王矮虎幅画的是宋江答应拣一个停当好的压寨夫人给他，悠然自得之状。下有“自白”曰：“老爷子说：‘世界上没有无缘无故的爱。’他不知道，有了缘故，那还叫爱吗？”这话又岂是只于王矮虎为然。

作者自白：“文化极品，谁也没资格任意臧否，但有权坦白喜爱。因斩钉截铁的武松、林冲、宋江，包括爱惹闲事的石秀这帮跟我情投意合的人物，我喜欢《水浒》。”

盖叫天老先生以“江南活武松”饮誉当世，我却更喜欢他的《恶虎村》《史文恭》，画册中有金眼彪施恩一幅，画他怀中抱着一坛老酒，题曰“施恩这号人的礼最是受不得”，受了施恩的酒礼的就正是武松。这正是武松的弱点。画家对史文恭却有好感，题曰：“奇怪的是，宋江为何不赚他上山？”这也正是我所不解的。

二〇〇二年八月二十六日

双枪将董平：杀了丈人抢老婆，没见女婿这般恶。

双鞭呼延灼：功名未上凌烟阁，姓字先标聚义厅。

飞天大圣李衮：上山之前都有两下，上山之后平平常常。

徽宗皇帝：朕身上长虫状如琵琶。

李师师：交朋友，一个是皇上，一个是文化名人，那谁还惹得起呢？

一丈青扈三娘：应是祝家三媳妇，却赔给败将王矮虎。

小旋风柴进：大方如柴进，也要小心得罪人，挨武松一骂，便是教训。

李鬼：冒牌货往往比原作声势还大、还夸张。

武大郎：冤有头来债有主，长大报仇是二武。

拼命三郎石秀：糊涂丈夫加上管闲事的朋友，天下如何不乱？

黑旋风李逵：余五十岁前从不游山玩水，最听人话。学铁牛脾气，只拣人多处杀去，至今老了，才觉得十分好笑！

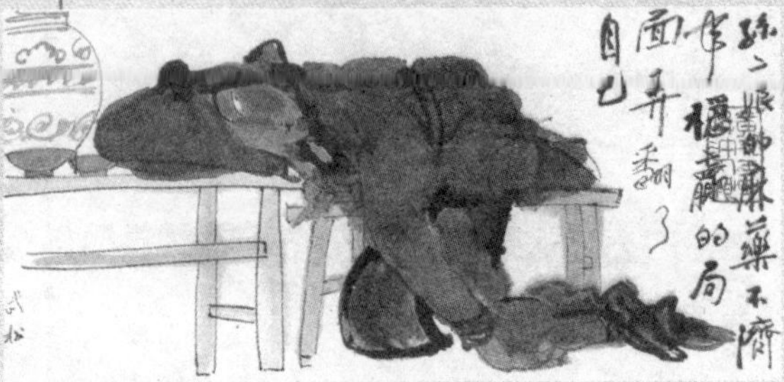

行者武松：孙二娘的麻药不济事，稳赢的局面弄翻了自己。

金眼彪施恩：施恩这号人的礼最是受不得。

王婆：王婆才能，做啥都行。

何九叔：世上一天有何九叔，世上一天就有真历史。

插翅虎雷横：江湖称做插翅虎，山上带个小队伍。

豹子头林冲：少年子弟江湖老，多少青山白了头。

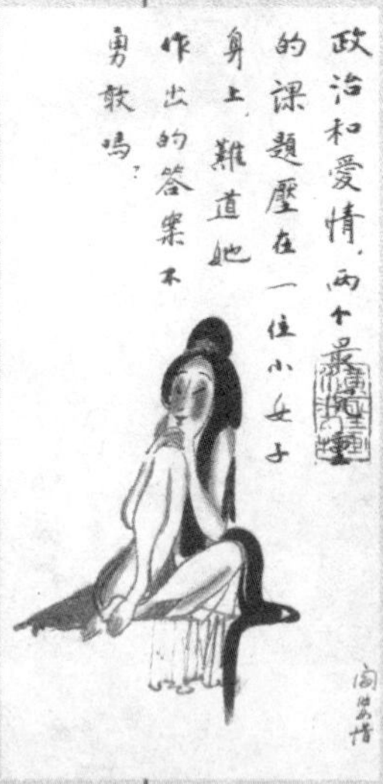

阎婆惜：政治和爱情，两个最沉重的课题压在一位小女子身上，难道她作出的答案不勇敢吗？

史进：没来由的礼物收不得，没来由的眼泪当不得真。

王进：险恶囚不住孝子。

花和尚鲁智深：赶出五台山，还有一指禅。

急先锋索超：争个你死我活，结果都是好了梁山。

跋永玉书一通

前些时听说永玉打算搜集他过去寄给友人的书札，就从书丛中找出了十来通寄去了。当然这不会是全部。我的旧存笺札总是胡乱收置的，有的就随手夹在书里，前天翻阅《龚自珍集》，就又发现了一通，也许不知何时，还会发现些也说不定。这封信是他用毛笔写在两张高丽纸上的。时间当在“文革”后期，看信中提到潘际坰被分配在自来水公司事可知。信写得颇有意思，不免引起不少回忆，似乎有些话可说，因作此跋。现在先把原信抄在下面。

裳兄：

信和字都收到了。真是司马的兵来得好快！看阵势我只好把交卷期稍稍提前才是道理，否则倒真是唱空城计了。说老实话，兄是个严肃得要命的人，文章学问那么认真，瞎涂塞责我也是来得的，这样做，是对不起这近三十年友谊的，只等老天爷来一两天凉快，就动手。眼前，我身体情况终未见决定性的好，只是性格天成，不那么难过就是。正如颜之推所云，“肠虽欲绝，目犹烂然”是也。我生长江湖，平生少涕泪习惯，表面是个好体魄，实则未必也。给沈公信，是我送去的。见信后，他说：“喔！我已经写字给黄裳了呀！你看，我这里又写了一张！”看样子，除了回信，大概还有一个条幅寄你。你的信的确很感动了他，他是很朴讷的，信揣在手上好久。

你给我的信，我住上海闵行时至六几年，洋洋一大册，天南海北都随身带着，还是梅溪后来处理了；你写信时不那么认真，所以极潇洒，字随文活，所以读来信时有好几种快乐。寄来的条幅，如你面对生人，颇有一板正经的意思，修养工夫虽在，却缺少一点煞泼，一点三大杯啤酒下肚的妩媚，不像黄某人原来的面孔。我想，和你聊天的经验，印象总是美好的。可惜没有听你做过政治报告，我想虽是同一个人，境界必定有级别之分，字也如此。这张字我留着，如果你手气好时，给我再来一张怎样，不要馆阁体的，思想上的馆阁体也不要。要一种书信体，一种法帖型号的。

汪兄这十六七年来我见得不多，但实在是想念他。真是“你想念他，他不想念你，也是枉然”。他的确是富于文采的，但一个人要有点想想朋友的念头也归入修身范畴，是我这些年的心得，也颇不易。

老潘入自来水公司，十姨嫁五髭须，天作之合，恭喜！恭喜。祝

双好！

第玉　七月十八

“文革”后期，我从干校回沪养病，上海没有可来往的朋友，倒是和在北京的际坰、永玉通讯不少。信里不好说别的，只能说些生活琐事，他们两家来往频繁，还提到絜瑛（际坰夫人）经常与锦江老板董竹君、郑西谛夫人高君箴等打牌等琐事，但对时局则闭口不谈。从永玉信中说他的身体情况与引颜之推的两句话，也可想见处境之一斑。要想不被巴儿们嗅出气味，也只好如此。

信中大部分是批评我给他写的字。这批评虽然委婉，却极真确。我本不会写字，接到来信要我写字时，起初想给他写一副对联，词句想抄伊墨卿的旧句，“江山丽词赋，冰雪净聪明”，以为这对子送给永玉恰好。可是这副五言联实在不好写，尤其是有伊公大气磅礴的隶书在前，更不敢动手，只好写了一张条幅，什么词句忘记了。却落得个“馆阁体”的批语，真是始料不及。但他的批评是稳而准的。事实本是如此，无可推诿。他又提到我们当年放言无忌的聊天，三杯酒下肚后的姿态，真是前尘如梦。想想自己过去并不像今天的缄默。近年有人说到我，前有杨苡，以“沉默的墙”相拟，后有李辉，说与我相对枯坐，“恰如一段呆木头”（借用鲁迅先生小说语）。他们说的都是事实，也都是好意。但不能不使我思索，怎么会变成这个样子了呢？

信中还提到沈公，虽寥寥数语，但写沈公神似，写他的朴讷，也极似。《沈从文全集》中收有给我的信，但我并不曾收到过，想是写成未寄的底稿。

信中又提到他曾有我给他的信一大册，后来被梅溪处理了。此批信如存，在《来燕榭书札》中当是突出部分。近来少少搜集未成集的零散旧作，得到朋友的帮助，虽只是初步动手，竟已有了一大堆。回想平生胡乱作文，随宜写信，不自收拾，仅存佚篇，尚赖朋侪之助，得存鳞爪，不禁感慨系之矣。

永玉最后提到了曾祺。当年在上海，他和曾祺总是一起见访，一起小吃，吹牛，快活得很。他俩都是才人，所谈也都是妙事，不易忘记。曾祺到北京去了，通讯渐疏。永玉也在北京，想来他们一定过从甚密。曾祺的小说集《羊舍的夜晚》还是永玉为他做了木刻插图。想不到十六七年间他们见面不多。想来曾祺别有一个过从的圈子，我总想他们的不常在一起，无论对曾祺还是永玉，都是一种绝大的损失。曾祺在“文革”后期，入样板团，以《沙家浜》一剧名世，还上了天安门。当时我在干校，为此还挨了一场批斗，思之惘然。

久不得永玉消息，念之无已。何时有兴，能以素笺一纸见投，是所愿也。

二〇〇四年六月十五日

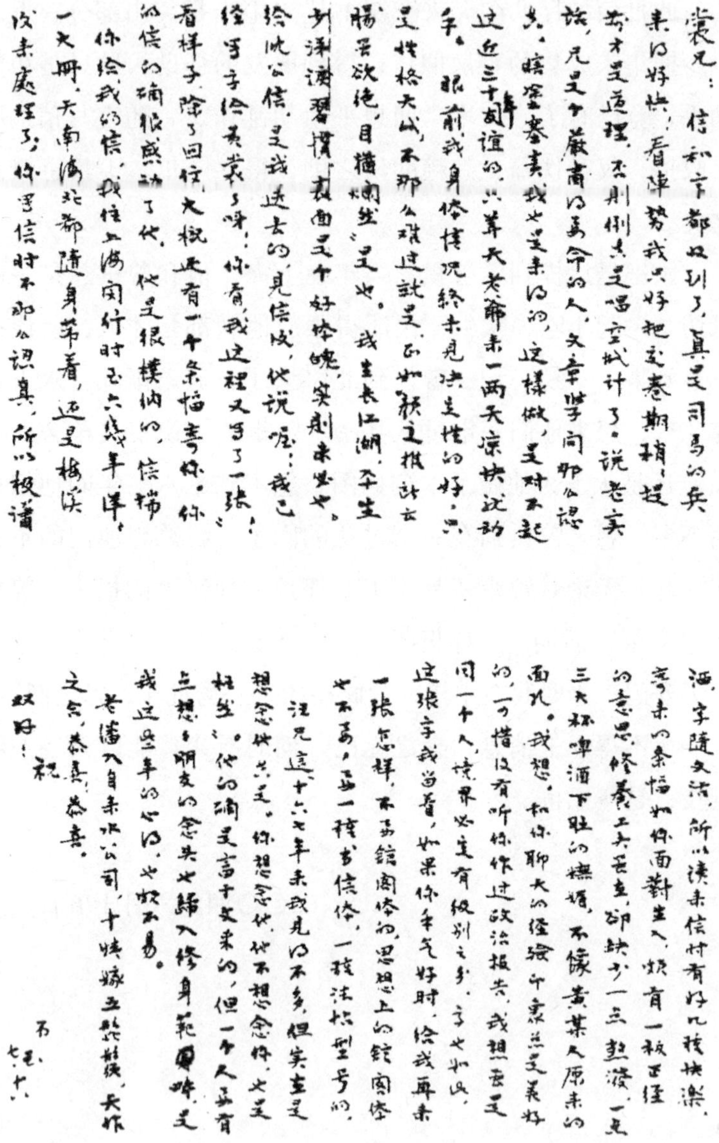

裳兄：
信和文章都收到了，真是司马的兵来得好快！看阵势我只好把文卷期稍提前才是道理，否则倒真是唱空城计了。说老实话，凡是个严肃得要命的人，文章学问那么认真，瞎客套我也是来得的，这样做，是对不起过近三十年友谊的。只算天老爷来一两天凉快就动手。眼前我身体情况终未见决定性的好。只是性格太硬，不那么难过就是，正如[illegible]说去肠已欲绝，目犹炯炯然，是也。我生长江湖，平生到[illegible]习惯，表面是个好体魄，实则未必也。我已给沈公信，是我送去的，见信后，他说"喔！我已经写字给黄裳了呀！"你看，我这里又写了一张：看样子除了回信，大概还有一个条幅要寄你。你的信的确很感动了他，他是很模糊的，信端你给我的信，我住上海闵行时已六几年了，一大册，天南海北都随身带着，还是[illegible]收来处理了；你写信时不那么认真，所以极谐洒，字随文法，所以读来信时有好几枝快乐。寄来的条幅如你面对生人，颇有一派正经的意思，修养工夫甚重，却缺少一点超逸，一见三大杯啤酒下肚的热情，不像黄某人原来的面孔。我想，和你聊天的经验中最是美好的，可惜没有听你作过政治报告，我想应是同一个人，境界必定有级别之分，字也如此。这张字我留着，如果你手气好时，给我再来一张怎样，不要馆阁体的，思想上的馆阁体也不要，要一种书信体，一种法帖型号的。

汪兄这十六七年来我见的不多，但实在是想念他。你想念他，他不想念你，也是枉然。他的确是富于文采的，但一个人要有点想念朋友的念头也归入修身范畴，是我这些年的心得，也颇不易。

老伴入自来水公司，十块钱五张[illegible]，大作之多，恭喜，恭喜。

祝
双好！

[illegible]
七.十.

黄永玉给作者的信

清代版刻风尚的变迁

一

常熟毛氏汲古阁刻书，始于晚明天启，到清康熙时犹有刻书存世，是中国雕版史上由明入清的代表人物。毛晋是经营地主，又是雕版业的巨商，所刻十三经、十七史、津逮秘书，六十家词、六十种曲、唐宋元人文集等数量巨大，印行极广，成为一时广大读书界知识资粮供应者，而目光远大，于正经正史外，广涉俗文学的曲本，影响深远，是文化风景线上一个触目的亮点。不能不使人联想起三百年后的商务印书馆，虽然时代不同，规模迥异，但大体上有极相似处。毛晋又是著名的藏书家，毕生搜求旧椠名钞，藏于汲古阁中，原是为刊书校雠之用，虽然成效不尽理想，但那用意与商务印书馆的创建涵芬楼与东方图书馆是并无二致的。这也是毛子晋识力过人之处。

陈瑚《毛潜在隐居乞言小传》说：“崇祯壬午癸未间，遍搜宋遗民忠义二录、西台恸哭记，与月泉吟社、河汾、谷音诸诗，刻而广之。未几，遂有甲申、乙酉南北之事，每自叹人之精神意思所在，便有鬼物凭依其间，即余亦不知其何谓也。”虽然毛陈的理解迂远可笑，但却透漏了毛子晋并非不关心政治，同时还是颇有民族意识的。他刻过茅元仪的《石民四十集》，多半是记述晚明史事之作，他还刻了茅元仪辑存的《江村筒寄》，是明末忠义之士的往还函札，所涉也全是明末抗清的史迹，此书幸而不被清初诸臣所见，不然当是全毁禁书目中之物。汲古阁还刻了不少明遗民作品，如余怀的《甲申集》《咏怀古迹》《七歌》等，后者是亡国遗民呼天抢地极沉痛的呼号，诗末特标“琴川毛氏汲古阁镂”字样，可见胆识。冯班的《冯氏小集》等，冯舒的《怀旧集》，钱谦益的《列朝诗集》，也是汲古阁刻的，多半是禁网中物。长洲杨补的《怀古堂诗选》，儿子杨炤经营刻板，金俊明序说：“方炤之谋刻也，过隐湖谒子晋，子晋拟独任，炤辞曰，毋重烦先生，吾乡数君子已刻其半。子晋遂任首卷，刻日而竣。”这是子晋勇于为遗民刻集的动人故事。《怀古堂诗选》是宋体字刻，若无俊明一序，几不知其与汲古阁尚有此一段因缘。据此可知毛氏所刻此种书不知尚有多少。今见虽无堂号、而刊书字体风格确属汲古阁刻者尚有康熙南涧山房刻《今词苑》，乾隆二十一年前后四雨庄刻张埙《碧箫词》等，可知汲古刊书，至乾隆中流风尚未替也。

二

顺治十四年丁酉，蔗馀道者序朱彝尊《南车草》说：“自变故以来，诗书之气无所附丽，天下之才人，往往化为诗人矣。此诗之幸耶，抑人之不幸也……顾以沉郁顿挫之致，写悲风于天末，则诗已为不幸，况于人乎。”这一节话将乙酉以后中国知识界的痛苦无奈心情刻画尽了。家国之感，生民之痛，一一化为诗篇，这也是清初刻书情状的一个缩影。一时不但诗文集，就连选诗总集，也形成了一时风气。如山阴祁氏冠山堂刻的《吴越诗选》，选者三人，魏耕、朱士稚、钱缵曾都死于清廷追捕之下，可见斗争之惨烈。萧云从刻绘像楚词于弘光乙酉，也是寄寓家国之痛的作品。当时出现的大量诗文集，禁毁之余，留存绝少，只能从禁书总目中得知名目。民间书坊的营运，可以从大量曲本的出现窥知端末。随着昆曲的兴盛，需要大量的新剧本，像李玉这样的作者，在落魄失志之余，不能不投身于戏曲的创作，书坊随之也大量刊行。吴伟业称李玉：“甲申以后，绝意仕进，以十郎之才调，效耆卿之填词。所著传奇数十种，即当场之歌呼笑骂，以寓显微阐幽之旨。”李玉的曲作《精忠谱》《麒麟阁》《千忠会》等，有的是写明末实事的现代剧，有借前人故事，寄寓自己家国兴亡之痛的，如写建文帝故事的《千忠会》中的“惨睹”“代死”“搜山”“打车”诸折，都是惊心动魄、血泪交织之作。作者说的是历史故事，抒发的则是己身的亡国之痛，给观众读者的则是说不尽的感念影响，这一时期书坊的业绩、功效是不容忽视的。与同时大量涌现的私刻诗文集，同为时代声音的记录。

三

这大抵是顺治一朝的情形，官方看实在闹得不像了，康熙初遂有私人刻书之禁。加之以文字狱的初试，佐之以怀柔政策，出版方向方有显著的扭转。江宁织造曹寅就是执行怀柔政策的要员。他的成绩不错，大批与清廷处于对立地位的“山林隐逸”之士都和他相与或敷衍，其成绩可于多卷《楝亭图》的题咏约略得见。其中固多有声名不彰的脚色，但鼎鼎大名的遗民也着实不少。如写过《七歌》的余怀，也不能不草草画了一座茅亭交差，但终于不能不写下图名并署款。不能说这不是曹寅也即清廷的胜利。

康熙中叶前后出现的大量诗文集，中间沧桑之感逐渐湮灭，而雕版却逐步精致起来。为艺术而艺术的风尚起来了，诗酒唱酬，流连光景成了诗人们的不二主题。可以康熙二十五年刻成的朱彝尊《腾笑集》为代表性的结集。竹垞在自序中说：“竹垞主人，少无宦情，耕长水之南。年五十矣，天子下诏征文学之士，备顾问著作之选……主人以布衣通籍，洵异数矣……主人以诗文流传湖海四十年，一旦致身清美，入侍禁近，赋命诚非薄矣。卒龃龉于时，人方齿冷，宜其焚弃笔砚勿复为。顾仍为之不已，则笑之者亦不已也。”此集中诗不外应制，唱和，题画送别之作，有不少未收入《曝书亭集》。竹垞少年为抗清义士，晚岁为清廷贵官，弃早岁激昂慷慨之作，辑后来无聊篇什，题集名为“腾笑”，不能掩其自责忏悔之情，此序可以视为同时侪辈抑塞心情的自状，是有划时代的意义的。

这一时期出现了不少精刻本书，也就是通称软体字的精刻本。有名的有林佶写刻三种，顾嗣立的《书馆闲吟》十卷也是林佶写刻的。惠周惕的《研溪先生诗集》和《诗说》是“小门生长洲王薛歧谨录”付刻的。秀媚无俦，不愧为雕版艺术精品。康熙中杨希洛刻王皜手书付刊的白朴《天籁集》二卷附摭遗，也是典型的精写刻本。字体秀挺，雕工精妙，朱竹垞序及孙大雅等题词均手书上板，精妙非常。

康熙雍正乾隆三朝内府也刻了大量的精本书，如《康熙字典》《雍正朱批谕旨》等，铜活字本有陈梦雷《古今图书集成》一万零四十卷，武英殿聚珍版（木活字）丛书一百三十八种。不过流传不广，除字典外大都深藏内府，影响甚微。可是到了二十世纪三十年代，情形大变了。鲁迅先生说：“但《东华录》《御批通鉴辑览》《上谕八旗》《雍正朱批谕旨》……却好像无人过问，其低廉为别的一切大部书所不及。倘有有心人加以收集，一一勾稽，将其中的关于驾御汉人，批评文化，利用文艺之处，分别排比，辑成一书，我想，我们不但可以看见那策略的博大和恶辣，并且还能够明白我们怎样受异族主子的驯扰，以及遗留至今的奴性的由来的吧。”（《买〈小学大全记〉》）

鲁迅先生告诉我们这些内府刻书的价值所在和使用的方法，不久以前好像也有人对雍正谕旨做过研究，可惜的是这些宝贝在近年几场浩劫中多已化为造纸原料或灰烬了。

四

乾隆一朝，中国的读书人除了钻进科举考试的圈套以外，又饱受了文字狱的镇吓，无可奈何又寻到了另一个逋逃薮，躲入“学问坛”里去避祸，这就是考据学兴起的诱因。雕版业也因之大为兴旺，涌现了不少有名的刻本，颇有百花齐放的态势。

开风气之先的还不能不属康熙中徐乾学为纳兰容若刻《通志堂经解》一百三十九种，恭楷写刻，巨帙精雕。衍为一时写刻风气。稍后，乾学又为纳兰刻《通志堂集》，写手刊工全同，为一时名书。乾学自己的《憺园文集》，也属此种风格。明珠、乾学势败，《经解》被弘历攫为己有，改题《御制补刊通志堂经解》。乾学集初刻成即死去，丧中赠人数十部，有人加以指摘，家人遂不肯再出以问世，所以流传不广。这是清初刊书与政局变化相关的一例。

康熙四十四年，曹寅在扬州建立“诗局”，网罗名士编刻《全唐诗》，煌煌巨帙，通体写刻极精，给同时雕版以甚深影响。曹寅更刻《楝亭五种》《楝亭十二种》，同为“诗局本”的代表作品，始开辑刻古逸名著风气，这是曹寅留给后代影响深远的文化建设遗迹。

康熙末嘉定陆廷灿刻书不少。除《王常宗集》为写刻精雕外，尚有《艺菊志》《续茶经》《南村随笔》《孤山志》等，都是宋体字刻，校刊甚精。《续茶经》中茶具图，都从明刻茶书中翻雕，《艺菊志》前更冠以御制一页，朱印，亦是别格。

雍乾中鲍鉁也刻书不少。鲍鉁是长兴令，与金农、姚世钰等友善，也是一位旗下人而能广交一时名士的人物。虽官位不高，风气不广，不能与曹寅比，但两人的作风有相似处。所刻《汪氏说铃》写本精刻，与旧本丝毫不爽。所刻宋体字书，凝重大雅，如《茶山老人遗集》《孔堂初集》《雪泥鸿爪录》等都有俊逸亭、前度轩刊书牌记，自刻诗文杂著也都精好可观。

嘉善曹廷栋著书颇多，自刻传世。他的书多用宋体字，书法厚重，与一般乾隆刻不同。《逸语》可为代表，用桃花纸精印，绝可爱玩。他还有《昏礼通考》《老老恒言》《产鹤亭诗》诸种，诗稿陆续刻成，直至九稿。中有“魏塘纪盛”一种，是咏嘉善一地风俗风物的竹枝词。

金农自刻诗文集，用仿宋体，倩名工抚刻，用宋纸模印。《冬心先生画竹题记》，款属“金陵汤凤仿宋本字画录写”，在同时仿宋刻本中实为白眉。又有《冬心先生续集自叙》一种，为丁敬手书上板，精绝。诸集流行绝罕，徐康《前尘梦影录》曾记其事。曾见徐乃昌旧藏冬心集五六种，皆用旧纸开花纸印，有冬心自钤名印，真惊心骇目之书。后归郑西谛，今在北京图书馆。雍乾之际，扬州民物丰阜，盐商巨贾多好风雅，冬心生活在如此环境中，卖画为生，同时也做文玩交易，他善制各式灯彩，又喜旧砚，有《砚铭》一卷，看来也是他经营文玩之一端。难怪自刻小集，也肆意求精，终以雕版印刷的极高成就留存于艺术史中，绝非偶然。

一时名人自写付刻诗文集也成为风气，汪士慎的《巢林集》就是自书上板的，也是精致的作品。朴学家江声用小篆字写自著《尚书集注音疏》，刊成于乾隆五十八年。郑燮自写《板桥诗集》刊板，也是一时名作。黄子云自写刻《长吟阁诗集》《野鸿诗的》则杂以行楷，较端整的软体字刻更多别趣。同样以行书上板的还有陆钟辉的《放鸭亭小稿》。陆是乾隆中扬州有名的盐商，喜风雅，所刻《笠泽丛书》《南宋诗选》都极精工，他刻自己的诗文集却用行书体，则是以别格自见也。乾隆中平湖沈彩《春雨楼集》也是作者手书上板的。以簪花小楷书成，精刻以行。她还喜欢在卷尾自缀小跋，风神绝世。曾于郑西谛处见此集的桃花纸初印本，钤有“青要山人”小印，真是书林妙品。

乾隆刻查为仁《蔗塘未定稿》系杭州词人陈皋手书上板，楷法精熟，姿媚横生，刊工亦佳，桃花纸精印，为书林妙品。我曾见皋自写词集原稿，与查集一般无二，始悟此书写样亦出其手。查集凡七种，外集五种，全书不易得，藏书家得其零种亦珍重收藏。

乾隆戊寅静致斋刻《橘巢小稿》，是长洲王世琛的诗文集，通体由孙男邦誉写成付刻。恭整端丽，为苏州刊书精本上选。用罗纹纸模印，更增雅趣。世琛是清代苏州状元之一人，是以叶昌炽重视此书，加以著录。不愧为中吴文献精品。

嘉庆苏州石契斋用颜体正书刻书，精妙非常。所刻有徐坚的《茧园烟墨著录》和《许氏巾箱集》，都有沈钦韩叙录。余集手书上板的《续夷坚志》，由大梁书院刊行，也是著名的书。道咸中吴熙载喜为友人写样，早年所写有孔继鑅的《心向往斋诗集》，精丽飘逸，不异佳帖。晚年所书少率易，也多有姿媚，如《栖云山馆词》等皆是。

五

乾嘉以还，朴学之风大盛，考据家辈出，在雕版业中别起翻雕宋元旧本之时尚。其中代表人物有黄丕烈、顾广圻、鲍廷博诸人。鲍以文刻《知不足斋丛书》，用宋体字巾箱小册。所收皆精校重刻不经见的秘册。鲍氏早年还刻过大本精雕的《湖山类稿》《水云集》《九灵山房集》等，则多不为人注意。以文据旧本重刊宋遗民汪水云诗，旧本残失处仍留空白叶，不失原书面目，可见其刊书态度忠实。

黄丕烈所刻《士礼居丛书》，都据古刻旧本，敬谨翻雕，是一时名重的书。他刻书多得顾千里之助，精校以行。千里后更为孙星衍、张敦仁、胡克家、秦恩复、吴鼒、汪士钟等校刻古籍，所据多为宋元旧本，精摹覆刻，别附校记，形成清代整理古籍的显著特色。

黄丕烈除自刻“丛书”外，还代友人刻书。他为戴光曾刻万年少《墨表》，精写付刻，是墨史中名著。又代云间沈氏刻《四妇人集》，都据宋明本旧钞翻雕。刻本之精，一时无两，更用桃花纸抚印，纸墨晶莹，夺人目睛。丕烈自藏宋本《梅花喜神谱》，曾借袁寿阶摹写一本，后由云间沈氏歗园覆刻，于嘉庆辛未刻成，亦荛圃代为经营，是为此谱“古逸丛书”影印之前唯一覆本，有“侨吴七十老人魏塘夏天培镌”题记。用桃花纸精印，亦雕版中精品。后又刻《静好楼双兰记》，传本更稀。

乾嘉以还，在金陵、苏州、杭州出现了不少著名的刻工，如金陵的顾晴崖，曾刻《餐花吟馆词钞》，穆大展；苏州的许翰屏，曾写刻李佩金《生香馆诗词》，有牌记云“长洲许翰屏仿宋书，周宜和董刊”，也是十分精美的本子。江宁刘文奎，曾刻汪中的《述学》，杭州爱日轩陆贞一，刻书甚多，大半精好，如丁敬的《砚林诗集》《绝妙好词笺》、魏谦升《翠浮阁词》等，兼用宋体字与写刻，各极其妙。过去一般通称写刻本为精刻本，以别于宋体字书。其实后者亦多精刻佳本，不让写刻。浙江一隅，从朱彝尊等的《浙西六家词》，至厉鹗的《秋林琴雅》（康熙六十一年无尽意斋刻），都是极工整而秀雅的刊本。到乾隆中，赵一清的小山堂刻《水经注释》、厉鹗的樊榭山房刻《宋诗纪事》，都是煌煌巨制，而通体清整，自然大雅，代表了浙刻传统风貌。实在也不能不称之为精刻善本。扬州有砖街青莲巷内的柏华升，也是有名的刻字铺，曾刻陈逢衡的《山海经汇说》，字体瘦劲，别有淮上气息，为苏北刊书后劲。张子野的《安陆集》可为精刊代表。

乾嘉以还，名作叠出，传世稀见者有沈彤的《果堂集》和《周官禄田考》附《释骨》，王鸣盛的《西庄始存稿》，王宗炎的《晚闻居士集》，张鉴的《冬青馆集》道光原刻，赵一清的《东潜文稿》小山堂刻，沈钦韩的《幼学堂集》，法式善的《存素堂集》初二刻，沈大成的《学福斋集》等，都为藏书者珍重，是清代雕版极盛时的代表作。

六

道光季年，雕版业已呈衰颓之势，到太平天国起事，更遭到邻近毁灭的厄运。江苏、浙江、安徽一带所受兵燹最重，出版中心不复存在，书籍文物荡然无存。实在是一场文化巨劫。其幸而留遗的也几经流离转徙，清末著名的藏书大家有的就是收拾劫后余烬而得名的，如海源阁。古书如此，新刻尤甚。因此道光咸丰两朝的刊书流行最少，其罕遇难求较乾嘉尤有过之。试举一例，瞿中溶的《奕载堂文集》，是道光辛卯开雕的，卷首大题卷一，但无卷二以下诸卷，版心只题文集二字，叶数亦墨钉。当是刻而未成之书。中溶为钱竹汀女夫，学问湛深。卷中有《刘河记》一篇，附精图，考定吴淞水系甚详悉。是非无用之书，而遭难版毁，流传稀若星凤，为道咸刊书罕见者。

道光中更有乌程范锴，刊书多用奇字，别具一格。范君著作繁富，旅居汉口，其著书多由汉口梅氏付雕。所著多有关史实，“杂笔”中收有河东君传，为顾云美撰。此传今存四本，陈寅恪独取范锴本，以为最胜，可知范著真价。范锴在所著《浔谿纪事诗》（道光乙未刊）后序中记：“汉口剞劂氏梅玉谿善碑刻，其尊甫春华老人与余相交有素……乙未春玉谿来言，近有写样者，颇识偏傍，不致写俗体字。余因以稿本付之……八阅月始返，而诗刻已竣，似篆非篆，无可更易……姑存成事，阅者幸勿讶其怪诞。”是范氏亦自知刻书失误，然其后所刻诸书，一仍旧贯，是更深喜之矣。范锴著书尚有《苕溪渔隐诗稿》四卷、《感逝吟》一卷、《花笑庼杂笔》六卷（道光廿四年，锴年八十）、《汉口丛谈》六卷（道光二年）、《幽华诗略》四卷（道光廿一年）、《蜀产吟》（道光十六年）、《苕溪渔隐词》二卷（道光十四年）等诸种，传本均稀。

道咸间又出现了一位刻书名手——海宁许梿。刊刻之精，校订之勤，以及纸墨装池，在在都极用心。在黄顾之后，太平天国兵燹之余，为晚清继起的一刻书大家。他的著名刻书《六朝文絜》，是自己手写上板的，有墨印与套朱两种印本，后者于卷中圈掷及书眉评语，都套印朱色，精整已极。初印本用开花纸印，更是精彩纷呈，悦目赏心，实在是雕版艺术精品。此书后有翻雕本，但精彩远逊，更无论广东套印李商隐诗之类，婢学夫人，更是自郐以下了。许梿所刻尚有元李文仲《字鉴》（道光五年）、《笠泽丛书》（嘉庆己卯）、《古均阁宝刻录》（咸丰八年）等。他还刻过政书如《刑部比照加减成案》三十二卷又续编三十二卷，道光中刻巾箱小册。虽是卷帙繁多，但刻来一丝毫不苟，和咸丰中刻的《洗冤录详义》都精整可观，原书封面也一并刻成，详著门类，以便读者。可见刻书家的用心。此外还刻有《赵书天冠山诗帖》，则是与朱钧合作的。双钩原迹，也是极精之作。《钞币论》，也是他自撰但用许楣名刊布的。咸丰八年更刻有《古均阁宝刻录》，是他手摹宋拓夏承碑并加释文之书，显示了他金石家的本色。许梿为师友所刊遗集尚有许谨身的《师竹轩词钞》

和蒋夔的《青荃诗集》，都刊于兵火仓皇之际，但也一丝不苟，精整可观。

七

晚清是学术中衰的时期，少有大师级的人物出现，但乾嘉以来丛书刊刻的风气却更发扬光大。《别下斋丛书》《涉闻梓旧》等开其端，缪荃孙继其后，他为盛宣怀刻《常州先哲遗书》，为刘世珩刻《聚学轩丛书》，为张钧衡刻《适园丛书》，都是大部头校刻精善的。他自己也刻了《云自在龛丛书》《烟画东堂小品》等，效法蒋光煦的遗风，收罗流传有自的钞校稿本，保存文献，起了很好的作用。罗振玉又刻《玉简斋丛书》等，方法并同，且试用珂罗版影印秘册，尤有特色。王鹏运刻《四印斋所刻词》，继汲古遗风，广搜善本，精校刊行，是词学一大结集。此种风气到民国初仍未消歇，吴伯宛刻《双照楼所刻词》，更选用宋元旧本，抚刻以行，较王半塘更进一境，后由陶湘续刻卒成，用佳纸精印，为一时名作。晚清雕版业得此诸种以殿之，也可以说是一种光荣的结末。

二〇〇二年七月十六日

清初刻《樗亭诗稿》

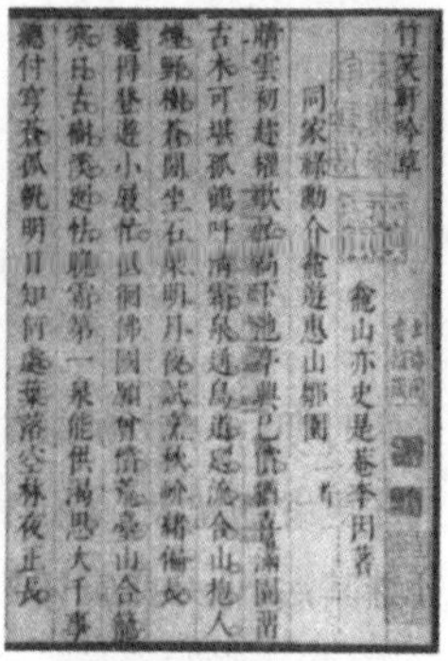

清初刻《竹笑轩吟草》

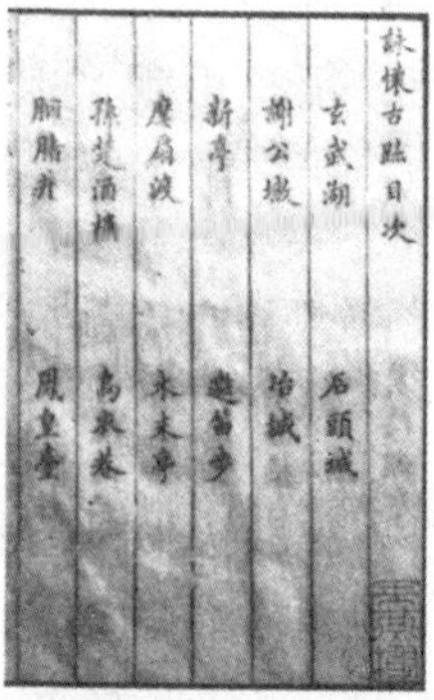

清初刻《咏怀古迹》

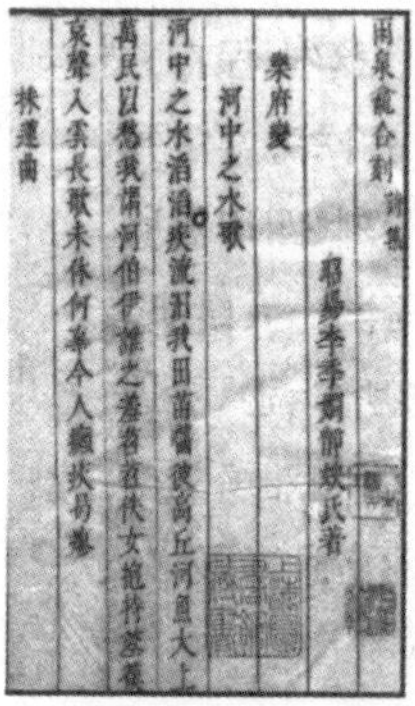

顺治刻《雨泉龛合刻》

顺治刻《咏怀古迹》

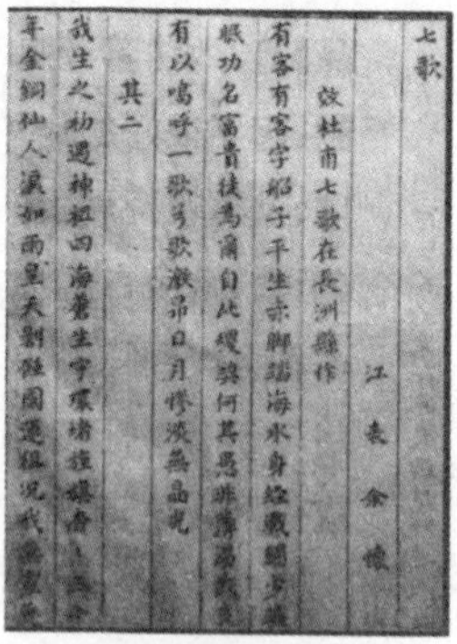

顺治刻《七歌》

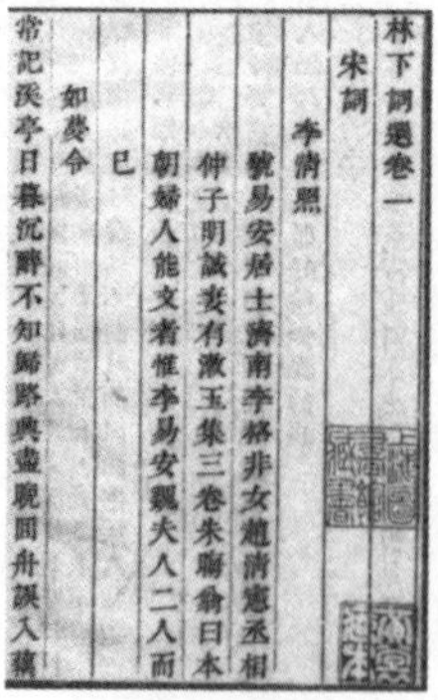

康熙刻《林下词选》

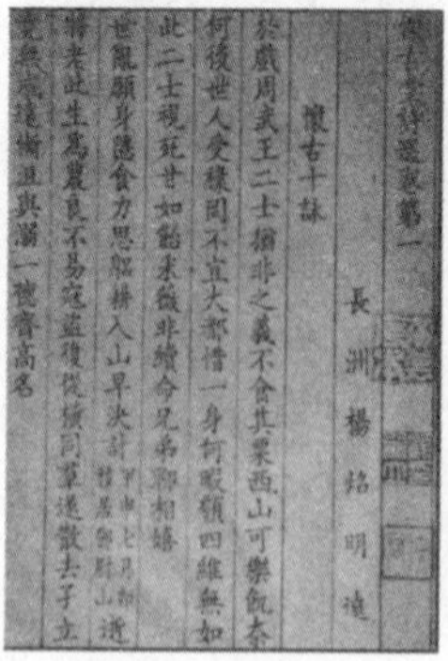

康熙刻《怀古堂诗选》

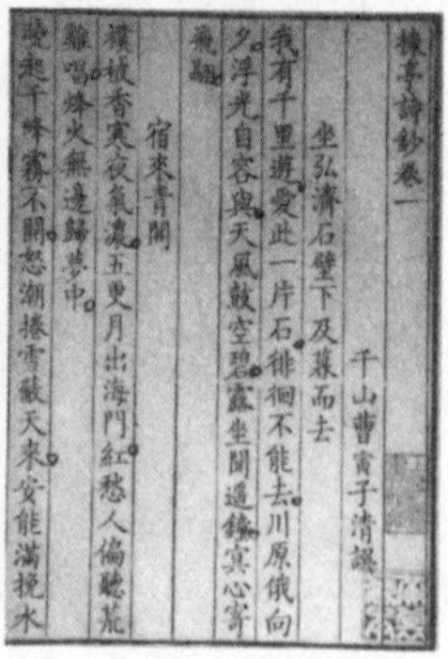

康熙刻《楝亭诗钞》

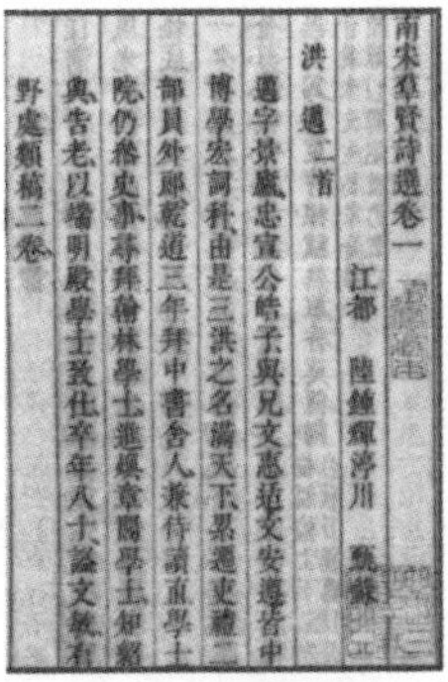
雍正刻《南宋群贤诗选》

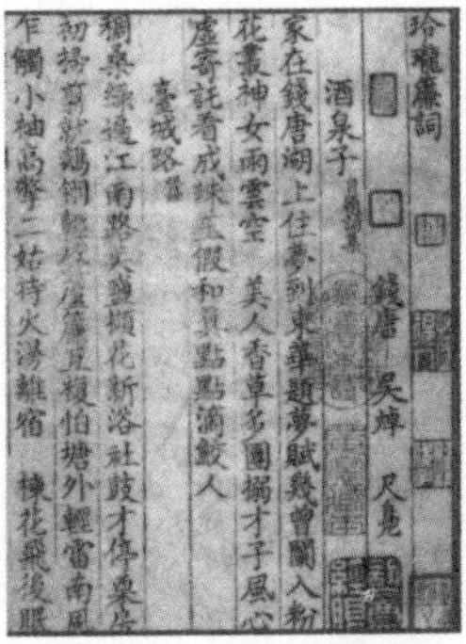
雍正刻《玲珑帘词》

乾隆刻《东潜文稿》

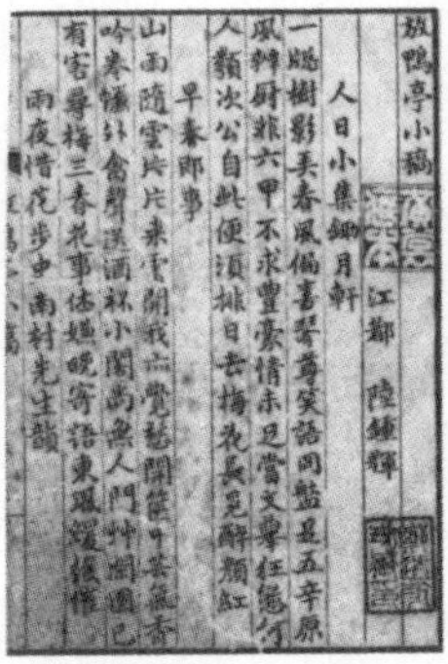
乾隆刻《放鸭亭小稿》

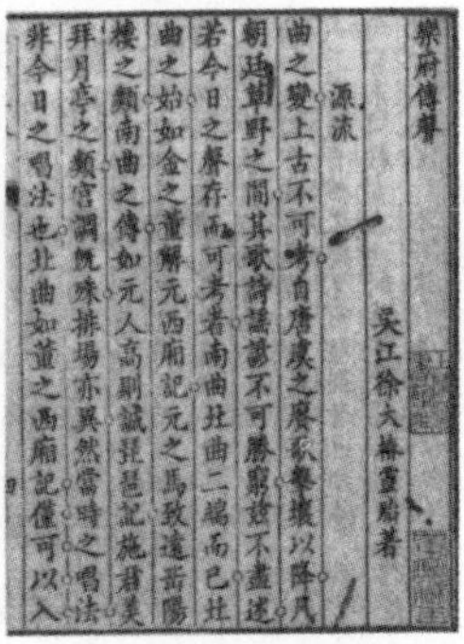
乾隆刻《乐府传声》

嘉庆刻《四妇人集·薛涛诗》

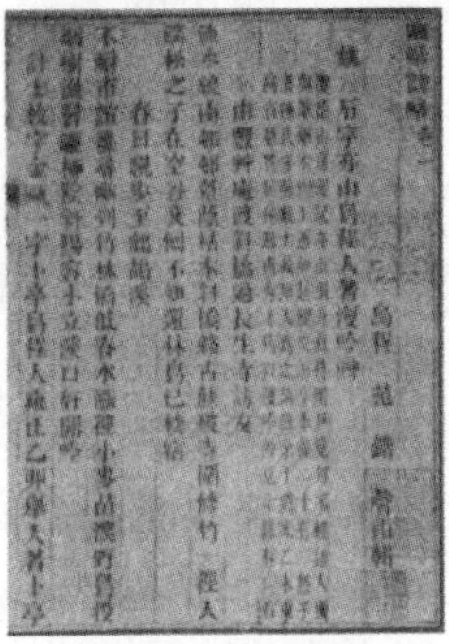
道光刻《幽华诗略》

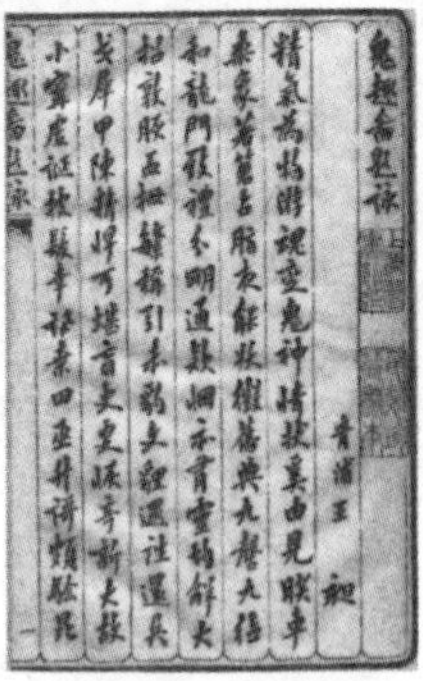
咸丰刻《鬼趣图题咏》

插图的故事

李三郎照镜子

唐明皇生活的放荡是出名的。自然没有什么人敢给他提意见，但是例外有时候也是有的，比方当时有一个著名的贤相——韩休就是。

韩休是个耿直敢说话的人。唐明皇对他非常头痛。每逢在宫里吃喝玩乐，到后苑去打猎，玩得高兴的时候，总要问问左右的人："韩休知道了么？"往往话还没有说完，韩休的谏疏已经到了。唐明皇有一天站在镜子前面，看着自己的脸，非常不高兴，话都不说了。两边的人凑上去说："自从韩休作了宰相，皇上可比从前瘦得多了。为什么不赶走他？"唐明皇说："我虽然瘦了，可是百姓们一定都胖了起来。过去的宰相萧嵩永远顺着我的意思办事，可是我回去总睡不安稳。韩休就不同，他总是跟我争，可是我倒睡得挺舒服。"

这个故事很有名。唐人有一首七绝，也谈到了这个故事。全诗的后两句是："九龄已老韩休死，无复明朝谏疏来。"诗里说韩休的谏疏要等第二天才来，比"养正图解"故事里所说当场就到，要稍微迟了一些了。

插图里的唐明皇在照镜子，一脸的不高兴，很能传出那内心的矛盾来。李三郎说他的不打算把韩休赶走，是为了天下的百姓，那自然是鬼话。这是一个还不能算十分愚蠢的皇帝，他很知道，韩休虽然讨厌，到底对他皇帝的宝座的巩固还是有好处的。这就是他晚上睡觉能够睡得安稳的原因。好像锅炉上装了一座安全瓣，里面的水尽可随意翻滚，反正到了必要的时候，安全瓣就会叫起来，总不会出大毛病。等到“九龄已老韩休死”以后，安全瓣没有了，锅炉终于炸掉拉倒。李三郎在四川夜雨闻铃的时候，恐怕不仅想起了杨贵妃，也还会想起这样的旧事来的吧。

构图的简单，也是“养正图解”的一个特点，这也是版画还没有进入成熟阶段时一般的情况。画家只用窗口的一角桅栏，就说明了宫廷的环境。右下角的石头和花草，使整幅画面得到了稳定。这种素朴的环境，不同于晚期作品的偶然运用空白的章法。两者之间是有着非常明显的差异的。

一九五七年七月十七日

爱惜郎官

汉明帝的女儿馆陶公主在父亲面前替自己的儿子说情，要放他做一个郎官。明帝不肯，只赏了他一千万钱。明帝说，郎官虽小，可是也是天上的星宿（传说天上太微垣里有二十五颗星，叫做“郎位星”）。到了外面，起码也是个县官，要管百里地方的百姓。这可不是随便的事，所以办不到。

画面里只有六个人物。从公主的脸上，分明可以看出那不高兴的样子来。汉明帝正在说服她。跪在地上的就是她的儿子了。

馆陶公主的服饰和脸型都很接近唐代仕女画上常见的女性形象，这是很值得注意的事。中国的仕女画，不知道从什么时候开始，盛行一种以柳腰蛾眉为美的标准的风气。就我们所悉知的，明朝的仇十洲就是画这种美人的大师。仇的影响很不小，清朝的画家接受了他的传统，直到清末，像费晓楼、改七芗这些画家就都是如此的。这几乎已经成了规范了。但在明代的画家里，继承了唐人画风的也不是没有。像唐伯虎的《孟蜀宫妓图》就分明是唐代仕女的形象。明末的陈老莲更是一个突出的例子。陈洪绶笔下的女性，从造型以至衣饰，都接受了唐画的传统。可惜的是这样的画风，没有流传下来。我想，这和晚明的时代风气是不无关涉的，在那个颓废的时代里，很自然地会保留了病态的而舍弃了健康的。在各方面都不例外，在美的标准上自然也如此。

丁云鹏是明代有名的人物画家，从他笔下的女性形象看，也可以证明在明代中叶，画人所画的女性，也并不完全是仇十洲笔下的那一路。

一九五六年八月一日

七夕私语

这一幅描写的是唐明皇和杨玉环爱情生活中间重要的场面。唐代大诗人白居易在《长恨歌》里，就着重地描写过它。“七月七日长生殿，夜半无人私语时。在天愿作比翼鸟，在地愿为连理枝。”清代剧作者洪升的戏曲，也是用“长生殿”为名的。

这个场面，是杨李爱情生活的巅峰。“鹊桥密誓”以后，没有多久就是“惊变”了。渔阳鼙鼓动地而来，杨玉环终于为唐明皇“赐死”了。

这里，不禁想起鲁迅先生曾经谈到的一点。他说，鹊桥密誓，应该是杨李爱情生活破裂的一种征兆，他们为了弥缝这已经不稳定了的爱情，才不得已用“密誓”的方法，做人为的补救。这个说法初看似乎新奇，但实在却是极有可能的。

李三郎（明皇），杨贵妃，能否始终如一，那是谁都不能肯定的。在封建帝王的眼中，女人不过是玩物，而玩物却是多多益善的。也决不可能想象能有一生一世玩不厌的玩物，不论它是怎样的有吸引力。

梅妃，就一直是杨玉环爱情上的劲敌，在《贵妃醉酒》里，就直接描写了她们之间尖锐的矛盾。应该记得，这种矛盾是在杨玉环“宠在一身”的阶段里发生的。

因此，完全有理由相信，李三郎和杨玉环的爱情生活，到了近于枯竭、临近危机的时候，不能不借重于“密誓”“钿盒金钗”的信物来加以巩固。而后来情况的发展，也正足以说明这个事实。在马嵬驿里，六军不发了，一定要处死杨贵妃，身为天子的李隆基，终于拿她做了牺牲。不论舞台上的小生演员，表演是多么真挚，哭天抢地，死去活来，但是最后还是把她交出去了。

这一幅插图有着相当高的成就。环境的衬托很出色，人物站在宫殿高处的露台上。用一抹云雾和下角微露的殿顶，表现出露台的地位之高。植物的选择也突出了秋夜的气氛，芭蕉、松树和两株秋柳，都带给读者一种秋意。李三郎所穿的衣服，和他们偎依的姿态，也都说明这是秋夜。是"已凉天气未寒时"的秋夜了。

人物的姿态，他们遥望"牛女"星切切私语的神情，都极生动。

有一个有趣的小问题。古代版画表现星星，双星之间必有一条直线。用意可能是引起读者的注意，不然，天空中突然有几点星星，是不会使人看到的。同时，在木板上，这样处理也较易保存，不然，一点微星凸出于板面上，是极易于碰坏损伤的。

一九五六年八月十二日

太真遗照

《太真全史》六卷，明裘昌今编。明朝末年崇祯中"读书坊"刻本。

这是一部辑录有关杨贵妃的历史、故事、传说、题咏诗词而成的书。是明朝书坊中编辑刻行的，是当时的通俗故事之类的书籍。前面附有图像十六幅。刻工相当精致。不像徽派版画那样的工细，但是整体的结构却生气勃勃，不像徽派版画那样的沉闷，应该说是有着更深厚的生活气息的作品。

书前面有一张“太真遗照”，是杨玉环的画像。题“伯虎唐寅写”。这可以断定是假托的，不但字体瘦劲，不像唐子畏的笔迹，而且题属的方法也不合。实在因为唐解元的名气太大了的原故，所以书坊里有机会就一定要借重一下。这样的例子不少。曾经见过另一部书，前面的序文就题着“吴趋风魔解元唐寅撰”。唐伯虎不论怎样“风流”，大抵总不会自称“风魔解元”吧？

这种地方也可以看出明朝末年的出版业经营方式的面貌。广告性的成分已经占着相当重要的地位了。

至于杨贵妃的画像，当时的真容自然不曾流传下来。不过通过作家的记载，也还约略可以得到一些印象。一般人都说她是颇为丰腴的，与赵飞燕作比，有“燕瘦环肥”的说法。所谓“肥”，大抵也就是丰腴，并不可能是怎样胖得像泥阿福的。我们今天可以看到敦煌唐画里的那些贵妇人，大抵也都是丰腴得很的。可以推想，唐代的女性美一般都以健康的、肌肉丰匀的为理想；“弱不禁风”之为美人，那恐怕是宋朝以后才流行起来的观点。

这里的一幅画像，不用说，那头髻的形式就不对。不是那种“云鬓高髻”的“宫样妆”，而近于梅兰芳先生创造的“古装头”了。这也难怪，明朝的通俗读物画家，不可能看到真正的唐画或敦煌壁画，只能以当时流行的装束、人物为范本。我们今天看来，当然决不能拿它来当作真正的唐代人物。可是当作明代的人物，大体上是不会错的。插图的重要参考意义，在这里也充分地表现出来了。

画像四周的花边，也是一种普遍流行于晚明的装饰性图案。那花样真是多得很，这里只是比较素朴的一种而已。

一九五六年八月十三日

王魁与桂英

王魁与桂英的故事是流传悠久而又为人民所喜爱的民间传说之一。在戏曲里，表现王魁与桂英故事的就有不少。

明代的传奇里有《焚香记》二卷，是完整地表现了这个故事的。这是昆曲。直到今天，零折的“阴告”“阳告”还流传在地方戏的舞台上。如“川戏”，今天就仍旧保留着这样的节目。电影里最近也还出现过《孽海花》。

更著名的是近代赵尧生先生所撰的川剧剧本《情探》。这只是单出的折戏，集中描写“活捉王魁”一场，对王魁和桂英这两个人物的内心变化做了深刻的分析与表现。是受到热烈欢迎的作品。

《情探》里写桂英痛恨王魁。可是并不一开始就直截了当地前来“捉”他。她还有幻想，她十分珍惜已经失去的爱情，希望还有恢复的希望。她用尽种种方法打动负心的王魁，用往时的恩爱说动他。

有一些到现在还流传人口的词句，如桂英提到当年恩爱，以及王魁赴考以后她对他的怀念时，她唱“书儿、纸儿、笔儿、砚儿，件件般般都有郎君在”，“望穿秋水，不见你一书来”。真是如实深刻地挖掘了少女的心情。难怪王魁也后悔了一下，在他决心昧了天良抛弃桂英之前，也还动摇了一下。真实，这才是真实，不仅“花容月貌依然在”，她这种曲曲柔情，怎能不叫像王魁这样的负心人也“柔肠寸断”呢！

桂英姓熊，是宋朝时候的妓女。这本是只见之于传说，不一定真有这样的人，更不一定是她的真实姓名。然而，《青楼韵语》里居然出现了她的一首绝句，编在卷二“离别”类里，题目是“送王魁”，署名“桂英”，诗云：

灵沼文禽皆有匹，仙园美木尽交枝。
无情微物犹如此，何事风流言别离。

现在自然用不到去考证这作品的真实可靠性。这是写别离，也就是写桂英送王魁进京赴试时的心情的。根据诗意有一叶插图。

插图描写一对即将分离的情人在野林里告别。画家尽情地渲染了“灵沼文禽、仙园美木”的环境。丰厚的笔墨给读者带来了森森蓊郁的印象。“尽交枝”，不单是左面两棵树的交柯，更由紧密交杂的林荫表现出来。一对情人的依恋不舍，握手交视，和环境的气氛是十分和谐的。

“灵沼”应该是湖泊，但作者却并不正面表现它，它在画幅上方的远处，在人物近旁的是湖泊的支流。用一条小桥写出了离别的气氛，所谓咫尺天涯，过了桥就是别离了。而作匹的鸳鸯，也就正安排在桥边的溪水里。

放下了琴书卷轴在桥边蹲着等候的小童，也增加了别离的情调。说明这对情人的会晤并不是平常的幽会。

在《西厢记》的插图里，我们看到过表现别离的“长亭”，有车，有马，那是一望可知的。现在，就用另外的方式加以表现，达到了充分说明主题的目的。在这种地方可以看出古代插图作家的意匠来，在选取新颖的表现手法时，付出了怎样的思想劳动。

刻工是出色的。他完整地表现了这幅典型的水墨画，连笔锋、气势都保留下来了，但却不曾尽去“刀痕”，有浓郁的木刻画风格。

一九五六年九月五日

文潞公轩诗

明朝的“书帕”风气极盛。士大夫为了表示自己是风雅人物而且重视文献，到任之后，一定要刻上两部书，拿来送礼。如果要送钱，也可以和书一起送去，银票就夹在书里。表面上是送书，其实是连钞票一起夹带进去了。这样不但没有行贿的痕迹，而且风雅得很。比起《四进士》里的田伦，“三百两银子压书信”，用一只酒坛子装到顾读家去，事机不密，被宋士杰看穿，弄出一场大祸来，那实在是高明得多了。

于是，就引起了后人“明人好刻古书而古书亡”的慨叹。因为刻书的人，并不是想流传古籍，只能草草了事，乱刻一通，这样就难免要错误百出，不堪卒读了。

这样刻成的书，也有一些是比较有意义的。比方说，刻地方志，刻风景古迹、人物志传的也有。这种书就往往能保留当地地方文献，在人文地理科学上有一定的价值。明代一朝所刻的这一类书，数量很大。

《文潞公轩诗》三卷，翼城王泰编辑，就是这样的名胜志书之一。成化二十二年（一四八六）山西刻本。这部书是纪念宋朝的文彦博的。文彦博在宋仁宗天圣六年（一〇二八）到山西翼城县做知县，在河边造了一座休憩用的亭子，到了四百多年以后，亭子还存在，亭子的大梁上还留着他的亲笔题字。于是就有很多风雅人物写了很多题咏。王泰是翼城人，就把这些诗文抄集下来，刻成这一部《文潞公轩诗》。

原书前面附有一幅插图。这是一张山水人物图。刻法极为古朴，比起晚明的雕本来，在技巧上当然差得很远，但是时代却要早近两百年。明初刻本里的版画是极少见的，而且这书刻于山西，是明代北方早期版画的代表作品。要研究明代版画的发展史，这就成为大可珍惜的资料了。

这是一张“鸟瞰图”。好像是坐在飞机里拍的照相。既要表现山川风物，又要着重地写出“轩”来，所以才设计了这样的表现手法。

一道城垣横隔在画面三分之一的地方。把较大的地位留给山水。城外是一条护城河，河的对岸是山，河边、山上，零落地布置了一些树木，河身中间还有着洄澜。这都是简单地用传统山水画法勾勒出来的。

至于那个亭子，就写得比较仔细。台阶上的雕刻、屋顶的装饰，都比较详细地描写出来。最有趣的是坐在亭子里面的人物，那悠然自得的神情，的确很生动。人物虽然穿着朝服，却分明并不在处理公事，而是悠然地在欣赏风景。案上放着纸卷，大概是在作诗，构思。

右下方的空白，用几枝疏落的竹丛补足了。自然这不是写实的，但却安置得恰好，有浓郁的传统山水画的风味。

刀法是古拙的，但却表现出画家的笔意。特别是那几笔竹枝，表现得很好。看了这样粗犷的初明版画，再和晚明细腻工致的作风对比一下，就可以看出两百年中间这种艺术有着怎样的发展、进步，这条路是漫长艰苦而又丰富多彩的。

原书在清初旧藏“怡府”，有“明善堂”印记，各家书目都未曾著录，可能已经是孤本了。

一九五六年七月二十三日

关于《梦雨斋题跋》

（外一篇）

三十多年前我从干校逃回，住在家里，美其名曰“养病”，过着“闲适”的日子。书被抄得一本也不剩，只承恩放免没有字的旧纸还有一大堆，于是就利用破笔旧墨，写字消遣。写些什么呢？还是回忆被抄去的藏书较有兴趣，而且材料也多，不愁匮乏。不久就写成了一册，手自装订。最近又找出来看，所用纸是红格旧笺，版心上题“咸丰辛亥岁制”，下题“少廉氏仿古”，所收书凡四十五种。前有自写题记：

> 三十年来每得一书，辄为题记，未尝汇录也。壬子（一九七二）秋日，群书既去，乃悔之。因检其有存稿者，少少录之，成三册。大抵只三十分之一耳。然则全稿诚富矣。尚冀他日可补录而为全书。以视荛夫之题跋，不知何如。必不免为通人所笑矣。梦雨斋者，三十年前偶治一印，取玉溪诗意。印材不佳，而印人为许伯遒氏，刻元人朱文绝妙，今此印亦随群书俱去矣。甲寅冬十月

廿二日，黄裳记。

卷尾有跋：

此本原订三册。今晨发兴重装，以乾隆高丽笺为衣，楚楚可爱。饭后重阅一过，虽无甚发明，然颇异于黄缪诸君，意在使故书增价者。后之览者知之。甲寅十月廿二日，严寒炙砚书。

甲寅是一九七四年。两跋对写这些跋尾的缘起、写法，已说得颇明白。跋中所记得书经过，书坊情状，版刻纸墨，个人感慨，有如日记，与旧时藏书家的著作，颇异其趣，其实只不过是另一种散文而已。就连我素来看重的黄荛圃，也明知不是一路。幸还是不幸呢？三十年后，有朋友说到拙文，戏称之为“黄跋”，不料竟引起了一位“藏书家”的“义愤”，认为比拟不伦。其实用不着“义愤”，论藏书时代，藏品质量，藏书趣味，二者相去何止霄壤。以时代风习而论，黄荛圃重视的是宋版元钞，对明代浙东藏书家天一阁几乎就不着一字。当然他更无缘看到天一阁的几度劫难，终得幸存的事实。我则幸而从来青阁民国初年积存账册中得见收购大盗从阁中盗出阁书的底册，校以赵万里所作毁于日寇的涵芬楼所藏阁书，海日楼藏书底册……并自见诸种，校成一帙“被劫书目”，虽不完不备，也不失为一种藏书掌故。这是与苏州派藏书家异趣的实例，也是藏书风气变迁的实例。

幸还是不幸呢？我在后跋中所说异于黄缪（艺风）诸君意在使故书增价的一节，后来也竟成为一种口实。我的意思是在跋尾中对书册的缺点，并不讳饰。是完本还是残本，是否经书估做了手脚，染纸充宋，割裂序目以充完书，伪刻牌记，以缺为完，题跋藏印的真伪……都一一说明。当然这不是卖书的广告，何况当时藏书已扫数被“按政策没收”，即使想做广告又有何用。只是新时代以后，渐有发还抄家物资之说，这时我的一位老友就写信来关说，劝我将藏书全部捐献，后又劝说可由图书馆价购，都被我谢绝了，还请他代为说项，早日发还。这就惹恼了他，后来屡屡作文，说人的藏书有如收存珍珠宝贝，那还是八十年代初，拍卖市场尚未出现，放在今天，他的预言真不幸而变成了“真理”。

近年来写不出文章，每有约稿，无从应付，辄抄书跋与之。而承编者的宽容，时予刊载。集久成册，已有两种问世。鱼目混珠，滥竽于书话之林。且喜我在前序中所期部分得偿，今后有暇，且将续有所作，姑悬一愿于此。又前序所说为我篆《梦雨斋藏书记》印者许伯遒，治印外人称“笛王”，梅畹华演昆曲多请渠伴奏。谢世久矣。

二〇〇四年六月十七日

记姚华小笺

十年前偶得小诗笺两盒于荣宝斋，姚华茫父所制也。每叶取梅溪词意写之。凡八种，今只存全份一束而已。此笺不可再得，原板亦早不存。其笺小样，设色亦朴素无华，遂不为人所知。鲁迅先生集印《北平笺谱》时殆亦未见。遂未得著录，亦不幸也。茫父作此，颇用心力，其小跋云“不啻鲁公书小字麻姑仙坛记”，是甚自喜。又自云“折衷于明人习气与荒率之间”，可见命笔之时，自有矩矱，刊之于《北平笺谱》中，亦不失为上乘之作。当日厂肆此类小笺，不知尚有何种？今只见陈师曾所拟一叶，乃草草不足观。殆不能集为《北平小笺谱》矣。

茫父于南宋词人中特取邦卿，词意亦多幽怨低回，亦时代气息使然，当时梁卓如辈多集宋词为长联，颇有佳制，亦此类也。今此种流风，歇绝已久，能会此意者，亦无其人，因为拈出。他日有作文艺史者，当取此与谭叫天之京腔、程御霜之逸调同列为旧京文物之菁英，则五十年前之官僚地主阶级文化，略可睹其须眉矣。爰著其目如次，其前数幅盖尤佳制云。癸丑（一九七三）霜降十日记。

一、谢郎日日西湖。

二、想子胥今夜见嫦娥。

三、轻尘外，双鸳细蹙，谁赋洛川妃。

四、记取崔徽模样归来暗写。

买书记趣

朋友见告，最近市上出现了一批有关我的“文件”，有我自己写的交代，“我与夏衍的黑关系”……凡七通，牵涉到吴晗、周汝昌诸位，写于一九六九年一月至一九七〇年十二月。还有就是对我的揭发批判，主题是买卖旧书问题。作者共十三人，写于一九六八年十二月至一九七一年一月。虽未目睹，我相信这些“文件”都是真实的。

自“四人帮”倒台，落实政策以来，单位里已将我写的一大包交代发还给我，并嘱自行销毁，我即已遵命处理了。同时发还的还有我的几十本日记，上面画满了红笔着重线及批语，以及根据批注整理制成的卡片，也是一大包。几经踌躇，也还是将这编制完成的我的“起居注”忍痛处理了。至于今天忽然从什么地方出现了这些“遗珠”，是哪位“有心人”着意保藏下来的，不知道。

自从康生给我下了“以伪乱真，投机倒把”八字批语后，从发还日记朱笔批语中知道，这批语几经传达，到了全一毛耳中，造反派如获至宝，想从这里打开缺口，有的放矢地搜集材料，以为罪证。看搜集材料的主题，如此集中，不离“康批”半步，而外调时运用了怎样启发诱导威胁手段，也是可想而知的。在干校的批斗大会上，做的就是这个表面文章。随后层层加码，威胁利诱，关入“请室”……最后出动大卡车两部，壮汉数十名，把我剩余的藏书，扫数抄去了，并宣布“按政策予以没收”。其“理论”根据，与这些外调材料当不无关系。

提供“材料”的十三位，除韩振刚记不起外，都与我有或多或少的关系。其中以书店从业员居多。从这个名单里，使我回忆起买书以来不少情事。

凡买书，没有例外先得经过一个学习并交学费的阶段，然后才能逐步“聪明”起来，明白是干了胡乱买下许多毫无价值的残零册籍的蠢事。随后就又有了好恶选择几重阶段。最先喜欢的是纸白板新的“大明板”，却不懂是罕见还是习见。再进步些就染指于抄校，这是锻炼本领的好机会，能辨识旧抄新抄，认识诸家笔迹，辨别藏印真伪，算是多少有了些进步。宋元本不能轻易遇到，也没有必要的识力财力与胆量。戏曲、小说、方志、版画是不久前才提高了身价的，也需要一定的眼光。

随之而来的就是趣味的变化。一个时期有一定的爱好，过些时就可能“移情别恋”，照过去藏家的习惯，有彼此交换藏品的，有卖掉旧藏别收新品的，都是常有的事。大藏家如傅沅叔、周叔弢也都如此。我就在天津市场书摊上看到习见的明板书，却有周叔老的藏印，想来必是早年所得，后又弃去的东西。至于易手之际，是赔了还是赚了，却并不重要。

这就使我想起，在干校的班房里枯坐时，全一毛君就责令交代购书的账目，苦思不得，终于交了白卷。我买书喜作题记，却不像测海楼那样在每书首册注明买价若干、共若干册，真是悔之晚矣。

我曾买过一册拜经楼抄本《汲古阁书目》，是用别种藏书若干种换来的；为买《吴骚合编》，在现款外还被书店车去了两三轮车旧本书，算是搭头。一时有“书林豪客”之目，这都是年轻时所干的荒唐事，不可以得失论的。

五十年代初，偶然在来青阁看见一册宋建阳刻本《尚书图》，真是纸白板新、宋刻宋印的名物，问问才知道是孙伯绳君退还的，因为他看书太漂亮、太新了，怀疑靠不住。价一百元，当即买下了。后来到了北京，去团城访郑西谛，带了《尚书图》给他看，因为他是研究版画的。西谛一见大惊，问：“多少钱买的？”随即扣下，送到刚开幕的雕版印刷展览会上去了。

还有山阴祁氏遗书的发现，有人说我是“狠捞了一把”，其实我虽发现得较早，买到的却多是小册零本，后来书价日昂，大部头书出现，就写信告诉了郑西谛，后来由中央文化部收购了。如《东事始末》《万历大政汇编》《里居越言》等都是，“汇编”最初发现时是残本，后来又出现了漏收的两册，由我寄京配成全书。祁彪佳《远山堂曲品剧品》稿本的发现，更使郑西谛高兴得了不得，我在校印出版后，将原书送给了北京图书馆，有书影收入该馆的“善本图录”里。

我买书杂得很，没有专题，因此兴趣转移得也快。最早我收明人集部，后来发现浩如烟海，不易形成规模，就紧缩计划，想集成一百种嘉靖本，但常见书不收，后来也终于未能如愿。最后兴趣集中在清初集部，但也未成气候。这是受了邓之诚《清诗纪事初编》的影响的。

因为兴趣转移，就不能不换书。碰到初印本就换去旧有的后印本，为了买新的更喜欢更需要的书，也不能不卖去旧书。这还是“犹是开元全盛年”时的事。一九五七年后，降职降薪，下乡劳动，为了生活，就只好卖书，这是我去书最多的时候。检查旧目，十去八九。但还剩下得用两部卡车才能运走的余存。除建国初私营书店林立，情况特殊之外，我的卖书也有一个原则，对象是国家图书馆和书店，不入私家，例如我本藏有一批天一阁遗书，中多残本方志，因为家事急用，就一起让给了上海图书馆，是由“忠厚书庄”店主袁西江拿去的。书价随行就市，并不斤斤计较，现在只剩下了一册《大狩龙飞录》，因为开本阔大，书根旧迹犹存，留下了作为标本。

沈宗威是上海文管会的工作人员，本不相识，不知来历。文管会也正在大力收书，此公常来向我征求藏品，因而让给该会的书颇不少。并不论价，只以当时行情为准。书市是常有变化的，虽然不如今日拍卖行情变动之巨。沈君曾以一册《枫江渔父词》见投，上有近代名人题属，悬价百金，在当时也算得是高价了。

俞子才是个画家，听说是吴湖帆的门人。由来青阁介绍去他家看书。其中有一部分书有潘伯寅藏印，另一部分则是振绮堂的旧藏。来路至今不明。俞君殷勤劝我成批选购，不肯零星选取。当时囊中没有如许书款，不得已只有求救于故友陈君，假得三百元，才凑齐书款，选取部分，载书而归，而其中颇有不甚喜欢的经部书，又急于归还借款，遂将其中数种托书友郭石麒销去，得以凑齐还债。这是我平生举债收书，迹近倒卖的一次，至今感到歉疚。俞君后又拿来禹之鼎画的王渔洋小像和几本书求售，画我是不买的，书中有一册黄荛圃批校手跋的《穆天子传》，颇似真迹。幸亏我有山东图书馆的原书影印本，两相比较，发现模仿得非常肖似，但终非真迹。此事至今也还清楚记得。

在干校时有揭发我的大字报，据称我曾从外地买得一船旧书，中有宋元旧本，发了大财云云，一时众口哄传，引起“公愤”。事实却是春秋书店的严阿毛，旧日曾在宁波倪姓家装潢书籍，知道倪家尚存旧书一屋，即将论斤卖作还魂纸料，欲往收购，却没有路费，向我借了五十元得以成行。书到之日，通知我往看。书有七大麻袋，堆在书店隔壁的弄堂里，打开来看，多半是残零册籍，从中午直到傍晚，弄得两手乌黑，还只看了三袋。我选出了几十种，其中却有澹生堂抄本两册，但都是残本。还有铜活字本《唐文类》，范大澈钞本《史记摘丽》也是残书。全的只有《果堂集》和《第一香笔记》，还有点意思。如此而已。

此外还有“揭发”我“以伪乱真”的大字报，根据的也是康生的批语，举不出实例，只大抄《书林清话》中的老故事以充篇幅，是出题作文的应制之作，也可算得大字报中的

“学术论文”。吸引力比起宁波贩书一案可是差得远了。

十三人中有两位“名家”，其实我只不过是心仪，未曾谋面。瞿凤起是铁琴铜剑楼的后人，藏书名家。潘景郑是滂喜斋潘祖荫的族中晚辈，也是有名有姓的版本学者，两位都在上海图书馆工作。我与这两位的香火因缘也还是书。五十年代初，瞿家的藏书本已全归北京图书馆，但不知如何手中还留下了一些，陆续在市上出现，被我买到了几种，如《元氏长庆集》的残卷，是明兰雪堂铜活字本；唐徐夤《钓矶文集》，钱遵王也是园桃花纸写本，有钱大昕手跋……都是难得的本子。潘景郑的藏书，同一时期也流落市上，我买得弘治本《元遗山诗集》，纸墨晶莹，是古香楼旧藏。后来又从苏州买得他的旧藏清刻多种，据书店说都是论秤而出的。以是因缘，就觉得瞿潘两君都非“路人”。只有一事觉得有些希奇，顾廷龙先生是上海图书馆馆长，与前面两位同事，过去也曾相识，外调者既找到瞿潘，绝无不找顾君之理，而他终未以一矢见遗，可见其间自有差别。何况我家被抄去的书，陈列在报社一间大房间里，正是顾起潜亲自鉴定，并手治书目的。当时不期而遇默然相对，光景如在目前，而三君俱成宿草，可叹息也。

韩士保是文海书店的店主，我与之相识还在建国前的一九四七年顷。韩在旧书业中算是个名人，他能将嘉业堂的藏书扫数搬到店中上架，真的成了三马路上的一道风景。一天我从他手中看到郑西谛手写的一册《纫秋山馆行箧书目》，说这批书是托他代售的，而且已有了售主，是一位四川商人。

看过书目，知道这并非西谛藏书的重点，而索价也不是渺不可及的高价。心想这毕竟是他辛苦收集所得，散去不免可惜。当时年少气盛，就想设法筹款买下，使之得以保存。当时就议定了书价，嘱书店暂缓他售，等我设法筹款后成交。几经奔走，一两天后从朋友处借得小黄鱼和银元若干，赶紧从黄牛手中换得一袋金元券，等我赶到书店，韩君却以市价早晚不同，议定的书价不算数了，因而悔约。这真使我陷入进退维谷的困境。收回那一袋金元券么，无论如何也不可能换回借来的金条和银元，无从向朋友交待，没有法子，只好选了几种嘉业堂书作抵，做一了结。从此我就不再和“文海”打交道。这也算得是我年轻时干下的一件荒唐事。

在书市里走动久了，鉴赏的本领也相应增加，当然这都是交了“学费”的结果。同时也被书贾们誉为“门槛精”。所谓“门槛精”是多义的。不轻易上当受骗，有时还能“拣漏”，就是说能买到便宜书。其实据我的经验，好书都在书店里，只有能出高价才能获得书估的青睐，这是搜书的唯一捷径。至于什么“冷摊负手对残书”云云，不过是说说而已。一次走过一家旧货店，见墙角放着一堆破书，翻翻看，其中竟有一册雍正原刻初印的金冬心诗集，有盱眙王氏藏印，赶紧论斤买下，价约二角。试想今天如以二角原价上拍卖市场，岂非天大的笑话。从此事也可见数十年来书价涨落之巨，而“投机倒把”也不可一概而论的。

还有一次买到一册旧抄的张玉娘《兰雪集》，是按书市通行价格买进的。回来翻看，其中的朱校是鲍以文的手笔，只是没有题记、款识，“鲍校”与普通抄本的身价，则不可同日而语。

又一次，以平价买到一部王昶的《春融堂集》，回家细看，见有陈仲鱼藏印不少，且有吴兔床手写题词。还有一次，我在公私合营后的上海书店看书，见有两册康熙写本的《读书堂诗集》，未著撰人，其实是因《西征随笔》被雍正列入“年党”而杀头的汪景祺诗的钞稿本，却标着五元的价格。以上所说，都是书估卖“漏”了的实例，在我，则买书十年，所得“奇遇”，也仅此而已。

我既以“门槛精”而著称，在书店从业员中自然留下了相当深的印象。看写揭发材料的十三人中，不少是上海旧书业中人可知。但当日外调匆忙，没有去找苏杭书坊中人，实在是失策了。杭州清河坊抱经堂书店，主人是绍兴人，不知其名。每见我踏进书店，必如临大敌，不但不肯出示善本，即陈于案头的断烂残册，一经取阅，无不变为奇书，妄索高价，绝不少让。双目鼓出，咆哮如雷。是平生所遇仅有的书店店东。

我的藏书，几经淘洗，像大浪淘沙似的，所剩残余，已多少著录于几本“书跋”与“读书记”中。其最晚的一次淘洗，是在劫去藏书部分发还之后。我将一些残零书册，以及自己不喜欢的本子，一股脑儿处理掉了，交给了旧友在苏州古旧书店工作的江澄波君。

江澄波君一九九七年出版了他的著作《古刻名抄经眼录》，记录了他平生所见的善本书，这本是我过去向他提出过的意见与希望。出奇的是其中竟有我所处理的一种嘉庆刊本《碧城仙馆诗抄》，说起来它本是没有资格收入“经眼录”的，连聊陪末座的资格也没有。不过其中自有一段因由。

二十世纪六十年代初，陈寅恪的《论再生缘》完稿了，引起了广泛的注意。也引发了郭沫若对《再生缘》作者陈端生的极大兴趣，前后写了好几篇考证文字，并搜求有关资料，通过阿英向我借去过陈端生妹子陈长生的诗集和这本《碧城仙馆诗钞》，因为作者陈文述是杭州人，与端生家族颇有关系，写过有关端生的诗。而陈文述却是一位十分无聊的人，以“仙人”自居，步袁枚的后尘，广收女弟子，招摇过市，曾因求诗不得，以伪作入集，为女词人太清春揭露笑骂，一时传为笑柄。因此我也厌恶其人，把他的诗集毫无顾惜地处理掉了，不料它因曾经郭老披览，竟得厕身于“古刻名抄”之列，天下事类此者正多，殊不必大惊小怪也。

二〇〇四年七月盛暑

序《走近大家》

我国史书一直收有儒林、文苑两传，分别收入当代卓有成就的学人与作家。过去传统的看法是儒林高于文苑，因而时时引起纠葛。最有名的例证是朱彝尊宁愿不吃冷猪肉，也不肯删去《风怀》诗，毅然收入《曝书亭集》，从而引起论辩，好事者且撰为专书《风怀镜》，成为有名的公案。

文人之间的纠纷，如清代章实斋与汪容甫的矛盾，章实斋对袁子才的攻讦，都是有关文人相争的有名事例。但文字材料不多，只靠后起学人的搜罗爬梳，才得多少知道真相之一二。如柴德赓先生论断此事，得资料于汪中儿子汪喜孙的家传者不少。可知除堂皇的传志之外，小说、笔记中呈现的蛛丝马迹，实在是不容忽视的。这种侧面的记录，有助于澄清事实，呈现真相者，更是所在多有。也许有人会说，这种鸡毛蒜皮的记录，着眼的不过是文人之间的小事，无关文坛的重要话题，然而正是这些看来无关大局的琐屑，正是反映文坛风气、文艺动向的不可或缺的组成部分。虽小可以寓大，是无疑的。

留心作家的佚闻手迹，似乎是近来兴起的胜业。那要点似乎全在仔细留意，细大不捐。而作为一名编辑家，更有近水楼台的优势。但也事在人为，并非人人都能如此。回忆当年做记者时的往事，当一九四六至一九四七年顷，在《文汇报》的编辑部里，郭沫若、茅盾以次的作家手稿，都被视作平常，茅盾每有所作，都用小幅宣纸、毛笔精写，宛如佳帖，大都付排后随即弃去。放在今天，都是潘家园里的“奇货”了。五十年来，风气转换如此，真是可叹而又复可喜的。

作为卓有成就的编辑家，在工作中有其欣慰自然也有其苦闷。张昌华君曾引唐人诗，以新嫁娘自况，以求得舅姑与小姑的口味为难事，寄慨良深。其实何妨引用也是唐人诗“妆罢低声问夫婿，画眉深浅入时无”？这“入时”可能是“时尚”，何必不是符合读者大众的要求与向往？下一转语，也许能得解脱而入无碍之境，未可知也。

序《人缘与书缘》

前年秋晚，应朋友之约，重游南京。宁文是陪我们走来走去的人。记得那次到栖霞山去，看了寺门前的两株银杏枝头布满了黄叶，礼赞了玲珑的古石塔，虽然匆匆，却也满足了。归途走的是另一条路，想看看六朝石刻也没有如愿。车子驶进市区，在一处停下，是宁文的宿舍。进门小坐，宁文从他布满藏书的壁橱里，取下了一叠书，要我签名。这都是我的旧作，难得他搜得如此齐全。想想这几近“绑票”的签名方式，不免觉得有些好笑，但也真的领略了一位爱书者的风仪。想想自己年轻时也有过类似的经验，而且还要鲁莽得远。我收集的是名家墨迹，自己写了信去，又托人代求，半年中间得到了不少。查一九四七年旧日记，至十二月七日止，共收到八十幅，出于五十六人之手。他们都是前辈名家，我竟不知深浅地贸然求索，没有遭到拒绝，实在是天大的好运，不过历经劫难，仍在手中的连一半都不到了。

为什么会提起旧事，我的意思是想说明，人在年轻时总不免有些“狂”，这不是毛病，而是正常现象。上了年纪以后自然会消失的，但这“狂”气的丧失，倒实在是可惜的。宁文在编着一册薄薄的《开卷》，这是一本浸透了书香的刊物，已经得到不少人的称赞了。看那编辑的路数，所收的都是有意思的短文，记录着种种关于书的故事，也不放弃书的周边的人物，凡所触及，都有或多或少的文献价值。以南京为中心，辐射开去，吸引了域内许多作者，构成了文艺沙龙那样的氛围。这不是容易的工作，宁文却坚持下来了。没有一点执著的“狂”气，是办不到的。我想，这也许和南京这地方不无关系。不记得是谁说过，南京这地方的人物，总带有一种“六朝烟水气”。这是一种崇高的赞誉。记得在南京勾留的那两天，宁文陪我们访问了朝天宫的书市，在中华门的高处俯望秦淮，在明孝陵康熙“治隆唐宋”的碑下徘徊，虽然只是“走马看花”，也使我重温了旧梦，车过一处，他还告诉我那是即将拆改重建的老虎桥遗址，他记得那是我年轻当记者时曾经访问过的地方。这一切都是不易忘记、值得感谢的。

更值得注意的是，在南京，还出现了爱书人的群落。他们不只是藏书、读书，读后还写下了书话。在报刊上我就见到以“六朝松”为题的书话系列。这就不只使我感受到“六朝烟水气”，而是更浓重的文化氛围。一座城市没有了这个就会减少了吸引人的成色，有了它，就显示出它文化城市的特征，对六朝古都的南京来说更是不可或缺的应有之义了。

宁文也是这一群落中的作者之一，也将有新作面世。来信索序，久无以应。无已，聊写小文，潦草拉杂，深以为愧。

二〇〇二年十月三十日

跋李一氓藏《宋元词三十一家》

汇刻宋元人词自明末毛氏汲古阁始大行。前此明人每有汇抄之本，多棉纸蓝格，家数多寡亦不一。巨帙最易残失，市肆流传，多是零册，写手精粗各不同，然每存佳字佚篇，可供雠校，不可废也。毛子晋所抄宋元人词，底本佳绝，写手工妙，然多不据入《六十家词》，其事颇不可解。抄本身后由斧季笃守，遇佳本更反复校之。其书后亦间为人翻雕，多零种。尝见道光中五马山楼刻石孝友《金谷遗音》，即据毛抄，然于扉页则迳标宋本，实即斧季所校毛抄宋本耳。此毛家世守之抄本宋人词，展转流传，仅存抄帙。盖自汲古阁汇刻词后，惟见康熙中侯文燦刻名家词，其后此事即寂然无闻，又二百年始有王朱诸老之丛刻。其间不绝如缕，端赖藏家好事，汇集传写，此旧抄宋元人词，即当日汇抄之一也。此种抄本，家数多寡不一，实亦无所谓完缺，零缣碎锦，皆当珍护。南昌彭氏藏书，身后似未尝载归江南。三十年前道过南昌，曾过旧肆访知圣道斋遗书，渺无踪迹。后于常熟翁氏得知圣道斋所藏黑格写本数种，亦皆得之京师者。其家书卷前往往钤四印，仿淡生堂祁氏例。其末一印文左旋，曰

“遇者善读”。此本前无彭氏印，或钤于首叶，经火毁失。癸亥夏日来游北京，一氓同志出此见示，火余卷帙，古芬袭人。主人珍重护持，不为完缺之见所囿，此意近来知者少矣。客中无书，不能于此书有所发明，仅琐琐记旧日闻见，了无胜义，聊博老人之一笑耳。

癸亥端阳节记于东单客寓

我的书斋

中国读书人喜欢给自己的书房取一个典雅的斋名，于是产生了大大小小稀奇古怪的名号，为读书人自己平添了多少迷惘与麻烦。随之产生的是许多“室名别号索引”，虽几经增补，篇幅越来越长，但实际效用却仍不能达到理想的境地。也许这是一个永远交不出完整答卷的课题也说不定。

其实这五花八门的斋馆名色，一大半只不过是读书人的白日梦与空中楼阁。自然也有些实有其地的如倪云林的“清閟阁”、钱牧斋的“绛云楼”，但也已焚毁无存，只剩下一个空名，留供后人凭吊而已。其余百分之九十以上，只不过是一个名目，实际并无真正的斋馆。明清之际著名文人黄周星就有一篇《将就园记》存世，收入康熙刻《夏为堂别集》中，还在卷首附有一幅《将就园图》，倒是真正版画名作，整幅都是烟云缭绕、花木掩映、楼台殿阁、水木竹石，作者充分发挥了想象，把心目中理想的“将就园”从头脑中的幻想，搬到了纸上，着实过了一场白日梦想的瘾，这从他为此园取名“将就”，也可以知道其命意之所在了。

自从买书以来，我也曾经请名家刻过不少藏书图记，不免也想出了几种斋馆名色，聊以自娱。前后也有了三五种。当然不过是纸上烟云，并无现实的存在。最早的一个应属“断简零篇室”，倒也实事求是。我最初出手买书，就不弃丛残，限于眼光、资力，所得不过是残汲古阁刻《剑南诗稿》之类，杂以新文学书刊杂志，虽然也收了不少，但终于不成气候。

稍后，又有了一个“梦雨斋”，出于李商隐诗“一春梦雨常飘瓦”，这是我喜欢的诗句，那意境实在好，尤其契合在雨中小楼上读书的况味。

此后，就又有“草草亭”一印，取诸严思庵的旧句。取此斋名是有些自我批评意味的。我虽喜欢买书，但不善读书，劳人草草，只能随意翻阅，通读者甚少，更说不上精研。请陈巨来为治一印，是颇精的元朱文印。此印每与“木雁斋”印并用。这是一枚旧印，用犀角制成，镌制颇精，得于宣和印社。同式还有“张氏书印”一钮。后来在北京遇到张葱玉，才知道是他的旧物，为人窃出，流散市上，同得还有数枚象牙印，尚未刻成，雕钮极精。我即将“张氏书印”一枚还赠葱玉，而商他同意，留“木雁斋”印自用。这就是我的藏书每钤有此印的原由。后数年，葱玉告所还一印并旧扇一筮，俱被蚀尽。不禁感慨系之。葱玉不久也病逝了。写此一段故事，以悼故人，并说明非借蕴辉斋以增重之意。

至于“来燕榭”一名，实取诸嘉兴实境，记得是一次荡舟之际，忽然瞥见，已不记得是哪里的水榭了。这名目也是我喜欢的，所以至今还在用着。

至于说到书斋，实际却并没有。我只是在卧室里放一张书桌，说书桌其实也并不是，那只是内人的一支妆台，卸下了背后的镜子，就权宜成了书桌。若干年前因为实在困窘了，不得不把书桌卖去，随手拖来使用，迄今也已几十年了。我就在这里写字，看书，接待朋友。书么，还是胡乱地散布各处，也不曾整理，乱乱的，用起来实在不方便。找书实在是一件苦事，有时为了找一本书，不能不大费周章，往往是一场不轻的体力劳动。

坐在窗下，闲闲地拿一本书看，实在是极好的娱老之方，想想自己居然也有过这几个斋馆的名色，不禁自笑，因作“我的书斋”记之。

二〇〇三年五月四日

嘉兴去来

在暌隔了几十个年头以后，有了重访嘉兴的机会。匆匆过了两天，来不及遍访许多名迹，却到了过去没有到过的名所。这是聊堪快意的事。在动身之前，就向嘉兴友人提出到王店一游的愿望，就在到嘉兴头一天的下午，驱车出发了。王店是嘉属的一个大镇，朱彝尊的故居曝书亭就坐落在镇上。

朱竹垞早年过的是贫困流浪的生活，行踪遍及山右、粤东，又曾久客山阴，和祁氏兄弟等图谋故国兴复之业，未必能在故乡建造园亭。这曝书亭想是晚年归隐故乡所构。小小庭院，有堂有池。今天已辟为居人游乐之处。时当五一假期，游人蚁聚，年轻人在小池中泛舟，老人们随处坐憩。园中有石刻朱彝尊像，与传世竹垞著书砚上一幅相近，是仅存的旧迹了。又有嘉庆二年阮元石刻联语：“会须上番看成竹，何处老翁来赋诗。”康熙刻《梅会诗人遗集》中的徐在《演豁诗集》，有《过潜采堂题赠朱竹垞检讨》一诗：“传家故相有文孙，载笔清时重史臣。归赋小山偏得地，扶轮大雅更何人。杯当明月黄甘酒，梦断秾花紫禁春。好听萧萧千个竹，此中意味自相亲。”

徐诗正是竹垞晚岁乡居时所作。潜采堂当亦此中一境，不过匆匆走过，不曾看见。徐诗尚有“酝舫听雨次韵”等两题，这酝舫却在，小小屋宇，有许多游人在打台球，也有不少老人无言地枯坐。我们就在这“舫”里坐下休息。竹垞早年也是反清复明的义士，飘零湖海四十年，终于到北京做了清廷的小官，以检讨的身份参与修史，不久废弃。辑所作诗为《腾笑集》，不自讳晚节颓唐的自责心情。但是还不能见谅于故友和并世文士，很得到不少讥嘲。与行辈较先的诗人吴梅村出处颇有相似之处。归田以后，筑曝书亭于故里，著书终老。晚年编辑自己的诗文集，在《曝书亭集》中保留了与青年时期共图故国兴复的友人倡和之作，山阴祁六公子班孙与朱、钱诸人都是遭清廷捕杀流放者，竹垞敢于辑入文集不少讳避，所以后人有“朱十亦是君子”的感叹。这样，竹垞晚年的心情殊不平静可知。他是藏书家，所以有曝书亭的名目。其实他并没有多少惊人秘册，所见都是竹纸抄本，大抵是从同时的藏书家传抄来的。他的藏书往往有明善堂的藏印，可见身后不久就流散入京了。在今天的曝书亭里，人们虽然看不到一册他的旧藏，但成为人们喜爱的游乐之地，正是极好的事。

离开曝书亭，又来到一处新建的揽秀园的所在。据说是利用拆下的旧建筑材料建成的。一色浙西风味的坊巷，游人稀少，颇有静趣。街头有一座石桥，是文星桥，颇陡峭，走上去看，眼前是一片迷蒙烟水，南湖就在眼底了，阵风吹来，颇有高处不胜寒之感。天色阴沉，想起周清真词“芳草怀烟迷水曲，密云衔雨暗城西”，眼前景色约略似之。朋友见告，这眼前的一片废址，就是吴昌时的勺园故址。因为我曾写过吴梅村的鸳湖曲笺证，所以特地带我到这里来看一下故迹。吴梅村又曾作《南湖烟雨图》，图中所绘景物却与烟雨楼不相干，分明是南湖一角的光景，与眼前所见，约略相似，只是建筑物已百无一存，只剩下森森古树而已。朋友说这地方不久将新辟为风景区，将有许多楼亭出现，那将是一派崭新的光景，不再是劫后风光了。

从文星桥上下来，又到勺园遗址去看了一下，这里原有的房舍已经拆去，留下了一片瓦砾，几株老树，错落地分布在那里，可见这是旧园的废址。勺园是晚明嘉兴的名所，祁彪佳在日记里提到过它，柳如是曾暂住在这里，钱谦益为它留下了几首诗，吴梅村为之作长歌，并制图。可见此园的煊赫。吴昌时是晚明复社的一员干将，在张天如策划指挥之下，倚仗了首辅周延儒，把朝局搅得一团糟，昌时自己掌握了吏部重权，指挥任意，赃私狼藉，引起了朝廷上的政争，最后落得与周延儒同时弃市，而明朝不久也覆亡了。

昌时在故乡烟雨楼畔起造勺园，作为招接友人有点像招待所那样的所在，诗酒留连，更重要的是政治活动的据点。这是勺园不同于一般私家园林的特色。难怪时移事换，曾在此园勾留过的老朋友依旧不能忘情，他们怀念的不只是勺园的风物和好客的主人，复社的政治斗争，几频胜利而终于破败，才是他们心目中难以消失的痛楚，这些隐藏在诗篇背后的情感，是不易察觉而常被忽略的。

一九四六年春，我工作的报纸被封门后，为了逃避黑名单的追捕，和朋友躲到了嘉兴，初访烟雨楼，在楼头吃茶的往事依然如昨，转眼已是五十六年前的旧梦了。此番重游，得乘游艇在楼边盘旋了一转，重登烟雨楼，古木参天，湖光如镜，依然当年旧貌。可惜时已傍晚，茶摊收歇，不能从容啜茗，小作留连，是可惜的。

康熙刻《梅会诗人遗集》中有缪泳《荇谿诗集》，作者系明清易代时人，集中有“槜李杂诗”，凡十一题，都是嘉兴名迹：鸳鸯湖、徐偃王墓、槜李城、胥山、西施妆台、范蠡湖、倾脂湖、朱买臣墓、严助墓、落帆亭、苏小小墓。这是清初的记录。其中现存的尚有不少。其范蠡湖一名至今犹存。

“高城落日影参差，吴苑秋风满绿池。今夜扁舟人不见，五湖烟雨闭空祠。”

范蠡湖今天仍是极好的游赏去处，湖面狭长，临湖有水榭，凭槛遥望，可见湖滨有垂柳覆水，游人垂钓。园中有“陶朱公里”碑，万历辛巳四明董渭题石。此处宋时为岳珂著书处，就是所谓金陀坊。清初曹溶就原址治为别业，藏书其中。取岳珂字倦翁之意题为倦圃。《荇谿诗集》有《饮曹司农倦圃作》诗，有句云：“高冈带崇墉，逶迤秀林薄。”“虹梁俯幽涧，密筱侵前阶，清阴历松桧，倒景凌苍崖。”这是康熙中倦圃的光景，数百年后，竟无太大差异，实在是难得的。乾隆中秀水诗人万光泰《柘坡居士集》有一题曰“游金陀汪氏园即曹秋岳侍郎倦圃”，可知康熙后期此园已转归桐乡汪氏，是著名藏书家裘杼楼古香楼的后裔。曹朱江都是清初浙汇著名的藏书旧家，此游得以前后访其遗迹，正是一种巧遇的书缘，得为重访嘉兴的纪念，是值得高兴的。

忆辛笛

认识辛笛以后，我又在一种特殊场合中，认识了他的夫人徐文绮。那是一九四九年岁末，我们从香港乘同一艘船回国。那时王圣思小姐大约才三四岁罢，小人儿活泼可爱，在船上一起玩耍，热热闹闹地度过了枯燥的海上生活。

建国前后辛笛有一阵子在金城银行工作，他在文艺界的朋友多，也乐于为朋友提供帮助。我记得的有两件事。朋友黄宗江有一卷散文稿在我手边，想印成一本小书颇不容易。找辛笛商量，一说就成。不久，一册道林纸印、毛边的《卖艺人家》出版了。这本小书的出版为我们带来不少悦乐。书末的版权页说明出版者是“森林出版社”，通讯处是××号信箱，还有自己的“森林印刷厂”。其实只不过是虚晃一枪，我曾说过，这一切全藏在诗人王辛笛的大皮包里。

另一事是代巴金取版税。那时巴金的生活支出全靠开明书店的版税，而每次拿到的则是期票。当时（一九四八）币值狂跌，朝不保夕，哪能等待几天后再取。这时就只有请辛笛帮忙。我陪萧珊坐了三轮车赶到金城银行，找着辛笛，换得一包“法币”，又赶紧出来，买进些食物和日用杂物，吐口长气，如释重负。

其实辛笛所做的“好事”正多。盛澄华的《纪德研究》就是他印成的，新诗界出版诗刊、诗集也少不了他的帮忙。上海出版公司和后来的平明出版社都得到过他的帮助，我所知不多，而他又不愿声说，其实他为文艺界朋友所做的好事不少。他自己的诗集《手掌集》、散文《夜读书记》也是这前后印出的。郑西谛为国家收购的善本古书，于危急中也曾藏在他家里。总之，“急公好义”四个字，他是当得起的。

辛笛是名诗人。而我对新诗不懂也不会作，说不出什么。辛笛晚年好作旧诗，常发表于报刊。每逢国家庆典或大事，必有吟咏。一次我们同游杭州，居然有过倡和，在我，是不知高低的胡诌，作过便罢。辛笛却郑重收拾在自己的诗集《听水吟集》中，重睹之际，不能不有“故人情重”之感。

辛笛是好客的。因此我们常有机会得共杯酒。文绮夫人烧得一手好咖啡，朋友们多以到他们家里夜谈并喝咖啡为快。他是徐森老（森玉）的快婿。在他家壁上镜框里挂着宋版书的残叶，古香扑人，想是森老所赠。辛笛自己则爱藏新文学书，每到他家，看见顶天立地的书橱，杂乱抛置的卷册，主人身在书丛，怡然自得。可惜晚岁读书随笔之作无多，《夜读书记》竟无续篇，是很可惜的。

辛笛人极随和，有时开开玩笑他也不以为侮。其实他自己也常闹笑话。有一年我们同游他的故乡淮安，适逢《西游记》作者吴承恩的故居和纪念馆落成，我们参加了纪念会。会上辛笛发言，一开口就说出“吴承恩同志”来，引起哄堂大笑。文绮、辛笛先后逝世，瞬将一年，偶忆旧事，惟有车过腹痛之感而已，辄写小文，以为故人纪念，并识怀思。

甲申秋日

拟书话（二则）

好几年前我在本报曾写过几篇《拟书话》，是摹仿唐弢的《书话》而做的。摹得到底不大像，又因材料无多，不久就辍笔了。唐弢久已长逝，他的藏书都归了中国现代文学馆，正是物归其所，是值得高兴的。不久前又看见一厚册《唐弢藏书目录》出版，知道藏书已得到初步整理，努力可佩。可能因为编者不太熟悉新文学出版物情况，著录、分类还有不够细密之处，查起来不太方便，特别是有些善本说明过于简略，使读者不易得知其特色，也是一种缺憾。其实类似的问题在《中国古籍善本书目》中也是存在的。往往只著书名、略提版刻，至于行款、题跋、纸墨、藏印……都略而不记，使读者如入五里雾中，但见一大批《史记》《汉书》……名目，却无从知道它是哪个本子及其流传端绪，实在是杀风景的做法。国家投入如许经费，用了多少年的时光，而仍不免漏略，编成了一部不能使读者满意的大书，至今也不见有谁提出意见，实是怪事。

因此我想，写《书话》不妨稍详，甚至说些题外话也不要紧，也就是说不妨写得随便些。这正是我对散文写作一贯看法。至于到底如何，那只能写起来看了。

小约翰

这本书是一九五〇年初我在天津买到的。宛如新书，道林纸印，非毛边。封面不知谁做，海滨悬崖，一钩新月在浮云中，有小孩在海岸奔来。在悬崖下部题书名、“荷兰望·蔼覃著，鲁迅译”。扉页题“未名丛刊之一”，“鲁迅重译”。版权页只题“未名丛刊：12，小约翰，实价八角，不许翻印”一行，其下即为“丛刊”十九种的细目，有的有定价，有的题“即出”或“在印”“待印”。后两行云：“北京马神庙西老胡同未名社发行，有＊号者北新书局发行。”

鲁迅在书前有长长的译序，写得汪洋恣肆，实在是一篇绝妙的文字。可惜未收入别集，不大为人所知。此书自初译，继而出走厦门，转去广州，终于到处碰到“学者”，无奈逃进白云楼，用了一个月的时光，整理完毕。同时还不忘同译的齐寿山君，又时时说及自己语学的不足，和斟酌译文字句的艰难。并随宜提起“正人君子”的陈源教授，真是淋漓尽致地发挥了杂文的效能。

我在买到此书后，曾在扉页上写了一段题记：

一九五〇年元旦日，重返天津。离开这个城市已经十三年。一切似乎已不再认识。从前的温馨旧梦，在冰雪之中似乎都已经溶化，不再存在。重返南开，重过梨栈，重游中街，都如此生疏。第二天又到天祥市场蹓旧书摊，看了几种明抄善本，这些从前只能望望然，现在则可以进而购取了，似乎是一种“进步”。然而新文学的旧本却极少，只在书摊上得此未名丛刊初版本《小约翰》，尚可满意。寒风凛冽中走入起士林，居然客满。绅士淑女，衣香鬓影，热闹之至。吃着果良所十分称赞的蛋糕，果然不错。这蛋糕还是侍者给“匀”了来的，他说：“这是今天，要是昨天……”言外好不容易，颇有得色。于是称谢。人情温煦，亦复有趣。因记此一段。一九五〇年一月二日，下午五时，在中街起士林。

在天津我前后住过近十年，我觉得这是第二故乡似的地方。从上面短短的题记中可以看出我对她的留恋之情。在梨栈左近，有好几家戏院，是我接受京剧教育的地方，我曾看过那许多名优的歌舞；那里有劝业场、天祥、泰康商场，吸引着我的是那些书店、书摊，我几乎出一本买一本新出版的新文学书本，足足有一箱，今天看来，无一不是“珍本”了，可惜给日寇一把火烧掉了。今天重翻《小约翰》，真不能不引起我说不尽的相思。

唐宋传奇集

这是上下两册毛边道林纸印本，封面是陶元庆作，仿汉画象砖的出行图，狭狭一条，横列上端。下面题书名，及“鲁迅校录”字样，扉页有“上海北新书局印行，1927”一行，背面书“陶元庆作书面”及1—2000字样。以下就是

“序例”“目录”，共五卷。下册程式同前，惟出版纪年则作1928，印数为2001—4000，则再版矣。下册目录为卷六至卷八又卷末“稗边小缀”一卷。上册书尾有价目，“上册实价六角，下册续即出书”；下册则作“下册实价六角，上册价目同前”，并有“上海新闸路仁济里，北新书局印行”两行。

此书编辑体例规格，全仿清儒学术著作旧式，与《会稽郡故书杂集》《古小说钩沉》并同。可见先生著述传承遗痕，是值得注意的。书前序例是一篇渊深朴茂的古文，与《小约翰》前语体译序可称双璧。对读起来，是很有趣味的。先生曾于《集外集》序中，回顾自作古文，有受太炎先生影响，古了起来的话，此序虽无难解之处，但亦时有奇字，异于常蹊，但觉文彩斑斓，多呈异彩。于评郑振铎《中国短篇小说集》差误之余，更有“弥叹虽短书俚说，一遭篡乱，固贻害于谈文，亦飞灾于考史也”的感慨。其后更历数唐宋传奇发展轨迹，也是先生文论之一鳞片爪，不见于他处，不宜忽视的。于勘定已毕，更有所感，“结愿知幸，方欣已歉：顾旧乡而不行，弄飞光于有尽，嗟夫，此亦岂所以善吾生，然而不得已也”。更使我出惊的是结末的一节话：“中华民国十有六年九月十日，鲁迅校毕题记。时大夜弥天，璧月澄照，饕蚊遥叹，余在广州。”一九二七是什么时会，广州是什么所在，鲁迅“今夏失业”，困居白云楼，远处是蚊雷成阵，自己却又重新拾起“抄古碑”似的旧生活来……一切的一切，都用这十六个字写尽了。

我的老习惯，书本到手，总要在扉页上写几行字：

三十七年一月卅日，在秀州书社买。此初版本也，仅上卷。前曾有三版者两册，已持赠弢公。归来后记。

这秀州书社是开在陕西路上的一家旧书店，主要卖线装书，但也时有新文学出版物，与今天嘉兴的秀州书局不是一回事。当时我们都起劲地收集鲁迅著作，彼此常交换所藏，有时得到初版本或书品好的本子，就剔换旧的。偶得异书，也常相夸示，以为笑乐。旧事历历，转眼五十六年过去了。

二〇〇四年七月五日

拟书话——玉虫缘

周作人有一本自编的《苦雨斋序跋文》（一九三四年天马书店版），前有手写序文，有云："全稿共有七十五篇，今选取其五十三，分为两部。其第一分皆自作题记，有三十六篇，悉留存……"可见是没有遗漏的全璧了。开首就是旧译《红星佚史》，却没有更早面世的《侠女奴》与《玉虫缘》。是当时手中已无存书，还是自行删去，原故不明。

张菊香张铁荣两先生编的《周作人研究资料》（一九八六年天津人民出版社初版）的《周作人传略》在叙及周作人一九〇五年译成《侠女奴》之后说："不久，又翻译了美国亚伦·坡著的侦探小说《山羊图》，后易名为《玉虫缘》，由小说林活版社印为单行本。"唐弢的《晦庵书话》也只著录了《孤儿记》与《侠女奴》，而不及《玉虫缘》，可见罕传。

这本小册子是我六十余年前买得的。历劫尚存，不能说不是"奇迹"。在上海王家沙北京路角有一排小房子，前有广场，排列了长长十来只书摊，摊上乱糟糟地陈列了平装旧书，绝无像样的货色，我一直不去翻拣，不料一次兴起，胡乱翻动，竟自翻得此书，大喜逾望。其罕传殊不下于《域外小说集》也。书是崭新的，封面彩印，画两人在草丛中寻找什么，在草叶上就是那“玉虫”。画法全属吴有如风，是清末出版物典型风貌。扉页大字题书名。卷首大题下属“美国安介坡著，会稽碧罗译述，常熟初我润辞”。正文只用圈点，有时句旁有密圈，是以为得意佳句。后有版权页，题“丙午（光绪三十二年、一九〇六）四月再版、同年同月发行。定价洋三角。编辑者小说林总编译所，印刷者小说林活版部，上海派克路福海里”。以下更有发行者、分售者两行，并有“小说林版权证”，双行套花边铅排方印。

这是再版本，可见销路不差。初我姓丁，大概是小说林的编辑，此人也是驰名的藏书家，晚年回到故乡常熟，刻成《虞山丛刻》《虞阳说苑》等丛书，搜罗乡邦文献颇有成绩。被郑西谛视为重宝的《脉望馆古今杂剧》就是他的旧藏。

书前有译者的绪言、例言，当属周氏佚文，移写如下：

绪言

天下之物。莫不各有其代价。纳价若干。则得货若干。无或出入。此贸易之道然也。惟事亦然。欲成一事。必先纳其代价。或以劳动为代价焉。或以心力为代价焉。或以一切之苦乐荣辱及生命财产为代价焉。夫而后乃各按其所应得之数。得报酬以去。而决不容徼天之倖。得无因之果。此实人事之自然而合于公理者也。夫人之贫富。天地之一大缺陷也。然而贫者必有其所以贫之故。富者亦必有其所以富之故。逸者。贫之代价也。劳者。

富之代价也。纳如何之代价。则得如何之报酬。然则一事之成败。天行虽存乎其中。而人事实为之枢纽。于缺陷乎何有。夫不观之力学乎。以助力器运重者。力省则时必费。时省则力必费。二者交相为因。故交相为果。浅人不察。相惊为异。不亦陋乎。顷者碧罗女士之译述莱格兰事也。叙其以一月获百五十万之钜金。然而无足异也。彼其一月之间。绞脑汁。竭心血。焦心苦思。以探索此事者，其价值已不下百五十万金也。且此百五十万金。非彼之智慧。亦莫能支配也。故如安介坡之不屑于此事。则不得也。如迦别之不能思得此事。则亦不得也。如莱以外之种种人。或莱自己。不能解明此秘密。则亦不得也。何者。盖思索此劳苦。实为得百五十万金之代价也。夫致富。难事也。然以掘藏而致富。则易事也。既易易矣。而复有难。甚矣。天下无易事也。近者吾国之人。皆思得财矣。而终勿得。吾国之人。皆思做事矣。而终勿成。何也。以不纳其得之成之之代价故也。使读此书而三思之。知万物万事。皆有代价。而断无捷径可图。则事庶有济之一日乎。

乙巳初春萍云序于建业客次

例言

——是书为美国拔尔祛摩人安介坡所著。坡少负隽才。年三十八而卒。其诗文惨怪哀感。为一时所欢迎。顾天不永年。殊亦长吉鬼才之俦也。此书曾应斐力代而夫一新闻社小说之悬赏，当选受三百弗之赏金。其价值可想见。闻其所作大鸦之诗及泻梨（酒名）之酒桶等篇尤奇异。惜未得见。

——是书英文原本名曰《金之甲虫》。著是事之原始也。日本山县氏译本名曰《掘宝》。著事之结果也。译者不解和文。而于英文少有涉猎。因从原本紬绎成此。别著其名曰《玉虫缘》。

——是书推测事理。颇极神妙。虽只一平常记事之文。而其中实含有侦探小说之意味。书系入作者口气，今仍其体例。

——书中形容黑人愚蠢。竭尽其致。其用语多误。至以 There 为 dar。It is not 为 taint。译时颇觉困难。须以意逆。乃能得之。惟其在英文中可显黑人之误。及加以迻译。则不复能分矣。（如英文“故”Cause 可误为“爪”Claws。而在中文则否。不加注语便觉费解。）

译者识

此书后附印诸叶，亦多有趣味，且有文献价值。如“钦命二品顶戴江南分巡苏松太兵备道袁为”的告示，就是很有趣的公文，说明早在“光绪三十一年”在出版界就已出现盗版现象了。致劳出版商呈请大宪示禁。盗版者种种花样，如“书贾射利翻印，或增损字句，改换名目，希图蒙混”。不只是盗版，像近来屡有发现的学术剽窃，竞“编”词典，争“译”名著……原来都是古已有之的老谱新翻，算不得什么出奇本事。

书后还附印了小说林的广告，别用彩色纸印，分出版物为十二类：（一）历史小说，有《孽海花》《风洞山传奇》等；（二）地理小说；（三）科学小说；（四）军事小说；（五）侦探小说，有《福尔摩斯再生》一至十集等，《玉虫缘》即在其中，此类种数最多，近三十种；（六）言情小说；（七）国民小说；（八）家庭小说；（九）社会小说，有《侠女奴》等；（十）冒险小说；（十一）神怪小说；（十二）滑稽小说。

小说林是清末上海知名的出版家，出版书籍不少，但少有研究记录其规模、编制、出版种类、运作方式的，看那广告所显示，虽以小说为主攻方向，却与商务印书馆是竞争对手。后者也注意说部的出版，周作人另一早期译本《红星佚史》就收于商务印书馆的“说部丛书”中，为第八集之第八编，看规模就远比小说林为广阔。可见当时出版界的竞争也是很激烈的。商务的“说部丛书”更收入大量林琴南的译品，影响更大。老一辈知识界中人几乎没有不受其影响的。直至晚近，仍时有谈及者。如钱钟书就写过《林纾的翻译》，叶圣陶、俞平伯两老在晚年通讯集《暮年上娱》中，也时时道及林译，在重读时都感到某种趣味。周作人译《玉虫缘》时，译笔较后来与鲁迅译《域外小说》时微异，也许幼稚些，却不那么追求古奥，更多可读性。近来周作人的译本已陆续印出，主要是后期希腊日本古典著作，其早年译作，如《匈奴奇士录》《黄蔷薇》《炭画》等，篇幅无多，何妨也收集起来，可见周氏译文的整体面貌，同时也可以看出我国译书初起时的光景及其演变的痕迹，不也是颇有意思的么？

甲申始秋

文汇读书周报编辑部：

《拟书话——玉虫缘》刊出后，拣《晦庵书话》再版本，知唐弢亦藏此书及《侠女奴》《孤儿记》，他的藏书目录中，也著录此三书。记此以彰前作之误。

黄裳
二〇〇四年十一月二日

拟书话——忏余集

《忏余集》一册，郁达夫作。民国二十二年天马书店初版。封面陈之佛作。三十年代出版物中，陈君所作封面，以别致的图案风格出之，另具一格，虽繁缛而不失于琐碎，自然大雅，算得是书衣制作的上乘。版权页于“版权所有”栏中，粘方形印花一枚，用蓝色；有古衣冠人物，下缀“郁达夫著作之印”双行小字。仿鲁迅著作所粘印花而较大。此书为达夫生前自印散文小说合集之最后一种。名篇《钓台的春昼》《迟桂花》俱在集中。后附《沧州日记》《水明楼日记》两种。起一九三二年十月六日，迄同年十一月十日。

坦率地说，郁达夫的著作，我最欣赏耽读的是他的日记。《日记九种》不必说了，即以此书所附两种而论，所记无非身边琐事，然而真实，不卖弄，记游踪，记创作思路，记买旧书，还有几乎每日都有寄王映霞信的记事，可见两人之间情感的浓挚，虽小别亦系恋如此。又有谁能想到三五年后的“毁家”“仳离”，这是读后不能不使人怅惘的。

《钓台的春昼》是全书中最惹眼的一篇。写得随意自如而情感激荡，似乎不是一篇记闲情的春游散记而是有如骆宾王讨武曌那样的一篇檄文。

严子陵的钓台确是一个好题目，历代文人（特别是清人）的集子里，总免不了有一篇"过钓台"之类的诗，其实早在明代中叶就有人编过一本《钓台集》了。说到钓台，好玩的故事真的足足有一筐箩，什么"客星犯帝座"；"买菜求益"；"先生之风，山高水长"（范仲淹《严先生祠堂记》）；谢皋羽祭文天祥的遗址西台；以及严子陵当日在山顶台上垂钓，要准备多少长的钓丝……真是目不暇接。在有的作者看来，真是眼花缭乱，来不及抄撮，背上了这一捆重载，结果弄得自己也爬走不动。弄不好还会弄出一些小小蹉跌摔个鼻青脸肿，惹人笑乐。郁达夫则不然，他目中似乎全然不见这些有趣的故实，就连七里泷的风光，也只草草写过。他在文章的开头，就揭出他是在怎样的环境、心情中踏上征途的：

> 一九三一，岁在辛未，暮春三月，春服未成，而中央党帝，似乎又想玩一个秦始皇所玩过的把戏了，我接到了警告，就仓皇离去了寓居。

试想在这样几乎是逃亡的情形下春游，哪里还有悠闲的情趣。但他还是用了不少篇幅细写了夜登桐君山的感受，在去钓台的舟中还写了一场昼梦，"和数年不见的几位已经做了党官的朋友高谈阔论"，"和几位朋友闹得心里各自难堪"，谈论中“还背诵了一首两三年前曾在同一的情形之下做成的歪诗”，诗是一首七律，那下半是：

劫数东南天作孽，鸡鸣风雨海扬尘。
悲歌痛哭终何补，义士纷纷说帝秦。

这几句将他胸中的块垒和眼下不得不逃亡的处境说得十分明白。

达夫在荒凉破败的严祠里徘徊，并不说及严子陵的隐士生活和归隐在历史社会学上的评价，却一直“怕在这荒山里要遇见一个干枯苍老得同丝瓜筋似的严先生的鬼魂”。

达夫在祠堂的题壁诗中发现了同乡夏灵峰的诗句，因而又联想到“南满尚书”和“东洋宦婢”来，说道：“就是以骨头来称称，我想也要比什么罗三郎郑太郎辈，重到好几百倍。”全文以一声闲长而有节奏的鸡啼和船家的一句“先生，我们回去吧”作结，实在空灵宛妙得紧，也着实写出了山居的荒寂。

我曾说过，散文杂文之间，没有一条鸿沟。达夫这篇《钓台的春昼》似乎可以为我作证。其实鲁迅《朝花夕拾》和《且界亭杂文三集》中有些篇章，何尝不是如此。

达夫是参加过“左联”的，好像和鲁迅一样还是发起人。试看“左联”的作者们，在严重白色恐怖的局势下，有谁曾在文字中公开谴责过“中央党帝”，可怜幼稚的“左联”主持人竟自将这位斗士开除了。

集中另一篇杰作是《迟桂花》。这是达夫自己也非常满意的笔酣墨饱的文字。在日记中也曾多少记下创作的发意，他说："在石屋洞大仁寺内，遇见了弘道小学学生的旅行团。中有一位十七八岁的女人，大约是教员之一，相貌有点像霞，对她看了几眼，她倒似乎有些害起羞来了。""在南高峰的深山里一人徘徊于樵径石垒间时，忽而一阵香气吹来，有点使人兴奋，似乎要触发性欲的样子，桂花香气，亦何尝不暗而艳，顺口得诗一句，叫作'九月秋迟桂始花'，秋迟或作山深，但没有上一句。'五更衾薄寒难耐'，或可对对，这是今晨的实事，今晚上当去延益里取一条被来。""今天的一天漫步，倒很可以写一篇短篇。"（十月七日日记）

短短一篇日记，把《迟桂花》写作发意、酝酿的过程说得十分清楚。连诗人的偶然得句，也说到了。一句好诗的写成，那情形就是这样。

他在十月十日的日记中又说："《迟桂花》的内容，写出来怕将与《幸福的摆》有点气味相通，我也想在这篇小说里写出一个病肺者的性格来。"达夫译过这篇德国小说，收在生活书店出版的达夫所译短篇集里，如果拿来对读一下，可见两者之间的香火因缘。日记中还零碎记着"大约《迟桂花》可写一万五六千字，或将成为今年的我作品中的杰作"。为写小说，他还到翁家山去视察了一回。全文于十月二十日写成，共两万一千字，即寄沪。

此集中《碧浪湖的秋夜》，是写厉樊榭故事的小说，比起《迟桂花》来就差得多，写历史故事究竟不如写现实生活来得顺手，虽然这也是虚构的。达夫写厉鹗，就比不过曾孟朴的写李慈铭，那道理也是一样，就近观察，总比暗中摸索来得实在。达夫还有写拱宸桥，写南宋宫廷小说的计划。至于念念不忘的“蜃楼”，却终于未能着笔。

大约一九四〇年顷，我曾在一家旧纸铺里见到“逸经”出版社散出来的一批杂志、文件。其中有达夫《饮食男女在福州》的手稿，龙飞凤舞地用钢笔写在逸经社稿纸上，如获至宝，赶紧买了回来。可惜在离沪后失落了。十分可惜。总想能得到他的手迹，以为纪念。一九四七年在上海编报，才起意收集作家墨迹，不料达夫早两年已在南洋被东洋残寇暗暗杀害了。一九五三年，从一位书友手中买得一册词集，封面却有达夫手书的“湘弦别谱、郁达夫藏”两行字，不禁大快。书为道光刻，作者是“元和朱绶仲环”。这是作者生前刻本，后来又收得作者的《知止堂词录》四卷，则是身后友人汇刻本了。《湘弦别谱》列为卷三。我曾写有一跋：

> 癸巳三月，石麒访书越中，道出湖上，归而以祁忠敏《按吴政略》《疏草》及顾千里钮树玉手校之《庄子》遗余，更俪以清刻本词集数十种，此其一也。罕传佳本，卷前更有郁达夫识语，盖自风雨茅庐中出者，更可珍重。黄裳记。

达夫喜买旧书，但他不是藏书家，所买多为清刻之有参考价值者。也爱读词，日记中有“晚上读彭（原误鼓）羡门《延露词》，真觉得细腻可爱”。杭州新居里藏书，除线装本外，还有大量的西文书。达夫藏书不钤印记，风雨茅庐于“毁家”之后，书籍零散。多年买书，未见郁家藏本。今得此册，以有手题，知是达夫遗书，可欣幸也。

二〇〇四年十一月十一日

荷兰望·蔼覃著 鲁迅译《小约翰》

《唐宋传奇集》鲁迅校录

《玉虫缘》

郁达夫作《忏余集》

郁达夫藏《湘弦别谱》

拟书话——西行书简

上世纪三十年代商务印书馆出版了一套“文学研究会创作丛书”，共二辑，不知共有多少种。手边只保存了《你我》（朱自清）、《西窗集》（卞之琳译）、《汉园集》（新诗集，共收何其芳《燕泥集》、李广田《行云集》、卞之琳《数行集》三种）、《西行书简》（郑振铎，为丛书之第二辑）。这套丛书印得相当精致，像“人人丛书”那样的小开本，浅绿布面精装，书名烫银，各有厚纸封套。这套书建国后都未重印，只施蛰存为江西百花洲出版社重印了《西窗集》，曾经译者重订，把蒲宁的短篇《中暑》删去了，十分可惜。

西谛先生是文坛上的大前辈，我在小学读书时就读过他在《小说月报》上发表的《北宋词人》和《南宋词人》，为平生读词之始。抗战开始，移家上海，也还是读中学，打听到他住在静安寺庙弄，一天，就冒险去访问，在他家的小花园里相见。随身带了这册《西行书简》，请他题字。西谛就站在花园中，在扉页上写了两行字：“旧游之地，多已沦为狐兔之窟，何日得重游？郑振铎。”我在三十年后重读此书，也在旁边写了两行题识：“此为一九三八年余访西谛于庙弄，倩其题于卷前者，西谛立于小园中为书此两行，转瞬三十余年矣。”小园中花木扶疏，如在目前。前些时在报上看见郑振铎在沪上的故居发现了，好像是别一处，后来打听下来，才知道庙弄早已拆除净尽，不禁惘然。

这册《西行书简》，版权页题“中华民国二十六年六月初版”，书前有铜版照相二十八页，近六十幅，是我最感兴趣的。因为在这前后，我也曾在春假中到绥远去旅行过，还写过一卷日记记事，刊于《南开初中》，读此一卷书，仿佛重温旧日游踪，如云冈的雕像，大同诸寺，相传李凤姐卖酒的久胜楼……尤为可喜的是看见了在蒙古包前冰心女士和雷洁琼的合影，得见心仪已久的女诗人的留影，真是使人高兴的事。

书前有作者写于“二十三、九、八”的题记，原来这本书是他旅行中写给高君箴夫人的一束家信，他说：“但最近的将来，就将成为问题的中心的西北，其危急的情形，以及民间的疾苦，或可于此得到些消息吧。”可以看出他执笔时的心事，必将扫穴犁庭、光复故物的大愿。不想题记写成后四年，此书出版之际，已是淞沪抗战之时，此书际此印行，流布必不甚多。又过一年，他又在书前题句，慷慨激越，动人心魄。则更是这本小书值得珍重的因由了。

又过了几年，与西谛重见，已是一九四八年前后。那时他正主编《文艺复兴》，要组织一期中国文学研究专号，要我投稿，我想写一篇吴梅村《〈鸳湖曲〉笺证》。一夜，在庙弄他那塞满了唐三彩陶俑的书房里谈天，说到搜集材料不易，西谛随手从书架上抽出一部崇祯刻的《几社文选》给我，要我带回去查查，可能有关于吴昌时的材料。慨然相假，不少憾惜，那时张葱玉的藏画易手，将流出域外，西谛用珂罗版印了一厚册《韫辉斋藏画》，留个纪念。也一并取出脱手相赠，凡此都可见其豪迈气概。

一九四八年九月，吴晗从北平来沪。本拟乘飞机去港转解放区，而忽有凭照片始可登机的新规定，走不成了，只得住在沪西王艮仲家，闭户读书。西谛以新刊《玄览堂丛书》赠之遣日，因其中多收明季史料也。十月一日，西谛、叶圣陶约吴晗去苏州游散，我亦同去。此游叶圣老有日记，在《叶圣陶集》第二十一卷，惟系事后补记，不免遗漏。如同游者无周予同，只是在火车站偶然碰到，他是去社会学院上课的。看见我们就坚邀去学院演讲，而吴晗又不能出头露面，西谛就要我去应付一下，终于辞谢了。

我们一行四众，先到木渎。观韩蕲王碑后即在石家饭店午饭。秋光正好，是鲃鱼上市的时候，服务员用面盆盛了鲃鱼给我们看，圣老捞起一条，用手紧握，鱼腹渐渐鼓起，成球状，看了十分有趣。至于鲃肺汤，圣老说“实无甚好吃”，却是此店的名菜也。

此后即登灵岩，上天平，回市里晚饭后，“振铎黄裳欲访书，而护龙街书肆已关门，叩之都不应”，圣老日记如此。其实还是走进了一家，架上满满的都是清初刻本方志，是许博明的旧藏，西谛笑对我说：“这些都可以买。”其实我们都没有买书钱，一笑而罢。至于游汪义庄戈裕良堆的假山，并非在翌日上午，而是从书店出来后摸索到的。昏黑中一片模糊，什么都未看清。至于是否真是汪义庄，也不敢确说。圣老所记，必是旧有印象，偶然忆起而已。

也是在这前后，我在一家旧书店里，看到西谛手写的一册《纫秋山馆行箧书目》，说是预备出让，而且已有四川客人看过，只是尚未议定。我当时年少好事，就想设法为他保存这批书，多方筹借（“小黄鱼”加“大头”），等我提了换得的一袋“法币”去付款时，却因币值突变，没有成交。这事并没有让西谛知道。后来对旧书认识较深，才悟出这批书并非他藏书中的精粹，大半是常见的明刻本，弃之并不可惜的。

建国后他出任文物局长，在北京团城办公。我去访问，见面后称赞这是理想的办公地方。在光线不佳的屋内，他的座后有一只陈旧的保险柜。西谛开柜取出一卷绢本旧画，打开给我看，说绢底脱落，看一回就少一回了。我感谢他的盛意，又因实在不懂书画，草草一观就请他收起了。

又一次我在来青阁买到一册宋本《尚书图》，是南宋建阳刻本，白麻纸初印，有胡心耘跋，在古版画中算得是最早期的作品。西谛收古版画数十年，著有版画史图录，不能不给他看看。于是再访团城。西谛一见此书，高兴得几乎跳起来，急问在哪里买的，花了多少钱？不容分说，就做主留下，照原价由国家收购，马上送到正在举行的雕版印刷展览会上去了。

一九五一年春西谛来上海，拉了巴金来我家看书。见到崇祯甲申钱栴辑刻的《城守筹略》，大为赞赏，认为是难得的好书。又看到一部碧筠草堂刻的《笠泽丛书》，却没有顾肇声印，没有封面，也没有印记，皮纸精印，阔大近尺。西谛说："在杭州浙江图书馆看到同样的一本，是他们最近用高价买进的，定为元刻，真是荒唐。让我拿了去给他们看看。"后来我在浙江图书馆的办公桌上真的又看到了此书。从这两事，可以看出西谛的豪情胜概。同时他又见到一部康熙刻张岱的《西湖梦寻》，也是不忍释手，要我送给他，我没有答应。西谛不无惘惘，后来在《劫中得书记》的后记中添了一笔，说过去以为张宗子的书没有旧刻本，现在见到康熙刻的《西湖梦寻》，才知道旧说不确。

西谛和上海出版公司有颇深的渊源。他的几种巨著都由它印行。出版方针也多由他规划。西谛工作起来有极雄大的魄力，更有非常开阔的眼光，在学术研究上，他是个开启门户的，颇有"只开风气不为师"的风度。因此也有许多未竟之业。他的兴趣是多方面的，但有时也会见异思迁。在搜集旧书时表现得尤为突出。最近在《档案与史学》上读到他一九四九年后的日记，他买书的魄力与兴趣是惊人的。为了研究唐诗，他着力收罗历代唐诗总集、选集，连汲古阁所刻的唐人集部也要搜罗无遗。他收集版画，明人所刻的曲本、杂剧、通俗书，只要有附图，都每见必收。他也收词集，曾与李一氓比赛藏品。方面既广，粗疏就不可免。我曾从上海出版公司的刘哲民处借得两册珂罗版精印的古陶俑图录，就是他的著作印好而未发行的。哲民后来急急索还此书，说是不能发行，因为所收大半是伪品。这就使我想起庙弄书房中那些唐三彩，都是他举债收得的，竟有不少是古董商人拿给他的伪品。

买书成癖，同好之间的矛盾即不可免。五十年代初，我曾与傅惜华合作编一部古版画图录，商请上海出版公司印行，刘哲民也满口欢迎，惜华还将珍贵的藏书寄来上海拍照。一切说得好好的，但总是不见实行。每次催问哲民，总是好言应付，后来我也悟出，西谛是不赞成傅惜华印这部书的，尤其是版画。傅惜华也是收藏大家，特别是小说戏曲版画，成就与马隅卿相埒。可惜“文革”中藏书扫数为康生掠去，不知下落，倒不如西谛身后藏书归国家图书馆，得以保存。原议设专室收藏，后来被打乱，无从得见原藏旧貌，是很可惜的。

此后因梅兰芳《舞台生活四十年》出版问题，西谛对我颇有意见，过从渐少。但一九五七年后，我被剥夺了写作权利，但我编剧的电影《林冲》却得及时上演。西谛曾在报刊上撰文介绍。他是从来不写影评的，这不能不使我感念。

近来读巴老《怀念振铎》文，感慨无端，其中有这几句话：“振铎是因公逝世的，后来听见一位朋友说，本来要批判他，文章已经印好，又给抽掉了。这句话使我很不舒服。”是的，我读了这些话，也觉得很不舒服。

甲申始秋

附记：

西谛与巴金，虽然在对待古书文物上，有过不同意见，但巴金对西谛重印古籍的工作，一直是热情支持的。鲁迅、西谛重印《北平笺谱》的广告在人公报上出现，当时我正在寒假返里的车中，读了西谛的《访笺杂记》，激动异常，想无论如何也得有一部，再看看《笺谱》的预约价，银洋十元，这却不是一个中学生所能担负的，嗒然意尽，一直惆怅了许久。若干年后，在巴老座上，看到此书，还是崭新的初版鲁迅西谛签名本，不禁意动。想借回去细读，可是书太珍贵了，不敢开口。后来又在巴家看到鲁迅西谛重刻的《十竹斋笺谱》，我本有此书，“文革”中肚子饿得慌了，只好卖掉。现在手头只有初印的《版画丛刊》的第一卷。西谛的《中国版画史图录》，也是极珍贵的大书，也在巴金家看到，曾借过两函，回家细阅。巴金还是西谛所编《古本戏曲丛刊》的预订者，这也是一部西谛未完成的巨作，我曾预定过一部，出到第三辑后因无钱半途中止了。但在巴老那里，却一直看见送来的第四、五辑的新书。古典戏曲并不是巴金研究的重点，但西谛凡有制作，他总是不遗余力地支持的。

西谛热情如火，死去时不过六十岁。他没有学者架子，对后辈总是那么热情地相待，循循善诱，如对春风，使人忘记他是文坛的大前辈。正如丁聪虽年登耄耋，朋友见面仍只以“小丁”相称一样。所以在写此文时，为行文便利，不别加敬称，这样会更亲切些。读者亮之。二〇〇四年十月十二再记。

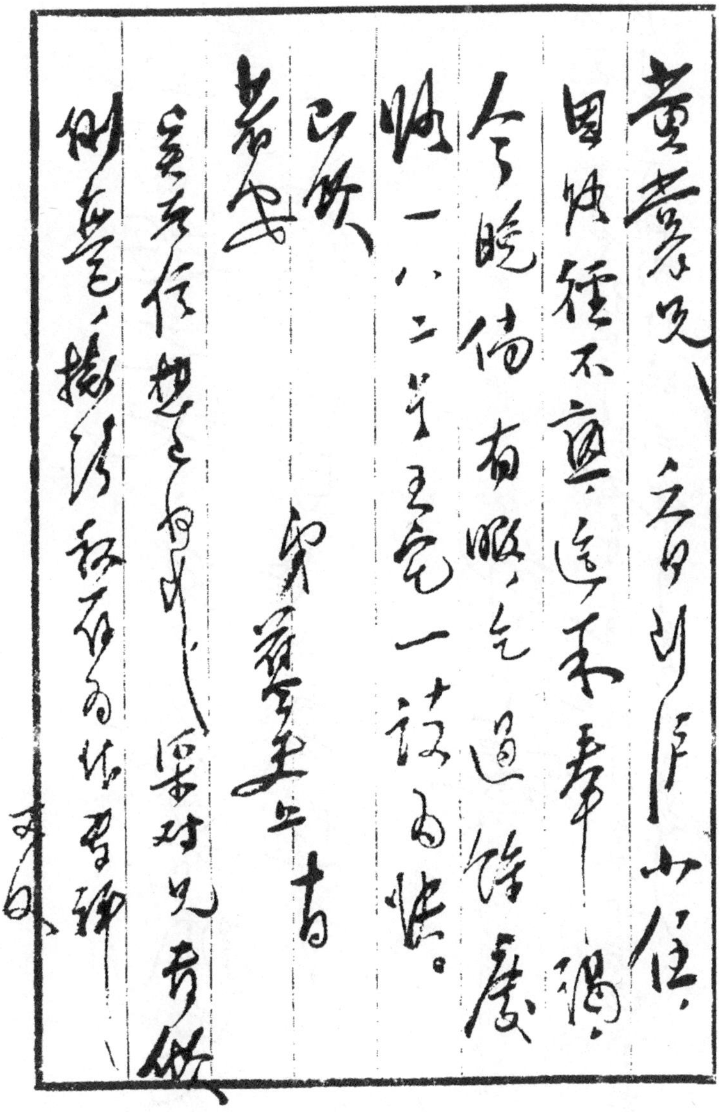

一九四八年九月吴晗避地来沪后给作者的信

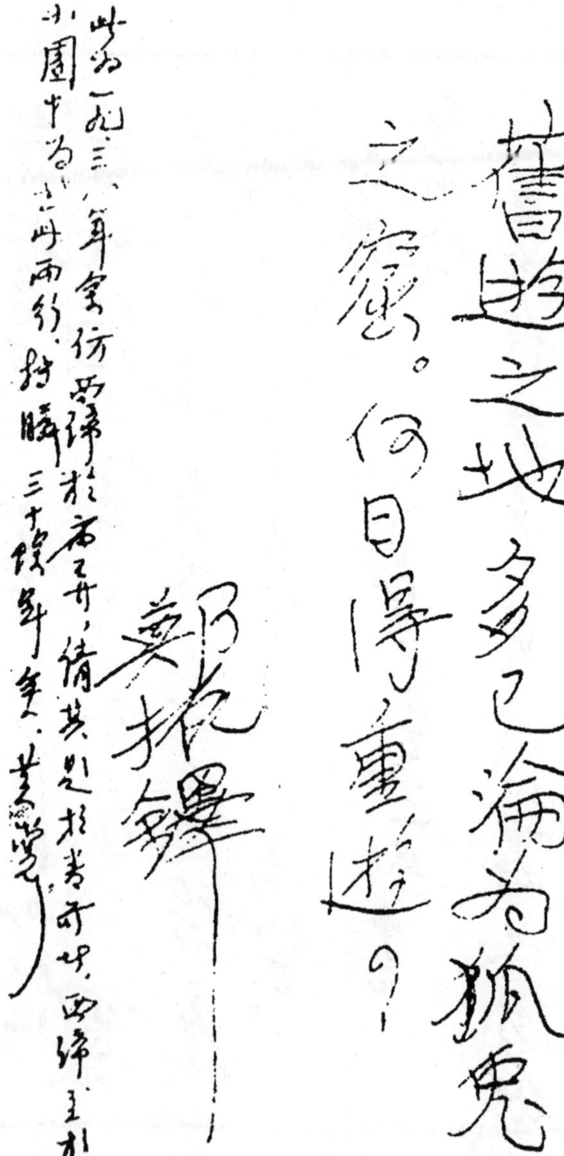

舊遊之地多已淪為狐兔之窟。何日得重遊之？
鄭振鐸

此為一九三八年余訪西諦於廟弄，請其題於書前者也。西諦立於小園中為書此兩行，時距三十餘年矣。黃裳

郑振铎在《西行书简》上的亲笔题字

寒柳堂诗

在报纸上看到钱仲联评陈寅恪诗及因此引起的争论，觉得这是值得注意的一桩“诗案”。钱仲联的评论见于他为饶宗颐《选堂诗词集》的序文中，略云：

> 寒柳亦能诗，而功力不能与其兄衡恪、隆恪敌，亦非如其季方恪诗之风华绝代也。其名篇即挽观堂之长庆体长诗，身处共和而情类殷顽。其余短章，时羼酬应牵率，且有猥托贞元朝士之感者，皆张茂先我所不解也。

钱仲联的批评是在得见寅恪前后期诗作的总体估价，包括早期名篇和晚期感时伤世之作在内。批评重点是政治标准第一，也不放过诗艺的评骘。陈氏兄弟诗篇，我只见过衡恪的遗诗，两者确非一路。师曾的诗纯属画家诗，时见清词丽句，近于瓯香馆，且逝世早，不如寅恪之多历世变，其诗更多家国身世之感，两者实不宜并论。至于说寒柳诗多类殷顽和猥托贞元朝士之感，说的其实是同一意思，就是说陈寅恪似乎是两代“遗民”，既是前清、又是蒋家王朝的“遗民”。

这正是寒柳诗一直不为人理解的重点所在。寅恪在《王观堂先生挽词》序中指出："其所殉之道与所成之仁，均为抽象理想之通性，而非具体之一人一事。"所论虽是王国维，其实也可作为寅恪毕生行止的解释，所以"流俗恩怨荣辱委琐龌龊之说，皆不足置辩也"。

寅恪平生言论行事，颇有"遗少气"。这是胡适的话，较"殷顽"说尚少近真。看起来不大有人会把他当作前清的"遗老"了。至于是否将他列入蒋家王朝的"贞元朝士"，就难说得很。钱仲联所说也正如此。可是求之寅恪遗诗，对蒋介石和国民党，就有一九四〇年写的"看花愁近最高楼"，据吴宓说就是为蒋介石而发的。同样还有"九鼎铭辞争颂德"（一九四三），"青骨成神二十秋"（一九四六）诸句，诗意显然。更不必说《哀金圆》长诗，痛斥王云五，已是戟指痛骂了。若说这都出之"贞元朝士"岂非梦呓。又据陆键东记黄秋耘回忆，康生指摘陈诗之反对社会主义者五首，其中三首乃是建国前所作，就更是刀笔吏的无理取闹了。凡此，都是陈寅恪所说的委琐龌龊之说，都是不足置辩的。

我辈喜爱陈诗，可说由来已久。五十年代偶得传抄陈诗，都珍重录存，也不过寥寥数首而已。其中就有《昆明翠湖书所见》"照影桥边驻小车"一律。翠湖是旧游之地，此诗写战时昆明风景，而以燕都比照，感慨无端。诗写得风华旖旎，读之铭感至深。陈诗受义山、东坡、梅村的影响是分明的，也偶有酷似龚自珍之作，如《别蒙自》诗："我昔来时春水荒，我今去时秋草长，来去匆匆数月耳，湖山一角已沧桑。"

陈诗与吴梅村诗关系密切，正如余英时指出的，其《癸巳七夕》诗（一九五三年八月）：

离合佳期又玉京，灵仙幽怨总难明。赤城绛阙秋闺梦，碧海青天月夜情。云外自应思往事，人间犹说誓来生。笑他欲挽银河水，不洗红妆洗甲兵。

这与吴梅村的《七夕感事》诗风格如一，用韵前半亦相同，对比可见：

天上人间总玉京，今年牛女倍分明。画图红粉深宫恨，砧杵金闺瘴海情。南国绿珠辞故主，北邙黄鸟送倾城。凭君试问雕陵鹊，一种银河风浪生。

两诗同有低回宛转之妙，这是梅村诗的特色，而寅恪效之。也许这正是晚清以来风靡一世的江西派诗人所不喜，并认为诗格不高的缘故吧。关于吴梅村诗，龚自珍有“三别好”之说，也正是说明此意。虽然明知不够高标准的诗格，但因是“慈母帐下灯前”所授，所以到老不能忘情。也许这就是我辈酷爱寅恪诗的因由吧。

如果选取陈诗的一些断句，可以看出他的诗风并不囿于一隅，如“万里乾坤孤注尽，百年身世短炊醒”“简斋作客三春过，裴淑知诗一笑温”“万里西风吹节换，夕阳东市索琴迟”，就已近于宋调，可见他的诗的多种面目。

寅恪诗多咏史、感事之作。余英时曾有释证，大体可信。余释《丁酉五日客广州作》诗为咏反右之作：

> 照影湘波又换妆，今年新样费裁量。声声梅雨鸣筝诉，阵阵荷风整鬓忙。好扮艾人牵傀儡，苦教蒲剑断锒铛。天涯节物鲥鱼美，莫负榴花醉一场。

丁酉端午正是鸣放高潮之际，寅恪先生不发一言，只咏诗一首，史家卓识，具见此中。少后《丁酉七夕》诗，则是反右运动高潮之际所作，恰可与前作合观，并为诗史。“原与汉皇聊戏约，那堪唐殿便要盟”，貌似咏史，而历史并无此事，此其所以沉痛也。

寅恪诗多凄苦之音，这与家国兴亡、个人身世都有密切关系，但也偶有欢愉之词，一九六二年作《忆燕山浸水河旧居赋此诗时为晓莹生日即以是篇为寿可也》：

> 庭院清阴四柳垂，凤城西角访幽姿。新妆病起浑忘倦，沧海人来稍恨迟。感世春山舒叠翠，倾心秋水记流漪。岭南偕隐今回首，换却长安几局棋。

这是回忆初访晓莹夫人之作。少后更有题结婚时曾农髯写赠红梅图一律，中有句云“红烛高烧光并照，绿云低覆悄无言”，写新婚洞房情事极肖似，可见寅恪心中有此不忘之记忆，遂数数记之以诗，亦其垂老仅有之欢愉矣。

诠释陈诗，确是艰难的工作，余英时的释证虽不无牵强之处，然大致是可信的。但也有未尽合理的推测，如《偶观十三妹戏作》二绝之一云：

涂脂抹粉厚几许，欲改衰翁成姹女。满堂观众笑且怜，黄花一枝秋带雨。

余英时释云："'衰翁'自是指先生本人。"此诗紧接《男旦》一诗后，都作于一九五二年初，自是讥讽赶时髦的老知识分子之作，绝非自况。寅恪的旧友陈垣，曾发表致胡适的公开信，划清界限，是旧知识分子改造的先进典型。这两位老朋友过去关系密切通信甚多，建国后遂断知闻。又一九五三年一月二日寅恪有致杨树达信，略云："援老所言，殆以丰沛耆老南阳近亲目公，其意甚厚。弟生于长沙通泰街周达武故宅，其地风水亦不恶，惜励耘主人未之知耳，一笑。"也是为陈垣而发的。此信与两诗为同一时期所作，则"衰翁"极有可能是指陈援庵也。

综观寅恪先生诗篇，其对现实的批判，绝大部分是从独立精神自由意志出发的文化批判。他不是什么"殷顽"也不是所谓"贞元朝士"，所以他的诗处处散发着诗史的光辉。

多年前曾见到钱仲联先生的诗集，记得是编年本，中有断缺，未能细读，不能领会他的诗风家法。一九六二年顷，曾以记者身份访晤于黄浦江畔，快谈移晷，也着实争论了一通。话题是对钱牧斋的评价。他对牧斋是五体投地的，赞不容口。对牧斋的降清也多恕词。印象甚深。看来他对寒柳诗的好恶，不是没有来由的。近来时有新论迭出，有人甚至认为钱牧斋的降清，是为了保全南京城近百万百姓的性命。陈寅恪曾称道欧阳修的五代史，“作义儿冯道诸传，贬斥势利，高崇气节”，在有些人看来，直是过时的迂论。也许不久的将来，会出现为汪精卫翻案的高论也说不定。吁！

二〇〇二年一月三十一日

附：

偶阅本年第四期《万象》载有黄裳先生《寒柳堂诗》一文。文中有云：

《寒柳堂诗》“偶观十三妹戏作”二绝之一云：

涂脂抹粉厚几许，欲改衰翁成姹女。
满堂观众笑且怜，黄花一枝秋带雨。

余英时释云“‘衰翁’自是指先生本人”。此诗紧接《男旦》一诗后，都作于一九五二年初，自是讥讽赶时髦的老知识分子之作，绝非自况。寅恪的旧友陈垣，曾发表致胡适的公开信，划清界限，是旧知识分子改造的先进典型。这两位老朋友过去关系密切通信甚多，解放后遂断知闻。又一九五三年一月二日寅恪有致杨树达信，略云：“援老所言，殆以丰沛耆老南阳近亲目公，其意甚厚。弟生于长沙通泰街周达武故宅，其地亦不恶，惜励耘主人未之知耳，一笑。”也是为陈垣而发的。此信与两诗为同一时期所作，则“衰翁”极有可能是指陈援庵也。

按，数十年来海内论史学者每称“二陈”，然二人之经历、志趣与出处则大不同。抗战期间，陈寅恪《陈垣明季滇黔佛教考序》有云：

昔晋永嘉之乱，支愍度始欲过江，与一伧道人为侣。谋曰：用旧义往江东，恐不办得食，便共立心无义。既而此道人不成渡，愍度果讲义积年。后此道人寄语愍度云，心无义那可立，治此计，权救饥耳。无为遂负如来也。忆丁丑之秋，寅恪别先生于燕京，及抵长沙，而金陵瓦解。乃南驰苍梧瘴海，转徙于滇池洱海之区，亦将三岁矣。此三岁中，天下之变无穷。先生讲学著书于东北风尘之际，寅恪入城乞食于西南天地之间，南北相望，幸俱未树新义，以负如来。

其间谆谆以“未树新义，以负如来”相勖勉，颇似有感而发。而文中又特标“宗教与政治终不能无所关涉”，其实亦即是学术与政治终不能无所关涉也。

建国以后，两人之分道扬镳尤为明显。建国不久，陈垣即发表致胡适的公开信。不久陈寅恪即撰成《元白诗笺证稿》，其中作者发抒其个人感慨之一段话颇耐人寻味。原文之辞曰：

> 纵览史乘，凡士大夫阶级之转移升降，往往与道德标准及社会风习之变迁有关。当其新旧蜕嬗之间际，常呈一纷纭综错之情态，即新道德标准与旧道德标准、新社会风习与旧社会风习并存杂用。各是其是，而各非其非。斯诚亦事实之无可如何者。虽然，值此道德标准社会风习纷乱变易之时，此转移升降之士大夫阶级之人，有贤不肖拙巧之分别，而其贤者拙者常感受苦痛，终于消灭而后已。其不肖者巧者则多享受欢乐，往往富贵荣显，身泰名遂。其故何也？由于善利用与不善利用此两种以上不同之标准及习俗，以应付此环境而已。譬如市肆之中，新旧不同之度量衡并存杂用，则其巧诈不肖之徒，以长大重之度量衡购入，而以短小轻之度量衡售出。其贤而拙者之所为适与之相反。于是，两者之得失成败，即决定于是矣。

史学著作而意在影射，固无足取。然史家下笔之时，其思想感情又不可能不受自己的时代与现实生活之影响而形诸于文字。黄裳先生以为“衰翁”即指陈垣。然则有无可能此节论元白二人慨乎言之之文字，亦有两位陈先生之身影存乎其间？寅恪先生著作中此类感触甚多，如论袁世凯之称帝，初尚以从学术上讨论共和与帝制二者孰宜于中国国情为借口，乃不旋踵即呈种种光怪陆离之丑态，令人转觉此所谓学术讨论不过是一块无谓的遮羞布而已。

自五十年代起，寅恪先生即屡遭批判，“文革”期间饱受摧残，诚可谓“常感受痛苦，终于消灭而后已”。相形之下，援庵先生则一生历经六朝，“富贵荣显，身泰名遂”。“文革”期间，史学界马克思主义四老（郭、范、侯、翦）均受冲击。郭公开表态欲毁其全部旧作。范做检讨，竟要求对自己“说得越过头越好”，而置实事求是之起码史德于不顾。旧（封、资）新（马列）史学界之代表人物几乎全军覆没，其间得以终生长乐、福寿全归者恐惟陈垣老一人而已。犹忆四十年代之初在校求学时，一次偶闻几位老北大[注]学长闲谈陈垣老一生行藏出处，谓先是参加清廷科举，继而任北洋高官，再任大学校长。日本占领期间以大学校长之身份接受梵底冈之勋章。言谈之间，似颇有微词。当时尚未及见先生战后及解放后之荣誉与风光。以视陈寅老毕生之颠沛坎坷，枯荣之间诚不可以道里计矣。

偶读黄裳先生之文，引发遐想。然而人事幽微，从来难以揣度。事实是否如此，殊未敢必。先生于陈先生最有研究，便中倘蒙指示一二，拜嘉无极。

何兆武

（此文后以《衰翁二陈》为题发表于《万象》二〇〇二年第七期）

注：按，一九三七年抗日战争爆发，大批在校青年激于爱国热情，纷纷辍学奔赴抗日前线。三数年后又多有返校复学者。我们由中学直接升大学者遂称他们这批年纪较大的同学为“老北大”（P字号）、“老清华”（T字号），我们则是“联字号”（A字号）。

卞之琳的事

一九八一年七月，得之琳从北京寄来张充和写的字，卞信如下：

黄裳同志：去秋访美期间，在充和家里，听她说起，三十多年前你曾托靳以请她写几个字留念，现在她在西德短期旅居中把字写了寄来，托我转给你（内附她给你的信和靳以过去那个信的复印件），昨天问到了你的通讯处，特挂号寄上，请检收。祝好。卞之琳。七月四日。

附来张充和的信如下：

黄裳先生，奉上拙书一幅，想来你已忘记此事，因靳以四九年的信尚在，非了此愿不可。我的字时写时辍，不成“体”统，并请您书赐一幅，作为纪念。但不要等三十年后就好。多年来因不知国人友朋下落，前之琳来美，谈及此事，现在就托他代转了。

附上靳以信影本，一叹！

我在德，七月底返美。专此即祝康乐。

一九四九年前后，正是我发愿收集师友字幅的时候。从从文处知道充和善书，还得到沈从文、杨振声、张充和在颐和园霁清轩中写的长幅书件，三人同写章草，几乎看不出不是一人所书，从文还在后面记下某几行为谁的手笔。从此得一印象，因将充和也列入求书行列。难得的是靳以还为此写了信，更难得的是这戋戋一叶短笺，充和竟保存了三十年而无恙。这使我感念非常，写了一篇《宿诺》，收入《珠还记幸》中。我知道卞诗人与充和的关系非比寻常，但也只是听来的一鳞片爪，更不便写入文字。忽发异想，何不求证于本人，因而写信给之琳请教。这自然是一种愚蠢莽撞的举动。自然是久久不报。直到一九八一年冬，才又得之琳一信。

黄裳同志：

今夏转奉充和在西德所写字和当年靳以旧信复印件后，曾接手书，因我照例又忙又懒，迄未作复，至歉。昨天接到一封要我转交从文的信，从信封上看字迹，猜是你写的，今天转送到他家里，果然不错。

关于充和情况，今年九月香港出版的《八方》第四辑所刊她的《少作两篇》前的编者按：“原籍安徽合肥，在苏州长大，擅昆曲，三十年代初期在北京大学读过书，三十年代中期用各种笔名在报刊上发表过散文小品和短篇小说，后来只偶尔写写旧诗词，现居美国，在耶鲁大学教书法。”所说简明扼要，大致不差。今年八月随汗思（Hans Franke）在南德明兴（慕尼黑）客居三个月回到美国新港（New Haven），发现田园荒芜，手植菊已被草掩盖，连根都找不着，写信给我说，松还可以，菊何能存。辛笛在你家里看见了她所写字后，再转托我向她求字，十月中我接到她应命所写一幅小楷，当即转寄上海，从此就没有再接辛笛信，因寄挂号，想不致遗失吧。

《八方》第四辑上所刊充和的两篇少作，是我得她本人许可而转去的。一九三七年秋冬间我刚到成都，从大学图书馆的旧报副刊上，抄录下她这样的散文二三十篇，她是知道的。去年在她家里谈起，我回国后找找，只仅存这两篇，纸破字残，我清抄出两份，她看后指出其中一处，“城隍庙”原系“城墙垛”的误排，在香港发表，未及更正，而且还新增了两处小错字，她当年在靳以编的《文丛》第一期上还有一篇《黑》，忘记了署名什么，你如能在上海什么图书馆找到此刊，把这篇短文复制一份寄给我看看，就非常感激了。

我自小从没有学过字，后来由用毛笔到用钢笔，到用自来水笔到用圆珠笔，再加若干年来手抖，无法再写墨笔字。去年我从文学研究所的《开卷》某期看到你所藏我给《文学季刊》的《春城》原稿，简直叫我不相信是我写的。去年在充和家里，她逼我在一本留念字帖上留几行墨迹，手不听指挥，真无可奈何。后来她陪我逛纽约唐人街，在一家国货公司的书报部发现了《开卷》

这一期，就买下送给了她。我还得谢谢你。

《雕虫纪历》印数不多，想不到一出版就销售一空，我自己也没有能买到多少本，无法遍送朋友。现在再版无期，香港三联书店却一直要我让他们出新版，我现已交给他们一本增订版稿，听说已付排，明年上半年可出版，届时定当奉赠一本。

我最近去荷兰住了十天（十一月二十二日至十二月二日），是应邀去参加莱顿（Leyden）大学授与一位荷兰学者（Lloyd Haff）博士学位的隆重典礼。这位博士用英文（他出生美国）写了一本相当厚的专著（现印了一些试行本，修订后将正式出版），题目是我。

近年来见你笔头甚勤，可喜可贺。

祝好。

之琳

十二月十一日

这封长信是对我的提问的回答。可以说是答非所问，但实在是最好也最可满意的回答。历久不衰的钟情，珍惜对方的文字留痕，千方百计地搜寻并张罗印出；对方的一颦一笑，都永不会忘记，值得咀嚼千百遍的温馨记忆永远留在心底。这一切，都在淡淡的言语中隐隐约约地透露出来了。

《春城》的原稿，是巴金给我的。后来找出来还给之琳了。是用毛笔写在大张稿纸上的，恭楷，飘逸而娟秀，像是出于女作家之手。

其实作者在《雕虫纪历》的自序中，也早已提到了：

> 同时，私生活中的一个隐秘因素也使我在这个阶段里写诗另外有了一个具体特点，写了像《无题》等我以前和以后从不写的这样几首诗……但是后来，在一九三三年初秋，例外也来了。在一般的儿女交往中有一个异乎寻常的初次结识，显然彼此有相通的“一点”。由于我的矜持，由于对方的洒脱，看来一纵即逝的这一点，我以为值得珍惜而只能任其消失的一颗朝露罢了。不料事隔三年多，我们彼此有缘重逢，就发现这竟是彼此无心或有意共同栽培的一粒种子，突然萌发，甚至含苞了。我开始做起了好梦，开始私下深切感受这方面的悲欢。隐隐中我又在希望中预感到无望，预感到这还是不会开花结果。仿佛作为雪泥鸿爪，留个纪念，就写了《无题》等这种诗。

这说得够直率了。我本不该再写信去请教，难怪他压了几个月才写了回信。他说的是《无题》的续篇，余音渺渺，余味不尽，恰可补诗序之不足。诗人已去，而遗篇常存，我这里也算是写了一篇新诗话罢。

二〇〇三年十月二十七日

附：张充和的信

黄裳先生：

老早收到《山川 · 历史 · 人物》。不仅是看了，别人借看又还了。游记怎么都能如此写法便好了。其中不少是我去过的，尤其是第二故乡的苏州，一九七八年回苏州也有许多杂感，但却写不出一字。书铺、古董铺、说书茶室这些最使人忘返的地方都没有了。我是七八年十月去的，所有园中字画仍是缺然，最近有人说又挂了些，当不是旧的，想是近代人的。

前几日（一周前）之琳寄来您手抄《黑》。这个笔名再也想不出如何起的，内容似曾相识，可值不得您家亲为手抄。之琳真是好事之徒。可是我仍没有你的毛笔字，但也“知足”了。

从一月起“外勤”，直至现在才稍定，去夏威夷、Colorado 演了四场戏。最近由南部回来，去看世界博览会的。大家一致认为中国同美国是最好的，中国是以“人力”胜。但出来各物都是华贵的商业品。手工艺方面，十分惊人的麻烦（如三十六层象牙球），却在艺术上无甚可观。景泰蓝、瓷器工料，设计都差。还有店中（每馆附设一店）所售各物的陈设还不如中国镇的好商店（如做得极丑的瓷观音，摆上几十百个）。我站了很久，竟无一人经过住一住脚。总之是自己国家的文化，明知可以更好得多，未免失望了。但洋人看了出奇入胜，便都满意。

暑中仍然有一处“江湖”要走。应该是“封箱”时候到了。但正如我祖母当时的行动，与我们这一代大不同，虽然年龄相近，我仍是“一脚踢”。专此再再道谢。即祝　撰安

张充和上
一九八二年六月二日

读《红楼梦》札记

从小爱读《红楼梦》，迄今仍不忍去手。常置一卷于枕畔，随意选一节读之，无不欣悦。回想多年读此书，欣赏所在，不无变易。最初读时，识字不多，记得将“贾雨村风尘怀闺秀”还读作“润秀”，可笑类此。其不能领会书中妙绪可知，难怪随手掷去了。少有知识以后，重读此书，引起兴趣的则是书中的浓词艳赋，如贾宝玉的怡红院四时闺咏、海棠社集、菊花诗等等，无不以为词章规范，至于诗句中有什么微言大义，如目前红学家所剖释，则从未措意。只有“寿怡红群芳开夜宴”中麝月掣了一根“开到荼蘼花事了”的签，却分明是刻露的一笔，逗出了“送春”的命意。不待红学家的指教，知道确是大观园落入衰歇的提示而已。

这以后，兴趣就转移到一些热闹场面，刘姥姥在大观园中的表演，凤姐、鸳鸯对她的百般捉弄，花团锦簇的场面，使人眼夺目眩。至于姥姥初进荣国府的种种，与周瑞家的周旋、凤姐接待来客的举措、姥姥眼中的府内光景，尽管雪芹细细着意抒写，却轻轻地读过，说不上尽情欣赏、领会了。

此际所激赏的片段，如葬花，自然是绝妙好辞，其后半

“牡丹亭艳曲警芳心”一节，却只不过是借汤玉茗的原词，随宜点染，并不费多少气力。雪芹这种“借景”功夫，更是所在多有，借古人名句意境，幻出崭新故事境界，活色生香，使人浑不觉其出处来历。这一节只不过是直接运用的一例而已。下面写“醉金刚倪二”一节，更是雪芹欲与《水浒传》争胜的好词。脂砚斋（也许是雪芹自说）说这一节较《水浒传》写没毛大虫牛二好看多了。其实并不如此。倪二的几句话，是雪芹花了大力气锻炼出来的，斧凿痕迹如见，就不如《水浒传》写法之干净有力。雪芹书中第一等笔墨都是真境界的白描，而非刻意经营的片段。鲁迅先生论红楼说，“正因写实，转成新鲜”，指出的正是这一层意思。

红楼笔墨有极繁的，铺陈有极琐的，都值得细细读去，年轻时只注意故事，这些就往往忽略了。以“宁国府除夕祭宗祠”一章论，宝琴眼中的宗祠景色，黑山村乌庄头的禀帖账单，都是写得极详却并不嫌啰唆值得细读的。贾蓉接过禀帖，忙展开捧着，贾珍倒背着两手，向贾蓉手内的禀帖看去，这几笔真是活画出贾珍的身份气派。每读至此处，总不禁想起京剧《法门寺》，侯喜瑞饰刘瑾，从萧长华的贾桂手中看宋巧姣状纸，几个转身，贾桂转磨盘儿倒退，展转伺应。几疑两处所写同为一事。纸上台上不同的故事，不同的表达方式，却铸就了不同的不朽艺术精品，不知道侯喜瑞和他的师傅黄三读过《红楼梦》不，是有意的模仿还是暗合，总之，两者绝非偶然的雷同。

同样还有“浪荡子情遗九龙佩”一回，细写贾琏与尤二姐故事，与京剧《拾玉镯》如出一辙。雪芹寥寥数笔，却抵得舞台上半天张致。

自来鉴赏家有望气之说，无论古玩、书画，都可凭一眼确定真赝，看来玄虚而不科学，但也不可贸然否定。望气者凭借的是经验，见得多自然积累的经验就多，因为到底是实践所得，自有其存在的价值。可惜经验并不曾用科学方法总结，留下的只是陷于神秘的传说而已。在文学鉴赏上是不是也有望气一说呢？小说家张爱玲是熟读《红楼梦》的，她的经验是，“不同的本子不用留神看，稍微眼生点的字会蹦出来”。这就是说，因为熟读文本，对作者的文字风格、用词遣字、常用字汇，以至谋篇、布局……都摸得熟而且透，一旦发现不合规范的字句，就会产生异感，觉得绝非曹雪芹的笔墨，这是合理的判断，说不上奇怪或神秘。最明显的例证，可以举有问题的第六十七回，“见土仪颦卿思故里”，写黛玉、紫鹃、宝玉、宝钗的对话，只觉得全不是那么回事，真是所谓不高明的“拟作”。有的校本还特取列藏本的文字，不想其拙劣更甚。这一节绝非曹雪芹的笔墨，当是另一人的补笔。

张爱玲还说，她从小读红楼，读到八十一回，什么“四美钓游鱼”之类，忽觉“天日无光，百样无味”，那竟是“另一个世界”了。她这种感觉，就是完全不同于雪芹原笔的一种异感，也可以说是“望气”说在文学欣赏上的体现。这里还谈不上高鹗对雪芹思想上的背离、篡改，只凭数节文字就可以论定，而这论定又是铁定不可移的。

可惜这种文学欣赏上的敏感，竟不能要求于粗心的读者以至作家，为高鹗唱赞歌者有之，研红专著将前八十回与后四十回一锅煮者有之。这样的论著，我是不看的，首先作者的文学欣赏趣味就可疑。

曹雪芹写黛玉与宝钗，分明是以“敌体”相待。黛玉有许多缺点，如褊狭、气量狭小、尖酸刻薄、多疑。她称刘姥姥是母蝗虫；在宝钗为惜春安排画具时，说她是开出了自己的嫁妆单子；听见宝玉奚落宝钗是杨贵妃时的得意；送宫花时给周瑞家的当面下不来台；宝玉将北静王所赠鹡鸰香念珠转赠黛玉时，她说什么臭男人拿过的，我不要他……如此等等，一直到四十二回“蘅芜君兰言解疑癖”，才解除了对宝钗的“偏见”，从此两人情感渐密，以至推心置腹，无话不谈。这转变过程是可信服的。但整体看，写黛玉抓紧的是一个“真”字。这是个天真烂漫、心口如一的女孩儿。至于作为“敌体”的宝钗，雪芹则着力突出她的特点，一个“伪”字。但并非一切皆伪，通体皆伪，宝钗自有她的“优点”，甚至似乎主要是“优点”，“伪”只是于不经意处随笔点染出来，但人物却笼罩在“伪”的迷雾之中。

雪芹写宝钗最不留情面的当然是“扑蝶”一章，人物的心理变换，急遽间采取的决策，把嫌疑者推在黛玉身上，一切都那么自然，而从小红她们的反应看，私话被林姑娘听了去可不得了了。想不到只一笔竟写出两个不同的个性，如此鲜明而不留余地。

宝钗口头的信条是“女子无才便是德”。她的行为准则是“不干己事不张口，一问摇头三不知”。她的心细得很，省亲应制时宝玉作诗用了“绿玉”字样，是宝钗提醒他贵人不喜玉字，才改为“绿蜡”。薛小妹写怀古诗，宝钗挑剔不该从《西厢记》《牡丹亭》取材，要另作，被黛玉批评为“胶柱鼓瑟、矫揉造作”。她的性子好是有口皆碑的，但也有发作的时候，她听不得宝玉将她比作杨贵妃，当场还击，连不懂文墨的凤姐都感到情势的紧张严重。她同意并主张宝玉应历练些仕途、经济学问等“混账话”，宝玉听不下去，拿起脚来走了。她虽一时难堪，但并不以为意，因而被袭人赞为“涵养好”。总的说，宝钗是一位世故极深的“道学家”。这就和黛玉形成了鲜明的对比。曹雪芹运用无数细节，用画家的积墨法细细塑成这两个不朽的人物典型，真是好看极了。据脂砚斋提示八十回后的情节，黛玉早亡，宝玉与宝钗成婚，两人婚后曾有“缠绵情话”，真不知宝玉和这位女道学有什么可说的。真不禁为宝玉一叹。

全部红楼，正如一台连台大戏，在大观园内外演出。论诸般角色，既有正旦、花旦、老旦、丑旦，也有小生、老生、武生、丑角，全班合作，演出了如许使观众目不暇接、花团锦簇的精彩场面。其中既有如火如荼、惊心动魄的大场面，也有极精致的小品，错落呈现于读者面前，宛如一幅活动的“清明上河图”，也就是说一幅全景式的十八世纪中国的历史画卷。其生动、巨丽、精细，都是空前的。曹雪芹着力写的是大观园内的故事，但视野并不仅限于此，他的笔实际上是触及了园外的大千世界的。在已经佚失了的八十回后的篇章，更是放笔写去，绝无顾忌，仅从脂砚斋零碎批语所提示，即可见其大凡。这正是后半部书不能流传的原因。于此可知历来将此书单纯看作写儿女柔情甚至仅是钗黛与宝玉之间的恋爱纠葛之目光如豆，把一部大书缩小、阉割、庸俗化了。这正是红楼被曲解、误读的深痛了。

我国古典名剧，如《西厢记》《牡丹亭》，甚至如今仍在舞台上出现的单折，也不过《拷红》《游园》等数出，红楼自然也不免为伶工看中而搬上舞台。以京剧论，四大名旦中只梅畹华有《黛玉葬花》、《千金一笑》（晴雯撕扇），都是单折小戏；小留香馆主荀慧生魄力不小，敢动重头戏，有《红楼二尤》之作。可惜这许多都没有流传下来。其原因也值得我们思索。梅先生改编的两折，都是小品也是精品，但作为舞台剧，总嫌单薄，不够一卖，其实红楼中类此精妙片断，何止二三，其不能如《洛神》之以诗剧现身者，亦有幸有不幸耳。

第二十回，写袭人卧病，宝玉回房，只见麝月一个人在外间房里灯下抹骨牌，麝月有一通不与晴雯等一起玩去的道理："都玩去了，这屋子交给谁呢？那一个又病了，满屋里上头是灯，地下是火……我在这里看着。""宝玉听了这话，公然又是一个袭人。"

八十回后，据脂批说，袭人遣嫁时曾对宝玉说，"好歹留着麝月"，依红学家的说法，正是草蛇灰线的笔法了。

后来两人商量给麝月篦头。这时晴雯回房来取钱，看见了便冷笑道："哦，交杯盏还没有吃，倒上头了。"随即取了钱摔帘子出去："宝玉在麝月身后，麝月对镜，二人在镜内相视，宝玉便向镜内笑道：'满屋里就只是她磨牙。'麝月听说，忙也向镜中摆手，宝玉会意。忽听一声帘子响，晴雯又跑进来，问：'我怎么磨牙了，咱们倒得说说。'""'你又护着。你们那瞒神弄鬼的我都知道，等我捞回本儿来再说话。'说着一径去了。"

这正是一个精妙的短篇。有人物、有动作、有环境、有对话，更重要的是有气氛，两人对镜时的对话、动作、只寥寥数笔，作家神妙的笔竟写出了一首诗。

在整部大书中，麝月只是作为袭人的副手出现的。但绝非不重要的角色，也是作家用全力描绘的人物。在"寿怡红群芳开夜宴"中也是由她结束整个盛筵、同时也结束了大观园极盛的局面。由此可以领会，曹雪芹对待大小人物都是全神贯注的，丝毫不肯放松，他是如此忠实于他的工作。

整部《红楼梦》中，像这样精妙的片段正多，难道全是作者想象得之的？如晴雯撕扇、平儿理妆、龄官画蔷……如果没有实在的事实依据，很难想象会有如此精妙的抒写。"正因写实，转成新鲜"，正因从生活中来，才能信笔写来，无不如意的吧。凡如此类章节，绝不见任何斧凿痕迹，只是如实写来就是。自然作者有那么一支生花妙笔，也是必不可少的。干净利落，得止便止，更无半分拖沓的闲言碎语，在这里又可见作者的惜墨如金。也是辨别真笔与伪劣改笔的重要标识。

全书中浓墨重彩、急管繁弦的大场面不少，一时不能细数，有一节却宜指出，在繁复的、惊心动魄的场景之后，必有精心安排的余韵。如“凤姐泼醋”之后，有“平儿理妆”；宝玉被重责之后，有黛玉的临视，都是巨浪之后的微澜，能使故事神完气足，余音袅袅。似是闲笔，却非赘余。

第四十五回，“金兰契互剖金兰语，风雨夕闷制风雨词”，雪芹写潇湘馆中黄昏风雨光景道：“不想日未落时，天就变了。淅淅沥沥下起雨来。秋霖脉脉、阴晴不定，那天渐渐的黄昏，且阴的沉黑，兼着那雨滴竹梢，更觉凄凉。”这是难得一见的雪芹细写天时、环境的笔墨。写得那么逼真而美，真当得起是“追魂摄魄”。在这之前，是宝钗来访，其时两人有过长篇推心置腹的对话，此时“知宝钗不能来”，黛玉遂在灯下写了代别离《秋窗风雨夕》。

这时，人报“宝二爷来了”，黛玉看见披蓑戴笠的宝玉，就笑说“那里来的渔翁”。宝玉细说蓑笠的来历，说“我也弄一套来送你”。黛玉笑着道：“我不要他。戴上那个，成了画儿上画的和戏上扮的渔婆儿了。”遂即想起此话与前说宝玉之语相连，后悔、羞得伏在桌上嗽个不住。而宝玉却不在意。

黛玉说：“我也好了许多，多谢你一天来几次瞧我，下雨还来。这会子夜深了，我也要歇着。你且请回去，明儿再来。”接下去是黛玉从书架上把个玻璃绣球灯取下，点了一支小蜡，送宝玉去了。

实在是舍不得，一下子抄了许多。实在这一节是宝黛之间情愫最真挚、最和谐的一幕，雪芹写得实在也太美了。

作为全篇的尾声，是宝钗命婆子送了答应给黛玉的燕窝和一包洁粉梅片雪花洋糖。并传宝钗的话说：“这比买的强。

姑娘先吃着，吃完了再送来。”

这可不是“闲笔”。

在全篇极写黛玉在风雨之夕凄苦心境之下，偏前后细写宝钗和宝玉殷勤存问的友情、恋情，恰似在沉重、哀伤的乐章中，插入数笔极鲜亮的温暖音色，遂使整体凄婉的调子更刻骨般的浓重，难怪睡下的黛玉，听见窗外竹梢蕉叶之上，雨声淅沥，清寒透幔而无声泣下了。

这是诗。也许可以说是散文诗。在全部红楼中，这种诗笔正多，如千岩万壑，一时也声数不尽，只得罢了。

龚自珍二三事

龚自珍是我喜欢的作者，但却没有他的诗文集的旧刻本。原因是常见的都刻得太坏。只是偶然从书店架上得到一部同治刻本，照例是极为草率的刻本，但却有南汇沈树镛的好几方藏印。沈君是著名的收藏家，连他也不得不购藏这样的本子，可见“龚集”佳本之难遇了。

现在手头用的是一九七五年二月上海人民出版社本，是校订颇为仔细完备的本子。用的还是繁体字。那是“文革”后期，书店久已不见新书供应，等我听到此书出版消息，跑到书店去问，却早已卖光了。可见当时读书界饥渴之状已经到了怎样的程度。还是旧友嘉定唐云旌送给我一本，才得以快读。过了一年多一点，此书忽然大量出现于书店的廉价部，但“重订前言”都撕去了。我的一册却是完全的，“帮气犹存”，不能不以“珍本”视之。近来讲究新书（建国后出版的）版本之风大盛，但十年“文革”中出现的出版物却少有人注意，我觉得也是一种缺憾。无论“文革博物馆”能否出现，此类文献也是不容忽视的。我以为。

《全集》后面还附有吴昌绶编的《定庵先生年谱》，和张祖廉的《定庵先生年谱外纪》，于先生平生佚事，搜罗颇备。此后又有广辑遗闻者，但仍不免漏略。临桂况周仪《选巷丛谭》卷二有四则，极有趣：

> 秋实轩者，羽琌山民（龚定庵先生自号）飞靴处也，轩有梧桐数株，相传唐时物，山民至扬，辄寓是轩，日夕讽咏其下。山民无鞾，假于魏，所客浮于趾，曳之廓如也。客至，剧谈渐浃，山民跳踞案头，舞蹈乐甚。洎送客，竟不知所之，遍觅不可得。濒行，撤卧具，乃于帐顶得之。当时双鞾飞去，山民不自知，并客亦未见。此客亦不可及。

> 文达（阮元）晚年恒貌聋以避俗。惟山民至则深谈整日夕，并不时周之。扬人士为之语曰："阮公耳聋，逢龚则聪；阮公俭啬，交龚必阔。"

> 默深先生著《圣武记》于絜园。山民书赠楹帖云："读万卷书，行万里路；综一代典，成一家言。"

> 山民有异表，顶棱起，而四分，如有文曰十。额凹下而颏印上。目炯炯如岩下电，眇小精悍，作止无常则。非滑稽不以出诸口。垢面而谈诗书，不屑盥潄。客扬日，默深先生给两走祗伺之。一日晨兴，呼主人急出则怒甚。曰："尔仆嬲我。吾不习靧沐，晦则不知，乃以槃水数数

溷我，是轻我也。贤主人乃用此仆乎！”默翁笑谢之。

虽只寥寥四则，定庵形貌、习性举止如见。是极好的速写。旧时代所谓名士风流，大抵若此，而定庵则是特出者。魏默深是定庵挚友，但对之并不客气，尝跋金石拓本云，默深曾“窃取”其藏品，近将过访，则说“盗不远矣”！定庵身后，默深为删定遗集，将文字锋芒处多所删润。则两人关系，亦非世称所谓“龚魏”也。记他与阮元的关系，也写得极妙。自珍尝撰《阮尚书年谱序》，极恭谨。又有《问经堂记》，有言曰：“今大学士仪征阮公所燕居曰揅经堂，入其室也，无杂宾，无杂言焉。”可见二人交际的一斑。而大老官居乡为避免“俗客”，伪称耳聋，也可于乡谚中见之。

定庵生平佚事，类此者尚多。如在京师日，曾拉不相识人同饮（定庵诗有“朝从屠沽游，夕拉驺卒饮”句）。在杭州时，常嘱家人备盛馔，却不召一客，至期对空空客座举箸呼名劝酒。于是朋友都称之为“龚呆子”。种种奇言异行，只不过是表面现象，其实他对世事人情，感受极深，看他给朋友的信《与人笺》可知。他更随时毫无避忌地揭出统治者的用心，如“本朝博学宏词科始发自公，将以收拾明季遗佚之士”（《徐尚书代言集序》），又说“汉有大善之制一，为万世法。关内侯是矣”。指出这种“虚爵”办法，只在表面上给予尊崇，“无兵权，无自辟官属”；并指出“我圣祖仁皇帝既平吴耿大逆”，所采用对待功臣的政策，“以汉制准之，则关内侯也”(《答人问关内侯》)。他还有一篇名文《杭大宗逸事状》，是为同乡杭世骏而作。大宗以翰林保举御史，试保和殿，试卷中有“朝廷用人，宜泯满汉之见”的话，几乎被杀头，终被赦归里。乾隆皇帝南巡，大宗迎驾。皇帝问道：“汝何以为活?”答，开旧货摊“买破铜烂铁，陈于地卖之。上大笑，手书买卖破铜烂铁六大字赐之”。过了几年，皇帝又南巡，“大宗迎驾，名上，上顾左右曰：‘杭世骏尚未死么?’大宗返舍，是夕卒”。文章写得简洁诙诡，而情事毕见，无论是谁，读了都会感到一种阴冷的印象，久久不能去。

定庵著名的文字，还有《病梅馆记》，已是尽人皆知的名篇。这其实是一篇上好的杂文。放眼来看，定庵所作诗文，无不有杂文气，如所作《干禄新书自序》，就是一个好例。全篇历数殿试、朝考、保送军机处、考差……种种程式、仪制，细致如掌故书。但在关键所在，必书“楷法尤光致”“遴楷法如之”，凡五见。而自己因楷法不如式屡不及格，“乃退自讼，著书自纠”。所说都是自我谴责的正面话，就像前些时人们常写的“认罪书”一样，读之宛如英国狂生斯威夫特的杂文。其实他也不经意地说了老实话，在《跋某帖后》说道，“余不好学书，不得志于今之宦海，蹉跎一生”。他的字的确不中程式，不合馆阁体的规格，因之流传极少，也格外受人爱重。

他还有许多“狂言”，如李白诗，他就认为“十之五六伪也”。他评白居易为“真千古恶诗之祖”，理由是：“长恨歌‘回眸一笑百媚生’，乃形容勾栏妓女之词，岂贵妃风度耶!”也不能说毫无道理。

“文革”初期，上海新闻出版系统设五七干校于奉贤海滨。唐大郎（云旌笔名）被命烧锅炉，供应全校开水，我则担任供水。当时的规矩是每周要交思想汇报一份，大家都视为苦事。一夕，广播大喇叭放送《黄河大合唱》，大郎欢喜，就以此为题大做文章，说什么写黄河最好的诗是龚定庵的“卷帘梳洗望黄河”云云。汇报交上，心里又打鼓，因为定庵这首黄河诗是在袁浦河边妓楼上作的，生怕被看出破绽引来一场批斗，不料后来却平安无事。原来这前后上头称赞了龚自珍，说他那首“九州生气恃风雷，万马齐喑究可哀！我劝天公重抖擞，不拘一格降人材”的诗写得不坏。“好诗！好诗!”于是定庵立即被晋封为法家诗人，他的无论什么话也不会错了。大郎后来又作了一首诗，现在只记得后两句：“才人嫖妓院，造反派无知。”他终于悟出，是自己犯了高估巴儿们文化水平的错误。按理说，定庵这首诗的确做得不错，可惜的是不合时宜。任凭天公如何用力“抖擞”，无奈一个个地“降”下来，都被立即送到应该去的地方去了，俞平伯搓草绳，钱钟书送报纸，人尽其才……闲言少叙，还是来看定公诗罢。

龚定庵在当时是诗名极盛的。《己亥杂诗》有句云：“赖是摇鞭吟好句，流传乡里只诗名。”自注云：“到家之日，早有传诵予出都留别诗者。时有诗先人到之谣。”请看他是多么得意、自喜。其实，他留给诗坛的影响又何止百年。我觉得在严复、梁启超出现以前，龚自珍是独领风骚数十年的人物，他的诗文确是风靡了一世的。只看他的遗集翻刻之多就可知道，虽然都刻得那么草率。

受他影响的作者也真不少。我觉得值得提出的是鲁迅和陈寅恪。从他们的诗里都可以看到龚自珍的影子。

陶潜是一直被奉为千古隐逸诗人之祖的，重要特色是平淡，代表作是“采菊东篱下，悠然见南山”。从来少有异议，龚定庵是提出了不同意见的。他有《舟中读陶诗三首》：

> 陶潜诗喜说荆轲，想见停云发浩歌。吟到恩仇心事涌，江湖侠骨恐无多。

> 陶潜酷似卧龙豪（语意本辛弃疾），万古浔阳松菊高。莫信诗人竟平淡，二分梁甫一分骚。

> 陶潜磊落性情温，冥报因他一饭恩。颇觉少陵诗吻薄，但言朝叩富儿门。

他不相信陶诗的特色只是“平淡”；他指出陶潜喜欢说起荆轲，常常触及“恩仇”的话题，不是与世无争的人物。他认为陶诗构成的因子是《梁甫吟》和楚骚。他看出陶诗虽然也提到乞食，但并无寒乞相，不像杜甫那样做可怜无可奈何状。视角独特，目光锐利，是好诗也是好诗话。

鲁迅先生在《“题未定”草》中也说到陶潜，他批判了朱光潜的“陶潜浑身是静穆，所以他伟大”说。鲁迅说：

“还有一样最能引读者入于迷途的，是‘摘句’……最显著的便是上文说过的‘悠然见南山’的例子，忘记了陶潜的《述酒》和《读山海经》等诗，捏成他单是一个飘飘然，就是这摘句作怪。”先生又指出论人论文要紧的方法：“不过我总以为倘要论文，最好是顾及全篇，并且顾及作者的全人，以及他所处的社会状态，这才较为确凿……自己放出眼光看过较多的作品，就知道历来的伟大的作者，是没有一个‘浑身是“静穆”’的。陶潜正因为并非‘浑身是“静穆”’，所以他伟大。”

记得当年初读此文，就有一种感觉，这与龚自珍的意见正是一样。因为他们都采用了“广角镜”式的读书法，更全面深刻理解了作家的缘故。

还有一点，是鲁迅诗和龚诗关系的问题，论诗不同于论文，也许更多虚无飘缈之处。但我以为其中总还有踪迹可寻。

中国律诗的规矩通常是五言或七言八句，中间两联必须是两副对子。有人喜欢将开头一联也写成对子，比较罕见了；更有全诗通体都用对句构成的，就更少。鲁迅留下的诗不多，但可看出，他是喜欢使用后两种写法的。

鲁迅所作律诗《无题》（大野多钩棘）、《题三义塔》、《阻郁达夫移家杭州》、《赠邬其山》、《秋夜有感》等篇都用第二法，而一九三五年所写《亥年残秋偶作》一诗则是通体作对的：

曾惊秋肃临天下，敢遣春温上笔端。尘海苍茫沉百感，金风萧瑟走千官。老归大泽菰蒲尽，梦坠空云齿发寒。竦听荒鸡偏阒寂，起看星斗正阑干。

读此诗，不能不想起定庵的名篇《秋心三首》，今录其一：

秋心如海复如潮，但有秋魂不可招。漠漠郁金香在臂，亭亭古玉佩当腰。气寒西北何人剑，声满东南几处箫。斗大明星烂无数，长天一月坠林梢。

两诗的气韵、声口如此相似，不能不感到其间的微妙关系。特别是两诗的写法，竟是如此近似，更能看出其间的继承关系。当然，《鲁迅全集》中无一字涉及定庵，但以迅翁涉猎之广，绝无不见“龚集”之理，然则以上的推测，也许还是不无因由的吧。

定庵诗多艳情之作，自己并不避忌。《己亥杂诗》中有“寱词”三十余首，是四十八岁北上途经袁浦时作，皆花月冶游纪事，吴伯宛为撰年谱，有“借燕游以抒湮郁之抱，所谓‘醉梦时多醒时少’也”。为定庵回护，十分可笑。其实纳妾狎妓，在那时候都视为惯常，算不得是怎样的“恶德”。《杂诗》中有一首云：“偶赋凌云偶倦飞，偶然闲慕遂初衣。偶逢锦瑟佳人问，便说寻春为汝归。”这种对待异性的态度，是非常恶劣的。逢场作戏，随随便便，嬉皮笑脸，显露出定庵性格的另一面，早被王静安严厉批判过了。但这不能一概否定定庵也有过真正的爱情生活，也不能抹煞集中一些出色的情诗，如《暮雨谣三叠》：

> 暮雨怜幽草，曾亲撷翠人。林塘三百步，车去竟无尘。雨气侵罗袜，泥痕黦画裳。春阴太萧瑟，归费夕炉香。想见明灯下，帘衣一桁单。相思无十里，同此凤城寒。

这实在写得美得很。地点是在北京，时间是初春雨夜，在林塘边刚把晤过女友，眼睁睁地看着她上车回去。春雨潇潇，沾湿了她的衣袜，归后想必要在炉边烘干。她在闺中明灯之下做些什么呢，只有扯不断的相思，虽然彼此相距不过十里远近。这是一首美丽的爱情诗，也许是不为封建社会允许的“私情诗”。我甚至悬拟，女方可不就是写《东海渔歌》的女词人，轰动一时的“丁香花”案的女主角西林太清春么。

这一桩公案是因定庵一首诗引起的。小道消息则是冒鹤亭得之于外祖周季况星诒。《己亥杂诗》有一首云：

> 空山徙倚倦游身，梦见城西阆苑春。一骑传笺朱邸晚，临风递与缟衣人。（自注：“忆宣武门内太平湖之丁香花一首。”）

太平湖畔的“朱邸”正是贝勒太素与太清夫妇所居的邸第。流言因此而起。孟心史（森）先生在《心史丛刊三集》

中有《丁香花》一文，即为此而作，意在为定庵与太清春辨诬，否定此一恋爱公案。此文一出，一时此案似已论定，再没有人提出异议。为古人辩诬，很久以来似乎已成一种风气，如俞正燮为李清照辨，她是著名女作家，不许改嫁。胡适为同乡戴震辨，他是著名学者，不宜有盗窃旁人研究成果的嫌疑。还有一位仪征刘毓崧先生，花了九牛二虎之力写长文为南宋词人吴梦窗洗刷他与贾似道不清不白的关系，终于说不清楚。这些卫道战士无不死守着封建道德，奉为判断一切是非的标准，而放弃了实事求是，因此，他们的成功率苦不甚高。

定庵已亥入京接眷，不亲自前往，仅派仆人经办。自己则徘徊畿南相待。《杂诗》中有二题说及此事：

> 任邱马首有筝琶，偶落吟边便驻车。北望觚棱南望雁，七行狂草达京华。（自注："遣一仆入都迎眷属，自驻任邱县待之。"）

> 房山一角露崚嶒，十二连桥夜有冰。渐近城南天尺五，回灯不敢梦觚棱。（自注："儿子书来，乞稍稍北，乃进次于雄县，又请，乃又进次于固安县。"）

这是很奇怪的。定庵何以如此惮于入都，过去有一种说法，其出都是为了"忤其上官"（汤鹏语），即使如此，也不必忌惮如此。另一种推测，则是定庵因与太清情事，怕太素仇家报复。心史先生的解释则是“定公清兴所至，原难以常理论”。这算什么理由呢，不但毫无说服力，而且驴唇不对马嘴，完全对不上号。

孟先生的另一种论点是：“已亥为戊戌之明年，贝勒已没，何谓寻仇。太清亦已老而寡，定公年已四十八，俱非清狂荡检之时。”这就更缺乏说服力。无论两人恋情事发生早在此前，即以四十八岁而论，也远未到“已到无心选梦时”（曹楝亭句）的地步。何况贝勒一死，家人立即将太清赶出府邸，孟先生称之为“家难”，其实与太清、定庵的交际密切不无关涉，此种事在清代宗室家族，视为不可容忍的奇耻大辱，是不问可知的。

孟先生还提供了不少珍贵的史料。如“太清与当时朝士眷属，多有往还，于杭州人尤密。尝为许滇生尚书母夫人之义女……定公亦杭人，内眷往来，事无足怪。一骑传笺，公然投赠，无可嫌疑”。则肯定了两家交好，确为事实。至解释“一骑传笺”为“盖必太清曾以此花（按：丁香花）折赠定公之妇”，则想当然耳。

太清才名之盛与交际之广，孟先生又于太清诗集中搜得一事：

> 太清集庚子诗有一题云：“钱唐陈叟字云伯，以仙人自居，著有《碧城仙馆词钞》，中多绮语。更有碧城女弟子十余人，代为吹嘘。去秋曾托云林［云林为德清许周生先生之长女，与太清极密。云林表姊汪允庄为陈云

伯子妇，汪有《自然好学斋诗钞》，中言太清曾托许云林索题听雪小像，效花蕊宫词报之，则太清于陈许诸家俱有闺中文字之契，独以云伯假名代作，以侈声气，乃痛诋之（按以上皆孟先生考证语）。〕以《莲花筏》一卷、墨二锭见赠。予因鄙其为人，避而不受。今见彼寄云林信中有西林太清题其《春明新咏》一律，并自和原韵一律。此事殊属荒唐，尤觉可笑，不知彼太清与此太清是一是二，遂用其韵，以纪其事。”

这实在是一件重要的文献。陈云伯本是一个斯文走狗，是袁子才的“风雅传人”，在京师招摇撞骗，广招女弟子以侈声气，遗行累累。《莲花筏》是他所刻的一部趣味低下的“善书”，每用以赠人，以示“高雅”，得太清此一诗题，遂使丑态毕露。于此序中更可见太清性格泼辣，事有不平，即起而抗争，绝不缄默，她虽于诗坛有盛名，但绝“不堕时流绮障”，心史是说得不错的。陈云伯的委琐下流，龚定庵的惊才绝艳正如云泥之隔，人们心里自是雪亮的。

我在这里花了许多笔墨，倒不想为二百年前的一段文坛绯闻做翻案文章，材料只有那些，想考证也不可能有更多发明，只是觉得心史先生的考证，还留下不少疑点，想提出来说说而已。

写此文竟，忽忆清初著名诗人、浙西三李之一的李符分虎，有《花南老屋诗集》五卷，康熙中刻入《梅会诗人遗集中》高层云为撰墓表，云康熙二十八年卒于福州，年五十一。

沈西雍《匏庐诗话》云："吾禾三李，秋锦而外，惟分虎足称二难。诗固抗行，词则有过之无不及。分虎客闽中某官署，其夫人亦能诗，慕分虎才，因越礼。某官侦知之，召分虎与眷属共饮。酒半，舁一巨棺，强二人入之，遂葬后园。至今土人犹呼为鸳鸯冢。"《墓表》只说是"暴卒"，未言死状。此事绝奇，与龚定庵的情事绝类。定庵道光二十一年卒于丹阳县署，年五十。也是"暴卒捐馆"，死得不明不白。封建礼教杀人，这是两个著例。两人都是诗人，都死于"行为不检"，在有的人看来，是"咎由自取"，是"活该"也说不定。仅此一事，即可见"舆论一律"是多么不容易！

二〇〇四年六月

答董桥

董桥先生：

奉手扎，读后感慨无端。数年前散去之故人书件，至今悔之。潘某商人，陆续将所得付之拍卖，我耳目不灵，不知道消息，亦无人可托，充和书件，竟归尊藏，且将以之见还，感与惭并。此件与拙作《宿诺》不可分割，此文为我着意之作，书件一时脱手而去，愧对故人。如辗转得归，实为大愿。不敢言谢，只感愧而已。念念不忘者尚有周叔弢丈所赐书轴，为其去世前所作，以之见赐，何敢忘之。不知潘某仍将付之拍卖否，如出现，我必收回，不惜费也。

足下为《我的书房》所制之序甚妙，且说及鄙人所拟斋名若干，皆少年时一时兴到漫拟者，不值一说。岂敢与当代巨公相提并论耶？一笑。

不佞今年亦八十五矣。一直不记得自己的年纪，亦未尝以老人自居。近仍不时动笔，说些怪话，以之自娱。婆娑度日，不敢言老。仍不失少年凌厉之气，可以告慰于知人。

一直喜读尊作散文，说及藏书，多是欧西典籍，愧为门外，只增知识而已。至今仍不失凌厉气势，尤令会心。旧曾得梁漱溟所赐书件（劫去已失），忆曾钤一印曰“远离颠倒梦想”，偶忆及之，似与今日与足下论交所怀相似也。

《珠还纪幸》因三联风波，搁置至今。闻明年春草绿时或可问世也。附闻，

专此复谢，即请

近安！

黄裳

二〇〇四年十二月十一日

后记

清人徐大椿《乐府传声》卷首论源流云："若北曲之西腔、高腔、梆子、乱弹等腔，此乃其别派，不在北曲之列。"这是较早见于著录的"乱弹"名色，可见在乾隆时，它已经被排除在正宗南北曲之外，更无论盛极一时的昆曲了。到了清末民初，剧评家往往也称京剧为"乱弹"，这已不是它的本义，只不过视为不登大雅之堂的玩意儿而已。这里取作书名，其实别无深意，只不过是说收集在这里的，只是近来所作，内容杂乱的一卷散文而已。

五四以还，作者编集，甚少分类，大抵总是将一段时期的作品，收集在一起付印，所收有散文、杂文、论著，演讲、翻译、日记等等，杂得可以。如二周、郁达夫、朱自清等都是如此。我觉得这种编法很不错，不但可以知道创作时的政治、社会风习，可以看出作者的作意，而且内容庞杂，读来别有趣味。因而自己也想学样。八十年代初，写得颇不少，编集时往往也师此意。不知什么原故，后来写得渐少，终至近于搁笔，虽也印过几本小书，大抵是炒冷饭，只添入几篇近作，算作浇头，觉得对不起读者，深感惭愧。此际有机会印一本小书，都是近一两年中所作，没有冷饭，但内容的杂乱，是免不了的。

集中以回顾、反思的文字为多，都是应约而作。反思的结果是明白自己知识之贫乏，着实可惊。不能不想，自己到底知道些什么！重读过去所写的夸夸其谈的文字，不觉惭汗。想起前人曾有“补读书斋”的斋名，深有所会。说起新旧书刊，我确是深深爱着的，但最初的发愿，说来惭愧，并不那么堂皇。

近日在报上看到一则故事。有老祖父申斥耽玩游戏机的孙子说，我像你这年纪时，都参加革命了。孙子答，你们那时候没有玩具！这故事正如一声棒喝，使我彻悟，旧书，正是我的玩具，在敲革命的边鼓之余的玩具。我曾在一册《诗翼》上写过一段小跋，略云：“今日博已禁断，奕则颇盛，并为显学。然则持一册书，赏其纸墨之晶莹刻工之劲秀，似亦非甚恶事也。暇当以此意发挥之，为玩版本者张目。”这就是我的“玩具论”的张本，所谓“犹贤博弈”是也。

前些时为应付约稿，写不出文章，辄抄旧日书籍跋文应之。积久成书跋及读书记两种。这都是从抄家劫余的书册上抄下来的。之所以没有遵从老朋友的劝告，捐献或卖掉，正因当时一本本地买回来，还不曾好好读过，就这样白白地放弃了，心有不甘。藏在心底的许多选题，因疏懒尚未着手。也就是说，我还将“补读”，以救旧学空疏之病。收入此集的一些篇章，其不免庞杂而成为“乱弹”，直是故耳。

近有答友人书，其中一节，可以抄在这里，权当自叙：

不佞今年亦八十五矣。一直不记得自己的年纪，亦未尝以老人自居。近仍不时动笔，说些怪话，以之自娱。婆娑度日，不敢言老，仍不失少年凌厉之气，可以告慰于知人。

二〇〇五年三月二十七日晨记

《插图的故事》《入蜀记》两篇，皆五十年代中期所作，本已成集，因丁酉之役未能印行。因编入集中，以存一时故事。

三月三十日再记

图书在版编目（CIP）数据

书之归去来　海上乱弹：汇编本/黄裳著.--济南：山东人民出版社，2022.1
（黄裳集.创作卷.Ⅺ）
ISBN 978-7-209-13321-0

Ⅰ.①书…　Ⅱ.①黄…　Ⅲ.①散文集—中国—当代
Ⅳ.①I267

中国版本图书馆CIP数据核字(2021)第116313号

书之归去来　海上乱弹
SHUZHIGUIQULAI　HAISHANGLUANDAN
黄裳　著

主管单位　山东出版传媒股份有限公司
出版发行　山东人民出版社
出 版 人　胡长青
社　　址　济南市市中区舜耕路517号
邮　　编　250003
电　　话　总编室（0531）82098914
　　　　　市场部（0531）82098027
网　　址　http://www.sd-book.com.cn
印　　装　天津图文方嘉印刷有限公司
经　　销　新华书店

规　　格　16开（160mm×230mm）
印　　张　40.25
字　　数　398千字
版　　次　2022年1月第1版
印　　次　2022年1月第1次
ISBN 978-7-209-13321-0
定　　价　92.00元